中国当代侦探推理悬疑小说精选系列

逃往何方

蒋庆明 著

群众出版社
·北京·

图书在版编目（CIP）数据

逃往何方／蒋庆明著．—北京：群众出版社，2019.1

ISBN 978－7－5014－5911－7

Ⅰ.①逃…　Ⅱ.①蒋…　Ⅲ.①侦探小说—中国—当代　Ⅳ.①I247.5

中国版本图书馆CIP数据核字（2019）第000483号

逃往何方

蒋庆明　著

出版发行：群众出版社

地　　址：北京市丰台区方庄芳星园三区15号楼

邮政编码：100078

经　　销：新华书店

印　　刷：北京市泰锐印刷有限责任公司

版　　次：2019年3月第1版

印　　次：2021年3月第2次

印　　张：15.5

开　　本：880毫米×1230毫米　1/32

字　　数：360千字

书　　号：ISBN 978－7－5014－5911－7

定　　价：43.00元

网　　址：www.qzcbs.com

电子邮箱：qzcbs@sohu.com

营销中心电话：010－83903254

读者服务部电话（门市）：010－83903257

警官读者俱乐部电话（网购、邮购）：010－83903253

文艺分社电话：010－83901330　010－83903973

本社图书出现印装质量问题，由本社负责退换

目　录

第一章　花开花落

山庄聚会

云水山庄的周六，艳阳高照，春光明媚，百花盛开，百鸟争鸣。游客们打牌的、搓麻将的，品茶的、钓鱼的，爬山的、逛海滩的……尽情地享受着祥和的山光水色中的休闲时光。

云山市是云州市所辖的一个县级市，位于江南东部，有一百多万户籍人口，外来人口也有近百万。市域内有山岳、平原、江河、大海，改革开放后经济发展很快。随着经济社会的发展，前来云水山庄旅游度假的人越来越多。云水山庄位于云山市海山镇，离城区只有十多公里，依山傍海，风景秀丽，是云山云天旅业集团投资兴建的。山庄建筑外观青砖黛瓦，大厅雕梁画栋，古色古香；内部装修豪华，现代宾馆高档设施一应俱全。

马超，云山市公安局党委委员、刑侦大队大队长，刑警们均昵称他“马大”，近期刚办结一起特大电信网络诈骗案件。他带队出省摧毁了两个特大诈骗窝点，还与支队、总队同志一起赴东南亚两个国家，抓回一批诈骗犯罪嫌疑人，出差了一个多月。这个双休日，刑侦大队负责排班的杨秋露教导员有意识不安排马大值班。马超难得双休，应小舅子林光所约，下午偕妻子与林光夫妻一起，到云水山庄踏青赏春。

马超国字脸，两道浓密的剑眉下，一双不大的眼睛，眼珠又黑又亮，炯炯有神；大约四十出头，既有年轻的英气，也有中年男子的稳重。他是中国刑事警察学院的高材生，毕业后一直在云山市公安局刑侦大队工作，由于侦查水平提高快、业务工作实绩突出，一步步得到提升，一年多前任局党委委员，分管刑侦工作并留任大队长。今天，他上穿纯白衬衫，下着藏青色便西裤，外套一件红灰中格子便西装，近一米八的个子，健壮又显威武。妻子林丽兰在一家律师事务所工作，身材颀长，面容平和，上身穿米灰色薄毛衣，下着紫色裙子，外套一件紫红色无领风衣，与丈夫很是般配。

小舅子林光是云山城区山海美味大酒楼总经理，夫妻俩着浅灰色纯棉情侣休闲运动装，十分青春阳光。

一行人到达山庄后，放下行李，就去山庄花园中游玩。

马超一边欣赏着山石花树美景，一边在人群中转悠。突然他好像发现了什么。

“林光，你带她们到东边转转，那里风景好，我到那边人少的地方打个电话。”不等林光回答，马超掏出手机就往西面走去。

林光和姐姐、妻子刚从东面转到南面的一条路上，突然看到一高一矮两个男子从西面慌慌张张地跑过来。

高个子被路面突出的一块石头绊倒，在地上滚了一圈，矮个子回身去扶他。顷刻，马超从转角处追了出来。

高个子赶紧爬起来，顺手从腰部掏出一把刀；矮个子也迅速从裤袋里掏出弹簧刀。阳光下，刀身反射出两道寒光。

“我是警察，把刀放下！放下！”马超边警告，边一步步向他们靠近。

“你别过来，不然可别怪我不客气！”高个儿男子目露凶光，疯狂叫道。

马超右手猛然一挥，瞬间从一旁涌上来六个人，三个对付一个，两名男子被利索地铐上了手铐。

山庄花园里恢复了平静。马超一行来到室外茶吧喝茶聊天。

“姐夫，刚才太危险了！”林光心有余悸。

“危险？你没看到我安排了六个人吗？”马超笑着说。

“到底是怎么回事？”林光有些好奇。

“我这次到外地办案，当地刑侦部门告诉我有两个电信诈骗主犯在逃，其中一个以前还涉嫌几起持刀抢劫案件，分析可能跑到了我们市里，让我们帮助缉捕。他们给我看了照片，我记住了这两个家伙的相貌特征。无巧不成书，刚才游园时我发现了他们，就边跟踪，边发短信让崔副他们赶过来！”

林光恍然大悟。

“对啦，近年来电信网络诈骗案频发，你们做生意的，可要特别小心，千万不要上当。”马超叮嘱小舅子道。

“这些骗局我听到过好多次，不会被骗的。我们如果被骗，那也太丢姐夫你的面子了。”

“哦，那就好。”

晚饭前，林丽兰与弟媳刘舒馨到房间梳洗补妆，马超和林光到海边散步。

从一排木屋中左拐出来，他们往东走向海滩。海滩的沙子在夕阳下泛着金光。在他们前面二十多米处，走着一对 30 来岁的男女。

“姐夫，你看他们是夫妻还是情人？”林光突发奇想，考验起姐夫。

马超仔细观察了一下，肯定地说：“夫妻。”

“你怎么这么快就得出结论？”林光很好奇。

“这不是很清楚吗？”

“很清楚？我看不出来。”

马超笑着解释：“有三点依据。你看他俩都手提着鞋子，男人的裤脚、女人的裙摆都湿透了，应该是刚才在海边潇洒地玩了一阵子水；两人没有往宾馆方向走，而是朝东北方向走，应该是到他们的休息点去。夫妻嘛，自然可以在室外尽情玩、慢慢玩。这是其一。二是我们初看到时，他俩紧紧地手拉着手，刚才女人狠狠地摔开男人的手，一人独自往前走，两人肯定是拌嘴了。周边游客多，小夫妻吵吵才不会有什么顾忌。三是，你看，他俩往那排沙滩椅走去，椅子上坐着什么人？”

林光看到沙滩椅上坐着两对老年夫妻。只见那女子走到一位老年妇女跟前，叫了一声“妈”，一脸委屈；那男子则走到另一对老年夫妻旁边，没吭声，有点生气的样子。

“姐夫，你真和福尔摩斯一样了。”林光赞道。

“多谢恭维。”

林光接着说：“姐夫，你的分析能力强，有件事情你帮我分析分析。我有一个同学，在云天旅业集团工作，就是与我饭店紧邻的天天 KTV 老总，这个云水山庄的 KTV 也是他管的。近段时间，经常有一些小混混到天天 KTV 捣乱，KTV 生意一般，云天集团近期资金又紧张，决定以较低价格转让天天 KTV。我想接手。我同学讲，饭店与 KTV 客源可以互通，姐夫你又在公安局，小混混不敢来捣乱，生意肯定会好。你看如何?”

娱乐场所可是公安机关重点关注的地方。一听说林光想开 KTV，马超马上拿出刑侦破案的一二三分析法剖析开来：一是现在公款高档消费已经逐步被刹住，不少老板近年来生意不好，资金也紧张，KTV 生意必然会走下坡路。二是 KTV 稍有管理不当，就易涉及黄赌毒，如果要扩大产业，还是做其他项目为好。三是 KTV 中如出现小打小闹、白吃白玩等治安案件，我作为刑侦大队长也是管不到的，何况公安机关还有禁止亲属经办娱乐场所的规定。

林光一听，这是明确反对啊。

马超接着道，现在有些有钱的年轻人为追求刺激而吸食毒品，你可要注意喽。

林光听着听着，慢慢别过头去了。他心想我林光就是真的接手了，也会守法经营，严格管理，不会给你添麻烦的。姐夫也太中规中矩了。

见林光似有不快，马超觉得自己可能讲得多了，却又不知如何解释，一时无语。

吃晚饭时，马超手机响了，他一看是杨秋露打来的，随即跑到外面去接电话。几分钟后，他匆匆走进来说发生案件了，必须马上赶过去。

N 种可能

云山市南川镇江峰村的王和兴家里养着一只中华田园犬。

这只狗有一大爱好，喜欢从外面往家里叼东西，不时会叼回来诸如一只破鞋、一块骨头，等等。主人为此打了它多次，但此狗仍痴心不改，乐此不疲。

下午2点多，王和兴从外面回到家里，见这狗在狗窝前玩弄着一块肉乎乎的东西，即上前查看。

这一看，吓得他惊恐地大叫："妈呀!"一只手！手上还涂了指甲油，戴着戒指和手镯！王和兴赶忙把狗关进院子里的狗窝，拿出手机打110。

当天是云山市公安局刑侦大队教导员杨秋露值班。她接到局指挥中心指令后，立即带领侦查、技术人员赶赴现场。

赶到王和兴家后，只见院内院外围着许多村民，正议论纷纷。杨秋露让几个民警在王和兴房子外面拉上警戒带，随即安排法医应良平检验断手，侦查员李小林和另一位刑警对王和兴作询问笔录，另外两名侦查员和南川镇派出所的几名民警去村中及周边走访与搜索。

杨秋露带着一名刑警对王和兴家院子内外作了仔细查看，又到房子周边观察了一圈，询问了几位遇到的村民。虽然没有发现其他可疑情况，但杨秋露觉得，一只断手突然出现在村民院子里，凶多吉少。

傍晚，走访民警回来报告，没有访问到异常情况，也没有发现其他尸块。应法医检验断手后，分析这可能是一起杀人分尸案件。

杨秋露原本想自己先作处理，不惊动马大，但听了应法医的分析，觉得案情重大，随即拿起手机向马大报告。

马超坐车先路过南川镇派出所，仔细查看了已运到派出所的断手后，随即赶往江峰村。

杨秋露等人早已在村口一路灯下等候。杨秋露身材高挑，大眼睛里透出的目光如秋天露水般温润。刑警办案一般不穿警服，但今天她是大队值班领导，故身着小翻领、打领带的警用春秋常服，显得精神又有种特殊魅力。

马超先在王和兴房子的四周查看了一番。

王和兴家是一栋四层独立的房子，估计有四百多平方米。房子位于村子东侧，前后左右还有其他民房。房子的外立面露着红砖，没有装饰粉刷，看来王和兴的经济条件还是有限，可能资金不够。房子南面有近百平方米的院子，四面有两米来高的围墙。主人把院子里的电灯都打开了，灯光很亮。

那只狗对前一拨人拿走了它喜欢的猎物可能很生气，现在又见几个陌生人进来，在狗窝里又跳又叫，又抓又咬。

马超查看了外围后，进到王和兴家的院子查看；征得主人同意后，又进到房间作了一番巡查。回到院子，马超看着这只狂吠的狗，心想这只断手应该是它从外面叼回来的。大白天，外人把断手从大门外送进来，或从围墙扔进来，不合情理。

晚上9点，马超在南川镇派出所召开了案情分析研究会议。副大队长兼重案中队队长崔军凯、信息中队队长张莺、视频侦查中队队长谢方群、痕迹组组长许乐新，在得知发生案件后都赶来了，韩帅、王英英等人也都匆匆赶到参加会议。

会议前半段，几乎是应法医——技术中队队长、法医应良平一人在唱主角。

应法医已经当了近三十年法医，担任技术中队队长后，大家还是叫他应法医为多。一方面习惯了；另一方面，刑侦大队是个股级单位，大队下面的中队长太小了，还不如叫应法医显得尊重。

他用多媒体投影仪边播放边介绍断手检验情况：

断手的断端位于尺、桡骨的中段，皮肉上有多刀深浅不一的砍切痕迹，骨头上也有多刀砍击痕迹，有一刀力度很大，砍断了桡骨一大半骨质；有被水浸泡过的迹象，断端前外侧部皮下组织、肌肉隐约可见有生活反应。手臂上有几处咬痕，应是狗咬所致，其他部位未见损伤、病变。

根据腐败程度，分析该断手离体已有两天左右，也即发案时间在 27 日左右。

依据断手外形、戴戒指手镯、涂红色指甲油，可以认定是一只女性左手……

讲完对断手的检验情况后，应法医把断手的全貌照定格在投影仪的屏幕上，随后抬起头来看着众人，好像在说，大家一起分析分析吧。

只有一只断手，没有其他痕迹物证，也没有可疑的线索情况，这样的案件还是第一次碰到，分析的难度很大，大家似乎都在思考。会议室里一片烟雾袅袅，仅有几处嘀咕声，一时没人发言。

马超也抽着烟，低头看笔记作思考，没有说话。几分钟沉寂后，他抬头说："老应，还是请你先作一些分析吧。"

马超分配到刑大工作后，对法医知识比较感兴趣，常跟应法医学一点，叫他为应老师。后来当大队长了，他就尊称应法医为老应。

应法医已有 50 多岁，身高只有一米六几，体形偏瘦，头顶部已少有头发，天庭饱满，戴一副中度近视眼镜，透过镜片的眼光仍然很有神采。法医工作很特殊，他经常穿着解剖服与尸体打交道，平时他则常穿着一套剪裁得体的便西装，有时还在洁净的衬衫上打条深色的领带。他待人接物彬彬有礼，业务工作精益求精，有着一股绅士兼学者的儒雅之气。他是20世纪80年代由医院外科医生招录到公安当法医的，十多年后当上了刑大技术中队队长，现在是全省资格最老的技术中队长。家里人多次劝他不要当这根本不是官的官了，但是，一方面局里找不出比他更合适的人选，另一方面他也愿意当，这一当就当了十多年。在他的领导下，云山的刑事技术工作水平与业绩多年来位居全省前列。

研究命案，应法医善于以法医专业为主，结合痕迹等专业，再结合侦查调查等情况作出综合分析。他研究犯罪心理学有所造诣，喜欢探讨“是什么导致人犯罪”的问题，因而在案件研究中，还经常会结合社情民意、治安形势作些分析。但是有时社会背景扯得过广，旁征博引过多，有些喜欢快言快语的刑警，特别是年轻的侦查员认为他说话有点啰唆，甚至有点学究气。

应法医想，现在仅仅发现一只断手，我法医分析就当仁不让了，多讲一点，年轻人也不会嫌我啰唆吧？于是他充分利用仅有一只断手反映出的信息，运用发散性思维，以排除法为主，认定法为辅，发挥自己能言善道的特长，就断手形成的可能性作了详细的分析：

第一种可能，是交通事故形成的。这基本可以排除，因为交通事故不可能形成该断手断端的砍切伤。

第二种可能，是手术截肢。这可以排除，因为手术截肢，肢体应有病变，骨头应是手术锯锯的；而该断手没发现有病变，骨头明显是刀砍的。

第三种可能，是安葬的尸体被水流冲出，或被野兽拖咬出来。这可以排除，因为明显与断手损伤状态不符合。

第四种可能，是打架斗殴中被砍断手。这可以排除，因为断端有十多处砍切伤，只有在手臂处于基本固定位置时才能形成，而打架斗殴双方应该是处于动态的。

第五种可能，是故意伤害、骗保险、工伤或骗工伤而被砍、轧断手。根据损伤形态，也都可以排除。

第六种可能，是杀人分尸再抛尸，这种可能性最大。

应法医一口气讲了形成断手的六种可能，讲了一个多小时。大家都听得很认真，特别是年轻刑警们，觉得大开眼界，颇增见识，认为应法医颇有专家味。

马超边听边思考，说："老应，我有一些问题先问问你。"

应法医谦虚地点头说："好的。"

马超问："你对该断手主人的年龄、身高、身份等情况如何分析?"

这些问题应法医已有考虑，随即答道："断手断端位于尺、桡骨中部，因此可以推算出尺、桡骨的长度，进而推算出身高，此人身高应在 1.66 米左右。断手腐败程度还不严重，手形微胖，皮肤比较光滑细腻，未见有色素沉着，所戴的戒指、手镯贵重，指甲涂油并留得比较长，其可能是一个比较富有的年轻女子。至于具体年龄，难作客观、准确推断，凭经验与直观感受，我分析在 30 岁左右。"

"仅凭一只断手，准确分析上述问题很难，仅供参考，需要进一步找全尸块后再作分析。"应法医又补充道。

应法医经验丰富，专业水平高，还有善于分析、敢于推理的特点。这次仅有一只断手可供分析，尽管他已经作了深入细致的分析思考，但是对"马大"的问题还是吃不准，显得比较谨慎。

"分析这只断手形成的原因，也即分析是否为案件，是什么性质的案件，十分重要。老应，交通事故后，肇事者把死者带离现场，或把伤者带离现场后伤者死了，其再分尸抛尸有可能吗?"马超又问。

对交通事故的分析，应法医留有余地，他从容地答道："马大对案件的可能性考虑得很全面，是有这种可能，我刚才也只是讲交通事故基本可以排除，还需要再做进一步的调查核实。"

"交通肇事后再分尸、抛尸，很少见，我们刑大办的案件中还没有碰到过，现在只有一只断手可供分析，我们也不得不考虑。"马超解释后再问，"老应，你说杀人分尸的可能性最大，那么由于某种原因而死亡后再被分尸抛尸有可能吗?"

研究讨论案件，马超很会对技术、侦查人员的汇报介绍提出问题，而且会一个接一个地提出问题。

马大的问题对应法医是一个提醒。他略作思考后答道："马大的问题给断手形成的原因又增加了一种可能，实际上也是对案件性质一种可能性的分析，我认为有这种可能。杀人分尸与由于其他原因死亡后在短期内被分尸，从这只断手上无法推断，因而现在只能说这两种可能都存在。"

"那么如果是杀人分尸案件，作案动机是什么，你能作点分析吗?"马超知道仅凭对一只断手的分析，很难对作案动机作出推理，所以用商量的口气问道。

"我们都知道，杀人动机主要分为情、财、仇三大类。本案为财可能性较小，因为手上价值上万元的戒指、手镯没有被拿走。我们已经上网查过戴在断手上的戒指、手镯的价格。至于情、仇动机，哪种可能性大，仅凭这只断手，无法判断。"应法医是有问必答，但也实事求是。

马超让大家讨论案件性质与下一步如何开展工作。多数人倾向于这是一起杀人分尸案件，杨秋露、崔军凯等人提出了一些工作建议。之后，马超习惯性地竖起双手前臂，十指交叉紧扣一会儿后放开，开始布置工作。

他说，根据对断手的分析，这是一起刑事案件可以肯定，杀人分尸、交通肇事后分尸不用说，即使是其他原因死后分尸抛尸，也构成侮辱尸体罪。至于具体是哪一种性质，现在还不具备作出定论的条件。今天是3月29日，按照惯例，把这起案件命名为“3·29案件”，开展专案侦查。请崔军凯负责江峰村及周边地区的调查访问与搜索工作；请张莺负责汇总各类失踪人员数据、信息，作分析核查；请谢方群调取、查看周边视频，查找27日左右现场周边有无出现可疑的人与车，同时还要联系交警部门，调取道路监控视频，查找有无可疑的肇事车辆；请王英英负责收集、研究各组调查材料……

“明天一早，各组即要抓紧开展工作。”马超最后强调。

实际上应该是今天一早。会议结束时，已近凌晨1点了。

跟踪家狗

第二天一早，崔军凯即带领刑大与南川镇派出所十多名民警进入江峰村一带开展排查与搜索工作。

马超则赶到局里，向值班的市委常委、公安局长左力汇报了“3·29案件”的发现过程、分析意见与工作安排。

左局长问：“你对形成这只断手性质的分析意见如何?”

马超答：“虽然现在只发现一只断手，案件性质难以明确，应该考虑有多种可能，但是我认为杀人分尸的可能性大。”

“云山以前发生过杀人分尸案件吗?”左局长调到云山时间不长，对有些情况还不大清楚。

“历史上发生过几起，至今已有七年多未发了。”

“杀人分尸是极为恶性的案件，云山多年未发，如果这起案件是杀人分尸案件，必然会引起社会很大的反响。”左局长接着提出明确要求，“‘3·29案件’的侦查工作就按你们会议商议的办，抓紧全面展开，先要尽快查明案件性质。如能认定是杀人分尸案件，马上向我报告。查明性质前要对外保密，以免引起不必要的民众猜测与社会恐慌。”

马超回答：“好的，一定按局长要求办好案件。”

马超汇报后，即带韩帅赶到江峰村。

韩帅个头中等，长相俊秀，尤其是又长又黑的睫毛下一双大眼睛闪烁着灵气。他六年多前毕业于省警察学院侦查系，虽然从警时间不长，经验有所不足，能力有待提高，但是思维敏捷，敢说敢为。侦办大要案件，马超常常把他带在身边。一年前，韩帅被提任为重案中队副中队长，马超还是习惯性地带着他。一方面，有什么重要任务可及时安排他去做；另一方面，他有时还能起到很好的参谋作用。

他们在村里村外转了几圈，边查看边打听，对村况地貌、群众议论有了一个大概的了解。

江峰村有三百多户、九百多人，外来人口不多，只有五十多人。该村历史悠久，在近几十年建起的大量钢筋水泥结构的新房中，还保留了不少民国乃至清末的建筑。与王和兴家一样，不少新造房子的外立面也没有装饰粉刷。江峰村民风淳朴，秩序良好，近年来没发生过刑事案件，只发生了几起邻里纠纷、小偷小赌等治安案件。江峰村位于南川镇的南面，西北两面靠山，云山市第二大河流南云江从村南面流过，从山上下来的多条小溪流经村里村外，水资源丰富。不少村民从事鱼类养殖业，村东南面一带布满了大大小小的几十个鱼塘。村东面有一条高速公路和一条省级公路，两条公路的车流量都比较大。高速公路在该村没有出入口。

王和兴家发现一只女人断手的事村民大都已经知道，不少村民东一群西一伙聚在一起议论，大家都感到很恐慌，甚至出现了杀人犯还会在村里继续杀人分尸的流言。村民碰到走访民警，纷纷要求尽快破案。

实地调查后，马超与韩帅到村委会借了一间办公室，叫来崔军凯等人一起商议。

马超说："现在一项十分重要的工作是要设法找到其他尸块，以便对案情作进一步分析。老应说断手被水浸泡过，我分析有可能还有尸块抛在这一带的水里。江峰村河流多，又有这么多的鱼塘，要找到尸块，工作量、难度是很大的。你们有什么搜索的好办法吗?"

韩帅脑子机灵，略一思考即说："南云江水流急，尸块不大会被冲上岸；小溪水浅，抛尸容易被发现。我认为抛在鱼塘里的可能性大。我们悬赏发动村民到自己的鱼塘打捞寻找，就有可能发现尸块。"

副中队长抢在副大队长前面发表意见，崔军凯倒不介意，但韩帅提的方法他不赞同。

崔军凯说："南云江水急，但尸块腐败后浮上来，被水流冲上岸也是有可能的。现在我们也没依据指向还有尸块抛在鱼塘里，有的鱼塘又很大很深，有重点地打捞可以，但马上发动村民全面打捞似乎不妥。"

马超仔细听了两人的意见后说："军凯说得有道理，现在就对南云江做一些搜寻可以，对鱼塘做全面打捞依据不足，影响太大，工作量也太大。"他想起昨天那只在狗窝里狂吠的狗，脑中灵光一闪，接着说："这只断手应该是村民王和兴那只狗从外面叼回家的。家狗主要作用是看门，独自外出不大会走得太远，如能圈定王和兴家狗的活动范围，就可以确定查找尸块的重点区域。"

韩帅觉得马大这个方法好，马上接口说：“对！那把这个任务交给我，我来查明这只狗的活动范围。”

马超看了一眼这位得意门生，说：“好！就交给你。”接着问崔军凯，“你们先把工作重点放在对江峰村的调查访问、排查摸底上，另外派几个人对南云江两岸做一些搜寻，行吗?”

“行！江峰村一直以来治安良好，但毕竟断手出现在这里，不得不考虑第一现场就在这一带，我们一定全面细致做好排查工作。”崔军凯答道。

崔军凯中高个子，浓眉毛络腮胡，眼睛大鼻梁高，骨骼粗壮肌肉发达，是刑侦大队的一员虎将，危险时刻往往冲在最前面，干起具体工作也是踏实细致、全面周到。

“说得对，案件侦查初期，案情未明，各种作案可能都必须充分考虑。”马超对这个副手的工作思路、工作态度都很满意。他转过身又对韩帅说：“我带你去找下村委主任，请他通知王和兴这几天要让他的狗照常活动，并派一名村民帮你一起跟踪。”

韩帅不负马大所望，连续跟踪三天，搞清了王和兴家狗的活动范围。王和兴家在江峰村的东侧，他的狗主要在东南各二百米左右的范围内活动，经常去的有两个地方：一个是南面的卖肉摊，在那里它能捡到一些吃的；一个是村东面的一个鱼塘旁边，鱼塘的西面岸上有个垃圾堆，堆放着一些生活废品与厨房弃物。这狗爱在垃圾堆里扒拉，不但能找到一些吃的东西，还能满足它的爱好，叼回一些它喜欢的物品。第三天，韩帅还看到它跑到鱼塘西北侧浅滩，低头喝了几口水。

发现断手四天后的上午，案件终于有了重大发现——又找到了一包尸块。

马超听了韩帅跟踪家狗的情况汇报后，4 月 2 日一早便叫上韩帅、李小林赶到村东面的鱼塘查看。

天气阴沉，天空乌云密布，细细的雨滴随着微风飘飘洒落。这个鱼塘有十多亩地大，是附近最大的一个鱼塘。鱼塘呈南北宽、东西窄的类椭圆形。塘边系着一条小船，韩帅、李小林两人上船用竹竿探测水深，最深处有三米左右。鱼塘东侧距离省道仅五十米左右。在省道上能看见该鱼塘，这也是这一带最靠近公路的鱼塘。鱼塘北侧有一条机耕路通往省道。

马超围着鱼塘转了一圈，见鱼塘的西北部外凸，形成一片浅滩，有不少杂物搁浅在那里。这时刮起了一阵较大的东南风，水面上涌起一阵阵波浪，推动着这些杂物往上涌动。

马超分析，如果案件是发生在江峰村一带，案犯就有可能选择像这样水面大而水体深的鱼塘抛尸；如是外来运尸抛尸，案犯选择这个靠近公路的大鱼塘，也是比较理想。

韩帅对马超说，他这几天有三次看到王和兴家的狗到过这里，他认为其很有可能是从鱼塘北侧的浅滩上叼到的那只断手。

马超对此表示同意，随即决定对该鱼塘实施打捞。

韩帅、李小林在鱼塘主人帮助下，在竹竿一端绑上一排铁钩，划着小船开展钩捞。马超让他们先重点打捞鱼塘的东侧与靠近村庄的西侧水域。

船小，只能乘两人。韩帅会摇橹，负责摇船；李小林则拿着竹竿钩捞。李小林原在局办公室工作，他认为“不当刑警，枉做警察”，多次主动要求到刑侦大队当刑警，年初才调进刑大，被安排在重案中队。瘦瘦高高的李小林在省警察学院读书时是校篮球队攻防都很灵活有效的中锋。只见他身手敏捷地用竹竿左钩右捞。一个多小时后，在鱼塘中部，即靠近公路一侧离岸不远处，他感到自己的竹竿钩到了一件重物，就小心地拉着，并让韩帅把船摇回岸边。上岸一看，见是一只蛇皮袋，袋口呈松开状，露出一堆肉样的东西。

韩帅眼尖，一看即大叫："是尸块！"

几个围观的村民正要凑上去看，还没看清楚是什么东西，听到韩帅这么一叫，吓得马上跑开了。

打捞刚开始，马超预感可能会有所发现，即通知应法医、许乐新、小高法医等几个人赶过来。此时，应法医等人正在鱼塘周边勘查，马超让他们过来检验。

随后许乐新做拍照固定，应法医把蛇皮袋中的尸块一一拿出，与小高一起做初步外观检验。马超蹲在一旁仔细观看。在要把尸块拉到殡仪馆的法医解剖室做详细检验时，马超指着一只断手上的损伤对应法医说，这手上有这么多损伤，你们重点分析研究一下。

之后马超让韩帅等人继续打捞，并通知崔军凯抽调一些在附近排查的民警，又通过村委主任请来一批村民，一起对该鱼塘及周边的鱼塘开展打捞。打捞一直持续到傍晚天黑，没有新的发现。

法医推理

晚上 8 点，马超在南川镇派出所召开了"3·29 案件"第二次研究分析会议。南川镇派出所的会议室里坐满了人，有三十多位民警参加会议。

左局长得知又发现了尸块，也赶来参加会议。他的头发梳理得很整齐，戴着黑色合金半框镜架、方形镜片眼镜，深色夹克衫里面的白衬衫领子挺括，颇有领导气质。他觉得专案分析会议，要靠专业侦查知识与侦查经验，领导不应有过多的权威表现，于是让马超主持会议。

崔军凯汇报：调查组几天来对江峰村做了全面摸排，没有发现该村近年来有失踪人员，也没有发现近期有表现反常人员。派出所对周边村庄也做了调查摸排，没有发现异常情况。

张莺汇报：经过对本市及周边县市近期上报失踪人员数据进行分析研判，有的还做了实地核查，没有发现近半个月来有30岁左右失踪的可疑女性人员。

谢方群汇报：由于高速公路与省道上车流量大，视频查看至今，还没有发现可疑的车与人。据交警部门通报，3月份以来，南川镇一带道路没有发生交通肇事逃逸案件。下午已经对发现尸块的鱼塘周边做了实地查找，可惜附近的道路、建筑物没有安装监控探头。

……

“3·29案件”至今可供研究的仍然只有尸块。各组作了简要汇报后，会议前半场依然是应法医唱主角。

应法医用多媒体投影仪边放检验照片，边作介绍：

——蛇皮袋是一种在市面上销量很大的“狗狗乐”牌狗饲料包装袋，袋口松开，有结扎痕迹，未发现有结扎绳索。

——袋里装有三块尸块，分别为左右腿与一只右手。左右腿的断端都位于股骨中上段，皮肉是用刀砍切开的，骨头均用锯子锯断，断端未见生活反应。

——右手断端在尺、桡骨的中上段，皮肉、骨头都是用刀砍断的，前外侧部有生活反应；断手前臂外侧及前侧、手背部有十多条比较平行、深浅不一的砍切伤，深的创口已砍到骨头，但仅及骨质表层，生活反应明显。断端与手臂损伤为一重一轻两种刀具形成的可能性大。

——右手五指指甲涂有红色指甲油，手形与29日发现的左手基本相同。

——袋中有两块青砖。

——经对胫骨长度测量计算，死者身高为1.70米左右。

——先后发现的四块尸块，没有重叠，从发现地点与外观检验分析，是同一女性可能性大。

事情有时候就是很巧。讲到这里，应法医的手机屏幕亮了起来。应法医在发言中一般是不接电话的。但此时一看来电显示，他立即打开手机。通话中，他显得有点兴奋。挂机后，他说："上午发现尸块后，我们立即取材送刑大DNA实验室做检验。刚才小胡来电讲，检验结果已经出来，四块尸块属同一人体，均未检出Y染色体，可以确定为女性。根据四肢尸块及上面的损伤情况，我觉得可以确定这起案件性质是杀人分尸。"

接着，他无奈地说："蛇皮袋中除尸块与两块青砖外，没有发现衣物等其他物品，小胡讲DNA数据库也没有比中人员，身源无法确定。由于还没有找到头颅与躯干，死因也不能确定。我们已经对看鱼人所用的简易小房子及鱼塘周边做了勘查，没有发现可疑的痕迹物证，该鱼塘应是抛尸现场，但杀人分尸的第一现场还不知在何处。"

应法医汇报完检验情况，没有紧接着讲分析意见，而是抬头先看了看马大，再看了看左局长。由他为主当面向市委常委、局长左力汇报案情，这还是第一次。别看应法医快"奔六"了，似乎还有点天生怕大领导。

左局长接到应法医的目光，开口说："应法医你对尸块的检验很仔细，对案件定性也讲得很明确，但关键的身源、死因、第一现场等问题没有解决，你能根据尸块的检验情况，提出一些分析意见与工作建议吗？"

左力是去年上半年从云州市公安局政治部副主任的位置上

提任到云山市任市委常委、公安局长的。他一直在综合、政工部门工作，没有当过刑警，但他主管市局公安宣传工作多年，深知基层打击刑事犯罪的重要性。到任后，他一直很重视刑侦工作，第一次到刑大调研，听了工作汇报后，他当场就拍板解决了几个长期困扰刑侦工作的难题。刑大 DNA 实验室就是在他的重视与支持下快速建起来的。有了自己的实验室，DNA 检验便利多了，速度也快多了。

左局长参加刑侦大队的案件分析会不多，听了一个多小时的尸检情况介绍，几个关键问题还是确定不了，他心里有点急了。但是他相信应法医能提出一些很好的分析意见，因为他在云州市局工作时，就已久闻应良平大名了。

“老应，你抓紧说说你的分析意见吧。”马超催促道。

应法医习惯性地用右手理了理头顶不多的头发，摘下眼镜擦了擦又戴上。眼镜摘下时，他双眼眯成了一条线，戴上眼镜后，镜片后小小眼球透过来的目光颇有自信。

“好的。我和许乐新、小高法医等人一起作了分析研究，共同形成了三点分析意见。”应法医说，“我们认为第一现场应在案犯自己或死者居住的房间里；作案现场不在江峰村及附近，而是在镇区、城区可能性大；作案人员可能有精神异常。”

“我看这三点意见对下一步侦查工作很管用。你说说具体分析理由。”左局长话语中既有赞赏，也有催促。

“第一点分析意见，即第一现场应在案犯自己或死者居住的房间里，主要依据有三点：一是案犯分尸中先后使用了多种工具，尸块检验表明，起码有较重的刀、较轻而锋利的刀与粗齿的锯子三种，而居家环境中容易得到这些工具；二是两只手在生前或濒死期即被砍断，两条腿应是死后一段时间再被分离，由此分析有一个存放尸体的过程；三是分尸、清理现场都需要较长时间。另外，砍、锯骨头时也会发出较大响声。”应法医准备得很充分，叙述时连笔记本都没看一眼。

左局长听了连连点头道：“应法医论点鲜明，论据充分，分析得很好。”接着问，“那第二点意见的依据呢？”

“第二点是一种可能性分析，但依据倒有不少。从技术角度分析的依据主要有：首先，尸块检验发现，死者皮肤保养良好、留长指甲、涂指甲油、手掌无老茧，所戴的戒指、手镯价值上万元，而江峰村一带经济相对比较落后，农村中这样的妇女很少见。其次，尸块包装袋是‘狗狗乐’牌狗饲料袋，农村人养狗较少用饲料，而城里人养狗较多用。另外，装尸块的蛇皮袋内有青砖，不大容易漂移。今天发现的尸块不是在靠近村庄的西侧水域，而是位于鱼塘东侧水域，即靠近省道公路，案犯沿公路远距离运尸抛尸的可能性比较大。”

“那从侦查角度分析有依据吗？”马超知道应法医善于将技术、侦查相结合来分析案情。

“据我所知，江峰村一带没有发生过杀人分尸案件或抛尸情况。29 日发现女性断手后，引起轰动与流传，至今在江峰村及至整个南川镇已是家喻户晓，但是排查中没有发现失踪的可疑女性，也没有其他可疑的情况。这也可印证死者非江峰村一带人员。综合分析，杀人现场在这一带的可能性比较小。”应法医对调查情况很了解，综合分析意见也很明确。

左局长听了又点头道：“尽管是一种可能性分析，但依据还是很客观很充分，我觉得可以导向‘3·29 案件’的排查范围。”

“老应，你接着说说第三点。”马超说。

应法医先低头仔细看了一会儿笔记本，再抬头接着道：“第三点，是我们几个技术人员经过反复检验与讨论后的意见，认为此案有可能是精神异常人员作案，这主要是从右手的损伤特征分析而得。尽管现在还不能判明死因，但右手前臂与手背的损伤有十多处，深浅不一，基本上只伤及皮肉，排列比较平行，应该是在死者昏迷或死后不久，体位、手位已成固定时形成。精神正常人作案，一般不会在这种状态下采用这种致伤方式。”

三点分析意见讲完后，应法医没有停下来，而是自然而然地结合社情民风又作了一些背景分析。他说据医疗部门统计，近年来精神病发病率呈上升趋势，除由遗传因素、生活挫折、婚姻情感问题等诱发外，因吸毒、网游、传销、非法集资、竞争压力大、工作负担重等因素诱发的精神异常也比较多见。精神异常人员，有的会实施异常罕见的暴力行为……

应法医最后建议：“排查犯罪嫌疑人时，应该特别注意各类精神异常人员。”紧接着他又补充，“由于尸块不全，其他有用信息很少，上面的分析还只是‘参考消息’，不是‘人民日报’。”

应法医一旦展开讲就滔滔不绝了，口头禅也用上了，似乎又不怕大领导了。

左局长悄声问马超：“‘参考消息’、‘人民日报’什么意思?”

“那是老应的习惯说法，他说是和公安部一位著名法医专家学的。他的分析吃得准的，就说是‘人民日报’，吃不大准的，就说是‘参考消息’。”马超答。

“哦，是这样。”左局长面对应法医说，“‘参考消息’多数消息也很准的，我觉得你几点意见都分析得有理有据。”

马超也说应法医分析得很好，他接着让大家提问题并开展讨论。

韩帅善于思考又有点表现欲，他翻阅了一会儿笔记本后，站起来面向应法医问道：“依据上次与今天发现的尸块，死者年龄可能是多大?”

“人体骨头中，利用耻骨联合面的形态变化、牙齿的磨损程度推断年龄比较准确，利用四肢则难以作出准确推断，凭经验，我认为还是30岁左右。”应法医答道。

“对死者身高的推断，上次说1.66米左右，这次说1.70米左右，到底哪一个推断比较准确？”韩帅又问。

“应该是这次由整根胫骨推断的身高比较准确。”

“那死者是一个长腿女人喽？”

“有可能还是一个长腿美女。”应法医又说，“当然这也是‘参考消息’。”

李小林一听，咧开嘴笑了起来。

坐在旁边的韩帅马上用胳膊肘捅了他一下，悄声说：“现在是研究分尸命案，你笑什么笑！”

李小林似受一吓，随即抿嘴皱眉，一脸严肃。

案犯分尸抛尸，尸块上未见有衣物，为什么戒指、手镯不拿走？抛尸的鱼塘紧邻公路，外县市案犯到本市抛尸有可能吗？案犯是否可以肯定有精神异常？这么多种的精神异常，哪一种可能性大？被害人有精神异常可能吗？可能是受韩帅发问的启示，有几个刑警对应法医提出了一些问题。

应法医这次没有有问必答，而是连连说不好意思，由于水平有限、条件有限，这些问题，难以给出明确的答复。

接下来的讨论中，大家都认可这是一起杀人分尸案件，马超也明确表示同意。对下一步工作，多数人认为仍然要继续查找尸块以查明身源，同时要查找第一现场，再展开其他侦查工作。

云山市公安局在公用办公场所实施禁烟，对刑警大队却是网开一面。刑警研究案件时就是抽烟多。会议开了两个多小时，说话的人不多，抽烟的人不少，会场上早已是烟雾腾腾。马超坐在左局长旁边，开始没有抽烟。大家讨论时，他边听边思考下步工作如何安排，为了打开思路，连抽了几支烟。

马超知道明天一早左局长要到云州市里参加一个重要会议，就没让大家过多讨论。在征求左局长同意后，马超十指交叉紧扣，看了看笔记本，然后松开十指，即开始边分析边布置工作："根据这几天的排查情况，结合尸检分析，江峰村一带的女性被害可能性不大，但现有尸块毕竟出现在江峰村，外来人员到这一带被杀的可能性也不能排除，必须继续深入开展排查。另外一种可能性比较大，即在外地行凶后运尸抛尸到江峰村。"

讲到这里，马超让王英英打开电子地图，站起来用小手电指点着屏幕说："大家看，南川镇是市区往南的第二个镇，再往南还有一镇一乡，再过去就到外县了。那两个乡镇是山区，隐蔽的地方很多，如果案件发生在那里，凶手选择就地抛尸可能性大，其越过山区而到接近云山市区的南川镇抛尸，不大合情理。因此相对来讲，从市区方向过来抛尸的可能性就比较大。

"结合应法医有理有据的分析意见，排查工作要拓展到南川镇镇区，再逐步拓展到市区，特别要注意发动社区民警、基层群众提供 3 月份以来失踪、出走的可疑人员，原有人居住、近期没人进出的可疑住房。既要在这些人中查找死者，也要注意从中发现作案第一现场、犯罪嫌疑人员。这项工作请崔军凯继续负责。"

马超让王英英把电子地图拉到江峰村一带，接着说："如果是远距离运尸抛尸，应有交通工具。要由近及远调取、拷贝路经江峰村道路的监控视频，以 27 日为时间中点，以江峰村到市区为线路重点，逐步拉长时段与拓展路段，作全面查看分析。这项工作请谢方群负责。"

说着，马超看了看笔记本，并用笔在上面加写了一些字，继续道："第三项重要工作是要全面查找、核实失踪人员。现在人员的失踪情况很复杂，有被侵害而失踪的，如被杀害、拐卖、绑架、非法拘禁等；也有不少是由于自己的某种原因而失踪的，失踪后有可能产生意外，也有可能被害。后者有违法犯罪人员外逃、破产负债人员躲藏、成人为网恋或婚外情而玩失踪的，甚至有青少年因功课负担过重而出走，等等。还有一类人员，即吸毒成瘾人员，有的或为逃避家人监管，或为避免被公安抓获，故意隐藏自己的行踪。下一步要网上网下、数据实地相结合寻找核查各类女性失踪人员，进而争取查明死者身份。同时要开展对各类精神异常人员的数据搜集与实地核查工作，从中查找有无涉案的可疑人员。这项工作请张莺负责。"

接着，马超对向周边地区发函协查、发动江峰村村民协助开展全面打捞、悬赏提供线索及寻找尸块、调查死者的戒指手镯以及"狗狗乐"狗饲料销售情况等工作，一一作了具体的安排。

最后，马超说："至今，我们对'3·29案件'掌握的信息还很有限，案情分析与工作安排只有全方位考虑，多方向安排。我还是那句话，各自都要立足本职求突破，争取东方不亮西方亮。"

部署完工作，马超请左局长作指示。

研究命案侦破工作，领导讲话，没有掌声，会场很安静。

左局长觉得应法医专业分析水平高超，而马超在进一步分析的基础上，安排布置的工作，既顾及全局，又突出重点；既提出明确要求，又教以具体方法，全面细致，滴水不漏。这样的干部不多，看来，刑侦工作挺能锻炼人的。

左局长端起茶杯连喝了三口，用手赶了赶眼前的烟雾，又顺手拿起马超的烟盒念道："'吸烟有害健康，戒烟可减少对健康的危害。'你们刑警研究案件，抽烟太多了一点吧？有的人认为抽烟可以提神开思路，但应法医不抽烟，思路不是很清晰吗？

他身体、精神都很好，就是头发少几根，那是智慧的象征。为健康计，我看还是少抽或不抽烟为好。抽烟的同志意下如何？”

左局长发现今天研究疑难命案，刑警们神情严肃有余，会场气氛活跃不够，就先讲点题外话，一方面是让大家放松放松，另一方面也是好心相劝。

听了左局长的劝说，不少抽烟的人不好意思地揿灭了烟头。

应法医看了左局长一眼，即低头看笔记。他像小学生受到老师表扬那样，有点得意，又有点不好意思。

左局长又端起茶杯喝了一口水，接着说：“‘3·29 案件’依据现有情况分析，死者不明、死因不明、第一现场地点也不明，是一起侦破难度很大的案件。现在已经确定这是一起杀人分尸案件，因此我们必须高度重视、全力以赴、抓紧工作，争取尽快查明案情，尽早侦破案件。马超布置的工作很全面，责任也很明确，请大家抓紧抓好落实。”

讲到这里，左局长转头看了马超一眼，再朝向应法医说：“具体工作，我只补充一点。听了应法医的分析，我觉得他经验丰富、技术精湛、推理高明。在下一步调查各类精神异常人员工作中，既要重视从中查找犯罪嫌疑人，也要重视从中查找被害人，尤其是涉毒人员。”

这次案件研究会议时间不算长，但结束时，也已将近午夜 12 点了。

吸毒后跳楼

4 月 6 日，马超一上班，先找来杨教商议如何加强防范电信网络诈骗的宣传工作。

近段时间，全省各地电信网络诈骗案件频发，云山也一样。

有的人一下子就被骗走几十万、几百万，甚至更多。侦破命案很重要，但作为大队长，也不能顾此失彼。

这类案件普遍存在着破案难、取证难、追赃难等问题，但却是可以防范的案件，因而要加大打击力度，更要加大防范力度。省厅刑侦总队下文要求各地立即开展防范电信网络诈骗“一分析，二咨询，三打110”的“三步法”宣传工作，要求做到让广大群众人人都能知晓，如碰到要求转账、汇款的电话、短信、微信、QQ、邮件等，遇到高息揽存的各类集资，一是要自己先作仔细分析；二是如分析不清，则要向他人多作咨询；三是如还不能辨别真伪，就打“110”求助。

“近期，我们市里也发生了多起电信网络诈骗案件，防范宣传工作很重要，总队、支队的要求也很高。‘3·29案件’至今没有突破，有许多工作要做。杨教，请你负责牵头落实总队对‘三步法’宣传的工作部署，行吗?”马超说。

“行！我来负责。马大你就安心把主要精力放在侦查‘3·29案件’上吧。”杨秋露爽快地答应道。

杨教一句话使马超顿时产生了一种解脱感，他连忙开口说：“那就辛苦你了。”其实他心里还有两个字：“谢谢!”但他没说出来。

实际上，一上命案侦查，队里的不少工作都是杨秋露主动负责组织安排的。

杨秋露一走，马超马上打电话给王英英，让她把“3·29案件”各侦查小组这几天的调查材料送来。

王英英是刑侦大队中比较优秀的女侦查员。她长相清秀，性情温和，工作细致，文笔也很好，马超经常让她兼任重大案件侦查的专案内勤组组长，负责组织搜集材料、分析材料、提出建议。

马超快速阅读了送来的材料，觉得各侦查小组都在紧张有序地开展工作，但是都没有突破性进展。

千万楼宇、滚滚车流、茫茫人群，怎样才能尽快查明死者身份、查到案犯呢？突破无名尸体案件的关键点往往在查明死者身源上，查找工作已经作为重点安排了，至今没发现可疑的失踪人员，怎么办？方法有问题吗？措施有漏洞吗？王英英不是在汇总材料中提出要对查找方法再作研究的建议吗？对！再作仔细推敲、深入研究。

马超想到这里，即通知崔军凯、张莺等人到他办公室研究“3·29 案件”。

刚搁下电话，马超就接到局指挥中心电话：城郊百花园小区发现一具男尸，请刑大出现场。马超立即命令一批侦查、技术人员赶赴现场。

百花园小区位于云山市东郊，北靠三岩山，南傍云江水，风景很好，但由于离市区较远，入住率不到三分之一。云山与不少县市一样，房产开发得很多，买房的几乎都是本县市人。近年来不少楼盘的销售率偏低，还有不少人买了多套房子，住一套空几套，因此有很多住房空置。大量的商品房空置，这可能是当今中国独有的奇观了。该楼盘号称百花园，实际上只是零星地种了十来种花，其中不少是杜鹃。

男尸位于 8 号楼 2 单元东边套南面的杜鹃丛中。

早上 8 点许，清洁工老梁在清扫路面时，看到一片杜鹃中有一块呈折断、倒伏状，就走近察看，发现一男子躺在其中，一动也不动，身子旁边有不少血，当即吓得愣住了，随即浑身发抖，好一会儿才镇静下来，忙跑去告诉保安。保安过来一看，也吓得呆了好一会儿，才跑去告诉领班。领班过来仔细看了看，觉得这人已经死亡，随即向 110 报警。

马超带队赶到现场后，即安排开展现场勘查、尸体检验与调查走访等工作。整整忙了一天，侦、技人员简单吃了个快餐，就聚集在百花园小区会所里汇总、分析案情。

东郊派出所分管刑侦与禁毒工作的孙宏副所长汇报：死者叫任开达，住8号楼2单元801室，在一家大公司从事软件开发工作，业务水平高，收入也高，但是三十多岁了仍是单身一人。他近几个月在研发一个应用软件，工作量很大，经常加班加点。可能由于工作压力大，他喜欢喝酒，有时与朋友一起去邻近公司的天天KTV娱乐。据同事反映，任开达工作努力，为人和善，没有发现他与人有什么大的矛盾纠纷。

现场勘查组汇报：8号楼有18层，一梯两户，2单元入住只有十来户人家。经勘查与调查，分析死者从2单元8楼东边套，即任开达居住的房间坠落的可能性最大。房门呈锁闭状，打任开达手机，通的，没人接听。找到他的家人，经辨认，死者确为任开达。开锁进入房间勘查，发现套房的东南间为客厅，客厅的窗户呈开启状，窗户内侧地面有几个拖鞋印，玻璃窗上有几枚指纹，经过鉴定，均为任开达本人所留。各个房间都没有发现外人侵入的痕迹物证，但是在客厅里发现有吸毒用的冰壶及少量冰毒。

一听到任开达家中有冰壶、冰毒，马超马上就联想到了“3·29案件”，在听汇报中很少插话的他即开口问道：“孙宏，任开达有无因吸毒被抓获与处理过?”

“他前段时间因吸毒被行政拘留十天，一周前期满出所。”孙宏听到任开达家中发现毒品，刚想补充汇报，见马大发问，马上接话。

马超一计算“3·29案件”发案时间段，正是任开达被关在拘留所的时间，他应该是与案件无关的了，不由得有点失望，但是仍然问道："任开达被抓获时在吸食什么毒品？"

"当时他们在吸食摇头丸和'K 粉'。我们凌晨 2 点多冲进去时，包厢里迪斯科音乐震耳欲聋，地板在震动，墙壁似乎也在摇动，一群人双脚或晃或跳，双手或抓或舞，都在拼命地摇头。"孙宏似乎回忆起当时的情景，回答后还作了一番形容。

"与任开达一起吸食毒品的有哪些人？"

"共有十多个，有任开达的同事、朋友，还有几个陪侍小姐。"孙宏翻开笔记本，把当时抓获的吸毒人员名字都报了出来，并补充说天天 KTV 经理也在其中。

天天 KTV 经理？马超即刻想起林光说过想接手天天 KTV，就问："这经理叫什么名字？"

"他叫任成兴。"

"对任成兴是怎么处理的？"

"这个，我记不大清了。"孙宏的回答有些迟疑。

马超没有再深问下去，而是问："二任是什么关系？"

"他们好像是堂兄弟。"孙宏的回答有点含糊不清。

马超似乎觉得问题有点脱离主题，转而面向应法医说："老应，请你介绍一下尸检情况。"

应法医汇报：尸体检验发现任开达的损伤呈现出典型的外轻内重、对冲性损伤、内脏损伤广泛等高坠伤特征，除了由于撞击树枝而形成的一些体表伤外，没有其他工具形成的损伤，可以认定是高坠死亡。

应法医说这个死因鉴定是"人民日报"。

"高坠死亡也有自杀、他杀之分。老应，你的意见呢？"

"我的意见是任开达在吸食冰毒后跳楼自杀的可能性最大。"应法医开口即答，眼镜镜片后的目光透露着自信。

吸毒后跳楼自杀，马超在外地案例报道中看到过，在云山可还是第一次，他心里感到意外。

马超知道应法医一直在关注毒品问题，学医出身的他，还对毒品的毒理有所研究。此时见他抬起右手在梳理头发，就说："老应，你给我们讲解一下为何吸食冰毒后会出现跳楼自杀的情形吧。"

应法医摘下眼镜擦了擦，戴回去后说："好的。"随后他发挥自己医学知识丰富的特长，运用经常研究毒品问题发展态势所得的学识，作了一番论述与推理。

他说，冰毒类毒品为兴奋剂，有冰毒、摇头丸、麻古等许多种类，滥用会损害神经系统及多个器官，出现意识障碍、幻听、幻视、被害妄想等一系列精神症状，发生多器官的病变，严重危害身体健康，甚至发生中毒死亡，还极易引发群体淫乱、强奸通奸、寻衅滋事、交通肇事等案、事件，甚至出现自伤、自杀，伤人、杀人等匪夷所思的暴力行为。据多篇论文报道，吸食冰毒类毒品人员，10%以上有暴力行为。吸毒者原本多在娱乐场所聚众吸食，近年来，由于我们公安机关加大了查处、打击力度，在私人空间，几个人或单独一人吸食的情况不断增多。依据现场勘查与外围调查，结合尸体检验情况，任开达很可能是在吸食冰毒后，产生被害幻觉，如被人追杀，而选择跳楼的。目前已经提取了任开达的胃内容物与心血，毒检后可作进一步论证。

众人听得很认真，马超听了若有所思……

听了各组的工作汇报，特别是听了应法医的分析、论述后，马超作了归纳总结，认为该事件是吸毒后跳楼自杀的性质基本可以认定。他全面细致地安排了一些后续工作，让刑大赵副大队长牵头组织一些警员，再开展一些调查核实工作；让法医做好尸检提取物与毒品鉴定的送检工作……

谁是死者

散会后，马超没有回家，又去了办公室。

“3·29案件”死者是谁？他想去办公室静下来再好好看看材料，理理思路。

马超到办公室刚坐下，杨秋露就敲门进来：“马大，你上午叫崔军凯等人来研究工作，现在他们已经在会议室等你了。”

马超对有这样的好部下感到很欣慰，立即与杨秋露来到会议室，进门便道：“大家辛苦了一天，现在已经快10点了，你们主动都来了，很感谢，很感谢！会后，我请你们吃夜宵。”

会议室里崔军凯、张莺、谢方群、韩帅、王英英等人都在。众人都说马大辛苦，并表示“3·29案件”没有突破，他们晚上原本就要来加班的。

这次马超没让大家先讨论，直接发问：“张莺，你们信息组对失踪人员的核查情况怎样？”

“近年以来已报案的失踪人员、调查中发现的失踪人员，基本上都已作分析核查，发现了十来个30岁左右可疑的女性失踪人员，至今晚，都已查明去向。”

“视频工作情况如何，谢方群？”

“市区到江峰村的车辆，时间中点定了，江峰村这一抛尸点也定了，但是抛尸出发点没法定，而城区、镇区是有多条路可以走到江峰村的，需要查看的车辆很多，现在没有发现可疑车辆。”

“军凯，你们排查组的情况呢？”

“我们采取了公开、秘密的方法手段，但由于无法确定重点区域、重点人员，至今没有发现可疑的失踪人员与作案场所、作案人员。”

“王英英，协查有反馈吗?”

“云州市各县市区公安局刑侦大队都已经反馈，没有发现类似案件，还提供了一些失踪人员名单，我已交给张莺。”

……

马超带队去调查跳楼事件，没有动用“3·29 案件”的主侦人员，原想问出一点今天的工作进展情况，看来还是没有。他不由得双手十指紧扣在一起，十指连心，他需要以此来激发自己思维的火花。

“前段时间，我们对死者身源、作案现场与作案人员采取了全面查找、多措并举的方法，现在看来一时难以取得突破。下一步，我想我们先集中力量，在重点人群中查找死者身源。”马超看了众人一眼，没让大家发表意见，该断则断，马上接着说：“我看到过一个典型案例，某地发生了一起凶杀案件，排查出了一千多个嫌疑人，工作量大且难以甄别，后来根据目击者反映案犯个子很高的特点，重点排查身高 1.80 米以上的人员，一下子就缩减到几十个人，很快查出了犯罪嫌疑人。

“上次分析会议，老应说要重视对精神异常人员的排查工作；左局长要求我们既要注意在精神异常人员中查找犯罪嫌疑人，也要重视从中查找被害人，尤其是吸毒人员；我也讲过，有些吸毒人员故意隐藏行踪，现在想想，可能有的吸毒人员因为长期吸毒而被家庭所嫌弃，失踪了家人也不一定知晓，甚至知晓了也不会来报失；今天我们又碰到了一起吸毒后跳楼自杀事件。无巧不成书，下一步查找死者身源，我们就先把工作重点集中到吸毒群体中。”

崔军凯颇有同感：“马大的意见是有依据有灵感，近期应该重点从吸毒人员中查找死者。”

张莺随后表态："按照左局长和马大要求，我们已经把对涉毒人员的调查作为一个重点，做了一些工作，但是由于吸毒人员比较多，情况很复杂，还没有很好深入。下一步，我们就先全力以赴对吸毒人员开展分析研判。"

崔军凯看着张莺说："如果你们能确定死者是谁，我们再跟进调查她的活动区域、交往人员，就有可能突破案件。"

张莺也看着崔军凯道："那我们可是任务重、责任大了。"她转身求教马大，"我们前期的工作方法可能有问题，您给我们指点指点方法与窍门吧。"

如何调查，马超已经作了一些考虑，他说吸毒人员情况很复杂，排查要讲究方式方法，不能就盯着上报的失踪人员做核查，要先理出登记在册 30 岁左右的女性吸毒人员，下发到各派出所实地核查，对有失踪可疑的，马上派人跟进调查；再以吸找吸、以贩找吸，扩展吸毒人员，有失踪可疑的，再跟进核查。有些吸毒人员活动、流动区域比较大，还要先本市，再拓展到外县市开展查找，有必要则请刑侦支队协调调查。"这项调查工作就由张莺你牵头，组织信息中队全面梳理，其他各组与相关所协力核查。"他又问，"大家还有什么好方法？"

韩帅马上接着道："我有个建议。如死者是吸毒成瘾人员，就有可能如马大所说，因为长期、反复吸毒而被家人所嫌弃，失踪了家人也不知晓，或者知道了也不管。这种情况，死者周边居住人员、交往人员则可能有所知情。"

韩帅见马大边听边点头，就提高声音说："我建议向全市每个居委会、村委会发放协查通告，发动群众帮助查找。"

今晚，韩帅还是第一次发言，就提了个大家都没想到的建议。

马超立即表态："这个建议很好！请王英英负责起草协查通

告，把死者年龄、身高、指甲长并涂指甲油、戴戒指手镯等个体特征写上去，并讲明有可能吸毒，近期去向不明，请广大群众帮助寻找。先发本市各居委会、村委会，视情再扩大发放范围。如有群众反映，情况统一汇总到信息中队。”

马超心想韩帅真是一个刑警的后起之秀，跟踪家狗有突破，这次出的点子或许也会有大突破的。

会议结束时，马超请大家到林光的饭店去吃夜宵。“3·29案件”侦查现在处于困难时刻，这些天大家都很辛苦，他想慰问一下部属。众人知道这是马大关心部下，如推辞，马大会不高兴的，又知道有酒喝，都说好！

特征核查

第二天上午，马超一上班就来到信息中队找张莺，进门就说：“你们任务很重，辛苦了。”

“哪里哪里，一上命案侦查，自然是马大您最辛苦啦。”张莺看着马大似乎一夜没睡好而显得疲倦的面容，由衷地说。

“辛苦点无所谓，只是‘3·29案件’至今已一周多，连死者身源也没找到，我心里确实有点急，昨天晚上喝了点酒还是没睡好。”

张莺感受到了马大焦急的目光，心想，马大真是个好男子，事业心强，工作抓得紧，只是有时候心太急，疑难案件，侦查个十天半月甚至更长时间也正常的嘛。但是马大心急，我们工作不能不急。想到这里，张莺说：“我们一定抓紧开展排查。”

“你们打算怎么查？”

“马大，你昨晚讲的方法对我启示很大，以前我们只是核查了已知的失踪人员，接下去要全面排查、核实30岁左右的女性吸毒人员。"

马超接着道："'3·29案件'死者就只一个人，如果是吸毒者，必须把吸毒人员的底数搞清，才不会漏掉。我昨晚只是原则性地讲了一下要求，你们准备具体怎么收集汇总？"

张莺答："我们想按昨晚会议商定的意见，先从数据库中把历年查获登记在册的、现年25岁到35岁的女性吸毒人员全部梳理出来，全面核查后再作拓展。"

"考虑到吸毒人员的增长率是列入考核的，有些地方可能没有把全部吸毒人员输入数据库，你们请禁毒大队帮忙，争取搞清未入库的女性吸毒人员情况。"

"行，但禁毒大队请马大与他们说一下。"张莺知道马大发话比他们去求助有用。

"好的。"

"另外请他们帮忙，从历年抓获的贩毒人员交代中再理出一批吸毒人员，还要理出工作中发现的有可能吸毒的女性人员，还要再帮忙调取省内外自愿戒毒所登记在册的戒毒人员数据。"张莺又提请求。

"哦，要求还挺多。你放心，禁毒大队那边我会讲好，这边的数据收集与分析就拜托你啦。"马超觉得侦查工作遇到困难的时候，更需要充分依靠部下，不由得口气中带有恳求。

"马大客气，什么拜托，您尽管下指令！"

张莺从事刑侦信息工作已近二十年，工作勤奋努力，善于开拓创新，破案实绩突出，先后被评为全省、全国优秀民警。她脸型圆圆色泽红润，身体较胖但非虚胖，丰满的躯体，健康的体质，加上极强的工作责任心，使她特别能吃苦，特别能耐劳，一上大案，常常几天几夜坐在电脑前查询分析，很少休息睡觉。她还有一点给人印象特别深，说话时、微笑中露出的一口雪白整齐牙齿，犹如两排光芒闪烁的珍珠，使人过目不忘。

张莺领受了任务后，深感责任重大。她带领信息组刑警，日夜加班，迅速从多方面收集吸毒人员数据。

云山市民众市场经济意识强，民营企业起步早，在 20 世纪 80 年代就有不少人远赴云南边境经商办厂，90 年代初就发现有些人把毒品从边境带回本市。所以云山市毒品问题发生早，吸毒人员增加快，吸毒人数在全省多年来名列前几位，近年来吸食新型毒品人数增加很快。几方面的数据合起来，信息组发现的 30 岁左右的吸毒女性有近千名。

张莺想，吸毒人员行踪不定，流动性大，短期内要彻底核查清楚这些吸毒人员，工作量很大；而云山一带，身高 1.70 米左右的女性是不多的，参照马大所举案例中的方法，如果把这样身高的女性作为重点排查对象，工作操作性强，工作量也少多了。虽然吸毒人员的数据还不全，死者身高仅仅是一种推断，也不一定居住在云山市，这一方法是容易出现漏洞的，但是张莺决定一试。她一方面把梳理出的名单下发各派出所核查，一方面通过查询数据库，重点梳理身高 1.68 米以上的女性吸毒人员，共理出五十多人。

正当张莺准备把这五十多名吸毒人员下发给各派出所，重点开展行踪调查时，案侦又出巧了，确切地说，是刑警们通过自己的苦干加巧干，抓住了一次机遇。

发动群众协助查找后，陆续有几条信息反馈上来。城区城北街道一居委会反映，有一个住在新荷小区，名叫章朱玉的吸毒人员，今年 30 岁，个子比较高，有 1.70 米左右，今年 3 月 14 日从强制隔离戒毒所出来后，邻居看到她好像只回家住了一夜，之后就没有再看到过她。章朱玉的父亲已经去世，母亲离开云山市两年多，家中现在没有人。

章朱玉就在张莺排出的重点人员名单中。张莺立即向崔军凯作了汇报，崔军凯随即带她去向马大汇报。

马超听了以后很感兴趣，说："章朱玉生活在城区，30 岁，身材比较高，是吸毒人员，家人不在身边，近期去向不明，又出现在张莺排出的重点名单中，我们分析的'3·29 案件'的死者特征在她身上多有体现，应该作为重点核查。"

马大的语气比较肯定，张莺反而有点犹豫。

她说："但是，也有一些特征不像。"

"哪些特征不像？"

张莺答道："向我们反映情况的居委会副主任还说过，章朱玉长期吸毒，戒毒前身体比较干瘦，经济困难，没见她带过贵重饰品，也没见她涂指甲油。"

"这些特征是不像。军凯，你怎么看？"马超觉得讨论中应该让部下多发表意见。

崔军凯略作思考后说："吸毒后如戒毒，身体会慢慢复原的，这个我见过。现在社会上还是有一些暴富机遇，如一个穷女人，傍上一个富男人，也会成为一个富女人，这个我听说过。"

"军凯讲得有道理，而且有亲见亲闻作例证。"

"对，对！人是会变的，那我们这就去查。"两位领导这么说，张莺自然很认可。

"好，我们现在就一起去调查。"

重要的问题自己亲自参加调查，这是马超的工作习惯使然。

两天调查下来，越查越像，并且查到了章朱玉的母亲朱春柔住在云州市市区姐姐家里。

马超决定让王英英带小高法医去访问章朱玉母亲，具体案情先不要多说，但是要提取到生物检材。

章朱玉母亲几近隐居，很少与外人打交道。王英英找到她后说，因办案需要向她了解章朱玉的有关情况，可她就是不愿谈女儿的事情。但当王英英提出要依法提取检材作亲子鉴定时，她很配合，让他们提取了口腔拭子。

经 DNA 鉴定，死者就是章朱玉。

苦苦查了十多天，尸块的身源终于查明了！

马超随即组织参侦人员，对章朱玉的活动情况、交往人员开展全面的调查。

为了查找作案第一现场，马超指令应法医带领技术中队，依法对章朱玉的住房开展了勘查。

章朱玉家是一套八十多平方米的三居室房子，装修得很普通，家具也很一般，家电只有一台 32 寸彩电、一个既小又旧的冰箱，家中值钱的物品应该就是书房里满柜子的书了。

经全面仔细勘查，房间里灰尘比较厚，除章朱玉卧室床上被褥没叠外，物品摆放整齐，没有发现发生过凶杀案件的痕迹物证，可以排除该住房为杀人分尸现场。在章朱玉卧室与她父母卧室中，分别发现了多封章朱玉父母与女儿之间的信件。应法医见这些信件与吸毒有关，即在见证人、居委会副主任的见证下，依法予以扣押。

为了掌握章朱玉生前的活动情况，也为了执行《公安机关办理刑事案件程序规定》中的相关规定，马超请杨秋露带王英英再访朱春柔。他相信杨教会妥善告知案情，妥当做通工作，妥帖安慰朱春柔的。

花开花落

“爸爸，我今天在幼儿园得了五朵小红花。”

妈妈接幼女回家，一进门她就扑向爸爸的怀抱，甜甜地叫着，高兴地说着。

“爸爸、妈妈，我今天数学考了 100 分，语文考了 98 分，班里成绩我最好。”一个小学女童回家就向爸爸、妈妈报喜。

爸爸妈妈说，好孩子，你真聪明。今后要更加努力学习哟。女孩乖巧地连连点头。

“妈妈，好多男同学、女同学都说我长得很漂亮。”一个初中少女边说边露出羞色。

妈妈说：“小孩子知道什么漂亮不漂亮，你不要理睬，好好读书。”

外出买菜回来的爸爸听到了母女的对话，自豪地说：“我女儿当然长得漂亮啦！你是最美丽的天使。”

爸爸比妈妈更加喜欢、疼爱女儿。

“爸爸，这是给您的皮夹克；妈妈，这是给您的毛衣。”

衣服都是名牌，价格很贵，是女儿用第一次领到的工资买的。

“我们老了，又是当老师的，穿这么好的衣服干吗？你今后可要节约一点。”爸妈语气略带责备，心中充满甜蜜。

一个女人躺在床上，浑身发抖、满床翻滚、涕泪交加、鬼哭狼嚎。爸爸、妈妈跪在床前，痛哭失声。

爸爸悲声哀求：“玉玉，你怎么会去吸毒呢？爸妈送你到最好的戒毒医院戒毒，你可一定要把毒品戒掉啊！”

女人看着爸妈如此悲伤的惨状，强忍着痛苦，坚定地点头同意。

爸爸在急救室里抢救，女儿赶来探望，被妈妈挡在门外。

妈妈咬牙切齿地说：“你不要进去看，滚开！我们没你这个女儿！”

爸爸叫章德润，妈妈叫朱春柔，女儿叫章朱玉。

章德润、朱春柔两人是高中同学。“文化大革命”期间，广大知识青年上山下乡，两人于1974年，同四名同学一起被分派到海山公社坝庄大队支农。坝庄大队靠筑坝围垦海涂，人均土地面积在全县是最多的，农民农活干得很苦很累，但青黄不接时吃不饱饭却是普遍现象。

章、朱在读高中时双方就互有好感，在艰苦的农村劳动、生活中，他们互相帮助，互相鼓励，两人的感情由同学情进而到朋友情，慢慢地就凝成了恋人情。1977年全国恢复高考，两人同时考上了省城师范学院。朱春柔的学习成绩在学校里名列前茅，比章德润要好得多，本科毕业时，她原可争取留校任教，或再考研，但她不顾父母反对，都放弃了。那时大学毕业国家包分配，朱春柔跟着章德润回到云山一中任教。工作不久，他俩结婚了。再过了一年多，他们生了一个女孩。

20世纪80年代，中国开始实施了严格的计划生育政策。二人给女儿取名为章朱玉。对这个独生女儿，他们真是爱如掌上明珠，惜同稀世宝玉。女儿从小聪明伶俐、乖巧听话，而且越长越漂亮，一家人的生活充满了幸福快乐。

世事轮回。章朱玉读书像妈妈，成绩一直很好，高中毕业后考上了省城的一所名牌大学。毕业后，她完全有条件考研、考公或在省城找一家大公司工作，但她都放弃了，跟着大学里谈成的男朋友严俊杰回到了云山。严俊杰进了他父亲任董事长的云天旅业集团工作，章朱玉应聘到云山最大的进出口公司当文秘。朱春柔想想自己当年的情况，就由着女儿自己决定了；章德润见宝贝女儿回到自己身边生活、工作，自是十分高兴。

工作不久，章朱玉就和严俊杰结婚了。他们在辉煌大酒店举办了婚礼，婚宴有一百多桌，十分气派。两人真可谓是郎才女貌、珠联璧合，而且是丈夫很富有，妻子很贤惠。

婚前，严俊杰多次到章朱玉家做客，章、朱夫妻见他长相端正、言行有礼，对他们孝敬有加、关心备至，因而对两人的婚姻感到很满意。但满意之余，他们又隐隐有所担忧，因为严家太富有了，现在社会上各种诱惑太多了。女儿的婚姻，能否像他们一样，或者像婚礼中说得那样，相亲相爱，白头偕老呢？

担忧成真。严、章婚后一段时间生活过得很和谐、很幸福，然而好景不长。

严俊杰进入云天旅业集团不久，就担任了总经理助理。商场激烈的竞争，人情社会的使然，严俊杰要么请人，要么被请，几乎天天晚上都是应酬在酒宴上。云天旅业集团拥有多家娱乐场所，严俊杰经常光临玩乐。董事长的公子来了，场所经理自然是热情接待、周到安排，不但安排最好的房间供他玩，端上最好的美酒请他喝，还送上最漂亮的小姐陪他喝、陪他唱、陪他跳。充满诱惑的社会环境，能够锻炼人，也会改变人。在酒场、情场的灯红酒绿中，严俊杰迷惑了，迷路了。不久，就有人发现严俊杰带小姐去开房。

章朱玉的工作也很忙，当文秘应酬也比较多，但她在外恪守妇道，在家尽力把生活安排好，把严俊杰服侍好。但俗话说家花不如野花香，家有娇美贤妻，严俊杰在外拈花惹草的次数却逐渐增多，终于被章朱玉发现了。章朱玉想到自己不顾一切、一心一意地爱着严俊杰，而他这么快就背叛了她，十分生气，及至刻骨痛恨，坚决要求离婚。严俊杰这时才体会到妻子的美、妻子的好，表示要痛改前非，请求她能原谅他。但章朱玉执意非离不可，还瞒着严俊杰把怀孕已有几个月的孩子做了人工流产。就这样，婚后不到两年，他们离婚了。

离婚后，章朱玉回家与父母一起居住，心情十分抑郁，整天闷闷不乐。父母悉心照顾女儿的饮食起居，并发挥教师特长，经常开导教育女儿。他们说，女儿你这么聪明，又不到 25 岁，跌一跤再爬起来，吃一堑振作起来，事业必定会有前途，生活也会重新变得美好的。

万恶毒品，毒品万恶。如果没有毒品，他们的愿望是完全有可能实现的。但是因为有毒品，他们对爱女所有的希望，都幻化成了一个又一个的噩梦。

章朱玉在公司工作交往的人员中有几个是瘾君子，有的还以贩养吸。于是心情苦闷的她被误导了，听信了他们吸“白粉”可以忘掉一切烦恼、享受无限快乐的谎言，在一次聚会中，吸食了海洛因。有第一次，就有第二次、第三次，很快，章朱玉就成瘾了，而且量越吸越大，刚开始吸食时那种“飘”的感觉，像一只鸟一样在空中高高飞翔，像一条鱼一样在大海中任意游弋，甚至想要什么就有什么的感觉已很难找到了。而一旦毒品接续不上，毒瘾上来，浑身忽冷忽热，汗珠直冒，皮肉里、骨缝中，似乎有无数只小虫在爬在咬，浑身上下内外到处都有剧烈疼痛，这种感觉，要多难受就有多难受，要多痛苦就有多痛苦，使人根本忍受不了。及时吸食，加大量吸食，仅仅只有防止这些戒断症状出现的效果。吸毒哪里是让人从人间到天堂，而是送人从人间到地狱，到无间地狱！

章朱玉开始一天到晚想着找毒吸毒，根本没心思好好工作。原来要颜值有颜值，要文才有文才，要热情有热情，甚至要酒量有酒量的章朱玉突然变了，而且都是往反方向变。老板不满意，她也不想干，就辞职了。父母以为女儿是由于离婚心情不好而导致身体不好，也就任由她辞职，让她先在家里好好养养身体。

吸毒，家里就是有金山银山也会被吸空的。开始白送，接着低价供应海洛因给她的“朋友”与毒贩，要价越来越高。离婚时，章朱玉只分到了一份不多的财产，因为严家财产多数挂在严父与云天集团的名下。章朱玉知道注射海洛因的严重危害，一直是烫吸，每天所需的毒品量越来越大。她也残存着一点良知，觉得不能再害他人，没有以吸带吸，更没有想过以贩养吸。很快，她的钱就被吸光了。她开始找各种理由向父母要钱，从小疼爱她的父母，宁可自己省吃俭用，也尽可能满足女儿的要求。他们哪里知道，自己的乖乖女已经深深地染上了毒品。

当章德润夫妻发现女儿痛苦得在床上打滚时，才恍然大悟，原来女儿辞职、不断向他们要钱，是因为吸毒成瘾了。他们觉得自己身为教师，连自己的女儿都教育不好，真是羞愧难当啊！他们双双跪在女儿面前，求她去戒毒。他们顾及名声，拿出原本不多的积蓄，把女儿送到了外省一家颇有名气的自愿戒毒所戒毒。戒毒期间，他们经常给女儿写信，鼓励她，甚至恳求她一定要戒断毒品。女儿也回信说一定会听父母的话，戒掉毒品。她还在戒毒所里写文章，以自己的吸毒经历告诫人们千万不能触碰毒品。

然而，吸毒容易戒毒难，一朝吸毒，终身想毒。第一次戒毒出来，章朱玉在家老老实实地待了一个多月后，又吸上了毒品；第二次戒毒出来，她在回家路上就联系毒友找毒品；第三次戒毒出来，她似乎觉得实在对不起因她吸毒、戒毒而日显苍老、憔悴的父母，安静了一段时间，但是不久又开始吸毒，而且变得六亲不认，蛮不讲理。有时她还把一些不三不四的男人带回家。章朱玉又经常开口向父母要钱，父母不给或拿不出，她就张口骂人，有一次甚至动手打了父母。家里能卖钱的东西都被她拿去卖了，最后甚至偷了家里仅存的值钱的东西——父母结婚时的一对戒指、一条项链，跑了。

看到自己的爱女从美丽的天使变成了一个妖女、一只恶魔，章德润原有的心脏病陡然加重，送医院抢救，不久就含恨去世了。

临死前，章德润紧紧地拉着朱春柔的手说："柔柔，我对不起你，我没教育好玉玉。玉玉再怎么不好，也是我们唯一的亲生骨肉啊！你一定要把她找回来，让她戒毒，让她改好，让她陪伴你……"

朱春柔连连点头，反复答应后，章德润眼角流出几滴泪水，那透出无限遗憾、悲伤、留恋目光的双眼慢慢地合上了。

原本幸福美满的家庭如此惨烈地破碎，朱春柔痛不欲生。在徒有四壁的家中，已经退休的她孤独、痛苦地煎熬着。一看到丈夫的遗像，她就不由得心如刀割，泪如雨下。一家三口的照片她更是看都不敢看。朱春柔在云州市区的姐姐知道妹妹的惨状后，把她接到自己家去居住。朱春柔没有把自己的去处告诉云山任何人。

杨秋露到云州市区，先设法约出了朱春柔的姐姐，单独与她讲了"3·29 案件"的简要情况，请她一起帮助做做朱春柔的思想工作，并关照好她的身体。

朱春柔到姐姐家居住后，就再也不对章朱玉的情况作任何打听，在她心中，那个美丽可爱的乖乖女早已不知去向，这个长大成人的女儿也已经死了。上次接待两个警官，她也不管不问女儿的死活。但当她听到杨秋露说经过 DNA 鉴定，确认云山市"3·29案件"的被害人是她的女儿时，先是一阵沉默，接着泪水涟涟，再接着大声哀号起来。女儿再怎么坏，也是她身上掉下来的肉啊！原来，朱春柔心底深处还隐隐残存着一点点希望——女儿知道父亲因她而死后，会幡然醒悟，会慢慢变好的。可现在，丈夫走了，女儿也死了，朱春柔觉得自己是这个世界上最不幸的女人了！

花开了，春过了，花会飘落；而她女儿还这么年轻，怎么就走了呢？

朱春柔的哭声由大到小，又由小到大，哭得越来越凄惨。杨秋露、王英英和她姐姐在一旁也陪着直掉眼泪。三人劝了好长时间，讲了好多话语，朱春柔才慢慢平静下来。

杨秋露对朱春柔说，为了能够尽早破案，请她讲讲章朱玉吸毒前后的生活、工作与交往人员情况，特别要仔细想想其中有无行凶作案的可疑人员。

可能是朱春柔长期从教的良好素质，可能是她从心底也想为女儿的冤魂复仇，也可能是回忆可以使人一吐为快，朱春柔不但说了，而且比较详细地讲述了一家三口的生活、工作情况，女儿吸毒、戒毒情况，最后她还仔细回忆出她所知道的女儿吸毒前后交往人员的情况，提供了几个可疑人员的名单。

临走时，杨秋露对朱春柔表示感谢，表态一定会争取尽早破案，并请她节哀顺变，多多保重身体。回云山前，杨秋露又专门去找了一个在当地公安分局任治安大队教导员的同学好友，请她联系社区民警，多多关照朱春柔老师。

愧　疚

听了杨秋露走访回来的情况汇报，结合在云山本地的调查情况，马超从章朱玉交往人员中列出了一批重点名单，组织

“3·29案件”专案组人员分头去做逐一调查甄别。

严俊杰是章朱玉的前夫，夫妻离婚，多少会有一些恩怨情仇，离婚后也有可能产生一些矛盾纠纷。因此严俊杰被列为重点调查对象之一。

据查，严俊杰、章朱玉两人产生矛盾后，严俊杰开始坚决不同意离婚，当发现章朱玉瞒着他去做了人工流产后，曾与她发生过激烈的争吵。两人离婚后，严俊杰曾想复婚，但是遭到章朱玉的断然拒绝。朱春柔反映，严俊杰有几次找上门，有一次章朱玉还打了严俊杰耳光，两人扭打在一起，是他们夫妻合力才把严俊杰推出门的。

通过调查两人钱款来往情况，发现离婚后，开始一段时间，严俊杰有几笔钱汇给章朱玉，章随即退回；之后严又汇了几笔钱，章没有退回；再之后双方就没有款项来往了。

严俊杰曾经经常光顾云天旅业集团开办的娱乐场所，近年来去得少了，但还是有，而禁毒大队则从这些场所查到过多起涉毒案件。严俊杰有无可能因吸毒而有精神异常呢？

几天调查下来，侦查员发现了严俊杰的不少嫌疑点。

左局长听了汇报后，要求对严俊杰开展深入调查、当面询问。

随即马超带韩帅、李小林直接上云天集团找到严俊杰的办公室，严俊杰很客气地接待了他们。

趁严俊杰给他们倒水之际，马超环视了一遍他的办公室，觉得装潢摆设不是很豪华。办公室有六十平方米左右，办公桌、柜是实木的，但好像不是红木类的高档木材；老板椅、沙发是真皮的，但也不是什么名牌。办公桌后面的书柜中放着一张严俊杰一家三口的大照片。照片的背景是云水山庄的主楼。照片上，中高个子的严俊杰穿着一套笔挺的高档西装，五官端正的脸庞上显露着几分帅气；妻子长得娇小玲珑，抱着孩子小鸟依人般地靠在丈夫身上。夫妻两人都幸福地微笑着，孩子白白胖胖，十分可爱。

马超的智商、情商都自然而然地冒了出来。他想，看来严俊杰重组家庭后，生活得美满幸福。他会与章朱玉又生感情波澜吗？他会去残害章朱玉而自毁生活、事业吗？如果是他作案，他敢于在案后如常上班吗？

他又想，如果严俊杰没有过错，那照片上的女人应该是章朱玉；如果章朱玉不吸毒，她现在可能也在另一个家庭里美丽、幸福地生活着。人要是不犯错该有多好啊！每个人的生命都只有一次，多么珍贵，可是为什么有的人会不把自己的命当命，甚至把别人的命也不当命呢？

马超请严俊杰也坐下。他发现严俊杰脸色红润，肤色良好。他向韩帅使了个眼色。

“章朱玉是你的前妻吧？”韩帅明知故问。

“是的。”严俊杰回答时显得有些紧张。

“那请你谈谈近期你与她的联系、接触情况。”韩帅直截了当地说。

“我与她离婚已经多年了。离婚后就没有与她有过什么联系，近期更没有接触。”严俊杰刚才的紧张情绪有所缓解。

“离婚后一点联系、接触也没有？”韩帅发现他没有说实话，紧接着追问。

“不能说一点也没有，刚离婚后一两个月，因为我想复婚，去过她家几次。但是之后就没有接触了。”严俊杰回答得很干脆。

“你有什么证据可以证明？”

“五年了，我哪里能时时事事都有证明。不过我与章朱玉的事，你们可以去问她妈妈、邻居、朋友、同事，她不愿意复婚后，我真的没有与她接触过。”严俊杰有点不满了。

“那你们两人经济上有纠纷、有往来吗？”

“离婚时，我们的财产分割双方都没意见，没有什么纠纷的。”可能是发现韩帅的目光中充满了疑问，他马上又补充道：“我有负于她，又想复婚，给她汇过几笔钱，开始她不要，马上汇回来；后来有两笔钱她没有汇回来；再之后，我朋友告诉我她吸毒了，我就再也没有汇钱给她。”

“汇钱一事，发生在我们离婚后的几个月内，我父母知道，我公司的财务也知道，你们可以向他们调查。”严俊杰再次补充道。

“我们当然会去调查的，但是你现在先要实话实说。”韩帅眨着长长的眼睫毛，说话有点底气不足。

严俊杰似乎有点瞧不起这个年轻警察：“难道她犯了什么事？即使犯事了，也与我无关的。”说完，他的情绪明显放松了下来。

马超觉得对需要调查的几件事情，尽管严俊杰能够提出这么多证人，但是也不能让他再放松下去。于是他目光犀利地直盯着严俊杰道：“我们公安机关近期在侦查一起杀人分尸案件，你听说了吗？”

严俊杰知道马超是市公安局刑侦大队大队长，全省有名的破案高手。大队长亲自找上门，现在又猛然问起杀人分尸案件，他马上又紧张起来。他惶恐地答道：“是有听说过，难道这案件与我有关吗？”

“我们已经查明，这起案件的被害人是你的前妻章朱玉。今天我们就是为了破案来向你了解与章朱玉有关的一些情况，请你如实向我们反映。”马超说。

“啊！章朱玉被杀了？真的吗？这不可能吧？”一听马超的话，严俊杰难以相信，不由得连连发问。当得到马超再一次证实后，他顿时眶盈热泪，脸呈悲情。

他带着哭腔道：“章朱玉吸毒以前，是一个很好的女人。我与章朱玉离婚后，还一直念记着她的好，也真心希望她能过得好，真没想到她会被杀了。”

“那你现在知道了。她是你的前妻，你有什么情况要反映吗？你说说。”马超见其悲伤之情不像装出来的，但是仍然盯着他追问。

“她漂亮聪明、知书达理、温柔贤惠，曾经是我的同学好友、甜蜜恋人、知心爱人。我们在一起时，她待我多么好啊！她怎么会被杀呢？是谁杀的？为什么要杀她？我有错，我有责任，我有罪过啊！”严俊杰似乎没有领会马超的问话，也没有看马超，一边泪水涟涟，一边喃喃自语。

马超来找严俊杰之前就有两手打算，如严俊杰可疑点较大，则对他严加盘问，之后再开展全面调查；如可疑点不大，就先把他作为一个依靠对象，让他提供一些章朱玉交往人员中的可疑人员。

他一直用敏锐的眼光仔细观察着严俊杰的神情变化，琢磨着他的答问言语，觉得现在可以给他换个角色了，于是和婉地说：“严总，我也知道章朱玉原本很优秀，她十分爱你，放弃了自己的大好前程，跟你回到云山工作、成家。章朱玉被害，我们都感到很痛惜，我知道你也一定很悲伤。请你能配合我们调查这起案件，把你与章朱玉离婚前后相处过程中遇到的可疑人员或可疑情况提供给我们。”

听了马超一番动情动理的话语，严俊杰显得更加悲伤，发出了声声哽咽，埋下头一时竟说不出话来。

韩帅见状说：“你先别太伤心，为了给章朱玉申冤，你应该听马大的话，与我们详细谈谈有关情况，好吗？”

韩帅刚才有点急，但他的悟性很高，说话多能跟上马大的思路。一直埋头在做笔录的李小林也抬头劝说了几句。

几位警官的话语深深打动了严俊杰。他抬起头，拿了一张纸巾擦了擦眼泪，之后慢慢地开始叙述。

他详细地讲了与章朱玉婚前、婚中、离婚后的情况。他反复强调离婚是他的错，他还直接说明，他对章朱玉只有深深的愧疚，没有一点的怨恨，更没有丝毫的害她之心。他说章朱玉一直为人很好，很少与人闹矛盾，与他离婚前应该没有什么仇人，但他还是提供了一些与章朱玉交往比较多，或有可能产生矛盾纠纷的人员情况。最后他说自己也喜欢看侦探推理小说、法治类的影视作品，他觉得刚才讲的这些人都不大可能去害章朱玉；他分析认为杀害章朱玉的人，最有可能的是与她一起吸毒的人员，或供毒给她的毒贩。

这时，传来敲门声。严俊杰问：“可以让人进来吗？”

马超说：“可以。”

进来的人一身西装，个子比较瘦小，但长相还算清秀；头发似乎涂过发蜡，又黑又亮，但脸色显得有点灰暗。他手里拿着一沓材料，进来后见室内已有几人，并认出其中一个是刑侦大队长，显得有点意外与慌张。

“严总，你有客人啊，那我等一会儿再来。”来人说完就想退出去。

马超仔细看了来人一眼，说：“没关系的，你有事就先说吧。”

来人说：“谢谢！严总，我想向你汇报一下天天 KTV 的装修方案，你有时间吗？”

严俊杰对马超说："这事比较复杂，还是先说你要了解的事吧。"又转向来人说，"你等会儿再来。"

来人应声退了出去。

"这人是谁？"马超问。

"他是我们集团下属天天 KTV 的经理任成兴。"严俊杰答。

"哦！天天 KTV，我们公安机关多次在那里查到过吸毒人员。冒昧问一句，任经理没有吸毒吧？"不知为何，看到来人有紧张感，马超不由得这样问了一句。

"据我所知是没有的。"

"他与章朱玉认识吗？"马超又问了一句。

"应该是不认识。他原在南方一个沿海城市工作，到我们公司才两年多，而我和章朱玉离婚已有五年多了。"他觉得马超的问话有些奇怪，反问道："难道大队长觉得他可疑？"

马超这时觉得自己走题了，随即说："没有，没有，随便问问。"实际上他心里在想，我们搞侦查，对与案情搭点边的，都要打个问号，有必要的都要查一查。任成兴不是有吸毒行为吗？

之后他又问了一些与章朱玉有交往人员的情况，最后说："严总，今天我们先谈到这里。今后你如想到可疑人员或可疑情况，请及时告知我们。"接着又特别强调道，"尤其是吸毒人员。"

"好的，好的。"严俊杰连声答应。

与严俊杰谈话后，马超又安排韩帅与李小林等人做了一些外围调查。

严俊杰的父亲为人正直、待人宽厚，对出身书香门第、美丽贤惠的媳妇很满意。有时碰到小夫妻吵架，他还帮着媳妇说话。当他知道儿子与媳妇离婚的前因后果后，把儿子叫来狠狠地训了几次。他还亲自几次上门到章家，恳求章德润夫妻与章朱玉能够原谅严俊杰，表示自己一定会管好儿子，并提出想让他们复婚。无奈章朱玉铁心不变，章德润夫妻也觉得破镜难圆。

而严俊杰本性老实，又受过大学教育，深知离婚的过错在自己。被父亲训斥了以后，他下决心痛改前非。之后，他一心一意跟着父亲经营云天集团，虽然不时还是有酒宴应酬，但去KTV等场所则是少多了。他很想以自己的工作业绩与生活改变获取章朱玉的谅解，争取破镜重圆。离婚几个月后，严俊杰从朋友处得知章朱玉吸毒成瘾了，觉得这辈子他们是缘尽情绝了。偶尔与人谈起章朱玉，他总是说她的好，说他们离婚都是他的错。一年多后，在父母的牵线下，他与父亲一位朋友的女儿结婚了。又一年多后，儿子出生了。严俊杰是独子，与父母住在一起。喜得孙子后，父母对他管得更严了。严俊杰也十分珍惜这次婚姻，再婚后一直好好生活，好好工作。

各方面情况均印证严俊杰的陈述属实，他没有杀害章朱玉的动机；再经过对严俊杰在案发时间段活动轨迹的调查分析，他也没有作案时间。另外，通过对与严俊杰交往人员中的吸毒人员调查询问，没有发现他有吸毒的迹象。

拘留范乐山

几天后，对与章朱玉交往比较多的人员、可能有矛盾的人员、她吸毒被查获时一起吸毒的人员、有关联的贩毒人员的调查情况，都陆续反馈上来了，都没有发现可疑的作案人员。

尸体无名变有名，往往就能很快侦破案件。但是这个案件几天调查下来，仍没有突破性进展，马超觉得案件侦查又遇到瓶颈了。晚上，他再一次召开了案情分析研究会议。

会上，马超综合大家的意见后说：“‘3・29案件’，我们综合各方面情况，分析案犯与死者都有可能是涉毒人员。现在已查实章朱玉是吸毒者。根据调查，章朱玉不存在被害前就有的、明显的情财仇因素；她从强制隔离戒毒所出来只有十多天就被害了，出所后、被害前交往人员最有可能的应该是涉毒人员或关联出去的人员，而案犯很有可能就在这些人员之中。下步工作的重点是要进一步深查与章朱玉吸毒直接、间接有关的人员，逐一开展核查甄别，有必要的再扩展调查。”他让张莺先从各类数据库以及调查所得到的与章朱玉吸毒有关联的人员中再设法梳理出一批名单，其他人员共同参与分析、核查工作。

最后，马超双手十指交叉紧扣，凝眉沉思。过了片刻，他双手放开并特别强调，把与章朱玉一起戒毒的人员纳入调查范围。

第二天晚上，马超正在办公室苦思冥想，张莺敲门进来了。

“有好消息吧？这么快啊！”心有灵犀，马超抬头就问。

张莺笑着说：“马大神算，是有一个很有价值的线索。”

“什么线索？你快说。”

“两年多前，章朱玉在一小旅馆吸毒时被禁毒大队查获，禁毒大队还查到她已经先后在自愿戒毒所戒毒三次，吸毒成瘾严重，通过社区戒毒难以戒除毒瘾，经报局领导批准，作出强制隔离戒毒的决定。上次您说不要就盯着上报的失踪人员查死者身源，给我们开辟了新的查找途径；昨天晚上您说与章朱玉有关的戒毒人员也要查，又给了我们一个很大的启发。会后我们立即加班，通过查询戒毒人员数据库，理出了一批与章朱玉同期在省女子强制隔离戒毒所戒毒的云山送戒人员名单。今天一早，我们派人前往调查，发现有一个名叫范乐水的戒毒人员与章朱玉相处得很好，两人恰巧在同一天期满释放。下午我们又到范乐水居住过的几个地方作了调查，发现章朱玉家住在老房子时与范乐水家在同一个院子里。范乐水父母去世多年，她哥哥叫范乐山，兄妹两人感情很好。据章朱玉母亲反映，范乐山对妹妹很好，对邻家小妹也很好，章朱玉读高三时，他追求过章朱玉，但她与丈夫坚决反对，章朱玉也根本没往这方面想。章朱玉前夫严俊杰也反映到，在读大学时，有两次看到范乐山到学校找章朱玉。3 月下旬以后，范乐山下落不明。我们觉得范乐山十分可疑。”张莺一口气把调查到的情况作了汇报。

马超听了连连点头，但随即又问：“章朱玉出所时身体如何？”

张莺答：“据戒毒所反映，章朱玉进所后，经过一段时间治疗，生理成瘾症状就基本消除了。经过两年有规律的生活，她身体恢复得很好，可以说是戒毒所里一大美女啦。”

“范乐山有没有吸毒？”

“他没有被查到过吸食毒品，但通过多个数据库的数据分析，范乐山交往人员中有几个是吸毒人员。”

“范乐山是什么原因失踪，知道吗？”

“这方面情况我们还没来得及调查。”

“对范乐水做过调查了吗？”

“我打过电话联系，她说在外地有事，要明天才回来。因没能见面，具体我就没与她多说。我已要求她明天到刑大接受询问。”

马超连问了多个问题后说：“你们调查到的情况很有价值，范乐山确实比较可疑。明天你与韩帅就找范乐水了解情况，我安排崔军凯对范乐山的失踪情况开展调查。”

“任成兴的情况你们查了吗？”他突然又问。调查任成兴，是会后马超单独布置给张莺的。

“已经查了，没发现他与章朱玉有接触、有联系。”张莺回答，又补充说，“章朱玉是吸食海洛因的，任成兴是吸食新型毒品的，两人吸食的毒品也不一样。”

“哦，是这样，那对任成兴的调查就先放一边。我也是凭感觉要查他一下。”

张莺回答说好的，但她不知道马大是凭的什么感觉。

范乐水不愿到刑大接受询问，她不是怕查她是否复吸，她这段时间确实熬着没有吸食毒品，而是在处理一件重要的事情。侦查员只好拿着《传唤证》把她带到刑大。

范乐水知道是向她了解有关章朱玉的情况时，似乎很配合。她承认在戒毒所中与章朱玉相处得很好，她们还互相鼓励，这次一定要戒断毒品。她说她是与章朱玉一起出所的，还坦率地说，她哥哥来接她出所，她们两人一起坐她哥哥车回的云山。问她章朱玉与范乐山的交往情况，她说以前他们是邻居，小时候经常在一起玩，章朱玉家搬走后就接触很少了，哥哥应该很长时间没有与章朱玉见面了，但在车上两人谈得比较多，主要是谈小时候的一些趣事，至于回云山后交往如何，她不清楚。当问到她哥哥的去向时，范乐水说已有二十多天没见到哥哥，他可能是做生意外出了，具体到哪里她不知道。反复追问，她仍坚称不知道，近期也没与他有电话联系。

对范乐水作询问的张莺与韩帅都觉得她没有如实讲清范乐山的情况，但是传唤时间已到，只有让她先回去。

崔军凯带着几名刑警，对范乐山开展调查，行动快，效率高，不到两天就查明了范乐山的基本情况。

范乐山职业高中毕业不久，在云山开办了一家汽车摩托车配件加工厂，开始几年生意做得很好。几年前，他一方面想把生意做大，一方面想搞转型升级，投资了上千万元，扩建了厂房，引进了先进的生产流水线。但是由于事先没有做好充分的市场需求调查，之后不久，产品就出现了滞销。民营企业大决策、大投资是不能有大失误的，大失误了，就很难东山再起。

屋漏又逢连夜雨。去年年初，范乐山公司的出纳接到一封要求更换汇款账号的诈骗电子邮件，没与老板做核实，即把范乐山好不容易筹集到的三百多万元材料款汇了出去，搞得工厂连继续生产下去都成问题。

表面上范乐山还像一个大老板，住别墅，开奔驰，实际上企业已处于严重的亏损状态，资不抵债。范乐山为了拆东墙补西墙，以集资办厂为名，先后向二十多个人高息借了许多钱，多数没有用于生产投资，而是用于还债以及供自己消费，涉嫌集资诈骗。被骗人员有的已向公安机关经侦部门报案，有的则私下威逼范乐山还款。

两年多前，范乐山离婚了，女儿判归女方抚养。

3 月 22 日后，范乐山的手机关机，人不知去向。

马超召集参加“3・29 案件”侦查的主要人员，专题听取了对范乐水、范乐山的调查情况。

情况介绍后，崔军凯即发表观点：“我认为范乐山十分可疑。”

马超说：“那你讲讲具体依据。”

“范乐山与章朱玉曾经是邻居，他还追求过她；章朱玉出所时搭乘范乐山的车回云山，现在章朱玉孤独一人，范乐山也已离婚，他有可能再次追求她；范乐山交往人员中有吸毒的，不能排除他也有吸毒的可能；还有很重要的一点，范乐山手机关机后去向不明，至今已近一个月了。”崔军凯准备充分，分析全面，一口气讲了四点依据。

应法医听了后觉得有个问题难以解释，就说：“范乐山是有比较多的可疑点，但是他 3 月 22 日就去向不明，与 27 日左右的发案时间点明显不符。”

“你们法医检验分析的死亡时间有没有可能出现误差?”崔军凯对应法医是很尊重的，但他仍然提出这一疑问。

“根据尸检情况，章朱玉死亡时间离发现断手时间最多不会超过三天的。章朱玉在22日即被杀不可能，除非范乐山带着章朱玉外出后再行凶。”应法医的语气十分肯定。

崔军凯带点反驳的语气说道：“范乐山外出行踪不明，章朱玉出所后露了一面即不知去向，范是否携章一起外出，现无从判断。但我讲的是综合分析，范乐山十分可疑。”

张莺接口说：“我们询问范乐水时，她就是不讲她哥哥到哪里去了，这也十分可疑。范乐山不是有债务问题吗?有无可能开始是他因避债而携章朱玉一起外出，几天后由于某种原因杀了章朱玉，于是就不敢再回来了?”

很明显，张莺是赞成崔军凯的观点的。

“张莺的推理有道理，范乐山与章朱玉接触后，有可能是两人好上了，所以之后范就携章一起外出。范乐山单单为避债而外出，近一个月不回，不合情理。”崔军凯也附和着张莺的说法。

“范乐山是有不少疑点，只是没有直接指向他作案的证据，我觉得还需要作进一步的调查，才能作出依据充分的推断。”讨论案件时，杨秋露说话不多，但是说了，多能说到点子上。

韩帅心中有一个想法，早就想说了，这时见几位领导、前辈都说了，就开口道：“崔副说得有道理，范乐山确实有不少疑点；但是正如杨教所说，现在也没有直接指向他的罪证。章朱玉吸毒后到处借钱，有借无还，搞得几无朋友，出所后又无家人在身边，因而与范乐山联系、相处的可能性很大。我觉得应该尽快找到范乐山，这样既可对他本人作甄别，也可向他了解章朱玉出所后的活动情况，进而深查下去。”韩帅说完，看了马大一眼。

马超心想，这小子这话说得挺老到的。

见大家讨论得差不多了，马超把拿在手上的烟吸了几大口，揿灭烟头后说："大家刚才发表的意见都有道理，范乐山是比较可疑。范乐山与章朱玉原本认识，章出所时碰到范，两人再次接触并好上，有可能。范乐山在22日后突然失联，至今去向不明，有可疑。与发案时间点的差异，可以解释，或许他带章朱玉一起外出几天后，由于某种矛盾而行凶；或许他外出后潜回本市，由于某种原因而作案。但是，问题的关键，如杨教所言，现在还没有直接指向性的客观证据。

"当然，范乐山也有可能是怕公安以涉嫌集资诈骗罪抓他而外逃，或者是由于债主逼得狠而外出躲债去了。近段时期以来，民营企业老板因债务而跑路的情况时有发生。"

马超说到这里，又自然地举起双前臂，十指紧扣。他说了一长段话，没有给出明确的定性意见，但接下来，他提出了明确的侦查思路。"甄别范乐山，现在最好的方法是如韩帅所言，找到范乐山。范乐山涉嫌集资诈骗证据比较充足，我与经侦大队联系，先以涉嫌该罪对范乐山立案侦查，再动用侦查手段查找范乐山下落。"马超部署道。

由于怀疑范乐山是"3·29案件"的案犯，侦查手段很得力。两天后，侦查员就发现范乐山躲藏在云州市郊区的一家小旅馆里。马超命令崔军凯带韩帅等人前去拘捕。考虑到范乐山有可能涉毒，也有可能是"3·29案件"的犯罪嫌疑人，马超让崔军凯等人带上了枪支。

当天晚上10点许，崔军凯一行发现范乐山一人回到旅馆二楼的房间。他们没有采取强攻，而是让服务员打开房门冲了进去。范乐山一见几个着便装人员冲进来，即向窗口跑去。韩帅眼疾手快，迅即冲上去，一把抓住了一只脚已迈上窗台的范乐山，崔军凯等人也随即冲过去，七手八脚把范乐山摁住。韩帅拿出手铐把他铐上。

范乐山见来人来势凶猛，跳窗不成后，吓得浑身发抖，颤声大叫："别动手，别动手！我正在筹钱还你们呢！"

看来，范乐山是以为债主雇用社会上的讨债人追上门来逼债了。

崔军凯亮明身份后说，范乐山你涉嫌集资诈骗，我们依法对你采取刑事拘留。接着让范乐山在《拘留证》上签名、按指印，又对房间进行搜查后，把其押上车，带回了云山刑大。

似是而非

马超亲自审讯范乐山，崔军凯、韩帅参加。

范乐山被带进审讯室。他个子中等，胖瘦中等，头发微卷，眼大鼻高但嘴巴相形见小。此时他面色无光，头发零乱，胡子拉碴，上穿一件灰白色夹克衫，下穿一条深色休闲裤，皱巴巴、脏兮兮，一副落魄颓败样子，全无往日老板的派头。他的目光中透露出几分恐慌、几分狡黠。

马超想，涉嫌集资诈骗案件可由经侦大队审讯，先"声东"后就直接"击西"。

一番常规讯问后，马超目光逼视着范乐山问："你知道我们公安机关为什么刑拘你、审讯你吗?"

"我知道你们认为我集资诈骗，但是我认为我问他人借钱是正常的民间借贷。"范乐山否认自己诈骗，但似乎底气不足，答话声音很轻。

"我们已经做了充分的调查，有足够的证据证明你涉嫌集资诈骗。”马超疾言厉色。

范乐山有几个熟人因集资诈骗被抓，他知道自己集资问题的性质，现在又知道公安已做了调查，掌握了证据，心中十分惊慌，一时不知如何说好，就低头不语。

“你抬起头来!”马超目光逼视着范乐山双眼，“但这事先不要说，你先说说与章朱玉的关系。”

以涉嫌集资诈骗拘留他、审讯他，现在又要他先讲与章朱玉的关系，范乐山先是感到吃惊，随即却又显得较为坦然了。“好的，我说。多年以前，我们是邻居，两家关系比较好，小时候我们经常在一起玩。章朱玉家在她高中快毕业时搬走了，之后，我们很少有往来。近几年，我知道她吸毒了，与她就没有联系了。”

“那近期你们有没有接触?”马超追问。

“也没有接触过。”范乐山的回答有点迟疑。

“到底有没有?”

“真的没有。”

审讯中，往往是谁说谎，谁就有可能是案犯。

韩帅听范乐山明显是在说谎话，看来他是“3·29 案件”嫌犯的可能性增加了。他想开口反驳，但忍住了。马大审讯水平高，今天又是他主审，崔副大队长都没有说话，韩帅觉得自己不能多插嘴。他敲打着键盘做笔录，但仍不时抬头观察、揣摩着范乐山的面部表情、肢体动作。

马超见范乐山想“瞒天过海”，就来个“欲擒故纵”，没有戳穿他的谎言，而是转口发问：“章朱玉与你妹妹关系如何?”

“她们小时候也是很好的。”

“那以后呢?”

“章朱玉家搬走后也没有什么往来啦。”

“你妹妹有无做过违法的事情?”

“没有的，她很老实，很胆小的。”

“她有没有吸毒?”马超见范乐山“假痴不癫”，就直接发问已经掌握的情况。

“……”这个问题，范乐山不敢马上回答。

马超不等他回答，说：“我告诉你，她长期吸毒，多次戒毒，实际上你心里也是清楚的。”他又追问，“她们两人有没有在一起戒毒?”

韩帅听出，今天马大审讯用了“三十六计”。马大对“三十六计”颇有研究，在侦查特别是审讯中常常应用。

范乐山装糊涂，说:“好像一起过吧?”

“那谁去接你妹妹出戒毒所的?”

“是我。”

“你接到的还有谁?”

范乐山这时才明白，警察已对他妹妹做过调查了。

他只有老实地说:“还有章朱玉。”

马超紧追着问:“那你刚才为什么说没有与章朱玉接触过?”

范乐山一时不语，有点紧张，但又似乎没有十分惊慌的表现。

马超一边讯问，一边注视着范乐山的表情变化。此时，他面色严肃，口气严厉，直截了当地说:“我们在调查一起杀人分尸案件你知道吗? 死者就是章朱玉!”

一听此话，范乐山马上显得十分恐慌，他结结巴巴地问:“章朱玉、章朱玉，她、她，她死了?”

“是的，她不幸被害了。”

“我没有杀她，我没有杀她!”

范乐山十分急切地分辩着，接着竟然伤心地哭了起来。

“那你为什么撒谎?”

“那是我不对，我刚才确实没有说真话。我与章朱玉确实有接触，而且相处了好多天。”范乐山止住了哭声，但仍带着哭腔。说了这句话后，他反而慢慢地平静了下来。

“你承认了与章朱玉有接触，不承认自己作案害她，那你把与章朱玉交往的情况如实告诉我们。”马超的语气有所缓和，但要求明确。

“好的，我一定如实说。”

范乐山说，他们兄妹年幼时就失去了父母，为让妹妹能够好好读书，他选择了读职高，毕业后就自己办厂。可让他很痛心的是，妹妹不争气，染上了毒品。他家与章朱玉家是邻居，他们兄妹从小就与章朱玉相处得很好。他比章朱玉大好几岁，待她跟待自己妹妹一样。章朱玉父母对他们这对孤儿的生活也常有所照顾。

章朱玉读高中时，人越长越漂亮，性格也很温柔，而那时他的工厂也办得比较顺利，生意做得比较好，就去追求她。可是章朱玉一心读书，根本不愿与他谈恋爱，她父母也坚决反对。后来，章朱玉读大学去了，他想自己与她的条件相差更大了，就没想过再去追求她。他去省城联系生意时去看过她几次，但仅仅是作为邻居、发小去叙叙旧。后来，她回云山工作，不久就结婚了，他也已结婚几年了，就没与她再有任何联系。

3 月 14 日，他去戒毒所接妹妹，恰巧碰到了同时出所的章朱玉。长久未见，在路上他们谈得比较多。章朱玉在他心目中一直是一位圣女，尽管她吸毒了，又已离婚多年，但当时他确实没有非分之想。

范乐山说到这里，显得有些犹豫，又低下头来，沉默不语。

实际上，此时范乐山想起了那刻骨铭心的一个夜晚，那激情甜蜜的一周时间——

范乐山根本没想到，年轻时的梦想会成真。

3 月 15 日，范乐山因债务问题，一整天躲在家里都没外出，晚餐原约好与几个朋友的一场饭局也推了没去。晚上，他独自一人在家喝闷酒，边喝边想如何讨债还债。

8 点多，突然有敲门声，范乐山吓了一跳，他以为是哪位债主找上门来了。他从猫眼往外看，大出意外，只见章朱玉站在门外。他赶忙开门让她进来。

章朱玉进门后，站在客厅，没有说话，眼含泪水盯着他看。

范乐山也盯着章朱玉看：长发披肩，乌黑光亮；瓜子型脸上，五官精致秀丽，含泪的眼睛、悲伤的脸色，更使她楚楚动人，惹人怜惜；皮肤白里微微透红，身材高挑丰腴，比年轻时多了一种成熟女性诱人的美丽与魅力。

范乐山呆呆地看着，看傻了，忘神了。好一会儿，他才说："玉玉，你怎么知道我住这里？你怎么会到我这里？你请坐，请坐。"

章朱玉没有坐下，而是走过来一把紧紧抱住范乐山，把头伏在他肩上，一边哽咽声声，一边喃喃地说："山哥，山哥，我对不起你，我对不起你。我怎么这么命苦、这么作孽、这么孤独啊！"

他们互称着对方的小名。

范乐山一下子惊住了，接着也不由得紧紧抱住章朱玉，十分忘情地享受着。好长时间后，他才镇静下来，说："先别这样，你先别哭，坐下来慢慢说。"

范乐山劝说了好几遍，才推开了章朱玉的身子。他拉她在沙发上坐下。

“山哥，我是个坏女人，我冒昧找到你家，你不高兴吧?”章朱玉止住了哽咽声，但泪水仍是不停地往下掉。

“不不不！你到我家，我很高兴，很欢迎的。”范乐山真心地说。

“我吸毒好多年了，已经好多次进戒毒所，但总也戒不掉，这可怎么办呢?”章朱玉显得十分后悔、十分可怜。

“你吸毒的情况我也知道一些，过去的就让它过去吧。只要你今后不再吸毒，一切都会好起来的。”

“我怕我戒不了。”

“你现在不是戒掉了吗?身体也恢复得很好。只要有信心、有毅力，我相信你一定能彻底戒掉的。”范乐山看着章朱玉，深情地说，“玉玉，你有什么困难就和我说，我一定尽力帮助你。”

章朱玉听了很感动，说：“山哥，你还像小时候待我那么好。”

“小时候，你也待我很好，你爸妈待我们兄妹也很好。我心里一直把你当作我的亲妹妹。”

说起爸妈，章朱玉又哭了起来：“我爸爸让我气死了，我妈妈也不知到哪里去了，我现在有个房子可住，但是已经没有亲人可见了。我也没工作、没朋友，我该怎么办呢?”

“你如不嫌弃，可以先在我家住几天。”范乐山想家里房间有的是。

听了这话，章朱玉双眼可怜巴巴又含情脉脉地看着范乐山，嗫嚅数次，才说：“山哥，那时是我的错，我辜负了你的一片真心真情，我对不起你。现在你能原谅我吗?能与我好吗?”

这是现实吗?是梦境吧?年少时候章朱玉纯真的笑脸与眼前期待的目光，交叉出现在范乐山的脑海里、视野里，他一时不知如何回答。

这时章朱玉猛地站了起来，紧接着把范乐山也拉起来，又一次紧紧地抱住了他。

范乐山闻着她的发香，感触着她的肉体，一股电流通遍全身。他没有说话，一把抱起章朱玉走向卧室。

两人都已经离婚几年了，干柴烈火，一整个晚上，他们都很兴奋。

第二天早上，他俩躺在床上。

“山哥，这次我一定戒掉毒品。”

“玉玉，为了我，为了我们，你一定要戒断毒品。”

“我戒掉毒品，你娶我吧。”

“娶你！待我忙过这一阵，我们就结婚！”

章朱玉就在范乐山家里住了下来。她打扫房间、洗衣服、烧饭做菜，尽心尽力地服侍着范乐山。范乐山见章朱玉既美丽温柔，又贤惠勤快，很是感动，要给她一笔钱去买点东西，她不要，他就去买了价格较高的戒指、手镯送给她，还给她买了一些高档化妆品。他怕她与外面的毒友联系，没给她买手机，还拔掉了家里的座机插头，说是电话坏了。章朱玉反复说，年轻时没答应范乐山的求爱，是她一生中的大错，是她对不起他；现在只要他娶她，她要永远爱他，用全身心报答他对她那诚挚的初恋情意和现在救她于危难的恩情。范乐山说年少时他们友情纯真，现在是真心相恋，他很感激她，根本不需要她报答他，还反复劝她，这次一定要彻底戒断毒品，振作精神，重新开始新生活。

他们像新婚夫妻一样，日夜缱绻缠绵，不时激情迸发，相亲相爱、甜蜜幸福地共同生活了一周。

范乐山已开始如实陈述，马超见他一时陷入深思，也就

“以逸待劳”，没有催他，递给他一支烟，还让韩帅给他倒了一杯水。

几分钟后，范乐山简单讲了章朱玉到他家的情况，接着说，我投资大亏了，借了不少钱。今年开始，有几个放高利贷的债主催得很急，有的甚至扬言，不还钱就打断我的腿，如报案就要我的命。上个月 21 号那天，我还差点儿被几个人驾车绑架走了。为避免被伤害，我于 22 号外出躲避，同时让妹妹和几个好友帮我要债，有几家公司欠我几大笔货款，还有好多个人欠我不少钱。现在是借债难，要债更难，要三角债更是难乎其难，我想方设法也没要到多少钱，所以也就一直不敢回家。临走前，我没与章朱玉说真话，而是说谈生意要外出一段时间，让她一个人在我家里要多加小心，也可以回自己家住几天。哪里知道，她会被人杀害了。

讲完了与章朱玉的交往过程，范乐山既自责又自我辩白地说：“章朱玉既聪明又漂亮，既温柔又善良，她除了吸毒以外，什么都是很优秀的，但吸毒也是可以戒的呀！我没有照顾好她，我真不应该把她一个人丢在家里，我有责任，我有责任！我喜欢她都来不及，我还想和她结婚，我怎么会去杀她。”

他接着解释：“我在外面躲债，前几天有个朋友来看我，说起过市内发生了一起杀人分尸案件，但是我当时根本没想到竟是章朱玉被杀了。你们把我从外地抓回来，不问经济案件，却问章朱玉的情况，章朱玉又长期吸毒，我心想她可能在毒品上又出事了。因为怕连累到自己，所以就说没有与她接触过。我 3 月 22 日外出躲债后，就一直住在云州市郊区的那家旅馆里，没有回过云山，你们可以去调查，可以去问我妹妹，问旅馆的服务员，也可以去问这段时间暗中与我接触的几个朋友。我还有一部手机，你们也可以去查我的话单，查我的活动轨迹。章朱玉被杀与我根本没有关系，我根本不会去害她的。”

一连串的解释、表白后，范乐山眼光中的几分恐慌、几分狡黠似乎消失了，反而露出了几分诚实、几分无辜。

范乐山的话与严俊杰受询问时说得很相似，敢于提出多人来证实自己的活动情况，还讲出了自己另外的一部手机，真话可能性大于假话。

一番审讯下来，马超从范乐山的言语表情中得出了一个基本判断。他在纸上写了几个字，递给崔军凯，崔军凯看了又递给韩帅，纸条传回来，马超见上面打了两个勾。

审讯前，韩帅告知马大已经设法提取到了范乐山的尿样。这时，韩帅裤袋里的手机在震动，他拿出来看了一眼，即从桌面下递给马大。马超看见屏幕上有一条刚发进来的短信：“毒品尿检阴性。”

柳暗花明

不是嫌疑对象，就可作为依靠对象。对严俊杰是这样，对范乐山也可这样。

马超觉得范乐山对与章朱玉交往情况的叙述符合情理，应该是真话，可以给他转换一个角色了，重点审问他外出后有无与章朱玉联系，是否知道还有什么人与章朱玉有接触，这其中有无可疑人员。

马超的目光仍注视着范乐山双眼，但已一改严厉而显柔和。他问：“你外出后就没有再与章朱玉联系过？”

“我临走时告诉章朱玉说座机修好了，我会打电话与她联系。开始几天，我怕暴露行踪，没打电话。过了几天后，我很想她，就给家里打电话，但总是没人接。”

从范乐山脸上的神色和说话的口气，可以看出、听出他现在说的是实话。

“你们不是相处得很好吗？电话不通，你就没有用其他方法与她联系？”

“有过的。大约过了一周后，我请一个朋友悄悄地去帮忙找一找。我朋友回来告诉我，白天找到章朱玉家，家中没人；晚上到我家，见周围有几个人一直在暗处盯着，我家里的灯也暗着，他不敢进去看。我分析是债主雇人在找我，就没有再请人去看，自己也不敢回去找。”

“你没联系到章朱玉，不心急？”

“我开始是很着急。后来我朋友帮我分析，说吸毒的人精神异常，性格变态，为毒品说话完全可以不算数的。我心想，我惦记着章朱玉，她如果也想我，联系不上我，应该可以去找我妹妹，可她没有找。我分析她可能已去找毒友了，又吸上毒品了，所以就没有再设法联系她。哪里知道她已经被害了呀！”说到这里，范乐山又发出声声哽咽，流下滴滴泪水。

“你说自己没害章朱玉，那凶手应该就在你外出后能够接触到她的人员中。”为从范乐山处获取有用信息，马超紧紧把握住他的心理变化，循循善诱，“你觉得你外出期间，有谁可能与章朱玉联系、接触？其中有可疑的作案人员吗？”

范乐山答道：“章朱玉原本待在我家里不外出，我也不让她外出，不让她与外界联系，怕她又去找毒吸。章朱玉以前的交往人员我基本不知道，我外出后他们有无交往，因为我与章朱玉都没有联系上过，也不知道。我与章朱玉这次相聚时间不长，基本没介绍我的朋友与她认识，与我的朋友她应该没有交往的。”

朋友？基本？应该？马超听出范乐山的后半句话似乎讲得

很含糊，马上又严肃地说：“杀人分尸是十分严重的犯罪，章朱玉是住进你家后被害的，你如知情不报，那是要负法律责任的，你也对不起死去的章朱玉！”

韩帅觉得马大这几句话有“釜底抽薪”的作用。

要负法律责任、对不起死去的章朱玉，这两点一下子震动、打动了范乐山，他马上说：“有一个人有可能与章朱玉有接触，但他是我最要好的朋友，他应该不会去伤害章朱玉的。”

“他是谁？”马超紧跟着问。

“云天旅业集团下面天天 KTV 的经理任成兴。”

任成兴！怎么又是任成兴？马超心里不由得咯噔了一下。

“他怎么会与章朱玉接触？”

“我这次躲债外出，不知什么时候能回来，章朱玉一人在家，我不放心，所以临走时，我让任成兴经常打打电话，有必要时，关照一下章朱玉。”

“任成兴有没有吸毒？”

“我没看到过他吸毒，他也没和我说过，但我偶尔听人家说他有吸过毒。”范乐山又补充说现在他都是如实交代的。

“还有什么人有可能与章朱玉接触？”

“我这边的交往人员，可能与章朱玉交往的就只有任成兴一人。”这次，范乐山毫不含糊地说。

崔军凯一直边听着马大审问，边分析、观察着范乐山的答话与表情，这时插问道：“章朱玉住在你家这几天，有谁到过你家吗？”

“我一般不在家接待客人，有事就到公司或茶室、饭店谈，很少有人到我家的。”范乐山似乎突然想起了什么，紧接着说，“哦，对了，21 号晚上，我让公司副总尹和旭到我家来过一次，我们商谈了公司的财务状况后，我与他讲，过几天我谈生意要外出一段时间，让他照管好厂里的生产。”

“他在你家见到章朱玉了吗?”

“没有。我们在客厅谈，我让章朱玉在楼上别下来，两人没有见面。我外出后，尹和旭与章朱玉应该不会有接触的。”

“可能与章朱玉接触的人还有吗?”

“我都讲了，真的没有了。”范乐山认真思考了一会儿才说。

崔军凯问话后，马超觉得这次问到这个程度应该差不多了，但是仍然用右手肘部碰了碰韩帅，示意他提问。

今天是两位领导、两大高手在审讯，韩帅很有耐性，一直没插问，此时确实也觉得没有什么可再多问了，就摇了摇头。

马超见状就对范乐山说：“今天我们先问到这里，你再好好想想，如想到还有可能与章朱玉交往的人员，要马上告诉我们。下面，你把集资诈骗问题向经侦大队同志交代清楚。”说完，马超让早已等在外面的经侦大队同志进来，自己和崔军凯、韩帅随即退了出去。

马超出来后立即召集相关人员开会研究，大家都觉得有必要对任成兴开展调查，因为他是目前发现的唯一有可能主动去接触章朱玉的人。对尹和旭也要做调查，因为他是章朱玉住在范乐山家时，唯一到过范乐山家的人。虽然那天他没有与章朱玉见面，但是也有可能见到女性生活用品而猜想到范乐山金屋藏娇；或者因为范乐山没有告诉他 22 日就要外出，他有可能有事再找到范家。

马超因为要到云州市局参加一个部督大案交办会议，就让崔军凯安排两组人员立即开展针对任成兴、尹和旭的调查工作。他又叫来谢方群，让他调取范乐山所在小区及周边监控视频，重点查看 3 月 22 日以后，范乐山、任成兴、尹和旭及其车辆有无进出该小区，章朱玉有无在小区活动、进出。

马超又来灵感了，他觉得今天是：山重水复疑无路，柳暗花明又一村。

投案自首

水到渠成。侦查刑事案件，不少案件侦查到一定程度，往往会进展很快很顺。“3·29 案件”就已经到了这个程度。

刑警在茫茫人海中寻找一个犯罪嫌疑人，往往很难；但是要甄别一个明确的对象，一般不成问题。

针对尹和旭的调查，很快就否定了他作案的可能。尹和旭原是范乐山公司里的一名普通工人，范乐山看中他技术好，人又老实勤快，一步步把他提拔到副总的位置。尹和旭对老板很忠诚，对公司很用心。范乐山外出后，他基本上吃住在公司里。3 月 27 日前后的几天里，他都在组织工人日夜加班生产一厂商急需的一批摩托车配件。他没有打过范乐山家里的电话，手机、车辆、步行等活动轨迹也没有发现其到过范乐山居住的小区。尹和旭的作案动机及作案时间、空间都不具备。

针对任成兴的外围调查，仅两天时间，就查到很多证据，都指向他很有可能是“3·29 案件”的案犯。

崔军凯带着调查人员来向马大汇报。

“有什么证据，你们说说。”马超问。

张莺先说：“我们经话单分析，发现任成兴手机与范乐山家的固定电话有过多次联系。”

谢方群兴奋地讲道：“范乐山居住的小区很大，有多个大门，进出车辆很多，但有重点地查看分析监控视频后，我们发现了任成兴的宝马车曾多次进出范乐山居住的小区。同时查到 3 月 29 日凌晨 2 点多，任成兴的车从省道由城区开往南川镇方向，近两个小时后返回。”

韩帅接着道：“天天 KTV 多次被查到有人在里面吸毒，任成兴有一次被查到也在其中吸食摇头丸，还有人反映他经常吸食毒品。”

李小林随后说：“我负责调查任成兴的住房情况。他住在一小区的排屋里，家里养了一只狼狗。经秘密查看，他家花园一木架上堆放着‘狗狗乐’牌狗饲料。”

应法医摘下眼镜，很快又戴上，说：“我们技术中队与经侦大队联合依法对范乐山的别墅进行勘查，没有发现撬门、破窗、攀爬进入室内的痕迹。许乐新在客厅大理石的拼缝中、卫生间墙壁下部的瓷砖缝隙里，发现提取了若干可疑斑迹，经检验为人血，DNA 分型与章朱玉相同。”

应法医讲的这一点很重要，崔军凯随即补充道：“还有很关键的一点，对范乐山进一步调查证实，范乐山 22 日外出躲债后，没有再回过自己家。”

没有反面意见，众口一词。马超听了大家的汇报，当即拍板认定任成兴为“3・29 案件”重大犯罪嫌疑人，立即指派崔军凯、韩帅等人前去秘密调查任成兴的活动情况，一旦查明任成兴的落脚点，马上组织缉捕。

中午时分，马超来到局长办公室，向开完常委会回来的左局长汇报了“3・29 案件”侦查工作进展情况。刚刚汇报完，崔军凯急急闯进来说，任成兴跑了，已有三天不见踪影。左局长没有多说，随即要求马超马上召集各派出所与相关警种负责人会议，在全市布控，查找任成兴。

布控、缉捕任务很快就部署下去了。设卡民警全副武装，开进全市各进出口卡点，开始盘查过往车辆与人员；各派出所派出人员，秘密巡查与公开巡逻相结合，在各自辖区内查找任成兴；信息组把任成兴的照片发到每个民警的手机上，社区民警深入到社区、村庄，发动群众帮助查找；交警道路视频监控中心与刑大视频侦查中队都立即组织人员，倒查顺找，全力查找任成兴车辆的行踪；刑侦大队派员对任成兴在市内的主要关系人，一一开展秘密调查；考虑到任成兴有可能逃离本市，马超还对任成兴在市外的主要关系人，或派员，或请外地协助，一一落实了调查、监控、抓捕工作……

一张缉捕任成兴的大网迅速形成，高速运转。

马超坐镇局指挥中心指挥缉捕工作。

下午5点多，各派出所与相关警种工作情况陆续反馈上来了，都说没有发现任成兴与可疑情况。马超明确要求晚上继续布控、查找，没有命令，各单位一律不准擅自停止查缉工作。

这时，杨秋露进来说："马大，今天是你的生日，家里已经给你准备好了蛋糕与晚宴。现在工作都安排下去了，你先回家吃饭吧。"

马超知道杨教把刑大每位民警的生日都记在手机里，他的生日早就记在她的脑子里了。

"谢谢！杨教你真细心。"他说，接着又问道，"你怎么知道我家里准备了生日宴？"

杨秋露答道："是你那对你很近乎、很亲热的小舅子林光打电话给我的。他说已经给你打过电话，但是你没明确答应，所以又要我劝你回去。"

马超想起下午是先后接到了妻子与林光的电话，要他回家过生日，他含糊其词。实际上是现在正处在缉捕工作关键时刻，他想抓不到任成兴就不回去。现在听杨教说起林光，他突然想起在云水山莊时林光说过的话，天天KTV经理就是任成兴，林光与他是同学，有可能知道任成兴可能去找的人，或可能去的地方。

杨秋露以为马大还在犹豫，就说："你放心去吧，我在这里值班，有什么重大情况及时向你汇报。"

"好的，我抓紧吃好就回来。"马超爽快地说。

马超回到家里，一进门，林光夫妻就同声说："姐夫生日快乐！"

马超连声说谢谢、谢谢！他见住校读高中的儿子也回来了，内侄女也在，妻子正在厨房里忙碌着，桌上已放好冷盘与蛋糕，顿时他的情商上来了，家的温暖、幸福涌上了心头。

林光正要与妻子一起去给蛋糕插蜡烛，马超把他拉进书房，关好门就问："你上次在云水山庄讲的天天 KTV 经理就是任成兴吧？你与他关系如何？"

林光不知姐夫为什么突然会问这个问题，但仍不多问，如实答道："是任成兴，我和他关系很好啊，我们是同学、朋友。"

"那你近来与他有联系吗？"

"你不让我接手他的 KTV 后，我只与他通过电话，没有见过面。"

"近几天有没有电话联系？"

"前天他打来过一个电话，说自己有点事想找范乐山，打他电话打不通，让我帮忙去找一找，找不到就设法打听打听，他到底去哪里啦，什么时候回来。我和范乐山的关系也比较好，就答应了，但是没有找到。奇怪的是任成兴是用座机打的……"

讲到这里，林光突然察觉到姐夫问话的用意。任成兴一般都是用手机打他手机，为什么这次用座机打？而且这个号码不是他家的，也不是他办公室的，自己的手机没存有这个号码，且回话打他手机，他却关机了。任成兴与范乐山的关系比与我好多了，为什么他自己不去找，要我去找，找不到还要设法打听打听，是否想让我找姐夫打听？姐夫这段时间正在侦查一起杀人分尸案件，难道任成兴与这起案件有关？想到这一连串问题，林光紧张地问道："姐夫，任成兴是否与你现在正在办的案件有关？他是否杀了人？"

"现在还没有完全认定就是任成兴作案，你对外绝对不要说。"马超吩咐后又问，"任成兴跑了，你知道他可能跑到哪里去吗？"

林光想了想后说："这个我说不准，但我可以设法找一找。"

"你多想想办法去找，但是要注意安全，不要与他正面接触。如果打听到他的下落，立即告诉我。"

马超稍停了一下，又说："我估计任成兴可能还会打电话给你，如打来，你要设法搞清他在哪里，并马上通知我。"

林光说好的。马超说你把那座机电话告诉我，等会儿吃饭我们就不谈此事了。

生日宴，两家人相聚，自然更是其乐融融，亲情满满。先是点蜡烛，唱生日歌，再是许愿，吹蜡烛。

马超许的愿是尽快侦破"3·29案件"。

吃好饭马超就回到了局指挥中心。不久，崔军凯来电报告，发现任成兴在云水山庄住过。他是前天上午入住的，昨天上午离开了。马超要求崔军凯立即组织人员在海山镇一带全面查找。

马超就餐前，就把林光提供的座机电话号码告知了张莺。张莺很快查明是云水山庄的电话。

到了半夜，各路人马还是没有查到什么情况。马超要求下半夜卡点盘查不能撤，海山镇的查找不能停，视频侦查也不能停，其他工作明天一早再开展。

马超与杨秋露等人商量，认为任成兴躲藏在本市或外逃出市都有可能，决定明天由他自己带队到市局刑侦支队，一方面汇报“3·29案件”侦查工作情况，一方面请支队协调相关部门、相关地区，查缉任成兴。

第二天，马超到刑侦支队不久，就接到林光的电话，他说任成兴在海山镇一山区村庄中给他打来电话，说要投案自首。这一消息使马超大感意外，但他仍十分镇定，让林光开车在省道海山镇出口处与崔军凯会合，马上去找任成兴，带他去刑大投案。接着他又给崔军凯打了电话，让其带人在后面跟着林光，伺机行事。之后，马超告别支队领导即往回赶。路上，崔军凯来电说林光已把任成兴带到刑大投案自首，马超让他先听取任成兴的供述。

马超赶回到刑大，来到审讯指挥室，见左局长、杨教、应法医等人已在那里。他们从视频上看到、听到任成兴正在坦白交代。

水落石出

问：任成兴，你今天到公安机关来为什么事？

答：我杀害了章朱玉，我来投案自首，想争取宽大处理。

问：投案自首不但人要主动归案，而且要如实交代清楚全部犯罪事实，才能从宽处理。你听清楚了吗？

答：听清楚了。

问：那你交代吧，可以慢慢讲，要想清楚，如实讲。

答：好的。我与章朱玉原来并不认识。3月22日，我受范乐山之托，开始照顾她。第二天，我给她送了一次食品，发现她长得很漂亮，当时就有些心动。第三天，我先打电话约好，把章朱玉接到一高档餐厅吃了一顿高档饭菜，吃好后已经很晚了，我送她回范乐山家，我想进去，但被她拒绝，连门都不让我进。我见章朱玉没那个意思，又想朋友妻不可欺，就没有强求。但是，我觉得很失望，也有点生气，就想不再与她多联系。哪知两天后，章朱玉主动打电话给我，直接说自己毒瘾发作了，忍受不了，只要能帮她搞到毒品，到她那里怎么都行。我吸食过冰毒、摇头丸之类的新型毒品，手头正好有几克冰毒，即带上到了范乐山家。我们两人吸食了冰毒后，不久就都很兴奋，发生了性关系。后来是怎么离开范乐山家回到自己家的，我记不大清楚。

问：那天晚上是几号？

答：应该是 3 月 27 号。

问：后来情况怎么回事？你接下去讲。

答：第二天我醒来，依稀记得昨天晚上，章朱玉突然拿起一把菜刀砍我，用头来撞我，我就夺过刀来向她头部砍去。之后见她左右手先后拿着菜刀又要砍我，我就找了一把长长的刀多次砍向她的左右手。我也不知怎么回事，口袋里有一把范乐山家房门的钥匙。以前，我吸食冰毒后出现过幻觉，我想可能出事了，即到范乐山家查看，发现章朱玉躺在客厅的地板上，满头是血，两只手都快要被砍断了，早已气绝身亡。我吓得一时不知如何是好，在沙发上坐了很长时间，才想出一个主意。当天晚上，我拿了家中的四只比较大的狗饲料袋和一些青砖，来到范乐山家，把尸体拉到卫生间，找来了菜刀和锯子进行分尸，然后把尸块连同衣服一起，分装在四只袋中，每袋放了两块青砖，用车子运到南川镇一带抛掉了。

问：你开车出去抛尸时，是几点钟？

答：下半夜 2 点左右。

问：你把尸块、衣服抛到具体什么地点？

答：我从省道过南川镇后，发现靠马路边有一个大水塘，那时天较黑，四周又没有灯光，就把装四肢那袋抛在那里，再往南开了一段路，把另外三袋尸块、衣服抛在路边山上的一个水库里。两个地点的地名我说不出，但是应该能够找到。

问：你为什么要分两个地点抛尸？

答：我在抛第一袋时，刚拎到水塘边，发现袋口松开了，一只手掉了出来，就先把掉出来的手抛向水中，再拎着袋口，沿着水塘边往前走了一段路，把一袋尸块抛到水里，声响比较大。这个过程使我心里很紧张，不敢再作停留，所以开车又往南走。那个水库名字我叫不出，是以前开车路过时看到的。

问：抛尸后你还做了什么事情吗？

答：我又回到范乐山家里，把客厅、卫生间和用过的工具做了打扫、清洗，然后离开回家。

问：范乐山家的钥匙呢？

答：因为要锁门，我又把它带了出来，上车前顺手丢在旁边的草丛里了。

问：你为什么要逃跑？

答：这段时间，我有几个毒友受到了你们公安机关的调查，我想可能也要查到我这里。杀人后，我一直在考虑范乐山回来后如何说圆章朱玉失踪之事。前几天，我去找范乐水，想问问范乐山在外躲避的情况，什么时候会回来，发现她被你们叫去调查了。我想你们会很快找到范乐山的，找到了，我的事情就可能瞒不住了，就跑到云水山庄住了一夜，前天又转移到海山镇山区的一个朋友家里躲藏，想观察一段时间后再考虑是否要远逃。

问：今天你怎么会来投案自首的？

答：几天前，我给朋友林光打过电话，托他找找范乐山。

今天早上，我又给他打电话，想托他探一下你们公安的调查情况，他没说答应，反而问我现在哪里，我不讲，他就问我是否犯案了，如果是，应该去投案自首，争取宽大处理。林光反复劝说我，我与他是多年的好朋友，他的姐夫又是你们的大队长，我觉得他讲得有道理，好朋友总是为朋友好的。我还发现你们公安已在全市设卡布控，到处都是搜捕我的警察，想跑也跑不了，就由他带着来投案自首了。

问：你还有什么需要说的吗？

答：我觉得我是在与章朱玉一起吸毒后，精神错乱，又是章朱玉先拿刀砍我，我才夺刀砍她的。今天我又来投案自首，刚才我把自己的犯罪事实全都如实讲了，请求你们能从宽处理。

……

应法医在审讯结束后，即要了一份口供复印件，说要好好研究研究。

下午，马超带着崔军凯、应法医等人，押着任成兴去辨认抛尸现场，打捞尸块。在离江峰村南面不远的水库里，顺利打捞起了三只“狗狗乐”牌的蛇皮袋，里面分别装有头颅、躯干、一套女式内外衣和一双鞋子，三个袋子里各有两块青砖。谢方群、许乐新、韩帅、李小林等人对整个辨认、打捞过程录音、录像，并做了笔录。

综合调查、勘查、检验所得证据，结合任成兴本人的供述，特别是在事先无人知晓的情况下，由任成兴指认后才从水库深处打捞上来尸块与衣物，马超觉得任成兴是“3·29案件”的犯罪嫌疑人可以认定，但是有些问题还要作深入的分析探究，有些物证还要作进一步检验鉴定。

晚上，马超又召集参侦人员开会研究分析。左局长也参加了会议。大家都认为任成兴就是“3·29案件”的犯罪嫌疑人，但是对于章朱玉有没有首先动刀、任成兴的行凶过程、案件性质最后应该如何确定等问题，分析不清，意见不一。

左局长目指应法医，说：“应法医，你说说吧。”

应法医一直在埋头认真研读任成兴的供述笔录，这时，他抬起头来，胸有成竹地说：“我认为‘3·29 案件’可以定性为任成兴故意杀人。

“下午，我们已对打捞上来的尸块做了检验，头颅、躯干、手、腿部的断端与之前找到的尸块断端对接吻合。对尸块的 DNA 鉴定正在做，晚上能够出来结果。

“头部损伤有十多处，生活反应明显，是生前伤；损伤分布范围广，头顶部、前后及左侧都有损伤，可以推断章朱玉是在动态中被砍击而形成；有些损伤造成颅骨严重骨折，脑组织严重挫伤、出血，可以认定章朱玉是因严重颅脑损伤而死亡。

“章朱玉原来吸食的海洛因属于中枢神经麻醉剂，对属于中枢神经兴奋剂的冰毒类毒品耐受性会差一些，吸食后可能会出现一些异常行为。但是，任成兴身上没有任何损伤，即使章朱玉先拿刀砍他，他也已经把刀夺了下来，这时再连续砍击章朱玉致命部位，即头部十多次，其行为就是故意杀人。章朱玉右手臂有多处平行的损伤，双手被砍断，损伤及断端有生活反应，应该是在章朱玉昏迷或濒死时被砍击而形成的。章朱玉身上的损伤，应该都是任成兴在吸食冰毒，产生幻觉后所造成的。吸毒是违法行为，吸毒后精神异常出现的行为，不属法律规定可以不负刑事责任的精神病范畴，所以可以定性为故意杀人。”

大家听了应法医的分析后，都一致表示认同，也觉得很长知识。

这时，DNA 实验室的小胡来电告知，下午打捞上来的尸块与上两次尸块的 DNA 分型相同，结合与朱春柔的亲子鉴定，可以认定都是死者章朱玉的。小胡又说，在第二次勘查现场中，从范乐山家沙发边缝中提取到的一小包疑是冰毒的包装纸上，检出了 DNA，分型与任成兴相同。

至此，任成兴杀害章朱玉已是确认无疑。

马超要求继续做好一些调查取证工作。

左局长说，任成兴与章朱玉原本不认识，案发前两人没有矛盾纠纷，没有因果关系可供分析，这种案件侦查的难度很大，现在侦破了，充分体现了我们云山刑大的战斗力与侦查水平。接着，他要求在全局开展毒品知识普及教育，要使全警认知毒品危害，认清毒品违法犯罪形势，积极参与禁毒工作和禁毒斗争。

联合国《世界毒品报告》指出，全球共有几亿人吸食过毒品，近十多年来，吸食新型毒品呈明显上升趋势；每年吸毒致死的有几十万人，因注射毒品而携带艾滋病病毒的有几百万人；无数家庭因毒品而家破人亡。

战争、恐怖活动、毒品以及各种传染病，是当今世界上对人类危害最大的几种因素。毒品不但会对吸毒者的健康、生命造成很大的危害，而且会滋生许多违法犯罪活动，产生或助推恐怖活动，甚至会引发战争，还会传染疾病，如性病、艾滋病、丙型肝炎等。

烟枪一杆，打得妻离子散，未闻炮声震地；锡纸半张，烧尽田地房梁，不见火光冲天。

药丸几颗，摇得天昏地暗，哪管死神伴舞；冰壶一个，吸成男疯女狂，任由毒魔作孽。

应法医说，后面两句，是我们刑大韩帅同志撰写的。

按左局长要求，应法医在公安局大会议室，为刑侦大队民警开办了禁毒讲座。局机关科室、派出所也有不少民警前来听讲，因为大家知道，应法医对毒品问题很有研究。

应法医讲述了传统毒品与新型毒品的危害后，就深入浅出地阐述了毒品的成瘾机理。他重点阐述了新型毒品的具体危害，指出其绝不亚于传统毒品的危害。

应法医知道案例教育是最吸引人、最有效的教育，因此他讲述了“3·29 案件”中发现的毒品危害，接着他又动情地念了一封朱春柔写给章朱玉的亲笔信——一封血泪家书。

玉玉：

近好吗？

现在已经是午夜 12 点多了，你爸爸吃了安眠药刚睡着，我也吃了，但还是怎么也睡不着，就提笔给你写信。

玉玉，你小时候是多么乖巧、聪明，长大后是多么漂亮、孝顺。你是我身上掉下来的肉，我视你为掌上明珠，你爸爸更视你为上天送给他的最美丽的天使。因为有了你，我们一家的生活曾经是多么幸福、快乐！

你婚姻遭遇不幸后，心里十分痛苦，这我和你爸爸能够理解。我们悉心照顾你，反复鼓励你，多么希望你能振作起来，努力去争取新的美好生活。我们根本没想到，你会自暴自弃，染上毒品，而且一吸至今已近三年了。

当我和你爸爸第一次发现你痛苦得满床打滚，我们才知道你吸毒了。当时我们没有责备你，而是只有深深的自责与愧疚。我们是教师，没有管好你，没有教育好你，我们羞愧难当啊！我们跪下来求你去戒毒。父母给子女下跪，有逆天理啊！你懂得我们的痛心、苦心、爱心吗？

万恶的毒品，夺去了你的良知、你的诚实、你的孝心。你曾多少次誓言旦旦要戒毒，可你却吸了戒，戒了吸。你可知道，我们有多少个夜晚因你吸毒而通宵难眠，多少次因你吸毒而悲痛欲绝吗？妈妈为你愁得满头白发，爸爸为你愁得心脏病连连发作，你知道吗？你忍心吗？

这次是你第三次进戒毒所了，也是我们第三次向你下跪了啊！我们原本已是死心了，可是你是我们的心头肉，你是我们的明珠、天使，你是我们一生的希望所在，我们不能眼睁睁看着你走向死路啊！因此我们还是借了钱，再次送你去戒毒。

可怜天下父母心。玉玉，这次你可一定要把毒品戒掉！在戒毒所多治疗一段时间，好好配合医生，戒断毒瘾；出所后，千万不要再吸啊！

玉玉，你能戒断毒品吗？妈妈的明珠、爸爸的天使还能回来吗？我们一家幸福快乐的生活还能再现吗？玉玉，要靠医生，要靠爸妈，更要靠你自己！玉玉、玉玉，妈妈在家里，面向戒毒所方向跪下了，再次求你了！

妈妈

于凌晨2点

应法医说，信纸的末页上洒满了泪痕，上面写着章朱玉爸爸的两行字：玉玉，看了你妈妈写给你的信，爸爸痛彻心扉，热泪长流。你要听你妈的活，这次一定要把毒品戒掉，戒掉啊！

国内一位著名的禁毒专家，经长期研究后认为“毒难戒，毒能戒”。社会上确实有不少吸毒者成功地戒断了毒品。十分痛惜，章朱玉没有戒断毒品，气死了父亲，气走了母亲，最终把自己也葬送在毒品里。

最后，应法医在投影仪上边放边讲解了四张照片。

一张是在 1997 年的全国禁毒展上，一幅 3 岁孩子丢丢被吸毒母亲摧残得血肉模糊的照片。这张照片当时震动了每一个观众。丢丢被解救时，全身三百处烫伤，四天四夜没有吃一点东西、喝一口水，生命已经是命悬一线。不少群众主动赶到医院探望，有的当场伤心得痛哭流涕，而他的亲生母亲站在一旁却是无动于衷！

一张是一个吸毒得艾滋病躺在床上的男子，形如枯槁，瘦骨嶙峋，呆滞的目光中充满了绝望。

一张是一个吸食新型毒品的青年杀害双亲的现场，其父母满身是伤，地上到处是血，惨不忍睹。

一张是在网上广为流传的一个贩毒的美丽女囚临刑前的照片。她脸蛋仍然漂亮，眼睛依然美丽。她那双大大的眼睛里，充满了对生命的渴望，充满了对亲人的留恋，充满了对死亡的恐惧。

讲座中，毒品危害的惨烈，使不少民警不由得流下了泪水。

马超也来听讲了，坐在最后一排。他想，要是人人都能“珍爱生命，远离毒品”，那该多好啊！

第二章　云山疑云

案情即命令

近几天一直是阴雨天。云雾弥漫，雨声如催眠曲一般。气压低，氧气少，人困马乏。9 月 19 日早上 8 点多了，马超仍在酣睡，他实在是太累了。

刑警加班加点是常事，连续作战，破了案件后多睡一会儿以致上班迟到的情况时常发生。大队长马超同样也难免。这段时间，刑侦大队在侦查一串系列抢劫案件，昨天凌晨收网，四名犯罪嫌疑人全部到案，搜查、审讯工作持续到今天凌晨才告一段落，马超回到家里已经是 3 点多了。

马超妻子林丽兰早早就起了床。马超经常要么出差办案，要么加班加点，儿子上高中住校，她不免有时感到寂寞。昨晚马超回来，悄悄地洗漱了一下，上床后倒头便睡了，她心里有一种说不出的怨言。可看到马超沉睡中的一脸倦容，她不由得又心生疼惜与怜爱。她轻轻地为马超拿好替换衣服，轻轻地准备好早餐，轻轻地开门关门，先去上班了。

马超有点怀旧喜旧心理，手机铃声也是设置成老式电话铃声。“丁零零，丁零零……”多年刑侦生涯使马超对手机铃声特别敏感，他猛地睁开眼睛，一看号码，一跃而起。

“马大，我是值班民警小张，刚才指挥中心来电话，新兴街道发生命案，两人被杀，要求我们马上出现场。”

马超边听着小张急促的报告声边思考，随即下达了命令：“你立即通知新兴所刑侦中队组织力量保护现场，通知技术中队组织人员勘查现场，通知崔副大队长召集重案中队、信息中队、视频侦查中队民警赶赴现场。听清楚了吗？”

“听清楚了！”小张刚分配到刑大工作不久，面对发生的命案，接着又怯生生地问道：“马大，不少同志连续工作了两天两夜，今天凌晨才回去休息，现在有的好像还没来上班，怎么办？”

“什么怎么办！你难道不知道案情就是命令，当刑警必须雷厉风行！你马上找几个人，分头通知！”

“是！”听着马大严厉的声调，小张不敢再多说一个字。

马超迅速拿起妻子放在床头柜上的白底蓝条格子衬衫、藏青色便西裤穿上。马超不喜欢穿 T 恤，喜欢穿衬衫，他和妻子都认为他穿衬衫精神。穿好衣服，马超到卫生间拿起杯子漱了几下口，用毛巾抹了一把脸；接着来到餐厅，拿起桌上两个荷包蛋，一口一个，又拿上一个包子、一盒牛奶，匆匆离开了家。

新兴街道位于云山市西郊，原来是一个镇，近年来云山经济大发展，镇里的土地先后都被征用了，于是镇变成了街道，村变成了社区。农民用土地征用款、经商办厂打工收入，盖起了三层、四层，甚至五层的新房，自己住不了，就用来出租。

案件发生在该街道新和社区一幢四层楼房二楼的一间出租房内。被害人叫李芳芳，是该房承租者，在云山辉煌大酒店餐厅当领班。这几天她身体不舒服，请假在家休息。另一名男性被害人身份不明。

上午8点多，李芳芳的餐厅同事好友张艳丽应约前来。昨天下午她与李芳芳约好，今天她请假陪她到医院去看病。敲了好一会儿门，没有应答声，她觉得奇怪，即趴在走廊的窗台上，从窗帘缝隙中往里张望。室内灯光亮着，只见北面地上侧躺着一个男子，胸口到地面上有许多血，一动也不动。张艳丽瞬间吓得浑身发抖，一边尖叫："杀人啦，杀人啦！"一边往楼下跑。正在一楼厨房吃早餐的房东孙有福闻声出来拦住张艳丽问了一下，立即跑上楼，掏出自留钥匙开门。他插钥匙时，因心急而用力很大，但还没转动，门便被推开了。他刚进屋，就看到躺在地上的死者，再进去一点，又看到躺在床上的李芳芳。孙有福当即也惊骇得浑身发抖，随即他用颤抖的右手拿出手机报了警。

马超下楼后，正想去开自己的车，只见一辆警车闪着警灯快速开来，"吱！"一个急刹车停在了他的面前。刑大重案中队副中队长韩帅探出头来喊道："马大，快上车。"

马超边开车门边问道："谁派你来的？"

"杨教。小张向她报告后，她说你昨天工作到深夜，自己开车太累了。"韩帅边掉车头边回答。

“你拉响警报，尽快赶往现场。”马超上车后说道。

车上，马超用手机先是向指挥中心了解了详细的报案情况，再询问了各组的行动情况。各组行动都很迅速，当马超赶到现场时，载着刑大侦查员、技术员的三辆警车也闪着警灯、响着警报，呼啸着相继赶到了。从车上先后下来有分管大案的副大队长兼重案侦查中队队长崔军凯、技术中队队长应良平法医、痕迹组组长许乐新、信息中队队长张莺、视频中队队长谢方群、侦查员王英英和李小林等人。

驻扎在新兴街道的刑侦中队，也即刑大三中队，已经在现场房子的周围拉起了警戒带。巡特警大队接到局指挥中心指令后，立即派出的六名特警也已到达现场。毛毛细雨中，全副武装的特警手持冲锋枪，严肃而威武地分立在警戒带旁。派出所派出多名协警巡逻，劝阻群众不要进入围观。新兴派出所陈所长与驻所的刑大三中队郭伟中队长早已在门口等着。

云山市公安局在实施刑侦改革中，认为刑侦工作必须走专业化道路，建强专业队伍，应用专业手段，开展专业侦查。故刑大内部设立了多个专业中队，除城区刑事案件由刑大直管外，市域东、西、南各设立了一个责任区刑侦中队，分驻在三个比较大的派出所里，对破案追逃负总责。

马超问谁最先到达的现场，郭伟叫来马朝辉，说是他最早到的。马超即让他领路，带着崔军凯、应法医、许乐新，穿上勘查服，戴上帽子、口罩、手套、鞋套，沿着技术员已铺好的踏板进入现场。

看了看整个房间，只见到地上躺着一名男子，马超一脸疑惑，口气十分严肃道：“小马，怎么只有一个人？”

马朝辉连忙解释：“报告马大，我进入现场后，发现李芳芳还活着，就立即安排人送她到就近的市第二人民医院去抢救了。”

“你怎么知道她还活着?”马超追问。

“前段时间，我听了应法医的讲座，我运用所学的‘一探摸，二把脉，三轻摇’法，发现她鼻子还有气息，身体还有温热，颈动脉好像还有搏动，所以我判断她可能还活着。”

实施110统一接处警后，公安出警速度大为增快。有些人身伤害案件，警察到达现场后，初看受害人似已死亡，但是仔细检查，仍有生命迹象，及时抢救，则有可能挽回生命。云山市公安局在落实上级“命案必破”要求的基础上，在全省率先提出了“命案必救”的理念。公安局与市内几个大医院均签订了为刑事案件受伤人员开辟绿色抢救通道的协议，并以应法医为主，对全局民警开展了如何辨别受伤害人员是否确已死亡的专业培训。几年来，已经挽回了近十人的生命。

马朝辉当警察时间不长，第一次碰到这样的事情，他当时确实没有十分把握，现在领导发问，不由得心情紧张，脸色发红，额头冒汗，语气也不肯定了，在“活着”前面加了“可能”二字。

他刚回答完，手机响了，接听后，他高兴地说：“马大，跟着送医院的老高来电话，李芳芳确实没死，医生正在抢救。”

“好!”受害人没死，就有可能为破案提供线索，马超面容舒展，但马上又严肃地问，“那原始现场呢?”

这下小马有点得意了，拿出手机说：“我在地上铺了报纸，在搬动李芳芳前，用手机拍下了原貌。我的手机像素很高的。”

“好、好！你救人、保护现场两不误，做得很好!”马超这次连用了几个好，表示了对小马的赞赏。

这时，应法医指着放在桌上相框里的照片说：“这李芳芳长得挺漂亮的，但愿能够救回来。”

照片是李芳芳与女儿的合影，可以看出是在市少年宫前面的草坪上拍的。李芳芳穿着一件露肩鸡心领白色连衣裙，面容姣好，体态丰满，右手搭在女儿的肩膀上，脸上露出浅浅的笑容。但仔细看，笑容中似乎又有着淡淡的哀愁。这种神态是否意味着红颜薄命呢?

马超再次仔细地看了看相框里的照片，又到其他房间、房子四周及周边路口做了仔细观察，之后，请陈所长就近找一间房子作为现场临时指挥部。陈所长说已经安排好了，就在现场房子旁边社区主任家的客厅里。马超随即招呼参侦人员集合，几十号人在客厅里，有的坐着，有的站着。社区主任老婆很热情，提着热水瓶，拿着一筒纸杯进来要给大家泡茶。马超连声说谢谢，说不要泡了，我们事情很急。

马超坐下，略作思考，随即站起，不作任何商量，按照局里制订的《命案侦查工作预案》，结合这个案件的实际，开始布置工作：

——成立现场勘查组，请应良平、许乐新负责，立即组织痕迹、法医、照相等技术人员，全面、规范开展勘查工作；

——成立现场调查组，请郭伟负责，请陈所长支持，立即组织人员对现场房子居住人员、周边人员及过往人员开展调查走访；

——成立关系人调查组，请崔军凯负责，立即组织人员调查李芳芳及另一名男死者的工作、生活与关系人情况，注意先请社区群众及辉煌大酒店员工等人辨认一下男死者是谁；

——成立视频侦查组，请谢方群负责，立即组织人员查明现场周边监控探头情况，尽快调取或拷贝查看；

——成立信息分析组，请张莺负责，立即组织人员搜集案件相关信息，开展网上侦查与串并侦查工作；

——成立专案材料组，请王英英负责，立即组织人员开展案件相关材料的搜集、研究工作，今天白天，各组材料均先汇总到这里，晚上 8 点后汇总到新兴派出所；

——成立后勤保障组，请杨教负责，联系新兴所设立案件侦查指挥部并落实相关工作。另外请组织人员到医院对李芳芳实施 24 小时看护，如清醒可以对话，请及时通知指挥部。

最后，马超问道："大家看看，还有什么意见？"

一口气布置了七方面工作，责任人明确，任务明确，除最后一项外，每项任务都有"立即"的速度要求，充分显示了马超指挥大案侦查的果敢决断；每组责任人前都有一个"请"字，又显出一点儒雅谦逊；至于最后征询意见，则是客套式地走下程序了。大家对此早已习惯了，都说没意见，随即散去，分头开展工作。

刑大教导员杨秋露安排好队里的工作后也立即赶到现场，刚才一直站在马超身旁，马超讲话后，也没作任何补充。此时，她和马超打了声招呼，随即出去安排工作了。

看着杨教的背影，马超心想，有她在，办案中的许多杂事，他是不用操心了。"男女搭配，干活不累。"马超常常为遇上这样的好搭档感到十分欣慰。他对她布置的任务，用了三个"请"而没讲"立即"，一方面是对她的尊重，在刑大，他们都是主官，如论当正职的资格，她比他还早了几年；另一方面，他相信她会立即安排妥当的。

马超留在客厅，给在省委党校培训的市委常委、公安局长左力发了一条短信，简要汇报了案情与工作安排情况。

发完短信，马超随即拎着公文包去了现场。组织大案侦查，面上的工作布置下去后，马超不习惯坐在指挥部听汇报、下指令，而是选择最重要或最关键的工作去亲历亲为。

风过留痕，雁过留声，人过留痕迹，现场富含着丰富的案件信息。现在侦查工作刚开始，当然是现场勘查最重要。

左局长在下课后立即给马超打来电话，要求他不惜警力、不惜财力、不惜手段，尽快突破这起恶性大案。

一团乌云

刑警都习惯用案件发现时间来命名某一案件，这起案件被命名为“9·19 特大杀人案件”，简称“9·19 案件”。

晚上 10 点，各组工作方告一段落，“9·19 案件”第一次案件侦查研究会议在新兴派出所会议室召开。

杨秋露组织材料组等人员，已经将会议室布置成了一个专案侦查指挥部，电话、电脑、打印机、多媒体投影仪、大屏幕电视、云山市与新兴街道大幅地图等一应俱全，公安网、互联网等线路都接了进来。长条桌居中几个位置上，各放了一份由材料组收集、整理的材料，内有现场勘查、法医检验、调查访问等先期工作的简要材料。桌上还放了一排烟灰缸。

会议室里基本坐满了，有四十来号人。参侦人员除工作脱不开身外，必须参加案件研究会，这是马超定的规矩。侦查破案，需要多个警种、多个专业同步上案，许多人员协同侦查。马超当刑侦大队长后不久，即在队内制订、实施了一条硬性规定：侦查员必须实地查看现场，必须全面听取现场勘查情况；技术员必须了解侦查工作进展情况，必须参与案件侦查分析研究工作。

马超主持会议，他传达了左局长的电话指示后，即让各组介绍情况。

现场勘查组的痕迹、法医与视频侦查组利用多媒体投影仪，图文并茂，作了详细介绍，讲了近两个小时。

接着各组先后介绍。

经报案人张艳丽进入现场辨认，男死者叫钱康康，也是辉煌大酒店餐厅员工，与李芳芳是老乡。李芳芳28岁，钱康康20岁。二人都来自西部某省同一山区县。

房东孙有福的四层楼房坐北朝南，一楼装有防盗门、窗，在周边房子中，外观属装修最好的房子。二楼南面共有三间房，均用于出租，现场位于东边间。房间南北长5.6米，东西宽3.6米，中间西侧用两个衣柜隔开，相对形成南、北两间，南面间为卧室，北面间有灶台、餐桌、卫生间等。前后两间顶灯均呈开启状。房门位于西北侧，门锁完好，原始呈锁闭状。南间西北侧有一床，伤者仰卧于床上。北间靠衣柜有一张方桌，桌上有一个塑料袋，里面放着一些猕猴桃、苹果。桌旁北侧有一方凳翻倒在地。男死者右侧位倒卧于方凳北侧居中地面上，旁边地上散落着三枝比较鲜艳的玫瑰花，有些花瓣呈碾碎状，应是脚踩所致。地面提取到多种鞋印痕迹，经初步比对，有两种分别是女伤者与男死者的，另外几种须做进一步甄别。没提取到指纹、工痕、凶器及除血迹外的生物检材，室内也没有发现手套印痕。东墙外有一竹竿搭到二楼，窗台上有较新鲜的两个手套印。

死者钱康康衬衫第二、三纽扣脱落，左后裤袋内有五百多元钱，没发现身份证件及手机。颈部、双手有多处抓伤、扭伤；刀伤一处，从左胸三、四肋间刺入，刺破心脏致大出血而死亡。依据胃内容物分析与肛温测算，死亡时间在昨晚10点30分左右。分析凶器为单面刃刀具，两公分左右宽，十公分左右长。

伤者李芳芳，身着白底小紫花连衣裙，裙子背部拉链下拉至腰部，拉链扣一侧呈脱开状。医院初步诊断为枕部着力后形成颅脑对冲伤，颅内血肿，伤情严重，现仍处于昏迷状态，能否恢复清醒还难以确定。

两名受害人各被抢一部手机已查实，但两部手机一直处于关机状态。室内有翻动迹象，有无其他财物被抢，需作进一步核实。右侧床头柜下面上锁的抽屉没有被撬开，内有现金、银行卡等物品。

二楼中间房间租户外出还没有找到；西边间有两人租住，18 日上夜班，19 日凌晨 2 点多才回来，没发现可疑情况。

孙有福家常住有四人，有时他岳父岳母也在此居住。已经查实，18 日晚饭后，孙有福妻子带两个小孩回了娘家，孙本人外出搓麻将至 19 日凌晨近 4 点才回家。据孙有福反映，现场房子是 7 月中旬租给李芳芳的，他要求起码承租三个月以上，故李先定了三个月租期。她住进不久，有一老妇人和一个 6 岁左右的小女孩一起来住，后来得知是李的妈妈与女儿小芳。二人在 8 月 25 日左右离开。李芳芳也离开了几天，应该是送母亲、女儿回家。平时除看到首先发现钱康康被杀的那女人外，来找李芳芳的人很少，感觉她人很老实，社会交往不多。

经初步调查，李芳芳、钱康康在酒店工作表现都很好，人际关系也比较好，没有发现与其他员工、来店顾客有什么大的矛盾纠纷。李芳芳是丧夫后由同村人张艳丽带到云山打工的。

现场及周围的房子没有安装监控，房前是进出该社区的主要道路，东西路口有监控探头，但由于夜间光线较暗，图像质量较差，需作进一步查看与处理。

信息组提供了一个重要情况，经上网进库检索查询，近期云州市内发生多起爬落水管、竹竿或梯子入室盗窃案件，盗不成则持刀抢劫，其中云山有两起。

……

各组汇报介绍后，大家展开讨论。参会人员先后有十多人作了发言，有的是观点基本相同的互相讨论，有的则是意见明显不一的相互争论。尤其对作案动机的分析意见不一，多数人认为是财杀，少数人认为可能是情杀或仇杀；有的主要依据刚才各组介绍的情况，有的则提出了新的分析理由。

会场里抽烟的人比较多，笼罩着重重烟雾。马超平时抽烟不多，参加案件研究会议则抽得比较多，今天他抽得更多了一些，面前的烟缸里已经有了不少烟头。他边听边记，不时停下来皱眉凝思。

下了一天的雨，晚上停住了。今天是农历十三，接近月圆之夜，可是天空中布满了乌云，不见一丝月光。

马超抬头望了望窗外。他觉得心头绕有一团乌云。这个案件，不像仇杀，财杀、情杀都有一定的依据，但是孙有福这栋房子，平时有十来人居住，现场还多出一个年轻力壮的钱康康，法医认为钱康康死于晚上10点30分左右，案犯作案行凶时间这么早，如何解释……

马超适可而止地终止了讨论。他竖起前臂，十指交叉紧扣一小会儿再放开。这是他开始讲话前的习惯性动作，开讲后则双手配合话语，不时小幅地挥动着。

马超说，这个案件杀人抢劫客观存在，因而作案动机的推理很重要，事关案犯刻画、侦查方向分析等重大问题，但是依据现有的案件信息，还难以作出明确判定，我们先不作过多讨论，先从多角度、多方面开展侦查后再作分析。接着他就进一步深入开展现场勘查、检验鉴定、调查访问、视频应用、信息研判、案件串并、技术侦查等方面工作提出了明确的任务与要求。他讲得很专业、很仔细，讲了近一个小时。

马超刚讲完，见手机在振动，有短信进来，拿起来看了一下，接着抬头扫视了全场一眼，见不少人已是一脸倦容，但是他仍然以命令的口气说：“现在已近凌晨4点，大家回去休息一下，8点各组必须集合开展工作。”随即，他又以一贯关爱部下的态度温和地说道，“大家肚子饿了吧，想吃夜宵的，可到食堂去吃，陈所和杨教已为大家准备好了。”

众人都走了，马超仍留在会议室，紧皱着眉头苦苦思索着：这个案件一死一重伤，性质恶劣，社会影响肯定很大。现在，依靠各种技术、各类信息，只要有充足的警力投入侦查，大多数案件都能快速侦破。但是“9·19案件”，从今天工作情况来看，先进的技术、信息等侦查手段似乎一时难以发挥突破性作用，现场又没有提取到可以用来甄别犯罪嫌疑人的指纹、生物检材等痕迹物证，看来是一个疑难案件了。

工作是面面俱到地布置了，还有什么重点有可能突破案件呢？

马超隐约觉得，“9·19案件”并非简单地由情、财、仇某一种因素所引起。对！不管何种动因，案犯肯定是冲着李芳芳而来，要重点围绕她本人及其社会关系开展深入调查。

这时，杨秋露走了进来，问道：“马大，你要吃夜宵吗？最好去吃一点，再抓紧去休息。”

马超答非所问：“杨教，我正好要找你商量。”

“什么事？”

“你知道，这个案件有难度，李芳芳能否苏醒至关重要。她在医院的具体情况如何？医生说她还有清醒的可能吗？”

杨秋露比在会上更详细地介绍了在医院了解到的情况，最后说：“医生认为李芳芳的颅脑损伤很严重，昏迷不醒或死亡的可能性很大，但他们会尽力抢救。”

“请你负责安排一下，一要多加联系，请医院想方设法抢救；二要严密看护，防止发生意外；三要严格保密，无论李芳芳的病情进展如何，案件未破前，对外只说正在抢救。”

马超布置起工作来，总是一、二、三……条理清晰，要求明确。

杨秋露领受任务，也是从来不打折扣，“好的，你放心，我会落实好。”

公开调查

辉煌大酒店建在云山市主城区城中靠北地段，是由云山云辉集团有限公司投资建造的五星级宾馆，开业已经两年多，是全城最好的宾馆。主楼有二十多层，外观很气派，内饰很豪华。

9 月 20 日 8 点多，马超带着崔军凯、韩帅、李小林一行人来到辉煌大酒店大门口。酒店保卫部的俞中经理已在门口等待，崔军凯事先通知了他。

俞中个子中高，西装革履，颇有风度，见马超一行下车，立即迎上去：“欢迎！欢迎马大队长一行光临。”

马超边与俞中握手边说：“谢谢！为李芳芳、钱康康案件，我们到你们酒店做些调查，请多支持配合。”

马超发现俞中头发卷曲，手毛比较黑长，眼肚有点偏黑、水肿，心中有点异样，脸上神色不变。

“应该，应该，张总也很重视，他在办公室等你们，他想配合你们安排好具体工作。”俞中边说边弯腰伸手作请进状。

“好的，那我们就先到张总那里去。”

张发财是云辉集团有限公司董事长兼总经理，马超很多年前就与他认识。马超心想，到这里开展调查，让老总多支持、多配合很有必要。

辉煌大酒店建成后，张发财把行政办公设在 17 楼，自己专门设了个办公室，并兼任酒店总经理，但他还设了个常务副总经理，酒店事务主要由常务副总管理。张发财喜欢 17 楼，七上八下，“17”谐音谐意是“要上”，最吉利了。他常在这里办公，理由是这里比公司总部环境好，档次高，特别是接待客人方便。民营企业家，设宴待客，几乎天天都有。

马超一行人坐电梯上了 17 楼，张发财已在办公室门口等候，见了即迎上去，紧紧握着马超的手说：“马大队长你们辛苦了，欢迎来本公司调查。”看来俞中已经把马超等人要来的情况向他报告了。

张发财近 50 岁，中等个子，方脸大耳，理着平头短发，面色红润，一双圆眼微凸，目光中透着商人的精明。他穿着一件名牌白色长袖衬衫，一条烫得笔直的西裤，一双锃亮的高档皮鞋，左手戴着一串紫檀佛珠手链，右手戴着一块瑞士名表，颇有老板气派，山区农民的样子在他身上是找不到一点影子了。

众人进入张发财办公室。中国老板的办公室大多很气派。张发财的办公室很大，有近二百平方米，从东向西分成办公区、会谈休闲区与卧室三部分，装修得很豪华、很精致。桌、椅、柜都是清一色的黄花梨家具，沙发是意大利进口牛皮做的，地上铺着厚厚的纯羊毛地毯。大大的老板桌背面挂着“咬定青山不放松”的一幅书法，是一位著名书法家书写的。马超比较喜欢古诗词，把郑板桥著名的《竹石》诗中这句话挂在办公室里的，他还是第一次看见。商场如战场，生意人有如岩竹咬定青山不放松的精神，应该是很有必要的。看来，张发财文化不高，修养不错。对，肯定还有经商的天赋、能力与勤奋，不然一个农民的儿子，初中文化，怎么可能进城起先只是打打工，经商办企业十多年就能建成这么大的一个集团呢？

马超等人在会谈休闲区的一圈沙发上坐下，茶几上已经放着刚泡好的绿茶及软包中华牌香烟。

马超先说：“张总，你很忙，但为侦破李芳芳、钱康康案件，我们只有来打扰你啦。”

张发财连忙说：“见外，见外。他俩是本公司的员工，我们公司员工都希望早日破案，何况马大队长你和我还是多年的老朋友，我们理应全力配合。”

“谢谢你对公安工作一贯的理解与支持。”马超道。

张发财发财后，当上了云山市人大代表，做了不少慈善捐助，先后也多次给公安局、刑大捐了车辆、电脑等装备。

“你们需要我们提供什么帮助?”张发财问。

“这个案件的侦查，需要调查两个受害人在酒店的工作、生活情况。我们想先找餐厅人员做些调查了解，有必要，再展开调查。”马超说。

“完全可以，你想要怎么查就怎么查。”张发财爽快地回答。

“你们餐饮部有多少人?”崔军凯接着问。

“有八十多人，你们都要调查吗?”俞中接口回答。

“我们先找经理、领班开个会，再展开调查。”崔军凯转头问马大，“马大，你看行吗?”

“行。张总，就请俞经理给我们安排一下吧，你不必麻烦了。”马超说。

“也行，俞中你马上去安排一下，趁中餐上班前把这个会开掉。”张发财马上吩咐属下。

“好的，就在三楼会议室开。”俞中立即答应。

趁会前空当，马超问张发财：“张总你对这个案件怎么看?”

张发财愣了一下，说：“经商我可以，破案绝对是外行，但我想这二人都是打工的，抢劫杀人总不会吧？马大队长你是破案高手，你亲自来本店调查，想必认为罪犯可能跟本店员工有牵连吧？”

听张发财把答话说成问话，马超觉得他脑子很灵光，他也没答而再问：“你对李、钱二人认识吗？印象如何？”

“钱康康，我不认识，李芳芳我还比较熟悉。”

“那你谈谈对她的印象。”

“李芳芳在本店上班一年多了，我去包厢吃饭，有几次就是她服务的。她服务态度很好，很仔细，我听说有的回头客就是冲着她服务好，多次打电话跟她订包厢的。因业绩出色，好像是在今年 7 月，餐饮部提她当了领班。”

冲着她服务态度好，也冲着她相貌好吧？马超脑子里突然映出了李芳芳放在卧室桌上的照片，但他没有想下去，又问道：

“有谁向她订包厢你知道吗？”

“这个我不清楚，我是在吃饭时听餐厅胡大吉经理讲的，你们可以去问他。”

“那好的。你知道李芳芳与他人有什么矛盾纠纷吗？”

“这个我也不清楚，她到底只是本公司的一名小员工，我平时与她没有接触。”张发财回答后又问，“李芳芳伤情如何？有希望救回来吗？”

“她仍处于昏迷中，我们马大、杨教已多次与医院联系，请他们尽力抢救。”韩帅抢着回答，接着问，“张总，你自己不清楚，那你听他人说到过吗？”

马大在场问话，部下一般是不插嘴的，韩帅有点急性子、有点表现欲，座谈了好长时间了，崔副也问过了，他觉得自己也应该发下声。

韩帅既答又问，张发财却是仍然看着马超问：“我们公司派人去看看行吗？李芳芳是我们公司员工，而且工作业绩很好，我想我们应该送一笔医疗费过去。”

马超也看着他的脸说：“送医疗费可以，谢谢张总。但是看望得经医生同意，你可派人去找一下我们刑大的杨教导员。”

探望可是一个难题，马超想，推给杨教，她会妥善处理好的。

“那好，那好。”

“张总还有什么情况能和我们谈谈吗？”

张发财想了想后说：“一时也想不起什么了。”

议论李芳芳伤情时，俞中推门进来了，他站在一旁很认真地听着，此时他才说：“马大队长，开会人员叫齐了。”

马超对张发财说：“那先到此，以后有什么与二人有关的情况，请及时告诉我们。我们先去开会了。”接着，他站起来，很有礼貌地说，“张总，麻烦你了，再次表示感谢！”

张发财也很客气，给每人发了名片，一再说，在本店调查，有什么需要，尽可找他本人，并一定要送马超一行，一直把他们送到三楼会议室门口才告辞。

会议室里坐了十多个人。俞中说餐厅经理、副经理、各部门主管与领班都来了，接着介绍了经理胡大吉等人的姓名、职务。这些人可能都是第一次参加警察召开的会议，也知道是要问与李芳芳、钱康康受伤害案件的有关情况，都有点紧张，睁着眼睛静静地坐在那里。

马超知道在这样的场合是难以直接问出什么有价值的情况的，只是有必要自己带队先来造造声势，让他们都知道公安机关已经前来开展全面调查，明白应该配合调查的道理与具体事项。马超先作了自我介绍，再简要地介绍了案情，接着就讲了三点要求，但是他把话说成是三点请求：

——这起案件，钱康康被杀害，李芳芳受重伤，性质十分严重。二人是大家的同事，于法于情，你们都应该配合我们公安机关开展调查工作，请大家多多理解与支持。

——根据侦查工作的需要，我们需要调查李、钱二人的工作、生活情况。请大家围绕二人的交往人员，与他人有无矛盾纠纷，包括男女关系方面，近期有无反常迹象等问题，自己并动员身边同事，认真回忆一下，再向我们如实反映。

——请大家注意，如有与案件有关的线索与情况，必须报告。对帮助公安机关破案有功的人，我们将予以奖励并对外严格保密；对知情不报特别是故意隐瞒的，将严格依法追究责任。等会儿，我们会把电话留给你们。

马超讲完后，问大家有没有听清楚，大家都说听清楚了；再问有没有什么情况现在就告知我们，在座的有几个人低头相互窃窃私语起来，却没有人抬头说话。马超很干脆地说，那就拜托各位了，想到了再和我们说，现在散会。

会后，马超把餐厅胡大吉经理单独留了下来。

与多数餐厅经理是年轻漂亮的女性不同，胡经理是男的，面相一般，个子偏矮，皮肤较黑，身材粗壮。

马超的目光迅速把胡大吉从上到下扫视了一番，心想：可能是他社会交际较广而便于揽生意吧?

马超向胡大吉询问餐厅的管理情况、经营情况，李芳芳、钱康康在餐厅的工作及生活情况等。胡大吉对餐厅的管理、经营情况讲得挺多挺细的，看来这个粗壮的男人还挺细心、挺负责的。而对二人的工作、生活情况，胡大吉却说餐厅员工多，只知道他们工作表现不错，生活方面的情况他不了解。马超问他找李芳芳订餐人员情况，胡大吉提供了几个人，但说一时想不全。马超请他回去再仔细想一想、查一查，并请他要多多想办法动员员工提供情况。胡大吉一一答应。

随后马超等人与俞中告别，俞中说张总已安排了一桌便餐，要陪大家一起吃个中饭。马超说不必了，我们自己到餐厅吃个自助餐，再研究一下案件。听说还要研究案件，俞中便知趣地告辞了。

马超是想借吃自助餐，观察一下酒店及其餐厅的情况，以便有个感性认识。他平时很少到这个云山最好的酒店来。

餐饮部设在二楼，出电梯口右拐的墙壁上有一块醒目的指示牌，标明一楼有游泳池、健身房，三楼有美容室、桑拿浴、酒吧、小型商务洽谈室，四楼有 KTV、台球室、棋牌房。二楼有一大二小三个餐厅和二十来个包厢，马超推开一个包厢看了一下，里面装修得很豪华。大厅中午供应自助餐，进门处左侧的服务台上放着不少介绍酒店的折页图片与小卡片，其中一张小卡片特别引人注目，上面印着一个衣着暴露、眼神暧昧、身材丰腴的美女，右下印着一行字：欢迎光临 KTV，凭卡八折优惠。看来这家酒店是吃喝玩乐齐全，美食美女尽有。

年少时，马超当大队干部的父亲为了让儿子开开眼界，带他到县城玩了两天（那时云山市叫云山县），晚上住在城里最好的旅店——五层楼的县政府招待所，五毛钱一晚。现在的云山市，五星级宾馆就有三家，四星、三星就更多了，一晚几百上千元，各方面条件都很好，绝不亚于欧美国家。马超边走边看边想，改革开放以来，云山的经济社会发展真快、变化真大啊！但愿人们都能珍惜当下的幸福生活，不要耽迷于灯红酒绿，更不要误入歧途。

在去餐厅的路上，参加工作才一年多的李小林怯生生地问马大，这样公开调查，如果案犯得知，不是要跑掉吗？马大说这个案件现在还没有一点头绪，调查工作也只有这样做了，真的惊动案犯跑了，抓一个逃犯肯定比查明一个案犯简单。

中餐后，马超让崔军凯留下主持调查工作，由他从重案侦查中队、三中队抽调一些人员，其他中队再抽一些女侦查员参加调查，抓紧找与李、钱有交往的人员访问。先找交往密切人员，再逐步扩展开来；先餐厅，后全酒店，再视情况向外拓展。重点调查李芳芳工作、生活及与他人交往情况，包括情感方面的情况；钱康康的各方情况也要做调查。

马超接着进一步对调查工作的方式方法、重点注意项作了一番分析与要求，并要求崔军凯每天向他报告调查进展情况。

崔军凯向马大保证，一定会把调查工作做深做细。

实际上把任务交给崔军凯，马超完全可以放心，没有必要讲得这么细。“宏观正好，微观偏细”，民警有反映，民主生活会上，左局长也向他提出过。本性难改，今天他交代了这么多，是因为他觉得酒店的调查工作很重要，也是他长期以来对工作安排细之又细的作风使然。

安排好酒店的调查工作，马超自己带着韩帅又去现场研究。案件不破，现场勘查不止，分析研究不停，这也是马超工作作风的特点之一。

马超、韩帅走到酒店大厅时，发现张发财与俞中已在那里等着送他们。马超又一次向他们致谢。

疑云笼罩

经过几天的紧张工作，“9·19 案件”专案组各调查小组工作都有较大的进展，有关线索与情况陆续汇总到了指挥部，主要有：

现场房门锁体有点松动，锁体与锁舌扣板间隙较大，如里面没上保险，在外面不用钥匙，用力就可以推开门。

现场南间塑胶地板上发现有多个41码、波浪形花纹的鞋印，多数比较模糊，有一个比对条件较好，经甄别已排除为两名受害人所留，也排除了为马朝辉、孙有福以及可能到过现场的人员所留，分析为案犯所留可能性大。

反复勘查后，室内现场还是没有发现指纹与手套印痕，但是发现了两处被翻动部位有类似毛巾织纹的印痕，分析案犯行凶后，可能用毛巾裹手实施翻动。

现场地面多个部位提取的血迹，经DNA检测，都与钱康康分型相同。

经调查张艳丽等人，李芳芳有一把水果刀，但是现场没有找到。张艳丽18日下午到过李芳芳处，曾用该刀削过她带去的梨子。根据张提供的该刀长度、宽度与形状，在市场上找到了类似的刀，法医认为可以形成死者身上的创口。分析案犯是就地取材，用水果刀行凶后带离现场的可能性很大。

外出回来的二楼中间房间租户反映，18日晚10点许，他在房间内北侧洗脸时，听到东侧房间有敲门声，敲了一会儿后才听到开门声，之后他就到南面睡觉了。他说自己睡觉往往睡得很沉，第二天一早因外出推销产品就离开了，讲不出更多情况。

李芳芳、钱康康二人关系较好，餐厅员工反映李对钱多有关照，钱似乎在追求李。今年8月底李送母亲、女儿到老家回来后，似乎不大愿意再与钱多接触。没有发现李与其他男人有密切接触，或谈恋爱，或产生纠纷。李芳芳原先是住酒店员工宿舍，基本上是餐厅、宿舍两点一线，很少外出去游玩。有的员工讲李芳芳长得漂亮，服务态度好，人又老实，有些客人喜欢与她开开玩笑，个别的还会动点手脚。通过李芳芳订餐的人员都已经查到，经过调查，都排除了作案嫌疑。李芳芳在8月底曾向餐厅经理提出辞职，经理要她干到国庆假日后再走，她答应了。钱康康18日晚上10点下班后才离开酒店。

经过进一步信息查询与通报协查，近两个月来，发生在云州市的爬窗入室侵财案件有十多起，已经收集了相关的案件资料与痕迹物证，正在开展串并侦查。

9月23日下午，“9·19案件”第二次研究会议在专案指挥部召开。房间里挤得满满的，参加人员比第一次还要多，陈所长叫人临时增加了一些椅子。

省厅刑侦总队大要案侦查支队章支队长、云州市公安局刑侦支队赵副支队长与多名技术专家，这几天一直在指导、参与侦查工作，下午也参加了会议。

左局长从省委党校请假专程赶回来参加会议。他先对总队、支队领导、专家前来指导表示感谢，接着就让马超主持会议。

马超作了简要的开场白后，按照惯例，即让各组介绍这几天来的工作情况。

“9·19案件”至今已有五天了，案件仍然没有突破性进展。听着各组的情况介绍，马超剑眉紧锁，神情凝重，边听边不断地向自己发问：

依据中间房间租户听到的敲门声、钱康康下班离开酒店的时间，进一步证实了案件发生在当晚10点30分左右。孙有福的房子平时有多人居住，案犯为何选择这样的时间、地点行凶作案？

案犯为一人可能性大，现场房间内有二人，钱康康年轻、高大、强壮，案犯没带凶器，为何敢于一人对二人行凶？

案犯有劫财动作，为何没戴手套而用毛巾裹手？为何没有仔细翻动以劫取更多钱财？

李芳芳是打工人员，没有多少钱财，案犯如为财而来，是作案前不知情，还是另有原因？

调查至今没有发现李芳芳与他人有什么矛盾纠纷、情感纠葛，是工作没到位，还是此案非仇、情所发？

钱康康应该是在追求李芳芳，但是没发现有第三者对此事产生嫉妒乃至仇恨，案犯为什么要杀害他？

案犯应该没有预料到钱康康当晚会到李芳芳处，应该是针对李芳芳而来的，为什么对钱康康痛下杀手，而对李芳芳却没有持刀行凶？

……

马超觉得此案仍是疑云笼罩，一时难现曙光。他的两道剑眉越锁越紧，大脑在快速地汇总、分析着各种信息，还没到自己发言时刻，双手十指已不由得反复多次紧扣在一起了。十指连心，他觉得紧扣在一起，常常可以激发出思维的火花。

会议第二阶段，仍是开展讨论，大家重点仍是在分析作案动机上。争论很激烈，意见有变化，认为是财杀可能性大与认为是情杀可能性大的，各有近半人数。

讨论了一个多小时后，马超示意应法医发言。命案侦查研究会，马超一贯很重视应法医的意见。应法医习惯先听大家的讨论意见，再讲自己的分析意见。

应法医早已做好了发言准备，他用右手理了几下头发，没擦眼镜，喝了一口水，清了清嗓子，开门见山地说："这个案件的作案动机我认为是为情的可能性最大。"

他话锋一转，又开始习惯性地作起了背景分析，"案件的两个受害人，都是外省来的农民工。农民工干着城里最苦最累的活，同时生活艰苦缺少娱乐，许多人夫妻分居两地，或分住两处，或是单身没对象，而人的正常生理需求是很难压抑住的，由此引发了许多性问题，包括性失德、性违法、性犯罪。近几天，我查阅了一些资料……”

马超听到这里，打开手机看了看时间，打断了应法医的话，语气温和但态度明确：“老应，时间关系，今天你就不要多作背景分析了，直接讲具体分析意见。”

应法医听了心中一愣，抬手看表已是快五点三刻了，又看看在场这么多领导还没讲话，马上转变思路，简要地讲了情杀的理由：从二受害人损伤分析，仇杀的可能性基本可以排除。死者钱康康仅左胸部被刺一刀，凶器很可能是就地取材的水果刀；经对李芳芳头部外表检查与头颅 CT 片分析，李应是被人推倒，后脑着地形成对冲性脑损伤，案犯没有对她再有其他伤害行为；案犯没有携带凶器，也没有非置人于死地不可的多次行凶动作。

从现场痕迹分析，财杀的可能性不大。现场有翻动痕迹，财物有失少，但翻动部位、物品少，钱康康裤袋中的现金也没有被拿走；没有撬锁等工具痕迹的反映。

综合分析，情杀的可能性最大。李芳芳为寡妇，漂亮性感，又在大酒店工作，接触人多，应该会有一些追求者，如钱康康即是其中之一，容易引发情感方面的矛盾，进而引发刑事案件。

实际上，应法医是有点书生气、学究味，但一点也不迂腐，他可以长篇大论，也能够扼要阐述。

时间已六点多了，马超征得左局长同意，宣布先休会吃饭。

情杀财杀

参会人员分批在派出所食堂用过简单晚餐后，略作休息。左局长等人看完中央台新闻联播，七点半会议继续召开。

休会期间，马超仍在思考、分析。开会前，他对案情的几个主要问题，有的已经在应法医等人的分析中找到了答案，有的自己也已经想明白，有的需要进一步调查研究；对下一步工作已经理出了头绪。会议开头，他征得左局长同意，即作发言：

“下午大家谈的意见都很有道理，尤其是老应的发言，观点明确，依据比较充分。对‘9·19案件’作案动机等问题的分析，确实难度很大，因而侦破难度很大。依据现有信息条件，我觉得以情为主与以财为主而引发这起案件的可能性都是存在的。

“就情杀而言，我基本同意老应的分析意见，再作些补充：从现有信息分析，仇杀基本没有依据。仇杀应在案前有一定的因果关系，经过这几天的调查，没有发现两个受害人与他人有明显的矛盾冲突；如仇杀，应主要针对李芳芳而来，但凶手没有对李芳芳使用凶器，客观上也只是头部撞地后重伤昏迷；仇杀一般为事先有预谋，现场楼房通常有多人居住，室内又有二人，案犯不应选择这样的时间、地点作案，不带凶器作案更是不合常理。

“从现场情况分析，缺少痕迹物证对财杀的有力支撑。除老应讲的以外，还有东面玻璃窗上与室内没有发现手套印痕或可疑指纹，靠窗的室内地板上没有发现可疑足迹，也没有发现从现场房间出来再到其他房间行窃的足迹与其他痕迹。”

这几天，马超多次到现场，与许乐新等人对现场的痕迹物证作了反复的分析研究。

他接着说：“从现有情况分析，如能排除仇杀、财杀，自然就是因情引发案件的可能性最大。情杀依据在老应分析的基础上，还有两点很重要，一是钱康康被杀死在北间，他的足迹也仅出现在北间，南间没有出现，但出现了另外一个可疑人员的足迹；二是邻居在10点许听到东间有敲门声，而钱康康10点才下班。从这两点分析，钱康康进入现场前，房间里可能已经另有一个人，而这个人可能与李芳芳有情感方面的纠葛，可能就是凶手。所以，下一步工作重点之一，就是要从情杀方向开展侦查。”

马超的补充分析，更全面、深入地印证了应法医的观点，大家纷纷点头认可，总队、支队的领导、专家也都说马大分析得有理有据，真不愧为省厅评选出来的全省刑侦专家。在去年两年一次的全省十大刑侦专家评选中，马超是唯一一个被评上的出自县（市）、区公安局刑大的刑侦专家。

马超随即又分析到，因情引发案件的可能性很大，但是财杀也还是有可能，主要依据是客观上有财物被抢；东窗外有竹竿，窗台上有手套印痕；云州市内近期有十多起作案手段特点类似的侵财案件发生，本市也有两起，等等。所以，财杀的串并侦查仍需作为重点工作继续开展，而且要尽可能争取尽快侦破，这样，既可以带破一批案件，也可为“9·19案件”提供更为有力的分析依据。

从马超的分析中可以看出，他对案犯的作案动机有着较为明显的倾向性。但是，作为大队长，马超对案情分析，尤其是案件关键问题的分析，他一向认为“宁可分析有误，不可分析有漏”，况且根据现有信息，两方面工作确实都需要开展。

接着，马超又对下一步工作提出了意见。他重点讲了如何开展类似侵财案件的串并侦查；对二受害人工作、生活及收入情况的深入调查，尤其是对李芳芳情感方面问题的调查；技术、视频需要深入研究的几个问题等方面的工作意见。他自然又是讲得很全、很细，也很专业。

马超讲完后，请支队、总队领导与专家作进一步分析与指示。

几位总队、支队专家，分别对介绍中涉及的技术问题作了补充说明，特别是对痕迹、法医的分析意见，作了观点明确、论据充分的详细论证，讲得很有说服力。

参会的二位总队、支队领导都同意马超的案情分析与工作意见，并作了进一步的分析与要求。赵副支队长还提出由支队牵头开展侵财案件串并侦查；总队章支队长强调现在可以兵分两路，以情杀为主、财杀为辅开展侦查，但大队必须与支队一起抓紧侦破侵财案件，以便进一步分析、确定本案性质。

陈所长见再下去已没有他的发言机会了，就主动插话说：“我表个态，这起大案发生在我所辖区，我们尽可能多出人出力，必要时全力以赴，同时我们会尽力做好后勤保障工作。”

马超感激地看了陈所一眼，同时为自己没安排他发言的疏忽而感到不好意思。接着，他请左局长作指示。

左局长很重视刑侦工作，他经常抽时间深入侦查一线查看现场，参与案件研究，还常常说自己是来学习补课的。今天会议期间，除偶然插几句话外，他一直在认真听、认真记。

他先说了句轻松话：“大家很给面子嘛，我看今天抽烟的人很少，不枉我的一片好心。”

接着，他端起茶杯喝了几口茶，说：“大家今天的发言都很好，我听了颇受启发，很有收获。这几天，同志们夜以继日，发奋工作，虽然‘9·19 案件’侦查难度很大，至今还没有突破，但是工作已经取得了较大进展。分析意见大家都谈了，下一步工作马大也已作了全面安排，下面我再简要讲几点：

“第一，加强专案侦查力量。‘9·19 案件’由马超任专案组组长，在总队、支队的指导下，全面负责侦办工作。刑大近期要把主要力量投入到该案件的侦查中，局机关相关部门、新兴所与相关派出所都要积极参与、全力配合。

“第二，强调一下工作要求。下一步工作就按马超意见办，请各组再作具体分工，要使每项工作责任到人、要求明确，务必尽快落实到位、工作到位。局党委决定，对于破案有功者给予立功受奖，立大功者则优先考虑提拔使用；对于工作失责者，要严肃追究责任。

“第三，此案非破不可。这起案件一死一重伤，性质严重，现在社会上已经反响很大。公安部提出‘命案必破’，我理解是命案必须尽最大努力去侦破。千古迷案，古今中外都有，但是‘9·19案件’，非破不可！”

“9·19案件”是左局长上任后遇到的第一起二人被害的重大疑难命案，他内心十分希望能够侦破、尽快侦破。讲到这里，左局长有点激动，他大声问道：“同志们有没有决心？”

“有！”会议室里响起了响亮的回答声。

“好！我相信同志们一定能侦破此案。”左局长看看表，“现在已十点多了，大家回去休息，明天再抓紧开展工作。马超你还有事吗？”

马超说：“没事了，我们一定落实好局长和总队、支队领导的指示要求。现在散会，请各组组长再留一下。”

开会人员陆续散去。

左局长临走时对马超说：“你们可以再议一下，但要早点休息。明天我要回省委党校培训，案件侦查如有大的进展，你要及时报告我。如有人力财力及工作协调方面等困难，也及时与我说，我来出面解决。”

马超感激地说：“谢谢局长！您先回去休息吧。”

马超、杨秋露起身送走左局长与总队、支队领导后，回到会议室。马超给每人发了一支烟，对几项重点工作又作了强调，提出了更明确的要求。酒店调查组要再安排一组人员，明天即启程到李、钱二人老家去开展调查。现场勘查组要结合调查等情况，分析钱康康、案犯何时进入现场？怎么进入？推断三人在现场的活动情况及整个作案过程。信息组要尽快调取全市每一起类似的侵财案件材料，与现场勘查组、视频组一起开展串并侦查。视频组要全面调取发案中心时段前后，现场到辉煌大酒店一路的全部视频，对出现的人员、车辆作全面的查看、研判。每组都要把工作责任落实到人，都要有立足本组突破案件的思想与行动，这样，才能争取东方不亮西方亮，侦破“9·19案件”。

马超简要地讲了十多分钟，他把组长留下来，还有个目的是请大家去吃个夜宵。

马超福气很好，他自己来自农村，家人除他外，都在务农，经济条件一般。但他爱人家里经商，老丈人是个老板，有点大。丈母娘的表弟也在公安局工作，她托他帮忙给女儿找对象。表弟向她介绍了马超。丈母娘看中了马超长得帅气，当警察又有严格的纪律约束，人可靠，托人说媒找上门。当然，关键是马超与林丽兰一见钟情。一见钟情的爱情往往是最美妙的。婚后两口子感情很好，林丽兰侍夫温柔，持家贤惠，对马超工作很支持。搞刑侦的男人，一上大案，常常顾不了家，太需要女人的理解与支持了。

小舅子林光对姐夫很崇拜，不时请姐夫到他的山海美味大酒楼吃饭。马超也不客气，经常呼朋唤友到他酒店沾点光。

刑侦大队藏龙卧虎，刑警工作很辛苦，当刑侦大队长要有威信，使大家服气，不但需要自身作风过硬、本领过硬，而且需要适当对部下作点感情投资，比如吃餐饭、喝点酒。这种做法，在公安基层所队是较常见的。

这几天，大家工作很紧张很辛苦，案件又没有突破性进展，需要喝点酒，解解乏，提提神，找找灵感。马超自己也想喝一点。他已通知小舅子准备一桌酒菜。小舅子很爽快地答应了，并说自己要亲自作陪。

林光和姐姐感情很深。长女如母，小时候姐姐对他呵护有加；长大了，林光像个男子汉，反过来对姐姐照顾有余，经常往姐姐家里跑，不时送上一些小礼品，有时还会和爱人一起买上一件漂亮衣服，一起送给姐姐。他知道姐夫这段时间一直在外办案，晚上他要多劝劝姐夫，不能多喝酒，而且要早点回家。

马超布置好工作，习惯性地问大家还有没有意见，大家知道此时不是讨论的时候，也习惯性地说没有，接着就收拾材料准备离开。

马超说："大家别急着走，跟我一起去吃夜宵。"

有几个人一听马大请客，知道有酒喝，连声说："好、好!"

杨秋露柔柔地说："马大，这几天你吃住都在专案组，你也很累了，这次就算了吧，你早点回家休息。"

"酒菜已经备好，愿意去就去，不愿去就算了。"不知怎的，这次马大不但没领杨教好意，而且有点生气。

杨秋露真是个好性格，听了这话不但没生气，反而马上说："我们领情，我们领情，大家都去，我来叫几辆出租车。"

刑侦大队设大队长、教导员二主官，犹如夫妻档。杨秋露是省警察学院毕业的，长期在刑大工作，侦查破案，甚至射击格斗都是有一手的，但是大家觉得，她在马大面前，却常常像一切都听由大丈夫的小女人一样。这应该也是马超的福气。侦查破案，有个福将太重要了。

一行人坐车来到山海美味大酒楼，林光已在门口迎接，到包厢入座，冷盘已放好，服务员开始倒酒时，热菜也开始上来了。菜有新鲜的米鱼、带鱼、螃蟹、白虾等，没上店里有名气的鲍鱼、黄鱼、龙虾；酒是国产红酒。不上高档菜高档酒，这是马超的规矩。

马超先举杯敬酒，第一杯为慰问大家，第二杯祝早日破案，第三杯感谢林光的盛情款待。小舅子客气，当姐夫的也不能太随意。

林光在旁边拿着酒瓶负责给姐夫倒酒，三量杯每次都只倒半杯。

应法医见状打趣道："林总，你这么护着，为你姐吧？"

"我姐比我护着我姐夫多了。"

老应说得对，林光答非所问，但也是真话。要在平时，这种情形肯定会引起众人起哄，爆发哄堂大笑。但是在今晚，侦查"9·19案件"已经过去了五天，还是疑云重重、困难重重，大家都显得有点心事重重，二人两句话后就没人接茬儿了。

林光见大家没啥话语，为营造氛围，笑了笑，接着说："今晚，云山的各位大侦探光临，我这小饭店可真是蓬荜生辉。来来来，我来满杯敬大家三杯酒。"

三杯敬毕，林光说各位慢慢吃慢慢喝，多吃点多喝点，我出去一下，待会儿再来陪。接着他向姐夫耳语了几句，又向站在一边的服务员耳语了一句，就走出了包厢，服务员也跟着出去了，并关紧了房门。

包厢外，林光想，这批刑警一上案件都是工作狂，说是来喝酒吃夜宵，肯定喝着吃着就会议论到工作上去，自己不便在场。

包厢内，大家开始互相敬酒。几轮下来，话就多起来了，并很快集中到了"9·19案件"上，会上没说、不敢说的话也都说出来了。众人分成了两派，一派为"财杀派"，认为要先重点突破侵财案件，进而突破"9·19案件"；一派为"情杀派"，认为要先重点查清李芳芳情感问题，才能突破案件。

坐在马超右边的应法医可能是酒后思路大开了，不时小声地与马大说着话，马超边听边点头。

杨秋露没有参加争论，忙着给大家做服务工作。她见大家吃得差不多，喝得更是差不多了，但是争论却是越来越激烈，就给自己倒满了一杯，站起来说：“大家别再争了，你们讲的意见与工作马大都已作了分析与安排，关键是要落实好，两方面工作都要落实好。”接着举起杯，“来！我敬大家，我们最后干一杯，早点回去休息，以利明天工作。”

杨教一发话，大家都说好，也都满满地倒了一杯酒。正好这时林光推门进来，也马上倒了一满杯酒。

应法医站起来，说：“我来代表大家说一句，马大、杨教，你们放心，我们一定竭尽全力，此案非破不可！”

马超举杯说：“好！”

大家举杯，一饮而尽。

陈所长也参加了吃夜宵，此时虽然已有八分醉意，却是兴犹未尽，见大家要散去，连忙站起来说：“等等、等等，大家先别走，我有件事要与马大商量商量。”

他倒了一满杯酒，摇摇晃晃地走到马超跟前，右手搭在他的左肩上，说：“马大，你当局党委委员已经快两年了，肯定很快就会再有进步的，我敬你一杯酒，大队长就让给我当吧？”

这是酒话，也是真话。陈所长是由刑大副大队长提任到派出所的，三年多了，仍然十分留恋刑侦工作。

马超也有点醉了，但头脑仍然清醒。他也站了起来，倒了满满一杯酒，眼睛盯着陈所长，脑子里却突然浮现出五年前那令人终生难忘的一幕——

那个夏天，天气特别炎热，很长时间没有下过雨，庄稼被烈日晒得枯萎焦黄，大地也裂开了一道道口子。50 岁刚出头、当了十多年刑侦大队长、全国优秀民警、马超的师父尚志伟，带着马超等人日夜奔波、连续作战，侦查一起重大系列抢劫案件。案犯持刀作案，可能还有枪。他们摸清了三名案犯的落脚点，案犯租住在一村庄北边的民房里。那个晚上，月亮很圆、很亮。抓捕中，刑警们举枪破门而入，三名案犯跳窗往野外逃跑。尚大带头跳窗追击，冲在一帮年轻刑警的前面。突然响起了枪声，紧随其后的马超见尚大左手捂着右胸，右手举枪还击，他与同伴也迅即开枪射击。最终三名案犯一死二伤。尚大受了重伤，送医院三天后，抢救无效，壮烈牺牲。

告别仪式上，马超写了一副使许多人感动落泪的长长的挽联：

当刑警情同战友义如兄弟而今你怎忍心离去留下无限思念

为刑侦日也呕心夜亦尽瘁往后我会承志执守献出满腔热血

之后不久，马超接任了刑侦大队大队长。

马超眼含热泪，右手猛拍了一下陈所长的左肩，说：“这酒算我敬你，党委委员可以让给你，刑侦大队长我可不让!”

马超就是热爱刑侦工作，甘受刑侦的苦与难，喜欢刑侦的挑战与刺激，更珍惜刑警之间那份情同战友、义如兄弟的情愫。

临走时，杨秋露对林光说：“马大就不坐我们车了，你抓紧安排车把他送到家里。”

林光说：“好、好，你放心。”

案中案

云州市公安局刑侦支队牵头组织侵财案件的串并侦查工作，很快就有了重大突破。

支队先对近期发生在本市的侵财案件再作梳理分析，除了“9 · 19 案件”外，共理出十六起作案手段类似的案件，有几起经过现场痕迹物证比对，可以并案侦查。

云山市增加到三起，其中一起是郭伟在走访中新发现的。9月19日凌晨4点许，两名案犯沿梯子爬窗进入另一社区的一户居民家中行窃。该房子位于“9・19案件”现场西南面，二地相距近两公里。案犯行窃中惊醒了户主，即拿出一把好像是匕首类的尖刀，威胁户主后迅速从原路翻窗逃跑。户主因为没有东西被盗，又心有余悸，开始时没报案，调查中才和郭伟讲了。

支队要求各涉案地区刑侦大队派员携带相关案件的现场勘查、调查访问、信息查询、视频侦查等材料到云山市公安局合成作战室集中办案。

近年来，社会上各种电子设备应用迅速、广泛普及，人们的言行活动，有许多都被记录其中。云山刑大率先提出了“我们都被电子信息包围着，但电子信息更包围着犯罪分子”的理念，充分利用各类电子信息开展破案追逃，水平位居全省前列。局里由刑侦大队为主建起了一流的合成作战室，相关警种，刑大各专业都参与进来，做到了人员齐全、设备齐全、信息齐全、机制齐全。

支队相信云山刑大的侦查水平，明确由云山刑大信息中队队长张莺负责组织实施网上作战。

张莺接令后即组织谢方群、许乐新及各地来云的参侦人员，几天来日夜加班，通过对视频录像、车辆轨迹、通信数据、案发点周边旅馆住宿人员数据及现场提取足迹等信息的综合分析研判，基本认定是同一伙人作案，先后锁定了三名犯罪嫌疑人。但是，三名犯罪嫌疑人与“9・19案件”的关系难以确定：

——在九起案件现场提取到足迹，有一个案件中的一处鞋印与“9・19案件”现场可疑鞋印的特征很接近，但由于鞋印特征分析难度大，这两个鞋印条件又不是很好，难以作出二者相同的认定或不同的否定；

——视频发现“9·19案件”发案时段前后，这三人的作案车辆在现场周边出现过，但“9·19案件”现场与当晚盗窃未遂案件现场，可以由同一条路进出；

——三名犯罪嫌疑人如作了“9·19案件”后，再去附近盗窃，时间条件具备，但是不符合一般作案规律。

看来只有抓获三名犯罪嫌疑人，审讯、查证后才能最后确定。

马超听了张莺的汇报后，随即安排韩帅、李小林等人开展外线跟踪侦查。他们很快发现了三人的落脚点——云山市西北面城郊接合部一农民的出租平房。韩帅化装后靠近观察，摸清了该平房的前后左右出入口，并发现该排平房的电闸在外墙上。

9月27日晚上，报经刑侦支队同意，马超组织了十多名刑警，着便装分坐三辆民用牌照车前去抓捕。考虑到案犯有刀，大家都带上了手枪。他们在离案犯落脚房子约一百米左右处，分别找到隐蔽处停车，熄灯，埋伏下来。

11点多，潜伏在出租房外进行监视的队员报告，三名犯罪嫌疑人陆续进入房间，随即又报告，有一黑衣男子拎着一提包也进入了该房间。

马超果断决定行动，刑警们分几路悄无声息地围向出租房。韩帅拉掉电闸，平房内一人开门出来察看，马超趁机带领刑警们举枪一拥而入，韩帅合上电闸也随即冲了进去。

“警察！不许动，双手抱头站好！”刑警们大喊着，迅速散开，对室内靠窗坐着的四人形成了三面包围圈。

一下子冲进这么多人，个个举着枪，先行进入的三人吓得浑身发抖，乖乖地举起了双手，嘴里叫着：“别开枪，别开枪。”

黑衣男子迅速躲到三人身后，蹲下，从包里拿出一把手枪，马上举起，枪口正好对着马超。

“马大小心！”站在马超右侧的韩帅眼疾手快，三个动作并举，大喊一声，一个侧步挡在马超前面，迅即举枪射击。

韩帅与黑衣男子的手枪扳机几乎同时扣下，只听见“呯”的一声枪响，黑衣男子露出在前面二人间隙中的前额瞬间冒出一股鲜血，随即仰后倒下。听到枪响，刑警们迅速扑上去，摔倒三名嫌疑人，随即反铐上每个人的双手。

经检查，黑衣男子已经死亡。检查他掉在地上的仿六四式手枪，发现刚才打的是一发哑弹。翻开他带的提包一看，里面有一黑色塑料袋，打开后竟有几十包摇头丸，估计有上千颗，几百克。这么多毒品，抓住后必判重刑乃至极刑，看来黑衣男子是随时准备鱼死网破的，想开枪后趁乱逃跑。

马超命令部下把三名犯罪嫌疑人押走，自己和韩帅等四人留下看守现场。他马上给左局长打电话作了报告。左局长详细询问了开枪经过后，说韩帅是依法使用枪支，应该充分予以肯定与表扬，但是也要做好善后工作。他说会马上让督察大队赶赴现场，并联系检察院尽快派员前来核实取证。马超说我们一定配合做好工作。

打完电话，马超朝站在旁边的韩帅的腹部就是一拳，紧接着又一把拉过他紧紧地抱着，在他耳边动情地说：“韩帅，你真勇敢，你舍己救人，你真是我的好战友好兄弟！还好案犯打的是一颗哑弹，不然你小子命都可能没了，真幸运啊！”

他松开韩帅，转而一脸严肃地用命令口气道：“不过，今后在我面前，你必须以你自己的安全为第一！”

现实中，刑警与案犯发生枪战并打死人，还是比较少见的。韩帅刚才已经听到了左局长的表态，听了马大的话后，双手仍然捂着有点发痛的肚子，嘿嘿一笑，说：“马大见外了，我应该这样做嘛。你看我的枪法如何?”

“你是神枪手!”马超赞叹道。

韩帅毕业于中国刑警学院侦查系，在校时是射击队里的尖子，参加工作后，在全省公安系统射击比赛中还拿过两次冠军。

侵财犯罪嫌疑人多为结伙作案、系列作案、流窜作案，不少人为几进宫，反侦抗审情况突出，要突开口供往往比较困难。但这三个犯罪嫌疑人接受审讯后，很快就交代了刑侦部门已经掌握的十多起案件，可能是他们被警察抓捕时的枪战吓怕了。

马超听了审讯情况汇报后，与张莺、韩帅等人一起商议，认为结合先期勘查、调查情况，“9・19 案件”是因财杀人的动机可以排除:

——三人一致供认，本月 19 日凌晨 3 点半许，他们来到新和社区一户人家的外面，从附近找来一根竹竿，先由一人戴手套爬到东面窗台，见里面有一男子躺在地上，旁边有血，吓得放弃了作案。这与“9・19 案件”现场勘查情况相符合，案犯爬的就是孙有福的房子。如果碰巧之前有另一批盗贼光顾，应该有另外的痕迹出现，但是现场内外都没有。

——三人于本月 19 日凌晨 4 点不到，到了现场西南面的一个社区，经过踩点，选中了一栋房子，先从旁边一工地偷得一架梯子，再由两人爬梯子进入二楼行窃，被户主发现，即持刀威胁后逃跑。这与调查情况相符合。关键是在不到半小时的时间中，三人连续作两起案件的时间条件不具备。

——提取三人鞋印，大小、类型、磨损特征与留在“9・19 案件”现场的可疑鞋印明显不同。

另外，三人中两人还交代了一个有重大价值的情节。9 月 18 日晚上 10 点多，两人在孙有福家周边踩点，上到正在装修、没人居住的“9・19 案件”现场正南面一栋房子的二楼，见对面房间里有一男一女在说话，说着说着二人还站起来，男的个子比女的只略高一点。经实地查看，前后两栋房子间距小，如现场没拉窗帘、有灯光，则可以看到房内情况。

至于那黑衣男子，是经常向他们提供毒品的毒贩。三人盗抢获取钱财后，经常买冰毒类毒品吸食。昨晚，他们约黑衣男子送货。黑衣男子可能刚从上家批发到货，认为到老顾客处不会有危险，就提着整包毒品上门，哪知刚好碰上警察对三人实施抓捕。马超随后请禁毒大队接手继续侦查。

聚焦李芳芳

命案侦查开始阶段，专案组每天晚上都要开个碰头会，商研案情。这是云山刑大的工作惯例。

9 月 28 日下午，“9・19 案件”专案组的研究会提前召开。

韩帅先介绍了对三名侵财犯罪嫌疑人的审讯与分析情况，重点讲了他们在踩点时看到的李芳芳房间里的情况。他分析，当时与李芳芳在一起的男子，很有可能就是案犯，身高 1.70 米左右。该人应该比钱康康早到李芳芳的房间。

郭伟说，马朝辉对调查工作十分负责，在孙有福房前道路，于每晚 9 点到 12 点，连续多天，对路过人员作仔细访问，终于有一路人向他反映案发 18 日晚上 10 时许，见到一中等个子、留三七开发型、体形不胖不瘦的男子进入了孙有福的房子。因为该男子右手拎着一个包和一袋东西，还碰擦了他一下，所以该路人印象比较深刻。

许乐新分析，现场南间所留的可疑鞋印，判断身高为 1.72 米左右，李芳芳身高 1.65 米，1.72 米左右高的男子与 1.65 米高的女子站在一起，视觉上是高不了多少的，因而与昨晚抓获案犯交代的情况、马朝辉访问到的情况基本相符。

应法医补充说，钱康康身高有1.79米，明显高于刚才讲到的这个男子。

谢方群说，经调看辉煌大酒店视频，发现钱康康于10点05分从酒店大门走出；经视频追踪查看，在离现场三百米左右的一十字路口监控中，发现钱康康于10点21分骑电动车往现场方向行进，估计10点25分许到达现场房子。

崔军凯介绍了这几天在辉煌大酒店的调查情况。李芳芳、钱康康二人的收入就是公司发的每月几千元工资，在外面没有兼职。李芳芳平时很节约，工资的一大半都是寄回家去给父母，经查询，她的银行卡里只有几千元存款。同时已经对二人的社会交往关系做了全面调查，没有发现什么可疑情况或有用线索。有的员工反映到，由于李芳芳长得漂亮，酒店里似乎还有人在追求她，但问到具体是谁时，被问者都不愿多说。崔军凯说此事涉及杀人大案，又涉及个人隐私，建议开展悬赏征求线索，公开调查与悬赏求助双管齐下。

杨秋露安排好队里的工作，虽已晚了半个多小时，还是赶来参加了会议。这段时间，马超全身心扑在“9·19案件”上，刑大的日常工作，基本上都是她安排的。她说李芳芳情况有所好转，但仍处在昏迷中。餐厅员工女性多，她建议从刑大再多调几个女民警到酒店参与调查。

她凭着自己多年从事刑侦的经验，又建议道：“我认为此案侦查至今已近十天，现在案件性质、作案动机基本明确，应重点推断作案过程，刻画案犯特征，进一步明确侦查方向，有重点、有针对性地制订侦查措施。”

此话正合马超之意。他见大家都讲得差不多了，习惯性地朝应法医说：“老应，你先讲讲分析意见吧。今天有时间，你也可以作点背景分析。”

应法医说：“好的，主要听马大的。背景分析我就不多讲了，我只是觉得犯罪是社会矛盾激化后的集中表现之一。云山外来经商务工人员多，每年在全市犯罪案件中，外来人员占比都高达70%以上。农民进城后，无论是老板，还是民工，自身都有个提高素质问题。社会在加强管理的同时，更要关心并解决好他们的工作、生活和教育问题。如这些问题处理不好，会引发诸多社会矛盾，有的则会激化为违法犯罪。夫妻分居或单身的成年男女长期在外打工经商，是比较容易产生性问题的，进而或引发违法犯罪，或成为违法犯罪的受害人。李芳芳为人很老实，没有多少钱，也没有与他人有什么大的矛盾；她寡妇一人，虽然已有生育，仍然年轻漂亮，受到侵害，我们不得不考虑是由情感方面的问题所引起。”

应法医说不多分析，但是禀性难移，惯性使然，他还是讲了一长段。当然，他的背景分析，是为了为他的案情分析作铺垫的。

应法医打开笔记本，看了一下后接着说：“下面我就简要分析一下作案过程。依据现场勘查、法医检验与三个侵财案件犯罪嫌疑人交代、调查访问等情况，18日晚上10点许，有一个男子，也即凶手，到了李芳芳处。二人先有个较长时间的平和交谈过程，在后期才发生了矛盾、争吵，案犯接触了李芳芳的身体。10点25分左右，钱康康到了李芳芳处，可能听见了里面的争吵，即用力推门而入。钱康康与凶手二人相遇，如同仇人相见，随即在北间发生扭打。钱康康年轻体壮，把凶手推倒在方桌旁，凶手顺势拿起桌上的水果刀，捅进钱左胸。之后可能是李芳芳阻挡，也可能是凶手要杀人灭口，他猛然推倒李，李后脑着地后即昏迷。随后凶手将李芳芳抱到床上，误判她已经死亡，急中生智，伪装了抢劫现场，用毛巾裹手翻找财物后逃跑。上述作案过程的推理依据，大家在前几次会议与刚才的情况介绍中都提到过，我不多作重复了。”

略作停顿后，他又补充道：“现场出现的一袋水果、三枝玫瑰花，前几次我们没有作仔细分析。我分析水果是案犯带来的可能性大，因为水果档次比较高，李芳芳不大可能去买，张艳丽18日下午去也没有看到；玫瑰花应该是钱康康带去的，因为他一进门就与凶手发生扭打，故散落在现场北间的地面上。玫瑰花散落地上，而水果放在方桌上，应是水果先到，玫瑰花后来。如果这一分析成立，更可印证凶手先到现场，钱康康后到现场这一发案过程。”

应法医在上次会议中就认为是情杀的可能性大，吃夜宵时，他与马大谈了凶手不仅是可能，而应该就是先于钱康康到达现场，并且与李芳芳有一个平和相处过程的想法，这几天他又在现场做了反复的勘查与论证。

应法医讲到这里就不再讲了，因为他知道马大综合分析、递进推理的能力比他要强多了。

马超问大家还有什么情况与意见要反映。应该是众人觉得还是听马大分析为好，大多没有说话；有几个人讲没有了，听马大的。

马超也不再客气，双手十指紧紧交叉一会儿后松开，说：“综合大家介绍的调查情况与提出的分析意见，我想现在有几点可以明确：一、整个作案过程，应该就是刚才老应分析的过程。老应的分析有充分的依据可以证实，已经是八九不离十了。

“二、根据调查情况及作案过程的分析推理，凶手的特征刻画主要有以下几点：凶手身高1.72米左右，体型适中，留三七开头发，皮鞋穿41码；凶手与李芳芳熟悉，18日晚有事先于钱康康到李住处，最大可能是因情而来，二人因情而发生争吵；依据李芳芳老实本分的性格，与外界交往很少的习性，凶手很有可能是辉煌大酒店的职员或与该酒店有关联的人员。

“三、下一步侦查方向要从情杀或因情致仇杀人着手，重点围绕辉煌大酒店开展侦查调查工作，重中之重是先要查明李芳芳有无情感方面的矛盾纠纷或不正常关系。”

马超停顿了一会儿，点了一支烟。他作总结性讲话时，不喜欢人家多插嘴，也不喜欢中途展开讨论。大家静静地等待着。

马超抽了几口烟即灭掉，接着开始布置工作。他说：“请酒店调查组再抓紧开展对李芳芳相关情况的深入调查，派到李芳芳老家的调查人员的工作也要抓紧。

“请材料组马上起草悬赏征集线索通告，以公安局名义发到酒店每位员工。悬赏通告中要特别讲明公安机关对反映情况人员对外会严格保密；奖金领取方式由举报人自定，对外也会严格保密。具体奖励金额待我请示王政委和左局长后确定。

“请视频组抓紧理出18日晚9点至12点，从辉煌大酒店到案件现场的往来人员、车辆，重点先理出在辉煌大酒店上班的人员及车辆，开展视频追踪侦查。注意，不管是打工人员还是管理人员，内部人员还是外来人员，都要理出作查看与研判。

“请信息组进一步开展李、钱二人的手机通话数据分析，重点分析李芳芳的通话人员。对可疑人员需要落地查证的，你们自己负责落实或请各组、各所协调查证。

“其他各组工作，也要围绕今天制订的侦查方向开展工作，并要积极、主动配合上述各项工作。”

马超讲完后，杨秋露紧接着说：“如果我们今天的分析不错——我认为不大会错，只要工作到位，我们就有破案希望。大家一定要把马大的工作要求落实好。”

马超问大家还有什么意见，大家见二位主官都讲了，都说没意见，一定做好工作。

当天晚饭后，马超召集视频组谢方群等人，再次专题研究如何开展视频侦查工作，对如何确定重点时段、重点地段与重点线路，如何开展重点人员、重点车辆的分析研判，既作了重复强调，又提出了新的意见。马超说视频技术他不懂，以上说的是意见，供参考，主要靠他们发挥主观能动性。谢方群说，马大的意见就是工作要求，我们一定落实好。他觉得马大对视频技术的具体操作确实不大懂，但是他对视频侦查的宏观把握很好，对重点方向、查看方法、具体要求，往往阐述得很精到。

可疑人员

情况生变，在辉煌大酒店相关人员以外，跳出了一个可疑人员。

9 月 29 日下午，马超带着韩帅在“9 · 19 案件”侦查指挥部与材料组王英英等人商议工作。马超让材料组全面、仔细分析案发后收集的调查材料，提出如何进一步调查李芳芳、钱康康生活、情感方面情况的工作意见。

接着，马超从包里拿出征集线索的悬赏通告，说通告稿已作了修改，奖金也已经请示王政委、左局长同意，提供对破案有价值线索的，视作用大小奖励一万至三万元；提供线索起到直接破案作用的，奖励八万元。这次悬赏通告发放方式，我们创新一下，你们联合信息组，抓紧查明辉煌大酒店每个员工的手机号码，发短信给他们，如太长，可分几段发，但必须发两次以上，有情况需要补充时再发。同时，双管齐下，给每个部门经理发一份书面通告，要求他们必须传达到全体员工……

侦查破案，需要专业工作与群众路线相结合。悬赏获取线索、缉拿凶犯，是市场经济条件下有效的群众工作方法之一，往往能使死案变活案。

这次的悬赏工作很重要。马超对悬赏通告修改得很仔细，对发放工作安排得很详细。王英英觉得马大考虑得又全又周到、又细又具体，心中十分敬佩，但又有点觉得马大这样当大队长太吃力了。自然，她嘴里没有多说，只是一口保证会落实好马大的指示要求。

刚商量好，马超接到了出省调查侦查员小钟的电话。他在电话里简单汇报了对李芳芳、钱康康的调查情况，接着就激动地说，现在发现了一个可疑人员——李芳芳在家乡的男朋友万正强。万正强的主要疑点有：

——万正强与李芳芳从小在一个村长大，中学时期二人就在谈恋爱，后来由于双方家长反对而分开。今年年初双方又开始有联系，万向李求婚，尽管后来李答应了，双方父母也答应了，二人在准备结婚，但是据万正强的一个好友反映，其间二人感情有反复。

——万正强身高 1.74 米，体形不胖不瘦，一贯留三七开发型。

——万正强是个中学语文老师，两周前，他请假陪母亲到省城看病，昨天假满，今天上午他有课，但是他没有回来，手机也联系不上。学校有老师反映，他离开后第二天便联系不上他的手机了。

小钟说，崔副向他们通报了昨天案件研究会的情况，今天他们查不到万正强的行踪，特地打电话向马大报告。

马超仔细听了，认可他们提出的可疑点，要求他们立即赶赴省城调查万正强陪母就医情况，并要及时报告调查进展情况。

李芳芳遇害前，是否与万正强的感情又发生了变化？

万正强趁着陪母亲看病之机来到云山？

万正强来到李芳芳住处，在与李交谈中，钱康康突然出现，万发现二人相好，对钱康康痛下杀手，而对李芳芳则手下留情？

嫌疑对象不是在辉煌大酒店的有关人员里，但是在因情致案的范围中，难道昨晚的分析有误？

万正强来云山找女朋友李芳芳，无论是正常来还是反常来，去会隐踪，来应有影，凭现有的先进技术与信息手段，为什么前期两地的调查中均未反映出这方面的任何迹象？

现场反映，案犯没带凶器，钱康康进房后很快就被杀了，万正强怎么这么快就判断出二人有私情？

万正强对钱康康痛下杀手，却没有对李芳芳动用凶器，客观上李也没死，他不怕自己暴露吗？

一个中学老师，应该知道手机有话单可查，他为什么要关掉或扔掉手机？

……

小钟反映的情况让马超感到意外，接电话后即陷入到深深的思索中。他不由得双手十指紧紧地扣在一起。松开后，他给张莺打了长长的一个电话。

刚打完电话，刑大值班室的电话就进来了。值班员报告，一个自称是李芳芳老乡、男朋友的男子，一定要找他当面谈一次。马超随即答应，说自己马上回队里与他面谈。

马超的办公室布置得一点也不豪华，但是比较复杂。办公桌上有内外线两部电话机，内外网两台电脑，一台打印机，还有一大堆文件、材料、书籍。靠北墙有两个书柜，放满了各种书籍，主要是犯罪学、侦查学与法律等方面的书籍，也有不少政治读本，还有一些文学作品。西墙上挂着全国、省、市与本市四张地图。东面墙上挂有一幅书法：“智慧刑侦，威风刑警”。这是马超自己创作而由韩帅书写的。从字体上可以看出，韩帅学的是王羲之的行书，虽老道不够，没能入木三分，但已颇得王体的委婉含蓄、遒美健秀之风韵，且灵性不小，个性初显。马超认为这两句话虽然只有八个字，但却充分阐明了刑侦、刑警的特点；不请名家而请年轻民警书写则更有意义。

韩帅父母对课外教育有点独到见解，认为中小学生如无艺术、体育天赋，还是多学点写字、写作会终身受益。韩帅在这方面也有一定的天赋，高中时，写字写作就小有名气了。到刑大工作后，他的写字写作能力得到了很好的发挥与应用，如做笔录、撰写法律文书，他能写得字体漂亮、语言流畅、文通意明。

马超也喜欢读点文学书籍，写点小篇文章，他认为当刑警要能文能武、会做会说、会思会写，文通思路通，敏捷的思维、通达的思路十分重要。现在的年轻人，像韩帅那样写字写作都好的是不多的，单凭这一点，马超就对韩帅厚爱三分。

马超带着韩帅赶回大队。路上，他向他介绍了小钟来电的情况。

二人一起接待了来访的男子。

该男子正是万正强！

万正强自己找上门，马超的经验与灵感起了作用，他没有让他进询问室、讯问室，而是在自己的办公室接待了他。

万正强进来时，韩帅给他倒上一杯茶，马超递给他一支烟，他显得有点感动。男子介绍自己叫万正强，自称与李芳芳是同村人，以前是邻居，现在是恋人。他说自己这段时间陪母亲在他们的省城医院看病，昨天有一个亲戚告诉他李芳芳出事了，就坐飞机再坐汽车赶了过来。他详细讲了自己与李芳芳之间先甜蜜，再绝望，继而又出现希望的凄美的爱情故事。堂堂的一个男子汉，讲着讲着就哭了起来。最后，他要求公安机关尽早破案，并请求尽力救治李芳芳。

马超十分耐心地听着万正强长长的叙述。韩帅自然是跟着认真地听取，详细地记录。

万正强讲完后，马超随即接着发问："你以前有没有来过云山？"

"没有。"

"一次也没有？"

"一次也没有。"

"你近期与李芳芳的感情如何？"

"感情很好的，我们准备在国庆节假期后，芳芳辞职回老家就登记结婚。"

"你在省城医院陪母亲看病期间有无外出？"

"我母亲患了肺癌，住院动手术，情况比较严重，医院还下过病危通知单，我一直陪护在她身边，没有离开过省城。"

"你的手机为什么关机？"

"没有关机啊！除坐飞机外，我一直是开机的。"

万正强似乎觉察到了马超问话的用意，连忙从裤袋中拿出一个新手机，补充道："我到省城的第二天，上午到一个超市去给母亲买点补品，结果手机被人偷走了，下午我就去买了一个新手机。我用这个手机与芳芳通过两次电话，后来没打通，我以为芳芳的手机也有可能被偷或丢了，由于母亲病重事情多，我就没有设法与芳芳再联系。"

"还有，我天天在医院，你们可以去向医生、护士调查。"万正强再次补充。

马超微微点了点头，略作思考后说："你提供的情况对我们破案很有帮助，你提出的两个要求，我们会尽力而为。现在你先到医院看看李芳芳吧。"

马超让韩帅把万正强带到医院去。他与韩帅交换了一下眼神。头脑敏捷的韩帅已经领会了马大的意思。

韩帅从小就有一个作家梦，当上刑警后，他有了一个写侦探小说的想法，平时很注重案件材料的积累。他觉得爱情，或者是人的情感经历是小说永恒的主题之一，侦探小说也逃脱不了。下午，他被万正强的叙述深深打动；晚上，他对照笔录，用文学的语言把万、李二人的情感经历又写了一遍。

玉女金童

"强哥哥，这是我妈妈做的干菜猪肉麦饼，给你吃。"一个小女童递给一个小男童一个麦饼。那时山区还很穷，干菜猪肉麦饼可是好东西。

"芳芳，你吃，你自己吃，我中午吃得很饱。"小男童推辞着。

"不啦，我要给你吃嘛。"

小男童只有接过麦饼，并连声说芳芳妹妹你真好。

"强哥哥，你快来，你快来啊！"一个女孩发出惊恐的叫声。

"芳芳，什么事？你别怕、别怕！我来了。"正在旁边小溪里拿着鱼兜兜鱼的男孩边应答边跑了过来。

男孩见女孩前面的草地上有一条蛇在蠕动，即用鱼兜捅了过去，蛇吓得马上逃走了。

女孩转过身来扑到男孩怀里，“哇”的一声哭了起来：“强哥哥，我最怕蛇了。”

“别怕，有强哥哥我在，你怕什么？老虎来了也不要怕。”男孩说话已经像个男子汉的样子了。

“正强，这道数学题我怎么也解不出来，你能解吗?”夜自修的教室里，一个女中学生向一个男中学生问道。

男中学生拿过题本看了一下说：“我来和你一起解吧。”

题目很快被男生解出来了，女生悄悄地、柔柔地说：“强哥哥，你真聪明。”

女生叫李芳芳，男生叫万正强。

西部省山区的一个村庄叫万山村，四面群山怀抱，到处溪水淙淙。万家东，李家西，两家是紧贴邻居。20 世纪 80 年代初的一天，万家上午生了个男孩，李家下午生了个女孩。两家同一天各生一男一女，都很高兴，虽然没有认娃娃亲，但是两家母亲常抱孩子一起玩。两个母亲聊到高兴处，就说两个孩子可以认个兄妹，男孩大半天为哥哥，女孩小半天为妹妹。孩子稍大后，似乎天生有兄妹缘分，碰到一起就很高兴地玩在一起。双方父母也乐意让他们在一起玩。有山则仙，仙气毓秀；有水则灵，灵性生俊。秀山丽水孕育得万正强英俊聪明，李芳芳美丽温顺，村里人都说这是一对金童玉女。二人青梅竹马，两小无猜，但随着逐渐长大，先是爱意朦胧，后就情真意切了。

远亲不如近邻。万、李两家一直相处得很好，后来却因万家拆旧房盖新房发生纠纷，先是争吵，继而结怨，再又成仇。李家认为万家的墙超过了他家宅基地的边界，房子前移又由平房盖成三层楼，挡了他家的阳光；万家否认占了李家宅基地，并说盖新房总要建楼房，你家也可建，建高点大点自然不会挡住阳光了。宅基地是老祖宗留下来的，哪能容忍他人侵犯？李家多次到万家说理，但万家每次都称自家有理，就不相让，按照原设计照建不误。有一次，双方激烈争吵后还发生了扭打，李芳芳父亲被打伤。万山村中万家是大姓，又有三个儿子，而李家是小姓，只有一个女儿，自然斗不过万家。李家知道万家三小子看中芳芳，就严禁她再与他接触。万家也不允许他们再来往。

此时李、万二人刚一起在镇里读书，虽然二人并未像成年人那样确定恋爱关系，但是我心中有你，你心中有我，都已认定对方为自己终身的另一半。

双方家庭为建房发生争吵期间，万正强极力劝阻父母和两个哥哥退让一些，甚至说只要不和李家争吵，宁可自己今后不分房产，还说自己有能力到外面工作赚钱，购房置产，并承担赡养父母责任。可他们都不为所动，反而讽刺他没骨气。李芳芳生性老实，父母又待她如掌上明珠，虽然心里一万个不愿意离开她的强哥哥，但仍听从父母的话，开始慢慢地疏远万正强。失恋最伤心伤神，李芳芳学习成绩明显下降，很快就跟不上学习进程了，父母索性让她休学回家，几年后，把她许配给了邻村一青年。

临出嫁前一天晚上，李芳芳偷偷约万正强到村边小溪旁的一片树林中。那天是农历十五，应该是月圆之夜，但是天空中布满了厚厚的云层，看不见月亮，也看不见一颗星星。

二人见面后，李芳芳悲痛欲绝地说：“强哥哥，你忘了我吧！我们一起度过了十多年美好、纯真的时光，这可能是前世留下的缘分吧。可是我们今生无缘相爱，今后在一起更是不可能了。如果爱有来生，让我再跟着你吧！”

万正强先流泪了，哽咽着说："芳芳，我们前世有缘，同年同月同日生；我们今生也有缘，我们从小到大，感情是多么亲密无间，相处是多么幸福甜蜜。我不要来生，我就要今生你嫁给我！"

李芳芳也边啜泣边说："这已经是不可能的了。强哥哥，你这么聪明能干，一定能考上大学，一定会有个好工作，一定能找一个比我更好的媳妇。"她说完，温柔地伸手帮他擦了擦眼泪。

李芳芳手指的温暖与柔软，一下子触发了万正强心中的激情，他一把抱住李芳芳说："我们一起出逃吧，外面的世界比我们山区更精彩，凭我们的年轻与勤劳，我们一定能够建起一个幸福的家庭。"

李芳芳静静地让他抱了一会儿后，挣扎着推开他说："强哥哥，我不能违父母愿，伤父母心，他们身体也不大好，我得就近照顾他们。"接着她又哀求道，"强哥哥，你就忘了我吧！"说完，她掉头坚决地跑开了。

万正强紧追几步，就跌跪在地，抱头失声痛哭。

万正强与李芳芳分手后，发奋苦读，考上了大学，大学毕业后分配到云山二中，当了一名老师，一直没有谈恋爱。他是一个难得的痴心汉，李芳芳的影子始终在他的脑子里显而不隐；人家给他介绍的对象，他总觉得没有李芳芳美丽、温柔、善良，每次都找借口拒绝了。

今年年初，万正强在得知李芳芳丧夫回娘家又外出打工后，设法问到了她的手机号码，开始给她打电话、发短信。李芳芳很感激他还念记着她，很高兴也很喜欢与他交谈。开始，他们共同回忆小时候那些美好、有趣的往事，共同怀念那段纯真、亲密的情感；接着，他们各自谈了些工作、生活情况，还谈了自己的家庭、婚姻情况；再接着，李芳芳还不时主动打电话、发短信给他，话语中常常流露出对他的思念之情，还对他的身体、生活嘘寒问暖。7 月时，万正强明确向李芳芳求婚，可是李芳芳似乎有难言苦衷，不但没有同意，反而一个劲儿地劝他抓紧另外找一个。

万正强对自己的一片真情实意没有得到李芳芳的理解与认可，既感到痛苦，又感到困惑。更让他感到奇怪的是，今年 7 月底后，李芳芳再没有主动给他打过一个电话。他打过去，她似乎也不愿多说。问她为什么会这样，李芳芳要么吞吞吐吐讲不出原因，要么说自己工作忙，太累了，不想多聊。万正强明显地感觉到李芳芳在刻意疏远他。

8 月底，万正强得知李芳芳送母亲、女儿回家。一天晚上，他把李芳芳约到那年他们分手的村边小溪旁的那片树林中。

这是一个满月之夜。天空没有云层，圆圆的月亮向大地朗朗地洒下满满的银辉，把小溪染成了银色，溪水欢快地奔流着，激起一朵又一朵银白色的浪花；把大树小树也都染成了银色，阵阵微风裹着月光吹向树林，树叶发出柔柔的沙沙声，树林里充溢着沁人心脾的绿叶味、芳草香。

月色下的山川河流是多么美丽美妙，月光下有月老用红绳系住这对金童玉女吗？

二人一见面，万正强就眶盈热泪、心涌深情地说："芳芳，这么多年了，我一直在想你，你知道吗？"

李芳芳似乎也很动情，但又不知如何说为好，她愣了一会儿才说："我，我有时也想你。"

万正强没听到李芳芳讲也是经常想他，更没听到她叫他强哥哥，心中觉得十分失望与痛苦，但他仍然坚持说道："芳芳，我们当年虽然是年少、年轻，可也是你知我明啊，我们是多么心心相恋啊！我没找对象，别人介绍的我也不要，就是因为我一直在想你，一直在爱你，也一直在等你！你知道吗？你现在是自由身了，你为什么不念旧情，不肯答应我的求婚呢？”

李芳芳悲苦地说：“正强，我是一个苦命的女人，我也不知道命运为什么对我这么不公平。以前我对不起你，后来我对不起我的丈夫，现在我不能再对不起你啦！”说完，她泪流满面，失声痛哭。

万正强上前拉着李芳芳的双手，十分真心地说：“芳芳，你太善良太老实了，以前的事情不能怪你，现在只要你同意嫁给我，还有什么对不起我呢？”

紧接着，有一个念头在万正强心中闪过，他问：“你在外面工作，是否有中意的人啦？”

“没，没有。”

在穿过树叶碎银般的月光下，万正强似乎看到李芳芳回答后脸色发红、神情紧张，但是他仍然相信芳芳的善良、老实，马上接问：“那你为什么不答应我？”

“我已是结过婚的人，现在上有老，下有小，又是一个打工的人，我怎么能配得上你呢？我怎么能忍心让你跟我受苦呢？我不能再耽误你的幸福与前程啊！”

“芳芳，你怎么能这么想这么说呢？我不管你以前怎么样，不管你现在有没有再找对象，只要你答应跟着我、嫁给我，我一定会与你一起照顾好你父母，培养好小孩，一定不让你再受苦，一定会给你幸福！”

“我，我真的命苦啊！我难以给你带来幸福的，我真的不忍心让你跟我受苦啊！”

“不，不对！你能给我带来幸福，你就是我的希望，我的幸福！如果说我们在一起有什么苦，我愿意受这个苦，这苦再苦也是甜的。”

万正强的话语让李芳芳哭得更厉害了，她一时说不出话来。

万正强拉紧李芳芳的双手，深情地说：“你是我的玉女，我是你的金童！”

万正强诚挚的感情、真心的话语，终于打开了李芳芳的心扉，她轻轻地、甜甜地叫了一声“强哥哥”，就扑进了万正强的怀里。

万正强双手捧起李芳芳的脸庞，激动地凝视着。他觉得李芳芳依然十分年轻漂亮，甚至比以前更漂亮、更诱人。接着，他的双唇慢慢地吻向李芳芳那暖暖的、柔柔的、微微张开在迎接的双唇。

他们是金童玉女，他们是青梅竹马，但他们还是第一次紧紧地拥抱在一起，深深地亲吻在一起。多少磨难、多少痛苦，在这一刻都消失了；多少甜蜜、多少幸福，在这一刻都汇聚了。

他们拥抱了很久很久，亲吻了很久很久才松开。双方商定，李芳芳回云山抓紧辞掉工作，结清工资，退掉租房；万正强先在城里租个房子，抓紧做好结婚准备事宜，争取尽早登记结婚。至于双方父母，万正强说他到李芳芳家一起做工作，他家工作他自己去做，他相信能做通的。

万山村前几年新的村两委上任后，认为要靠山吃山，傍水赚水，借实施新农村建设之机，发展乡村旅游，对村民的住房作了统一规划建设，不少房子拆了重建、改建，万、李二家已不是邻居，宅基地之争也就不存在了。

万家父母知道万正强就是因为一直想念着李芳芳而不谈恋爱不结婚。虽然李芳芳结过婚，可他们知道李芳芳不但依然漂亮，而且十分贤惠，既然儿子这么喜欢，这次不答应也由不得他们了，就爽快地同意了。

知女莫如母。李芳芳母亲带外甥女去云山度暑假期间，经常在晚上听到有人打电话找李芳芳。有几次她在旁边听到是一个男子的声音。该男子有多次好像是想约李芳芳外出，她则是一再推辞，但是有一两次，李芳芳说出去有点事，还是去了。李芳芳母亲猜想女儿可能是在找对象，就劝女儿是要再找个男人，只是在云山人生地不熟，一定要小心，不要被人骗了。李芳芳推说现在还不想找，可似乎又没有把话与母亲说清楚。这次回家，女儿已和她讲了与万正强的交往情况。李芳芳父母对万正强从小就一直很看重，现在想想女儿的苦，想想万正强这么多年来痴心不改的好，当万正强拎着礼品上门求婚时，他们没什么犹豫就同意了。

李芳芳母亲反映的内容，是韩帅在得知小钟他们的调查情况后，再加上去的。

软硬兼施

当晚，张莺向马大汇报，经过全面仔细对各类信息查询分析，9 月 18 日及之前，没有发现万正强到过云山的任何活动轨迹；万正强原有手机十多天来一直处于关机状态，现有新手机号码则一直与他人有通信记录，主要是与家人通电话、发短信，与李芳芳有过两次通话，没有与云山本地其他人的通信记录。

小钟汇报，经过到医院查证，万正强陪母住院后，天天都有在医院出现；9 月 18 日那天，多人证明他在医院；医生、护士都称赞这小伙子特别有孝心。

汇报中，小钟显得有点不好意思，马超则是以肯定为主。

万正强没有作案动机，也没有作案时间，嫌疑可以排除。马超相信万正强下午的陈述，调查情况也印证了他下午的预感。

马超向小钟仔细询问了他们这些天的调查情况。小钟汇报了从李芳芳母亲处了解到的情况，还汇报了对钱康康的调查情况。

钱康康出生在与李芳芳同镇的另一个村庄，三岁时母亲去世，10 岁多点父亲又走了，他成了一个孤儿。村里人说，钱康康家里比较穷，他父母生下他时，也不图他长大能发财，只求他能健康成长，就给他取名叫“康康”。问及他在村里的表现，大家都说这孩子挺老实也挺勤快的，没见他惹是生非。15 岁那年，他就跟同村人外出打工了。

已经 10 点多了，马超拿着一大沓材料，在“9・19 案件”侦查指挥部旁边的一间办公室里，关起门来，对近期的侦查调查情况，特别是赴外调查组汇报与万正强反映的情况，作了全面深入的分析研究。

万正强与李芳芳青梅竹马，原本感情很深，今年来他们一直有热线联系，二人已经到了可以互相关爱、重拾旧情的程度，但是 7 月底后李芳芳态度却发生了明显变化；李芳芳母亲 8 月在云山时，发现晚上经常有人打电话给李芳芳，女儿也曾在接电话后外出，女儿似乎在找对象；8 月底，李芳芳被万正强的真情所感动，准备到云山辞掉工作就回去结婚，之后就发生了“9・19 案件”，而“9・19 案件”因仇因财引发的可能性已经排除。

这些情况，使马超进一步坚信昨天案件研究会议对案犯的作案动机、特征刻画是正确的；还可以肯定李芳芳于 7 月在男女情感方面出现了变化，而且是出现了某种纠葛；与她发生这次情感纠葛的人，很可能就是凶手，凶手很可能就在辉煌大酒店。

马超先后向各组下达了一系列工作指令：

——崔军凯组，通过访谈与悬赏并举，深入、加快开展对辉煌大酒店各类人员的调查，特别注意对各级管理人员的调查。马超没直讲要查老总、高管，但意思很明确，全部都要查。案犯没明确之前，所有与案件可能有关联、有疑点的人员，在内部都可以先把他视作嫌疑人员，有必要就要对其开展调查。这一点，马超没必要与崔军凯多说。

——张莺组，对李芳芳的手机通话情况再作全面分析，重点时段是7月初到案发时；设法及时查明、掌握辉煌公司近期资金外流情况，实时监控辉煌大酒店管理人员购买飞机票、火车票外出情况。

——谢方群组，重点查找、追踪18日晚9点至10点，从辉煌大酒店到现场方向的人、车视频，逐一开展分析研判。

——应法医组，要以现场勘查、损伤检验为主，结合调查情况，从情杀角度再作深入研究。

——成立重点人员监控组，由韩帅负责……

马超要求各组都要抓紧工作，这几天必须加班加点。他还打电话与杨秋露商议，如李芳芳目前可以转院，则联系云山驻军医院，把李芳芳转过去治疗。该驻军医院医疗条件好，特别对治疗外伤水平高。马超知道脑外伤病人前期不宜多搬动，如果现在可以转院，一则有利于治疗，二则可便于看护。马超对这对“金童玉女”十分同情，他这样做，也是为了兑现对万正强的承诺。

布置好工作，马超似乎看到了笼罩在“9·19案件”上的乌云正在散去，破案的曙光即将出现。

接着，他向左局长汇报了“9·19案件”近期的侦查进展情况与工作安排。

“侦查破案我是外行，‘9·19案件’的侦查工作一切由你决定，我就是一句话，此案非破不可！”

左局长的口气先是谦虚，再是信任，最后是严肃要求。

打完电话，马超才注意看了下时间，已经是12点多了。

30日上午，辉煌大酒店员工都接到了公安局分几次发来的悬赏通告短信，最后被告知，如有情况提供、线索举报，请打110或王英英、李小林的手机，也可以自定时间、地点，找刑大领导面谈。

也许是悬赏通告提升了大家的正义感，也许是悬赏奖金激发了一些人的兴致，也许二者都有，通告发出不久，即陆陆续续有情况、线索举报上来。公开找员工谈话，也获取了一些新的情况。

崔军凯从外出的调查人员汇报中得知，李芳芳在村里，从小到大，除了与万正强常常玩在一起外，就是与张艳丽最好了，他觉得有必要再找她谈一谈。在接到马大要求深入、加快调查的指令后，他更觉得有必要尝试先从张艳丽身上打开突破口。

崔军凯找来小沈、小冯二位女刑警一起商量。张艳丽是李芳芳的闺蜜，又是首先发现案件的人，崔军凯早已安排她们找她谈过几次话。

张艳丽承认自己与李芳芳很要好。她说芳芳的丈夫是个矿工，待芳芳很好，可惜生了女儿不久就得矽肺病死了。芳芳只拿到很有限的一笔抚恤金，坐吃山空，很快就在经济上陷入困境。她回家时见到已回娘家居住的芳芳，就动员她到云山打工。

她说芳芳天生丽质，婚后丽质依旧，甚至更加漂亮诱人，就托熟人把她介绍到辉煌大酒店云顶 KTV 当服务员，这样可以多赚点钱。芳芳去了几天，便说自己不会唱歌、不会喝酒，不要去了。张艳丽怎么劝说、开导，芳芳都坚持不再去。她顾及老乡朋友情谊，就带芳芳去找有所交往的俞中经理说情。俞中与张发财沾点亲，在酒店中比较有权力。他见李芳芳长得很漂亮，餐厅很需要漂亮的服务员，而要招漂亮姑娘当服务员现在是越来越难了，就通过酒店人事部安排她到餐厅当服务员。

张艳丽对李芳芳到餐厅后的工作、生活情况，谈得比较多，但一口断定李芳芳为人特别老实，没有什么乱七八糟的男女关系问题。芳芳不愿在 KTV 做，实际上是她不适应那里的灯红酒绿、情色氛围，不仅要陪唱陪舞陪酒，还要忍受一些男人的动手动脚，甚至被要求出台。

问到李芳芳与钱康康的关系，张艳丽说李芳芳为人善良，她知道钱康康是个孤儿后，出于怜悯，如同姐姐对弟弟，有意无意给了他一些关心照顾。钱康康犹如孤儿得到了母爱，先是很感激，想认她当姐姐，不久就不顾年龄差距，开始追求李芳芳。但是，芳芳根本没有这方面的心思，知道他在追求她后，虽对他仍然很友好，但是尽可能避免与他单独接触。

张艳丽说这些都是李芳芳告诉她的。她分析，钱康康可能不清楚李芳芳的心思，仍在追求她。那天晚上，可能是钱康康知晓李芳芳病了，下班后特地去看望她，可能也是想借机再表表他的心意，哪知好事不成，连命也搭上了。张艳丽说钱康康这小伙子挺好的，真可怜啊！

再问，张艳丽说真的没什么可再讲的了。

直觉上，小沈、小冯感到张艳丽似乎没有把知道的情况都说出来。

按照崔副大队长的要求，小沈、小冯还对张艳丽本人工作生活、与人交往等情况做了秘密的外围调查。张艳丽与李芳芳接触很多，到过李芳芳住处多次，尽管她发现案件后立即叫喊并且告知房东，但在侦查初期，可以排除她是作案者，却难以排除她知情甚至有所牵连的可能，因而调查是必要的。

通过调查，她们认为可以排除张艳丽与“9·19案件”有关联，对作案过程知情的可能性也不大，但是意外了解到她在情感方面的一些问题。张艳丽已婚，夫妻俩都在云山打工，由于工作地点相距较远，为省钱，二人都住在集体宿舍，难得相聚。开始时，张艳丽有着山区农村妇女的纯真朴实，对男女交往方面很保守、很谨慎；后来，可能是受到周边独身或夫妻分居的打工人员中临时情人、露水夫妻情况比较多的影响，她的思想观念慢慢地发生了变化，与一个厨师关系暧昧。另外还有客房楼层服务员反映，有几次晚上见到张艳丽进了客人的房间，其中有一次是本月10日晚上。

崔军凯同意小沈、小冯对张艳丽与案件关系的观点，也认可她们觉得张艳丽有话没全讲的看法，他说想自己去和张艳丽再谈一谈。小沈、小冯二人都说崔大你能出面谈最好了，因为二人都知道他的询问水平比她们高多了。崔军凯让小沈、小冯二人一起参加。

晚上，崔军凯与小沈、小冯在离辉煌大酒店较近的云山丽都饭店订了一个房间。入住后，崔军凯从包里拿出一套警服，到卫生间换上。小沈通知张艳丽下班后来一下，但不要告知他人。9点多，张艳丽来到该房间。

张艳丽30岁不到，个子较矮皮肤较黑，但是鸭蛋形的脸上，一双眼睛有迷人的光波，女性曲线明显，整体上还是有几分姿色的。她虽然衣着较朴素，但眉毛画得很细，上眼睑贴着又黑又长的假睫毛，口红也涂得比较浓。崔军凯的目光很敏锐，他一眼看出张艳丽有几分脂粉气、风尘味。当今中国，农民工、中小学生最辛苦。农民工中，女工多数更为辛苦。像张艳丽这样在宾馆饭店当服务员的，看上去工作服装光鲜得体，工作环境美观豪华，可是她们常常每天要工作十多个小时，有些客人还很难伺候，十分艰辛。作为一个年轻女性，工作的辛苦，生活的寂寞，如果把握不住情感，经受不起诱惑，是有可能或受人欺负，或自己把路走偏掉的。

小沈很客气地请张艳丽坐下，小冯给她倒了一杯水，便指着崔军凯说："这是我们刑大副大队长崔军凯同志，他有些话想问问你。"

张艳丽看了一眼崔军凯，说："你们已经找我谈过好几次了，知道的我都讲了，怎么还要找我呢？"语气中有明显的不耐烦。

崔军凯目光温和地看着张艳丽，很客气地说："对不起，麻烦你了，因为李芳芳、钱康康的案件至今没破，我们有些情况不得不再向你作些询问，请予以支持配合。"

张艳丽见崔军凯长得很健壮，身着警服，英气逼人，说话却是十分和气，便说："那你问吧，只要我知道，我会说的。"

"那好的，谢谢你。"崔军凯接着问，"这个案件，我们分析可能与李芳芳情感方面的问题有关，你再仔细想想，她有没有与哪些男人交往不正常？"

张艳丽看着二位女警官说："这问题她们问过多次，我也讲过多次，李芳芳性格老实，又是农村人的观念，很保守的，没有男女方面不正当关系的。"

"那你有没有发现有男人欺负她呢？"崔军凯再追问。

"没有，没有。"

“你自己看到的，李芳芳和你说的，你听他人说的，都没有？”

张艳丽仍然说没有，但是口气已经没有刚才那么肯定了。崔军凯说了三种知情方式，她有点被问懵了，因为她确实听到他人议论过李芳芳这方面的事情。自己和李芳芳二人之间的事，不说警察不知道，但其他的知情人，警察是否已经调查到了呢？

崔军凯已看出了她的心思，开始做思想工作，说：“你先不要把话说绝。你和李芳芳是同村好友，钱康康也是你的老乡，他们一死一重伤，我想你的心情应该和我们一样，想要争取破案，为他们申冤报仇，对吗？”

“对的，我也希望能早点破案。”崔军凯的话似乎打动了张艳丽，可她还是说，“可我想帮忙也帮不了呀！”

“我认为你能帮的，关键是你要把知道的情况都告诉我们。”

张艳丽理解到崔军凯的意思是你还有情况没有告诉我们，但是她坚持不改口，说：“知道的我都讲了，真的没什么好说了。你们要相信我，不要再多问了。”她想把谈话的大门关上。

询问、讯问，软硬兼施是崔军凯的特长。他见来软的不行，话锋一转，语速较快、语气严厉地问道：“那你自己有没有这方面问题呢？就说与你餐厅同事的。”

张艳丽心中一惊，她知道崔军凯点的是男女关系问题，并直接点出了餐厅同事，看来他们在调查中已经发现了她的隐私，她心中害怕，嘴上仍硬顶：“我没有。这些事情也与案件无关，与你们无关，我不多说。”

“这些事与这次的案件是无关，但可能与你的名声有关吧？”

“既然与案件无关，你们就没权力乱问我，乱说我。”

崔军凯见张艳丽嘴巴仍然很硬，但已明显表现出害怕的神态，便趁热加压，不紧不慢地说：“你本月 10 日晚上 11 点多到 1018 房间干吗？那房间客人晚餐是在你服务的包厢里吃的吧？

这事与我们公安机关不是无关的吧？”

张艳丽听崔军凯连发三问，虽是提问，实际上把时间、地点、人员与利害关系都讲得很清楚，看来这个警察难以对付，他是有备而来，就一下子软了下来，既求情又表态，说这些事你们就不要多问了，李芳芳的事如有什么问题，你们尽管问，我一定如实讲。

崔军凯见硬功已奏效，怕张艳丽反复，便又开始用软功。他说我可以先作个表态，第一点，我们今天没有在辉煌大酒店找你谈话，而是秘密把你约到这里，谈话的内容我们会绝对对外保密。第二点，你看了我们公安局的悬赏通告了吧？只要你提供的情况有助于我们破案，我们不但对外保密，而且会给你奖励。第三点，你到客房的事情，我们不查，因为你帮助我们破案，只要你下次不去做那事，公安其他部门也不会来查你的。

小沈、小冯也附和着说，崔大队长讲话肯定算数，你就放心说吧。

张艳丽听了崔军凯三个保证，如同连着吃了三颗定心丸，随后她主动提供了三方面情况。她说这些情况都是李芳芳告诉她的。

李芳芳到餐厅上班不久，就和张艳丽说，餐厅经理胡大吉经常找机会单独与她谈话，先是谈一些工作上的事情，再是似乎关心地问一些她的家庭、生活情况，后来就讲要与她谈恋爱。李芳芳根本看不上他，说她明确拒绝了他，绝对不会与他谈。张艳丽分析胡大吉是不会与一个打工者谈恋爱的，而是想以此为名与李芳芳搞关系。

今年四五月份，李芳芳说俞经理带客人在她服务的包厢吃饭，其间偷偷塞给她一沓钱，让她晚上到他办公室去。吃饭时人多，她不敢推来推去，下班后，她到俞经理办公室，敲开门把钱丢进去就跑回来了。李芳芳说自己怎么这么命苦，她从不招惹人家，怎么会经常有人来找她麻烦，甚至说不想再在餐厅干下去了。张艳丽劝她说你长得这么漂亮，这些事是免不了的，让她多注意一点就行了，不会有什么事情的，找工作很难，坚持再干一段时间再说。张艳丽说自己知道李芳芳很保守，没有劝过她随大流算了。

7 月中旬，李芳芳很高兴地与她说，她的服务多次受到了张总的赞扬，张总让胡经理提她当领班，并要给她加工资。她劝李芳芳要多加小心，老板中有的人是色鬼，张总可能另有所图。李芳芳说自己会把握好的。之后她问李芳芳，李芳芳说张总人很好，很有素质，不会对她乱来的。过段时间再问，她就含含糊糊地说除张总来吃饭，偶然碰到外，就没有其他什么接触了。张艳丽分析李芳芳与张总的关系可能发展到了不一般的程度。

崔军凯等三人听了张艳丽的叙述，都觉得这些情况对侦查“9·19 案件”很有分析价值。

小沈好奇地问：“张艳丽，这些情况以前你为什么不与我们说呢?”

张艳丽有点尴尬，脸色微红，回答：“我和李芳芳是好友，她在老家、在这里都待我很好，我也应该待她好。这些事情也不能说明李芳芳在男女关系上就有什么问题，她现在受了重伤，生死难料，我不能在背后再多说她的。另外，李芳芳讲的事情牵涉到三位老板、经理，我怎么敢轻易对外讲。今天听了崔大队长的话，我才放心地说出来。”

小沈、小冯深深感到谈话要谈出关键问题，真要靠水平，崔副大队长真有水平。

张艳丽又老实地说道，她有一次从客房里出来时被俞经理看到，他是保卫部经理，如果知道她说出有关他的话，今后她也难以再在这里干下去，自己的名声可能也保不住了。她反复恳求一定要为她保密。

崔军凯说一定会保密的，请她放心。

第二天上午，崔军凯重点安排了对张艳丽提到的三个人的秘密调查工作后，即提早向马大作了汇报。马大说他们的发现很重要，一定要抓紧深入调查下去。这些天，马超每天晚上都要专题听取他们这组的调查情况，并与他们一起分析研究，一起制订第二天的调查工作重点、要点。

峰回路转

10 月 1 日开始是七天长假，刑侦部门普遍有个不成文的规定，重特大案件，尤其是命案侦查期间，案件没破掉，发案后的一两个月内，节假日是不放假的。

10 月 2 日晚上，马超召集各组组长及部分参侦民警再次开会研究。

崔军凯介绍了在辉煌大酒店调查的情况，王英英补充介绍了悬赏通告发布后，群众提供的情况，接着其他各组也都介绍了近几天工作的进展情况。

情况介绍后，在前几次分析的基础上，大家不约而同地集中在分析研究可疑对象上。此次参会人员意见比较一致，重点汇集到了三个人身上。

第一个嫌疑对象是保卫部经理俞中。主要疑点有三个方面：

一、俞中喜欢拈花惹草。他把酒店的保卫工作抓得很紧，对员工要求很严，但是自己对女员工多次有不雅举动。有个员工还反映，有一次他把一个年轻姑娘带进自己的办公室。还有人举报俞中经常到歌舞厅玩乐，可能有嫖娼行为。

二、俞中有侵犯李芳芳行为。有一名餐厅女服务员发短信向王英英举报，说自己有一次进包厢收拾碗筷时，见俞中抱着拼命挣扎的李芳芳，前几天俞中还找到她，让她不要把这件事说出去，他会给她好处。

三、张艳丽向崔军凯反映的情况，表明俞中有引诱李芳芳的行为。李芳芳与张艳丽是同村好友，李没必要和张说这方面的假话；张在反复做工作后才谈了这一情况，应该真实可信。

第二个嫌疑对象是餐厅经理胡大吉。主要疑点也有三个方面：

一、胡大吉有嫖娼行为，曾被公安机关抓住，受过治安处罚。有人举报其近期又有嫖娼问题。

二、胡大吉已有30多岁，还是单身一人，喜欢与女员工开玩笑，并常常是带色的。有的员工反映，他有时会趁与女服务员单独相处，或趁她人不注意时，伸出“咸猪手”占点便宜。有人匿名打电话给110，举报胡大吉有一次在包厢中调戏一个女服务员，该服务员不从，他就使用暴力，把她的衣服都撕破了，后因为有人进来，才不得不终止侵犯。此事当时没有报案，后来不了了之。

三、张艳丽反映胡大吉曾想与李芳芳谈恋爱，遭到李的明确拒绝。

第三个嫌疑对象是总经理张发财。张发财的疑点不多，除了张艳丽反映的情况外，对员工的访谈与悬赏举报，都没有人反映到张发财有什么疑点。但他是至今发现的、与李芳芳可能有情感问题的三人之一，大家都认为要把他列为嫌疑对象，再作深入调查。

马超在大家分析讨论时一般不多说话，一则他是大队长，说了观点后，有的人可能就不会多说反面意见；二则他需要一边仔细听取大家分析意见，一边在大脑中快速思考自己的分析意见。所以待大家讨论好后，他接着就能全面发表自己的分析意见并作出工作安排。

今天见大家讨论得差不多了，马超没有按惯例直接讲自己的意见，而是说案件到了这个关口，要作深入细致分析，他还有几个问题要问问大家，与大家一起商议商议。

马超先问应法医："老应，我们以前已经分析到本案案犯应该是为情而到李芳芳家去的，那应该是或为了求爱，或企图强奸。求爱，应该不像吧？这三人都应该知道李芳芳是不会与其谈恋爱或做其情人的。强奸，一般会有一些痕迹物证，你们现场勘查、法医检验到底有没有什么可以印证的迹象？"

"我们在案发后就及时派人到了医院，之后我自己也去过多次。我们请医生帮忙对李芳芳做了体表检查，并提取检材送到刑侦支队刑科所做了检验，李芳芳当晚遭受强奸的可能性完全可以排除。这点如没搞清楚，那我们就太失职了。"应法医知道马大对关键性的问题是分析得细之又细，但他仍先作了一番带有辩解性的回答。

"那强奸的迹象就一点也没有了？"马超还是抓住这一问题发问。

应法医答道："除了李芳芳连衣裙的拉链被拉脱外，直接指向强奸的痕迹物证确实没有。这几天我们又作了详细的分析研究，依据现场勘查所得信息，结合李芳芳邻居听到敲门声的时间点、前期抓获的侵财犯罪嫌疑人发现室内二人的时间点、钱康康进入现场的时间点分析，案犯应在现场待了二十分钟以上。案犯大部分时间与李芳芳应该处于平和相处状态，最后才使用暴力。由此分析，我认为案犯可能有强奸的意向，但案犯的本意应该是为求爱而去的。"

马超在研究案件中是很有肚量的，尽管应法医与自己的观点有所不同，他仍然连声说：“分析得很好，很好！老应比我分析得有道理。”

“老应，你从案犯与李芳芳相处状态中，还能作出什么进一步的分析？”马超接着又问。

应法医为马大的谦虚好问所感动，略作思考后又以技术员身份讲了侦查员的话，说：“李芳芳漂亮性感，但思想又比较保守，这个案犯能长时间与她平和相处，应该有一定档次与素养，或者对她有某种关照或恩惠。单就这一点再分析，像胡大吉这类人就不大符合，而像张发财这类人就比较符合，俞中这类人则居中。注意，我是讲这类人，而非就是指这三个人。”

“老应的进一步分析很有道理，观点也很明确。我们分析作案过程就是要为侦查服务，现在就是要为分析研究可疑对象服务。”马超说。

马超有一个观点，作案过程中有些情节很难分析清楚，无关紧要的可以少分析或不分析，而事关案件性质、案犯刻画、侦查方向等作案情节，必须研究清楚。他提问的目的即在于此。

“你们对这三人，从信息分析角度，还能提出什么认为可疑或不可疑的依据吗？”马超接着问张莺。

张莺是在刚才讨论中认为这三人有可疑，但是就目前掌握的情况分析，嫌疑程度还不高的少数几个人之一。马超有意识想再听一下她的意见。

张莺答：“这三人除胡大吉有嫖娼前科外，另外二人没有被公安机关抓住处理过的前科劣迹。从李芳芳手机通话情况分析，胡大吉有二十多次，俞中也有二十多次，但通话时间都较短，而且近两个月都没有通话，案发当天更是没有。没有发现张发财与李芳芳有通话。从这三人近几个月的活动轨迹分析，没有发现到过李芳芳家，或者带李芳芳一同外出的迹象。另外我们还发现，案发前一个多月中，有一部手机经常与李芳芳通话，都是主叫，很可疑。经过调查，该手机卡是从街上一小店买的，用的是假名假身份证号码，我们正在进一步调查中。所以我认为这三人需要进一步查证，但同时也要扩大视野，查找其他可疑人员。”

马超想，从张莺他们掌握的信息分析，她讲得有道理，但是在案件分析中，对于可疑对象，先要从他可能就是案犯来开展调查，而不能轻易否定，何况这三人的可疑点还是蛮多的，于是说：“案件分析中，充分发表不同意见十分重要。不过，张莺，这个案件接下去你们要先重点分析研判这三个人，当然也可以再找其他可疑人员。”

张莺很佩服马大的侦查水平，听马大这么说，知道他对这三个对象很看重，马上回答：“好的，我们先针对这三人，想办法多收集信息，重点作分析研究。”

马超略转过身对着崔凯军，先表扬说你们这几天的调查进展很大，收获也比较大，然后问道：“你看下一步应该如何开展侦查为好?”

崔凯军早有准备，随即说：“我觉得下步工作可以通过深入调查，注意发现其他可疑对象，重点应该先查清这三名嫌疑人到底是否为案犯。我们应该从有无作案动机、有无作案时间、案发后有无异常表现等方面着手深入开展调查与甄别工作。说实在的，这三个人，尤其是俞中与胡大吉，如果不能及时查清，则其他工作也难以开展下去。”

马超接着又问了其他人几个问题后，开始作案件分析与工作安排：“这个案件，我们前几次就分析到可能是因情感纠葛而引发，而且应该是由李芳芳而非由钱康康所引起。这几天，我们围绕李芳芳开展调查，发现了三个可疑对象，特别是俞中和胡大吉疑点比较多。我同意大家的观点，三个人都应列入调查对象，下一步要围绕他们重点开展调查、甄别工作。我也原则上同意军凯提出的工作意见。”说到这里，马超双手十指紧扣后即放开，然后接着说：“这个案件的下一步侦查工作，一方面要考虑到我们已经在辉煌大酒店开展了大规模的调查工作，现在又直接调查几个人员，很可能惊动案犯而引发意想不到的麻烦；另一方面也不得不考虑来自各方面希望我们尽快破案的压力。为了加快办案速度，我的意见分三步走：

“第一步，先查俞、胡二人。明天开始先设法从外围调查一下，如查不清，则请派出所出面，以他们可能涉嫌嫖娼为由，在晚上分别实施传唤，尽量不要让无关人员知道，重点询问案发时段他们的去向。如果他们不能说明该段时间的去向，或查证落实不了，再全面展开调查。如询问后查实无作案时间，那也只有先放一边再说。这项工作请军凯负责。

“第二步，如果基本上排除俞、胡作案可能，则要重点调查张发财。这项工作，调查组、信息组、视频组及现场勘查组要紧密配合，具体由我来牵头协调。

“第三步，如果三人都排除，再把重点转向寻找其他嫌疑人。”

马超接着明确要求：“云辉集团是我们市的一个大企业，辉煌大酒店也是云山的知名酒店，现在我们对他们的老总和部门经理开展调查，对外一定要注意保密。传唤俞、胡二人，要求他们自己也不要对外讲。”

组织指挥侦查破案，需要全面掌握与案情有关的各类信息，周全考虑可能出现的各种问题困难，周到安排各项侦查工作。多年的刑侦生涯，使马超考虑问题总是比较全面周到。马超知道如果案犯不是出在辉煌大酒店，或案子破不了，他们这样做，市里有些领导、企业界一些人士，可能会有意见的。

照例，马超布置完工作后，大家都说没意见，并表态会把工作落实好。崔军凯觉得马大这个速战速决的方法好。

杨秋露说：“这个案件如李芳芳能清醒开口，谁是案犯就清楚了。可惜李芳芳近几天病情有反复，仍处于昏迷中，医生说短期内不可能清醒，因而只有靠我们自己了。大家一定要按照马大的要求，抓紧做好各项工作。”她总是会恰到好处地给马大补台或作强调。

刑事侦查，对有些人员从外围调查情况分析，有许多可疑点，甚至很像案犯，但是一旦正面接触，很快就被排除了。俞中、胡大吉就是这样的人员——他们没有作案时间。

在对俞中的活动情况调查中，他很快就被否定了。巧的是，俞中的“不在现场证明”与万正强相似，他母亲重病住院，他们兄妹几人轮流看护，18 日晚上轮到俞中。医院的医生、护士和同房病人及其陪同人员均证实，俞中与他爱人一起来陪护，从晚上 7 点多到 19 日上午 8 点许，都在医院没有离开。

对胡大吉的调查，先是觉得嫌疑度上升，再深入调查下去，很快也排除了。视频查看发现胡大吉 18 日晚上 9 点半下班后即离开辉煌大酒店，外围调查没能查明他的具体去向。侦查员把他传唤到派出所。胡大吉开始说自己 18 日晚上与几个朋友一起在打牌，但调查后证实是 17 日晚上。侦查员问他为何说假话，他说自己记错了；问他到底干什么去了，他说忘记了。侦查员一再做工作，一再追问他的去向。作询问的两名侦查员，胡大吉在大酒店见到过，他知道他们这样问他，是怀疑他与李芳芳、钱康康案件有关。为了摆脱怀疑，胡大吉在顶了一阵子后，就说那天晚上去宾馆与女朋友相会了。经调查，胡大吉的女友是歌厅的一个小姐，她承认有此事。从该宾馆的视频监控中发现，二人是晚上10点10分进入宾馆的，而那宾馆离李芳芳的住所有近半个小时车程。二人都坚持说是朋友相聚聊聊天，不存在卖淫嫖娼问题。侦查员询问他们的目的不在于此，再者手头也没有什么他们违法的证据，经请示领导，就让胡大吉回去了。

对于俞中、胡大吉、张发财三人，崔军凯原来是认为前二人作案的可能性比较大，现在已经明确了他们18日晚上的活动情况，他果断地排除了这两个人，向马大汇报后，把调查重点转向张发财。

张发财是云辉集团的老总，开始只能先从外围开展秘密调查，几天工作下来，没有什么大的突破。晚饭后，崔军凯想找马大专题汇报商量一次，对张发财采取一些侦查手段。

这时马大打来电话，让他去指挥部开会，说有要事商量。

山重水复疑无路，柳暗花明又一村。侦查破案，在爬过许多山，涉过许多水，做了许多工作后，有时真的会突然出现转机。

10月5日，“9·19案件”侦查峰回路转，出现重大转机。

上午10时许，李老汉带着孙女李秀灵来到刑大找马超大队长，马超与韩帅从指挥部赶回来接待了他们。

李老汉来自山区李家庄村。十九年前，他辛苦劳作一年，卖粮卖猪所得的几千元钱被盗。刚工作不久的马超为主侦查，连续工作了三天三夜，破了案件，抓捕中手臂还受了伤。案犯已将赃款挥霍一空，得知李老汉急需用这笔钱给老伴治病，马超拿出了钱包里全部的三百多元给他，回队后还动员队友捐款。一个铁骨柔肠的好刑警，从此印在了李老汉的心底里。

李老汉的儿媳妇与张发财沾点远亲，去年她托娘家人找张发财给她女儿李秀灵在他公司安排个工作，张发财很快就同意了，将其安排到辉煌大酒店行政楼层当了一名清洁工，并给定了较高的工资。昨天李秀灵休假回家，她知道爷爷对公安很感恩，就主动和爷爷讲起她所知道的公安局在他们酒店的调查情况。她说不少员工都在议论，李芳芳、钱康康的案件，是酒店里与李芳芳有男女关系问题的人干的。她有一次在十七层走廊搞卫生时，见到李芳芳红着眼睛红着脸，头发、衣服好像有点乱，从张总的办公室走出来，见到她，转过眼睛就慌忙地走开了。

李老汉心想如果能为破案出点力，那是对马超大队长最好的报答。他年纪大了，但是身体还很健康，头脑也很清楚，丰富的人生经历使他直觉这个情况对破案可能有用，于是他劝孙女要把这个情况向公安反映。李秀灵说我的工作都是张总给安排的，如果反映错了，那不是害了他、对不起他？李老汉有山区老农的朴实感与正义感，他又劝孙女说，我们只要如实反映情况就可以了，公安会查清楚的，如果这个案件与张总无关，查清楚了反而对他有好处。李秀灵想起悬赏通告上讲的，他们有义务举报有关情况，知情不报则要负相应责任，举报有功还有奖金，就对爷爷说，那我们不要和人家说，和我爸妈也不要说，明天你找个理由陪我进城一起去反映。

听李秀灵讲了她所发现的情况后，韩帅问这件事是发生在什么时候，李秀灵说是在 7 月下旬，具体哪一天她记不起了。

马超十分感谢他们来反映情况，说此事公安会对外严格保密，也请他们不要再与他人讲。他让韩帅带他们去局食堂吃饭，饭后又安排车送李大爷回家。李老汉一再推辞，但马超坚持让韩帅去安排。

下午，先是张莺来向马大汇报了一个重要情况。信息组发现，辉煌公司有大笔资金汇往境外，分析不是正常的业务往来款，原因不明，十分可疑。

不久，谢方群拿着手提电脑来找马大，说有重要情况要汇报。他先作了一番解释，说辉煌大酒店停车场停有一百多辆车子，有些是云辉集团工作人员的车，有些是到酒店住宿、吃饭、娱乐人员的车，停车场有多个进出口，所以视频组的工作量很大。“我们都是按照马大你的要求，逐步集中到重点时段、重点人员、重点车辆，开展视频追踪查看，今天才有了重大发现。”

瘦瘦高高、皮肤偏黑的谢方群，在省警院就读时学的是痕迹专业，工作不久后主动要求改行从事视频侦查。他是天赋加勤奋，经过十来年的虚心好学、刻苦钻研，现在已经是省内比较有名的视频侦查行家了。

马大一开始就觉得这个案件现场痕迹物证少，视频工作十分重要，几次分析会后，他先后理出了一些需要重点查证的对象，多次单独找视频组研究，提出具体的查看重点与要求。

马大说具体工作都是你们做的，我只是提出原则性要求而已，有什么情况抓紧说吧。

谢方群便让马大看了几段视频，边放边向马大作解释：“辉煌大酒店停车场在北面有一出口，装有监控探头，但是坏了。这是离北出口往西一百米许交通监控探头拍下的视频。你看这辆奔驰车，牌照号码较清晰，是张发财的车。往西大方向是朝李芳芳家。

“这段视频是在上一路口再往西两公里多的十字路口拍到的，张发财的车由此左转往南行驶。马大你看，在这个路口，该车右转又往西行。

“这段视频是在离李芳芳家二百多米处的一个十字路口拍到

的，时间是18日晚9点51分。”

谢方群点了一下暂停键，指着屏幕上一辆影像不大清楚的车说：“马大，经图像处理与分析，这是张发财的车。”

谢方群接下去又放了一段视频，边放边兴奋地说：“这段视频是从街边一商店提取的，最关键。该店离李芳芳的住处不到一百米。马大你看，张发财的车拐进一条小巷，两分多钟后小巷里走出一男子，应该是驾驶张发财车的人，因为10点38分，该男子又进入这条小巷，车子没出来，可能是从小巷另一头出去了。该商店的探头位于小巷对面，距离较远，人像较小且不大清楚，但仍然可以看出模糊的脸形、身高、体形等，整体感觉很像张发财，只是头发比较长，而张发财理平头，头发很短。”

马超问：“平头，戴个假发套不就变成了长发吗？”

谢方群刚想这样解释，马大就已经说出来了，他当即答道：“当然可以。”

马超想了想，说：“张发财的车，可以是他自己开，也可以是他的驾驶员开，或者是他人借去开。你们能否把图像再处理得清楚一些？”

谢方群回答：“我们已把该视频发往省厅刑侦总队，他们设备好、水平高，会把图像处理得更清楚一些。”

“好！你们这个发现很有价值，也干得很不容易，很好！”马大对谢方群视频组的工作予以充分肯定，接着又吩咐道，“你们多联系总队，请他们帮忙抓紧给我们处理视频图像。”

飞往香港

一天中有三个重要发现，马超很兴奋。

晚上，马超召开了“9・19案件”主侦人员会议。大家听了各组的情况介绍，尤其是看了谢方群播放的视频后也都很兴奋，“9・19案件”终于发现重大犯罪嫌疑人啦，他就是——云辉集团董事长、辉煌大酒店总经理张发财！

大家一致认为，张发财的作案嫌疑主要有以下几个方面：

——张发财的情况与案犯主要特征相符，也即他与李芳芳有情感方面的问题。根据张艳丽、李秀灵等人反映，张有故意接近、讨好李的言行，并且有可能对李实施过骚扰或侵害。

——张发财具有与李芳芳在租房中平和相处的条件。张是个企业家、人大代表，经常做些慈善捐助，在人们眼中是个素质较好的老板；张对李多有赞扬，要餐厅经理提李当领班并给她加工资，李应该会对他产生好感；根据李秀灵提供的情况，张起码对李有非礼之举，李没有告发，也没有与好友张艳丽说，可能心里对张的好感有减弱，也可能没有拒绝与张再接触。

——云辉集团有大笔非正常业务所需的资金汇往境外，没有张发财同意是不可能的。

——最重要的是，视频组发现张发财的车辆在案发时间段开往现场方向，来到了李芳芳出租房的附近，驾驶人员虽然不能断定就是张发财，但是除发型外，身高、体型的确比较像；在审讯侵财犯罪嫌疑人及调查路人中，他们反映出的可疑人员的身高、体型与张发财也比较像。

……

马超很赞成上述分析意见，可心里觉得张发财还有可疑点。

还有什么可疑点呢？实际上是马超的灵感。马超在侦查破案中比较相信第一感觉、突发灵感。他到辉煌大酒店与张发财交谈时，就觉得他过于热情、过于敏感，对李芳芳的伤情过于关心，当时就有点灵感，觉得这个人有点可疑。

由于案件侦查开始阶段没有任何依据，他作为指挥员，自然不能就以此灵感来安排工作，何况灵感不灵也是常有的。而他在辉煌大酒店门口碰到俞中时，也感到他有点可疑。

之后马超在有意无意中，有些工作安排就是围绕张发财转的，如他多次与视频组商量时，提出要重点查找张发财的活动轨迹；确定因情发案后，他让张莺重点分析张发财的通信情况、公司资金流动情况；布置韩帅带几名侦查员暗中监视几名重点对象，并单独交代韩帅要重点监视张发财。

韩帅曾向他报告，在跟踪监视中发现张发财近期应酬很少，出门瞻前顾后，总是自己拎着包，而以往多是由驾驶员或秘书拎的，分析里面可能藏有一些证件及现金等，似乎准备随时逃跑。

韩帅到底年轻性急经验不足，大家讨论后即抢着说："张发财有这么多的作案可疑点，我想他是案犯不会错。兵贵神速，我建议晚上就动手抓捕张发财。"

应法医觉得这些调查情况、分析意见都很符合他原先的分析推理，但是此时反而显得很冷静。他面朝韩帅，带着反驳的语气说："那不行的。张发财的确很可疑，可还是缺乏一些客观的、直接指向的证据，况且张发财还是本市人大代表，我的意见还是要继续调查后再定是否抓他、何时抓他。"

崔军凯支持韩帅："我的意见是要抓紧动手抓，张发财是案犯的可能性很大，如不抓，惊动了跑掉了就麻烦了。至于痕迹物证，我们是要注重由证到供，但有时由供到证，如找到此案被抢走的财物，会更有效率、更有效力的。"排除俞中、胡大吉后，崔军凯就认为张发财十分可疑。

杨秋露说："我认为一方面组织几名队员，全天候监控张发财；另一方面加快进一步调查取证工作，想方设法充实证据。

如发现张发财有逃跑迹象，则立即动手抓捕。”

接着，参会人员基本上都谈了自己的意见，多数人认为应该马上抓捕，少数人认为查后再定为妥。

云山刑大研究案件有一个很好的风气，在讨论中，多数人敢于发表不同意见，敢于争论。

马超听了大家的意见后，十指紧扣了好长一段时间才放开，说：“现在要确定张发财就是案犯并对他实施刑事拘留，确实还有不少问题。老应的意见很有道理，抓捕张发财，确实还需要有更多的可以直接确认的客观证据；他是市人大代表，采取刑事强制措施要报告人大常委会同意，如果我们没有充足的证据，他又是本市一大企业家，人大常委会可能会不同意；即使同意了，证据不足办不下去，到时我们也会很被动。另外还有一个问题，如果张发财作案，造成这么严重的后果，他为什么不逃跑？案发后他是出去了几天，可又回来了，之后没有再外出，这其中又有什么隐情呢？”

参会人员见马大一时也作不出决断，虽然都认为“9·19案件”是张发财所为可能性很大，可是真要抓捕他，也觉得时机还是不成熟。大家都在思考，似乎一时也想不出更好的办法。

马超见状，心想自己是大队长，是左局长委任的“9·19案件”全权指挥员，应该当断则断，该拍板的就要拍板，该担责任就应担责任，于是说：“刚才各位的意见各有理由，杨教的意见最稳妥。明天开始，”马超打开手机看了看时间，已是12点多了，改口道，“哦，是今天开始，我们抓紧分头开展工作。首先要加强监视控制工作，由我自己负责，具体工作请韩帅多负责，加强监控力量，对张发财实施二十四小时监控；如果发现其可能逃跑，则先拘留再报告。

“同时要加快调查取证工作，请军凯为主组织，可以先从张发财有无购买与使用假发套、穿几码皮鞋、视频图像处理及辨认等方面开展调查。请各组在近几天，先放下其他工作，全力围绕张发财开展调查取证工作，要十分注意保密。

“另外请材料组先拟一个向市人大常委会的报告，我也先向左局长作一报告，必要时，立即报请市人大常委会作出许可对张发财采取刑事强制措施的决定。”

听了马大的工作部署，参会人员感觉到了破案的曙光，都觉得按照马大的工作要求去做，“9·19 案件”一定会很快突破的。

散会时，马超说，今天我就不请大家吃夜宵了，案件侦破后我来请客。

会后，马超即打电话向左局长作了详细汇报。左局长听后很兴奋，也认为张发财作案的可能性很大，同意马超他们的工作安排，并说他会先向市委赵书记作个汇报，一旦有必要，就提请人大常委会研究决定。赵书记是市里一把手，并且是市人大常委会主任。

当务之急是抓紧展开调查，多取证据。第二天一早，马超先与韩帅商量如何做好秘密监视工作，再到各调查组去转了一遍，与他们就如何有效地开展调查取证工作又作了一番商量。他在视频组待的时间最长。

两天的紧张工作，调查取证工作有了突破性的进展：张发财经常到娱乐场所潇洒，多次戴假发套与墨镜；秘密获取了张发财的鞋印，他穿的皮鞋是 41 码，鞋底磨损特征与“9·19 案件”现场的可疑鞋印基本一致。特别是刑侦总队经技术处理后的视频截图照片，比原来清楚多了，从面相看，基本可以认定视频中的驾驶者是张发财。再让在押的两名侵财犯罪嫌疑人与马朝辉调查访问到的路人辨认，他们虽然不能完全肯定照片上的人就是他们所看到的人，但都说两者很像。

10 月 7 日傍晚，马超正在考虑是否要对张发财动手，韩帅打来电话报告："张发财下午召集公司管理层开会，商议四季度的工作，会后即开车前往省城方向去了。"

"那你现在在哪里？有几个人？"马超立即问道。

"我们两个人，正在通往省城的高速公路上，跟踪着张发财的车。"

"张发财要到哪里去你知道吗？"

"我请张莺上网查询，她刚打来电话说，张发财于半个小时前订了今晚 9 点 30 分去香港的机票。"

"那你先盯住张发财，千万别跟丢了。抓不抓，什么时间、地点抓，你等我通知。"

"明白，请马大放心，我一定盯住张发财。"韩帅信心十足地回答。

马超接下来快速办了三件事：

——通知崔军凯组织四个人，由他带队，立即带上刑拘手续，赶往省城支援韩帅，抓到张发财后即押解回云山，在刑大办案区进行审讯。

——电话联系省厅刑侦总队分管大案的邱副总队长，简要汇报了案件情况与张发财的重大嫌疑情况，请求联系机场公安局协助抓捕张发财。邱副总对这个案件情况比较了解，他已听过大要案侦查支队长的汇报，答应马上联系。

——向左局长作了汇报，提出要刑拘张发财，并请他联系市人大召开紧急会议。左局长回答很干脆，同意刑拘，紧急情况下可以先刑拘再报告人大，并说马上会和市委赵书记联系。

很快，邱副总队长就回了电话，说已和机场公安局联系好了，机场安检门外由他们自己负责跟踪盯住张发财，进安检门后由机场民警负责先行扣留。马超立即通知韩帅，让他按照总队要求执行。

不久，左局长来电话，说已与赵书记联系上，他很重视、很支持，让马超马上带上案件材料去当面汇报一次，有必要的话，明天上午就召开人大常委会会议。

马超立即叫王英英准备好材料，与他一起去向赵书记汇报。路上，他又向韩帅了解了一下跟踪情况，再次叮嘱一定要跟牢盯住。

马超、王英英二人赶到市委，赵书记已在办公室等候他们。

近年来，由于侦查水平的提高，防范工作的加强，云山命案发案明显下降。“9・19 案件”造成一死一重伤，在社会上影响很大，赵书记也了解案件情况，前段时间在公安局上报的治安要情中批示，要求公安局务必高度重视，采取一切可以采取的措施，争取尽早破案。

听了马超的汇报后，赵书记着重问了证据情况，马超又一条条理出作了汇报介绍，王英英给赵书记看了视频截图照片与张发财的身份证照片，并把两次辨认情况也作了介绍。赵书记仔细听过看过后，思考了一会儿说，我相信你们，认可张发财有重大作案嫌疑。明天 8 点半一上班，我们就召开人大常委会会议，马超你带上局里的报告先到会上作一个介绍。

项　链

张发财进了安检门就被机场民警以核对身份证为由带到机场公安局刑大办公室，进去后简单查了一下证件即让他等着。张发财预感不妙，但仍然强作镇静并显得很冤枉，反复问你们凭什么扣押我。机场民警没和他多说，就说让他等云山公安民警到了，再去问他们。

没多久，崔军凯、韩帅等人就进来了，向张发财出示了警察证与拘留证，向他宣布因涉嫌故意杀人，云山市公安局决定对他执行刑事拘留，并责令张发财在拘留证上签名、捺指印。张发财大声抗辩，说自己根本没有杀人，拒绝签名、捺指印。崔军凯也没与他多说，让韩帅在拘留证上注明，即把张发财戴上手铐，押上警车。

在押回云山的路上，张发财反复说，我是云山大企业家、知名慈善家、市人大代表，我又没犯法，更没有杀人，你们为什么要抓我？你们乱抓人要负法律责任的。韩帅说有没有犯罪，你自己心里清楚，我们是依法拘留你，有话到公安局再说，你现在可以在车上休息休息。

崔军凯、韩帅一行人把张发财押解到云山刑大已是凌晨2点多，马超没回家，在刑大等着他们。

马超已向妻子林丽兰请过假。他在刑大有一间小休息室，为办案不回家，睡那里是常事，但是他基本上每次都会打电话给妻子，先问问好，再请个假。林丽兰一般都很理解、支持，叫他要多注意休息，但有时也少不了发几句牢骚。

崔军凯、韩帅先到了马超的办公室作商议。马超问了他们抓捕与押解张发财的情况，并简单讲了向赵书记汇报的情况，随后就明确由他们二人负责审讯。马超分析说，审讯突开张发财口供估计难度比较大，总的审讯策略是由外围向中心进攻，先审张发财为何要去香港、为何近期要把大笔资金汇往境外，再审他与李芳芳的关系、18日晚上的活动情况。估计他会说谎话，你们要抓住谎话揭穿他，分步突开口供。崔军凯是刑大的审讯高手，韩帅文笔好口才也好，二人都很有信心地领受了任务。

10月8日上午8点半，人大常委会会议召开，马超到会对张发财涉案情况作了汇报介绍后随即离开。

回到刑大不久，马超接到赵书记秘书打来的电话，说人大常委会已作出许可对张发财采取刑事强制措施的决定，又说会议中大多数委员是同意的，有少数委员对张发财是案犯持有怀疑态度，不同意对他采取刑事强制措施。赵书记要求公安局一定要办好这个案件，如张发财是案犯，一定要办成铁案；如不是，必须要尽快放人。

马超接听电话后，深感责任重大，压力也很大，关键是没有充足的痕迹物证在手。他甚至略感到一点心虚。现在有利的条件是张发财已被许可采取刑事强制措施，有些工作可以放开做了。马超叫来王英英，让她立即拟出呈请搜查报告，要求搜查张发财的住处与办公室，报王政委审批。王政委很快就批准了。马超又叫来应法医，让他立即组织技术员前往搜查，他自己也去。

侦查工作中要查明案犯，证实犯罪，有时会很艰难很曲折，做了许多工作也没有突破性进展，真是踏破铁鞋无觅处；有时也会很幸运很顺利，取得意想不到的突破性成果，当然，得来也是费工夫的。

在搜查张发财在辉煌大酒店的办公室时，技术员发现卧室衣柜下层有一个保险柜，在见证人在场见证下，打开后除发现有许多文件材料、现金银行卡外，在一个信封中发现一条金项链，信封外面还画有一个大大的心型符号。这是一条款式新颖、漂亮的金项链，项链较细，估计价格应该不会很高。项链一端的末环与链扣之间脱开了，是用一根黄色丝线扎了几圈把二者固定住的。

马超想起在之前的现场勘查中，没有发现有金项链，而调查中有人反映李芳芳戴过金项链，案犯很有可能抢走了一条金项链，那么这条项链有可能就是李芳芳的。

马超马上让人找来张艳丽。张艳丽与李芳芳接触很多，可能认得这条项链。

马超还让应法医安排一个技术员，找派出所帮忙，到金店借十条相类似的金项链来。

张艳丽到达后，马超和应法医在隔壁一个房间对她作询问。应法医先对张艳丽介绍了马超，说这是我们刑大大队长，一把手，他要问问你有关李芳芳的情况。

马超说："我叫马超。张艳丽，今天麻烦你啦，想请你来帮我们一个忙，行吗?"

张艳丽已与刑大副大队长打过交道，知道刑警头儿的厉害，得知马超是正大队长，又见马超比崔副大队长长得更高更帅，说话更和气，就很诚恳地说："你说吧，李芳芳是我的老乡好友，有什么能帮忙的，我一定帮。"

"很好！你知道李芳芳有金项链吗?"

"有的，她受伤前一段时间，经常戴着一条新买的金项链。"

"这条项链有什么特征你知道吗?"

"这条项链样子比较新颖好看，但是比较细，有一个鸡心挂坠。"

"还知道有什么特征吗?"

"有，那条项链一端与项链扣之间是脱开的，是用一根黄色丝线扎住的。"

"你怎么知道得这么细?"

"有一次餐间休息时，我和李芳芳在一起聊天，我看她戴了一条新项链，就用手抓起仔细看了一看，开玩笑说她这条项链这么差，有啥好戴的，并顺手拉了一下。可能是我用力大了一点，也可能这条项链质量太差了，结果被拉断了，断在末环与链扣相连处。我连忙道歉，李芳芳说没关系的，拿到店里修一下就好了。我感到不好意思，就从手包中找出一根黄丝线先把断端系住，以便她当时还可戴。李芳芳说由她自己系，我说是我拉断的，应该我来系。她就让我系好后再戴上。”张艳丽态度很好，边回忆边说，讲得很详细。

真是无巧不成书。张艳丽不但知道李芳芳有条金项链，而且知道项链断开的特征，更巧的是还是她拉断，她给系回去的。马超心想，破案件，有时顺起来也真是顺。

哪知，张艳丽接下来又说：“我 18 日下午到李芳芳出租房玩时，见她没有戴着这条项链，问她为什么不戴了，她说这条项链不好，不想戴了，放在床头柜里，还打开给我看了一下，断开处仍然用黄丝线系着。我问她怎么没拿去修，她说不想戴了也就不想修了。”

张艳丽见两个警察听得很认真，有点得意，有点兴奋，接着又问：“这条项链现在在哪里?”

马超听到这么重要的情节，脸色不变，心中也是一阵兴奋。他没答，却马上再问：“是 18 日下午吗？你有没有记错?”

张艳丽也马上回答：“哪会记错，那天我带了一些梨子给李芳芳，我们还一起用刀削着吃。发案后，你们一位警察还专门找我反复仔细地问了那把水果刀的情况呢!”

“很好，很好！你提供的情况对我们破案太有价值了。”一旁做记录的应法医忍不住叫了起来。

马超也连连说：“好、好！谢谢你为我们提供了这么重要的情况。”

张艳丽见自己的话得到二位警察的连声称赞，也感到很高兴，于是她接着说：“既然我提供的情况这么重要，你们可要为我保密啊。”她知道此事涉及杀人案件，李芳芳是她的好友，她要帮助公安破案，但也要保护好自己。

马超答应道：“你放心，我们对外会绝对保密的。不但要保密，破案后还要给你奖励。现在还要你帮一个忙，行吗?”

“行!”张艳丽先后两次听到警察要给她奖励，很爽快地答应了。

马超问应法医，金项链拿来了吗? 应法医说刚接到短信，已拿到了。马超让技术员把项链拿进来。

十一根金项链平摊在桌上，有几根项链的末环与链扣也用细线系着。张艳丽很快就认出从张发财保险柜中搜出的那一条金项链是李芳芳的。

做好辨认笔录后，马超又问张艳丽，你再帮我们一个忙行吗?

张艳丽又很爽快地答应了。刚才这一段时间接触下来，她已经对这位帅哥警官很有好感。

马超让应法医安排提取张艳丽的口腔拭子。应法医在他们对话时就已让小高法医带着物证提取袋进来了，小高很麻利地做好了提取。张艳丽虽不知为何要在她口腔中擦拭，仍是很好地予以配合了。

提取好拭子后，马超与应法医再次向张艳丽表示感谢，并很客气地将她送到门外。

之后，马超让应法医继续组织好搜查工作，并把搜查到的项链、提取的张艳丽口腔拭子等检材，马上派人送去作 DNA 检验。

接着，马超想与崔军凯联系一下审讯情况，刚要拨电话，崔军凯电话打进来了。他说审讯开始阶段，张发财一口咬定自己去香港是谈业务，公司汇款是要购买设备；并反复强调自己不认识钱康康，与李芳芳除在包厢就餐有点接触外，其他没有任何交往，更没有怨仇，根本不可能去杀他们。我们抛了点他与李芳芳接触的证据，他才承认对李芳芳有好感，但仍咬定没有进一步关系，更没有想到要去行凶作案。刚才，他突然提出要见局领导，见了后有些话他才会说。马超说我是局党委委员，我马上赶回来审讯。

凭借多年侦查工作经验，被审讯人提出要见领导，常常是心理有所动摇，会向公安领导提出一些条件，然后就有可能开始交代问题。马超想，现在有项链这一直接证据在手，再加点压力就有可能突开口供。

回到刑大，马超先让一侦查员替出崔军凯。他向崔军凯详细询问了审查情况，也向他讲了搜查情况。崔军凯听了很兴奋，说马大你亲自去审一下，肯定能突开口供。

突破防线

马超叫谢方群马上过来，简要地向他讲了审讯、搜查情况，让他带上手提电脑一起参加审讯。

马超、崔军凯、谢方群三人一起进入审讯室。马超来了，自然是马大主审，大家都知道马大是侦查全才，审讯也很有水平。

马超先对张发财说，自己是受市委常委、公安局长左力的全权委托来讯问他。

马超问："张发财，你刚才要求见局领导，你有什么话或什么要求要说?"

"我是人大代表，人大代表是不能抓的，你们凭什么抓我?"张发财先抛出这一红色身份，意在先向对方施压以争取主动。

马超说：“现在我们公安机关执法越来越规范，不会违法办案的。我可以明确告诉你，因为你涉嫌犯罪，云山市人大常委会已经作出了许可对你采取刑事强制措施的决定。”

“什么时候作出的？”

“这个你不必问。没有作出许可决定，我们还把你拘押在这里，这个责任我们也是担当不起的。”

张发财听了此话后十分惊讶，没想到自己昨晚刚被抓，这么快人大常委会就作出了许可对他采取刑事强制措施的决定。红色身份没用了，他不由得气泄三分。

张发财脑子反应很灵光，他知道既然作出许可决定，公安机关可能是掌握了他的一些犯罪证据，但他心存侥幸，仍要再作反击。“我根本没有犯罪，你们说我涉嫌犯罪，那你们拿出证据来。你们有吗？”

“没证据能作出许可决定吗？没证据能把你拘押在这里吗？证据不但有，而且很充足、很有力，但是我们还是希望你能坦白交代，争取从宽处理。”马超既反驳又回答。

张发财听马超的话有硬有软，讲到证据时语气十分肯定，心想公安不是可能，而是肯定掌握了他的犯罪证据，底气又泄了几分。但他见马超没有出示证据，嘴巴就仍很硬地说：“什么坦白交代，从宽处理，你们根本没证据，只是想套我口供而已。我没有犯罪，我怎么交代？”

“你是著名企业家，又是人大代表，你没有犯罪，我们怎么会抓你呢？这个道理你应该懂的。”马超再来一次软硬兼施，“你的企业做得很大，慈善事业方面也做了不少好事，对社会是有贡献的，只要你如实交代，是可以争取从宽处理的。”

听到这话，张发财似乎觉得又抓到了反击的机会，他说：“我把云辉集团发展到今天这么大的一个集团，对云山的产值与税收贡献越来越大，这容易吗？我做了很多慈善捐助，还很热心公安事业，对你们公安也捐了不少财物，这些不都可以证明我是一个有良知的企业家吗？我这样的素质怎么会去作这么大的案件呢？”

张发财连发三问，马超觉得一时还真难以反驳。他仔细观察着张发财的表情变化，认为前两个问题已把他的抗审气焰打下去不少；他又发现，讲到企业，张发财眼里充满了泪水，可见他的事业心很强。马超清楚，到这种程度，再靠嘴上软的硬的与张发财讲道理、做工作，难以奏效了；再加点压力，可能就会有效，不必再拖了，给他亮点证据。于是他说：“张发财，你要看证据，那好吧，我们先让你看一段视频。”

谢方群打开手提电脑，把张发财开车那段视频的几个主要片段放给张发财看，又给他看了经过处理的视频截图照片，还把时间、方向、路线等给他作了解释说明。

张发财边看边露出紧张、慌乱、恐惧的表情，而且越看越恐惧。但是他还是继续抵赖。他说这个车是他的车，但他的车有时驾驶员自己开出去也有，有的朋友直接问他的驾驶员拿了钥匙借去开也有，他们凭什么说那晚他的车就是他开的。至于这张照片，脸形是有点像他，但世上长相相近的人多了，他是平头短头发，照片上的人是长头发，明摆着不是他嘛。

马超见张发财仍在抵赖，就说头发由短变长不是很容易吗？戴个假发套，要多长有多长。接着马超又盯着张发财的眼睛说，要想人不知，除非已莫为。你到李芳芳家难道就没人看见你？张发财知道马超这话是说有人看见他了，一下子蒙了，不知如何回答。马超趁热打铁问道，你在辉煌大酒店办公室卧室的保险柜里藏了什么东西？

这一问，像一记重锤，一下子把张发财的心理防线击垮了。

他根本没想到警察这么快就搜查了他的办公室，他更后悔为一时的情感所系，竟然留下了那条项链。张发财脑子确实是很灵光的，他马上想到这条项链李芳芳戴了一段时间，必然会有人看到；项链断了后再系上，特征明显；装项链的信封上自己还画了个心形符号，这样的项链很好辨认与分析。他没想到留下给李芳芳的信物竟然成了自己的死结。他感到公安确实已经掌握了确凿的证据，自己已没有退路了。

想到这里，张发财额头冒汗，双眼落泪，手脚都有点发抖，沉默不语好久，才抬头看着马超说："我可以把问题交代清楚，不过我要先提三个要求，你必须答应我。"

马超与张发财虽然平时接触不多，但是他知道张发财创业不易，对社会有不少善举，以前对他的印象还是挺好的。张发财当上人大代表后，对公安工作，特别是对他们的刑侦工作挺关注、关心的。有一次刑大在云辉集团公司附近侦办一起命案时，他还专程带上水果、香烟前来慰问。尽管现在张发财成了犯罪嫌疑人，戴着手铐坐在他的前面，马超想到这些，仍是不由得动了恻隐之心。他和缓地说："你说吧，只要法律、政策许可，我们会考虑的。"

张发财带着哭腔提出了三点要求：

他先是要求马上请律师。他承认是自己用刀捅了钱康康，但他是正当防卫，不是故意杀人。

接着他要求资助李芳芳。李芳芳不是他故意打昏的，是在他们争吵拉扯中跌倒受伤的，他最多是构成过失伤害。李芳芳为人很好很善良，家中上有老下有小，他愿意承担她的所有医疗费用，并请马大队长能帮助联系，想尽一切办法予以抢救。今后李芳芳的生活与家庭开支，他愿意全部承担，他可以先付一大笔钱给李芳芳。对于钱康康，他也愿赔偿因他死亡造成的一切损失。

第三个要求很简单，张发财要求给他泡一杯茶，点一支烟。

张发财在提要求时，实际上已经承认了“9·19案件”是他所为。这么快就承认了，有点出乎马超的意料；更让他意外的是张发财对案件性质的自我分析。看来，案发后，张发财还对法律作了一些研究。

马超略作思考，先答应了张发财的第三个要求。他让韩帅给张发财解开手铐，泡上一杯茶，点上一支烟，还说，你抽完了可再要。然后，他说：“张发财，你要请律师，完全可以，在结束这次讯问后，你就可以请律师，你自己请或委托家人请都行，请好了，律师就可以来见你，给你提供法律援助。至于你伤害钱康康、李芳芳的定性问题，只要你如实交代，我们会结合各方面的调查情况，依据事实与证据提出定性意见提交检察院，检察院也会实事求是地审核后再作确认，最后由法院审理判定。这过程，你自己可以提出定性的事实与证据，你的律师更可以为你提出罪轻或无罪的辩护。

“关于你对李芳芳、钱康康要进行资助、赔偿的意愿，我觉得这很好，体现了你以往良好的做人良知。法院在审判中，被告人通过经济赔偿取得被害人一方的谅解，也是重要的从轻判决依据之一。我估计两名被害人家属在刑事诉讼中会提出附带民事诉讼，这部分法院判决后，你是必须要支付的。为能争取从轻处理，你可以提前委托律师或家人与两名被害人家属做些接触，明确答应多做赔偿与资助，争取在审判前获得他们的谅解。至于李芳芳的医药费用，你可以委托律师先行垫付一些。”

马超用长长的一段话回答了张发财提出的要求后问他：“我的答话你听进去了吗？认可吗？满意吗？”

张发财很认真地在听马超的讲话，双眼一直泪流不止，说：

“马大队长，刚才你讲的话我都听进去了，你既讲法律、道理，也有情有义，充分为我考虑，我很受感动。”他喝了一大口茶，深深地吸了几口烟，接着说，“马大队长，各位警官，你们言而有据有情，我也要言而有信有情，下面我老实坦白交代。请允许我先做些回忆和忏悔，接着我会如实交代整个作案过程，决不说一句假话。”

创业维艰

张发财20世纪60年代出生在云山县东南一山区的一个村庄中。他家里有兄妹五人，他是居中老三。山里人多地少，那时又没有什么工业，更没有什么旅游业，他家人又多，小时候的生活是十分艰难的，张发财至今仍然对那时吃不饱穿不暖的生活困境记忆犹新。张家祖祖辈辈都是农民，但张发财的父母很开明，认识到要改变贫穷，必须让子女去读书。张家五个兄妹有四人都读到高中以上，只有张发财初中毕业就不读了，因为他认为一方面自己不是读书的料，另一方面他上有兄姐，下有弟妹，自己在家帮父母多干点活，多赚点钱，也可减轻家里的负担。实际上，兄弟姐妹中张发财最聪明能干，后来的发展情况也证明了他最有作为、最能发财。

20世纪80年代初期，全国农民外出打工人数逐渐增多。张发财跟着邻村的一个建筑小包工头外出到云山城里打工，在工地上干着拉砖块、拌水泥的重活。山里的孩子能吃苦，张发财干得很卖力、很勤快。包工头很欣赏他，给了他较高的工资，后来还把自己的表妹周美香介绍给张发财。周美香在工地为民工烧饭，她长得不高也不矮，不白也不黑，五官比较精致，最大的优点也是很能吃苦很勤快，还挺会关心、体贴人的。二人性情相投，很快就谈定终身，结了婚。几年后，他们先后有了一女一男两个孩子，生活虽然艰苦，但二人都感到很幸福。

80 年代中后期，人们对服装穿着越来越讲究，市场上服装需求量逐渐增大。周美香原先学过裁缝，夫妻俩一合计，辞了建筑工地的工作，用历年的积蓄，还借了一些钱，租了几间房子，前店后厂，购买了一些缝纫设备，招了几个工人，做起了生产、销售服装生意。夫妻二人起早摸黑，合力经营。张发财自己到布料市场进货，自己扛货，自己拉货，还到处跑商店、去单位推销服装；周美香在简陋狭窄的厂房里，既自己动手做，也带教工人做，还要照顾两个年幼的孩子，比张发财更辛苦。由于他们诚信经营，价廉物美，生意慢慢就做大了。几年后，他们在城郊接合部租了一栋厂房，像模像样地做起了服装生意。他们还与一家很大的服装出口公司挂上了钩，做外销服装生意。外销服装利润薄，加工一件只有五到十元利润，但数量大，货款有保证，他们每年能够赚到不少钱。

90 年代中期，正当张发财生意做得风生水起时，长期向他们供应布料那家公司的陈老板说近期资金有点紧，让他们先汇一百万元过去，今后在货款中抵扣。由于与该公司有多年业务往来，且以前他们都很讲信用，这次对方有急，反正还要向他们买布料，张发财就把钱汇了过去。哪知钱汇出后，不但货没发来，连陈老板人也找不到了。张发财找到该家公司，发现其已经倒闭关门。那时一百万元钱可是个大数目，货进不来，钱拿不回，张发财的工厂很快陷入困境。他向云山公安局报了案。局领导很重视，要求刑大全力侦破，马超也参加了那次的侦查工作，并在调查取证中起到了关键作用。侦查人员很快就查明该家公司由于盲目扩张，产品滞销，再加上老板赌博输钱，严重资不抵债而倒闭。陈老板向张发财预支货款，实际上把钱都丢在赌场上了。办案人员认为他是以非法占有为目的，虚构事实、隐瞒真相，涉嫌诈骗犯罪，拟对他采取强制措施。陈家人听说警察在查，还要抓人，急了怕了，赶忙凑了款，借了钱，还上了这一百万。

巨款失而复得，张发财十分感激公安局，也与马超认识了。之后，他与公安联系较多，与马超也有一些交往。

这件事以后，张发财真可以说是因祸得福，从此生意顺风顺水，越做越大。他们夫妻俩先后进入了餐饮、宾馆、建筑等行业，2000 年又进入房地产业，成立了云辉集团有限公司。这时的张发财是个有良知、有社会责任感的人，他发财致富后，多次捐钱捐物，有捐给家乡修桥造路的，有捐给社会慈善机构的，等等。他也是一个重感情、懂感恩的人，先后几次给公安机关捐送装备。他还是一个十分看中家庭的人，妻子从一开始就与他一起创业，一起谋划一起劳作，受苦受累毫无怨言，苦劳功劳都很大，多年来，他们的感情一直很好；一双儿女从小就十分懂事可爱。他为自己事业有成、儿女双全、幸福美满而感到心满意足。

老板跪求

“男人有钱就变坏”，这是一句俗语，也是一种社会现象的真实反映。近年来，社会上有少数人有钱变富了，然而道德却滑坡了。变坏的起因或表现，主要在黄赌毒三件事上，尤其在情色上。

开始，张发财是没有去做这些事的一点念头的。他认为不能赌博，十赌九输甚至十输，挣钱太不容易了；他知道不能吸毒，吸了毒一辈子就完了；他也不想去搞婚外情，因为这样太对不起贤惠的妻子与一双可爱的儿女啦。

不染赌与毒，张发财是坚持住了，但在情色方面，最后他没有坚持住。商场如战场，但商场有时也会变成酒肉场、情欲场。长期的酒肉宴请，经常的歌舞娱乐，有些男人的潇洒放纵，有些女人的色相引诱，还有在社会上经常见闻到的卖淫嫖娼现象，使张发财的情感观念慢慢地发生了质的变化。逐渐地，他也同流合污了，或在商务交往中，或上歌厅桑拿时，不时地偷个鱼水之欢，来次颠鸾倒凤。

道德底线一旦出现裂缝，往往再也难以守住。张发财虽然每每在偷欢之后见到家人，心中常常有内疚与自责，但仍然不时有难以自制之举。特别是在今年 7 月初一次在包厢吃饭中碰到李芳芳后，他竟然一下子被她迷住了。

张发财打听到李芳芳结过婚生过小孩，但是他觉得她肤色白皙，而且白里透着健康的红润，五官秀丽，身材更是曲线完美，浑身有一股成熟的女性魅力。他感到她服务细致、周全，处处体现出她的温柔、勤快；他发现她善良、老实，客人与她开玩笑，甚至有时有点过分，她也不显反感更不发怒，只是得体地应答一下，找个理由避开而已。这一切，让张发财入迷、走火，甚至要发疯。从那以后他有宴请，就尽量安排在辉煌大酒店，并且要求胡大吉安排李芳芳到他的包厢服务，以此多接近、讨好李芳芳。他几乎在每次就餐中，都当着客人的面表扬李芳芳服务得好。一次酒足饭饱后，他叫来胡大吉，说李芳芳服务这么好，很多客人还冲着她来当回头客，你要让她当领班，我要给她加工资。

当张发财从酒店亲信口中得知俞中与胡大吉在追求并有骚扰李芳芳时，他先后叫来俞中与胡大吉，要他们注意保护酒店女员工不被他人欺负与骚扰，这样既有利于维护酒店名声，也有利于维护酒店经营秩序。老板与属下说话，有时是没什么顾忌的。张发财这些明显讨好李芳芳，甚至对属下也不忌讳的言行，使俞中、胡大吉领悟到了老板的话中话，就再也不敢去接近李芳芳了。

张发财这样多次多方面地讨好李芳芳，他认为她应该感觉到了，他觉得自己是老板，她可能会主动向他示好。但是，李芳芳除在他就餐时服务得更加周到外，并没有其他任何表示。7月下旬的一天中午，张发财实在是太想李芳芳了，就打电话给胡大吉，说自己在办公室与人研究一份重要合同，要他安排李芳芳送两份饭菜到他办公室。胡大吉自然是照办不误。

李芳芳把饭菜送上来，到了张发财办公室门口，先轻轻地敲了几下门，张发财喊了进来她才进去。

李芳芳进去见只有张发财一人，她也不多问，只是轻轻地问道："张总，饭菜放在哪里？"

张发财坐在老板桌后的老板椅上，似乎在看文件，说："就放在沙发茶几上。"

"张总，饭菜放好了，我先走了。"李芳芳摆好饭菜后就要告辞离开。

这时张发财站起来叫住了她，说："请在沙发上坐一下，我有事要和你说。"

老总的话就是命令，李芳芳拘谨地在沙发一角坐下，张发财走过来挨着她也坐了下来。李芳芳赶紧往旁边挪了一挪。张发财先问了她工作、生活上的一些事，第一次与总经理单独谈话，李芳芳显得很紧张，都是以很好、没问题等简单话语来回答。

张发财挪了一下位置，已经是紧靠着李芳芳了。"从我在餐厅第一次见到你后，就一直对你很关心，你知道吗？"张发财说着，伸过手来拉她的手。

李芳芳赶紧把手移开，显得既紧张又害怕，声音有点发颤地说：“张总，你确实对我很关心，我谢谢你，今后我一定更努力做好服务工作。”

“我一直关心你，今天又有意安排你单独到我这里，我的心思你难道不明白？”张发财把话说得有点露骨了。

李芳芳小声说：“张总，你是什么意思我真的不明白。如没有什么事，我先走行吗？等你吃好了我再来收拾碗筷。”

张发财赶忙凑上去，紧紧拉住李芳芳的手说：“那怎么行，你先别走。”他再也忍不住了，直接说，“你结过婚，生过小孩了，怎么这么保守？我们一起高兴一次吧？”

李芳芳到底是观念保守，生性老实，一听这话，吓得浑身发抖，话都说不出来了。她害怕张发财要对她动粗，就使劲儿挣脱了他的双手。

张发财并没有使用暴力，而是一下子给李芳芳跪了下来，哀求道：“芳芳，你就可怜可怜我，让我高兴一次吧！如果你不愿意，下次我决不会再来打扰你。”

或许是因紧张一时不知所措，或许是念着张发财平时对她的好，也或许是为张发财不但不动粗，而是跪下来求她的举动所感动，李芳芳静静地坐着，没有再挪动身子。

张发财见状就站起来，把李芳芳拉进了卧室。他轻轻地抱了抱她，又轻轻地吻了吻她，接着开始脱她的衣服。抱她时，李芳芳没有挣扎；吻她时，李芳芳没有躲开，但紧闭双唇，没有与他对吻；脱她衣服时，李芳芳没有叫喊，但使劲儿捂住不让他脱。张发财的力气很大，没多时就脱掉了李芳芳的衣服，把她摁倒在床上，爬了上去。

李芳芳也许是觉得挣扎也没有用，也许是丧夫后几年来都没有接触过男人，压抑在心中的生理需求突然被激发，她开始时是激烈挣扎抗拒，接着是有点半推半就，再接着就任由张发财在她身上动作，还似乎有点迎合他了。

事毕后，张发财仍紧紧抱着李芳芳，他没想到第一次与李芳芳在一起，会这么美妙、这么快乐，他感到十分满足。

李芳芳一动不动地躺在那里，她可能想到了自己去世的老公，想到了俞中、胡大吉等人对她的欺负，想到自己的命怎么会这么苦；她还可能想到与万正强的青梅竹马，想到了万正强近来不断给她打电话、发短信，向她示好示爱，觉得自己太对不起他了。她大滴大滴地流下了眼泪，并开始轻轻地啜泣起来。

张发财听到李芳芳的哭声，看到她的泪水把枕巾两边都浸湿了，心里既内疚又害怕，他又给李芳芳跪了下来，并带点哭腔地说："芳芳，你真美丽、真善良，我对不起你。你原谅我行吗?"

李芳芳没有多看张发财，也没有多说话，起床穿衣服，穿好后才对他说："张总，今天的事情我不会说出去，但是你也绝对不能说出去，而且你要说话算数，今后不能再欺负我。"

张发财连连说好的好的，我保证我保证。他还想再抱一下李芳芳，李芳芳坚决不肯，整了整衣服就离开了。

逮捕张发财

张发财并不是一个流氓大亨，与李芳芳相处后，他为她的善良老实所深深感动，觉得自己要信守诺言，就断了再与她交好的念头。可几天后，他就忍受不住了。李芳芳的温柔美丽，李芳芳的善良老实，与李芳芳相处的美妙快乐，不时出现在他的脑子里，他白天想，有时晚上做梦也想。他甚至分析，女人有了第一次出轨后，口头上说不要了，可心里不会坚决拒绝的，李芳芳也应是这样。于是，他让自己的亲信去买了一部新手机，一个新号码，专门用作与李芳芳联系。

之后张发财多次在晚间给李芳芳打电话，先是说一些道歉的话，再问她近来身体如何，工作好吗，接着说一些想与她见见面说说话的话。李芳芳只是听着，一般不说话，偶然简单地应答几句。而当听到要约她见面时，都会明确拒绝。但张发财不死心，仍然经常打电话。

有一次，张发财在新和村的一个朋友乔迁新居，他到他家吃饭，偶然发现李芳芳就住在斜对面的出租房里。第二天，他就在附近一个茶室包了一个包厢，打电话给李芳芳，约她出来喝喝茶，聊聊天。李芳芳开始不肯来，张发财说你不来，我就到你房间找你，我就在附近，我知道你住哪里。李芳芳怕张发财找上门，被人看见就不好了，而且妈妈、孩子都在家，于是只好与妈妈说出去有点事，这才到了张发财所在的茶室。

二人见面后，张发财又就上次那事向李芳芳道了歉。李芳芳说事情已经过去了，你也不要多说了，只要你信守诺言就行。张发财接着又有事没事地找话说，当说到酒店餐厅的经营情况时，李芳芳倒也与他议论了几句。接着，张发财拿出一个塞得满满的档案袋与一个小小的首饰盒，对李芳芳说，我知道你家里经济比较困难，这里有十万元给你先拿去用，这点钱对我来讲是小钱一笔，是我的一点小心意，没有什么别的意思，请你收下；这是一条金项链，很细很便宜的，但款式较好，你戴着会合适的，而且也不显眼。李芳芳再三推辞，坚决不收。张发财反复劝说，恳请李芳芳收下。二人推来推去，最后张发财说，那你钱一定不要，就收下这条项链吧，让我略表一下心意。见张发财没有什么不雅举动，态度又很诚恳，项链也值不了多少钱，李芳芳推辞了一番，就收下了。

不知是喜欢这条项链的款式，还是隐约对张发财有种好感，可能也认为人家也不会知道这是张发财送的，之后，李芳芳就把这条项链戴在了脖子上。

而自那晚接触以后，张发财想尽管李芳芳没收钱，但收下了金项链，且他还发现她把它戴上了，就认为只要再花一些软工夫，就有可能俘获李芳芳的芳心。但在9月后，他给李芳芳打电话，她却要么不接，要么简单和他聊几句就挂了，约她出来也是怎么说她都不答应。后来，他从胡大吉那里得知李芳芳要辞职回家，心里如同要失去唯一的宝贝似的，十分着急。9月18日晚上，张发财知道李芳芳身体不适在家休息，没打电话，带了一些水果，把车停在小巷后，戴上假发套，就直接找到了李芳芳的出租房。

到了李芳芳房门口，张发财拿下假发套塞进带来的手提包中，开始敲门，敲了好一会儿门才打开。

李芳芳见张发财突然登门，很惊讶也很紧张，问："你怎么知道我住这里？你来干什么？"

张发财答："我是偶然知道你住这里的。你身体不好，我就是来看看你，你总不能拒绝我吧？"

李芳芳似乎有点感动，迟疑了一会儿，还是让他进了屋，并请他在南间窗前一张凳子上坐下，给他倒了一杯茶。

张发财很老实地在凳子上坐下，亲切地问："芳芳，你身体怎么不舒服？"

李芳芳说："没什么的，可能是感冒，有点头晕、发烧，休息一两天就会好的。"

"那你应该好好休息，多休息几天，上班不去没关系的。"

"谢谢！我很快就会好的，好了就去上班。"

张发财又说如有必要，他可以帮助联系个好医生，好好诊断治疗一下。李芳芳回答说她会注意的，吃点药就行了，没必要到医院去。

“听说你要辞职回家是吗?”张发财站起来，忍不住问道。

李芳芳也站起来说：“是的，我女儿小，父母身体又不好，需要我回去照顾，我国庆节假期后就回去。”

张发财一听李芳芳真的要辞职，而且很快就要回去，就想极力劝阻，说：“我知道你们山区条件较差，回去生活会有困难。我的公司近期谈成了一个大项目，要招一批中层管理人员，我可以安排你去，这样一年会有十多万元收入，干得好还会有奖金，奖金会很高。你可以把家人都接出来嘛，你小孩可在城里就读，学习条件肯定比你们那边好多了。钱不够，我可以资助你。”

张发财一口气讲了一长段劝李芳芳留下来的话。可是李芳芳毫不动心，只说谢谢，仍然坚持要走。

张发财见劝不动，只好坐下来，尴尬地沉默了一会儿，之后又站起来走到北面方桌旁，拿起一个他带来的苹果，对李芳芳说我给你削个苹果吃。

李芳芳见状，抢过苹果说我来削。她先到水池把苹果洗干净，再从方桌上拿起水果刀削好，见张发财已坐回到南间的凳子上，便送过去给他吃。

张发财见此很感动，接苹果时又碰到了李芳芳柔软的手指，一下子激动起来，放下苹果就抱住了李芳芳。李芳芳挣扎着不让他抱。他抱得越紧，她挣扎得越厉害，并哭着骂张发财你怎么这么坏，怎么说话不算数!

张发财不顾李芳芳哭骂、挣扎，用力把她挤到墙边，一手搂着她，一手开始撕拉她的衣服。

这时，手拿玫瑰花的钱康康猛然推门冲了进来，对着张发财怒吼道：“住手，你这混蛋!”

张发财见有人进来，放开李芳芳就往外跑。但当他发现来人是钱康康时，即小声但严厉地说：“关你什么事，你叫什么叫!”他与钱康康虽然没直接接触过，但认出他是他酒店的员工，员工管老板的事，他不由得很生气。

张发财说着就要往外走，钱康康伸手一把抓住了他，张发财马上出手打了钱康康一拳，二人随即扭打在一起。到底是钱康康年轻力大，他在扭打中趁二人有所分开时，一拳击到张发财的腹部，并顺势用双手猛推他的身体。张发财后退几步后上身仰倒在方桌上。这时，他看到桌上有一把刀，顺手拿起并站起来，猛然刺向正冲上来的钱康康。钱康康“哎哟”叫了一声，当即双手捂胸跌倒在地……

一直在旁边劝架的李芳芳见钱康康倒地后挣扎、抽搐了几下就不动了，胸前涌出许多血，就一把抓住张发财说，你怎么能杀他，要他马上把钱康康送医院抢救。

张发财彻底慌了，急于想挣脱逃走，但李芳芳死死抓住他不放。张发财挣扎几次都没挣脱，就狠劲地推了她一把。李芳芳猛地后仰倒地，只听她“啊”地叫了一声就没了声息。

张发财马上把李芳芳抱到床上，又摇又叫，她都没有反应。他又探探她的鼻子，觉得已经没有气息了，凭经验他以为她死了，因为以前他见到过一人后仰倒地后就死了。他又去摇动、探摸了一下钱康康，发现他也死了。

闯下了杀死二人的大祸，张发财惊慌了一阵子，但之后反而冷静了下来。他先拿起一条毛巾擦了擦他自己手碰到过的茶杯等物品，然后用毛巾裹住手开始翻动室内物品，伪装抢劫杀人现场。当他打开床头柜，发现自己送给李芳芳的项链时，下意识地拿起放进自己的口袋。随后他粗粗地翻了一翻，拿了二百多元钱，又找到李芳芳、钱康康二人的手机，关机后放进自己带来的手提包中，再用毛巾包了那把刺死钱康康的刀，也放进了手提包，之后就逃离了现场。匆忙中，他没有关灯。

张发财开车回到酒店，从车上找出两个塑料袋，把假发套、两部手机、刀和毛巾，还捡了一块砖头一并放进一个袋，再在外面套上一个袋，悄悄扔到停车场西面的一条河中。

至于那条项链，他考虑再三，没有扔掉。李芳芳在他心目中的形象太完美了，他很后悔自己不小心撞死了李芳芳。他想自己今后肯定会怀念李芳芳，这条项链可以说是他送给她的信物，想想李芳芳，看看这条项链，或许会缓解一点思念吧？

9 月 19 日下午，张发财有意识地打电话给住在李芳芳家旁边的朋友，说过几天找几个朋友一起聚聚。那朋友说好的，同时告诉他，他家旁边发生大案了，有两人被杀，但是其中一个女的好像没死，已经送医院抢救了。

张发财听了没多问，心中却十分恐惧，当晚即以出差为由离开了云山。之后，他通过自己的亲信，了解到李芳芳伤得很重，很可能抢救不过来，哪怕救回来，也是植物人，说不了话。张发财实在舍不得离开自己温暖可爱的家，也实在舍不得抛弃自己一手创办的企业，他想自己作案前化了装，对二人实施伤害后又对现场作了处理，警察应该难以查到他；他分析了马超带队到酒店调查与他交谈的情形，觉得警察并没有怀疑到他；他还通过上网查询，从法律上找到了为自己辩护的理由，于是，几天后，他怀着侥幸的心理，回到了云山。

前几天，他发现公安已经在调查俞中、胡大吉，而他们二人多少知道些他与李芳芳的事，他判断公安会很快查到他的头上；再者，公安局把李芳芳转到部队医院治疗，加强了保密工作，他已无从得知李芳芳的生死情况，于是他对公司的一些事务作了安排，找了个到香港谈业务的理由，匆忙地赶往省城想出逃境外。慌乱中，他忘了带走那条致命项链。

根据张发财的交代，并经其到现场辨认，刑大侦查员在辉煌大酒店停车场西面的那条河中打捞上来一个塑料袋，内有张发财所供认的全部物品。

经过DNA实验室的检验鉴定，送检的项链中检出与李芳芳相同的DNA分型，在项链的黄丝线上检出与张艳丽相同的DNA分型。这样，可以认定该项链为李芳芳所佩戴过的项链。从河里打捞上来的毛巾、水果刀上仍然残留有血迹，从中检出了与钱康康相同的DNA分型。

有了这些客观物证，结合勘查、调查、视频、信息等证据，加上张发财本人的供述，事实清楚，证据充足，张发财是“9·19案件”的犯罪嫌疑人确认无疑。

刑侦大队与法制大队进行了反复多次的研究，对现场勘查、尸体检验、损伤鉴定、调查访问，以及张发财的供述等材料、证据作了全面分析，认为张发财有侵害李芳芳的行为在先，他在与钱康康扭打中，用刀刺向钱康康，造成其死亡，是一种故意伤害致人死亡行为；对李芳芳的伤害，张发财在挣扎不脱的情况下，猛力推倒李芳芳，应该预见可能产生的危害后果，却仍持放任态度，也构成故意伤害罪。经报局领导审核同意，公安局以张发财涉嫌故意伤害罪、盗窃罪向检察院提请逮捕张发财。

检察院依法讯问了张发财，并应张发财的辩护律师要求，听取了律师的意见。张发财与其律师都提出，张发财没有杀人动机，没有携带凶器，对钱康康动刀是在遭到猛烈打击后的防卫行为，对李芳芳是因为失手推倒而致她受伤，要求定罪为防卫过当与过失伤害。

检察院经过反复多次研究，最后认可公安局提出的罪名，批准对张发财逮捕。

逮捕张发财后，马超带领参侦人员，又深入开展了调查取证工作，很快就向检察院移送起诉。

马超对起诉意见书亲自作了修改把关。他把张发财没有携带凶器、扭打中临时起意动刀、刺中钱康康一刀后与推倒李芳芳后没有再实施其他加害动作、归案后能够坦白交代罪行、主动要求赔偿被害方损失等情况，都如实地或修改，或补充进去。这既是实事求是，也是为了兑现讯问中对张发财的承诺。

至此，经过一个多月的日夜奋战，“9·19 案件”胜利告破。

在李芳芳老家邻村的一座大山上，出现了一座小小的新坟，里面埋葬着钱康康的骨灰。坟前跪着李芳芳，她悲痛万分，边哭边说：“康康呀，姐姐认你这个弟弟。弟弟啊，你那么善良、纯真、勤快，你一定上了天堂。天堂中没有丑恶残忍。姐姐祝你一路走好，祝你幸福快乐！”旁边站着万正强，他的双眼也噙满了泪水。

这一幕是真实的，李芳芳不仅真的没有死，也没有变成植物人。原来“9·19 案件”侦破一段时间后，可能是部队医院的医疗水平高，也可能是一直陪护在身旁的万正强痴心真情的感应，还可能是自己不甘红颜薄命而有顽强的生命力，李芳芳苏醒过来了，并慢慢地恢复了记忆与肢体功能。准备回家之前，她说一定要带上钱康康的骨灰。万正强很理解她的心情，主动找到公安局刑侦大队，在杨秋露等人的帮助下，到殡仪馆领取了钱康康的骨灰。

李芳芳临走前，马超、杨秋露、张莺、韩帅等人专程到医院看望她，送给她一份补品和一份刑大民警的捐款，让她用于安葬钱康康。

回来的路上，马超想，要是每个人都能守住道德底线，那会减少多少悲剧，增添多少幸福啊！

第三章 赌 孽

出大事了

二十多年的夫妻共同生活，耿秀玲似乎对丈夫赵达的事情有点灵感。

耿秀玲昨晚一直没睡踏实，早上很早就起来了。她与丈夫一个多月没见了。她怨恨着他近年来的变化，也念记着他对她的好，留恋着多年来的夫妻恩爱。

“玲玲，这么长时间没见到你了，我想念你，真的很想你。今夜又是月圆之夜，那年那晚的花红月圆不断地浮现在我的眼前。我太混账了，太对不起你了！这次事情，真的是我酒后糊涂，真的也就是这么一次，今后不会有第二次。我一定会戒赌，实际上这一个多月来，我一次都没有赌过。你能再给我一次改错的机会吗？我一定会改，一定会彻底改的！接我电话或回个短信行吗？求你啦！”

昨天下午丈夫发来的短信，她看了又看。

此时眼皮在跳，她犹豫了一下，即拿起手机打了家里电话，没人接。再打丈夫手机，关机。

奇怪了！她感觉不好，立即开车往西郊的云都豪庭小区赶去。

耿秀玲打开房门，猛然发现赵达趴在离门不远的地上，一动不动，浑身是血。

她惊吓得浑身发抖，颤声大叫：“阿达！阿达！你怎么啦？”

赵达没有回应，一动也不动。

耿秀玲知道出大事了，当即用手机打110报警。

她走到赵达身边，用手探摸了一下，发现他的身体是热的，还看见他的手似乎动了一下。她立即又打了120电话。

5月12日上午8点10分，云山市公安局指挥中心接到了耿秀玲的报警电话，五分钟后，巡警、城西派出所民警就赶到了现场。七分钟多一点，刑侦大队技术中队队长、法医应良平带领刑事技术人员也赶到了。几分钟后，刑侦大队马超大队长带领一批侦查员赶到。

应良平法医进屋后，迅速按照“命案必救”程序，对赵达做了触摸与搭脉等检查。他对在一旁哭泣的耿秀玲说：“他有心跳、呼吸，我们马上送他到医院抢救。”

“我已打了急救电话。”耿秀玲停止了哭泣。

“嘀嘟、嘀嘟”。门外响起了救护车的声音。

应法医马上吩咐照相人员拍照，随即帮忙把赵达抬上救护车。随后他对痕迹组组长许乐新交代了几句，留下小高法医，自己则带了一个照相人员陪同耿秀玲跟车到了市一医院。

马超让韩帅、李小林也驱车赶往医院。他自己则带着几名侦技人员，先在赵达的别墅外面巡视了一番。

天气晴朗，五月的阳光明媚鲜亮，阵阵微风柔和温馨。小区内到处绿树成荫，绿草成坪，石榴花正开得艳红似火。云都豪庭名副其实，别墅区内，几十栋法式别墅掩映在绿树鲜花青草之中，豪宅的华丽与田野的气息和谐地融合在一起。

陪同查看的社区民警向马大汇报：几十年前，这一带民房大都是稻草房，平房都很少见。现在这些别墅里住的多数是老板，还有另外一些有钱的人。由于位置较偏，离城区较远，入住的户数只有一半左右，外来人员也比较少，保安把门严格，以前没有发生过刑事案件。现场房子的业主叫赵达，是云山云华制鞋公司老板，他经商口碑比较好，在小区里邻里关系也比较好。

马超等人进入别墅。别墅是三开间二层楼。进到房内，只见装修豪华、家具高档。客厅一单人沙发上有许多血迹，大理石地面上有一大摊血泊，客厅到大门口地面上有许多条拖擦状血痕，靠近大门的地面上又有一片血迹，室内弥漫着浓浓的血腥味。一楼和二楼多个房间内有物品被翻动的明显迹象，有一个保险箱被打开，里面除了一些材料、单据外，没有值钱的物品与现金。

豪宅、富商、抢劫、行凶，现场初步勘查情况反映出这是一起抢劫杀人案件。

查看完毕，马超就在赵达别墅的花园里，把参侦人员分成现场勘查、调查访问、视频侦查、信息研判等工作小组，要求各组按照《命案侦查工作预案》，立即全面开展相关侦查工作，晚上8点在刑大合成作战室汇总情况。

马超有个老习惯，安排好工作后，会再次进入现场，跟着技术员一起查看，不时提出一些勘查建议。下午，他又到视频侦查组观看了小区的一些监控视频，对谢方群提出了一些建议与要求。

马超带上韩帅、王英英去医院找耿秀玲。

昨天晚上的“5·12抢劫杀人案件”案情分析研究会上，参侦人员对作案时间、地点、人数、工具等问题达成了一致意见：

——作案时间可以定在5月11日晚12点至12日2点期间，依据有赵达在11日晚12点与一朋友通过电话，没有异常表现；法医推断地面上血液凝固时间已有六小时以上。

——作案人数应为两人以上，因为现场有两个外来人员带有血迹的鞋印；案犯动用了两种以上工具。从作案过程分析，应该有案犯在控制着赵达，同时另有案犯到房间中搜索翻动，这些动作需要有两人以上完成。

——作案工具有刀、绳索等。赵达身上有多处刀伤，颈部有绳索勒颈形成的损伤。

——现场勘查发现有人员受伤、财物失少，就其结果而言，案件性质应该是抢劫杀人。

……

但是，在对案犯的作案动机的分析上，出现了不同意见。

负责现场勘查工作的许乐新等人认为，为财行凶的可能性大。许乐新说了三方面依据：

一、现场位于高档小区——云都豪庭，北面紧靠三岩山。伤者赵达是云华制鞋公司法人、总经理，他的别墅位于较僻静的小区西北角，是周边较大的一栋，外部、内部装修都很豪华。案犯如为财而来，避开小区大门，从北面三岩山下来进入别墅区，则选择该栋别墅作案较为理想。

二、别墅坐北朝南，从现场足迹分析，案犯是由一楼北面客卫窗门进入室内。该窗门玻璃推窗锁扣松动，略微用力撬拉，即可打开。北面及东西两面靠北的草坪、灌木中有多处踩踏痕迹，应该是案犯为寻找进口所留，分析案犯案前可能不大熟悉该房子的结构，也可能事先有过踩点。

三、该别墅为二层结构，共有十来个房间，多数房间案犯进入翻找过，没有发现案犯所留指纹，发现了多处灰尘或血迹手套印痕，案犯是戴手套作案。二楼主卧衣柜中的保险柜被打开，里面除了一些文件外，没有现金与贵重物品。经与耿秀玲初步核实，家中有赵达的手机、手表及现金、金器、珠宝等物品失少。

韩帅与李小林则认为，要重视是因赌博纠纷而引发凶案。他们趁赵达动手术期间，对耿秀玲作了询问，她反映赵达近年来赌博越赌越大，并且多次与赌友发生纠纷、争吵。韩帅大胆地直言了自己的观点，也客观地说，耿秀玲今天在医院情绪很不稳定，难以深入交谈，有必要对她再作询问。

崔军凯负责调查访问工作，说他们的小组通过调查周边邻居、小区物业管理人员、赵达的朋友、赵达公司部分员工，小区以前没有发生过盗抢案件，没有发现案发前别墅区有异常情况。但有人反映赵达夫妻可能有情感方面的不正常问题，二人为此事发生过争吵；前段时间，赵达在一次与朋友喝酒后去嫖娼，被派出所抓住处罚过。云山制鞋厂多，同行竞争激烈，有人反映赵达因生意竞争而与他人发生过矛盾。还有人反映赵达参赌，赌博中与他人产生过纠纷。赵达有多处住房，城里有，他的老家也有；现在一般人在家里存放现金不多，别墅里的金器、珠宝是多年前所买，如果案犯不熟悉现场情况，应该不知道别墅里有多少现金、保险箱中放有这些贵重物品。他认为，依据现有信息情况，作案动机还难以确定。

……

众人发言后，应法医发表了分析意见。他说，在医院医生的配合下，已经对赵达的损伤情况做了检查。赵达身上的损伤有三方面的特征，对分析案件性质与作案动机应该有价值。

一是案犯对赵达先控制再行凶。现场血迹仅分布在一楼客厅东侧的单人沙发上面、客厅地面以及客厅通往大门的地面上；赵达身着背心、短裤，双手、双脚有被捆绑过的痕迹，相应部位有表皮剥脱与皮下出血。由此可以分析，赵达是听到一楼有异常响动，从二楼卧室下来，即被案犯控制在客厅，但是案犯没有马上行凶以致其昏迷或死亡。

二是赵达身上没有抵抗伤，但有威逼伤。赵达腹部、大腿部有多处方向相近、较为浅表的刺划伤。颈部有两道勒痕，应该是绳子所勒；其中一道较浅，仅有表皮剥脱与皮内少量出血；绳子比较粗，分析直径 0.6 公分左右。这些应该是威逼伤。有这类损伤，意味着案犯意欲强迫赵达讲出什么事情或讲出什么物品藏在何处。

三是赵达受到多处致命伤。赵达胸部有三处五到十公分深的刺创，比较集中，两刀刺在右胸偏左，一刀刺在左胸偏右，刺进后方向均偏右。颈部另一条勒痕呈环形，伤及皮下组织。这些损伤应该是案犯在达到某种目的后，赵达处于相对静止状态时，欲置他于死地而为的。

从第一、第二方面损伤特征，加之许乐新刚才对现场勘查情况的分析，应该是为财行凶的可能性大。如果案犯对现场不熟悉，那就可能与赵达也不熟悉，这样最后的致命伤动作似乎显得过多过重，因而单从损伤特征分析，仇恨或因情致仇的因素也要考虑。

应法医强调自己这些分析只是“参考消息”，现在还不能提供“人民日报”，他还需要再做一些勘查、检验与调查，才能再作分析、研究与推理。

马超心里清楚，对作案动机的分析十分重要，事关案犯刻画、侦查方向、调查范围。但是依据现有的调查信息，难以作出定论，只有多角度、多方面再深入开展调查。

马超心中倾向“5·12 案件”可能是一个案前有因果关系的案件。是什么原因引发了这个案件呢？个中因由，赵达的妻子可能有所了解。

他安排好各组的工作后，决定自己去找耿秀玲谈一次。

往事如烟

云山市公安局与市一医院建有“命案必救”绿色通道，赵达被送到医院后，医生立即全力投入抢救。

赵达真是命大，多处严重的创伤并没有造成他死亡。但是，手术后他一直处于昏迷中，一直在 ICU 抢救，仍然很危险。赵达在 ICU 病房，不能陪护。晚上，耿秀玲在亲友的反复劝说下，一点多才回到城区的家中休息。

耿秀玲孤独一人躺在床上，怎么也睡不着，不由得想起了二十多年来的一幕幕往事——

耿秀玲生长在云山城区。高中毕业后，正值改革开放个体经商兴起时期，她没考上大学，也没有找单位工作，而是在城北服装市场租了一间店面，开了一家专卖男装的服装店。耿秀玲是一个很勤快的姑娘，一人进货卖货，起早摸黑，天天开店；她也是一个很漂亮的姑娘，漂亮姑娘卖男装，一度生意很好。

不久，一个小伙子在她店面的隔壁租了两间店面，打通后，一半卖男装女装，一半卖皮鞋运动鞋。

小伙子五官端端正正，身材高高大大，来自云山农村。他十几岁就到南方沿海城市打工，多年辛苦工作赚了一些钱，就回了云山开店。小伙子也是很勤快，仅雇了一个店员，除了外出进货外，几乎天天从早到晚都在店里忙这忙那。

小伙子叫赵达。他经常到福建、广东进货，购进的服装、鞋子款式新、质量好，价格还便宜，顾客很多。

而耿秀玲这店，顾客则越来越少。她认为是小伙子夺走了她的生意，很是气恼。但她又是一个生性老实的姑娘，市场竞争，优胜劣汰，她只有自己认输，心想生意再下滑，就关掉店面算了。

漂亮姑娘对小伙子自然有强大的吸引力。赵达有事没事，经常到邻店去找耿秀玲聊几句。小伙子还很热情友好，不时帮她搬搬货物，整整货架，有时还会送上一些水果与零食。

有一次耿秀玲感冒发烧，赵达知道后，一再劝她休息几天，并让他的店员过来替她照看店铺，还陪她到医院挂盐水。尽管在生意竞争上心存芥蒂，但是善良的耿秀玲对赵达的好言善举还是十分感激，并渐生好感，有时还希望他能多过来聊聊。

有一次，赵达见她的店中不少衣架上都空着，就问："你的货已不足了嘛，为什么不抓紧进货?"

耿秀玲没好气地说："你生意好，我这边没生意，再进货干吗?"

赵达若有所思地走了。

几天后，货运人员给耿秀玲送来一大包衣物。耿秀玲没进货，觉得奇怪，打开一看，全是款式新颖的男装。

这时，赵达走过来说：“这是我进的货，我那边货多，就放你店里销吧，赚了归你，亏了归我。”

“那怎么行？你给我进货还包我赚钱，那不是送钱给我吗？”耿秀玲一再推辞。

赵达真诚地说：“远亲不如近邻。我们相邻开店，互相帮助一下也是应该的嘛。”他接着恳求道，“秀玲，这一次就听我的吧！”

盛情难却，耿秀玲只有答应了。

这批货价廉物美，很快就卖完了。耿秀玲付了本钱后，还要分一半利润给赵达。赵达收了本钱，利润则是说什么也不肯要，并说她在本地进货难赚钱，今后她的货就包给他进。

她的店从此生意越来越好。她还听到有些顾客说是隔壁店里介绍过来的。她到赵达的店里察看，见他店里已基本不卖男装了。她从心里更加感激赵达，对赵达的好感骤然上升，隐约中还有一种少女情窦初开的甜蜜。

有一天下午，赵达走进她的店里，犹豫了好一会儿，红着脸说：“玲玲，我们早点关门吧，晚上我请你吃饭。好吗？”

“好啊！你还是第一次请我吃饭呢。”女人有时比男人爽快。

二人都说先回家办点事，约好六点在饭店会合。

耿秀玲换上了一件粉红色连衣裙，五官秀丽、皮肤白皙、体态丰腴的漂亮姑娘，穿上连衣裙更显得漂亮迷人。

赵达也换上了一身崭新笔挺的西装，皮肤偏黑、原本有点土气的他，也显得颇为青春帅气。

进入包厢，房顶当中一盏漂亮的双排水晶吊灯只亮了上面几个灯泡，餐桌当中一个精致的青花瓷花瓶中插了一大束玫瑰花。壁上的油画、雪白的桌布、墨绿的餐巾、鲜红的花朵，在柔和的灯光中，显得色彩迷离，使人顿感舒心惬意。

耿秀玲首先看到的是玫瑰花，她已预感到了赵达的用意。

餐间，赵达说了许多耿秀玲的好话，接着又红着脸讲了对她的爱慕，然后才鼓足勇气，拿起玫瑰花向她求爱。

耿秀玲似乎作了一番思考，但很快就答应了。女人又比男人爽快。

那晚是一个月圆之夜。两人走到包厢外的阳台，相依相偎，仰望着圆圆的月亮，沐浴着柔柔的月光。他俩开始一起商量着如何发展店铺生意，共同憧憬着今后的美好生活。

几个月后，耿秀玲与赵达结婚了。婚后，他们的店铺合二为一。他们依然很勤快，早出晚归，大大开店；他们诚信经商，诚实待客，生意更加兴隆，钱越赚越多。

可是，没有料到城北服装市场越办越大，服装销售竞争越来越激烈，他们的店铺出现了销量下降、利润下滑趋势。

历史上，云山的制鞋业就很有名气，耿秀玲的父亲原是集体所有制的云山制鞋厂里技术最好的皮鞋制作工匠，如今下岗在家。夫妻俩反复商量，决定创办制鞋厂。

他们先是租厂房办起了云华制鞋公司，赵达当总经理，耿秀玲当副总经理。靠着赵达的精明能干，耿秀玲的精打细算，耿父的高超技术，云华牌皮鞋很快就打开了销路，逐渐形成了皮鞋界的一大品牌。

他们越来越富有，买了土地，盖了厂房，进了先进的制鞋设备。家里先是在城区买了套大房子，后来又在西郊买了别墅，高档轿车有好几辆。

结婚头几年，夫妻俩为了全力打拼生意，没有要孩子。三年多后，耿秀玲怀孕了，生了一对龙凤胎。耿秀玲是居民户口，生了双胞胎，全家都十分高兴。

儿女长大后，他们觉得自己读书少、文化低，现在富裕了，应该让子女接受良好的教育，就和许多老板一样，把儿女送到国外读书。

小时候，耿秀玲一家三代七口人挤在两间小平房里，一个蜂窝煤常常要割成两半烧，几天吃不到一口荤菜，衣服穿得又旧又破也难得换件新的。想想现在的幸福生活，耿秀玲不仅白天很满足，晚上有时在睡梦中都在笑。她全心全意操持、呵护、珍惜着这个家庭。

天有不测风云，人有难料世事。几年前，不知什么起因，赵达竟迷上了赌博，越赌越频繁，生意也没心思做，而且越赌越大，搞得公司资金周转都成了问题。

耿秀玲发现后，开始是好言相劝，柔情感化，起先有点作用，后来就没啥效果了。多年的恩爱夫妻出现了小吵小闹，再后来就是大吵大闹了。

赵达早年丧父，对母亲很孝顺，家里条件变好后，就把母亲接来同住。耿秀玲也是温顺善良，婆媳关系很好。婆婆发现赵达嗜赌后，也多次苦心相劝，甚至怒骂赵达，可赵达只是当时承诺不赌，事后照赌不误。婆婆因此得了病，不久就不治而终了。要不是一对在国外留学的儿女反复来信来电相劝，赵达也多次表示一定会痛下决心戒赌，耿秀玲早就想离婚了。

更让耿秀玲气不过的是，赵达似乎有了婚外情。一个多月前，他赌博后与赌友一起去嫖娼，被公安抓住处以拘留。在赵达出来之前，耿秀玲就从别墅里搬走了。之后无论赵达怎么找她，不断打电话、发短信，她都躲着，不予理睬。

耿秀玲还想起了同学会那个酒醉之后的夜晚，以及那晚以后发生的一些事情……

马超等人在市一医院 ICU 外的走廊里找到了耿秀玲。

市一医院新建的 ICU 很人性化，考虑到病人家属一般不许进入病房探望，就设计了一条走廊，探视人员经许可后，可以在走廊里隔着玻璃窗看望里面的病人。

耿秀玲正在那里凝视着口鼻戴着氧气罩，身上插着多根管子、连着多根电线的赵达。

马超把耿秀玲请到医院保卫科的一间办公室。

耿秀玲中高个子，上穿米色细线套衫，下着一条藏青真丝长裙，没戴什么饰品，只挂了一条细细的项链，穿戴很得体，显得比较朴素。她保养得比较好，40 多岁了，仍可见年轻时美丽的影子，只是面容显得憔悴、疲惫。

马超让耿秀玲在办公桌对面的椅子上坐下。王英英给她倒了一杯水。

马超先把自己一行三人的身份向耿秀玲作了介绍，表达慰问后说："赵达被伤害案件是一起严重的行凶抢劫案件，我们公安机关很重视，正在组织力量全力侦破。"

耿秀玲点点头。

"我们经过调查，分析认为赵达被伤害，可能是由于某种矛盾纠纷所引发。你是他的妻子，对赵达的事情应该比较了解，你能跟我们说说可疑的情况或可疑的人员吗？"

"这事我已与这位警官讲过了，没有什么可多说的了。"耿秀玲面朝韩帅回答道。

韩帅说："你是简单地和我说过，今天马大队长来是要向你作一个全面、详细的了解。"

马超接着道："你和韩警官讲，是由赌博引起的，那请你详细讲讲赵达参赌方面的情况。"

"我只知道他越赌越大，这样赌下去迟早要出事，要出大事的，具体情况我不清楚。”一提起赌博，耿秀玲马上显得十分气愤。

“我知道你一直在劝阻赵达参赌，也知道你们夫妻俩一起艰苦创业，多年来十分恩爱。古话说‘一日夫妻百日恩’，你们是二十多年的夫妻，应该是一辈子的伴侣了，即使赵达有错，也应该多多谅解。现在赵达受重伤在抢救，你应该尽力帮助我们尽快破案。”马超的语气十分和婉。

面对命案受害者家人，马超这个高高大大的汉子，两道浓密剑眉下那双黑亮的眼睛常常充满着同情。

马超的话显然深深地触动了耿秀玲心底的情感。她顿时双眼盈泪，二唇微张。她呆呆地看着马超，一时无语。

马超转而严肃地说：“我们今天是代表公安机关正式来询问你，你作为公民有义务，作为赵达的妻子更有义务和责任配合，请你把与本案有关的情况如实告诉我们。”

给耿秀玲的杯子续上水，马超接着说：“我们知道你一直很善良、很诚实，你还热心公益事业，做了不少捐资助学的善事。”

马超的话语让耿秀玲很感动，她不再抵触，开始叙述赵达的赌博情况。随着马超不断提问，耿秀玲尽可能详细地讲清楚了一起参赌人员、有无矛盾纠纷、输赢数额等问题。

耿秀玲叙述的情况，有几点对案情分析很有价值：

赵达参赌的范围比较大，主要是与几个企业的老总和销售人员聚赌。耿秀玲讲出了经常与赵达在一起赌博的几个人的名字与单位。赵达的司机是耿秀玲的远房表弟，她向他作过多次询问，还有几次她找到赌场，硬拉着赵达回家。

有一次赌博中，赵达怀疑庄家作弊，与其发生争吵，进而双方发生扭打。赵达的眼睛被打肿，手被扭伤。类似的事情还有几次。这些都是耿秀玲从表弟那里了解到的。

赵达的赌博输赢数额很大，输多赢少。有一次他把从银行贷来的五百万元购买牛皮款都拿去赌输掉了，害得公司差点儿停产。耿秀玲父亲因此气得生病住院，并拿出了多年的积蓄，才暂时解决了原材料问题。

近几个月来，赵达可能是赢钱了，他还清了老丈人的材料款，给耿秀玲的银行卡里打了一百万元，还给在国外留学的儿女汇去了几十万元。赵达赌博后，儿女在国外的费用，原本主要靠耿秀玲的私房钱。

耿秀玲叙述完毕后，马超问，除赌博以外，还有什么异常、可疑情况吗？她似乎有点犹豫，但很快就说知道的都讲了。马超再问，她说再想想，想到了再与他们说。

马超向王英英使了一个眼色。

在侦查命案等重特大案件中，王英英主要从事专案内勤工作，相对于一线侦查员，是个配合角色。

王英英立即会意，问耿秀玲："我们知道你与丈夫分居了一段时间，是什么原因？"

"我恨他赌博，更恨他不顾夫妻情义，不听我反复苦心劝说，死不悔改！"

"除赌博外，赵达还有什么问题有可能引发这个案件吗？"

"我认为就是赌博所引起的，其他没有什么大问题大矛盾了。如果有，那我也是不知道的。"耿秀玲回答得很肯定，似乎也很客观。

"那男女关系方面的问题有吗？"王英英问后马上补充道，"为了破案，这方面问题我们有必要了解，但我们对外会绝对保密的，请你不必顾虑。"

"赌嫖相连，他可能有这方面问题，但我不清楚！"耿秀玲显得很气愤，又表现出不愿配合的情绪。

“我们调查了解到，你们夫妻曾为这方面的事情发生过争吵，你为什么不如实讲呢?”王英英紧盯不放。

耿秀玲听了，先是脸色发青，接着又发红，手脚也有点发抖，态度却更加强硬。她说：“我说不知道就不知道，你们不要多问了!”

马超观察、分析着耿秀玲的言语表情，心想他们夫妻俩为感情问题发生过争吵，她为什么不愿讲呢?是羞于开口，还是另有隐情?今天询问时间已经够长了，再问下去可能会把关系搞僵了，下次就难问了。今天先到此，下次可以请杨教来问。

王英英还想再问，马超示意她停住。

“耿秀玲，刚才王警官说了，我们问这方面问题，确实也是破案需要。你分析案件是由赌博所引起，我们也有同感。另外依据我们调查所得到的各方面迹象分析，也不得不考虑是由其他原因所引起的。你回去后再好好考虑考虑，有什么情况再向我们反映，行吗?”马超面色和蔼、语调和气地说。

耿秀玲没有再说话，但她点了点头，她似乎对马超比较信服。

再赴现场

询问耿秀玲后，马超找来崔军凯、韩帅等人，一起对赵达的赌博情况作了仔细分析，让他们立即对经常与赵达一起赌博的人员以及赵达的司机做重点、深入调查。接着，他又叫来张莺、谢方群，交给他们一个任务。

晚上，马超与杨秋露教导员商量，并交给她一份王英英所作的询问笔录复印件。

马超说，赵达夫妻有矛盾、有争吵，但是在现场勘查与外围调查中，没有发现耿秀玲有什么可疑点。刚才，张莺、谢方群先后向我汇报，案发当晚及前几天，耿秀玲基本上都是待在家里，与外界联系很少，所联系的人也没有什么可疑之处。耿秀玲与案件直接有关联的可能性可以排除。

接着他说，凭分析与直觉，他觉得耿秀玲还没有把一些情况讲清楚。这可能是涉及她或赵达的隐私，可能与案件有关，当然也可能与案件无关。但只要可能有关，就要想办法查清楚。他请杨教带王英英再去接触她，适时再询问她。

杨秋露自是满口答应，说马大你放心，我一定设法探明情况。

转天上午，马超再次来到现场。应法医带领技术中队人员已经连续在现场勘查、研究了几天。他们又获取了一些很有价值的案件信息。

应法医先把马超带到客厅，拿着现场照片，边指点边介绍："茶几旁边地面上散落着多张扑克牌，我们仔细观察、检验后，发现有两个迹象。

"扑克牌上沾有血迹，主要黏附在朝下一面，有一张上面检出了赵达的血指纹。这说明是赵达受伤并被松绑后，过了一段时间，再用手去拿扑克牌所形成的。

"经过对扑克牌进行 DNA 检验，上面的血都是赵达的；通过对扑克牌空白部位的检验，也只检出了赵达一人的 DNA。由此可以分析，这副牌是赵达平时自己用来练习的。"

马超仔细听着、看着，说："老应，你们这个发现对案件分析很有价值。"又转向问许乐新，"对血脚印的分析情况如何?"

许乐新拿出几张鞋印照片，先介绍了鞋印上的痕迹特征，接着汇报："我们已对血鞋印及其他房间的灰尘鞋印作了反复的分析研究，并从网上发到支队、总队，请专家作了会诊。大家一致的意见是案犯为两人，一人身高 1.74 米左右，年龄 40 岁左右，体态较瘦；另一人身高 1.64 米左右，年龄 30 岁左右，体态偏胖。”

马超问：“这些分析意见你们通报各组了吗?”

许乐新答：“我昨天已经告知各调查小组了。”

“好!”马超再面向应法医，“老应，还有什么新发现?”

应法医连连说：“有、有，我们上二楼去看看。”

一行人来到二楼的主卧。

卧室里的五斗柜、床头柜的抽屉、北面的衣柜都有明显的翻动痕迹。应法医打开衣柜，指着左下角的一个保险柜说：“这个保险柜呈开启状，没发现有撬动痕迹，应该是用密码和钥匙打开的。经与耿秀玲核实，里面放有他们结婚以来所购买的金银、珠宝饰品，价值在六百万元以上；另外应该还有二十来万元现金。这些财物，全部被劫走了。”

他又指着衣柜的右下角说：“马大你看，这部位放的是赵达的衣服，有明显的翻动迹象，而柜中其他部位的衣物没有明显的翻动。被翻动的衣物上没有发现明显的血迹，应该是案犯在控制赵达之后，行凶杀人之前所为。案犯可能是有目的地翻动这些衣服，从中拿走了某件物品。”

“老应你的分析很有道理，”马超接着又问，“其他房间还有什么发现吗?”

“主要的就是这些，案犯另外还进入过多个房间，但只是做了简单翻动，没留下什么有价值的痕迹物证。”应法医回答。

接着，他继续汇报，经与耿秀玲核实，家中刀具没有失少，且家里应该没有 0.6 公分左右粗的绳子。分析案犯是自带工具，作案后又带离了现场。

许乐新汇报，别墅区北面是三岩山西部较矮的山脉，有一条小路从山北通到山南，小路及两旁已经做了仔细勘查，没有发现异常情况。

听完汇报介绍，马超还是老习惯，又开始连续发问。

“现场血迹可以确定都是赵达的吗？”

“我们取了几十个点位，都做了 DNA 检验，都是赵达的血，没有发现其他人的血。”应法医答道。

“案犯其他的生物检材有无发现？”

“在案犯活动过的部位提取了不少可疑斑迹，检验后没有发现。”

“别墅里有可以形成赵达身上创口的刀具吗？”

“厨房里有两把，我们已做了全面、仔细的检查、检验，没有发现被用作凶器的痕迹。”

他又问许乐新：“社区民警说这个小区没有发生过刑事案件，你们有没有作核实？”

“已经作了案件信息的全面查询，别墅区没有发生过刑事案件。小区里的排屋区与高层区近年来发生过几起案件，都是盗窃案件，作案手段与这个案件有明显的不同。”许乐新回答。

“复勘中，有没有发现案犯所留的指纹？”

“做了全面复勘，重点部位作了反复查找，没有发现，案犯应该是全程戴手套作案。”

“在别墅区的其他房子，有没有发现踩点、攀爬、撬压等痕迹？”

在 12 日晚上的会议中，马超问许乐新对赵达家周边的别墅有没有进行勘查，许乐新说还没有。马超说，案犯有无到过周边房子的动作，对于分析案件性质、侦查方向、排查范围很重要，让他们晚上派人保护现场，明天抓紧做全面勘查。马大虽然没有明显批评的意思，可是语气严肃。许乐新当时就感到自己考虑不够全面、工作不够抓紧，事后自是十分重视。

“按照你的要求，对整个别墅区已经做了全面的勘查与调查，没有发现因踩点以及其他作案动作留下的可疑痕迹。”许乐新回答。

“三岩山小路下来那一带的别墅区围墙上有无攀爬痕迹？”

“有几处，但是不明显，不能确定是否为本次作案所留。”

“小路两边的山坡，有无做过大面积搜索？”

“还没有开展这项工作。”许乐新眼神柔和鼻翼大，门牙较大嘴唇厚，一副老实憨厚的面相。此时，他面露尴尬，觉得马大问的后两项工作自己没有做全做好。

他刚想作检讨，马大已经开口说：“有些勘查工作，由于时间、警力所限，还没有全面、深入做，你们可以继续去做。案件不破，勘查不止，分析不停嘛。”接着表扬道，“你们这几天勘查工作很认真、很辛苦，勘查所得的情况对案情的进一步分析很有价值。”

一番表扬后，马超接着要求：“接下去立即开展两项工作。老应负责组织技术人员对现场勘查情况作一次综合性分析研究；许乐新负责对三岩山小路两边的山坡再做一次搜索，搜索的面积尽可能大一些，下午就搜。另外请市局刑侦支队警犬大队支援，派警犬参加搜索，我马上就联系。重点是搜索凶器，我知道有几条警犬的血迹搜索、追踪能力很强。”

最后，马超说：“你们抓紧工作，晚上，各组汇总情况，全面研究一次。”

因赌结仇

赵达的别墅离公安局不远，“5·12 案件”的侦查指挥部就设在刑大合成作战室。

云山刑大合成作战室建设得很好，各种设备齐全，里面还专门设立了一个案件研究会议室。专案分析研究时，可以边研究案情，边查询相关数据。

会议室南面的墙上，写有一幅大字标语：“负重拼搏　勇敢顽强　锲而不舍　无私奉献”。这是省厅刑侦总队提出的全省刑警精神。西面的墙上，也写有一幅：“智慧刑侦　威风刑警”。

晚上的案件分析会，会议室里坐满了参加“5·12 案件”的侦技人员，有三十多人。左局长也参加了会议。

马超主持会议。他说这几天技术中队现场勘查工作有重大进展，今天会议就先请应法医说说。

应法医习惯性地梳理头发与擦拭眼镜，接着开启多媒体投影仪，边播放边简要介绍案发当天的现场勘查情况与分析意见。这主要是汇报给左局长听的。

接着他详细介绍了几天来复勘现场的情况。他说：“我和许乐新等人按照马大的要求，对先后获取的现场勘查情况作了一次全面、综合的分析，现在提出三点意见供大家分析案情或在具体侦查工作中作参考。

“一是从赵达受伤后，伸手去拿扑克牌这一动作分析，赵达可能是想以此告诉我们侦查人员，他的被害与扑克牌有关，也即与赌博有关。

“二是从赵达身上有多处威逼伤、保险柜是用密码和钥匙打开的、主要被翻动的地方是主卧衣柜赵达的衣服等情况分析，案犯除劫财外，很可能在寻找一件特别重要的物品。由于金银珠宝是藏在保险柜中，案犯已经得手，因而可能是寻找文字材料，如借条、账单或情感方面的书信等。

“三是经过多级会诊，案犯的人数及身高、年龄、体态等个体特征基本可以确定……”

讲完三点分析意见，应法医强调，案件因赌而发的可能性很大，但是案犯在劫财、杀人外，还想劫取某种重要物品的意图、动作很明显，为什么会有这一行为，在分析作案动机与具体侦查中要高度重视。

左局长一直在认真听取应法医的介绍，边听边不时点头，听完后即说："讲得很好！应法医你的勘查情况介绍得详尽客观，分析意见简要明了。"他看了看西面墙上的标语，接着说："我看老应大脑中就充满了智慧。你这些意见，是'人民日报'，不是'参考消息'了吧？"

"基本上是'人民日报'，但这些工作是在马大的要求与启发下，技术中队集体做的；分析意见也是我和许乐新等人共同研究的。许乐新还有重大发现要汇报呢！"应法医谦虚地说。

大家的目光一下子都集中到许乐新身上。

于是，许乐新接着说："我们按照马大的要求，下午组织力量对现场北面的三岩山做了全面的搜索，支队警犬大队也派出六条最好的警犬参加了搜索。警犬在北面半山坡的灌木丛中搜到了一把带血的匕首，我在旁边找到了一根一米多长、近 0.65 厘米粗的绳子，还找到两条各有几米长、比较细的绳子。我们分析，这些物品是案犯作案后抛弃的可能性很大，已经送 DNA 实验室做检验。"

马超已知道找到了匕首与绳子，也很兴奋，但是左局长在场，应法医、许乐新都说是按他的要求做的，他觉得不妥。他客观地说："这些重要发现确实很有用。左局长对现场勘查很重视，多次要求我组织人员全面、反复勘查现场；左局长还专门给市局领导打了电话，所以支队很快派了警犬来参与搜索。"

"5·12 案件"侦查开始后，马超多次向左局长汇报了案件侦查工作进展情况。左局长说这些就不说了，下面请大家抓紧介绍侦查工作情况。

王英英先汇报了对耿秀玲的询问情况。杨秋露补充介绍说："马大认为耿秀玲还没有把可能与案件有关情况全部讲清楚，要我再去询问。今天我和王英英在医院找到了她。赵达的病情出现了加重的变化，医生正在抢救。我们帮助她与医生作了一些联系沟通，再次请医院尽力抢救，她有所感动，但情绪低落，不愿与我们多谈。接下去，我们再想想办法，尽快争取请耿秀玲把有关情况讲清楚。"

崔军凯介绍了调查访问的情况，说有三个方面的重要发现：

——经过对赵达云华制鞋公司财务状况的调查，发现原本收支情况正常，赢利可观；近几年来赵达经常从公司把大笔资金划到自己的银行卡上，而通过查他卡上的资金流向，发现多数并非用于公司经营开支；近几个月来，赵达不但没有从公司划钱，而且有几大笔钱从他卡上划进公司。这些情况与耿秀玲的陈述基本相吻合。

——通过询问赵达司机孙学强，他反映赵达去年曾携重金到云州市向一个出千高手拜师学艺。他还反映，今年以来，有几个老板与赵达赌博，可能输赢很大，还发生过激烈争吵。

崔军凯解释说，这些情况是韩帅对孙学强反复做思想工作、反复询问后而得知的。

——通过对与赵达聚赌人员的调查，发现案发后，有云山万家家具公司老总陆志广、云鼎大酒店老总黄飞宏、云山五金器具厂销售部经理申高等几个人去了外地，有的似乎不是正常外出。具体情况正在继续调查中。

其他各组也都汇报了调查中发现的一些可疑情况。

马超、左局长先后说，这些发现确实很重要、很有用。

发现了这么多的重要情况，接下来的讨论很热烈。讨论一个多小时后，大家见马大竖起双手，十指紧扣，就渐渐停了下来。

马超见状，就开始作分析总结与工作安排：“‘5・12案件’至今没有突破，但是这几天侦查工作进展很大，今晚的会议收获也很大。对于案情的分析，多数问题我们大家都已经达成共识，可以以此来引导下一步的工作。”马超以一锤定音的口气说，“最重要的分析结果是，根据应法医他们的分析，结合崔军凯他们的重要发现，可以推断‘5・12案件’是由赌博所引起，基本可以认定案犯就在赵达的赌友或相关人员之中。因赌而结仇，因仇而行凶，行凶中又附带有劫财，并劫取了某件重要物品。这件物品，应该就是应法医分析的三种文字材料之一。”

接下来，马超重点要求崔军凯多组织一些人员，尽快查明外出的赵达几位赌友的下落，这些人案发前后的表现情况，如有可疑，要一查到底。

他以十分肯定的语气说，尽管DNA检验结果还没有出来，但是可以基本推定，山上发现的匕首与绳子，是案犯所抛弃的。他特别要求谢方群的视频侦查组要从三岩山北面的小路拓展出去，抓紧查找那一带的监控探头，尽可能从中发现可疑的人员或可疑车辆。马超讲完，即请左局长作指示。

如同以往，研究命案，领导讲话，没有掌声，会场很安静。

左局长这次没有用手去挥拨烟雾，他喝了一口水说：“今晚的会议大家还是很给我面子，抽烟的人很少。抽烟少，大家的思路照样很清晰，提出的分析意见都很精辟嘛！看来少抽烟照样能破案。”

不少人都会心地笑了。

接着左局长一脸严肃地说：“我现在代应法医作点案件背景分析。我到云山工作不久，发现云山的赌博问题比较严重，在本地赌的很多，有些人还到外地，甚至到境外、国外去赌，去豪赌。十赌九输，到境外、国外赌，那可是国家资产的净流失啊！国有资产、私人财产，都是国家财富嘛。由赌博引发了不少社会问题，比如损害云山形象、影响企业经营、产生家庭矛盾等，甚至引发了违法犯罪案件……”

他明确表态：“这个案件是由赌博所引起的分析意见，我完全赞同。下一步的工作安排，就按照马超的要求去做。有一点请大家注意，此案是结伙作案，要适当考虑找人一起行凶，或雇人行凶的情况。”说着，他又对身边的局办公室主任道，“你明天与治安大队说一下，让他们尽快开展调研，尽快拿出一个赌博问题重点整治的工作方案。”

专案研究会议放在晚上开，效率高效果好，但时间往往很长。会议结束时，已近凌晨2点了。

四面包围

陆志广这几天在省城郊区的一个地下赌场赌博。

这个地下赌场建在市郊一座大山半山坡的一个山凹中，三面环山，山上草木旺盛。这里原来是一个采石场，进出只有一条简易公路，可能是采石期限到了，或者是采石数量到了，已经关停了多年。后来一个“窑主”看中此地，利用原有的工棚，开办了一个赌场。进出采石场的公路上暗中潜伏着多名手持对讲机的放风人员，赌场中也有多名维持秩序的大个子保镖，万一被发现，抓赌警察从公路进来，赌徒们可以四散逃往山野密林。

到外地赌博，陆志广还是很小心的。他察看了赌场内外及四周的情况，觉得这里确实是安全隐秘，服务周到，再加上是朋友带来，朋友与这里的不少赌博人员又很熟，他就放心地在此参赌了。

陆志广关掉了日常使用的手机，打开了仅仅用于与公司常务副总联系的手机。

陆志广与赵达是同村发小。二十多年前他们一起去南方打工，赚了一些钱后，又一起回云山做生意。赵达卖服装，他开饭店。他的经商意识、能力比赵达还要强一些。他发现，随着经济的发展，生活水平的提高，人们对家具的需求量越来越大，就用积蓄和贷款办起了万家家具公司。公司办得风生水起，迅速发展壮大，陆志广赚到了很多钱，成了云山有名的大老板之一。

富贵思淫逸。陆志广发达后，在女人身上花了不少钱，但是这点钱对他这个大老板来讲无碍大事。他很后悔，自己怎么会迷上赌博，而且是一输再输。多年赌下来，他不仅把自己辛辛苦苦赚的钱都输光了，还欠了一屁股债。他更后悔的，是他把赵达拉下水，并惹出了大祸。

他比赵达大两岁，赵达一直认他为大哥，他们的关系亲如兄弟。赵达向耿秀玲求婚那天的晚餐，就是他在自己的饭店为他精心安排的。

赵达原本很老实，一年到头，不是为公司事务忙碌，就是安心在家陪老婆，有一对儿女后，更是很少外出应酬。

几年前的一天，陆志广请赵达吃晚饭。二人平时都各自忙于公司事务，同在一城也相聚不多。兄弟情深，感情深一口闷，那天他们喝了许多酒。借助酒兴，他滔滔不绝对赵达说，我们做男人的，开公司赚钱很辛苦，人生有限，该享受的就要享受。有人说人生最大的享受是吃喝嫖赌毒，我觉得毒品是绝对不能碰的，其他的都可以尝试尝试。你家有美貌娇妻侍候，还有一对可爱的儿女，找女人就算了，可总也应找点家庭外的生活乐趣吧。

最后他说，走！兄弟，今晚三缺一，我带你去小赌一把，找点刺激。

赵达一再推辞，但酒后的他还是被陆志广拖到了一个赌场。

那晚他们是打双扣赌博。双扣，赵达在打工时就会打，而且水平不错。那晚，赵达的手气也特别好，一晚赌下来，他赢了几万元钱。

赌博也真有点神奇的吸引力。赵达第一次赌博后，没几天，竟然主动要求陆志广带他去参赌。很快，赵达的参赌就由少到多，由小到大了。

赌博也是会成瘾的。陆志广就是赌博成瘾了。他尽管一输再输，仍然是一赌再赌。有时输钱后，特别是输了大钱后，他很后悔；可是后悔不久，又情不自禁地再去参赌。

赵达出事，陆志广一早就知道了，他还马上到医院探望过。而当赌友约他到省城赌博，并说那里赌场隐蔽保险，赌博方式是梭哈，参赌者水平都比较低的时候，他经不住诱惑还是跟着去了。

今天白天赌了一天，陆志广输了不少钱。

傍晚，下了一场大雨。大雨后，天空阴云密布，伸手不见五指。赌场的门、窗都装有厚厚的黑布门帘、窗帘，拉得严严实实，透不出一丝亮光。山坳里黑咕隆咚一片，几十米开外就根本发现不了这里有一个不大不小的赌场，里面有不少赌徒鏖战正酣。

黑夜天，好放手。陆志广夜以继日，继续参赌，他想把白天输掉的钱赢回来。

可能是放风人放松了警惕，也可能是警察行动特别神秘，12 点多，赌场突然被四面包围了，冲进来一批警察。

陆志广听口音，发现有云山来的警察。随后他被带到了当地派出所的讯问室。

崔军凯带领韩帅等人，重点调查赵达赌友中发案后外出人员。黄飞宏、申高等几个人很快就找到了。通过审问与调查，从时间空间、外出事由、作案动机等多方面作了分析甄别，排除了这几个人作案的可能。

而对陆志广做了外围调查后，发现他下落不明，手机一直关机。崔军凯向马大汇报，二人一起分析，认为陆志广有不少可疑点：长期嗜赌，近期输了很多钱；经常与赵达一起赌博，有可能产生矛盾，调查中已发现双方有过争吵；案发当晚没有在家里，去向不明；赵达被伤害后他不明原因外出，多天不回；他的个体特征与现场脚印反映出的高个子案犯相接近……

二人商定对陆志广采取侦查手段进行查找。

马超叫来张莺，让她通过信息研判争取尽快发现陆志广的下落，有必要可以联系市局刑侦支队，再请技术部门相助。

张莺为了这个案件，已经连续多天日夜在网上作查询分析，但由于条件有限，目标不太明确，还未能显露身手，故接到任务后自是十分用心。

她对陆志广以往的手机使用情况、外出活动信息、现在可能的去向范围，作了各类数据库的全面查询、综合分析，研判出陆志广可能是借用了他人的身份证，入住在省城郊区的一个宾馆。

崔军凯等人随即赶到省城，经过入馆调查、外围跟踪，不但查明了陆志广的落脚点，而且查到了他去参赌的赌场。与当地公安分局沟通后，双方采取了秘密的联合行动。

陆志广中高身材，体形偏瘦，黑色夹克衫里面的白衬衫，领子显得很脏。看来是赌博要紧，哪里还顾得上换洗衣服。

他被按坐在审讯专用椅上，手脚都被固定住了；面色灰暗，神色紧张。

陆志广常年参赌，被公安抓住过几次，可以说是几进宫的“老甲鱼”了。他认为参赌不组织赌博，不是什么大事，但是今晚警察抓住他后，就给他戴上了手铐；押解路上，一群赌徒，就他单坐一车，左右还各有一个警察紧紧夹着他身子、抓着他的双手。他明显感到这次与以往不一样，心中十分吃惊。

这时陆志广见讯问室进来两个云山口音的警察，想起了赵达被害案件，随即大叫起来：“你们是否怀疑我杀了赵达？冤枉、冤枉、冤枉啊！”

进来的是崔军凯和韩帅。

崔军凯大声道：“陆志广，你叫什么叫！我们是云山市公安局的，今天依法对你讯问，问你什么，你再回答什么。”

陆志广见问话警官浓眉毛络腮胡，骨骼粗壮肌肉发达，满脸严肃，话语严厉，心中自是紧张害怕，但嘴里还是大喊冤枉。

崔军凯没理他，开始讯问。陆志广叫了一阵后，倒也显得比较配合。

例行讯问后，崔军凯问：“你这几天在哪里？在干什么？”

“你们抓我时不是看到了吗？我在那个赌场参赌，不是我组织的，我是小搞搞的。”陆志广回答时一点也不显得胆怯。

问：“你是几号来的？”

答：“本月 12 号下午来的。”

问：“你怎么会到这里来？”

答：“我朋友带我来的。”

问：“12 日后你还到过哪里？干过什么？”

答：“没有去过其他地方，除了住宾馆，就是去赌场。”

问：“你有证人证明你都在这两个地方吗？”

答：“带我来的朋友、与我一起赌博的人都可以证明。”

对于这几天的活动情况，陆志广对答如流。

崔军凯突然转了话题，快语问道：“你 11 日晚上在干吗？”

陆志广清楚赵达是 11 日晚上出事的，一听到问 11 日的事，又大叫起来：“你们认为是我去杀赵达吗？冤枉，天大的冤枉啊！”

“谁说你去杀赵达了？我问你在干吗？”

“在干吗？实话实说，我也是在赌博。”

“赌了多长时间？”

“什么多长时间，我们从晚饭后开始，赌了一个通宵。”

“有多少人在一起赌？”

“四个。”

“在哪里赌？”

“在我一个朋友的公司里赌的。”

接着陆志广讲了朋友公司的名称与地址，还报出了另外三个人的名字。

崔军凯发现陆志广很精明，他不惜主动承认参赌，并讲出了赌博的地址与一起参赌人员的姓名，以此否定自己有作案时间，撇清自己与案件的关系。

但自己没有时间，只要有作案动机，也可以雇人行凶。左局长也要求注意雇凶问题。

崔军凯再转话题，直接发问：“你与赵达的关系如何？”

“我们从小一起长大，感情亲如兄弟，我还有恩于他们，你们可以问他老婆。我与他在赌场中吵过几次，可那是半吵半嬉闹，根本无伤我们的兄弟感情，我怎么可能会因这些小事去杀我的好兄弟?”陆志广反应灵光，抢先说明了自己没有什么作案动机。

崔军凯又问他与赵达还有什么其他方面纠纷，一旁做记录的韩帅直接问他与赵达有无债务纠纷。

陆志广反复强调自己与赵达亲如兄弟，根本没有什么矛盾纠纷、利益冲突，互相之间有时借点钱欠点债也都是你情我愿，何况近期他们根本没有什么欠债讨债问题。

崔军凯分析再问下去也不会有什么新进展，就让韩帅按惯例提取了陆志广口腔黏膜拭子，暂停了审讯。

陆志广被押往候审室后，崔军凯与韩帅商议，二人都认为陆志广讲得比较真实可信，他的作案嫌疑度明显下降，但是觉得有必要再作时间、动机方面的调查核实，另外还可以通过DNA鉴定作个甄别。他们已经知道，三岩山上搜到的匕首，上面检出了赵达的血，在刀柄上，还检出了另外一名男子的DNA。

二人与当地公安局商量，请他们对陆志广的赌博行为依法予以治安拘留。

一夜无眠

耿秀玲一早就到医院探视赵达。前几天，赵达的病情有所加重，昨天她一直在医院守候到今天凌晨。

赵达仍处于昏迷中。下午，医生告诉她赵达的病况有所好转，生命体征平稳。

“你们是二十多年的夫妻，应该是一辈子的伴侣了。”马超的话语时常在她的耳边响起。她对赵达是又爱又恨，现在赵达在生死线上挣扎，她不知道是应该爱他还是恨他，善良的她只希望他能逃过这一劫，起死回生。

凌晨回家后，耿秀玲一人躺在床上，左思右想，怎么也睡不着，那天同学会后发生的、令她揪心、惊恐的事情，又浮现在了眼前——

现在流行开同学会。耿秀玲高中班的班长很热心，十多年前就组织召开同学会，每年一次。以往耿秀玲每次都去参加，而且表现得很活跃。她事业有成，家庭幸福，儿女双全，而且青春不老，很受同学们羡慕、赞赏。

赵达嗜赌后，耿秀玲情绪低落，两年没去参加同学会。去年年底，老班长又组织同学会，她的闺蜜加同学一定要拉着她去参加。

同学间的感情很纯真，同学会是一个倾诉衷肠的好场合。下午的座谈会上，有的同学高兴地说了自己家庭生活的趣事，有的同学充满感激地讲了其他同学对自己工作、生活上的帮助，有的同学感叹当今就业、创业的艰难……有个女同学坦率地叙述了自己丈夫迷上赌博，搞得企业破产、家庭破裂的痛苦经历，告诫女同学们一定要管住丈夫，绝对不能染指赌博。讲者声泪俱下，听者不少也是一把把眼泪，而最有同感、最为痛苦的莫过于耿秀玲了。

最引人注目的是张业来，他讲的最多也最吸引人。

张业来专科毕业后就到外省河川市创业，他先是在一亲戚的公司里从事运动器材销售，后来自己开办了一家运动器材公司。十多年下来，公司规模已经很大，业绩很好。去年下半年，他响应政府云商回归的号召，回云山开办了一家云达运动器材公司。他说现在人们越来越注重身体健康，越来越注重锻炼身体，因而对健身运动器材的需求也越来越大。他要制造先进一流的运动器材，为云山的经济建设做出贡献，也要为云山人民的身体健康做出贡献。他欢迎同学们来投资合作，也欢迎就业有困难的来他公司就业。

张业来在读高中时追求过耿秀玲，不少同学都知道此事。他讲了以后，有些人自然想起了一直坐着没有出声的耿秀玲，都朝着她看。

老班长说，秀玲，你两次没来了，今天也说说吧？但耿秀玲说自己这几年过得很平淡无味，没什么好说的。老班长一再邀请，她一再推辞。

可能是排座位的同学有意安排，晚餐她与张业来是同桌邻座。张业来对她说话彬彬有礼，服务热情有加，不时给她倒酒夹菜。旁边的同学看到了，有人开玩笑地说，二位老总现在可是王子与公主，要旧情新发了吧？不少同学来敬酒，都把他俩一起敬，有的还鼓动他们喝交杯酒。

餐厅里有卡拉 OK，大家边吃边唱，张业来也上去唱了一首，他唱的是《同桌的你》。

“谁遇到多愁善感的你，
谁安慰爱哭的你，
谁看了我给你写的信，
谁把它丢在风里？”

张业来唱到这几句时，似乎声有哽咽，眼含泪水，十分动情。一曲歌毕，赢得满堂喝彩，接着满堂起哄：“张业来，你的‘同桌的你’是谁？”

“张总，谁那么大的胆把你的信丢在风里啦？”

“张帅哥，二十多年过去了，你对那个同桌的你还这么多愁善感啊！”

……

接着就有人把话题指向了耿秀玲，要她敬酒，祝贺他演唱成功。

耿秀玲能喝点酒，但酒量不大。由于想借酒消愁，也由于同学们热情相劝，当晚她喝多了。晚餐结束时，她已醉意朦胧。张业来有专职驾驶员，他邀请她坐他的车，见另外还有一男一女两个同学，她没多犹豫就上车了。两个同学回家路近，先后下车了。酒精的作用使她在车上睡着了。

不知过了多久，耿秀玲隐约觉得有人在亲她嘴巴，摸她的身体。胸部一阵剧痛，她惊醒了，睁眼发现自己躺在一间陌生房间的床上，外衣已经被脱掉，内衣扣子也已经被解开，张业来坐在她旁边，一只手正在她胸脯上蠕动着。她大吃一惊，猛地推开他，坐起来大叫道："这是哪里？你要干吗？"

"秀玲，你别紧张，别叫，这是我租的公寓。你醉了叫不醒走不动，我怕出意外，就把你带到这里来了。"张业来柔声细语地解释。

"那你刚才对我做了什么？"她边扣扣子边责问，声音还是很大。

"没，没做什么，我只是忍不住亲了你一下。实在对不起！"他的语气充满歉意。

"你，你怎么可以这样呢！"她放低了声音，委屈地哭了。

"秀玲，从高中起，你就是我心中最美丽、最痴迷的偶像。虽然当时你拒绝了我，但我知道你对我有好感。你知道吗？这二十多年来，我一直在想着你、恋着你。我知道你丈夫的情况，知道你近年来的痛苦。今天是天赐良机，我们巧遇在一起，你就放开一次，我们一起好好地欢度一个良宵吧？"张业来一口气说了一大段话，话语很动情，要求很明确。说完，就伸手要抱她。

高中时，她与他坐前后桌。他很聪明，在学习上不时帮助她；他经常对她献殷勤，有时借很实用的辅导书给她，有时送给她喜欢的杂志，有时请她去喝奶茶、吃冰淇淋，有几次还想请她去看电影。她对他是有过好感，但是她发现他性格中有暴烈的一面。她听说他有一次在社会上与人打架，尽管是对方有错在先，而他竟然动刀子捅了对方的大腿。而且父母严禁她在中学期间谈恋爱，她是一个孝顺听话的女儿。有一次班级组织到三岩山游玩时，在夫妻岩下，张业来偷偷塞给她一封求爱信，事后她不但明确拒绝了，还慢慢疏远了他。

她长得漂亮，生活中自然有不少追求者。但生性老实的她，婚后从未动过非分之心。

她断然推开他的双手，转身下了床，说：“那绝对不行，我不是那种人，我很爱我的丈夫。”说着她整了整衣服就要离开。

张业来跳下床，一把拉住她。他们拉扯了好一阵子。

他把她按坐在沙发上，说：“秀玲，你酒还没醒，在这里再休息一会儿吧？你放心，我不会为难你，更不会强迫你。”

她不为他的好言好语所感动，站起来仍然坚持要走。

他没有再碰她，而是挡在门前，十分真诚地说：“秀玲，我事业有成，几年前已经离婚，现在是单身一人。只要你愿意，一个招呼，我就会来到你身旁。我永远等着你！”

她见他恢复了理性，态度又很诚恳，就说：“请你不要往这方面想，这是绝对不可能的。你如果真正珍惜我们的同学情谊，晚上的事请你千万不要对外说，今后也不要再打扰我。”

“你放心，今晚的事只有你知我知，天知地知。”而今后怎么办，他没说。说完，他拉开门让她走了。

那晚后没几天，张业来就打电话来请她去吃晚饭，她拒绝了，之后他再来电话，她多半不接。他还经常给她发短信，有的短信中写了思念、思恋方面的话语，她开始回了几次，以后就没有再理他。她心里很担心，也很害怕，怕此事被赵达知道。尽管赵达赌博后，他们经常吵架，但是她从心里还是爱着他，希望他能戒赌，他们能恢复以往平静、幸福的生活。

一段时间后，她觉得赵达可能知道了此事。因为有好友告诉她要注意赵达玩儿婚外情，而他对她在感情上，原本是十分忠诚、专注的。

更让她害怕的是，张业来开始动员她投资他的公司，她拒绝后，他又开口向她借钱，她没借给他，他竟然以要对他人讲出那晚的事情相威胁，还说他有他们在一起的证据。那晚她醉了，她不清楚他对她到底干了些什么。她不知如何是好，只有借钱给他，还先后借了两大笔。

而让她感到恐惧的是，表弟告诉她，赵达今年以来多次与张业来一起赌博。有一次为讨赌债，赵达还动手打了张业来。

张业来中学时与人吵架就敢于动刀，他会因赌博结仇而去杀赵达吗？张业来个子中等，体质瘦弱，赵达体形高大，身体强壮，他敢对他行凶吗？赵达出事后，张业来再没发过短信，更没打过电话给她，是他做贼心虚吗？她托表弟暗中打听，发现张业来这几天照常在上班，如是他作案他敢这样吗？警察反复要求她把可疑情况都要讲清楚，她没有讲清，这样行吗？应付得过去吗？如果讲了，案件与张业来无关，冤枉他了怎么办？自己和他的事泄露出去怎么办？

她思来想去，理不出头绪，得不出结论，也不知下一步应该怎么办才好。

外面刮起了大风，下起了大雨。雨点猛烈地击打着窗上的玻璃，犹如击打在她的心坎上。

她一夜无眠。

像与不像

耿秀玲在医院ICU病房外的走廊上注视了赵达好长时间才走出来。她在病房门口又碰到了前来看望的杨秋露与王英英，心里很是感动。

杨秋露是市公安局刑大教导员，在耿秀玲眼里是一个比较大的官了，而她这些天几乎天天都会来一趟医院，陪她探视赵达。她觉得杨秋露与她年龄相仿，长得比她要美，心地比她更善良。杨秋露说赵达是刑事犯罪的受害人，公安机关有义务要联系医院尽力予以抢救，马超大队长也很关心赵达的病情进展情况。赵达病情加重后，她多次找医生沟通，请他们找专家会诊，并不时去向医生了解赵达在ICU病房里的情况，及时告知耿秀玲。她还对耿秀玲的生活、身体很关心，安慰她不要过于悲痛，一定要多注意保重身体。

医生告知她们，赵达今天的状况有明显好转。杨秋露与王英英把耿秀玲请到医院保卫科办公室。

耿秀玲进门坐下，想起了马超说的那句话，想起了杨秋露、王英英这几天对她与赵达的关心，她不再犹豫，把她与张业来的事情、她所知道的张业来与赵达赌博等情况，全部如实地与两位警察讲了，只是床上的事情没有多讲。耿秀玲的叙述分寸把握得很好，体现了她与人为善、胆小怕事的性情。她最后说，张业来有无去刺杀她的丈夫，她确实吃不准，请公安能够慎重查明真相，千万不要冤枉他，也请能为她对外保密。

杨秋露对张业来的情况又做了更为仔细的询问之后，对耿秀玲的如实陈述表示感谢，并请她放心，一定会为她保密。

“5·12 案件”指挥部，马超、杨秋露与合成作战室的张莺、王英英等人一起分析张业来有无作案的可能。张业来涉案的可疑点有：

——他多次与赵达聚赌，可能是输多赢少而欠下赌债，二人因此发生过争吵打架，如矛盾进一步激化，可能会形成作案动机；

——他对耿秀玲单相思，除有一次非礼外，还多次用电话、短信骚扰她、威胁她，如此事被赵达知悉，加上赌债，二人更有可能结怨成仇；

——他性格有暴烈的一面，是个敢于动刀子的人；

——他的身高体态，与现场脚印反映出的高个案犯相接近。

张业来不像案犯的理由有：

——他是一个比较大的企业的老总，云商回归的带头典范，他会去抢劫杀人吗？

——在这段时间的工作中，发现他是经常与赵达一起赌博的人员之一，已经把他纳入了调查之中，案发前个把月，没有发现他与赵达一起赌博，也没有发现他俩有矛盾激化的迹象，他怎么会突然去劫杀赵达？

——杀人这种极恶之事，他长期在外，到哪里能够找来一个同伙一起行凶作案？

——他与耿秀玲的事情，是他理亏，是耿秀玲不愿意与他好，他想杀了赵达而得到耿秀玲，不合情理也不可能。

像与不像，似乎是平分秋色。大家一时难以下结论，就商议着如何对张业来开展专门调查。

此时，崔军凯、韩帅与谢方群等人相继进来汇报工作情况。

崔军凯说，他们在省城对陆志广讯问后，即在当地开展调查，查明 12 日及以后，他确实一直在那里赌博；回云山后，通过对11日晚与陆志广一起赌博人员的调查，证明那晚他一直与他们在一起赌博；通过调查相关人员，陆、赵二人关系一直很好；DNA检验也否定了匕首柄上的生物检材是陆志广所留。综合分析，从时间、动机、物证等多方面可以排除陆志广作案。

马超认可崔军凯的意见。

谢方群汇报，视频侦查组按照马大的要求，对北面通往三岩山那条小路，划定了一个较大的范围，开展监控视频的调取与查看。三岩山北面就是三岩村，进出村庄的道路上安装有一些监控探头，由于晚间光线较差，多数录像不大清楚。我们由近及远，查看三岩村外围道路监控视频，查出一批一高一矮、一瘦一胖二人同行的图像，再与三岩村的监控视频作比对，其中离村不远的一个高清探头11日晚11点50分出现的二人同行人像，与通往山上小路村道上的监控12点05分出现的二人同行人像比较相像。

谢方群说着，即拿出两张视频截图照片，高清探头的人像比较大而且很清楚，村中探头的人像比较小，也比较模糊。大家都认为比较像。

韩帅看了后很激动地说："这两张照片很有价值，二人是案犯的可能性很大。"

此时，张莺已经从电脑中调出了陆志广、张业来二人的身份证照片，略为比对后就说："陆志广、张业来二人不像高个的，更不像矮个的。"

"陆志广已经排除，当然不像；张业来刚冒出来，还没有甄别他是否是犯罪嫌疑人。我是说从时间、路线，结合现场勘查情况，视频照片上这二人很可疑。"韩帅有点不服气。

"小韩你别急嘛！我的观点与你是一致的。这两个人中既没有像陆志广的，也没有像张业来的，但是像案犯。”张莺微笑着解释。

韩帅顿时也不好意思地笑了。

马超表扬道：“谢方群，你们的方法很得当，这两张照片对破案很有用。”接着习惯性地竖起双手，紧扣十指。

大家不再说话，拿出笔记本准备记录。

马超松开十指，说：“下一步工作还是按照我们侦查大要案件的一贯做法，既要全面周详开展工作，也要选择重点，争取突破。张业来的作案可疑点比较多，近期，我们要重点针对他开展侦查工作，同时采取有力措施查找视频上出现的两个可疑人员。”

马超看着崔军凯说：“怀疑对象排除后，就可以作为依靠对象，你带队再去询问陆志广，重点问他所知道的赵达与张业来的交往情况。”接着指示韩帅，“赵达司机孙学强上次是你调查的，你再去询问。从耿秀玲反映的情况分析，他对赵达赌博的情况知道得比较多。你务必把他所知道的赵、张两人的赌博情况，特别是赌债纠纷情况全面问清楚。”

他又转向谢方群说：“你们获取的截图照片上的两个人是案犯的可能性很大，但是张业来明显不是其中一人。如是张业来作案，那应该是雇凶作案。雇凶作案，就有可能带凶犯去现场踩点。你们要对案前张业来人、车的活动情况，做全面的视频侦查，查明张有无与这两人在一起。”

他要求张莺的信息组马上开展对张业来活动轨迹、交往人员的信息查询与研判，同时要对他的公司经营状况、资金往来作查询分析。然后请应法医的技术中队再到现场勘查，重点查找有无账单类字据，特别是借条。又指示王英英马上把照片发到各派出所，广泛发动群众辨认……

陆志广因赌博被治安拘留十天。这几天他十分着急，因为公司的一个大笔销售合同急需他自己去洽谈、签订。

他被带到拘留所的询问室，见到上次抓他的云山警察崔军凯与另一名警察正在等他。他发现询问室与讯问室不一样，墙上没有“坦白从宽，抗拒从严”、“罪海无边，回头是岸”等标语；让他坐的椅子是一把靠背椅，坐上去还挺舒服的，手脚没有被固定，椅子旁边还放了一瓶矿泉水。更让他感到不一样的是两名警察没有上次的满脸严肃，而是一脸和气。

但是，陆志广对这些并没有什么好感，他心想就是他们怀疑我杀了赵达而抓了我，害得我进了拘留所，因此阴沉着脸，眼睛狠狠地盯着崔军凯，说：“你们说我杀了赵达，那把我拉去枪毙好了，把我关在这里干吗？”

崔军凯说：“我们没有讲过你杀赵达吧？上次你赌博被抓，我们是依法对你审问。”

“那你们为什么老是问我与赵达的关系？问我在赵达出事前后的活动情况？你们不是怀疑我作案是什么？”陆志广话语中的火气很大。

崔军凯想，陆志广敏感地抓住上次审问的破绽连连责问，可今天我们是有求于他，他态度不好，我的态度只能好。于是他轻言细语，耐心地解释道：“赵达被行凶致重伤后，一直处在昏迷中，至今还在医院抢救，生死未卜。这个案件我们公安机关很重视，为了破案，对赵达的关系人都做了调查。你与赵达从小到大一直是最要好的朋友，我们向你了解有关情况，你配合我们一下，也是应该的吧？”

陆志广听崔军凯说到了赵达的伤情，似乎有所感动，没有再发火，可是仍然连连发问：“我与赵达的有关情况，上次我不是都说了吗？你们还找我干吗？你们总不会还怀疑我吧？”

崔军凯恳切地说：“没有，真的没有怀疑你。我们是想请你来帮助我们，提供一些可能对破案有用的情况。”

聪明的陆志广马上感悟到，他现在已经不是怀疑对象，而是他们的求助对象了，他心里有点得意，也开始愿意配合。

“那你们要我提供什么情况呢？”

“我们分析赵达案件是由于赌博纠纷所引起，今天主要是想问问你所知道的这方面情况。”

“哦，这方面情况我是知道一些。”

“那请你详细与我们说说。”

陆志广思考了一下，突然说：“我可以与你们说，但你们必须答应我一个条件。”

“什么条件？你说吧。”

“我现在有一个很重要的合同，很急，需要自己亲自去签订。我说的情况如果对破案有作用，你们要帮我与这里的公安说说，让我早点出去。”

崔军凯觉得陆志广与警察打交道的经历、经验都很丰富，既知道如何展开有效抗辩，也懂得如何适时提出条件，不过他提的条件也合法合理，于是很干脆地说：“只要你讲的情况有价值，我们一定帮你去说。”

陆志广也很干脆，说那好，我细细地与你们讲讲。

他一点也不客气，拿起椅子边的矿泉水，拧开盖子，喝了几大口，又向崔军凯要了一支烟，点上，深深吸了几口后，才开口说：“我与赵达一起长大，一起外出打工，一起回云山经商办厂，赌博也是经常在一起的。前期我们主要是打双扣，赵达的牌技好，运气常常也很好，赢了不少钱。前几年，梭哈从南方传入云山，并逐渐流行开来，我们也很快学会了，之后就主要以梭哈聚赌。双扣你们都会打吧？梭哈你们肯定不会玩。

“你们知道吗？玩好梭哈需要良好的记忆力、综合的分析力、冷静的决断力，但是也有很大的运气成分。我的梭哈技术还是比较好的，阴人技巧也是不错的，只是常常运气不好。阴人技巧你们不懂吧？不知什么原因，赵达对梭哈老是学不好玩不精，运气也很差，输了很多钱。我多次劝他，梭哈赌博你就不要参加了，可是他不听，不服输，这样自然是越输越多了。

“也不知道什么原因，今年年初开始，赵达峰回路转，梭哈玩得越来越好，常常赢钱。他开始找一些大款大赌，一个晚上的输赢额常常高达几十万甚至几百万元，他总是赢多输少。有时候开始输了一些钱，但他总是能通过梭哈一下子把钱赢回来。有钱了，他还在赌场放水钱。什么叫放水钱你们知道吗？就是在赌场放高利贷，利息高得吓人的。

“我猜想，赵达是学了千术，而且出千的水平很高。什么叫出千你们总懂吧？有一次，有个老板好不容易拿了个同花顺，把自己的筹码全押上了，哪知翻牌后赵达是同花大顺。那老板觉得赵达在出千，但是苦于没能看出，没有抓到，只有认输，愤愤地离开赌场。临走前，他说，赵达你这小子肯定出千了，如下次被我抓到，别怪我不客气！

“散赌后，我对赵达说，你今天肯定出千了，而且这段时间经常出千，你从哪里学来的千术？赵达对有无出千不置可否，也不讲从哪里学的，只是说，大哥你可不要对外乱说，你最好也不要与我一起玩梭哈了，如果一起玩，你输的钱我补给你。我说，江湖险恶，赌场无良，赵达，你如果有出千，就到今天为止吧，不然会出大事的！这话他可能有点听进去了，一段时间没出千，但是输钱了，过了一段时间，他又择机出千了。”

陆志广讲到这里，崔军凯插话打断了他：“你重点讲讲赵达赌博中，尤其是出千后与哪些人有矛盾纠纷。”

陆志广很是能言善语，对赌博也很是熟练精通，讲起来头头是道，滔滔不绝，还用了许多赌博术语、暗语，当故事听听，很吸引人。做记录的年轻刑警李小林听得云里雾里。多年从事刑侦工作的崔军凯自然能听懂，可他的目的是要从陆志广口中了解与破案有用的线索。

陆志广正讲得起劲，突然被打断，有点不大高兴："你别急嘛，我不是已经讲到赵达因出千与他人结仇了吗？"

"那你接着就先讲讲哪些人与赵达因赌结仇。"崔军凯担心话题又被他岔开，马上追着问。

"我知道的主要有云鼎大酒店的老总黄飞宏、五金器具厂的申高、运动器材公司的张业来等人。"

"你刚才说的那个老板是谁？"

"就是黄飞宏。"

"你认为这些人中，谁与赵达的矛盾最大？"

"我想是黄飞宏。"

"理由呢？"

"那晚黄飞宏赌输了以后，显得很生气，话语也讲得很绝，可见他对赵达出千心里是很痛恨的。"

"他们还有过争吵吗？"

"另有一次，我在场的，他们又吵得很凶。据我所知，他们还有过几次争吵。"

"他们两人另外有什么矛盾吗？"

"其他问题有否我不清楚。"顿了顿，他又补充道，"黄飞宏在社会上很有势力的，白道黑道都混的。"

"那其次有谁与赵达的矛盾最大呢？"

"我想应该是张业来。"

"那你说说具体情况吧。"崔军凯想，这次主要是要问明白赵达与张业来之间的情况，陆志广主动先提出来最好，尽管是放第二位。他心中不由得暗自高兴，脸上却不露一点声色。

“赵达与张业来应该是今年年初开始在一起赌博的，赌得很大，有几次我也在场。我也不清楚是什么原因，赵达对张业来有一种十分仇视的情绪，每场赌博几乎都有出千，赢了他许多钱。”

“张业来觉察了吗？二人有无发生争吵？”

“仇视，出千，开始时张业来应该是不知道的，后来才有所发觉。有一次他输了大钱，怀疑赵达出千，赵达根本不承认，两人大吵起来，赵达先动手打了张业来。”

“他们还有过争吵吗？”

“我看到的还有一次。两个多月前，有一天晚上聚赌时，张业来可能暗中请来一位出千高手，赌博中肯定是出千了，被赵达看出来了，而且赵达认为是他们两人联手诈赌。但两人根本不承认，结果赵达与他们发生了激烈的争吵。”

“他们还有什么矛盾吗？”

“有的。有一次赵达与我说，张业来欠他赌债与水钱有一千多万元，这小子想不还，他已经迫使他写下欠条，限他三个月内归还，不然就对他不客气。”

好！这些情况太有价值了。崔军凯还是不露声色，又顺势问了一些两人的情况，陆志广都作了回答。黄飞宏、申高等人因案后外出，都已经做了调查并否定了，崔军凯便没有再作过多询问。他让陆志广回去再仔细想想，想到有关情况，可以告知看管民警，他们会及时转告的。

精明的陆志广发现二位警察一直听得很认真，知道自己讲的情况对破案可能有用，见崔军凯要结束询问了，就急着问：“那我的事情呢？”

"说话算数，我们这就帮你去联系。"崔军凯回答得很干脆。

崔军凯连夜从省城赶回云山向马大汇报对陆志广的询问情况。两人分析后认为，张业来后期应该知道是赵达出千而使他输掉巨款，欠下巨额赌债；赵达仇视他、打他、威逼他，必然也会使他对赵达产生仇恨，因而张业来有作案动机。从现在的调查情况来看，张业来没有出现在现场，如果是他作案，应该是雇凶作案。

刑事侦查中，对于一个重点对象，有的会越查越像，有的则会越查越不像。而对张业来的侦查，就是越查越像。

接下来，各组针对张业来的工作情况陆续汇总上来，越来越多的线索与证据使张业来的作案嫌疑度明显上升。

韩帅这组再访孙学强，他说知道赵达与张业来在赌场上发生过争吵打架，也知道张欠赵巨额债务，因为有一次赵达在车上与他说起过。经过反复说服教育，孙学强讲到有一次，赵达带着他，并从社会上叫来两个外地青年，找到张业来家里，逼他还钱。他还不出，赵达就硬逼着他连本带利写下了一张一千多万元的欠条，写明是张业来公司经营所用借款，期限为三个月还清。

张莺的信息组通过调查张业来公司的财务状况，发现今年以来有多笔巨款划到张业来个人的银行卡中，都是有去无还。他的公司已处于严重的资不抵债状态，流动资金几无，近期有不少被集资者找张业来要求还本付息，有的还闹得很厉害。

谢方群的视频侦查组则有一个重大发现。在一条通往三岩村的公路上，离村约五公里许的一个监控录像中，发现张业来开着他公司的一辆旧车子于5月10日下午经过该处驶往三岩村方向。张业来开车，副驾驶座上坐有一人，尽管图像不清，但是经过技术处理，该人面部特征与村外视频截图照片上的矮个子很像。

应法医带领技术中队，又对现场做了一次全面的勘查，没有发现账单、借条类字据。经过耿秀玲许可，对赵达的办公室也做了全面查找，也没有发现。

耿秀玲昨天又向杨秋露反映了一个情况，去年12月初，张业来与几个人一起在云都豪庭看房子，正好遇见她，到她家客厅小坐了一会儿。她记得张业来上过她家客厅的卫生间。

王英英手里拿着一沓照片向马大汇报，各派出所已广泛发动群众辨认视频截图照片，提供了一批可疑人员的照片，但经过视频组的比对鉴定，都被否认了。王英英有点失望。马超说，否认也是成绩嘛。

下午，在专案组针对张业来调查情况的汇总研究会议上，大家都认为张业来很有可能是“5·12抢劫杀人案件”的作案者之一。不少人认为他是雇凶作案，应该马上对他采取强制措施。

马超认同大家的意见，至于是否立即抓人，他考虑到另外两个进入现场行凶的案犯还没有查明，就说他马上请示左局长作决定。

左局长正在与治安大队长商量赌博重点整治工作方案。一把手发话后，治安大队态度十分积极，工作十分努力，几天就形成了“云山市公安局赌博问题专项重点整治工作方案”初稿。

见马超匆匆走进来，左局长就问：“有什么事情吗？”

“我想把‘5·12案件’进展情况向你作个汇报。”

“有什么重要进展吗？”

“有！”

左局长随即对治安大队长说先研究到这里，治安大队长只得先走了。听完针对张业来侦查情况的详细汇报，左局长同意张业来雇凶作案的分析意见。他兴奋地表扬了专案组，又问："在三岩村获取的视频截图上的两个人，应该就是进入现场的案犯，对这二人的调查情况如何？"

"已经在全市广泛发动辨认，两天下来，还没有发现相貌体征相似的可疑人员。"

"你刚才说，张业来回云山办企业时间不长，那么这二人有可能是张业来从外地雇用来的吗？"左局长问。

"有，这种可能性很大。如果是这样，就一时难以查明这二人的情况了。"

"抓了张业来，一定会惊动那二人。下一步你们打算怎么办？"

"考虑到这一点，我们想先密捕张业来，突开口供后再去抓捕另外两个人。"

实际上左局长也已经想到可以先行密捕，但他充分信任马超的侦查水平，还是让他先发表意见。

"好！就这么办。"不谋而合，左局长很干脆地作出决定。

遗　书

回到专案指挥部，马超立即派出崔军凯、韩帅等几路人马，分别到张业来的住处、公司及有可能去的几个地方，秘密侦查他的去向，晚上适时组织秘密抓捕行动。

情况大出意料！

各路人员陆续反馈情况——找不到张业来的下落。

马超心想，对张业来的调查工作一直很保密，对张业来本人更没有正面接触过，难道他知道我们的拘捕行动而逃跑了？

马超立即让张莺、谢方群组织人员从各类信息、全市视频中查找张业来的人、机、车活动轨迹。可查到近12点，没有发现昨晚以来张业来的任何活动情况。

韩帅按照马大的要求，带着李小林潜伏、守候在张业来的住房外。此时，他打来电话汇报，他按马超的指示试着打了几次张业来的手机，通了却没人接听。他隐约听到张业来的住房里有手机的响铃声。

电话在家里，通了没人接，张业来是躲在里面吗？他在里面干什么？有无可能手机放家里，人却逃跑了？情况紧急，马超命令韩帅守住张业来的住房，并说自己马上带人赶过去，同时让王英英赶快办理搜查手续。

马超带人赶到后，布置好外围警戒，便设法打开了张业来家的房门。这是一套三室二厅的房子，很快就搜查遍了，没有发现张业来。

应法医、许乐新开始在室内查找与案件有关的物品、有无外人进入的痕迹。

张莺进入了书房，稍过片刻，便在书房里叫了起来："马大，你来看，这里有遗书！"

马超等人闻讯立即进入书房。

张莺指着电脑屏幕说："你们看，这是张业来昨天写的遗书。"

"遗书原来放在哪里？"马超问。

"就放在桌面上。"张莺补充道，"桌面上文件不多，遗书的文件标题就叫'我的遗书'，一看就能发现，电脑开机也没有设密码，好像是张业来有意识让我们看到的。"

电脑旁有打印机，马超让张莺把遗书打出几份，分发给大家研究。他自己也拿了一份，到另外一个房间关起门来仔细研究。

我的遗书

今天，我决定离开这个世界，因为我的一切都失败了！

我的失败，都怪自己的糊涂，我迷上了赌博，输在了赌场，葬送在了赌债上。

赌博葬送了我的事业。我一人在外，孤身奋斗，经过多年的艰辛努力，办起了一个大企业，企业曾经发展得很好，利润十分可观。可因为赌博，我债台高筑，到今年年初，企业已经是严重资不抵债了，还欠了许多人的集资款，无法归还。

赌博葬送了我的家庭。我原本有一个幸福的家庭，妻子温柔贤惠，女儿乖巧听话。可由于我一赌再赌，妻子因苦心屡教而我却执意不改，失望之极与我离了婚。懂事的女儿也觉得父亲不可理喻、无可救药，坚决地选择跟着母亲走了。

赌博葬送了我的身体。我原本身体很好，精力很好。由于长期赌博熬夜，烟酒过度，我的身体一天不如一天，近期肝区经常隐隐作痛。几天前我到医院检查，医生怀疑我得了肝癌，我不敢再去细查，也不想再去细查。我隐约觉得，生命留给我的时间不多了。

我恨赵达。我原计划以云商回归名义，回到云山，戒断赌博，通过贷款与集资，利用原先的进料与销售渠道，争取东山再起。是他，又使我重回赌场，并屡屡对我出千，使我输掉大笔钱财，欠下巨额赌债。他还叫来社会上的无赖对我采取威逼恐吓，搞得我走投无路。现在他不死，只有我去死了。我知道警察已经在调查我了，他们迟早会破案的。赵达受伤害，责任全部在于我，与其他人没有什么关系，是我强迫他们去干的。别再查了，相信我。

我愧对一个人。二十多年前，她是我的追求偶像；二十年来，她是我的梦中情人；二十年后，她依然使我情迷意乱。她是多么美丽、善良、老实，而我却对她趁危非礼，甚至为筹集赌资，威逼借钱。这是多么无耻、多么丑恶！这辈子我已经无法赔罪还债了，只有下辈子为她做牛做马了。

人之将死，其言也善。人啊人，活着的人，你们要告别赌场，远离赌博啊！赌博会害死人的，会害了他人，更会害死自己的！

我要找我的真爱去了。不要去找我了，让我安心地走吧！

张业来绝笔

马超把张业来的遗书反复研究了好几遍，认为张业来写的情况与调查的情况基本相吻合。张业来因赌结仇，因仇雇凶，已经可以断定。张业来发现赵达的伤情在好转，觉察到警察在查他，加上债务缠身，身有重病，选择自杀也基本可以确定。

可他还是有点怀疑，这是否是金蝉脱壳？张业来大专毕业，智商较高，经商精明，从遗书分析，文字水平良好。文通思路通，张业来有无可能精心撰写了这封遗书，叙事是真，绝命是假呢？

张业来是“5・12 抢劫杀人案件”的主要犯罪嫌疑人，马超心想，除了要进一步搜集证据外，必须查明其下落，活要缉拿归案，死要找到尸体，此事容不得半点纰漏。

第二天一早，马超召集专案组全体人员开会，先简要讲了一下查找张业来下落的重要性、抓捕两名同案犯的紧迫性，而后没让大家讨论，就开始一一布置工作。

马超手里拿着张业来遗书的打印件说，今天我们先围绕张业来的遗书来开展调查工作：

张业来写到医生怀疑他生肝癌了，请老应去医院查明他的就医情况。他写到“现在他不死，只有我去死了”，是否他到医院窥探过赵达的病况，请杨教到医院做些调查并询问一下耿秀玲。他写到“是我强迫他们去干的”，不是花钱雇用，而是强迫他人行凶，他能强迫谁？请崔军凯马上组织人员对云山与张业来关系密切的人员开展调查；请张莺联系张业来原先经商地河川市公安局，把视频截图照片、匕首上的 DNA 数据都发给他们，请他们帮助查找可疑人员。你们要想方设法尽快查明两名行凶案犯。

张业来遗书表明，他在情感上很悲伤、很失落，请谢方群组织人员重点查看三岩村及周边通往三岩山道路上的视频监控，查找张业来有无前往三岩山……

散会后，韩帅跟在马超后面急急地问：“马大，怎么没给我布置任务？”

“你的任务就是跟我走。”

“去哪里？”

“去三岩山‘夫妻岩’。”

对上 DNA

位于云山市城北的三岩山，是一座很高很大的山。山上的夫妻岩，是一大风景区。夫妻岩有三块岩石，高的像男人，矮的像女子，五官、体型都很像真人。特别是在夜间月光下，可清晰看见二人双手互相紧紧地拉着，两双眼睛深情地凝视着对方。还有一块小岩石，像一个小男孩好奇地仰视着父母。

云山夫妻岩有一个与国内一处著名风景区夫妻岩相类似的古老传说。相传很早以前，三岩村里有一个勤劳、英俊的小伙子，家里田地少，就经常上三岩山砍柴卖柴。每天一早上去，中午就在山上吃一个带来的玉米饼，喝几口山泉水。山里有个山魔王，他有个女儿，经常在山中游玩。她发现了这个小伙子并爱上了他。有一次，她看见小伙子砍好柴准备吃午饭，就变成一个十分美丽但穿着破烂的村姑，走到小伙子面前假装要晕倒了。小伙子连忙扶起她，姑娘说自己又累又饿，小伙子就把仅有的一个玉米饼喂给她吃，又用竹筒接来山泉水给她喝。姑娘十分感动，说自己父母先后病死了，去投靠姑姑，哪知姑姑也病死了，现在无依无靠，无处可去，问小伙子能收留她吗，善良的小伙子答应了。小伙子父母见家里来了一个天仙般的姑娘，与儿子很合得来，自然待她十分疼爱。小伙子与姑娘在共同的劳动、生活中，结下了深厚的感情，不久就结婚了，一年后有了一个可爱的儿子。山魔王知道女儿私自下凡嫁人后，十分生气，多次派出手下干将，趁小伙子上山砍柴时，威逼她返回山王国，姑娘宁死也不从。山魔王气不过，趁小伙子一家三口一起上山采蘑菇时，用魔法将三人变成了山顶上的三块石头。

人们为他们二人忠贞的爱情所感动，为他们化为岩石所惋惜，后来就把这三块石头称为“夫妻岩”。经常有年轻的夫妻或恋人前来朝拜，也有些男女来祈求找到自己的另一半。

前几年，市旅游部门在夫妻岩修了一个观景平台。平台周边建有围栏，一根根水泥柱之间，由多根又粗又密的钢筋相连着。后来不知是哪位游客先想起来，在钢筋上挂了一个同心锁、一根红布条。之后，人们争相仿效，钢筋上的同心锁、红布条越挂越多，几乎都挂满了。平台北面有一间小店，内有各种形态的同心锁与红布条出售，还提供记号笔供游客在布条上写字。平台东、南两面下面是悬崖峭壁，高达近百米，再往下是大片茂密的树林与草丛。

马超比较喜欢旅游，当年读书期间放假时经常外出游玩，工作了，难得有时间外出旅游，他就不时在网上看看名胜古迹、山水风光，作为紧张工作的一种调剂、放松。参加工作前他曾多次到过夫妻岩，工作后只来过一两次，而且是多年以前的事了。

看了张业来的遗书后，马超隐约有种感觉，就叫了韩帅和李小林，一起来到夫妻岩下。

马超仔细看了一些红布条上写的话语，发现多数是表达对爱情的忠贞，也有写想找到情侣的渴望，还有一些写得挺伤感的，其中有几根红布条上的话语写得很动情：

“此生难作比翼鸟，来世再为连理枝。”

“我生君未生，君生我已老。化蝶去寻花，夜夜栖芳草。”

“前生已是夫妻，来生定成夫妻。只叹网破双栖，今生无缘夫妻。——观夫妻岩有感”

马超想起一首词中写道：“网罗惊破双栖梦，孤影乱翻波素。还碎羽，算古往今来，只有相思苦。”“有感”一诗的作者应该是引用了该词的意境。

马超问韩帅、李小林：“你们知道夫妻岩的传说吗?”

韩帅说从书上看到过，李小林说听他人讲过。

马超又问：“张业来的遗书中最后讲道：‘我要找我的真爱去了。不要去找我了，让我安心地走吧!’你们觉得是什么意思?”

“张业来决定为寻找所谓的爱而自杀。在云山，临死前想要找真爱，很自然会想到要来这里。”李小林抢着回答，又说：“观景平台建好以后，到这里来观光、朝拜的人很多，有年轻男女，也有中老年。我也来过几次。”

“与女朋友一起来的吧？你小伙子工作不到一年就谈上恋爱啦？”马超心里想着却没说出口。办案中他大多很严肃，很少开玩笑。

“你的看法呢？”马超问韩帅。

“我的看法与小林一样。”韩帅回答，又补充分析道，“去年年底，市电视台一年轻职员，因恋情受挫留下遗书后失踪了，有人反映他上了夫妻岩，但在山坡中并没有搜索到他的尸体。此事在云山影响很大，他家人至今还在信访。张业来可能是模仿他，到这里来自杀了。”

“从遗书及其他一些情况分析，张业来是有到这里来自杀的可能，所以我带你们来实地查看一次。”马超认同他俩的看法，接着说，“查看后，我也觉得这种可能性更大了。”

“那我和小林从峭壁旁边的山坡下去找找看。”韩帅说。

“对，我们下去找！”李小林也跟着说。

“那不行，两边山坡都很陡，下去很危险。”马超说着，又补充道：“你们看，观景台边长一百多米，峭壁下面的山坡还很高，草木茂盛，如不能确定在平台哪个位置跳下去，只靠几个人是很难找到尸体的。晚上我们再汇总研究一次，如果张业来在这里跳崖的可能性大，明天即组织力量，从山脚上来搜，并请市局刑侦支队警犬大队一起来帮助搜索。”

命案侦查前期，由于信息多、情况复杂，云山市公安局刑侦大队经常要开会汇总情况、分析案情、商议工作，每天晚上的碰头会更是少不了。

马超进入合成作战室，只见队员们已经在那里很热闹地议论着。

“抓紧谈谈今天的工作情况。”马超催促道。

杨秋露汇报，她找了耿秀玲，说没有发现张业来到医院来打听过赵达的情况，不过她从耿秀玲提供的同学会通讯录中，发现他们班有个同学在医院里当副主任医师，这段时间在 ICU 病房上班。那医师向她反映，他有一笔钱集资在张业来的公司，前些天，他为了要回集资款，请张业来吃过一餐饭。餐间，张业来似乎无意中问了他一句赵达的病情如何。他告诉他已经有了明显好转。

应法医说，他已经查明张业来一周前在市一医院做过检查，为他看病的医生说，B 超发现肝脏有肿块，要他做进一步检查。张业来当时问得很仔细，可是后来没有去复查。应法医还看了 B 超图与报告，与医生一起分析，认为张患肝癌的可能性很大。

崔军凯汇报，张业来长期在外经商，回云山时间不长，交往密切的人员不多。他们已经基本查到了这些人员，经过调档比对照片，没有发现与视频截图照片体貌相似的可疑人员。结合前期的大规模辨认，分析张业来从外地叫来人员行凶的可能性很大。另外，还对张业来可能的去处、交往的人员作了全面了解，没有发现张业来这几天的行踪情况。

张莺说，河川公安很配合，已经发现张业来在当地的一批接触密切人员，正组织警力开展调查核实。根据对交通类数据库的查询分析，发现张业来 4 月底去过河川市，5 月初返回云山。她还说，没有查到张业来近几天的通信信息。

谢方群汇报的情况让大家十分兴奋。他说，经过调查，张业来的奔驰车一个月前已被债主开走了。重点查看出租车，在三岩村的一个监控视频中发现，前天晚上11点51分，有一辆出租车开往三岩山方向，经过循踪倒查，在一高清视频中获取了该车牌照。傍晚已经找到该出租车司机，他承认前晚有一乘客搭坐他的车到三岩山，由于太晚了，他开到山脚下就不愿再往上开，客人应该是自己走上去了。他辨认照片后认为该乘客就是张业来。

……

"好！大家一天下来成效很大。"马超接着说，"现在两点基本可以肯定，一是张业来自杀了，自杀地点很可能是在夫妻岩，明天我们就组织搜索；二是两名行凶者来自外地，很可能是张业来从河川叫来的。张莺你们要多与河川公安联系，崔车凯你们要做好去河川的准备。"

刑侦破案到一定程度，有时会突然冒出一个重大消息，甚至是直接导向破案的消息。

这不，马超刚讲完，DNA室的小吴冲进来，激动地说："对上啦，对上啦！"

"什么对上啦？案犯的DNA对上啦？"马超急问。

"对！今天，河川市公安局DNA实验室把一组数据输入了公安部的数据库，我在上网比对中，发现'5·12案件'匕首柄上的DNA分型，对上了一名因打架被拘留的河川人张君锐。"小吴显得很激动，说话时上气不接下气。

小吴的DNA检验技术日见长进，案犯戴手套作案，日常接触留在匕首柄上的脱落细胞应该是很微量的，但是她仍然把它检验了出来。

众人十分激动，纷纷称赞。

过了一会儿，张莺又激动地报告："我上网在数据库里查到了！小吴说的张君锐，目前还被关在河川行政拘留所里。张君锐的身份证照片与视频截图照片中的矮个子很像。”

谢方群立即走到张莺的电脑前观看：“什么很像，就是他！”

马超下令：“军凯，你带人连夜赶往河川市。”

抓捕、搜查与搜索工作进行得很顺利。

崔军凯等人在驱车赶往河川的途中，接到了张莺打来的电话：为慎重起见，她又上网对多个数据库进行了查询分析，已经查明张君锐今年29岁，身高1.65米，身子胖中显壮；又请许乐新等人一起分析，大家一致认为张君锐的年龄、身高、体形，符合现场案犯所留其中一种脚印所反映出的个体特征。张君锐是河川市郊区人，有多次打架斗殴、赌博嫖娼的前科劣迹。

紧接着，张莺又说了一个重大发现：通过对云山旅店、交通等数据查询分析，发现张君锐于5月9日坐火车到云山，5月12日返回河川，并查到了他住宿的宾馆。经请谢方群等人一起调取、查看宾馆视频，发现与张君锐一起进出宾馆的还有一人，身高1.76米左右，体形偏瘦，符合现场另一种脚印的分析。通过反复查看视频，再访问宾馆服务人员，查明了二人分住的两个房间。另外那人叫张君保，39岁，与张君锐是同村人。二人同一天来同一天走。经过调取照片辨认，张君保与视频截图照片上的高个子面貌特征相符合。

与河川公安联系协查后，刚才河川又有情况反馈过来，二张是堂兄弟，同在河川运动器材公司工作。马大已请河川刑侦大队对张君保实施布控。

张莺十分激动和兴奋，一口气把调查到的情况向崔军凯作了汇报。

崔军凯抬手看了一下手表，才上午10时多一点。他心想，张莺他们肯定又忙了一个通宵。

崔军凯等人上午 11 点多赶到河川市时，张君锐仍押在拘留所。

河川刑侦大队已经查明张君保的具体落脚点，抓捕过程很顺利。接着又依法对二张住处做了搜查。在张君保家中，发现一些与耿秀玲提供的特征相吻合的金银珠宝饰品。

张业来的尸体在夫妻岩下面山坡的树丛中被搜索到。参加搜索的有云山公安局近百名民警、刑侦支队警犬大队六个民警六条警犬，还有一支云山的民间搜寻志愿队伍，他们也有几条搜索犬。尸体是警犬发现的，警犬在“5·12 案件”中又立了一功。志愿队的搜索犬也在离尸体几十米外的草丛中搜到了一只张业来掉落的皮鞋。尸体经过亲友、同事辨认，之后还做了 DNA 检验，确认是张业来的遗体无疑。

可是，审讯遇到了麻烦。

二张被押回云山后，审讯中都承认与张业来关系比较好，也承认到过云山，但是坚持说是来与张业来商谈公司业务事项的，一口否认行凶作案。二张可能还不知道公安已经全面调查了张业来，更不知道张业来已经死亡。

主审的崔军凯、韩帅一起商议，认为他俩串通了口供，分析是与张业来一起在作案前、后都作过串通。

马超听了审讯情况汇报后，认为结伙作案，案犯不交代，需要想办法选择好突破口。他当即叫来应法医。

“老应，二张在行凶过程中各自的作用如何？”马超问。

应法医对近几天的侦查工作进展情况很熟悉，也已经知道审讯遇到了困难，进来时把有关照片也带来了。他先让马大、崔副、韩帅三人看了赵达身上的威逼伤、胸部刺伤、颈部勒伤的照片，接着边指点边解释了这些损伤的特征。

“我们先分析赵达身上的威逼伤。这些刺切伤分布在腹部与大腿部，深度较浅，切割伤走向基本一致，每刀之间比较平行，应该是赵达被捆绑固定在沙发上时所形成。

“你们再看颈部的勒痕，上面一道，索沟从前面往两侧后上走，呈U形，索沟不深，损伤不重，分析应该是对赵达既是固定也是威逼的动作所形成。

“两个动作不可能一个人去做。从匕首上检出的DNA推断，应该是张君锐拿匕首，那勒绳子的必然是张君保。”

崔军凯问：“那胸部的刀伤与颈部的另一条索沟作何解释?”

“胸部的刺创，左一刀，右二刀，医生手术中发现左胸那刀的创道有近十公分深，离心脏仅差不到一公分；三刀都没有刺到大血管。我在医生的配合下，对刺创做过仔细检查，生活反应明显。赵达真是命大！但是，案犯这个行刺动作，显然是想致赵达于死地。”应法医接着分析道。

“下面这条勒痕前后平行，呈环形，应该也是一个致死性动作。”他指着照片上赵达颈部的另一道勒痕说。

崔军凯知道，马大是想通过应法医对损伤的分析来判断二张中哪一个是主要行凶者，听到有两个致死性动作，他心里有点急。“应法医，二张都有致死动作，那就难以从中选择突破口了。你还能从损伤分析中推断出哪个是主要行凶者吗?”

“可以。”应法医摘下眼镜擦了擦，很快就戴回去，镜片后的眼球发亮，他接着说，“关键是颈部的两道勒伤，从照片上可以看出都不是很严重，赵达的睑球结膜、口唇黏膜都没有发现明显的出血点；医生也反映在治疗过程中发现赵达颈部的损伤不严重。由此可以推断，张君保没有实施很用力的勒颈致死动作。”

“那张君锐就是主要的行凶者?”韩帅抢着说。

“对!”应法医胸有成竹地下了定论,“这应该对你们选择审讯的突破口有用。”

马超一直默默地、认真地听着应法医的分析。此时他表态了,对崔军凯、韩帅说:“你们接下去就先重点审讯张君保。”

崔军凯十分佩服马大的审讯水平,说:“马大,还是请你亲自出马审讯一次吧?”

“不必了,审讯有连续性为好。我相信你们能够突破口供。”

张君保是崔军凯主审的。张君保家里上有老父老母,下有一对儿女;妻子生病多年,只能在家做点家务。上次审讯讲到他家里情况,希望他能主动坦白,争取从宽处理时,崔军凯发现他眼圈发红、手脚颤抖。这次再审,崔军凯对他讲了坦白从宽、抗拒从严,谁先讲谁主动,并特别讲了主凶从重、次凶从轻,“你人到中年,更要顾及家里老少。我们把你从外省抓回来,没证据会这么干吗?你不交代,照样可以定你罪,定你重罪。”一番晓之以法、动之以情之后,张君保交代了“5·12案件”的作案过程。

凶相毕露

张业来在河川开办运动器材公司时,来自农村的张君保是公司的第一批员工之一。张业来见他才20出头,头脑灵光、诚实勤劳,又是本家人,很是器重与重用他,几年后让他当上了公司人事部经理。六七年前,堂弟张君锐为工作找到张君保,他就把他也安排进公司工作。那几年公司发展顺利,利润很高,但张业来却没有将钱很好地用于正道,而是迷上了赌博。张君锐在农村时就经常参加赌博，尽管没多少钱，赌得不大，但赌术很好；且他人长得粗壮，又是张君保的堂弟，不久张业来就把他带在身边，既当赌博军师，也做日常保镖。六年前，张君保妻子因慢性肾炎导致肾衰竭，每周透析要花许多钱，他先后向张业来借了近百万元。张君锐因赌博也先后向张业来借了一百多万元。那段时间公司生意好，他们与张业来的关系又很好，张业来借钱爽快，也没有多向他们催讨。

回到云山开办公司后，张业来在河川的公司平时就交给一个常务副总打理。4 月底，他来到河川处理公司的一些要紧事情。张君保、张君锐知道后，就请他吃饭喝酒。席间，二张见张总一直愁眉苦脸，唉声叹气。张君保便讨好地问："张总，什么事情使你这么不开心？你与我们兄弟二人说说，我们能帮上忙的，一定为你尽力去办。"

"与你们说？说了也没用的。唉！看来这一难关我是过不去了。"张业来说后，长叹一声。

"张总，什么事你说说嘛，这么多年你对我们兄弟俩这么好，我们又是本家，我俩没什么钱，只要不是钱的事，要我们怎么干都行。"张君锐的表态比堂哥更坚定，更明确。他跟随张业来多年，已经猜想到老总这次事情应该不是为生意，而是有关赌博或男女之间的事情。

张业来思考了一会儿问："什么事情都敢干？"

张君锐很豪气地回答："敢！"

"去搞掉一个人并劫取他的钱财，你们敢吗？"

"怎么不敢？怎么搞你尽管说。"张君锐毫不犹豫，又一次坚定、明确地表态。

"好！够兄弟。"

张业来接着把自己在云山赌博，被赵达出千，欠他很多钱，还被他殴打，且被他逼着写下了一千多万元公司经营用款欠条等事情，详细地跟他们讲了。最后他说，自己不但被赵达骗去了许多钱，公司也快被他搞垮了。此仇不报，生不如死。如果他俩能帮他搞掉赵达，把自己的欠条拿回来，他不但不要他俩还欠款，还再给他们一人一百万元。他又补充说，赵达家里有很多钱财。

张君锐胆大心狠，与他人打架是常事，这次的事情虽然风险很大，但有这么多钱财可拿，他觉得值得一干，就说："张总，我们一定为你出这口气。你说吧，什么时候去干？"

张业来见张君保先表态，可讲到真要他们干事，他却一直没讲话，就问他："君保，你敢干吗？"

张君保犹犹豫豫，一时答不上来。

张君锐见状急着说："阿哥，你犹豫什么，阿嫂不是急需要钱治病吗？你不要害怕，跟着去就是了，一切由我为主来干。"

张君保想想自己话已说出去了，家里也确实急需要钱，张君锐又说以他为主干，也就答应了。

张君锐、张君保 5 月 9 日来到云山。10 日张业来带他们上三岩山夫妻岩游玩。傍晚下山后，他带他们走小路到了云都豪庭别墅区北面，给他们指点了赵达的房子，告诉他们可以从北面卫生间的窗户进去，并说他已托人了解过，近段时间赵达一个人住在家里。

11 日，张君锐、张君保二人悄悄地对别墅内外做了踩点。

12 日凌晨 1 点多，张君保、张君锐来到赵达的别墅北面。北面有多个窗门，他们来回转了几次，才找到卫生间的窗门，用力一拉就拉开了。进入别墅后，他们用刀威逼住闻声下楼的赵达，用绳子把他捆绑起来。然后张君保用绳子勒住赵达，张君锐用匕首刺划赵达，逼他讲出了保险柜的钥匙所在和密码以及张业来的欠条存放处。随后张君锐让张君保控制住赵达，自己去劫取了保险柜中的金银珠宝与现金，并找到了欠条。

张君保见找到了欠条，还劫得了这么多金银珠宝与二十多万元现金，就对张君锐说，把赵达的嘴塞住，我们跑吧。

张君锐说我们俩一高一矮、一瘦一胖，在云山活动了好几天，这人一向警察报案，我们还不完蛋？说着，他就用匕首朝赵达胸部猛捅了三刀。之后他见赵达还在动，就让张君保用绳子勒死赵达。

张君保颤抖着双手不敢动手。

张君锐凶相毕露，拿着滴血的匕首，指着张君保低声吼道："我们俩要活一块儿活，要死一块儿死，你快动手！"

张君保只好动手去勒赵达。但他把绳子套上去后，并没有很用力去勒，而赵达很快就一动不动了。实际上，此时赵达因失血、疼痛已经昏迷过去了。

作案后，张君保一切都由张君锐做主。他们于 12 日一早即约张业来在宾馆后面一个公园的隐蔽处见面，把欠条交给了他，张业来当场把欠条烧了。张君锐没有跟张业来讲劫取到了许多钱财，只开口向他要二百万元。张业来说现在手头没钱，过段时间一定会给他们的。张君锐还算讲义气，将抢到的钱财分了一半给张君保。

接下来再审张君锐，崔军凯、韩帅自是底气十足。张君锐从他们的话语中听出，警察已找到了凶器匕首，且通过检验比中了他，而张君保已经作了交代，就不再顽抗，也交代了作案过程，不过他强调是张君保先勒死赵达的，他只是之后再补了几刀。至于赃款他早已赌输掉了，金银珠宝也卖掉送掉赌掉了。

马超听了审讯情况汇报，说，张君锐不承认杀人，要再设法突开口供。实在突开不了，问题也不大，有视频、凶器、损伤鉴定、DNA 检验以及张君保的口供等人证物证，检察、法院应该会予以认可。但是必须查明二人劫走的赃物、赃款去向与下落。

马超还告诉他们，杨教刚去过医院，医生告知，赵达的伤情大有好转，近期有苏醒的可能。

经过医院的全力精心抢救，赵达的病情在几次反复后，终于稳定了下来。

耿秀玲经医生许可，进入 ICU 探望。她紧紧地拉着赵达的手，边啜泣边叫着“阿达、阿达”！赵达似乎感觉到了，他的手也在用力握着妻子的手，慢慢地，他的眼睛睁开，眼球转动，接着留出了泪水。他可能想说话，但是讲不出来。

耿秀玲见状泪水直流，她对丈夫说：“阿达，你坚持住，你会好起来的。等你好了，我们一起从头开始，好好生活。好吗?”

赵达似乎听到了，听懂了，眼中的泪水突然增多，顿时在两侧眼角形成了两行泪流。

泪流满面的耿秀玲走出病房，见杨秋露正等候在门外。她是来请耿秀玲去辨认赃物的。

“杨姐!”耿秀玲扑过去抱着杨秋露痛哭起来。

一段时间的接触，两位美丽善良的女人的心早已经相印相通了。

第二天，云山市公安局党委作出决定，在全市开展为期一年的赌博问题重点整治专项行动。

第四章　逃往何方

信访人

云山市公安局信访接待室的东墙上，挂有一条“依法信访依法办理”的大横幅标语。房子当中放着一张长条桌，东侧摆着一溜儿桌签，坐着一排民警；西侧放置了一块“信访人”桌签，坐着信访人。

今天是局领导信访接待日。由局党委委员、刑侦大队长马超主持接访，法制、刑侦、治安、交警等部门都派人一起接访。

一天下来，他们共接待了十多批信访者。有合理诉求的，也有过分要求的；有公安管辖的，也有非公安负责的；有声泪俱下的，也有高声责问的，甚至有哭着吵着不走的。

云山市公安局办理信访案件效率很高，无奈受社会大环境影响，信访量仍居高不下。

已近下班时间，马超又接待了一位不服死因鉴定的信访者。信访者的儿子三年前溺水死亡后，经多级公安机关反复勘查、调查及分析研究，认定他儿子是自己不慎落水溺亡，但是他仍然反复信访，多级信访，说儿子是被他人打昏后推下水死亡的，强烈要求查明凶手。不是凶杀案件要查出凶手，这怎么可能？面对信访者，马超只有反复作解释。直到他答应对信访者提出的几点疑问再做调查，信访者才走了。

“还有信访人吗？”马超问信访科科长。

“还有一位。”科长答。

“请他进来。”

一会儿进来一位老者。他满头白发，满脸皱纹，体型瘦小，步履蹒跚。

马超急忙站起来请他坐下，科长随即给他送上一瓶纯净水。

马超快速阅读了老者递上的材料。老者叫方修贤，是一名原国营云山机械厂的下岗工人。他看上去好像 80 来岁了，实际上 70 岁还不到。

“方师傅，今天您来有什么要求？”这个案子的情况马超基本了解，他很诚恳地请方修贤诉说。

“我还是以前那个要求，请求你们能够尽快抓住杀害我儿子的凶手。”方修贤声音不大，可言辞清晰，态度急切。

这个案子的追逃工作，刑大内部分工是由崔军凯和韩帅负责，马超示意坐在旁边的韩帅先说说。

“方师傅，您儿子方喜德被害案件，当时我们公安机关就很重视，抓获了大多数参加斗殴的人员，可惜杀害您儿子的犯罪嫌疑人秋飞没有抓获。这些年来，我们一直在缉捕，但是想尽了办法，至今仍然没有发现他的行踪。我们一定继续加大力度，争取尽早把秋飞缉捕归案。”

长相俊秀的韩帅认真作了一番解释与保证，又对马超说：“方师傅信访很守法讲理。他每年都会问我们几次抓捕进展情况，大多是写信来问的。”

信访科科长插话：“方师傅为人很好，他今天来访，也是先让他人，自己最后进来的。”

“我知道你们对我儿子的事一直很重视，你们工作很忙，我不应该来多打扰你们，但是……”方修贤欲言又止，悲伤得泪珠滴滴，哽咽声声。

“您有什么难处您就说说吧，我们会尽力给您解决。”马超的话语充满了同情。

方修贤显然被感动了，深深地叹了一口气，说：“我们家真命苦。我们夫妻俩都是下岗工人，中年得子，好不容易把他养大了，却被人杀死了。儿子他妈忍受不了丧子的打击，不久就病倒了，之后又得了脑出血瘫痪在床，上周去世了。临死前，她反复多次要我到公安局找领导，要求缉拿、严惩凶手。不能为儿子的冤死申冤，她死不瞑目啊!”他边哽咽边诉说，最后显得非常激动：“十年了，凶手还没抓到。我也已经是快燃尽的破油灯了！我恳求领导尽快抓到凶手，让我妻儿在地下能够得以安息，让我这老头子也能再活几年。”方修贤说完，双手捂脸，强抑声音，悲恸地哭了起来。

马超见状，立即站起来走到方修贤身边，双手抚着他的双肩说：“方师傅，您多多节哀！多保重身体！接下去，我自己牵头负责，一定尽快把杀害您儿子的凶手缉捕归案。请您相信我。”

前一个信访案件，是没有凶手要求抓凶手，简直就是无理信访；而这个案件，凶手明确，却这么多年没有抓住，确实是我们公安的责任。马超这样想着，便作了明确的表态。

方修贤听后十分激动，要给马超下跪。马超连忙扶住他。

翌日上午一上班，马超就打电话让刑大侦查员兼专案内勤王英英把“11·6案件”的案卷送来。

案卷送来了，同时还送来了云山市委常委、公安局长左力的批示和一些相关的信访材料。

此信写得有理有情，看了令人同情与内疚。“11·6案件”主要犯罪嫌疑人秋飞在逃，至今已是整整十年了。请马超同志亲自挂帅，尽快将秋飞缉捕归案，依法严惩。

左力

11月6日

马超先认真看了左局长的批示，批示就在方修贤的信访件上。信中的内容与昨天信访接待中反映的内容基本相同。方修贤是信访与人访双管齐下，可见这次他要求公安机关缉拿秋飞归案的愿望特别强烈。

“11·6案件”当时主要由刑大一位副大队长带队，与派出所一起侦办。案发时，马超刚担任刑大副大队长不久，分管侦查侵财案件，该案的侦查他没有参与。

看完左局长批示，马超开始认真阅研“11·6案件”案卷。

现场勘查笔录、尸体检验报告书、损伤鉴定意见书、讯问笔录、询问笔录、侦查终结报告书、起诉意见书等案件材料，全面记载了“11·6案件”的发案与侦查过程。

该案的主要当事人牛勇飞与高海风都是云山市城区人，当年都是25岁，没有固定工作，原本互不认识。

11月6日傍晚，牛勇飞乘坐公交车到朋友处。车上很挤，他站着。突然驾驶员一个急刹车，站在前面的高海风似乎没有拉住吊环，身子前倾瞬即后仰，一只穿皮鞋的脚踩在牛勇飞穿运动鞋的脚背上。

牛勇飞“啊哟”一声，随即猛推了一把转身看着他的高海风。

“妈的！你怎么乱推人?”高海风长得比牛勇飞高大，满脸怒气，眼睛直盯着牛勇飞大声斥责着，同时还手去推牛勇飞。

“操！你踩了人还这么凶。”牛勇飞一拳挥了过去。

不料手在空中被人抓住了，只听那人叫道：“你小子找死啊！敢打高哥，让你尝尝味道。”他是高海风的好朋友，叫雷创。他说完便与高海风及旁边的另一人冲上来，对着牛勇飞拳脚相加。

面对三人一伙，牛勇飞自知不是对手，边抵抗边往车厢后面退。双方扭打了一阵子，才被乘客劝拉开来。牛勇飞的脸被打肿、腿被踢伤了。

这时，公交车在一站台停下来，那三人从前门下车后就往前走。在车门即将关闭时，牛勇飞从后门跳了下来，悄悄跟在后面，发现三人右拐到解放路后进入了一家饭店。

牛勇飞拐进旁边的一家茶室，掏出手机打电话让秋飞等五人赶过来。十多分钟后，五人都相继赶到。牛勇飞说了自己在公交车上被三人殴打之事，众人听了都很气愤，异口同声说要找那几个人算账，要他们赔礼道歉，不然就狠狠教训他们一顿。其中有一个叫史强高的人拿出几根短铁棍，分发给大家。分给秋飞时，秋飞没要。

牛勇飞见了，不高兴地问：“你为什么不要？”

秋飞回答：“我今天衣服穿得少，藏铁棍不方便，我有一把水果刀。”

“那也行！今天你牛哥委曲大了，你可要出把力。”

史强高问了牛勇飞这三人的体貌衣着，先进到饭店窥探了一番，发现他们在一个包厢里等着吃饭。

当史强高带着牛勇飞等人进入饭店包厢时，发现里面多了五个人，应该是刚进去的。

虽然还是对方人多，但自己这边是带了家伙的，因此牛勇飞毫不示弱，气势汹汹地指着坐在主宾位上的高海风吼道：“你刚才踩了我的脚，不道歉还三个人一起打我，太过分、太猖狂了，你们现在必须向我赔礼道歉！”

高海风也不示弱，猛地站起来，用手指着牛勇飞，大声反驳道：“踩了你的脚，是因为汽车急刹车造成的，刚才还不是你先动手的，我们凭什么要向你道歉！”

旁边的雷创也猛地站起来，指着牛勇飞大声怒吼：“你小子也真狠，竟然带着人找上门来，还想找死啊！”

史强高见状，即拿出铁棍，“啪”地猛砸在餐桌上，大叫：“你们打伤了我兄弟，赔礼道歉那是我们对你们的客气。你们要是敬酒不吃吃罚酒，这铁棍可不认人！”

铁棍声把一桌子人都敲得站了起来，双双眼睛盯着对方眼睛。有的目光凶狠，有的目露惊吓。

高海风方有一人想打圆场，说：“那你们想怎么样？”

“跪下磕头，拿钱赔礼！”史强高狠狠地说。

“好！我赔你。”雷创说着随即拿起桌上的一碗鸡爪向史强高猛砸了过去。

牛勇飞大吼一声：“兄弟们上，打！”

史强高率先持棍冲了上去，双方顿时打成一片，棍棒打击声、碗碟破碎声与双方的怒骂声、喊痛声，混杂在一起。

突然，包厢电灯被人关灭了。

不一会儿，有人大叫："捅死人了!"

史强高听出是对方的声音，即高呼："撤!"

牛勇飞一帮人立即跑出了包厢。

这场恶斗，造成了一死五伤的恶果。受表兄所邀前来参加聚餐的方喜德被对方用刀刺破胸腔大血管，送医院抢救几小时后就死亡了；雷创胸、腹部各被刺中一刀，受重伤；双方各有二人受轻伤。

饭店报警后，派出所、刑侦大队先后赶去。经过近十天的侦查，双方参与斗殴的人员或被抓捕，或投案自首，只有动刀行凶的秋飞没有被抓获。

由于秋飞一直在逃，三个多月后，公安机关依法移送起诉；检察院起诉后，法院依法对参与斗殴的主要人员作出了有罪判决。

案侦初期，云山市公安局即对秋飞上网追逃。

"小事大祸!"这是马超花了一天一晚时间阅卷后的第一感受。

如果当时高海风踩了牛勇飞的脚，马上说一句"对不起"；牛勇飞不用手推他，而是回一句"没关系"，双方就不会争吵，接着也不会发生扭打，更不会出现后来斗殴的严重后果。

对认定秋飞是持刀行凶者的相关材料作了认真阅读研究后，马超发现一死一伤二人都是秋飞所刺的证据有所缺乏。

马超还阅读了"11·6案件"相关的信访材料，多数是方修贤夫妻写的信。其中有一封信是秋飞母亲写的，是打印件，落款处有秋母的签字与手印。该信可能是秋母找人代写的，从内容分析，应该是真实表达了秋母的意思。认真阅读后，马超觉得秋母的信很有分析价值。

劲抓并举

第二天上午，马超召集相关人员专题研究缉捕秋飞。

“‘11·6案件’我没有参与侦办。几年前大队决定由我和韩帅负责缉捕秋飞，我们想了许多办法，采取了不少侦查手段，但是至今没有摸到有关秋飞行踪的任何信息。工作没做好，我有责任。”刑侦大队副大队长崔军凯看了马超递过来的左局长批示后，作了一番客观解释与检讨。浓眉毛络腮胡、大眼睛高鼻梁的崔军凯，此时脸色显得有点尴尬。

“主要责任在我，因为具体工作是我去做的。”韩帅接着作检讨。而后他话题一转，没作铺垫就说：“我认为秋飞有已经死亡的可能。”

“秋飞可能死了？你有什么依据？”马超问。

韩帅脑子灵光，点子多，敢于直言，只是经验尚欠丰富，性格有点偏急。分析案件，提出新的观点，是要有充分客观依据的。

韩帅心中早有准备，马上答道：“马大，我的依据主要有两点。一是我们采取了各种侦查手段，如果秋飞活着，多少会有一些他的行踪信息，但几年来却是一点也没有。二是我仔细研究了‘11·6案件’的材料，牛勇飞一方，除秋飞外，五个都是在社会上混的人，关系很紧密，案发前有过多次打架斗殴的劣迹，而秋飞一直在厂里打工，同事们都反映他很老实，怎么会突然动刀捅死捅伤人呢？”说到这儿，韩帅停住了，不再往下说。

“继续说呀，从这两点你得出了什么结论？”马超目光中充满了鼓励。

“我认为牛勇飞等人有杀人灭口，再把行凶责任都推到秋飞身上的可能。”

“案中案，伤害案件中还有谋杀大案，这种可能性有多大？”参加工作才两年多一点的李小林，第一次听到这种分析，感到很惊讶。

刑大信息中队队长张莺接着说：“小韩，你的观点也够大胆的。‘11·6案件’的相关信息我一直都在关注，秋飞死了，我觉得是有这种可能，但如果说是被谋杀致死的，没有什么依据啊！”

“韩帅，你要知道，当时在起诉过程中，公检法三家都是认可秋飞是动刀行凶者的，这点现在如果没有新的证据，是不能轻易否定的。”王英英表明了自己的观点。

连续被几个人反驳，韩帅右手抓了抓头发，眼睛眨了好多次，长长的睫毛连续闪动着，心里有点急了：“我没有完全肯定秋飞是被谋杀的，也没有完全否定秋飞是凶手，这只是一种可能性分析嘛。”说完，他把目光转向马超，似乎在求助。

“韩帅的观点很有新意，也有一定的分析依据。”马超仍以鼓励的口气说。他转头问崔军凯：“你的意见如何？”

“这两个观点，韩帅和我讲过，我也认为秋飞有死亡的可能，除被谋杀外，秋飞外逃后自杀、意外死亡也是有可能的。但这些分析意见，现在都没有证据可作认定，所以也就没有向你汇报。”崔军凯说完随即表态，“秋飞死亡仅仅是一种可能性分析，我们还是要再想方设法，继续开展侦查，秋飞活着要缉捕他归案，死了也要调查清楚。”

“军凯说得对。”马超对自己副手的工作责任心、业务水平一直很满意，又问，“那下一步你们打算怎样开展缉捕工作呢？”

“马大，我负责抓了秋飞几年，没有抓到，现在左局长又批示要你亲自挂帅，下一步还是你带着我们抓吧！”崔军凯对马超的侦查水平一直很佩服。

“对！马大你出马，抓获秋飞及查明真相，肯定有希望。”韩帅随即附和。

“这样吧，军凯，你继续为主负责‘史强高涉赌涉黑专案’的侦查工作，这起专案的工作量很大。缉捕秋飞一事，这段时间你暂可不必直接参与，必要时，我会找你商量。”马超开始布置。

史强高专案组是左局长亲批成立的，由马超任组长，崔军凯任副组长。而马超因为要抓全面工作，前段时间又为主组织侦办几起省厅刑侦总队督办的案件，史强高专案的具体工作便多由崔军凯负责。

接着，马超对大家说：“按照左局长的批示，接下去我来牵个头，工作我们一起做。”

众人纷纷点头称好。

“大家刚才的分析都有一定道理。这个案件确实有三个问题需要搞清楚，即秋飞是否就是持刀捅死捅伤二人的凶手？秋飞有无死亡？如死亡了是怎么死的？”说到这里，马超的目光扫视了大家一遍。

张莺圆圆胖胖的脸上露出一口雪白整齐、晶晶闪亮的牙齿，催促道：“马大，你给我们好好分析一下吧！”

“我觉得按照现有的案件信息，无法对这三个问题下结论。”马超的话出乎众人意外。

“那怎么办？”张莺问。

马超没有正面回答，却反问道："秋飞母亲的来信你们看过吗？对我们缉捕秋飞有什么启发性作用？"

秋飞母亲的信，在场的多数人都看过，只觉得秋母是在为儿子辩护，对缉捕秋飞有什么作用，确实没作多想。

见大家一时无语，马超就分析道："我觉得信中有些内容很有研究价值。秋母讲秋飞从小就很老实，不可能动刀杀人。如果用刀捅人，一定是牛勇飞叫他捅的。秋飞在案发前，基本没有出过云山市，案发后却突然不知去向，肯定是牛勇飞安排他逃跑的。如果公安能够查明真相，一旦她知道儿子的去向，愿意劝他投案自首。从信中的这些内容，结合案发后的侦查情况，我们可以作出以下分析：

"牛勇飞与秋飞二人关系很好，秋飞原本老实，他参与斗殴是受牛勇飞指使的；秋飞外逃可能是牛勇飞安排的，也即牛勇飞可能知道秋飞逃往何处。最关键的一点是，案发后秋飞去向不明，也就存在着生死不明的问题。但秋母没有对此提出疑问，而认为是牛勇飞安排了秋飞逃跑。这可能是她自己的一种分析，也有可能是从秋飞本人或他人处知道的。如果是后一种可能，那么秋母就很有可能知晓秋飞的逃跑去向，特别是首站躲在哪里。"

"牛勇飞与秋飞关系很好，案发后又可能是他安排秋飞逃跑的，那牛勇飞为什么要去陷害秋飞？"

"有没有陷害？为什么陷害？现在还无法分析、判断。"

"据我所知，牛勇飞是投案自首的，他如果知道秋飞的下落，为了争取从轻处理，为什么不说？"

"这可能另有隐情，但是我们现在还没有掌握。"

"秋母答应劝儿子投案自首，为什么这么多年没有实际行动？"

“秋母这封信是在法院判决之前写的。判决后，她可能觉得对秋飞的行凶结论已经无法改变，也可能确实不知秋飞后来的去向，因而没有劝投举动。”

……

马超重视了大家所忽视的秋母信件，并作了递进式的分析，令与会者十分佩服，但还是向马超提出了不少问题。

对部下提出的问题，马超只作简要回答，没像以往那样作深入详细分析，排难解疑。

见大家问得差不多了，韩帅就说：“马大，我知道了，有些问题现在是无法搞清楚的。下一步我们的工作重点是，先围绕秋母、牛勇飞开展调查工作，然后再作分析研究，对吗?”

马超双手十指紧扣了好长时间，这时才松开。“对！现在没有充分依据证明秋飞已经死亡，我们应该把他当作是活着的，必须立足于缉捕，采取传统加科技的多种调查方法与侦查手段，继续查找秋飞的行踪。具体策略上，我们要实施劝抓并举，先期以劝投为主。与秋母的接触，我为主负责。”

询问案件知情人，领导出面效果常常比较好，所以马超决定自己去找秋母谈。

“军凯，牛勇飞也在史强高团伙中，你要在侦查史强高专案的工作中，注意收集相关线索。收网后，要适时专题讯问牛勇飞、史强高有关秋飞逃跑的情况，以求从中突破，进而抓捕秋飞。”马超开始下达任务，“另外，请张莺对无名尸体数据库再作全面查询，仔细分析有无与秋飞个体特征相似的尸体；请王英英抓紧找一下当时询问秋母的民警，请他仔细回忆一下调查时的情景、情况……”

秋母陈情

王英英下午就找了治安大队张副大队长。张副那时是“11·6案件”发案地城关派出所民警，负责调查秋母。他知道王英英的来意后，回忆了当时与秋母接触及询问情况，说秋母虽然是个农村妇女，但是很有主见，性格也较为固执。在先后多次询问中，秋母都坚持说不知秋飞去向，并且一再说秋飞不可能杀人，要求公安一定要查明真相，不要冤枉了她儿子。

王英英问，感觉上你认为她可能知道秋飞的去向吗?

张副说，按常理分析，秋飞外逃是有可能告知母亲的。我感觉秋母开始可能不知道秋飞的下落，后来可能有所知晓，可是她矢口否认，我们也没有证据，最后可以说是“事有可疑，查无结果”。

王英英又专门打电话询问了城东镇派出所参与对秋飞追逃工作的民警小陈。

小陈的回答是，近几年来一直没有发现秋母与秋飞联系的任何迹象，她应该是不知秋飞下落的可能性大。他还告知，秋母近期生病卧床在家。

马超正与杨秋露教导员商量如何去做秋母的工作，听了王英英的情况汇报，一致认为，既然秋母有可能知道秋飞的下落，就要从秋母是知情的角度去开展工作。如何与秋母接触?案发那时，秋母是故意伤害致人死伤重大犯罪嫌疑人的母亲，民警对她调查时，态度可能会比较强硬，双方可能会互相对立。现在可换一种方法，以理服人，以情动人，争取秋母的支持与配合。

第二天，马超、杨秋露与王英英三人身着便装，一起去找秋母。行前，他们特地买了一些补品、水果带上。

来到城东镇大路村，他们先找村支书了解情况。

陪同的城东镇派出所汪所长给双方作了介绍后，马超握着陈书记的手说：“陈书记，今天麻烦你了，我们是为秋飞的事来找他母亲了解情况的。”

陈书记矮矮胖胖，脸形圆圆，胡子银灰，双目含笑，慈眉善目。他没问马超要了解什么，急着接口说：“秋飞的事我知道。这小子以前在村里时，挺老实的，听说在城里打工表现也很好的，怎么会突然把人捅成一死一伤呢？怎么会一逃十年没音信呢？他能跑哪里去呢？”陈书记是快人快语。

汪所长向马超介绍过，陈书记快60岁了，是个老党员、老支书，为人正直，办事廉洁，在村里威信很高。

“秋飞母亲年轻守寡，靠家里的几亩薄地把一对儿女拉扯大，很辛苦、很不容易的。她为人很善良，在村里的口碑很好。”陈书记紧接着说完，这才问道：“马委员、杨教导员，你们想向秋飞母亲了解什么情况呢？”

为人好，口碑好，就有可能做通思想工作。马超说：“我们想请她动员秋飞投案自首。”

“动员秋飞投案自首，这可能做不到吧？”

“为什么？”

“去年你们公安搞‘清网行动’，投案自首的从宽处理幅度很大。”陈书记转脸对着汪所长，“我配合派出所民警多次去做过她的思想工作，她一再说自己确实不知道秋飞在哪里。不知道，怎么动员投案自首？”

“陈书记陪我去做了两次动员工作。怎么讲政策、作动员，秋飞母亲都是一口咬定不知道。”汪所长补充说。

“你也认为她确实不知道？”杨秋露问陈书记。

“我觉得她确实是不知道。秋飞母亲是很明事理的，也很疼爱这个儿子。如果知道，她应该会劝秋飞投案自首，争取从宽处理的。”

见一行警察面露失望之色，陈书记就热情地说：“今天二位领导亲自来，我带你们去，再帮你们一起做做工作。她这几天老慢支发作，肯定在家里。她女儿已经搬到城里去住了，本要接她去住，她不习惯城里生活，还是喜欢住在农村老屋。”

一行人来到秋飞家。

秋飞家有一个小院子，里面是三间旧平房，与周围的新楼房形成明显的反差。围墙有几个地方坍塌掉了，墙头长满了杂草。院子里有一棵银杏，本该长寿的银杏树已显老态，现在应该正是满树黄金叶的时候，它的叶子却早早地快掉光了，一根根枯枝无望地伸向天空。房子外墙石灰斑驳，木质门窗又旧又破，屋顶的瓦片也有一些破碎了，一些缺损了。今天是个大晴天，在红艳艳、暖烘烘的阳光下，秋家却显得一片衰败，没有生气。

严重的命案犯罪，不仅会给被害人家庭带来无尽的悲痛，也会给案犯自己的家庭造成极大的创伤。秋飞十年前就是制鞋厂的技术骨干，如果没有涉嫌犯罪而外逃，他家应该也会建起新房子的，不会如此破败，也不会让老娘独守破房。马超十分感慨。

中间堂屋的门关着，没锁。陈书记敲了敲门，随即推门引导大家进去。

堂屋中有一张方桌、几把椅子，没有什么像样的家具，但是显得很整洁。秋飞母亲正靠在一把竹椅上闭目休息。她穿着一身干净的旧布衣，头发全白了，面无血色，身体消瘦。

“大嫂子，公安局的领导看你来了。”陈书记亲切地说。

秋母睁眼坐直身子，用手指指身旁的椅子，示意陈书记坐下；再看着马超一行，没有说话，似乎不愿搭理。

杨秋露一双大眼睛里透出温润的目光，走上前指着马超对秋母说："他是我们局领导，我是刑侦大队教导员，听说您病了，特地过来看看您。"说着，从王英英手中接过礼品，放在秋母身边。

秋母没有拒绝，也没有表示感谢。

"大嫂子，这几位领导很好的，不是来为难你的，而是想与你一起劝秋飞回来。你如果能劝秋飞回来，他们一定会给予从宽处理的。"陈书记接着说。

马超觉得陈书记长期当村干部，说话很有水平。

他弯腰靠近秋母说："秋飞妈妈，秋飞外出了这么多年，您一定也很想念他的。长期在外，总不是办法，我们迟早也会找到他。如果他能回来投案自首，刚才陈书记也讲了，我们一定会依法从宽的。"

秋母似乎很激动，一下子气喘得很厉害。杨秋露随即给她拍背，边拍边说，您有什么要求也可以先提提。

"我觉得我儿子不会去杀人，我要求你们公安查明真相。"秋母忍住了喘息，终于开口说话，声音还挺响的。

"您觉得您儿子没有杀人，那更应该让秋飞回来说明真相嘛。"马超说。

"你们判都判了，说飞飞是杀人凶手，他回来怎么还说得清楚?"秋母仍然很激动，边咳嗽边说。

"我们内部有规定，同一个案件，在逃人员归案后，是要进行再次调查与审理的。只要秋飞回来，如实讲明情况，我们也一定会如实查明情况的。"马超耐心地解释着，尽量避免使用"逃犯"、"抓捕"这些词语。

秋母再一次沉默了。

马超觉得自己的话她是听进去了，便接着加了点压："如果是被我们公安找到了，那对秋飞是很不利的。"

"马领导讲话肯定算数的，大嫂子，你就想想办法找儿子回来投案吧！"陈书记适时作了进一步劝说。

陈书记威望高，平时对秋母也很关照。他的话打动了秋母，她的态度起了转变。

"我是很想飞飞回来的，但是我不知道他在哪里啊。"秋母说。

"秋飞当时是怎么逃跑的，您知道吗？"见秋母愿意对话了，马超就开始缓缓发问。

"不知道，可我知道肯定是牛勇飞安排的。"

"您怎么知道是牛勇飞安排的？"

"他们二人很要好，飞飞曾带牛勇飞来家里玩过几次，每次都叫我要多烧几个好菜。那次打架，也是牛勇飞叫了飞飞，飞飞才去的，所以我觉得是牛勇飞安排的。"

"牛勇飞安排他往哪里跑？"

"这我不知道。"

"事前事后都没有人告诉过您？"

"没有人和我说过。"

看来秋母头脑很清醒，愿意时，有问必答，而且答得很快，但是秋母说此话时，脸上露出了慌乱的神情。这点被马超捕捉到了。

"秋飞没有和您说过吗？应该说过吧？"马超以知晓的语气再问。

秋母被问住了，一时不语。

陈书记觉得马超问话与以往的民警不同，刚柔相济，有礼有节，环环相扣。

“大嫂子，你如果知道就直说吧，今天机会难得，说了会有好处的。”陈书记在关键时刻又帮了一忙。

秋母低头沉思着，过了一会儿，抬头看着陈书记说：“老陈兄弟，你可要为我做个主，秋飞如果回来，你一定要让公安查明真相。他如果有错，也要给他从宽处理。飞飞那时还小，不懂事啊！”

“大嫂子，你放心，这事由我负责和公安说，他们会满足你的要求的。”陈书记见劝说起了作用，先打起了包票。

马超马上应和：“我们都说话算数，请您把所知道的情况和我们谈谈。”

秋母猛咳了几声，深深地喘了几口气后，定了定神，开口说：“难为你们这么为我着想，飞飞是给我来过一个电话。”

秋母开始说真话了！

马超听了心里一阵激动，心想要抓住机遇问下去，便更加和气地问道：“飞飞妈妈，那请您想想，飞飞是什么时候打来电话的？”马超把秋飞也改称为“飞飞”。

“是他们打架几天后的一个晚上。”

“从哪里打来的？”

“飞飞说自己在昌海，他在那里找了一份新工作。”

“他说了自己具体在昌海哪里吗？”

“没说，我也没问，只是叫他早点回来。”

“他有没有说是牛勇飞给他安排的？”

“没说是牛勇飞，只说是朋友帮他找的工作。哪个朋友我没问，事后我想想，应该就是牛勇飞。飞飞很少出云山，我知道他只是到云州市去玩过几次，到省城玩过一次。他也不大善于交朋友，除牛勇飞外，他没有什么好朋友的。不是牛勇飞，还有谁能帮他到昌海那么远的地方去找工作呢?”

秋飞母亲还挺能说话的。她边喘气边说，对马超的一个问题回答了长长的一段话，进一步说明秋飞外逃是牛勇飞安排的。

“飞飞电话打到哪里?”马超觉得秋母讲得在理，就转了个话题。

“打到他姐姐秋雁家的。”

“你与秋雁说过此事吗?”

“雁雁夫妻出去谈生意了，几天后才回来。那时我已经知道飞飞出大事了，就没有和他们说。”

听了秋母的话，陈书记感到很惊讶，问:“大嫂子，秋飞打来过电话，你以前怎么一直没说?”

“我接电话时，还不知道出事了，而且也就这么一次，之后就没有一点消息了，说了有什么用呢?”面对陈书记的质问，秋母似乎很不好意思，但仍然为自己作了辩解。

“那次电话以后飞飞就没有再与你联系?你真的再也没得到过飞飞的消息啦?”马超紧接着追问，语气显得有点强硬了。

“没有，一点也没有。”秋母很肯定地回答。

“秋飞妈妈，这事应该讲清楚，请你再仔细想想。”马超再次盯住追问。

“真的没有一点消息!要是飞飞再与我联系，我一定会劝他回来的。这十多年来，我每天每夜都在想我的飞飞。我的飞飞啊，你现在哪里啊!你怎么不回来看看妈妈呢?”秋母说完即大哭起来，哭得上气不接下气。

杨秋露又走过去，一边给秋母拍背一边说:“秋飞妈妈，您别太伤心，多注意保重身体。”

劝说了好一阵子，秋母才停止哭声。

杨秋露与马超交换了一下眼神，对秋母说:“今天我们就先谈到这里。如果您得到秋飞的消息，可以直接告诉我们，也可以与陈书记说。只要他回来投案，我们一定会查明事实，能从宽一定会依法从宽的。”

陈书记也劝说了秋母几句，并作了一番安慰。

一行人告辞出来。陈书记坚持要送他们。走到村口，正好碰上回来看母亲的秋雁。陈书记和她打招呼，秋雁笑着说感谢陈书记对她妈妈的关照。

马超与陈书记耳语了一句，他马上领会，当即请秋雁到村委会去一下，说有点事要找她谈谈。秋雁见陈书记旁边有一帮人，虽然觉得有点奇怪，还是跟着来到村委会。

到了书记办公室，陈书记把马超等人向秋雁作了介绍。杨秋露向秋雁介绍了找她妈妈谈话的情况，同时请她一起想办法动员秋飞投案。

陈书记在一旁也说，秋雁你对你弟弟这么好，这次公安局领导亲自上门，是一次难得的好机会。为了秋飞好，你要想办法找到秋飞，带他投案自首。

秋雁说，妈妈接到过秋飞电话一事，她真的不知道，弟弟出逃后，她没有得到过任何有关他去向的消息，今后如果知道，一定会动员弟弟来投案自首。同时她也反复讲秋飞不可能杀人，要求公安复查，查明真相。

噩梦惊魂

“哎哟，哎哟，啊、啊！我有罪，我认罪！我投案、我坦白，你们饶了我吧！”钟念秋边大叫边猛地从床上坐起。

睡在一旁的妻子被他的喊叫声所惊醒，也坐了起来，用手摸了摸他的身子和脸庞，然后打开灯，转身温柔地抱着浑身发抖的他，柔声地问：“阿秋，你怎么了？叫声这么吓人，浑身都是汗。”

他没有作声，只是转身紧紧地抱着她。

过了好一会儿，他看了看怀中的她，又看了看睡在旁边小床上的女儿，说：“没什么，没什么事，只是刚才做了一个噩梦，梦见两伙人在打架，突然有人拿着棍子追打我。我在逃跑过程中跌落到一个大坑里了。”

她抽出几张餐巾纸，帮他擦了擦汗说：“你怎么近段时间老是做噩梦？”接着打开手机看了看，“没事就再睡吧，现在还只是三点钟。”

他说好的，让她先躺下。但她一定要他先躺下，给他填好枕头，自己再躺下。

可他却怎么也睡不着了。十年来的往事，一幕幕地在他脑海里上映着。

她也没睡着，在与他的相处中，他的一些奇怪表现，也一幕幕地在她的脑海里上映着。

“飞飞，出大事情了！昨晚被你捅了刀子的人死了。”

“啊！那怎么办好？”

“我不是叫你拿根短棍，如他们不赔礼道歉，争吵起来可以用以自卫吗？你怎么可以动刀子呢？”

“牛哥，你不是说实在气不过，他们如不赔礼就狠狠教训他们一顿吗？”

“那我也没叫你捅刀子呀，更没让你把人捅死嘛。”

“对方有人拿凳子砸你，为了保护你，我情急之下才动刀的。”

“好了、好了，我们不要再争论了，现在还是考虑接下去怎么办吧。”

昨晚，牛勇飞说在路上被人欺负了，叫上秋飞等一帮人到饭店讨说法。争吵中，双方发生了打斗，各有受伤。之后，秋飞被牛勇飞带着躲到了城郊的一家小旅馆里。今天一早，牛勇飞就出去打听消息，晚上回来即与秋飞讲了对方的情况。

捅死人了，这怎么办？两人一时都想不出办法，好一会儿沉默无语。

秋飞摸着被对方拳头打伤的右颧骨上的肿块，觉得很痛。突然，他捂着脸大哭了起来，哭声中充满了惊慌与恐惧。

“哭什么哭！这是在旅馆，你想让周边的人来抓你啊！胆小鬼，快停住！”牛勇飞低声但严厉地训斥着。

“怎么办、怎么办？我捅死人了，杀人要抵命的。牛哥，怎么办？要么我去投案自首吧？”秋飞停住了哭声，眼泪汪汪地看着牛勇飞。

“投案自首，那你不是害了兄弟们？你自己也逃脱不了死罪的！”

“那、那我怎么办？牛哥你快想想办法吧！”听说自己逃脱不了死罪，秋飞惊恐得浑身发抖。

“逃！你赶快逃跑。我先给你一笔钱，你先跑到我朋友那里躲一段时间。我留在这里，想办法托人通通关系，把事情摆摆平，有什么情况及时告诉你。”

牛勇飞说逃跑，一向听牛哥话的秋飞，没多想就同意了。

秋飞高中毕业后没有考上大学，来到云山市区，先在一家职业培训学校学了几个月的厨师，后来经亲戚介绍，厨师没学好就进入一家制鞋厂打工。同车间一名工友叫牛勇飞，不知什么原因，二人很谈得来，自认前生有缘，工余经常在一起玩，不久就互称兄弟。牛勇飞大几岁为哥，秋飞为弟。牛勇飞大头大眼大嘴巴，双唇又宽又厚，身子板很结实。秋飞瘦高个儿，皮肤白白的，五官长得比较清秀，身材与牛勇飞相比，明显是一强一弱、一壮一秀。哥哥很强势，但对弟弟很关照，如有人欺负弟弟，牛勇飞必然是拔拳相助；弟弟很老实，也很听哥哥的话，经常跟在牛哥屁股后面转。

三年多过去了，秋飞一直在制鞋厂打工，已经是厂里的技术骨干。牛勇飞则在两年前就辞掉了工作，与社会上一帮人混在一起玩，具体干什么，秋飞也不清楚。二人都念朋友、兄弟情谊，经常会在一起聚聚。牛勇飞对秋飞好，秋飞对他更好，有好多次，秋飞从不多的工资中拿出钱来借给他，虽常常是有借无还，秋飞也从来不向他讨要。偶尔，牛勇飞也会带秋飞与他的朋友帮聚聚，秋飞觉得他们这批人说话很霸气，好像社会上什么事情都能办得了，其中有一个大家都叫他“强哥”的人最厉害，头发理得精光发亮，圆圆的脸蛋圆圆的身子，个子不高但体型强壮，对这帮人说一不二，应该是他们的头头。后来，秋飞知道他叫史强高。

秋飞读书明显偏科，数理化不行，语文却不错，还喜欢诗词。有一首名诗对他影响很深：“生命诚可贵，爱情价更高，若为自由故，二者皆可抛。”诗的真谛他可能没有很好地掌握，但是他知道自由对人生的意义。而秋飞怎么也没想到，为了牛哥在车上与人争吵的一件小事，自己竟一时冲动，造成了一生的分水岭——昨天他还自由自在地工作、生活，今天他就彻底失去了人生最珍贵的自由。同时，他考虑得也比较简单，自由没了，生命总还要要的，先逃跑，活下去再说。

临别时，牛勇飞反复交代秋飞，要他绝对不能与家里及其他人有任何联系，也不要主动与他联系，老老实实地待在他朋友那里等消息。

牛勇飞朋友在昌海县一个临海的小镇上，位于云山市北面，相距约二百公里。秋飞找到那位朋友后，那人很热情，让秋飞在他的出租房里住下，还让他吃好睡好，但不让他外出。而他外出时，都会把防盗门锁上，也没有给秋飞留钥匙，秋飞想外出也出不去。看来，牛哥已与这个朋友作过联系、交代了。

秋飞上面还有一个姐姐。他童年时父亲就患病去世了，母亲含辛茹苦，艰难地把他们姐弟俩拉扯大，对他这个儿子特别疼爱。儿女长大了，母亲却落下了一身的病。逃跑前，他实在忍不住，瞒着牛勇飞连夜回家了一趟。他轻轻地翻墙入院，来到母亲住的西厢房外，隔窗静静听了一会儿，发现母亲已经睡了，他不敢进去，就咬咬牙走了。

秋飞躲了三天后，思母心切，趁牛哥朋友晚上有事外出时，爬窗从二楼下来，到街上找到一电话亭，拨通了姐姐家里的电话。他知道这段时间妈妈住在姐姐家。

“谁呀?”

是妈妈的声音，秋飞听了就想哭。他激动得一时说不出话来。

“是飞飞吧？你在哪里呀?”母子有心灵感应。

话筒里传来妈妈慈爱的声音，秋飞连忙回答：“是我，妈妈，我是飞飞。妈，你身体好吗？咳嗽如何?”

“我身体还好的，你放心。”妈妈总是不让儿女为自己操心。

“姐姐、姐夫在家吗?”

“他们有事出去了。听说你这几天没有在制鞋厂上班，你到哪里去了?”

听妈妈说话的口气，秋飞觉得她还不知道他闯大祸了。捅死人这么大的事，妈妈怎么不知道呢？是姐姐、周边的人瞒着她吧？不知道最好，他不愿让妈妈为他担惊受怕。

“制鞋厂我不干了，那里工资太低了。我换地方找了一个工作。”秋飞回答。

“那你现在在哪里？做什么工作？身体、生活好吗？”妈妈问个不停。

听到了妈妈轻轻的咳嗽声，秋飞知道妈妈是在忍着不咳出来。

“我在昌海县，工作很好，其他也都很好，妈妈您放心。”

“你怎么会到那么远的地方找工作？和谁一起去的？”妈妈还是问个不停。

“我一个人来的，是朋友介绍我来的，妈妈您不必担心。”

“昌海这么远，你这样回家不是不方便了吗？制鞋厂不好干，你可以到你姐夫的厂里做嘛。”妈妈很希望儿子经常回家看看她，可是她没有直说。

姐姐从小对他很好，姐夫在当地办了一个五金加工厂，原来规模很小，这几年比较顺，生意慢慢做大了。秋飞是想过跟着姐夫干，但是他现在还去得了吗？

“妈妈，我先在这里干一段时间，如果不好，我就回来。”

“那你近几天先回来一次，工作上的事与你姐姐好好商量商量。妈妈也想你。”

妈妈终于说出了她的思念。秋飞听了又想哭。他不敢哭出声，眼泪却已是不由自主地流了下来。

秋飞一边打电话，一边观察着周围的动静。他觉得电话亭左右各有一人似乎在紧盯着他看，于是赶忙贴近话筒轻声地说：“妈妈，我知道了。您多多保重身体。”说完，他匆匆地挂了电话。

秋飞回到出租房，牛哥的朋友还没有回来。

“谁言寸草心，报得三春晖。”妈妈，世上最爱他、最疼他的人，他不能在她身边尽孝，现在连看也不能去看她，怎么会搞成这个样子呢？秋飞趴倒在床上，抱着枕头痛哭了好一阵子。他想到了回去，想先回家看妈妈，再去投案自首。但他又想到牛哥的话，犹豫不决，想想也只有等到牛哥的消息再说。

又过了三天。一天晚上 10 点多，与秋飞一起看电视的牛哥朋友接到了一个电话，听了后对他说是找你的，就把电话交给他。秋飞一听，是陌生人的来电，那人说是牛哥让他来接他的，叫他马上到小镇车站的北面，那里有一辆白色的桑塔纳轿车在等他，他带他去与牛哥会合。

听说要与牛哥见面了，秋飞感到有点兴奋。他想牛哥神通广，本事大，可能已经把事情摆平了。他与牛哥朋友告别了一下就要走，牛哥朋友似乎也听到了电话的内容，同意他走，还把他送下了楼。

小镇车站北面的那条马路上，路灯很少，光线很暗，但秋飞还是很快地找到了那辆白色的桑塔纳。

秋飞拉开副驾驶座的车门，见后排座没人，问驾驶员："我是秋飞，你是牛哥派来接我的吧？"

"是的，快上车。"

车子发动着，秋飞一上车，驾驶员就锁上车门，一踩油门，车子很快地朝东开去。

有一段路的路灯比较亮，秋飞侧眼看了看驾驶员，只见他戴着一副深色的大框眼镜，颧骨很高，耳朵很小，但鼻子很大，上唇留着长长的胡子，握着方向盘的双手很粗壮，手背上还长着又黑又长的毛。

晚上开车为什么要戴深色眼镜？秋飞再乜视了一眼，觉得"眼镜男"脸上似乎有一股凶相，心里不由得一阵紧张。驾驶员没报名字，秋飞不好意思问，心里就把他称作了"眼镜男"。

车子不久就开上了一条盘山公路。山好像很高，公路弯弯绕绕，坡度很陡。“眼镜男”只顾自己开车，一直没有和秋飞说话。

秋飞忍不住了，小心翼翼地问道：“师傅，我们现在是去哪里？牛哥到那里了吗?”

“翻过这座山就到了，牛哥在那边的一个农庄里等你。你别急，牛哥已经把你们的事情都处理好了。”“眼镜男”答话时态度倒显得挺和气的。

听到了和气的声音，秋飞紧张的心情放松了不少，很友好地说：“哦，那就好。师傅辛苦了，山路又弯又陡，你慢慢开，我不急。”

“眼镜男”没有接话。

事情已经处理好了，那牛哥为什么不叫我回去，而是跑这么远的路来与我见面呢？秋飞心中又生出一大疑问。

车子开上了山顶，开始下坡了。山的东面是大海，刚才躲在云层里的月亮现在钻出来了，又圆又亮，银白色的光辉倾泻在海面上，风不大，大海泛着一波又一波细细的银色浪花。秋飞想起了“月光如水水如天”的诗句，但是他现在没有心思欣赏月光下大海既壮观又美妙的景色，只苦苦地思考着牛哥到底把事情处理得怎么样了?

突然，车子紧靠右边停了下来。发动机没关，车灯关了。

秋飞刚想问为什么停车，转脸一看，顿时愣住了。

“眼镜男”刚才似乎是有点凶相，现在却是凶相毕露。他咬紧着牙齿，两颊与鼻翼的肌肉都鼓了出来，又黑又浓的胡子似乎也都竖了起来。

“你知道我是谁吗？知道今天我想干什么吗?”“眼镜男”侧脸对着秋飞。秋飞觉得他的话语全没了刚才的和气，而是裹挟着一股凶气扑面而来。

“你不是牛哥派来接我的吗？”秋飞颤声答道。

“哼！牛哥，你的牛哥早已蹲大牢去了。”

“那你是谁？你想干什么？”

在透过车窗的月光中，秋飞吓得脸色发青。

“我是方喜德的结拜兄弟，喜德对我有救命之恩。你杀死了喜德，今天我是为他报仇而来的！”

“那你想把我怎样？”

“你向右看看，大海的景色很美的。”

秋飞把惊恐的目光转向右侧，瞬间听到油门的轰鸣声，紧接着又听到“眼镜男”大叫：“混蛋，你去拥抱大海吧！”

白色桑塔纳冲出路基，在一段斜坡中翻了几滚后，从几十米高的悬崖坠了下去，直冲大海……

离奇车祸

马超仔细回顾了与秋母的对话过程，又翻阅了案卷中的相关材料，再向韩帅要来这几年缉捕秋飞的调查材料仔细阅研，觉得可以作出如下几点分析判断：

一、秋母讲的应该是实话，秋飞首站是逃往昌海；

二、原来的分析得到了进一步印证，即秋飞外逃很可能是牛勇飞安排的，因而牛勇飞很可能知道秋飞在昌海的具体落脚点；

三、秋飞生死仍然还不能确定。

马超与杨秋露、王英英作了沟通，她们也都认同他的分析意见。

昌海县是个大县，地域广，人口多，不知道秋飞当时的具体落脚点，且十年过去了，是很难查到的。怎么办？

马超打电话请崔军凯来一趟。

“马大，我正想来向你汇报史强高专案的进展情况，你电话就打来了。”崔军凯匆匆走进马超办公室。

“哦？这种情况有多次了吧？心有灵犀，看来我们的工作配合得特别默契。”马超边笑着说，边把一杯已倒好的茶水放到他面前。

简要地谈了与秋母的接触情况后，马超详细地讲了三点分析意见。

崔军凯听了，显得有点尴尬，说：“马大，你们的调查工作很对路，收获很大，我负责抓了几年却没有什么突破，看来没抓到点子上。”

“也不能这样说，侦查案件往往是要工作到一定份上，才会出现机遇的。要是一开始就都能找到突破点，那什么案子都能快速侦破了。”宽慰了崔军凯一番后，马超又说：“这次对秋母的调查，能否导向顺利缉捕秋飞，还很难说的。”

“马大，听了你的介绍，我觉得秋飞逃跑，不是可能，而是就是牛勇飞安排的。现在看来，要缉捕秋飞，需要尽快正面接触牛勇飞。但是史强高专案还需经营一段时间，因为还有许多调查取证工作要做。牛勇飞与史强高二人关系很密切，如果抓了牛勇飞，则有可能惊动史强高整个团伙。”

“这是个两难问题，所以找你商量。”马超接着说，“侦查涉黑涉恶案件，主要靠前期秘密的调查取证工作，否则上手后很难突破口供，顺利移送起诉。你们不要急，一定要充分获取证据，不过也要再抓紧。”

“好的。”

“现在正面接触牛勇飞不到时机，我们能否侧面进攻，先做一些外围调查呢?”马超思考了一下后问道。

“我也是这样想的。我已经抽空再次仔细阅研了‘11·6案件’的案卷，发现参加斗殴的牛勇飞一方五人都一致交代是秋飞持刀捅死捅伤了人，而当时包厢里的灯被人关了，光线比较暗，高海风这方没有人供述是清楚地看到秋飞动刀行凶。如果是牛勇飞安排秋飞逃跑，再把持刀行凶责任都推到秋飞身上，就有可能与另外三人作了串供。当时史强高叫来的三个人，没有在这次专案侦查的团伙中，我们可以先调查这三个人，必要时可以先密捕审查。”崔军凯回答。

“对！我阅卷时也感到牛勇飞等五人的交代有问题，他们一致指认秋飞，连秋飞捅刀的过程也讲得相当一致，这里面是有串供的可能。你另外组织几个人，专门去调查这两个人。如果牛勇飞、史强高到案，也需要有证据来促使他们交代。”

“我马上安排。”崔军凯答应后又问：“昌海那边要抓紧去调查吧?”

“是的。行前必须先对牛勇飞在昌海的社会关系情况做些调查。韩帅对牛勇飞的情况熟悉，他跟你在办这个专案，能暂时脱开一段时间吗?”

“专案具体工作主要由打黑除恶中队负责，局里又给我们抽调了一批民警，韩帅可以抽出来。”

因表现突出，破案有功，韩帅不久前被提任重案中队队长，崔军凯不再兼任重案中队队长。尽管只是个副股级，韩帅也已经是刑大中层干部，更是个业务骨干。崔军凯知道马大很看重韩帅，在重点培养他，也很相信他，就有意识地把有些重要任务交给他去执行。

三天后，韩帅向马大报告，查到了牛勇飞十年前在昌海的一个重要关系人。

韩帅先请张莺上网查询了十年前与牛勇飞有关的治安、刑事案件，从中分析出一批与牛勇飞关系紧密的人员。再查这些人在“11·6案件”后的行踪，发现多数人还在云山，有三个人离开了云山。韩帅马上指派内线，接触留在云山的人员。两天后即有报告，一个叫姚可大的外市人，与牛勇飞关系很好，有一次，其因琐事纠纷被对方打伤后，请牛勇飞帮忙，把对方一个持棍打他的人狠狠打了一顿。对方势力很强，扬言如果下次碰到姚可大，非要他一只手不可。姚可大吓得逃离了云山。姚可大来云山前在昌海县居住了较长时间，打架后很可能是逃回到昌海了。

“好！”马超接着分析道，“虽然我们现在还不能肯定牛勇飞就是安排秋飞逃往姚可大处，也还不知道姚是否还在昌海，如果还在，具体地址也不清楚，但是起码有了一个有价值的侦查方向。”他略作思考，接着说：“韩帅，明天你跟我去昌海。”

在侦查大要案件中，对一些重要工作，马超喜欢亲历亲为。这次左局长有批示，又是赴外地调查，他决定自己带队去。

“是！”韩帅欣然应答。

马超带着张莺、韩帅驾车来到昌海。马超是局领导，又是全省知名的破案专家，亲自带队来查案，昌海县公安局领导十分重视，表示会大力支持配合，刑侦大队自是更为重视。

张莺按照马大要求，全面查询了昌海公安的各类数据库，没有发现姚可大的踪迹。考虑到十年前可能数据入库不全，马超提出人工翻查“11·6案件”发案当年全县暂住人口登记原始台账。昌海公安即在专网上发出紧急协查通知，要求各派出所组织人员收集台账，全面查找。只过了一天，靠海的东安镇派出所就报告，发现了姚可大的暂住登记。可是到当年他住的出租房调查，姚可大只在那里住了半年多，那年11月中旬就离开了。去了哪里？查不到。

马超双手十指紧扣，思考着。片刻，他松开十指道："今天得到的信息很有分析价值，特别是查实了这个'姚可大'确实在昌海居住过。"

"他与牛勇飞关系很好，案发后秋飞说自己在昌海，'姚可大'持假证在东安登记，当年11月中旬以后就不见行踪，这些都表明他很可能与秋飞有过接触，找到他，就有可能发现秋飞的踪迹。"马超接着分析。

"那怎样才能找到'姚可大'呢？"韩帅问。

"百闻不如一见，明天我们去东安镇实地调查。"

在东安镇调查中，马超问了协助调查的副所长和一位老民警许多问题。

"姚可大"在你们这里有没有涉嫌违法犯罪？

没有。

你们到"姚可大"的租房调查时，房东有没有讲到他有什么反常表现？

没有。

周边群众有没有反映他与一个外地青年在一起？

没有。

那年11月10日左右，有无群众报案发现可疑血迹？

没有。

那时，还有以后，有没有发现过无名尸体？

没有。

你们这里靠海，有无发现过海漂的无名尸体？

海漂尸体有发现过，不过那几年没有。

人家是局党委委员、刑侦大队长，一连串的问题，都是回答没有，派出所两位民警似乎有点不好意思。

这时韩帅不知哪根神经跳动了一下，突然发问："那段时间有没有发生过交通事故？"

副所长有点茫然，既答又问："交通事故当然有，你们这个案件与交通事故有关？"

老民警听了似乎大有醒悟，马上接着说："当时发生过一起离奇的交通事故。"

"怎么回事？有没有死人？"韩帅一听到有离奇的交通事故，马上联想到自己以前对秋飞可能被谋杀的分析。

老民警边回忆，边叙说：那年 11 月中旬，应该是 13 日或 14 日，晚上，我们接到一个司机的报警电话，他说自己在东岩山东面下坡时，看到前面一辆轿车翻下了山坡，他把车子开到翻车处，没看见人，也没看见车子，车子应该是翻到大海里去了。我当时值班，即带了两个协警赶赴现场，之后在翻车处看到了车子翻下去的痕迹，在几十米长的山坡上找到了几块汽车碎片。山坡下是几十米高的悬崖，悬崖下面就是大海。我们没有发现死者或伤者。奇怪的是，第二天交警大队来了以后，把车子打捞上来，也没有发现尸体。之后我们反复查找，还是没有发现尸体。悬崖下面是一个海湾，里面大，出口小，海浪常常把一些物品冲到岸上。如果人从车内逃出溺死，在海浪的冲击作用下，或者是一段时间后尸体浮起，应该会被发现的。

车子总应该有人驾驶吧？如驾驶员死里逃生，也应该报案或者出来认车吧？老民警最后提出了两个问题。

听到这里，陪同到东安镇调查的昌海刑大胡副大队长叫了起来："我想起来了，这个事故，我参与过调查。"

接着，他一口气讲了调查过程。

"我记得是 13 日发生的事故，14 日打捞上来的是一辆白色桑塔纳轿车，没有挂牌照。我依据车架号与发动机号，查到是云山的车。之后我还专门带了两个刑警到云山开展调查，车是云山市政府一位机关干部的，几天前被盗了，他及时报了案，而那几天他都在正常上班。我们和你们刑大侵财案件侦查中队一起侦查了一段时间，记得当时一起办案的民警介绍了几个目击者发现的一个可疑人员的情况。由于没有查到盗车者，也没有发现尸体，后来这个案子就挂了起来。”

一大意外收获！马超感到，这起交通事故，有可能就是盗车者意欲谋杀秋飞而造成的一起车祸。

因为牛勇飞、秋飞都是云山人，出事车子是云山的；秋飞外逃首站很可能是到昌海东安姚可人处，车祸地点就在昌海东安；秋飞 11 月 6 日参与斗殴后外逃，之后就一直没有他的音讯，而车祸发生时间离他外逃日期仅仅只有一周许。

盗车者或谋杀者很可能在车子冲下山坡的一刹那，跳出车门逃离。至于秋飞有无在车上，则难以下定论。如在车上，是死是活？死亡的可能性比较大。

“谢谢你们的大力支持！请你们继续协助我们查找‘姚可大’的去向行踪。这起车祸，先由我们回云山从侦查盗车案件入手，争取把它查清楚。”马超对昌海的民警说。

再访秋雁

回到云山后，马超专门去向左局长汇报了这段时间缉捕秋飞的情况。

“下一步准备怎样做?”左局长问。

“主要从四个方面展开。一是先调查‘11·6 案件’中牛勇飞方的三人，专案收网后再审讯牛勇飞。如果是牛勇飞安排秋飞逃跑的，突开他的口供，就能发现秋飞的行踪。二是查明‘姚可大’的去向，争取从他那里获取秋飞外逃情况。三是对盗车案件再次启动侦查，争取破获，进而查明该案案犯有无去谋杀秋飞，秋飞到底是死是活。四是继续动员秋飞家人寻找、劝说秋飞投案自首。”马超回答。

左局长听了，面露微笑，连连点头：“好，很好！这四个方面，只要有一个方面有突破，就可能查获秋飞。”

听了局长的赞赏，马超心里自然高兴。想到左局长虽然不是搞刑侦出身，但思维灵敏，判断能力强，有时点子很准，马超就问：“局长，你有什么高见？”

左局长笑了笑说：“你们这次是劝抓并举，劝投是直接促成秋飞归案的捷径，应该再多想想办法。”

“明白。一定多想办法劝投。”马超表态。

马超回到办公室，抓紧处理了外出几天堆积下来的工作。大队长不只负责破命案要案，其他事情也很多。好在日常工作大多都由杨秋露管了，史强高专案也已安排崔军凯负责去做，马超觉得自己现在可以集中精力缉捕秋飞。

安排四个小组分头开展四方面工作，并提出了具体、详细的工作要求后，马超到各组检查了一番，并且一起作了一些具体研究。

几天过去了，工作没有取得实质性或突破性的进展。

对“11·6案件”史强高叫来的三个同伙开展调查后，发现三个人都是外地人，查到了一个，已经因为交通事故死亡了；另外两个当时被判缓刑，宣判后不久就离开了云山，没有回到户籍所在地，现在一时找不到下落。

张莺负责查找“姚可大”行踪。她反复进入各类数据库查询，到处发协查通报，还是没有查到“姚可大”的一点踪迹，也没有发现任何有用线索。

韩帅负责侦查盗车案。他们利用当年根据目击者描述制作的模拟画像，重点对牛勇飞的关系人作了智能与人工比对，查出了几个面貌相似的人员。但是时间已经过去了十年，查证、甄别的难度很大。

城东派出所负责对秋飞家人做劝投工作，汪所长和民警小陈等人去了几次，秋母态度很好，但是她说近来确实没有得到秋飞的任何消息。

怎么办?

马超觉得这次侦查真的遇到大难题了。他关起办公室的门，反复研究案卷与近期的工作材料。

看了一天，也思考了一天，桌上的烟灰缸里堆满了烟头。马超平时抽烟不多，而思考案件，特别是思路遇阻时，则往往是一支接一支。

夜深了，马超突然觉得脑门洞开，灵光闪现：秋飞外逃与母亲联系一次后没有再联系应是事实。可难道他这么多年就一次也不与家人联系？有无可能与姐姐联系过？秋雁对弟弟很好，难道就不会想办法与他联系？或者想办法外出去寻找？上次与秋雁仅仅是在陈书记办公室作了简短的谈话，工作可能没做细做透吧？左局长不是要求我们多想办法开展劝投工作吗，我怎么只重视秋母而没有把秋雁重点纳入进去呢？对！明天再去找秋雁一次。

秋雁这几天很纠结。

上次她去探望母亲，母亲给她详细讲了公安来询问她的情况。母亲觉得，这次来的是公安局的领导，态度很好，又有德高望重的老陈书记在场，如果能找到飞飞回来投案自首，不但能够查明真相，即使有罪也会得到从宽处理，机会难得，要她一定想办法找到飞飞，劝他投案。

母亲边说边哭，秋雁在一旁也直掉眼泪。

母亲思念儿子，她也想念弟弟啊！

她心中不由得恨起秋飞来：你怎么可以一走十年，一点音信也不告诉家里呢？

母亲反复问她，飞飞有没有与她联系，她知不知道飞飞的下落。

秋雁答应母亲尽量想办法去找秋飞，但是她说自己确实不知秋飞的下落。

秋雁真的一点也不知道吗？

实际上她是既知道又不知道。

秋雁嫁在大路村的邻村，秋飞经常到她家来玩。有个邻居和她丈夫很好，不时也过来玩，因而和秋飞认识。后来邻居到北方一座城市打工，三年多前，有一次回家，告诉她自己在那个城市碰到了秋飞。他说有一次他骑自行车上街，拐弯时撞倒了一个人，那人不但一点也没发火，还把也跌倒在地的他扶了起来。他觉得那人很像秋飞，就叫了声，秋飞，是你啊！那人低声嘟囔了一句，你认错人啦，就走了。邻居觉得应该是秋飞不会错，就特地来与秋雁讲。秋雁听说后，就随邻居到那个城市找，找了近一个月，没找到，只有拜托邻居帮忙继续找。可那之后就再也没有得到过秋飞的消息。

秋雁想，邻居只是偶然一次看到秋飞，自己去找了也没找到，秋飞到底在哪里还是不清楚，与母亲讲了也没用，反而可能使她更加思念、更加伤心，就一直没有与母亲讲起这件事。

秋雁从街坊传闻中，知道公安局刑侦大队的马超大队长是有名的破案专家。这次他带人亲自找上门，秋飞还能继续躲下去吗？如果被抓住不是要被重判吗？把这件事与他们讲，再协助他们找秋飞，秋飞能得到从宽处理吗？

一天晚上，秋雁自己一人在家，又在思考这个问题，突然听到了门铃声。她隔门问了问，小区保安讲是公安找她问点事。

她开门后，惊愕地发现是上次见到的马大队长、杨教导员和那个女民警站在门口。

三人进屋后，杨秋露说："秋雁，秋飞在逃一事，马大队长很重视，亲自负责。我们公安局一把手左局长也很重视，他也说了，只要你们家人能劝秋飞投案自首，我们公安一定会查明真相，而且会依法尽可能予以从宽处理。你应该帮助我们找到秋飞，劝他投案。"

秋雁听得很认真。她想把邻居看到秋飞一事说了，可犹豫了一下，还是说："谢谢领导的关心！我确实也想劝弟弟投案自首，可是我真的不知他的下落啊。"

"我下午去找过你妈妈，她非常愿意配合，让我再来找找你，要你多想想办法。"

杨秋露下午确实去找过秋母，马大跟她讲了晚上要去找秋雁后，她觉得有必要先去秋母那里再作些询问。

"你又去找我妈了，那还找过谁？"秋雁听说又去找过她妈妈，脱口而出。

"这个你不必问。我们觉得你应该对秋飞外逃的情况知道一些。"杨秋露抓住机会盯着问。她觉得有马大在，自己先把话说白一点没关系的。

秋雁一时沉默不语。

她在想，现在邻居应该还没有和公安反映，我先说可能比较有利；如公安查到邻居，他先说，我还没说，那就被动了。

秋雁像她母亲，虽然出身农村，文化不高，但为人处世还是挺精明的。

于是她咬咬牙，说：“我是知道一点。如果我说了，再与你们一起找我弟弟，找到了，让我先劝说他投案行吗？”

“行！”杨秋露十分干脆。

“你们家人劝秋飞投案自首，我们会查明真相，依法从宽。这点与你妈、陈书记，我们都反复保证过的。”马超接着强调。

秋雁放下了顾虑，把邻居说的话与自己去寻找的情况都说了。她分析说，邻居看到的人，应该就是秋飞。因为邻居与秋飞很熟悉，且她仔细问了邻居看到那人的体貌特征。

这是十年来第二次得到秋飞的行踪消息。马超心里非常兴奋，随即问道：“那个邻居叫什么名字？”

“叫颜华乐。”秋雁回答，随即补充，“昨天我回村里，发现他打工回来了，在家里。”

马超一行连夜赶到城东镇，找到颜华乐家里。

颜华乐40多岁，又黑又瘦，一双眼睛却又黑又亮，他开始可能想替秋雁保密，不愿多谈。

马超告诉他，已经找了秋雁，秋雁都讲了，现在向你来作进一步了解，你有义务配合公安机关。

颜华乐思想一通，转而十分配合询问。他详细讲了自己三年多前在高北市碰到秋飞的情况。

“你有没有可能看错了？”马超问。

“不会。我认为那人就是秋飞。”

“你凭什么依据？”

“我原来与秋飞很熟悉，碰到秋飞时，虽然他比以前显老了，也胖了不少，但是他的面相没有多大改变，尤其是双眼皮大眼睛，我印象很深，那次也看得很清。还有他下巴右下角有颗黑痣，位置、大小都与以前一样。”

“就那么一次？”

“就一次。后来秋雁跟我去找，我自己也经常去找，再没有找到。”

“你觉得秋飞在那边可能干什么工作？”

“就是短暂接触了一下，没有什么感觉。”

“秋飞当时有没有穿什么工作服？”

“他穿了一件长袖T恤，上面没有印什么字，应该不是什么工作服。”

王英英边听边记录，听了二人的问答，面露惋惜之情，觉得好不容易得到的线索又要断了。杨秋露似乎也有点失望。

一阵沉默。

过了一会儿，马超又开始发问：“老颜，我有几个问题再问问你。你仔细回忆后再回答我。”

“好的，你尽管问。”颜华乐爽快地答应着。

“秋飞的衣服上有什么特征吗？比如油污、灰土、破损。”

“哦，这点我想起来了。他扶我时，我看到他的袖口油渍很重，双手也油腻腻的。”

“他是骑车，还是步行？”

“他没骑车，是步行。”

“他身上有没有带着什么东西？比如肩上扛有什么东西，手上拿着什么东西。”

“这个我记得很清楚。他手上拎着一塑料袋鲜鱼鲜虾。他被我撞倒时，塑料袋掉在地上，鱼虾都撒了出来，我还帮他一起捡呢。”

“你们相撞具体在什么地点？”

“我是从面市巷出来右拐，到中山路时撞到他的。”

“这旁边有菜场吗？”

“从面市巷出来，沿中山路往西不到一百米就有一个。”

“面市巷是否在中山路北面？”

“是的。”

“还有一个问题，你们相撞是几点钟？”

“这个我记得不是很清楚，应该是 4 点左右。因为我是赶去 5 点钟与人约谈一件事的。”

“好！老颜，谢谢你。”

颜华乐有点糊涂了。这刑侦大队长问了这么一大堆话有什么用？还谢谢我。

“我这些话对你们找秋飞有用吗？”他小心地问了一句。

“可能有用的。你先不要和其他人说，记住。”

“我不会和外人说的。”颜华乐答应得很干脆。

“还有，你还要回高北打工吧？如回去，再看到秋飞，请打电话告诉我，行吗？”

“行！”

马超把自己的手机号码留给了颜华乐。

逃往何方

钟念秋夫妻二人在镇里租了房子，开了一家小饭店。他当厨师，老婆当服务员。

今天店里生意好，一天活干下来已经很累，在老婆的催促下，钟念秋早早便上床睡觉了。

下午有辆警车停在隔壁的五金店，全副武装的几个警察进入店内，不久，一个戴着手铐脚镣、大约 30 多岁的男售货员被带了出来，押上了警车。老婆出去打听回来说，此人犯了抢劫大罪，已经外逃了十多年。此事对钟念秋的触动很大。

当天晚上，他没有做噩梦，而是一整夜没睡着。

十年来不堪回首的往事，恐惧、艰辛、屈辱，像电视连续剧，一集集、一幕幕地又呈现在他眼前。

“眼镜男”让他向右看大海时，秋飞已感到不对头。“眼镜男”猛踩油门时，他已顺手把车门打开了。当“眼镜男”跳出驾驶室时，他也想跳出去，但是已经来不及了。

车子在山坡上翻滚时，他不知怎么被甩出了副驾驶座。他在山坡上翻滚了一段距离，即将要掉落悬崖的一瞬间，幸运地抓住了一棵小树。

他稳住身体后，奋力往上爬。这时他看到一辆车子开到翻车处停了下来。

他避开车灯，从该车的后侧爬上了公路，再爬上路边的山坡，找到一条小路后，就拼命奔跑逃离。跑了很长时间，累得实在跑不动了，才在路边石块上坐下来。

想到刚才命悬一线的惊险景象，恐惧的心情压得他喘不过气来。他不由得小声地哭了起来，越哭越伤心。“眼镜男”说牛哥已经蹲大牢了，指望牛哥把事情摆平是不可能了。

怎么办？他想到回去投案自首，但是杀人要抵命的，即使从宽处理不判死刑，方喜德的家人、朋友也不会放过他的。这次“眼镜男”来杀他，他不死，下次他们还会想办法来杀他的，可能还会殃及自己的家人——最爱他最疼他的妈妈和姐姐。

怎么办？怎么办？秋飞想来想去，想到只有再逃跑，逃得无踪无影，让警察以为他死了，让方喜德的家人、朋友也以为他死了，才能使自己逃脱，也不会连累到亲人。

再逃跑，逃往何方？

云山在南方，那就往北方跑，他心想跑得越远越好。

第二天，秋飞在路边搭上一辆往北开的客车，一路北上。

他身上不多的钱很快就用光了。他不会偷，不会抢，为了生存，他只有去打工。

秋飞先在运河边一个小镇的码头，找到了一份搬运工作。一百多斤重的一个货包，瘦高个儿、体力一般的他背了几趟，就感到上气不接下气。一天活干下来，他浑身像散了架似的。

秋飞咬牙坚持着，过了一段时间，倒也适应了。他默默地干活，尽可能多干一些，他人的活能帮也都帮着干。工余时间，工友们打牌嬉闹、喝酒猜拳，他都是远远地躲开，独熬难忍的寂寞苦楚。有时，他也独自悄悄地弄点酒喝喝，无奈举杯消愁愁更愁。

在码头打工期间，他无论理赢理亏，从不敢与人争吵。为求相安无事，他有时还拿出自己的血汗钱，请人吃饭喝酒。有一个工友见秋飞软弱可欺，就经常占他便宜。有一次货物很多，秋飞搬了一整天，加上有点感冒发烧，疲惫至极。可那工友晚上来接班，非要秋飞留下一起搬他那一份不可。秋飞怎么解释都没用，他忍无可忍，与他发生了争吵，接着发生了扭打。有人报了警，秋飞在警察到来之前就吓得悄悄地逃跑了。

之后，秋飞先后在地偏人少的建筑工地、砖瓦厂、采石场、养路段等地方打过工。他低声下气、委曲求全、忍辱偷生，干最苦最累的活，拿最低最少的工资。生活中，秋飞白天看到警察，都会惊得心脏猛跳、四肢发抖；晚上睡梦中听到警报声，每每被惊醒，都会吓得浑身是汗，再难入眠。每个地方，他都不敢久留。艰难困苦的打工，提心吊胆的生活，秋飞觉得自己生不如死。逃犯的打工真难啊！逃犯的生活真苦啊！

再后来，秋飞在一个小镇的小型皮鞋厂找到了工作。他有良好的制鞋技术，又肯埋头苦干、与世无争，很快得到了老板的器重，给了他比较高的工资，并承诺今后还会再加工资。

但可能是老板的吝啬本性使然，也可能是老板看出秋飞的身份特殊，一直没有给他加工资，慢慢地还开始拖欠他的工资。再后来，老板就说自己资金周转困难，除了给点生活费，近两年没给秋飞发工资。

秋飞多次讨要不成。一天晚上，他来到老板家。

“老板，我想回家一趟，你把欠我的工资算算给我吧！”秋飞哀求道。

老板面露讥笑，说：“你想回家，没家可回吧？”

“我有家！你把钱给我！”秋飞满脸通红。

“我知道你是一个警察要抓的人，是个逃犯吧？安心在我这里干吧，我会保护你，工钱就慢慢算吧！”老板态度很傲慢。

“你知道我是逃犯还雇用我？我是逃犯就应该给你白干？你也欺人太甚了！”秋飞心里想着，嘴上吼道，“他妈的！不行！你必须把工钱给我。”秋飞出逃后第一次开口骂人。

此时，老板见秋飞目露凶光，满脸怒气，双手叉腰，腰间好像掖着什么凶器，顿时软了下来。

“算你狠，明天到厂里我把工钱给你。”老板说。

“不行！现在就必须给！”秋飞说着向老板靠近了几步。

老板个子矮小，秋飞一靠近，就显得他更加矮小。

他自知不是秋飞对手，乖乖地从抽屉里拿出了两万多元钱给他。

秋飞连夜逃离了这个小镇，一路继续北上。

身上有钱了，他买了几套新衣服，出逃四年多来第一次把自己打扮了一番。在一个城郊集镇，他花钱买了一张假身份证。

身份证上的照片与自己比较像，更巧的是名字叫“钟念秋”，这很符合秋飞思乡思亲的心理。秋飞为此巧合感到十分幸运，并有点高兴。从此，秋飞就变成了钟念秋。

钟念秋想，在偏僻人少的地方打工，反而容易暴露身份，被人欺负，可能还是到城区人多的地方去工作比较好藏身。

他来到了高北市市区。在那里，他先住进一家旅馆，难得地休息了几天，再开始找工作。他想多赚点钱，设法给母亲带一些回去。他先后调换过几份工作，后来安顿了下来，并意外收获了一份珍贵的爱情。

可万万没有想到的是，钟念秋在这远离云山的高北市，竟然遇上了姐姐的邻居……

马超又一次召集参加缉捕秋飞的队员开会研究。

“现在看来，秋飞三年前是肯定活着。”马超直言分析结论，“我认为，秋飞在高北市中山路与面市巷交界点方圆不远的饭店里工作过，应该是在当厨师。”

此话一出，除杨秋露、王英英有所感悟外，其他人都觉得又惊奇，又惊喜。

杨秋露昨天晚上在细听马大的问话中，就感到问到的情况可能有大用。她从心里佩服马大的询问水平。

韩帅觉得自己原先对秋飞生死的分析错了，脸色有点尴尬，心中有点失落。他说：“马大，秋飞还活着，我以前的观点错了，我作检讨。”

“检讨什么？我们对案件中每一个问题的分析，由于受可供分析的客观条件所限，常常有可能产生几种观点，这其中只有一种是对的，其他就必然是错的。我在昌海分析车祸时，不是也认为秋飞死亡的可能性比较大吗？分析错了是难免的，关键是不要分析漏了。”马超说完，接着又鼓励他：“你说秋飞被杀，也只是讲有可能，而且还有不少依据。秋飞在三年前还活着，现在是生是死，你可以再作分析研究。”

韩帅连忙说：“我不研究了，你给我们说说刚才观点的具体依据吧。”

马超笑了笑，说主要是从以下几个方面推理出来的：

——颜华乐在高北市骑自行车撞到的人就是秋飞，因为颜华乐原来与秋飞很熟悉，秋飞的脸部特征很明显，而且被撞时的表现很异常。

——秋飞那时很可能是在高北市的一家小饭店打工，因为他的袖口油渍很重，双手也油腻腻的，手里拎着新鲜鱼虾；小饭店常常会因客人需要而去临时买菜，他可能是厨师有时兼买菜；在我们前期的调查中已经得知秋飞学过厨艺。

——秋飞打工的饭店离撞车点不远，这是对第二点依据的递进分析，再加上秋飞是步行，时间已是下午 4 点左右，如果太远，徒步买菜不合情理，他回去烧菜可能也来不及了。因此，秋飞工作的饭店就在撞车点的附近。

听了马大有理有据的分析和推理，大家都齐声叫好。

“马大，盗车案的侦查我已经作了具体安排，这几天我能抽开身，让我去高北调查吧？”韩帅既佩服又兴奋地说。

“行！李小林和你一起去，再给你配上张莺和王英英。男女搭配，干活不累啊。”马超说。

办案中，马超难得幽默。大家听了都笑了起来。

考虑到这次去，既要调查秋飞行踪，如果发现秋飞下落，还要组织缉捕，马超又对韩帅说：“张莺是老中队长，这次就降格配合你这个新中队长。”

高北市离云山很远，为工作方便，韩帅等人还是开车去，他与李小林轮流开。

来到高北市，在当地公安局刑侦大队和派出所的配合下，韩帅一行以中山路与面市巷交汇处为中点，暗访与明查相结合，向周围排查中小饭店。第二天，他们就有了重大发现。

传说面市巷在很早以前，有一户人家做的面条特别好吃，后来开了一家面馆，生意特别好，一时顾客如云；那户人家自然把生意越做越大，慢慢地大家就把这条小巷称作面市巷。

面市巷离中山路一百多米处，有一家名叫“面面美味”的小饭店，饭店并不是主营面条，而是以供应各类菜肴为主，特色菜是清蒸鲜鱼、水煮鲜虾。

韩帅等人走访到这家饭店，店老板和两个多年在店里工作的女服务员看了王英英拿出的秋飞照片，都说店里曾经有一个叫钟念秋的员工，看起来比照片要老要胖一些，但面部特征与秋飞很像；不过他已经离开三年多了。

王英英又对钟念秋的个体特征作了详细询问。

“钟念秋在你店里是干什么的?”韩帅问店主。

店主答：“开始是做服务员。我们是小店，但也需要有几个男服务员。”

“他在店里干得好吗？为人如何?”

“人很勤快，很老实的。”

“一直在当服务员?”

“不是的，后来我让他当了厨师。因为他似乎有点烧菜的天赋。店里就一个厨师，有几次厨师请假，他主动要求烧菜，还烧得挺好。他来了半年多后，我的厨师突然辞职了，我就让他当了厨师。”

看来店主在回答问题时喜欢主动作些解释。

“那后来呢？”

“我看他既老实又聪明，就把店里的事基本上都交给他管了。他管得很好，连好酒好菜都是自己亲自去买的。”

“你这个麻将迷，自己没时间管，就让员工管了。你要注意了，打麻将可不要搞大。”陪同调查的派出所民警笑着说店主。

“哪里会搞大，我都是与亲戚朋友小玩玩的。我是很听你们公安话的，你看，我不是很配合这位警官吗？”店主笑着回答。

“好！你谈得很好。”韩帅紧紧抓住氛围良好的谈话机会，接着问，“他到什么地方买菜？”

“一般都是到这附近中山路上的菜场买的，那里的菜又多又便宜。”

“步行还是骑车？”

“菜场离这里很近，我看他都是走路去的。”

问到这里，韩帅心想，马大推理得真准啊——饭店的位置、店主讲的情况，与马大的推理完全一致。

这时，韩帅已经断定这个钟念秋就是秋飞，不会错！

“你刚才说，钟念秋三年前就离开了，他到哪里去了，知道吗？”

“到哪里去了，我确实不知道。他当时突然提出辞职，也不多讲理由。我极力挽留，他还是要走，我也只有放人。唉！当时我要是问问他去哪里就好了，他会和我说的，事后我还可以把他再请回来。”

李小林此时也似有灵光闪现，插话道：“我看你店里女工有好多个，钟念秋在你们店里有没有与哪个女工谈恋爱？”

“没有的，不信你问她们。”店主指着几个女服务员。

“那他有没有在外面谈女朋友？”

“据我所知，也是没有的。”

这时，旁边一个高高胖胖的女服务员插话：“你整天不在店里哪里知道，有的，但不是我们店里的，是隔壁便利店的一个姑娘。”

胖服务员对老板说话不是很客气，看来性格很直爽，心里藏不住话。

“那肯定是阿胖说得对，她是我们店里的老员工，是个‘百事通’。”店主不计较，附和着说。

“那姑娘叫什么名字？多少岁？”在旁边一直没说话的张莺急急问道。

“我们都叫她‘依依’，25 岁左右吧。”

“‘依依’是小名吧？”

“应该就是她的名字。因为有一次她来找钟念秋，小钟出去买菜了，我和她聊天时问过她。”

“她姓什么？”

“哦，这个我没问。”

“她是哪里人？”

“不知道。”

胖服务员似乎为自己是“百事通”而没有百事通感到有点不好意思。她思考了一下，接着说：“具体是哪里人，我不知道，不过听口音，好像是我老公那一带人。我老公老家在安府县，靠近你们省的。”

胖服务员应该是在韩帅出示工作证时看到了他的单位地址。

“她还在便利店做吗？”

“早走了。”

“到哪里去了？”

“不知道，她走时没有和我说。”

张莺不由得惋惜地叹了一口气。

哪知胖服务员又接着说："那姑娘来过多次，和我很说得来。我猜她是与钟念秋一起走的。"言犹未尽，她还补充道，"有一次，依依到店里玩，我听到她催促钟念秋回老家。"

一起走？依依催促回老家？

张莺听了，当即把韩帅拉到一边耳语了几句，接着就与王英英一起拉着派出所同志匆匆地走了。

半个多小时以后，张莺、王英英回来了。她们拿出十来张照片，先让那胖服务员辨认。

她看了一下，就指着一个姑娘的照片说："就是她，'依依'，不会错的。"

另一个女服务员过来也指认了同一张照片。

再到隔壁便利店调查，一个老员工也确认照片上的人是依依，并说依依姓常。

韩帅等人谢过店主、店员后，来到当地派出所。大家在派出所会议室坐下来。

张莺随即介绍："在店里访问时，服务员说依依可能是安府县一带人，我们在所里进入数据库，重点查询安府县及周边市县25岁到35岁女性，发现名字叫依依的有十多个，就打印出她们的照片。经辨认，钟念秋的女友应该就是这个常依依。"

韩帅接过张莺递来的常依依身份证登记表打印件，仔细看了看，说："秋飞在这里打过工可以肯定；这个常依依是秋飞在这里谈的女朋友应该不会错；目前二人在哪里很难说。但是三年前，常依依很可能带着秋飞回她老家了。这些情况很重要，我马上向马大汇报。"

一通电话后，韩帅说："马大要求我们尽快赶到常依依老家开展调查。"

阿秋依依

夜深了，常依依闭眼想睡，可怎么也睡不着。

这几天她有点不安，因为丈夫钟念秋表现出了明显的心神不定。他白天烧菜心不在焉，常常出错；晚上睡觉翻来覆去，总说梦话。这使她又回想起了与他的交往过程，想到了相处期间他的一些异常表现。

安府县坡南镇是个山区镇，经济比较落后。常依依生长在该镇的溪上村。她个子偏矮偏胖，但是五官好皮肤白，特别是一双眼睛，如两汪池水，又大又亮，看上去挺迷人的。

四年多前，常依依跟随着村中一小姐妹来到高北市，在一家美容院当服务员，干了一段时间，她觉得很不适应，就自己到街上找工作。正好美容院对面不远处有家便利店招女售货员，她应聘成功，就转到了那里做。店里免费提供午餐，由她负责到隔壁“面面美味”饭店去买。去的次数多了，她与饭店的员工也就都熟悉了。有一个叫钟念秋的服务员，个子高高的，长相有点帅，在店里忙这忙那，一刻不停，很少说话，但是对她很热情。他后来还当了厨师。她与他接触多了，就慢慢地对他产生了好感。

巧的是，由于城区租房贵，她换租到城郊，没想到正好与他同租在一栋民房里。她心地善良，为人热情，经常帮他洗洗衣服、理理房间。他则经常带点好吃的送给她，并在她生日时给她买来了鲜花和蛋糕。

二人接触多了，她渐渐爱上了这个老实勤快的人。她主动向他求爱，他求之不得，马上答应。没领结婚证，二人就同居在一起了。

一起生活后，他对她十分体贴，百般呵护。而她发现他为人处事太老实、太胆小了，有些方面则更是令人感到奇怪，不可思议。

有一次，他们二人一起散步，有个男人故意撞了她一下，他看见了马上挡在她前面，猛地一把将那个男人推开。但当那男人挥拳打过来时，他却拉着她跑了。他怎么这么胆小怕事呢？

他在生活上特别节俭，没有什么像样的衣服，平时吃用方面也很节约。他们一起生活后，他把每个月的工资全部都交给她，但是他没有说起自己以前是否有积蓄。他有一个上锁的铁盒子，放在房间隐蔽处，她没有看到他打开过，他也没有告诉她里面放的是什么。她觉得要尊重他，也没有多问。她猜想，应该是钱或是什么贵重物品吧。如果是钱财，他另外有用，告诉她，她肯定会同意的。他为什么要刻意瞒着她呢？

她没见他回过老家，也没见他家里有人来看过他，连个电话都没有。问他家里人情况，他说父母都早逝了，已经没有什么亲人。那总有一些亲戚吧，再问过年过节为啥都不回老家，他吞吞吐吐地说那是他的伤心地，不想回去。问他什么事这么伤心，他却不说。都在一起生活了，家里有什么事不好讲呢？

生活了一段时间后，她提出要回去登记结婚。他一个劲儿地劝她，说再干几年，多赚点钱再回去。后来她发现自己怀孕了，又反复劝他回家，说不到你家，到我家那边登记也行。开始他拖着说过段时间再去，后来有一天晚上却突然答应了。为什么突然答应？回来后为什么又拖着不登记？

来到她老家后，他急急找了一家医院，把下巴那颗黑痣给祛除了，说是近期痒得难受。他从来没有说过他这颗黑痣会发痒，长着也不难看，怎么突然想起来要去整掉它呢？

这段时间，他的表现更是反常。前几天看见隔壁一个店员被警察带走后，他感到十分恐惧，当晚好像一夜没睡着，第二天两个眼圈都发黑了。

今天，对面手机店里和他比较谈得来的一个小伙子，出去几天后又回来上班，到他们小店来吃晚饭，他和他聊了不少话。她在旁边听到，小伙子是犯了盗窃罪，投案自首后被取保候审了。他是否也有案在身呢？

还有，今天晚上 9 点多了，有个电话打进来，他没有接听，接着却说自己睡不着，想出去走走。她发现他是带手机出去的，半个多小时才回来。他应该是外出打电话了，他有什么事情要瞒着她到外面说呢？

她想着想着，一直没睡熟，感到他也是翻来覆去没睡着。应该是下半夜了，迷迷糊糊中，她觉得他好像爬起来下了床。

外面起风了，风越来越大。下雨了，雨也越来越大。

风声雨声中，她好像听到了他的哭声。开灯一看，他真的是抱着女儿在哭。哭声不大，眼泪很多，直往下滴。她心里突然明白了，他以前一定是犯过案的。

她爬起来，从背后抱着他，温柔地说："阿秋，你到底有什么心事？和我说说吧！"

他转过身，两眼泪汪汪地看着她没说话。

"我们夫妻三年多了，我很爱你，也知道你更爱我。夫妻间有什么话不能说呢？"

他仍然没有说话，只是哭声变大了，眼泪更多了。

"我知道，你肯定犯过案！"见问话不答，她很生气，松开了抱着他的双手，接着又狠狠地问，"你为什么要瞒我？骗我？"说完，她放声大哭了起来。

他见状，停住了哭声，一下子跪在她面前，痛苦地说："依依，我对不起你，我欺骗了你的感情，我杀过人，我该死啊！"

杀过人！

她一听，吓得直往后退，痛苦地用双手捂住了脸庞。

他跪地向她移走过来，说："依依，我决不会连累你。我现在就去投案自首，你根本不知道我杀过人，我不会牵连到你的。"

她没有回话，越哭越伤心。

"依依，是我害了你，我对不起你。女儿是无辜的，她多么天真可爱啊！我求你了！求求你一定好好把她抚养大。"

她还是没回话，慢慢地停止了哭泣。

"依依，我走了，我回不来了！我只有下辈子做牛做马报答你！"他说完，站起来就向门口走去。

她突然冲过去，紧紧地抱着他："我不相信！我不相信你杀过人！你必须把真实情况告诉我。"

他转过身来，没有抱她，只是把脸贴近她的脸，轻声说："依依，不要讲了吧？讲了对你不好的。"

"不！你必须讲！"她仰起脸，盈满眼泪的一双大眼睛直盯着他的双眼，坚定地说："我是你的妻子，我有权利知道，你必须讲！你说了，我们也可以商量商量怎么办为好。"

他没想到一向温柔和婉的妻子会这么坚决。他不忍心再拒绝。于是，他把自己参与斗殴，惨遭追杀，四处流亡的情况都和她说了，还有家有老母、姐姐等亲人的情况也都说了。

在他长长的叙述中，她一直默默地、紧紧地抱着他。

他讲完了，不由得也紧紧地抱住了她。他又哭了，哗哗的眼泪又汹涌流了出来。

"依依，十年逃亡生活，我太苦了！我受够了！我再也坚持不下去了。你放开我，让我走吧！我去投案自首。”

这时，她松开了他，但是仍然紧紧地抓着他的双手。

她显得很镇静，她眨眨眼睛，把泪水忍了回去，说：“你参加斗殴，是他人叫你去的；你用刀捅死了人，也不是故意的。你不是故意杀人，你不要再跑了，我支持你去投案自首，争取从宽处理。”接着，她又十分坚定地说：“我跟你一起去！你进去了，不管多久，我都会等你！”

“那怎么行！我已经骗了你，害了你，哪能再叫你跟我受罪呢？”他坚决地拒绝。

她则坚持非跟着去不可。

他犹豫了好一会儿，说：“我十年没见我母亲和姐姐了，我想先悄悄回去看看她们，再去投案自首。”

“那怎么行！这里离你家这么远，要转好几次车，你这样去风险很大的，万一在路上或在你家里被警察抓住了，不是失去投案自首从宽处理的机会了吗？”她依然很镇静。

“那怎么办？我现在太想见到她们了！”

她思索了一下，说：“你先和你姐姐联系一下，让她先告知公安局，由她带你去投案。”

他犹豫了一会儿，说：“我已经与姐姐联系过了，今天一早我就坐车回去。她在家里等我。”

原来，他的小铁盒子里放的是他多年辛苦打工、节俭生活积攒下来的六万多元钱。他一直想托人将钱带给母亲，可是一直没有找到可靠的人。到坡南镇后，他与她的一个远房表弟相处得很好，情同兄弟。两天前，他托他把这笔钱送到他姐姐处，并反复叮嘱他，钱送到后，讲明让她交给母亲，但不要说是他的钱，更不要说他在坡南镇。他想了结自己孝敬母亲的一点心愿，再考虑是留在这里，还是再逃跑，或者是去投案自首。他不清楚姐姐是怎么知道了他的手机号码，昨晚9点多的那个电话就是姐姐用家里的座机给他打来的。他走到外面与姐姐通了电话，姐姐把近期公安找母亲和她的情况与他说了，明确要求他赶快回来投案，且反复劝说他。他本来也有投案的念头，就答应了姐姐。

他把这些情况都与她说了，他说自己实在是太对不起她了。他私下存钱，私自托人送钱，她听了后，却没有一点责怪他的念头。

她沉默了一会儿，问："你姐姐家里条件好吗?"

"我姐夫很早就办厂了，应该好的。"

"你姐姐待你好吗?"

"待我很好。"

"你姐姐家里有车吗?"

"我出逃前，姐夫就有一辆车。"

"那就辛苦他们一下，让他们先和公安讲好，再开车来接你回去，这样路上就不会出问题了。"

"这个办法好，我这就联系。"

他没有想到，他的妻子面临如此大事，会这么冷静，这么有主意。

此时已是凌晨4点多。风停了，雨也停了。

他拨通了姐姐家里的电话。

这个电话，他一直记在心底里。他哪里知道，姐姐始终觉得他迟早会与她联系，因此搬新房了，十年了，她都没有换掉家中的电话号码。

电话通了后，姐姐好像也没睡着，很快就接了。

就他所说的，姐姐一口就答应了。

二刀一人

韩帅一行长途驱车赶到安府县，在当地公安的配合下，很快查明“钟念秋”与常依依在坡南镇开了一家小饭店，二人近期应该在店里。

韩帅让王英英和李小林化装后贴近侦查。

他们先在外围作了一些观察，再作为顾客进入店内，发现饭店里烧菜的男子很像秋飞，尽管他下巴右下角原本十分明显的黑痣没有了，但是秋飞的长相已经深深地印在了他们的脑子里。

两人认定此人就是秋飞。

中午时分，听了王英英、李小林的汇报，韩帅决定组织抓捕。

抓捕前，他给马大打电话汇报：“我们已经发现了秋飞的具体落脚点，准备马上组织抓捕。”

“你们先暂停抓捕。”

“为什么？”马大的指令出乎韩帅的意外。

“早上，大路村的陈书记给我打了电话，说秋雁今天凌晨接到秋飞决定投案自首的电话。秋雁已经开车赶去接秋飞投案。他还请我答应，让秋飞先回家见一次母亲，再到公安局投案。他向我保证一定送秋飞来投案，也请我们以前说的话要算数。我们之前确实向他们作过承诺，让秋母、秋雁想办法找到秋飞，带他来投案自首，我们不能失信。上午经过商议，并请示左局长同意，决定先不抓捕，给秋飞一个投案自首的机会。”

刑警是令行禁止的。

马超考虑到韩帅参与缉捕秋飞多年，年轻又心急，现在发现了却不让抓，可能会想不通，于是向他作了详细解释。

果然，韩帅还是有点想不通，有些担忧。

“马大，我们在这里没有暴露，要抓很容易。这里离云山有几百公里，如果秋飞现在或途中变卦了，又逃跑了怎么办?”

“那就交给你们一个任务，现在即开始盯住秋飞。秋雁到了以后，我估计她很快就会到了，你们盯住他们。他们上车后，你们就一直跟着，确保秋飞顺利投案。当然，如果秋飞变卦，你们不必请示，立即予以抓捕。听清楚了吗?”

“听清楚了！保证完成任务。”马大已经明确下达指令，韩帅再没有二话可说。

昨天傍晚，有一个人找到秋雁家，说是一个朋友让他送一笔钱来，让她交给她母亲。

来人放下钱就要走。

外地口音，蓦然送钱，不讲缘由，秋雁心生灵感，马上意识到可能是秋飞让他送的，于是立刻叫来丈夫，硬把那人拉进家里，请他吃饭。

那人开始不肯，可是怎么也推辞不了，只好进来了。

秋雁让丈夫陪他喝酒，席间说他大老远来，太辛苦他了，一个劲儿地劝他多喝一点。

随后来人酒后吐真言，说出是表姐夫钟念秋让他送来的。

秋雁反复问了钟念秋的体貌特征，认定他就是秋飞。

她趁来人处于酒兴中，顺口问到了钟念秋的手机号码，随即到卧室用座机打了电话。

电话没通，但很快秋雁就接到了秋飞打回来的电话。十年没见，但她还是一听口音就知道是秋飞，她顿时惊喜交加。

两人都泣不成声。

秋雁动员秋飞投案自首，也赞成他先回家拜望母亲一次。

凌晨，她又接到秋飞的电话，之后立即与丈夫一起开车去接他回家。

在路上，秋雁给陈书记打了电话。

韩帅与马大通电话不久，秋雁就赶到了坡南镇。姐弟俩相见，自是抱头痛哭一番。

依依已经收拾好了简单的行李。秋飞上车时，她抱着女儿也要跟着走。秋飞反复劝阻，她仍执意要上车。

秋雁见秋飞找了一个这么善良、执着的伴侣，心里感到十分安慰，也十分感动。她说服了秋飞，大家一起上车往回赶。

晚上，一行人到了老家。

秋飞一进家门，就痛哭着跪在地上连连磕头。

母亲走过来狠狠地扇了秋飞一巴掌，接着也跪下来抱着他痛哭，边哭边说："飞飞，我的儿啊！你怎么这么狠心！一走十年没音信，你知道妈妈天天在想你吗？"

"妈妈，儿子不孝，我对不起您，我真该死啊！"

两人抱着哭了好长好长时间。

秋雁、依依也在一旁哭。

时间仿佛凝固了。

不知过了多久，秋雁才想起来把母亲和弟弟拉开，并向母亲介绍了依依。

母亲听了，拉着依依的双手，流着泪说："依依，我的好女儿！我飞飞真是难为你了！飞飞前世从哪里修来这么个好缘分啊！"

3 岁的女儿已经很懂事了，见大人都在哭，也放声大哭起来。秋母忙把孙女紧紧地抱在怀里。

一家人相聚了将近一个小时。

之后秋雁拉着秋飞的手说："我带你去投案自首！你一定要把当时的情况向公安讲清楚，争取从宽处理。"

这晚的天空不见月亮，却有一些星星。

天上的星星，亮晶晶。

一行人刚走出院门，就看见一辆警车亮着警灯已等在门口。

几个警察站在车旁，陈书记也站在那里。

秋飞猛然回过头来，抱起女儿，深情地亲了亲，便决然地上了警车。

秋飞进入审讯室，接受了常规讯问后，即开始交代自己参与"11·6案件"的情况。

他讲了牛勇飞叫他去的过程，说当时分发铁棍时他没要，主要是觉得那铁棍比较粗，用来打人会伤得很重。他口袋里是有一把弹簧刀，平时主要用来削水果。他当时没想过会用它来捅人。他说这把弹簧刀刚才上车前已经交出来了。接着，他又讲述了斗殴的过程和逃跑的情况。

秋飞在上警车前，警察刚要对他搜身时，他就交出了一把用布包着的刀，讲明这把刀就是用来捅人的那把刀。

"秋飞，你自动投案，我们欢迎。但是你必须如实供述自己的罪行，才是自首，才能依法得到从宽处理。下面我问你一些问题，你必须全面、如实地讲清楚。你听清楚了吗？"马超说。

"听清楚了。"秋飞回答。

投案者不一定会自首。秋飞的交代，对查明"11·6案件"真相至关重要。因此，今晚参加审讯的是云山刑大的审讯"铁三角"：马超主审，掌握全局；崔军凯副审，必要时作配合，补充；韩帅负责记录，有时也可提出一些有针对性的问题。

这次把崔军凯从史强高专案组抽出来一起审讯，马超的考虑主要是便于他了解情况，以做好下一步对牛勇飞等人审查的准备。

“你把捅刀的过程再详细叙述一遍。”马超说。

秋飞答：“好的。当时斗殴的场面很乱，我身上被一口碗砸中，脸上也挨了几拳。这时突然有人把包厢里的灯关了。但包厢窗外有灯光照进来，可以看见模糊的人影。我见又有人拿着一个圆形的东西冲过来要砸我，我就掏出了弹簧刀。可能是弹簧刀弹出的声响，也可能是对方看到了刀反射出来的亮光，那人退了回去。我没有追上去。这时，我看见牛勇飞在我旁边与一个人扭打在一起，另外一个人拿着一把凳子冲上来要砸他，为了保护牛勇飞，我就顺手捅了他两刀。”

“你到底捅了几刀？”

“捅了两刀。先捅了一刀，不重的，那人‘哎哟’一声，就转身想用凳子砸我，我就朝他又捅了一刀。这一刀有点重。那人又‘哎哟’一声，就倒在地上了。”

“斗殴中，你一共捅了几刀？捅中了几个人？”

“就捅了刚才讲的两刀，都捅在一个人身上。这个我印象很深的，不会错。”

审讯的三人眼睛都紧紧地盯住秋飞的双眼。

不对啊！“11·6案件”中被刀捅中的有两人，中了两刀的那个人是重伤，中了一刀的那个人死亡了。可案卷中反映出持刀行凶的就只有秋飞一个人。这是怎么回事？是当时的侦查搞错了？还是秋飞避重就轻，没有如实交代？马超思索着。

这时，只见崔军凯一拍桌子，站起来指着秋飞大声责问：“秋飞，刚才已经和你讲了，你必须如实交代才算是自首。为什么不说实话？”

听到这个络腮胡子、威武结实的警察瞪着浓眉大眼对他怒吼，秋飞吓得浑身发颤，哭丧着脸说："我说的真的是实话。"

"那你到底捅了几刀？"

"真的就是两刀。"

"到底捅了几个人？"

"我记得很清楚，确实只捅了一个人。如果我说谎话，天打五雷轰！我愿意接受从重处罚。"秋飞忍不住哭了起来。

马超阅卷时，就觉得秋飞持刀刺中二人的证据有所不足。此时他剑眉紧锁，目盯秋飞，仔细听着、观察着。他心里有点后悔了，后悔审讯前没有把整个斗殴过程，特别是捅刀过程、损伤情况再作调查和分析，没有把这个重要问题事先搞清搞准。

他拉了崔军凯衣角一下，严肃地对秋飞道："这个问题你再仔细考虑考虑，必须如实讲清楚。我现在问你，这把水果刀你是怎么藏的？藏在什么地方？"

"11 月 7 日晚上，牛勇飞让我立即逃跑。我很想念我妈妈，就先悄悄回家看了看，见妈妈睡着了，就没有惊动她。我把随身携带的水果刀藏在了房子北墙东侧下面的墙壁里。那里有一块砖可以挖出来，里面有个小空间，很隐蔽的，是我小时候抓蟋蟀时发现的。"秋飞止住了哭泣。

"你今晚交出来的刀，能肯定是那次捅人用的刀吗？"

"肯定是的。刀在原位没动，刀柄外面包了一层皮革，上面破损了一块，很明显的。我今天是诚心来投案自首的，才把这把刀找出来交给你们。"

"你捅人后，刀有没有洗过？"

"我仔细擦过，但是没有用水洗过。"

"你在外逃中有没有做过违法的事？"

"没有的。"秋飞想了一下又说，"我曾经向人强要过工钱。”说着他讲了在制鞋厂打工时，老板拖欠他工资，他上门强要的情况，并强调自己是空手去的。

“你外逃期间有没有遇到什么意外的事情?”

“有的。”秋飞接着详细叙述了被方喜德朋友追杀的经过，并讲了那人的个体特征。

韩帅听得很认真，记得很仔细。他觉得秋飞讲的那个凶手的个体特征，与侦查盗车案发现的那个嫌疑人的特征很像。

关于方喜德的情况，“11·6案件”的案卷中有详细的调查笔录。方喜德生前在一家公司工作，表现良好，没有前科。那天晚上后来进入包厢的五人中有一人是他的表兄。下午二人在那家饭店附近玩，表兄邀请他一起去吃晚饭，说是自己埋单的，他就跟着去了。根据方喜德的表现、社会关系以及这次对“11·6案件”的调查、分析情况，方喜德的朋友去谋杀秋飞，几乎不可能。马超心里想着，判断着。

“你与牛勇飞的关系如何?”马超又问。

“关系很好的。牛勇飞对我很关照、很讲义气，我也很听他的话。他叫我逃跑，我没多想就答应了。”秋飞长长地叹了一口气，“唉！我现在想想，很后悔，要是当时不跑，直接来投案自首，那该多好！逃犯的生活太苦太惨了！终有一天是跑不掉的!”

马超分析认为秋飞讲的是真话。看来他至今不知道牛勇飞为何要安排他逃跑。他没有再问，示意崔军凯提问。

崔军凯这次面容严肃，问题明确，但语气平和：“斗殴中，你有没有看见其他人带着刀，拿出刀，用刀捅人?”

“没有。”

“那次斗殴中有几个人受伤，你知道吗?”

“当时双方都打得比较凶，应该有多人受伤吧？具体几个我不清楚。”

“被刀捅了的有几个?”

“我只知道被我捅中了一个，捅死了。这次我姐姐来接我，告诉我被刀捅的有一死一伤。我当时就和姐姐讲，我只捅了一个人，那个受伤的人不是我捅的。”

韩帅迎着马大询问的目光，摇摇头，没有提问。

因为秋飞涉及一死一伤的大案，审讯后就被刑事拘留了。

被押走前，秋飞可怜巴巴地望着马超，问：“我今天都如实交代了，能给我从宽处理吗?”

马超仍然一脸严肃地说：“你再好好想想，有什么补充或新情况，主动、及时告诉我们，不能有任何隐瞒，也不要等我们再提审你。”接着又和婉地告诉秋飞，“只要你如实交代，我们政法机关会依法从宽的。”

一刀二刀

对秋飞的审讯结束时，已经是凌晨3点多。

休息了几个小时后，马超等三人随即在刑大会议室研究审讯情况。

“秋飞应该是如实交代的。我以前认为，秋飞可能没有持刀行凶，现在看来他也不是无辜者，只是他持刀刺中的那人，应该是受重伤的雷创。”韩帅抢先说。

“那你对方喜德被捅死怎么分析?”马超问。

“另有一名凶手持刀捅死了方喜德。牛勇飞为了保护那人，有意识安排秋飞逃跑，之后还指派人去谋杀他。这样牛勇飞等人就可以把持刀行凶致人死伤的责任全都推到秋飞身上。至于秋飞讲是方喜德的朋友去谋杀他，这不可能，肯定是冒充的。

我认为，下一步要把查明持刀行凶与策划谋杀真相的工作，重点放在牛勇飞身上。”

“秋飞交代曾被谋杀应是事实，只是他侥幸躲过一劫。你的分析还是有一定先见之明的。”马超赞许道。

“我基本同意韩帅的分析，但是那个致人死亡的真正凶手是谁呢？牛勇飞为什么要冒这么大的风险去保护他呢？有无可能是牛勇飞自己持刀行凶呢？”崔军凯说。

崔军凯讲基本同意，是因为他认为既然另有一人动刀刺死方喜德，从牛勇飞的异常表现分析，他自己持刀行凶，再嫁祸于秋飞的可能性就不能排除。

“这些问题看来只有抓了、审了牛勇飞才能搞清楚。”韩帅觉得是有这种可能，可一时也想不出什么办法再去论证。

“‘史强高专案’的外围调查、侧面侦查基本可以告一段落了，但是何时收网，还要局里专门研究后才能确定，估计正面接触牛勇飞，还要再等一段时间。”崔军凯解释。

“那怎么办？总不能坐等吧？”韩帅心里有点发急。

“马大，‘史强高专案’的情况你很清楚，下一步怎么办，我们听你的。”崔军凯望着马超。

“史强高团伙的组织情况、涉及案件，大多已经查明，证据也已经取了不少。军凯，你们抓紧把我讲的几项工作再落实，并开始定人定位，我就向左局长专门汇报一次。如果局长同意，我们在近期就收网。”马超说。

接着，马超又把话题转回到“11·6案件”：“军凯刚才提的这些问题，确实需要审讯牛勇飞等人才能搞清楚。不过，我觉得还是先要再分析‘11·6案件’中死、伤二人的刀伤情况，搞清楚到底是一把刀刺的，还是两把刀刺的。这个问题如果搞清了，既可以印证秋飞供述的真伪，也有利于审讯牛勇飞、史强高。”

“那只有请应法医出马了。”韩帅说。

“对!”

马超当即打电话叫来应良平法医。由于此案是缉逃案件，应法医一直没有参加。马超亲自向他介绍了案件简况、审讯情况，请他立即把“11·6案件”的人员损伤情况作一次全面复查。

第二天下午，应法医就拎着手提电脑，带着小高法医来向马大汇报。

看了看应法医的脸色，马超说：“老应，这么快啊！昨晚又加班了吧?”

应法医笑笑。

“走，到会议室去，我让韩帅他们都来听听。”马超说。

走进合成作战室的会议室，应法医开口便讲道：“‘11·6案件’当时的刀伤分析有误，我有责任，要作检讨。”

他说，“11·6案件”发生时，程副局长和他被云州市局抽调去参加一起跨区域系列杀人案件的侦查工作，回来时，案件已经进入起诉阶段，他就没有调取案卷，也没有对法医检验情况再作一些分析，这是责任心不强的问题，所以要作检讨。

听说刀伤分析错了，马超一下子感到心情十分沉重。他要过《尸体检验报告书》和《损伤鉴定意见书》看了看，只见落款签名是邻县一名法医和本大队的一名年轻法医，后者早已调走了。

“损伤鉴定如果真的搞错了，确实是个大问题。虽然当时有案犯没有全部到位、凶器没有查获等客观原因，这个案件办好后，我们还是要作深刻总结。你当时出差在外，我觉得没有什么大责任。你先说说这次的分析意见吧。”马超看着应法医说。

应法医心情也很沉重，说：“我们一定深刻吸取教训。”接着，他利用多媒体投影仪，一边播放相关照片，一边介绍。

“我和小高法医对死者方喜德和伤者雷创照片上的刀伤作了仔细分析，还查阅了一些资料，做了动物实验。我们认为伤者雷创身上的两处刀伤，刀体窄，是由单面刃的尖刀形成的；死者方喜德身上只有一处刀伤，刀体相对较宽，单面刃、双面刃的尖刀都有可能形成。”应法医语气十分肯定。

“如果死者的刀伤，也是单面刃形成的，那有可能还是一把刀吧？”马超对法医知识有所了解，提了一个专业性的问题。

“我们认为，有两点可以印证死者、伤者的损伤是两把刀形成的。”

“那你仔细与我们说说。”马超洗耳恭听。

应法医把一张张死者、伤者的损伤照片、动物实验照片先后打在屏幕上，边放边解释：“先从创口宽度分析，窄刀由于刺切作用，可以形成宽于刀体的创口；宽刀刺到一定深度后，是不可能形成窄于刀体的刺创的。死者那刀创道有十多公分深，创口的长度明显长于伤者创口的长度。死者刀伤的创口钝角在上，锐角在下，创道前面高，后面略低，创口、创道切割现象不明显，创口长度基本反映了刀体的宽度。伤者深的那一刀，创道也有近十公分长，因而创口的宽度也基本上反映了刀体的宽度。

“再从创角形态分析，单面刃尖刀形成的刺创，创角一钝一锐，伤者身上的刺伤就反映了这一特征；双面刃尖刀的刺创，两个创角多数是锐角，但是由于不少双面刃尖刀的根部没有开刃，如果行刺时刀体根部也刺入体内，又是斜刺时，也会形成一个创角是钝角。刚才说了，死者的创口有一个角是钝角，但是特征不典型，有先锐后钝的反映，应该是双面刃尖刀所刺的可能性大。”

应法医接着在屏幕上播放了一把从市场上买来的双面刃尖刀的照片。他对刀的形态、宽窄、长短作了详细的讲解，最后说刺死人的那把刀应该与这把刀类似。

然后，应法医作了个小结：“因此，就凭刀伤的创口、创角及创道特征分析，不管死者的刀伤是单面刃还是双面刃所形成，死者、伤者分别被一宽、一窄两把刀刺中是可以肯定的。”

马超一直提倡侦查员多学点刑事技术知识、法医知识，这样有利于开展侦查工作，而在实案中学习效果最好。所以只要时间允许，他都让技术员尽可能讲得详细一些。

应法医这段介绍，专业性强，很长，也有点复杂，但多数侦查员还是听懂了。

“那秋飞刺中的，肯定是伤者啦?”韩帅已经明了应法医分析中的指向，还是忍不住问了一句。

“秋飞上交的弹簧刀，是单面刃，刀体窄、长度短，应该是刺中伤者的刀。”

应法医把买来的刀、秋飞上交的刀合拍在一起的照片播放在屏幕上，又作了一番解释后说：“两把刀是明显不一样的。”

“哦！死者那刀肯定不是秋飞刺的了?”李小林插话。

“除非秋飞先后用了两把刀。”

“这不可能。当时案件调查中，没有任何人反映秋飞带了两把刀，先后动用了两把刀。”王英英语气十分肯定。

“在当时那种情况下参加斗殴，秋飞带了两把刀，用了两把刀，而对方没有夺到他的刀，现场没有留下刀，也不合情理。”韩帅补充分析道。

应法医点了点头，接着说：“除了伤口特征分析外，还有一点重要依据。DNA 实验室已经对秋飞上交的刀做了鉴定，虽然由于量少时长，做出的位点不全，但是与伤者的相应位点都能对上，而与死者的多个位点对不上。”

应法医把三份检材的 DNA 图谱打在屏幕上，一目了然。

马超走到屏幕前，仔细看了好一会儿，转身问：“小高，你还有什么补充吗?”

“没有了。应老师刚才的分析，都是与我商量过的。”小高法医连忙回答。

“老应，根据你们的分析，结合侦查情况，两把刀可以肯定，秋飞只是刺伤了人可以肯定，刺死人是另一个人、另一把刀也可以肯定。对吗?”马超严肃地看着应法医。

“对！是这样。”

收　网

法医会诊后，马超感到要进一步查明“11・6 案件”真相，已经到了非正面接触牛勇飞等人不可的地步。

崔军凯向他报告，他交代的几项工作已经完成，建议尽快收网。

左局长外出开会回来了，马超马上电话联系要去专题汇报。不料左局长却说，你不必来，我叫上几个局领导，你叫上“11・6案件”的主侦人员，我们一起到史强高专案组去专题听一次两个案件的汇报。

史强高专案组的指挥部，设在公安局十六层办公楼顶层的会议室里。会议室的桌上摆了十多台电脑、好多部对讲机，还有一个多媒体投影仪，其余空间几乎都被一沓沓案件资料堆满了。北面的墙上，挂了一张大大的史强高团伙成员关系图，每个成员名字旁边都标上了该人在团伙中的层级，注明了简要的涉案情况。关系图标记得很清楚，可是很复杂，非专案组人员，一时是难以搞明白的。

崔军凯见有几个局领导以前没接触过“史强高专案”，就先简要把案件的整体情况作了一个介绍。

史强高涉赌涉黑犯罪团伙，是在云山市公安局开展“赌博问题重点整治专项行动”中，有几位市民写信向左局长举报，左局长批示成立专案组，经过一段时间侦查后发现的。

史强高因为“11·6 案件”被判了几年刑，出来后不找正当工作，又在社会上混。那段时间，云山有一些地下赌场。史强高发现开赌场抽水钱很赚钱，加上放水钱更赚钱，他便纠集也已出狱的牛勇飞等人，在郊区租农民房开了一家赌场，靠着原先在社会上混的一些关系人，找了不少赌徒去参赌。他们很快赚到了不少钱，之后又陆续纠集了社会上的一批有前科或无业闲散人员，逐步形成了固定的组织，并且制订了具体的操作规程、严格的内部纪律。他们连续开了多家赌场。钱多人多有势力后，史强高躲在幕后，指使团伙成员暗中继续扩张赌场，同时使用暴力威胁，甚至直接使用暴力等手段，挤占他人赌场、强占赌场干股、追讨赌博债款，逐步控制了云山相当多的地下赌场。在这个过程中，史强高团伙先后多次涉及聚众斗殴、寻衅滋事、故意伤害、敲诈勒索、非法拘禁、非法持有枪支等刑事案件，给社会造成很大的危害。成立史强高案件专案组后，几个月下来，已经基本查明史强高团伙的组织、经济、违法犯罪等方面的情况。

崔军凯接着用多媒体投影仪，边播放边介绍了史强高团伙主要成员与主要案件情况；又对史强高团伙性质作了分析，认为该团伙具有黑社会性质组织的四大特征，如果不及时打掉，会给社会带来更大的危害。最后他建议，近几天即对史强高团伙开展收网行动。

接着，马超作了补充介绍。在征求左局长同意后，他又介绍了对“11·6案件”开展再侦查的情况，还特地请应法医介绍了对死者、伤者刀伤的复查情况。

听了汇报，左局长充分肯定：“你们两个案件都办得很好，取得了阶段性的重大成果。”他左手扶了扶眼镜，右手翻了翻笔记本，说：“一下子听了这么多情况，有些问题我还没有搞清楚，要再问问你们。”

马超点头。

“现在看来，‘11·6案件’还有重大问题需要查明，你们先不接触牛勇飞等人，继续通过外围调查能够查明吗？”

“外围调查，基本上已经想尽了办法，难以再作深入。”马超回答。

“‘11·6案件’的逃犯秋飞已经投案，因而必须先服从‘史强高专案’的侦查工作。史强高团伙成员，特别是骨干分子的组成，各自在团伙中的地位、作用情况，你们都查明了吗？”

“史强高团伙共有五十多人，其中骨干分子有十多人。我们通过秘密调查检举人、受害人、知情人，采取多种侦查手段，已将他们的相关情况，特别是骨干分子的情况基本查明。”崔军凯回答。

“他们所涉及的案件情况调查得如何？”

“已经查到了该团伙的四十多起违法犯罪案件，多数已经从外围调查中取到了较为充分的证据。”

“史强高团伙成员近期的活动情况、落脚地点有没有查明？”

“按照马大的要求，我们近几天已经对史强高团伙成员开始了定人定位，多数成员的活动情况、具体居住地点都已查明。

十多名骨干分子已经在我们专案组的 24 小时监控中。”

“很好!”左局长看着马超说，“看来你是准备动手了嘛。”

马超略有点不好意思，说：“局长，我觉得‘史强高专案’已经具备收网条件，所以在对外绝对保密的前提下，先做了一些准备工作。要否收网，什么时候收网，还是要等汇报后，请您拍板决定。”

实际上，左局长对马超充分信任，早就说过史强高专案何时收网，主要由马超确定。而后左局长征求了在座几位局领导的意见，大家都认为已经到了收网时机。

“你们收网需要多少人?”左局长又问。

“近期我们没有侦查到史强高团伙有集体活动，分散抓捕，起码要三对一，对于骨干分子要五对一以上，需要二百人左右警力。考虑到史强高团伙可能持有枪支，行动中需要巡特警支持。”马超回答。

“你们还需要多少准备时间？近几天行动行吗?”左局长再问。

“已经基本准备就绪。近一两天行动最好。”马超紧接着答道。

左局长理了理头发，正了正眼镜，当即拍板：“行！行动时间就定在明天晚上。你们专案组抓紧再做一些准备工作，特别是要抓紧制订出严密、周全的抓捕行动方案。要争取把这个涉赌涉黑团伙一网打尽，彻底消除该团伙的社会危害。具体行动由马超同志负责组织、指挥。明天晚上我也到局指挥中心一起协调组织行动。”

左局长又对在座的几位副局长说，警力方面你们要大力支持，马超需要多少，就给他调配多少。大家满口答应。

第二天晚上 12 点，二百多名警察分别在位于城郊的交警大队与局警察培训学校集合。

马超、崔军凯分别向他们宣讲了抓捕行动方案，作了具体的分组分工。凌晨1点，各路人马悄然无声地分别扑向史强高团伙成员的各个落脚点；凌晨2点，各组按照预定时间，进点实施抓捕。

抓捕行动总体进行得很顺利，史强高团伙的绝大多数成员在第一时间就被抓获，十多名骨干成员无一漏网。

但抓捕中出现了一个重大意外。

崔军凯带了六人负责抓捕史强高。他们来到史强高在郊区的别墅外面时，2点还没到，就分散潜伏在别墅四周。

2点差几分时，潜伏在别墅大门外的派出所民警报告，发现史强高带了两个人突然出门，正在上车。

通话中，崔军凯发现史强高的车已从他的潜伏点前面急驰而过。

崔军凯立即召集同组人员，紧急上车，一边在后面追，一边请求指挥中心马上安排设卡拦截。

随后史强高的车强行闯卡，轮胎被破胎器刺破。三人下车后拒捕，拔枪就射，双方发生了激烈的枪战。

枪战中，史强高受重伤，昏迷倒地。一个同伙被击中右腿，倒地后没有再顽抗，丢下手枪，举手投降，被冲上去的两名特警一把铐住，一位专案组民警认出此人是牛勇飞。另一个同伙被当场击毙。

冲在前面的崔军凯左手前臂被枪击中，桡骨被打断。旁边紧跟崔军凯的一名刑警也被枪击中，幸运的是子弹擦耳而过，仅仅是耳朵受伤出血。

史强高、牛勇飞立即被送往医院抢救。

崔军凯让受伤刑警也立即到医院治疗，并让人给自己简单包扎了一下，之后强忍疼痛，检查完枪战现场，才由同事护送到医院救治。

史强高、牛勇飞被送到云山市第一人民医院后，经警方联系，得到了及时有效的治疗。随后警方轮流值守，对他们实施了严密管控。

牛勇飞右小腿被击中，胫骨被打断，经创口处理，手术固定，上了石膏托后已无大碍。史强高胸部被击中两枪，胸腔大出血，但是没有伤及心脏、大血管，经过紧急输血、开胸止血，于两天后苏醒，也已经没有生命危险。

经过医生许可，韩帅等人先后对他们展开审讯。

二人都交代了一些违法犯罪案件，但都是一些小案件。有的案件还把责任推到他人头上，对涉黑重案均没有如实交代。涉黑案件没交代，自然不能急于审查“11·6案件”。

怎么办？马超听了韩帅等人的审讯情况汇报后，在办公室里皱眉凝思。

现在对审讯要求很严很规范，要突开这两个多年从事违法犯罪的“二进宫”犯罪嫌疑人的口供，肯定不是易事。

根据以往的经验，马超想，对于团伙犯罪又不愿主动交代的犯罪嫌疑人，要突开口供，必须采取审讯三步法：一是选择好先行突破人员；二是外围调查他的性格特点、家庭状况、涉案情况；三是审讯中以理服人，以情动人，以证据震慑人。

马超决定先从牛勇飞身上打开突破口。因为他在史强高团伙中是骨干，但不是首犯；而“11·6案件”更需要先从他这里突破。但事先要做好充分的准备。

马超叫来韩帅等人，布置了具体的任务，提出了具体的方法，要求他们再拓展思路，各显神通，立即展开对牛勇飞的外围调查，三天内完成。

安排后，马超与杨秋露再次到医院看望崔军凯。

崔军凯左手手术后绑着夹板，躺在病床上休息。但是他心里十分挂念两个案件的审查情况。他已经知道了对史、牛二人的审讯情况，心里很是着急。他说自己对牛勇飞的情况熟悉，请求马大让他去审讯一次。马超没有同意，让他安心养伤。

三天后，各组调查人员集中向马大汇报。马超要求大家既要讲调查情况，也要分析所得情况对审讯的效用。

王英英先汇报："我们这组负责调查牛勇飞的家庭情况。牛勇飞年轻时，多年冲冲杀杀，经常与人打架斗殴。'11·6 案件'被判刑，出狱后他性格有所改变。他参与史强高这个团伙后，非法获取了不少钱财。几年前，30 多岁的他娶了一个漂亮的姑娘，一年后有了一个男孩，他对老婆、孩子都十分疼爱。家里老父母都在，他也比较孝顺。我觉得审讯时，给他点一点要多为老婆儿子、老爹老娘着想，争取从宽处理，可能会有效。"

韩帅接着汇报："我们这几天抓紧对已抓获的史强高团伙成员进行审讯，多数人能够如实交代罪行。从他们的交代分析，牛勇飞是被史强高拉入这个团伙的，在团伙的违法犯罪活动中，他主要是帮助史强高在如何开设赌场、挤占赌场方面出谋划策，自己很少出面直接去与人争斗，团伙所涉及的聚众斗殴以及霸占赌场、使用暴力追讨赌债等犯罪活动，他基本没有参与。用好这方面情况，与牛勇飞讲明坦白从宽的道理，应该可以促使他交代自己的问题、史强高团伙的违法犯罪问题。但是，如果'11·6 案件'中是他谋杀了秋飞，似乎还是难以突破。"

张莺的汇报给大家带来了惊喜。她说："我们把'史强高专案组'提供的该团伙成员名单、该团伙成员在审讯中交代出来的相关人员名单，以及上网开展关联查询又获取的一批与该团伙有关人员名单，一一调取了照片。然后把这些人的面貌特征与盗车案目击者描述的面貌特征、秋飞交代中反映的制造车祸者的面貌特征——后两者的特征应该是基本一致的——逐一作了比对分析，发现有一个叫许豪的人，很像目击者、盗车者、秋飞反映到的谋杀者。经由两名目击者与秋飞辨认，都认为很像，特别是小耳朵高颧骨大鼻子很像，只是没有秋飞说的上唇留着长胡子，我们分析认为是作案时化了装。再采取多种方式开展调查，发现许豪与史强高多年来关系很紧密，没查到与牛勇飞有什么交往。许豪这次没有被抓获归案，已经查明他是在秋飞投案后外出的，目前去向不明。按照马大的要求，正在全力查找他的下落。”

顿了顿，她作进一步分析：“秋飞外逃后可能被谋杀，秋飞投案后已经证实，应该就是盗车者实施了谋杀。至于谁指使的，应该说还没有定论。从对许豪的调查情况，结合‘11·6案件’中史强高特别凶狠的表现，加上那伙人里史强高是头头，综合分析，指使者很有可能是史强高。进而推断，刺死方喜德的凶手，有可能是牛勇飞，也有可能是史强高。我认为史强高的可能性大于牛勇飞。”

张莺似乎担心自己的观点让别人一时难以接受，又强调：“当时这伙人，史强高明显凌驾于牛勇飞之上，史强高如果没有持刀刺死人，却去冒极大的风险策划谋杀秋飞，为牛勇飞‘埋单’，应该是可能性不大。”

马超没有说话，却连连点头。

张莺微微一笑，说：“查到许豪前，我也曾认为是牛勇飞策划谋杀秋飞的可能性大。如果是史强高刺死了方喜德，那对促使牛勇飞交代‘11·6案件’真相是很有利的。”

马超对部下的工作很满意，“大家这几天的工作速度很快，成效很大，分析得也很好很到位，我不再作补充分析了。我这里也有一个情况通报给各位。”马超接着说，“崔军凯负伤住院后，仍念念不忘案件的侦查工作。他告诉我，在枪战中，牛勇飞被打伤右腿后，没有再作抵抗，交枪举手投降。事后检查他持有的土制制式仿六四手枪，弹夹中还有六发子弹，当时他只打了一发。由此分析，牛勇飞还不是一个穷凶极恶的家伙。军凯也同意先从牛勇飞身上打开突破口。”

通报情况后，马超见各位没有情况再作补充，竖起前臂，十指紧扣了一下即松开，说：“这几天的调查情况，为再审牛勇飞创造了有利条件，我们应该有信心、有能力突开牛勇飞的口供。”说着，转向韩帅，“你觉得如何？有信心吗？”

“有！”

“好！那就由你为主，再审牛勇飞。”

小事大祸

韩帅与李小林等人在病房里对牛勇飞进行了再一次审讯。

他们先对牛勇飞作了一番思想工作，讲法律，说情理。当说到牛勇飞你要多为家庭考虑，争取从宽处理，也要为你的好友秋飞多考虑，不能隐瞒事实陷害朋友时，牛勇飞感慨良深，竟然流下了眼泪。

他答应如实交代他的违法犯罪事实。他先交代了十年前那场斗殴的情况。他说，实在是不应该为一件小事而闯下大祸，他实在是对不起秋飞。

他说，自己在制鞋厂做了一段时间后，觉得工作又苦又累，工资待遇也不高，就不想再干下去了。这期间，他结交了史强高和他的一帮朋友，觉得他们在社会上混得开，不工作却吃香的喝辣的，呼风唤雨，很是潇洒，于是就辞去工作，跟着史强高混。那时，他们主要是由史强高带着，给人看赌场、追债款、当保镖，有时也充当打手，为他人摆平矛盾纠纷。他发现史强高心狠手辣，团伙中的人都很怕他。但不知什么原因，史强高对他很看重，大事小事都带着他，二人还互称兄弟。

公交车上发生争吵后，他觉得自己很吃亏，就打电话给史强高。史强高让他等着，说马上带人过来给他报仇，并让他自己也再叫上几个人。他就打电话叫来了好友秋飞。双方在饭店包厢里发生打斗时，牛勇飞看见秋飞为保护他，拔出刀捅了对方两刀。稍过片刻，他又看见在自己的右侧，史强高正挥着铁棍向一个人砸去，那人一把夺过铁棍，反过来砸向史强高。史强高迅速从腰间拔出一把刀，朝那人上身猛刺过去，那人大叫一声“哎哟”，随即双手捂住胸部跌倒在地。包厢窗外的路灯从左侧斜照进来，他与秋飞、史强高当时位于包厢右侧，光线比较亮，所以他对这一过程看得比较清楚。

第二天，他偷偷到医院窥视，并托人打听，知道一个叫雷创的人身中两刀受了重伤；一个叫方喜德的人身中一刀，抢救无效死亡了。

他惊恐万分，立即跑去找史强高，说，强哥，不好了！你捅中的那个人死了。可史强高根本不承认，说当时光线这么暗，场面这么乱，你怎么知道，怎么能够乱说是我捅的？你可不能诬陷我！

他有些着急地对史强高说，当时秋飞和你在我的左右侧，我们所处的位置有窗外光线照进来，我看到秋飞捅了对方一个人两刀，你捅了对方一个人一刀。我哪敢诬陷你，我是来告诉强哥你，是想和你商量，万一公安查出来了怎么办为好。史强高听了后，用双手紧扣住他头部的左右侧，让他的脸正对着他的脸，满目凶光，满脸杀气，狠狠地说，阿飞，你听着，昨晚我是为你报仇而去的，我分发铁棍时秋飞没要，说自己有刀，这一死一伤的刀伤都是秋飞用刀捅的，与我无关！

牛勇飞说自己从小与人打架就比较勇猛，在一般人面前他都敢当老大，在秋飞面前他更是大哥，可是在凶狠的强哥面前，虽然他与他称兄道弟，他却一直只敢当孙子。听了史强高的话，他十分害怕，身子发抖，声音发颤，连连说，是这样，是这样。

这时史强高仍然凶狠地盯着他，不容置疑地说，你马上去找到秋飞，就说他捅死捅伤了人，让他马上逃跑，永远不要回云山。

他小心翼翼地问，秋飞这个人平时很老实，很少出云山，让他跑，他可能也不知道跑到哪里去为好，这怎么办？

史强高思考了一下后说，你找一个可靠的地方，让他先躲起来。安排好了以后，即来找我，我们一起跑。

安排秋飞逃跑后，他就来到史强高的躲藏处，由他带着跑到云州市市中心的一家宾馆住了下来。期间，他们发现风声越来越紧，到处都张贴有缉捕他们的通缉通告，各类媒体也在反复刊登、播放。他们想逃出云州市，却发现各出城路口都在设卡检查。约一周后，史强高决定他们分头逃跑。分手前，他又是十分凶狠、不容置疑地告诉他，你也可以去投案自首，但是你必须说，亲眼看见秋飞紧跟在你旁边与对方打斗，当对方二人分别用凳子砸你们时，秋飞拿出刀连捅了那二人好多刀。你如果不这样讲，可别怪大哥我不客气，你会有麻烦，你的家人也会有麻烦的。

之后他独自跑了几天，觉得无处可逃，与父母通电话后，他选择了投案自首。

牛勇飞讲到这里，韩帅即开始让他回答问题。

张莺查出实施谋杀秋飞的凶手后，史强高既是行凶致方喜德死亡者，也是策划谋杀秋飞者的可能性已是很大了。现在真的听到了牛勇飞交代是史强高刺死了方喜德，韩帅心里还是有点不踏实，觉得要把这个问题问清楚。

“史强高有没有问你把秋飞安排躲在哪里?”

“他问了，还问得很仔细。我告诉他，躲在昌海我朋友姚可大那里，并告诉了他具体地址。”

“姚可大有没有手机?”

“有的。”

“史强高有没有问他的手机号码?”

“问了，我也告诉了他。”

“你与姚可大是怎么说的? 史强高有没有教你怎么说?”

“我与姚可大联系时，只是说一个朋友到昌海有点事，要在他那里住几天。后来我按照史强高的要求，打电话要他看住秋飞，说几天后我会去与他会合。”

“你有没有去?”

“我没有去。”

“史强高有没有去找秋飞，你知道吗?”

“他也应该没去过。”

“你知道秋飞后来的情况吗?”

“我不清楚。我以前一直认为他已经死了。”

“为什么会这样想?”

“我以前分析，秋飞是被史强高派人杀掉了。因为秋飞不死，如果被抓到，他人很老实，一定会说出捅刀子的真实情况。你们公安就会查到史强高身上。史强高这人心狠手辣、诡计多端，什么事情都敢干的。”

“你这个分析还有什么依据？”

“史强高让我投案自首，实际上他自己也是投案的。如果秋飞不死，他应该不敢这样做。还有，我出狱后四处打听，也没有得到秋飞活着的一点消息。前几天，我知道秋飞投案自首了，才发现自己的分析错了。”

“自首必须如实供述自己的犯罪事实，你上次是自首吗？”

“不是、不是，这次我一定如实交代。”

“你投案后，按史强高教你的讲，把捅刀责任都推到秋飞身上，而史强高叫来的另外三人也是这样讲的，为什么，你知道吗？”

“具体原因，我真的不清楚。但我想，也是史强高教他们这样讲的。我出狱后，碰到过他们中的一个，他告诉我，当时史强高给了他们每人十万元钱，还问给了我多少。而史强高是没有给过我钱的。”

韩帅觉得牛勇飞今天的态度很好，分析他是基本如实交代的，就说：“下面还有几个问题问你，你必须一一回答，不能有任何隐瞒。”

“我一定如实交代。”

“你告诉史强高秋飞的躲藏地址后，史强高对秋飞到底做了什么，你知道吗？”

“具体做了什么，我真的不知道。我自己分析的想法，我刚才已经讲了。”

“你有没有与史强高叫来的三个人统一过交代口径？”

“真的没有。我投案前，见都没见过他们。”

“他们现在在哪里？”

“我不清楚。如果你们许可，我可以托人去找一找。”

“姚可大现在在哪里，你知道吗？”

“我投案前没有与他再联系，刑满出狱后，我找过他，但是一直没有找到。”

“这个案件你还有什么补充交代吗?”

“没有了。”

韩帅想了想，“11·6案件”可以先问到这里，示意李小林再作提问。李小林摇了摇头。

“关于这个斗殴案件，你如再想到什么，要及时告诉我们。接下来，你交代一下出狱后参与史强高团伙违法犯罪的情况，也必须如实交代。”韩帅对牛勇飞说。

牛勇飞随即开始详细交代。

“那天晚上，你与史强高一起在他家里，怎么突然开车外逃?”韩帅最后问。

“史强高接到了他手下一个人的电话。那人说自己回家时，路上好像有人在跟踪，到家后从窗帘缝往外看，发现外面有人在盯着他家看。史强高分析是你们公安要动手抓我们，就从保险柜里拿出两支枪，分给我一支，立即带着我们上车出逃。”

马大担心这次行动有人走漏消息，审讯前专门交代韩帅要审明这个问题。

听了牛勇飞的回答，韩帅心想，看来是因为这次参加行动的人员多，有些人对如何跟踪、潜伏的技能没有掌握好。

韩帅审讯牛勇飞的当天，张莺查到了许豪在云州市郊区的躲藏地点。

马超亲自带队去抓捕，并亲自审讯。

许豪哪里挡得住马超的讯问，很快作了交代。他说自己受史强高的指使，在云山偷盗了一辆白色桑塔纳轿车，开到昌海，先冒充牛勇飞的朋友，再冒充方喜德的朋友，制造车祸谋杀秋飞。回云山后，他告诉史强高已经把秋飞杀死了，史强高给了他二十万元钱。哪知十年后秋飞回来投案了，史强高得知后，把他狠狠地臭骂了一顿，接着要他马上逃跑。

马超决定带着韩帅与李小林，再审史强高。

史强高躺在医院的病床上，反复思考着往事。他心里清楚，他的团伙作恶多端，这次又与警察枪战，特别是十年前他还犯过命案，深感自己罪孽深重，难逃死罪。

这些天，史强高心里很受感动。他发现，医院是在尽全力抢救他，给他输了好多血，用了许多药；他感到不舒服时，值守民警马上会请来医生给他诊治；刑侦大队教导员几次带水果、点心来慰问值守民警，也都分给他一份。

当吃着甜甜的苹果时，他心里在想，此生他是难得平安了，是否要把自己的事情都交代了，以求个心安的结果呢？

当马超等人来审讯他时，史强高的思想斗争很激烈。可想了又想，他还是作了抵赖。

对史强高做了一番思想动员工作后，马超见他还是不愿开口交代，而因为胸有成竹，就决定走捷径。马超给他点明他的同伙已经交代了涉赌涉黑的犯罪事实，并用电脑给他放了两小段秋飞、牛勇飞接受审讯的录像，还给他看了几张许豪接受审讯的照片。

史强高彻底服输了。

他清楚，他的团伙犯罪案件涉及这么多人，就算他咬住不讲，其他人也会讲出来的。秋飞投案自首了，牛勇飞、许豪交代了，十年前的案件也隐瞒不住了。他曾被判过刑，他知道，有证据，没口供，如果证据充分确凿，他照样会被判刑的。

求生的欲望促使他提出自己坦白交代，希望能够得到从宽处理的请求。得到马超承诺可以依法从宽后，他开始了交代。

史强高还算是个爽快人，开口了，就基本没有保留地交代了自己在这两个案件中的犯罪事实。

史强高交代的涉赌涉黑违法犯罪情况，与其他同伙的交代基本一致，只是有的还需要进一步审讯、调查以印证。他对“11·6案件”的交代，与秋飞、牛勇飞、许豪等人的供述能够互相衔接、互相印证。他交代在“11·6案件”中是用一把双面刃匕首行刺的，他所描述的匕首形状，符合应法医对刺中死者那把刀分析的特征。

“11·6案件”的侦查工作出现了一顺再顺的态势。

几天后，崔军凯的内线向他报告，找到了史强高当时叫来另外二人在外市的落脚点。韩帅随即带人赶去，找到那二人，二人都交代当时因为受到史强高的威逼利诱，被抓后作了伪证。

张莺通过对各类数据库的反复再查询、再分析，发现了“姚可大”离开昌海后，因犯抢劫罪被判重刑，现在还关在监狱里。随后张莺带队赶去审查，“姚可大”的交代与牛勇飞的供述一致。“姚可大”不知道秋飞遭到谋杀，他的真名叫苏士操。

至此，“11·6案件”真相大白。

马超来到左局长办公室，详细汇报了两个案件的侦查情况。

“老大难，老大难，老大出马就不难。马超，你是刑侦老大，你出马了，追逃追了十年的案件短期内就解决了。你干得很好！你们刑大干得很好！”左局长的目光中充满赞赏。

“谢谢局长鼓励！实际上这两个案子，都是在你局长的重视与领导下才得以顺利突破的。局长这次的点子又很准啊。”马超说。

左局长听了，心里自然很高兴，镜片后的双眼透出了欣喜的目光，笑道：“我听了你的工作安排，四选一，碰巧选对了。下次有破案的‘选择题’，你再让我选选。”

马超也笑了，连说好的、好的。

接着，马超认真地说：“局长，‘11·6案件’在整个侦办过程中，存在着损伤分析有误、追逃不力，本次再侦查中也有不少分析不准确等问题，刑侦大队接下去要认真总结经验教训。”

“我知道你们在一个大案办好后，都要开展总结，既总结经验，更吸取教训。这个做法很好。”左局长想了一下，又说，“侦查案件中，有些分析失误是难免的，这次两个案件，重要的是要总结为什么史强高团伙能够在社会上为非作歹这么多年，坐大成势后才被发现，才被打掉？你牵个头，以刑大为主开展调研，拿出一个打防涉黑涉恶违法犯罪的意见，报局党委专题研究。”

“好的。”马超答道。“局长您还有什么指示？”

左局长考虑了一会儿，突然问：“你的英语水平如何？”

马超知道左局长英语水平比较好，在市局政治部工作时，外事活动中不用翻译也能与外宾对话，但是听到局长突然问起他的英语水平，心里觉得很奇怪，嘴里则顺口答道：“我从小学学到大学，花了许多时间、大量精力，仍然是瞎子英语、哑巴英语、聋子英语。”

“我听说，你在校英语成绩不错嘛！”

“哪里，一般一般，学了一点，毕业后不用早就还给老师了。”

“‘谢谢、对不起、没关系、需要我帮你吗、你先请’，这几句话，总还能说吧？”

马超笑着脱口说了一遍。

左局长听了后说："发音挺准的嘛。"

马超不明就里，急着问："你在考我英语水平？为什么？如果要我去从事需要讲英语的工作，那我可不行。"

"别急、别急。没有，没有考你。我是在想，有些欧美国家，讲英语时这几句话常常吊在嘴边，所以尽管存在严重的种族矛盾、群体冲突、恐怖活动、毒品枪支、绑架暗杀等大问题，但人与人之间，邻里同事同行之间，因为一两件小事而争吵斗殴的似乎比较少见。可以说是大礼节不行，小礼节不错。而我们则反之，如'11·6 案件'，就是典型的不讲文明礼节、由小事引发的大祸。你们开一个新闻发布会，通报一下'11·6 案件'的侦破情况，有意识地重点讲讲这方面的道理。"说完，左局长又补充道："史强高团伙案件就先不要通报了。一方面，这个案件还在侦办中；另一方面，打黑除恶，我们要多做少说。"

听了左局长意味深长的一段话，马超感悟到了局长问英语的用意，那是要以案示警啊。

"11·6 案件"新闻发布会上，马超让韩帅通报了再次启动全面侦查后查明案件真相的情况，接着接受记者的提问。

"秋飞出逃十年，直到他自己投案前你们都没抓住，是否你们存在日常追逃不力的问题？"

"是有不力不当的问题，今后要改进。我要强调的是，对于每一个逃犯，我们都会尽最大努力去追捕。'天网恢恢，疏而不漏'，逃往何方？无处可逃！任何犯罪，迟早都会受到法律惩罚的。"

"现在已经查明，杀害方喜德的人不是秋飞，而是另有他人，而且还有人谋杀秋飞，你们会怎么处理？"

“按照最高人民法院、最高人民检察院、公安部《关于如何处理有同案犯在逃的共同犯罪案件的通知》要求去办理，依据这次查明的犯罪事实，依法再次移送起诉。”

“听说你们在侦查‘11 · 6 案件’中，同时侦破了一起重大涉赌涉黑案件，这个案件的情况如何？”

“抱歉，这个案件正在侦办中，现在还不便通报。”

……

马超对记者的提问一一作出回答。

见记者问得差不多了，马超就说，最后我来讲个问题，如果讲得对，请记者朋友们大力帮助宣传。“‘11 · 6 案件’是一起典型的‘小事大祸’。如果当时高海风踩了牛勇飞的脚，马上说一句‘对不起’，牛勇飞不用手推他，而是回一句‘没关系’，双方就不会争吵，接着也不会发生扭打，更不会发生后来一死五伤的严重后果，自然也就不会造成原本老实生活、努力工作的秋飞出逃十年并险遭谋杀的悲剧。我们刑大应良平法医，对近十年全市的命案作了分析研究，发现有百分之六十以上，是由于日常生活中并不是很大的矛盾，甚至是很小的纠纷所引起。构建和谐社会，人人都讲文明礼貌十分重要。文明礼貌，大家都要从自身做起，从每一件小事做起，从每一个小节做起。”

记者们听了马超的话，都认为用“小事大祸”形容“11 · 6 案件”的特征，很恰当，表示一定大力宣传。

新闻通报会后，还发生了两件事情。

其一是陈书记专程来到公安局，代表秋飞家人向马超等人表示感谢，并为秋飞求情，请求从宽处理。

马超答应会在移送起诉中如实反映案情，相信检察院、法院会采纳新的侦查结果；还建议秋飞家人请一两个好律师，争取从宽处理。就陈书记对公安工作的支持，马超再次表示衷心感谢！

其二是方修贤寄来一封感谢信，感谢公安机关查明真相，把杀害他儿子的真正凶手缉捕归案。

杨秋露拿来感谢信给马大看，问他怎么办。

马超说，这个感谢我们是受之有愧的。这封信不上报，不传阅，不宣传，请杨教你专程去慰问方修贤老师傅一次。

第五章　邂　逅

女儿失踪

尊敬的马大队长：

您好！

我叫曲玖慧，老家在外省的江林县，现居住在华南海观市。我女儿叫劳秀艳，今年34岁。她三年前来到你们云山市，与东山镇东河村的凌同喜结了婚。两人结婚后，女儿多次打电话告知我们说自己很幸福，这里的生活条件也比以前好多了，还邀请我们去玩了两次。女儿对我们是很孝顺的，每隔几天总要打个电话，问问我们的生活情况、身体状况，但是一个多月前，女儿突然不再给我们打电话，我们打她的手机，总是关机。我打电话问凌同喜，他说劳秀艳不愿在家闲着，11 月 10 日那天外出找工作去了；问他到哪里去找工作，他说不知道，他到处找也找不到。我心里十分着急，这次是第二次来云山找女儿了，至今没有发现女儿的一点点去向消息。我很担心女儿出意外了，甚至有可能被谋害了，就到派出所报了案，警察也帮助查找，可是怎么也找不到我女儿的下落。

马大队长，我在云山，多次听人家说你是有名的破案专家，恳请你能亲自管一管这件事，帮助我尽快查明我女儿的下落。我们夫妻就这么一个女儿，她爸爸这个月初又得重病卧床不起，如果女儿找不到了，我们可怎么活下去啊！马大队长，求求你啦！如果你能接待我，我会给你下跪，给你磕头的。

一个焦急万分的母亲：曲玖慧

12 月 17 日

马超到省城参加全省刑侦系统侦查大要案件指挥员培训班，为期十天，昨天晚上才回来。今天上午刑侦大队举办业务讲座，请省厅网络警察总队专家讲授涉网犯罪的形势、特点与侦查方法，他又准时赶来参加。互联网真是个神奇的东西，但也带来不少麻烦。它给人们的生产、生活提供了极大的便利，也引发了不少社会矛盾、伦理问题，甚至违法犯罪活动。刑侦部门承担了相当一部分涉网犯罪案件的侦查任务。网上贩卖枪爆危险物品、电信网络诈骗、网上物色对象再实地实施财产及人身侵害、网友约会及网聊相恋引发的劫财劫色犯罪等刑事案件，还有严重的网上雇凶杀人、离奇的网上雇凶自杀案件，都是由刑侦部门负责主侦的。面对不断发展变化的涉网犯罪案件，不少刑警对如何开展侦查，处于边干边学状态。冬天的会议室外，北风呼呼，阴雨绵绵。室内，几十号刑警整齐划一地穿着冬常警服认真地听着专家的讲课。

听完讲座，马超回到办公室，先阅读了近期的文件，再拆开几封来信阅读。当他阅读到曲玖慧请求查明女儿下落的来信时，他的目光久久地盯着来信中的最后几行字。

可怜天下父母心！哪个母亲不爱自己的儿女？曲玖慧如果失去爱女，必然会痛彻心扉。马超那棱角分明的国字脸上，充满了同情的神色。

他打开电脑，从内网中调出了劳秀艳的身份证照片。

这张照片应该是劳秀艳不到30岁时拍的。鹅蛋形脸上五官精致，大大的眼睛露着明亮的目光，充满着对人生的期待；红红的嘴唇泛着微微的笑意，洋溢着生活的幸福。

马超眼睛盯着照片，剑眉越锁越紧，大脑在快速地思考着、分析着。

一个大活人，怎么说不见就不见了呢？劳秀艳外出一个多月了，怎么会一点儿音讯都没有呢？她如果没有出意外，怎么会不与父母作任何联系呢？

他觉得劳秀艳凶多吉少的可能性是比较大的。不过，现在失踪人员的原因多种多样，失踪了很长时间又出现或回来的情况也时有发生。有的人员是被他人侵害而失踪；有的是事出有因，自己故意为之而失踪。劳秀艳由于某种原因，外出找到了一个安身之处，不愿回来，或短期内不愿回来，有可能吗？也是有可能的。

指挥员培训班中专门有一课是讲授如何处置疑似被侵害失踪人员事件的，教师还列举了几起由于起初不重视而酿成系列凶案的例子，教训十分深刻。

此事必须重视，马超打电话叫来重案侦查中队队长韩帅。把曲玖慧的信递给他后，马超说军凯伤情还没好，住在医院，你负责组织人员立即开展一些外围调查与访问，先查明劳秀艳失踪情况，重点注意她有无被侵害的情况。

然后马超决定自己找劳秀艳母亲曲玖慧谈一次。

两天后，韩帅等人来向马大汇报。

调查中，多数人反映是有一个多月没有看到劳秀艳了。有几个邻居讲11月上中旬看到过她，但是记不清是10日之前还是之后，再往后也都说没有看到过她。凌同喜对劳秀艳外出缘由的说法与曲玖慧信中反映的情况一样。

“你认为劳秀艳失踪了一个多月，现在情况会如何?”马超听得很认真，问道。

“我仔细看了劳秀艳母亲的信，结合这两天的调查情况，劳秀艳被侵害的可能性很大。”韩帅答道。

“哪种侵害可能性大?”

“被杀害的可能性最大。”俊秀帅气的韩帅眨着大大的眼睛，长长的睫毛上下翻动着，直言直语。

“具体理由呢?”

“一是凌同喜家里经济条件比较好，劳秀艳为什么要突然外出找工作?为什么会一出去就关掉手机，一个多月毫无音讯?二是她对父母孝敬关心，哪怕是手机丢了，这么长时间也应该用其他手机或座机与父母联系的，她却没作任何方式的联系。三是劳秀艳有个儿子，只有一岁多，她很疼爱这个儿子，尽管平时是爷爷奶奶带得多，但是她应该不会忍心丢下不管。我认为，只有劳秀艳被杀害了，才会出现这些情况。”韩帅似乎胸有成竹。

马超点了点头，又问："劳秀艳一走无音讯，除了被杀外，被拐卖、被组织卖淫团伙控制、被传销组织非法拘禁，或者意外死亡等情况有可能吗?"

听了马大的问话，韩帅顿感自己考虑得不全面。他回答："也是有可能的。"

马超转向张莺问："你们有没有查到劳秀艳外出后的行踪?"

信息中队队长张莺回答："劳秀艳有过多次离家外出情况，我们查到了不少她通信、坐车、住宿、消费等信息，但是 11 月 10 日这次外出，我们进入了多个数据库查询，没有发现她的任何行踪轨迹。劳秀艳的手机从外出那天至今天，一直处于关机状态。"

"方群，你们的工作情况呢?"马超接着提问。

视频侦查中队队长谢方群答道："进出村主要有东、西、南三条道路，各路口都安装了监控探头，很可惜，视频只保存一个月，11 月 10 日以前的视频都已经被覆盖了。外围保存时间长的视频，我们已经开展圈踪查看，现在还没有发现劳秀艳的踪迹。"

马超边听，边问，边思考。

近年来，公安工作，尤其是刑事侦查工作，紧跟互联网的发展，相继自行建立了许多数据库，还可以联接或调用社会上的很多数据库。监控探头也越装越多，而且是可以联网查询的。要查一个人的工作、生活等信息，一般都能查到，只是多少而已。

风过留痕，雁过留声，现在是人过留"网"。

劳秀艳这次外出不回很反常。至今没有发现劳秀艳任何行踪信息，她现在是死是活？如果还活着，是什么原因而被扣押在什么地方？她的家人找不到，派出所找不到，刑大采取了多种方法措施也找不到；实地调查没有查到，网上各类数据库也没有查到，劳秀艳被侵害的可能性已经是很大了。必须立案侦查，立即全面开展各方面的调查工作。

马超习惯性地双手十指紧扣，一会儿后松开，说："依据这几天的调查情况分析，虽然还不能确认劳秀艳就是受到了侵害，更不能确认她的生死，但是应该把她列为'疑似被侵害人员'。按照上级公安机关对处置疑似被侵害失踪人员的工作要求，我们下一步要立案侦查。依据劳秀艳最后一次外出日期，此案命名为'11·10 案件'，具体案别先不定。成立专案组，我自己当组长，在座的各位都参加，分成调查、信息、视频、协查等若干小组开展工作。

"疑似被侵害，自然有多种可能，我们要从被杀害与受到其他方式侵害两方面开展侦查工作。

"请韩帅对凌同喜及其家人再作一次仔细询问，主要问清楚家庭里有没有什么矛盾，劳秀艳外出的真正原因是什么，对劳秀艳的去向是否真的一无所知，另外对其他有关人员的调查工作也要继续深入开展；

"请张莺设法再从各类数据库中查询劳秀艳的行踪信息，查询、串并近期妇女失踪案件，还要尽快理出劳秀艳及凌同喜两人的交往人员情况；

"请谢方群再扩大视频圈踪范围，争取发现劳秀艳外出方向，特别注意有无返回情况；

"请王英英向各地发出协查，联系了解近期破获的，或者正在侦查但已有扣押人员的案件情况……"

马超对因公外出中途赶来参加会议的杨秋露教导员说："前几天，曲玖慧因丈夫病重返回海观了，得知她近几天会再来，到时请杨教与我一起找她谈一次话。"

摇到邂逅

30 多岁单身一人的凌同喜绝对没想到，手机摇一摇，竟摇到了十六年前的女同学。

凌同喜是东山镇东河村人。东河村位于三岩山山脉东部的山脚下，离县城有二十多里路，在20 世纪 80 年代是一个很贫穷的村庄。凌同喜父母南下到一沿海城市打工，开始把他留在家里由奶奶带养，读初二第二学期时才把他带到身边，托人帮忙，进入当地一所招录部分民工子女的中学读书。

那时凌同喜 15 岁，身高已有一米七多，虽然生长在农村，却颇有少年的帅气，尤其是一笑起来，白白净净的脸上，一对不深不浅的小酒窝，两排整齐雪白的牙齿，很可爱。他的学习成绩比较好，处事老实低调，为人却热情友好，很快就与班里同学建立了良好的关系。

凌同喜插班入校不久，每每上课时，灵感告诉他，有一双眼睛不时地看着他。那目光来自邻座的一个长辫女孩。女孩叫劳秀艳，梳着两条长长的辫子，长得很漂亮，被同学们称作班花。凌同喜有时也大着胆子，微微转头，侧目瞥上邻座一眼，每次总能与她那充满热情和温情的目光相遇。他总是忙转回头，不敢再看，也不好意思与她说话。

可能是少女情窦开得早，也可能是被凌同喜的帅气外表、良好性格所吸引，劳秀艳对他很有好感，有事无事常找理由接近他，不时向他借支笔借本书，问个题目探讨篇课文，有时还偷偷塞给他一些好吃的零食。他不要，她就非要给他不可。而凌同喜初来乍到，又生性老实、情窦未开，只是对女孩心存感激，有求必应，并没有更多的想法。

清明节后的一个周六，凌同喜一早约了两个同学到郊区的水库去钓鱼。他们来到水库大坝上，远远看到北面的山坡上盛开着一大片杜鹃花，当即决定先去踏青赏花。

他们走近时，只见满山的杜鹃花，在春天早晨明媚的阳光照耀下，叶子青翠欲滴，花朵火红绽放，景色十分美丽诱人。

几个小姑娘正在那里穿梭游玩，其中一个小姑娘手捧一束杜鹃花走到水库边，蹲到一块石头上，拿出手绢洗脸。凌同喜没看清她的面容，只看到了两条长辫，灵感牵引着他走了过去。这时小姑娘站起身来，一个转身，脸正朝着凌同喜。凌同喜一看是劳秀艳，劳秀艳也看见了他，当即惊喜地叫道："凌同喜，你也来这里玩啊，那我们……"话没说完，脚下的石头晃动起来，劳秀艳左右摇晃了几下，接着就跌入水中。水库坡陡水深，劳秀艳又不会游泳，当即沉了下去，瞬间又冒出水面，大喊"救命"。

凌同喜连衣服、鞋子都没脱，直接跳入了水中。他奋力把劳秀艳托出水面，再推往岸边。之后两个男同学协力把她拉上岸，又把他也拉了上来。

这事发生后，劳秀艳对凌同喜更加友好亲近了，凌同喜也喜欢与她交往交谈。有一次周五，她约他周六晚上去看电影，他不大好意思去，哪知第二天，她找到他家，非要他去不可。随着交往的增多，两人之间逐渐地似乎有了一种比一般男女同学更进一步的情感。

几个星期后，劳秀艳突然告诉凌同喜，她父母要到另一城市一个亲戚的公司去打工，她也要转学到那里。劳秀艳说他们要继续保持联系，她会经常写信给他。谁知几天后，凌同喜奶奶因脑出血瘫痪在床，他父亲是独子，全家人当即返回云山。凌同喜没有告诉过劳秀艳自己老家的地址，也不知她新去的地址，从此两人失去了联系。

90 年代中期，云山办起了许多制鞋厂。凌同喜父亲回家后，也办起了一家制鞋厂。工厂规模不大，但效益比较好，家里建起了四层的大房子。凌同喜大专毕业后，没找到理想的工作，就回家与父亲一起管理工厂。几年后，他与邻村的一个姑娘结婚了。

市场竞争，优胜劣汰。又过了几年，凌家的制鞋厂由于设备更新、质量品牌、环保要求等跟不上经济社会发展形势而关闭了。凌家办厂期间积累了一些钱，凌同喜头脑灵光，开始先到云州市区，再到省城，后来又到上海，买房炒房，赚了不少钱。他深深感到抓住了机遇，觉得办一个中小企业，一年的收入还不如炒几套房子。有钱后，他也搞一些民间放贷拿高利，收入可观，夫妻俩生活优哉游哉。

不知从什么时候开始，几乎每个成年人都有了手机，许多家庭都买了电脑，很多人都爱上了上网。凌同喜上网主要是打游戏，而他妻子上网则喜欢与人聊天，有时还出去与网友聚会。网聊有一种特殊的吸引力，尤其在异性之间，似乎有一种强大的诱惑力。当凌同喜发现妻子因网聊而出轨后，一向认为对爱情应该忠贞的他深受打击，十分痛苦，再加上几年来他们还没有孩子，他毫不犹豫地与妻子离了婚。

离婚后的凌同喜思想观念大变，他也学起了前妻的做法，开始在网上结交女性朋友。他觉得用微信找网友更方便，就利用“寻找附近的人”、“摇一摇”等功能，先后结交了一些女性网友，有的只是用微信聊聊天，有的仅是相聚吃个饭，但有的则是网上聊几次天就约会，或是网下一接触就动情，双方你情我愿地来个一夜情。他有点玩世不恭，但是没有骗钱骗色，也没有与某个网友真正产生感情。

一天晚上在家无聊，凌同喜又打开微信摇一摇，摇到了千里之外也正在摇手机的一个人。屏幕上显示的微信头像是两条长长的辫子，背景是一束鲜艳的杜鹃花，昵称叫“长辫飘飘”。

凌同喜顿生一种预感，立即与对方打招呼。凌同喜的微信头像是他戴着大墨镜、正在微笑的头像，两颊上各有一个不深不浅的酒窝，昵称是“帅气酒窝”。对方似乎也有灵感，随即回复微信。他们先是用文字对话，接着互发了照片，再后来视频聊天。两人惊喜地发现，对方就是自己失联了十多年的邻桌同学。他告诉她自己离婚了，现在单身一人；她告知他自己结婚好几年了，有个孩子。他们一直聊到下半夜。

令凌同喜万万没有想到的是，一个多月后，劳秀艳千里迢迢找上门来了。她说自己这十多年一直在思念他，说自己已经离婚了，还说要嫁给他。她还说自己事先之所以不告诉他，就是怕他劝阻她。面对劳秀艳的一往情深、决然前来，凌同喜很感动，很爽快地接纳了她。两人先是同居，不久就结婚了。

可是，人是会变的。十六年过去了，两人的性格脾气都发生了很大的变化。他俩度过了一段亲密无间的幸福生活后，凌同喜觉得劳秀艳仍然很漂亮，还有成熟少妇的魅力，但是少了少女时期的清纯善良、温婉可人，变得性格有点固执，脾气有点急躁，家务事她不大愿意多干，婆媳关系也搞得比较紧张。劳秀艳则说他，两排白牙变成了布满烟垢的黄牙，酒肉朋友不少，经常外出不顾家，待在家里时也缺少对她的关心呵护，特别是她与他母亲发生矛盾时，他对她一点也不体贴，根本不肯站出来为她说句话。

距离产生美，他们在网上聊得很美，心里想得很美，但当他们开始同在一个屋檐下生活后，难免会发生磕磕碰碰，加之性格脾气差异，两人之间逐渐出现了矛盾，甚至发生了争吵。

开始的争吵，只是为了一些家长里短，一般吵吵，吵过就算，两人都十分珍惜这段刻骨铭心的感情，这次来之不易的婚姻。

结婚一年多后，劳秀艳怀孕了，生了一个男孩。凌家已是三代单传，为此全家人都很高兴，凌同喜更是处处顺着她，夫妻俩的关系又变得亲密无间了。

可是近半年多来，两人又再生矛盾与争吵，而且越吵越频繁，越吵越激烈。凌同喜更没想到，劳秀艳在争吵后竟然要赌气外出，而且怎么劝也劝不住。

几天后，曲玖慧来到云山，马超与杨秋露接待了她。

曲玖慧边哭边详细叙述了她女儿的情况与自己心中的怀疑。最后她说女儿失踪已经一个多月了，开始她想不明白到底是怎么回事，这段时间仔细想想，女儿肯定是被凌同喜谋害了。她反复要求马超要为她做主，立即逮捕凌同喜，彻底查明真相。

曲玖慧陈述女儿被谋害的主要理由有：

——女儿在海观原本有一个幸福的家庭，我女婿很爱她，外甥女也很可爱。三年前，她不知道中了哪个邪，搭错了哪根筋，突然与丈夫离婚，女儿也留给他，只身来到云山市与凌同喜结婚。她放着幸福、安稳的生活不过，跑到千里之外与一个陌生男人结婚，当时我们夫妻坚决反对，也很担心女儿今后的生活。他家里的情况如何？他俩的性格合得来吗？可能是我们从小太宠爱她了，女儿性格比较固执，做事比较任性，我们怎么劝说她都不听。几个月前，她爸生病，女儿讲好与女婿一起来探望，后来却只是她一个人来。我问她凌同喜为什么不来，她说她与他发生了多次争吵，所以没叫他就自己一个人来了。我问她吵什么，她就是不肯说。女儿的事情有什么不好对母亲说呢？我现在分析，凌同喜是离婚再结婚的，肯定是在外面又有了女人，女儿发现后才与他争吵。因为我们当时坚决反对她与凌同喜结婚，现在出家丑了，女儿是好面子而不肯说。

——我们夫妻俩到女婿家做过两次客，发现凌同喜家里经济条件确实比较好；可女儿从来没有与我们讲过在家闲着难受而要出去找点工作干干的想法，她为什么要突然外出找工作，而且一出去就关掉手机，连与我们都不联系，一个多月毫无音讯？我觉得凌同喜讲我女儿外出找工作完全是谎话。他如果没有杀害我女儿，为什么要说假话？

——女儿与原来的丈夫生育了一个女儿，她对这个女儿很喜爱，哪知她鬼迷心窍，宁愿放弃女儿也要跑到云山来与凌同喜结婚。去年她生了个儿子，坐月子时一定要我去帮忙，我知道她十分疼爱这个儿子。我外甥只有一岁多，女儿怎么会忍心丢下，不管不顾？我认为只有女儿被杀害了，才会出现这些情况。

听了曲玖慧有条有理的分析，马超觉得她对女儿相关情况的叙述是真实的。她为了寻找女儿，应该不会编一些假话来骗警方。凌同喜具有谋害劳秀艳的作案嫌疑。

马超决定召集“11·10案件”专案组成员进行研究。

王英英首先汇报了发往各地的协查情况，多个公安局已经有反馈，没有发现劳秀艳曾被扣押。

张莺、谢方群也相继前来向马大汇报，经过反复查询与查看，仍然没有发现劳秀艳外出后的任何行踪信息。

张莺还说，没有串并上近期云山及周边的妇女失踪案件，与劳秀艳及凌同喜交往密切人员的名单及相关的一些情况已经梳理出来。张莺这几天肯定又在电脑前加班加点了，圆圆胖胖的脸上，可明显看出下眼睑略有浮肿、发黑。

谢方群补充说，有些视频被覆盖后仍有恢复的可能，村口监控硬盘已送市局刑侦支队作进一步的技术处理，自己也到支队与同行一起作了专题研究。

韩帅汇报了对凌同喜进行了详细询问的情况。他承认劳秀艳是与自己争吵后外出的，但是他说他与她失联了十六年才又幸运邂逅，他们都十分珍惜这份难得的感情，这次也只是为了一点家庭琐事而发生争吵，他原本以为很快也会言归于好的。11 月 10 日，劳秀艳外出时，他曾追到门外要拉她回来，只是劳秀艳坚持要走，他没办法只有让她走了，有多个邻居都看到了。凌同喜说当天自己一直在家里，等她回来。而且劳秀艳外出后第二天他就十分着急，反复拨打她的手机，并想方设法外出寻找，还托了不少亲友一起找，几天后也向岳母作了通报。他也考虑到劳秀艳有可能出意外，专门到派出所报了案，还多次到所询问、催促。这些情况都做了调查，基本属实。没有人反映凌同喜有什么可疑之处。

如果韩帅他们调查的情况属实，那么就会得出与曲玖慧反映的情况相反的一个推断：凌同喜基本没有谋害劳秀艳的作案嫌疑。

马超很欣赏韩帅的机灵与踏实，对他的工作大都比较信任与放心。可这次听了韩帅的汇报，他却一反常态，一直一脸严肃地听着，期间还连着抽了几支烟。

上次会议后，他向市委常委、公安局长左力作了专题汇报。曲玖慧也向左局长写了求救信。左局长要求尽快查明劳秀艳的下落，如果是凶杀案件，要加大侦查力度，同时要考虑犯罪团伙所为，一定要争取尽快破获此案，绝对不能形成系列凶杀案件。

“你们询问时，凌同喜的表情如何？态度如何？”马超问韩帅。

"总的比较平静，能言善语，问少答多。我们没多问他俩如何相识成婚，他都讲得很详细。"

为何问少答多？马超心中产生了一个问号。

"你们上次访问凌同喜时，他没有说是与他发生争吵后劳秀艳才外出的，这事他如何解释？"

"他说因为找不到劳秀艳，害怕丈母娘责怪他，向他要人，而不敢说实话。"

"那他这次为什么承认了？"

"他说警察问了，他应该如实说。"

派出所、刑大民警不是接触过他多次了吗？他之前为什么不说？是否他探到了他岳母到公安局来反映情况，或者是因其他什么信息而不得不说？马超觉得凌同喜有点不老实。

"他们两人为什么事情发生争吵？"

"他说是因为他说了劳秀艳几句，说她家里卫生没搞好，做饭也不主动，两人就发生了争吵。我反复问他，他一口咬定。"

一口咬定？就为了点家务事，争吵后劳秀艳就坚决外出，而且一走不归？马超认为不合情理。

"你们有无问到两人婚外情方面的问题？"

"问了，凌同喜反复强调他们两人都很珍惜这次婚姻，他绝对没有出轨，劳秀艳也没有。"

"有没有开展一些有针对性的外围调查？"

"还没作安排。"

"那他家里有无异样？"

"我们想给他增加点压力，是把他叫到派出所谈的。上次到他家访问，只是顺带看了看，没有发现什么异常。"

"劳秀艳是外地人，来云山只有三年多，交往人员应该不多，你们有无开展调查？"

“只对与凌同喜有关的人员开展了调查，对劳秀艳的关系人还没有调查。”

面对马大的连续发问，韩帅发觉自己的调查还是视野太窄了，工作简单化了，许多问题该考虑的没考虑到，不少工作该主动及时安排的没有安排，他想向马大作检讨，开口道：“马大，我……”

马超挥了挥手，阻止了韩帅的话语：“这些工作没有仔细考虑和安排，主要是调查工作刚刚展开；还有，我的工作安排也有不妥，应该让你与我一起先询问劳秀艳母亲，再去询问凌同喜，这样才会有较强的针对性。”

马超看着“11·10 案件”专案组的主要成员，征求大家的意见。

众人都认为劳秀艳被害的可能性更大了。有人认为被害人家人反映的情况不一定完全属实，分析判断更不一定准确，凌同喜有作案的嫌疑点，但是没有什么客观的依据；多数人认为有必要对凌同喜再做深入调查，进一步甄别他有无作案嫌疑。

马超习惯性地双手十指交叉紧扣。他需要以此来激发思维，拓展思路。他想，这个案件劳秀艳的行踪、生死问题还没有搞清楚，现在又出现凌同喜有无作案嫌疑这一问题，二者似乎一时都难以突破，遇上难题了。

怎么办？他十指交叉紧扣了好长时间才放开。

他说：“这个案件有一个最为关键的问题，劳秀艳外出后到底有没有返回？这关系到侦查方向与侦查范围。如果有返回，我们的侦查重点就应该放在东河村，自然凌同喜也是重点调查对象之一；如果没有返回，除非查到劳秀艳的明确去向，我们必须多方向、大范围地开展调查工作。请各组按照我上次会议的要求，再充分发挥主观能动性，进一步开展全面细致的调查工作，争取尽早发现劳秀艳外出后的行踪轨迹。

“至于对凌同喜的分析，我基本同意大家的意见。从曲玖慧反映的情况分析，他有作案嫌疑；从调查情况分析，没有发现他有什么作案嫌疑。还有一个很重要的问题，凌同喜当天没有追随劳秀艳外出，而且还一直待在家里，如果劳秀艳没有返回，他不可能追寻到劳秀艳的去处，并行凶杀了她。也就是说，凌同喜缺乏作案的时空条件。没有时空条件，就根本不可能作案。”

但是，如果劳秀艳返回了呢？

马超嘴上说时空条件问题，心里却觉得凌同喜的作案嫌疑还是比较大的。接着，他再次强调各调查小组要特别注重调查劳秀艳到底有无返回，同时也要想方设法调查凌同喜到底有无作案嫌疑。

最后，他作出了一个决定：“凌同喜是劳秀艳的丈夫，他对她的情况最熟悉。如果能够排除凌同喜的嫌疑，老套路，我们就可以把他作为调查工作的依靠对象。明天，我自己到凌同喜家里再询问一次。韩帅，你跟我一起去。”

情何以觞

原本一个好好的家庭，怎么会变成这样？

近段时间，凌同喜常常在家里愁眉苦脸，苦思冥想：孩子哭着要妈妈，丈母娘盯着他要女儿；警察上门调查后，又把他叫到派出所问话；还有一个女人经常发短信、微信，甚至打电话要他去相会……

30 来岁的焦滟是个潮女，个性另类，穿戴有型，还有几分妩媚妖冶，唱歌跳舞、喝酒打牌样样都会，而且玩性很重。她丈夫经商，家庭富有，可惜她打牌打着打着就迷上了赌博，且越赌越大，越赌越输，丈夫气得与她离了婚。离婚后的焦滟赌性不改，很快就坐“赌”山空，她开始借债度日。

有一段时间，焦滟无钱外出赌博，就在家里上网聊天以消磨时间。一次聊天中，她结识了“帅气酒窝”，两人聊得很开心。几次聊下来，双方各报了自己的真名与手机号码，并相约聚餐了几次。聚餐时，焦滟披金戴银，还争着埋单，一副老板或老板娘的派头。一段时间交往后，她以自己谈成了一笔利润可观的大生意，急需先垫付一笔钱为由，以月息三分向凌同喜借了一百万，双方谈妥一年后归还本息。事实上这一百万，焦滟根本没有用于做生意，而是全丢在了赌场，一年后自然一点也还不出。

凌同喜是借钱给焦滟后才发现她嗜好赌博，他马上感到这钱想要回来难了。在一年还没到时，他就以种种急需用钱的理由提前向焦滟催讨。但她都说现在没钱，一年到期后，一定会连本带息一分不少全部付给他的。到期后，他开始更频繁地讨要，可她总是说暂时还没钱，过几天就会还给他；后来，他打电话给她，她经常不接，发微信，更是不回；再后来，连她人也找不到了。

凌同喜原本在外喝酒应酬就比较多，与劳秀艳发生矛盾争吵后，他外出更多了。劳秀艳怀孕初期，因为有了孩子的喜悦，他基本都在家陪她，很少外出。到了后期，他又开始要么邀请朋友，要么受朋友所约，不时外出喝酒。

有一天晚上，他在城里喝酒喝多了，就住在朋友给他在宾馆开好的房间里。自从与劳秀艳结婚后，凌同喜没有再玩过网友相会游戏。他真的认为自己如果不改，那就太对不起她了。

可那晚，身体壮实又是酒后的他，想想已经好长时间没有亲近女体，突然产生了从网上找个女性聊聊的念头。于是他打开微信寻找附近的人，没想到一百米以内第一个响应的竟然是“潮起潮落”，也就是焦滟。他分析，焦滟可能恰巧也住在这个宾馆里。

“焦滟，我知道你住在这个宾馆。我在大厅等你，你下来我们见个面。”凌同喜来到大厅即给焦滟发了微信，他想要她明确表态什么时候还他钱。

微信发了好长时间没有回应。他又发了一条：“你必须下来见我，不然我要找到你的房间去，到时别怪我不客气！”

不一会儿，一条微信进来：“哎哟，是帅气酒窝啊！对不起，我刚看到。下来干吗？你上来嘛，我住在8706房间。今晚我就还你钱，不过大帅哥，你可不要对我不客气哟。”

凌同喜看了后没多想，即坐电梯上了七楼，刚走到8706房间门口，门就打开了。焦滟热情地伸出手，一把把他拉了进去，接着就双手搂着他的腰，紧紧地抱住了他。

凌同喜挣扎了几下，想推开她，但是很快就被她那仅穿了一件丝绸睡衣后面丰满的胸脯所征服了，便任由她边抱边拉到了床上。

一番云雨后，焦滟仍然紧紧地抱着他，在他耳边嗲声嗲气地说：“大帅哥，我目前是要钱没有，要人有一个。我现在把整个人都给你了，你就再宽限我一段时间吧？”

凌同喜这时才发现自己上当了。可事到如此，做男人的也不好意思紧催了，就说：“近一两年，我放贷出去的钱有不少拿不回来；前段时间，我在网上一个资金盘投了不少钱，看来也有去无回。有些钱我也是向别人借来的，我现在也很急需钱还给他人，我也很难啊！宽限一段时间可以，但是请你尽快想办法先把本金还给我，好吗?”说着说着，凌同喜语气中竟充满了恳求。

“好的，好的。你放心，我近期会有钱的。待拿到钱，我就还给你。大帅哥，你再抱抱我吧!”焦滟又是嗲声嗲气地说着，而且把他越抱越紧……

从焦滟房间出来，已是凌晨2点多了。凌同喜走到电梯口，电梯开门后走出一个男子。他下意识地躲到拐角处，见那男子走到8706房间门口敲门，敲了好长时间，门也没有开。他想，焦滟是为躲债住到宾馆的，看来要向她讨回钱，越来越难了。

如他所料，之后再向焦滟要债，她要么说再宽限几天，要么就约他去相会。一段时间后，她还不时主动地约他。家花不如野花香，野花自然有野味。凌同喜经不住诱惑，开始还有点推辞，后来只要对方一相约，又能瞒得住劳秀艳，他就去了。凌同喜甚至心想，一个男人可以同时爱几个女人，而他只爱劳秀艳一个，与焦滟完全是逢场作戏，图个一时快感而已。且与焦滟有关系后，他对劳秀艳越来越好，平常两人发生什么矛盾，出现什么意见不合，他都是由着她、顺着她。

劳秀艳生子半年多后，凌同喜看着白白胖胖、越长越可爱的儿子，想想劳秀艳近二十年来对自己痴心不改，加之自己与焦滟接触中，隐约觉得她还另有男人，他忽然大彻大悟，决心不再与焦滟做那事，当然一时也不敢再向她要钱。

他没向焦滟要钱，焦滟也有一段时间没有与他联系。可几个月前，焦滟又主动多次发微信给他，约他外出聚餐。凌同喜知道她是约他去幽会，于是他要么借口有事，要么就不回复。

借给焦滟一百万元钱，劳秀艳是在事后知道的。可能是有人告诉她一些信息，也可能是女人的敏感，还可能是长时间没有要回钱引起了劳秀艳的怀疑，今年以来，凌同喜每次外出回来，她都要问他去哪里啦？与什么人相聚？是不是又去找焦滟了？而不管他说真话还是假话，她就是不相信。常常说着说着，两人就吵了起来。

11 月 9 日上午，焦滟又有一条微信发来，约他相聚，凌同喜没有回复。下午他外出与朋友商议一笔生意。那朋友是办服装厂的，他说现在中老年人慢慢开始知道享受生活了，对衣服穿着也逐渐讲究起来，市场上中老年人的服装很多，但多数档次比较低，他想引进一条生产线，制作适合中老年人穿的中高档衣服，请凌同喜投资参股。凌同喜觉得这个主意可行，与朋友商量了好长时间，还一起吃了晚饭，所以回来得比较晚。

他一回来劳秀艳就直接问他是否去找焦滟了？找了为什么没有把钱要回来？你们俩到底是什么关系？

凌同喜分析劳秀艳还不知道他与焦滟的真实关系，而自己也已下决心要与焦滟彻底断绝那段孽情，如果说出真相，会极大地伤害到劳秀艳的自尊心，就说自己今天根本没有去找焦滟，并一口咬定自己和焦滟根本没有什么见不得人的事，钱要不回来，原因是焦滟因为赌博而欠债满身，根本无钱可还。

但劳秀艳根本不相信他的说法。双方火气越来越大，当晚两人又大吵了一场。

10 日上午，凌同喜还要出去与朋友谈昨天那笔生意的具体投资事宜。劳秀艳拉住他，不让他外出，一定要他先讲清楚与焦滟到底是什么关系。凌同喜自是咬住不说，两人又发生了激烈的争吵。随后劳秀艳简单收拾了点行李，就赌气外出了。

凌同喜为自己在感情上背叛了劳秀艳而深感内疚。但是他想他们有着完全非同一般的久远和深厚的感情，劳秀艳也还不清楚他与焦滟的真实情况，她应该不会舍弃他、舍弃儿子、舍弃这个家庭的。她出去消消气，应该会回来的，到时自己再和她好好说说，今后自己一定全心全意待她好，他们之间的关系会有修复的。

凌同喜没想到，事情的发展完全出乎他的意料……

询问凌同喜

次日上午，社区民警小徐向韩帅报告，凌同喜在家里。马超就让韩帅叫上李小林，自己叫上技术中队队长应良平法医与痕迹技术员许乐新，一起去了凌同喜家。

这是入冬以来最暖和的一天，晴空万里，阳光普照。

一行人开车来到东山村，先在村里转了一圈，然后开到凌同喜家的门前。马超又绕着房子转了一圈。

这栋房子位于村庄的北面居中位置，紧靠三岩山的山脚下，比周边的房子都要大一些、高一些。房子南面有个一百平方米左右的院子，种有不少花卉树木，还有一些造型别致的盆景，靠大门处种了两棵很大的罗汉松。房子应该是近几年重新装修过的，贴着仿大理石瓷砖的外墙、古铜色的金属大门、墨绿色的铝合金窗子，房顶上由一个个金色铁球构成的金属塔在明媚的阳光照耀下熠熠生辉，显示着房东的殷实与气派。

这么大的房子，在里面弄出一些声响，外面应是不大容易听到的。马超心想。

凌同喜在家正愁眉苦脸，听到屋外有汽车声，即走到大门口，一看吓了一跳，是一辆警车，车上下来好多警察。凌同喜平时比较喜欢看有关破案的新闻报道，他认出领头的是市公安局刑侦大队大队长马超。

“这是我们刑侦大队的马大队长。”韩帅向走到院门的凌同喜介绍。

“马……马大……马大队长，你……你找我有什么事?”口齿伶俐的凌同喜突然结巴起来。

马超见凌同喜十分紧张，有意识地要缓解一下他的情绪，语气平和亲切地说：“你老婆出走一个多月了吧？你一定很着急。有些事情我们再来问问你，然后帮你找一找。”

凌同喜连忙说：“是啊！是啊！马大队长，我知道您是有名的破案专家。一个多月了，我都快急死了，您能亲自来帮我找，我先谢谢您！走，我们上三楼客厅谈。”似乎听了马超的话后，凌同喜就不紧张了，说话很快很连贯。

马超边走边看：“你家的房子比城里人住的大多了，装修得也好。”

“一般、一般，是我家老头子用前些年办皮鞋厂赚的钱造起来的。农村造房子，地皮不要钱，造价很便宜的。农村的房子怎么大怎么好，也没有城里的房子值钱。”凌同喜说着，又热情地邀请道：“我带你们看看吧!”

求之不得。马超说：“谢谢！让我们开开眼界。”

凌同喜带着马超一行人在四个楼面转了一趟。有的房间门锁着，凌同喜没打开，马超等人也不好意思让他一一打开看。之后，众人来到三楼客厅。凌同喜又是递烟又是倒茶，还请大家吃水果，显出一种求人办事先要以礼待人的热情。

马超环视了一遍客厅，请仍站着的凌同喜也坐下。

客厅里有着棕红色的实木地板、乳白色的压花壁纸、米黄色的真皮沙发、漂亮的水晶吊灯、大屏幕的液晶彩电，最醒目的是沙发上方墙壁上挂着的一幅很大的婚纱照。这照片应该是在云山云湖公园里拍摄的，近处的草坪绿荫似毯，远处的天空湛蓝如洗，新娘婚纱雪白，新郎西装笔挺，两人面对面，注视着，微笑着，显得很幸福、很甜蜜。客厅整体上显得高档豪华、温馨舒适，只是物件摆放比较零乱，家具面上灰尘比较多，西南面一盆绿色植物已显枯萎，西北侧一个大大的鱼缸里有水却没有一条鱼。

“你们夫妻俩住三楼?”马超问凌同喜。

“是的，是的。我爸妈住二楼，他们年纪大了，身体也不大好，上下方便一点。我老婆出走的当天，儿子要妈妈，哭闹得很厉害，我就让他们带孩子到城里我妹妹家里去了。我妹妹很喜欢我儿子，我爸妈这段时间基本上住在她家里。”

“房子这么大，装修得这么好，看来你家很富有嘛!”

“还可以，还可以，但是我家办的皮鞋厂倒闭了，村里分的几亩薄地，早就送给亲戚种了，现在只是偶尔做点小生意，收入远不如以前喽，哪里谈得上很富有。唉！现在企业需要转型升级，产品讲究品牌创新，像我们这样的民营小企业，很难办好的，搞不好会越办越亏。幸好我老爸明智，及时把它关闭了。”

马超心想，如韩帅所言，凌同喜的确能言善语，可是话说得有实有虚，要给他点拨一下。于是他问道：“听说你炒房，做资金生意赚了不少钱，是吗?”这些情况是张莺告诉他的。

“是有一些，是有一些。”凌同喜的回答有点迟疑，但没有否定。

“那你家的经济条件很好嘛，你老婆怎么想起还要外出找工作?”

“这……”

这个问题好像把能言善语的凌同喜难住了。他显得有点紧张，点了一支烟，猛抽了几口，才接着说：“她是和我吵架后赌气外出的。这一点我上次已经向韩警官承认了。”他转头目视着韩帅。

“那你为什么和你丈母娘说，是劳秀艳不愿在家吃白饭才外出找工作呢?”马超严肃地发问。

凌同喜显得有点尴尬，犹豫了一下，说：“我们俩结婚，我丈母娘开始是坚决反对的。劳秀艳以前也有与我吵架后跑出去的情况，都是到城里转转，消消气，买几件衣服，当天就回来了。她对穿着比较讲究，常到城里买衣服。这次她出去好几天没见回来，我心里很急，就打电话告诉了丈母娘，但不敢说是与我吵架后赌气走的，就说成是为找工作外出的。”

“你们那天吵得厉害吗?”

“不厉害的。与以往一样，一般吵吵的。”

“一般吵吵，那劳秀艳怎么会赌气外出？外出就不回来?”马超的表情显得更加严肃。

“那次吵得是有点厉害。”

凌同喜似乎招架不住马超的严厉逼问，才不得不承认了。

“你们俩的感情如何?”

“我们俩感情很好的。这个情况上次我也和韩警官说了。我们是少年相恋，多年相思，网上奇遇，双方都是在遭受感情创伤后才好不容易走到一起的。我们的感情太难得了，我俩都十分珍惜的。”凌同喜回答得很流利，而且很深情。

“你们关系这么好，为什么事会发生争吵?”

“实际上没什么大事的，就是为了一些家务琐事。”

“她出门时带行李了吗?”

“她带了一些换洗衣服等物品。”

“你孩子几岁了?”

“才一岁多一点。孩子满月后，我爸妈带得比较多。”

“劳秀艳对孩子的感情如何?”

“当然是十分疼爱的。孩子是我们的爱情结晶嘛!”

“你们的感情很深，结合很难得，孩子又还很小，就为了一点家庭琐事争吵，劳秀艳就负气外出，还带着行李，还一去就再不和任何人联系，这合情理吗？你又没有说实话吧？”马超的口气明显严厉起来。

看似无关紧要的问话，马超会顺势切入到关键的问题上。凌同喜的脸色一会儿红，一会儿白，显得很紧张，又显得很难为情，欲言又止。他双眼望望马超，又看看韩帅等人，一时无语。

马超敏锐地捕捉到了凌同喜的心理变化，向韩帅使了一个眼色。韩帅立刻意会，打开手机，似乎在看一条刚进来的短信，看后即对另外几个人说：“值班室发来短信，有起案件要我们及时拿出处理意见。马大，我们几个到一楼商量一下行吗？”马超说行。

凌同喜感到很奇怪，大队长专注地盯着他发问，问题一个接一个，而随同来的几个人却似乎很随意，好几次走出客厅接听手机，现在又突然要一起到一楼去。

韩帅等人走后，客厅就剩下马超、凌同喜两人。

“你现在告诉我，你们吵架的真正原因。”马超以不容置疑的口气要求。

凌同喜已经意识到，与马大队长交谈，不说实话是躲不过去的，就老实地说：“我在外面有个女人。”

“你讲讲具体情况。”

“我是在我老婆怀孕后期，与城里一个向我借过钱的女人好上的，她叫焦滟。我老婆开始只是有点怀疑，我外出回来，她都要问我干什么去了，是否去找焦滟了。我说不是。她不相信，就常常与我争吵。11 月 10 日早晨，不知什么原因，她一口认定我和焦滟有不正当关系，与我大吵一阵后就负气外出了。当时我反复解释，极力劝阻，但是她还是坚持要走。我想她会珍惜我们的感情，更丢不下她的宝贝儿子，出去消消气就会回来，哪知一去一个多月，至今毫无音讯。”

凌同喜似乎话闸一开就能把事情讲清楚。接着他又讲了不少与焦滟交往、与老婆吵架的具体情况；他也坦白地承认没与劳秀艳说明真相，只是下决心要与焦滟断绝不当关系；他还反复强调争吵的责任主要在于他，他对不起劳秀艳。

最后，凌同喜恳求道：“马大队长，您一定要帮我多想想办法，尽快找到我老婆。另外，刚才讲的事情，也请为我保密，行吗?”

这时，韩帅一行人回到了客厅。应法医问借用一下卫生间行吗，凌同喜说可以。

“我们一定会想办法找到劳秀艳。为了找到她，今天是对你作正式的询问，按照查找失踪人员的有关工作规定，你讲的必须记录下来。不过你放心，我们对外会绝对保密的。请你把刚才讲的再复述一遍，李小林你做好记录。”马超说。

刚才这位大队长有意识与他一个人谈，现在突然又讲要做记录，凌同喜听了，既吃惊又不高兴。但他感觉到马超的口气仍是不容反驳，只好又讲了一遍与焦滟的交往以及与劳秀艳争吵的情况。

“劳秀艳外出一个多月了，你觉得会出现什么情况?”马超接着发问。

“这个，我真的猜测不到。但是我很担心她出大事了，有时甚至会想她是被人害了，不然她怎么会这么长时间不回家，也没有一点消息呢？如果她不在了，那我怎么对得起她，我怎么向我丈母娘交代啊！”凌同喜眼眶发红，接着就有泪水往下掉，显得很真诚，很伤心。

“如果是被害了，你觉得在哪里、哪些人有可能害她?”马超也避开“被杀”二字。

这个问题似乎真的把凌同喜难住了。他又点烟，猛抽了几口，好一会儿才可怜巴巴地看着马超说：“这个问题我真的说不上来。”

“劳秀艳与他人有无大的矛盾纠纷?”

“没有，没有的。她就是脾气有点固执，家务事上有点懒，待人一直都是很热心、很友好的。除和我有时吵吵架外，从来没有与其他人发生过争执，与我母亲也只是小吵过几次，从来没有大吵过。”

“她对你的感情专一吗?”

“她对我的感情一直是忠贞不渝的。她怀疑我和焦滟有关系后，我也没有发现她在外面有什么人。”

“那她怀疑你在外面有人后，有无厌世表现?”

“她的性格比较乐观，但是因为焦滟的事与我吵架后，她曾说过，如果我背叛她，她就不想活了。”凌同喜停顿了一下，接着补充道：“我们刚结婚时，我带她到三岩山夫妻岩游玩时，她也说过类似的话。”

“那她外出后，你有无到三岩山夫妻岩那一带找过?”

“尽管我认为她不会自杀，我还是去找过的，我还叫了一些亲友一起去寻找，没有找到。”凌同喜又停顿了一下，目光中充满了恳求，“马大队长，三岩山山高坡陡，草木茂盛，很难找的，你们公安再帮我找找吧?”

“行！我们派人、派警犬再去仔细搜索。”马超很爽快地答应了凌同喜的要求，接着道：“凌同喜，为了尽快找到劳秀艳，我再问你几个问题，你必须据实回答。”

“你们这么热心努力帮我找，我一定如实回答。”凌同喜的表情中充满了诚挚的谢意。

“劳秀艳外出时有没有带手机?”

“她用的是大屏手机，平时电话不多，但是她很喜欢用手机看影视片，手机大多是带在身边的，应该是带走的。可是不知道什么原因，我打她的手机，却一直都是关机。”

“你们吵架时双方有无动过手?”马超的目光紧盯着凌同喜。

“没有，绝对没有！劳秀艳有点固执己见，吵起架来一般不会先让步。我觉得我们的感情太珍贵了，我是男人，应该让让女人，所以吵几句后我就由她说了。她也很珍惜我们的感情，也会适可而止。我们争到脸红是有的，但是谁也不会动手，动手打架太伤感情啦！你们如果不相信，可以问我父母，问我周边邻居，也可以问问与劳秀艳交往多、关系好的人。”

“劳秀艳 10 日外出后，到底有没有回来过?”

“没有、没有的。我从第二天开始就到处去找她，我怕自己外出时她回来而我没碰到她，还多次问过村里不少人有无看见她回来，大家都说没有。如果她自己回来了，我一定不会再让她外出的。她一外出，我就想好了，等她回来，一定要与她好好谈谈，讲明情况，承认错误，争取得到她的谅解。一日夫妻百日恩，我和她可是二十来年的相思相恋啊!”

凌同喜听到马超突然问起这个问题，似乎吃了一惊。但是接下来他的回答则是语气很肯定，态度很诚恳。

马超锐利的目光一直盯着凌同喜的双眼。

他没有再追问这个问题，而是又向凌同喜提了其他几个问题，重点询问了他们夫妻平时分别或一起交往较多的人员情况。

最后，马超说：“为了尽快查明劳秀艳的失踪情况，你这段时间最好不要出市，我们还要找你。如果得知有关劳秀艳的去向消息，你要立即告诉我们。劳秀艳是有被害的可能，是谁害的，你现在一时说不上来，那再仔细考虑考虑、分析分析，想到了及时告诉我们。”

“你必须按照马大的要求做，要老实，要主动!”临走时，韩帅严肃地对凌同喜说。

今天的询问，韩帅很少说话。他听得很认真，觉得自己又从马大那里学到了不少询问的方法和技巧。

又有失踪

“我觉得通过上午的询问，可以推断劳秀艳已经被害了，凌同喜作案的可能性上升了。劳秀艳抛夫弃子，不远千里来与凌同喜结婚，当她发现凌同喜背叛了她，必然十分痛恨，两人之间的争吵也必然十分激烈。劳秀艳负气外出一个多月了，她如不愿回婆家，那就应该去娘家或与父母联系，但是两家都没回去，也没有联系，只有被害了才会这样。凌同喜告知丈母娘劳秀艳外出，在我对他的调查询问中说了假话，特别是今天马大对他询问，他多次显得很紧张，多次不讲实话。谁说谎话，谁就可疑；谁说谎说得多，谁就很有可能是案犯。我认为应该立即刑拘凌同喜，内审外查，以尽快查明真相。”韩帅快人快语道。

从东河村回来，马超等人简单吃了点中饭，即开始研究对凌同喜的询问情况。

“韩帅的意见有一定道理。”马超肯定道，接着转过头问，“老应，你上午提取的斑迹情况如何?”

在马大作询问时，应法医、许乐新不露声色地对凌同喜的房子内外作了观察。在上卫生间时，应法医发现浴缸外面西侧的瓷砖上有几处暗红色的斑迹，迅速作了提取。

“在卫生间瓷砖上提取的斑迹，已经送 DNA 实验室检验。另外我还密取了凌同喜的烟蒂，也一并送检了，现在还没出结果。”应法医回答。

“你的看法如何?”

应法医习惯性地用手理了理头顶两边不多的头发，摘下眼镜擦了擦，再戴上去，说：“我也认为劳秀艳已经被害的可能性越来越大，凌同喜是有作案嫌疑的。询问中，他在关键的问题上，也就是为何发生争吵的原因上，开始时说的是谎话。还有，他说两人在争吵中没有动过手，但我发现他脖子右侧有三道较明显的疤痕，很有可能是被他人抓伤所致。如果是被劳秀艳抓伤的，那他在这点上也是说了谎话。可是，要说是凌同喜谋害了劳秀艳，动机不足，证据更不足。还有，劳秀艳已经外出，凌同喜如何去谋害她？如上次马大分析，时空条件也不具备。我的意见，还是先进一步开展外围调查，同时等待检验结果出来以后，再定是否要刑拘凌同喜为妥。”

尽管认为劳秀艳很有可能被害，但是没有发现现场与尸体，应法医没有作过多分析，更没有同以往研究案件一样去作一些背景分析。

马超用征询的目光看着许乐新。

许乐新表态道：“除上锁的房间外，我对凌同喜家四个楼层开着门的房间都作了一番仔细观察，没有发现有行凶作案的可疑痕迹。凌同喜家房子大，院子也大，而周边的房子比较多且密，如他在家里杀害劳秀艳，有可能藏尸或埋尸于房内或院子里。在我所见的房间里，没有发现有近期重新装修的迹象。我又到他家院子里仔细观察，也没有发现近期有过翻挖的可疑迹象。因此，我同意应法医的意见，再调查后确定为好。”

老实憨厚的许乐新，研究案件时，讲起技术方面的情况头头是道，而论及侦查工作，则比较谨慎而不多讲。

“我同意韩队的观点。先刑拘凌同喜，再边审查边调查，可能效果好些。另外刑拘后，就可以对他家进行全面搜查，或许会有新发现的。”李小林见上午同去的人都发言了，应该轮到他了，就主动作了表态。

“如果是凌同喜作案，必要条件是劳秀艳外出后又返回家里。上午我们先在东河村转了一圈，中途我们几人从三楼下来时，我又到凌同喜家周边转了一圈，发现村里人不多，如果劳秀艳返回，走村西边的路回家，路过的人家也不多，碰到人的概率比较低。如果劳秀艳是夜间返回，完全有可能恰巧没人看到。我觉得调查至今，没有发现劳秀艳与他人有什么大的矛盾纠纷，也没有发现她在外面被侵害的任何迹象与线索，应该是她外出后再返回而被害的可能性最大。”李小林接着又谈了自己的分析意见。两年多来，他参加了多起大要案件的侦查，已经锻炼得比较善于分析、善于表达了。

大家的发言，马超听得很认真。听到后来，他自然而然地双手十指紧扣。大家讲完了，他已经拟好腹稿，松开十指说：“看来，你们对抓还是不抓凌同喜，有两种不同的意见。我觉得两种意见都有一定的依据。劳秀艳如果是夜间返回家里，路上有可能就没人看到，小林的分析意见很好，这对我们破解劳秀艳到底有没有返回，是一个重要启示。

“这个案件现在还有许多问题没有厘清。劳秀艳外出行踪不明，她的生死情况不明，最关键的是，如果她被杀害了，什么时间被害不明，什么地点被害不明，除非是凌同喜作案，否则作案的原因、动机也不明。

“凌同喜是有作案的嫌疑的，但是现在还没有多少依据、证据可以拘留他，再加上有这么多情况不明，盲目地抓捕他，我们可能会陷入被动。所以下一步工作，我们只有一方面继续查找劳秀艳的外出行踪，一方面继续对凌同喜进行深入调查甄别。”马超说完，接着问：“你们看如何进一步调查凌同喜为好？”

韩帅从坐在旁边的李小林手上拿过上午的询问笔录，翻开看了一眼，说：“马大，你上午的问话已经留下了伏笔，我觉得就应该按照你问的三个方面先行开展调查。”

“哪三个方面？”马超微笑了一下。

“一查劳秀艳的手机下落，二查凌同喜有无被劳秀艳抓伤，三查劳秀艳到底有无返回。这三个问题查实了，就可以甄别凌同喜。”韩帅回答，没再看笔录。

“要开展对这三个问题的调查，关键还是要先查明劳秀艳外出后的行踪。我建议对马大上午询问时凌同喜讲的交往人员，逐一开展调查访问，争取从中发现劳秀艳的行踪信息。”应法医接着说。

其他人都点头。

马超见状，开始表态：“好！韩帅，这些问题就由你负责去调查，其他各组配合你。近几天，先集中力量调查访问与劳秀艳、凌同喜有交往的人员，包括上午问到的，也包括张莺提供的人员。你要想方设法先找到劳秀艳外出后的第一个落脚点，再循踪追查，这样就有可能查明上述三个问题。老应你负责与支队联系，派警犬对三岩山搜寻。其他调查工作，我再作具体安排。”

马超又一次紧扣双手十指，随即又松开。他下了一个决心，吩咐韩帅道：“从今天开始，派人暗中监控凌同喜！”

侦查破案，分析宁可有误，不可有漏；工作宁可白做，不可漏做。

马超觉得“11·10案件”要将寻找劳秀艳行踪与查找犯罪嫌疑人两项工作并举，因而需要从多专业、多方向、大范围开展调查。他先后到信息中队、视频侦查中队与张莺、谢方群等人一起仔细研究如何全面深入查找劳秀艳的外出轨迹、凌同喜有无反常情况以及有无其他可疑人员等问题。

对三岩山的搜寻工作，马超也去了。云州市公安局刑侦支队很重视，派来七条警犬。巡特警大队、派出所等部门也派员参加了搜索。但搜了两天，没有发现尸体及可疑物品。

几天来，他还与另外两个专案组研究了正在侦办的电信网络诈骗案件、系列抢劫案件。近年来，由于打防有力有效，传统的犯罪呈明显的下降态势，但是涉网犯罪却上升较快。这起系列抢劫案件，犯罪嫌疑人也是先从网上以交友名义选择作案对象，再在网下约会时实施抢劫。

今天是局领导信访接待日。上午，左局长亲自接访。下午，马超刚上班，就被左局长叫了去。刚进局长办公室，左局长就递给他一份信访件。

也是一封要求找人的信，是袁珠的弟弟袁石写的。

袁石说自己是江林县人，在云州市区打工，与姐姐关系很好，经常与她有来往或通电话。可半个多月前至今，他给姐姐打了几十次电话，开始几天，要么是关机，要么通了也没人接，只有一条短信回过来，说自己在外面谈一笔生意，过段时间回家后再与他联系。几天后，他再打电话给姐姐，就再也打不通了。今天上午他来到云山找姐姐，发现姐姐家里落满灰尘，肯定已经是许多天没在家了。问姐夫家里人，都说不知道她去哪里了。他很担心姐姐出意外，十分焦急，因此请求公安机关帮助查找。信上留有袁石的手机号。

信的右上角有左局长批示："又是一名女性失踪！请马超高度重视，马上组织人员尽快查明失踪真相。"

待马超看完信件，左局长说："这封信我已作了批示，原想转给你，想起前些天你跟我汇报的劳秀艳失踪一案，觉得还是请你来当面商量一次。你看完信后想法如何？"

"袁珠失踪半个多月，她与弟弟关系很好，她弟弟多次打她电话却联系不上，被侵害的可能性是比较大的。"

"我也觉得有这种可能。你分析一下，是哪种类型的侵害可能性大呢？有被杀害的可能吗？"左局长很信任马超，诚恳地问道。

"光凭袁石的来信，这个问题还难以准确分析。但信中讲到，袁珠曾给袁石回过一次短信，说自己在外面谈一笔生意，应该考虑有参与传销而被非法拘禁的可能。另外，被拐卖或被拐骗后被迫卖淫等可能性也要考虑。还有，一个女子外出半个多月，毫无音讯，也不得不考虑被谋害的可能。"马超确实觉得凭一封信难以分析，但是局长问了，他还是直率地谈了自己的看法。

"那劳秀艳失踪一个多月无音讯，被谋害的可能性就更大了，对吗？"

"局长，你讲得对。根据这几天我们对劳秀艳失踪情况的调查，她被杀害的可能性是很大的。"

"你觉得这两起失踪案件有关联吗？"左局长一脸严肃地问。

马超打开笔记本，仔细翻阅了几页，说："我们整理出来与劳秀艳交往比较多的数十个人员名单中，有袁珠这个人。我马上组织人员调查，一有结果立即向您汇报。"

左局长听到袁珠与劳秀艳有交往，表情更加严肃，甚至有点紧张，随即下达指令："马超，我上次对劳秀艳失踪案就已经有过明确要求。接下去，你马上组织充足、得力的专案力量，一定要争取尽快查明两起失踪案件的真相。如是凶杀案件，要特别注意团伙犯罪、系列犯罪，一定要尽快破案，绝对不能让案犯再在云山行凶作案！”

马超领命。

从左局长那里刚回到自己的办公室，韩帅进来了。

“马大，这几天，我们对劳秀艳、凌同喜的交往人员，能找到的，都上门或电话作了访问，他们都说上个月 10 日以后就没见过劳秀艳，但是还有几个人没有找到，其中一个与劳秀艳是老乡，两人手机通话比较多……”

“叫什么名字？”马超不等韩帅说完就问。

“叫袁珠，袁世凯的袁，珠宝的珠，今年 29 岁，江林县人，嫁在云山，是一个饭店的老板娘。凌同喜没讲到认识她，但是张莺提供的劳秀艳交往人员名单里有。我们去了她居住的房子几次，都没有找到她，手机也打不通。”

“她已经失踪了！”马超把袁石的信访材料递给韩帅。

韩帅看信后十分惊讶：“袁珠被侵害的可能性看来也很大。”

“左局长已经下指令了，要求我们马上开展调查。”马超说完，觉得应先和韩帅作番研究，就问：“你认为她受到哪种侵害的可能性大？”

韩帅自是反应敏捷，略作思考即回答：“上次你找凌同喜谈话后，我总觉得他有杀害劳秀艳的重大嫌疑。凌同喜对自己及劳秀艳的交往人员讲得很多，可是恰恰没有讲到袁珠。袁珠与劳秀艳是老乡，从张莺提供的两人通话情况分析，她们的关系比较密切，二者的失踪可能有某种关联，我们不得不考虑凌同喜有杀人灭口的可能。”

“还有呢？”马超点点头，又问。

“还有就是你上次讲劳秀艳失踪的另外几种可能，如被拐卖、被组织卖淫团伙拐骗并控制等。现在情况还不明朗，这些方式的侵害，我觉得也应该予以考虑。袁珠的照片我看过，人长得比较漂亮，她的丈夫又去世了。”

“她丈夫去世了？”

“是的。我们在调查中得知，她丈夫在四个多月前出车祸去世了。这是一起两车剐蹭后引发的交通事故，袁珠丈夫负次要责任。材料我仔细看过，定性不会错，袁珠及其夫家人也都没有异议。”

“还有其他侵害可能吗？”

韩帅知道袁珠受到何种侵害的可能性，马大肯定比他分析得更全面，这是马大有意识在启发他的思维。他思考了一下，回答：“还有也是你上次分析到的，即有被传销组织非法拘禁的可能。近段时间，不少地区发现有传销组织在活动，而袁石的来信中讲到他姐姐曾有短信给他，说自己在谈一笔生意。这点很可疑，因为据我们调查，袁珠丧夫后一直闲居在家，以前她除帮丈夫打理饭店外，也没有做过其他生意，怎么会突然外出做生意？还有一种可能是被绑架。但是袁珠的失踪不像。”

“好！你分析得很全面，各种可能性的推断理由也讲得比较充分。”

马超觉得韩帅的分析观点，除杀人灭口外，其他的与自己分析得基本一样。人员失踪，大都也就是这几种可能，分析的关键是提出的论点要有论据。韩帅的观点明确，理由充实。

马超没有作进一步分析，而是果断地作出决定：“你马上电话联系袁石，我请老应组织技术人员，再请上网警大队，我们马上一起到袁珠家里去做一次调查。”

解救袁珠

云州市西郊有一个叫云西美苑的楼盘，里面都是高层楼房。楼盘的正大门处有一个很大的喷水池，两边有修剪得很整齐、很漂亮的灌木带，楼盘内道路宽阔，绿化占地面积也比较大，整体上给人感觉是一个高档的住宅小区。而由于离市区较远，入住率只有一半左右，不少房东把房子出租，有的还是精装修。

袁珠没想到，自己这次出来，原想找个发财机会，却被扣在这里半个多月了。

十多年前，袁珠初中没毕业，就从江林来到云山打工。她先后到几个工厂干过活，后来到了一家名叫“云山美食鲜”的餐馆当服务员。由于她人长得漂亮，又老实勤劳，被餐馆老板看中，娶她为妻。餐馆虽然不大，但由于位置紧靠市百货大楼，菜肴又有特色，价格也公道，多年来生意都比较好。她协助丈夫经营餐馆，几年后生了一个男孩，日子过得很幸福。哪知几个月前，她的丈夫突然出车祸去世了。当时她痛不欲生，无心打理餐馆，原来餐馆也是丈夫兄弟俩合资开办的，她就把餐馆交给小叔子经营，自己只是偶尔过去看一看，帮点忙。后来婆家怕她携子改嫁，就把上小学的孙子接过去带养，这样一来她基本上就是一个人闲居在家。

闲来没事，袁珠就经常上网消遣。在聊天中，她交了不少网友，其中有一个女网友，两人聊得很投缘，还相聚了几次。那女人叫申静香，30 多岁，云山本地人。一个多月前，申静香在网聊中告诉她，云州市一家做进口化妆品生意的公司正在网上招聘员工，待遇很好，邀她一起去看看。她说自己孩子还小，有时还要去管管餐馆，不想去。半个多月前，申静香又是打电话，又是发短信、微信给她，说自己正在云州市做一种进口化妆品生意，该品牌效果很好，刚进入国内市场，进口价比较便宜，卖出价很高，钱很好赚，朋友嘛，有财一起发，邀请她也参加。她开始还是不想去，后来想想现在饭店的钱是越来越难赚了，她自己应该趁年轻多去赚点钱，再加上申静香反复邀请，并说不做来会会朋友也行嘛，她相信她不会骗她，就去了。

袁珠坐下午班车来到云州市，申静香赶到车站，很热情地招来出租车把她接到自己在云西美苑的住处。袁珠发现该楼盘很高档漂亮，申静香租住的是6号楼16楼精装修的一套四室二厅房子，心想她原本没有固定工作，收入有限，看来她真的是发财了。申静香安排她与她住同一个房间，说其他房间还有公司员工要住。接着就带她外出吃饭，第二天还陪她逛街。期间，申静香与她大讲特讲这家公司如何好、这种化妆品如何俏、这个钱如何好赚。她问她如何才能加入这家公司赚钱，她说只要先交一笔加盟费，再买几套化妆品就可以了。如果能够再介绍其他人加入该公司，还可以拿提成。袁珠到底跟丈夫经商多年，开饭店也接触了不少人，听了申静香的话，她感到他们可能是在搞传销，在骗人，心里打定主意不参加，嘴上则在应付，说自己这次出来没带多少钱，回家后考虑考虑再定。

晚上，袁珠发现套房中又住进来两个男人。一个好像是这家公司的员工，一个好像是新来的客人。

第三天，袁珠坚持要走。申静香好说歹说要留她再住一个晚上。到了晚上，申静香走到阳台，小声地打了一个电话后，就借口有点事外出了，紧接着就进来二男一女。二男一高一矮，高个子说自己是这家公司的老总，按照公司的规定，所有员工的手机、证件都要集中保管。她辩称说自己没有加入他们的公司。但这几个人像没听到似的，硬性搜走了她的手机、身份证和一张银行卡。那个女的又反复与她讲加入他们公司的好处，她根本不信，说他们这是抢劫，吵着闹着要回去，结果被两个男的拳打脚踢了一顿。从此她即被严密看管起来，失去了自由。之后，这帮人对她软硬兼施，不时有人来劝她加入公司，她不答应，就会有人出来打她一顿。袁珠觉得自己是陷入地狱之中了，有时真感到生不如死。她几次设法逃跑，都没有成功，反而又挨了很多打。

半个多月过后的一个晚上，房间里来了七八个人。袁珠在上卫生间时，听到门外面有两个男人在说话。一个说网上有个宾馆的桑拿房在招小姐，这个女的不愿加入我们的组织，就把她卖到那里去。另一个说那我们晚上就联系，明天把她送过去。袁珠听了害怕得浑身发抖，似乎觉得自己的死期到了。

这时，外面有个保安在敲门，说是代送快递。门开后，突然冲进十多个人，带头的大声喊道："我们是警察！所有人抱头跪下！"

屋里的人顿时乱成一团。一阵慌乱过后，一个个都老老实实地抱着头跪下了。

一个女警察上来问道："哪个叫袁珠？"

"我，我叫袁珠。"袁珠也抱头跪着，一听问话，立即站了起来，激动地回答道。

"你跟我们走。"女警察接着对旁边一个男警察说，"李大队长，这个人交给我们吧？其他人归你。"

"行！杨教导员。不过先到派出所吧，对她先问一下参加传销的情况，之后就归你们。"

马超带队到袁珠家调查。网警大队在袁珠的电脑中发现有疑似谈论传销的聊天记录，进而查到了对方的上网地址和通信号码等信息，再经张莺、谢方群对通信、车站监控、出租车轨迹等信息分析，很快就查明袁珠是陷入传销团伙了，并且查明了该团伙的落脚点。他们把情报通报给了云州市郊区公安分局。进一步获取的情报表明，袁珠目前还被拘禁在这个传销团伙内。这样，袁珠被另外几种方式所侵害的可能性自然就排除了，尤其不可能被凌同喜谋害。但是，袁珠有可能知道劳秀艳外出后的一些行踪。所以今天晚上云州郊区公安分局的抓捕行动，马超让杨秋露带领几个刑大队员一起参加。

杨秋露在郊区公安分局民警询问后，与韩帅一起进入询问室。

此时的袁珠头发零乱，面无血色，一脸憔悴，形体消瘦，衣服又皱又脏，上面还有一些褐色的斑点。

“袁珠，这段时间你受苦了。我们是云山市公安局的，我叫杨秋露，是刑侦大队的教导员；他叫韩帅，是刑大中队长。从你弟弟那里得知你失踪了半个多月，我们立即组织调查，今天是专程赶来救你的。”杨秋露目光中充满同情。

袁珠听了这话，马上站起来要给两人下跪。杨秋露立即上前把她拉起来，让她坐在椅子上。

“谢谢你们、谢谢你们！救命恩人啊！没有你们来救，我肯定死定了，马上就要被他们折磨死了。”说着，袁珠双手捂着脸放声大哭起来。

她哭得上气不接下气。杨秋露用手轻轻地给她拍背，劝她别哭。韩帅拿出面包、饮料请她先吃一点。

哭了好一会儿，她才慢慢停下来。

这时，杨秋露问道：“袁珠，我们等一会儿就送你回家。有件事，我们先要问问你，请你帮助我们回忆一下行吗？”

“你们救我出来，又待我这么好，有什么事情尽管问，我知道的都告诉你们。”袁珠很感激很诚恳地说。

“你与东山镇东河村的劳秀艳认识吗?”

“认识，我们是老乡、朋友。”

“上个月 10 日左右，你见过她吗?”

“见过的。就是 10 日，在我家里。”

听了袁珠的回答，杨秋露、韩帅心里不由得好一阵子激动。找了这么多天，终于找到劳秀艳外出后的行踪信息了。

“那请你把与劳秀艳交往的情况，特别是那天她到你家的情况，与我们说说。仔细回忆，慢慢说。”杨秋露说。

袁珠说好，接着就开始述说：“我与劳秀艳是她到我的餐馆就餐时认识的。半年多前，劳秀艳在市百货商店购物后，到我店里吃中饭。她点了两菜一汤，其中一个是姜汁煮海虾。虾端上来后，她发现里面有一只死苍蝇，即叫来服务员，严厉地责问是怎么回事。服务员吓得就来叫我。我过去后即向她道歉，并说给她换一个菜，这餐饭免单。她听了我的话，火气马上就消了，还很友好地问我，听口音，你是江林县人吧？我说是的。她又问江林哪里的？我说了自己家的镇名村名。她听了随即激动地说，我也是江林人，老家就在你家旁边，我到云山两年多，还是第一次遇到老乡。我听了也很激动，千里遇老乡真是太难得了，就又叫了几个菜，陪她一起吃，边吃边用家乡话聊天，聊得很高兴。饭后，我们互留了电话，她说自己经常要进城购物，常到市百货大楼买衣服，有空就会过来会会我这个老乡。之后，我们多次相聚，三个多月前，我还带她到我家里吃了一餐饭。那天她心情很不好，话也少，吃得也少。我问她什么事，她唉声叹气，就是不肯说。

“11 月 10 日上午，劳秀艳突然找到我家里，说我们都是苦命人，你丈夫不幸出车祸去世了，我丈夫活着但已不是爱我的人了，同死了一样。她说自己今天的票没买到，买了明天到华南海观的汽车票回娘家去，今天就在我这里住一天。我当即表示欢迎。我见她情绪十分低落，就一面劝她什么事都要想通，一面问她到底发生了什么事。她开始还是不愿意说。晚饭后，她的情绪更加差，独自默默地坐在客厅沙发上流泪。我再劝再问，她就和我详细地讲述了他们夫妻俩的感情经历，之后她说她对他二十来年一片痴心痴情，哪里想到他会背叛她，在外面又找了女人。我说不会吧？你们感情这么深，他怎么会变心呢？是你看到的还是猜想的？她说虽然没有亲眼看到，但是他肯定有。我问是谁？她说是焦滟。焦滟？我想起一次劳秀艳在餐馆大厅就餐离开后，邻桌一个男人对背对着劳秀艳坐的一个女人说，焦滟你可要注意喽，刚才坐你背后的女人，就是与你相好的‘帅气酒窝’的妻子，她可比你漂亮多了。当时我没多想，就把这件事告诉了劳秀艳。她听了以后，火气大发，大骂凌同喜是个无情无义的大混蛋、大坏蛋，接着拎起包来就要走，说要回去找凌同喜算账。那时已是 10 点多了，我反复劝阻，请她要走也到明天再走。但不管我怎么劝说，她还是坚持走了。之后，我就再也没碰到过她。”

袁珠很认真地作了长长的仔细的叙述。

她讲完后，杨秋露对韩帅示意了一下。

韩帅即问道：“劳秀艳是怎么回去的？”

“我把她送到小区门口，她打了一辆出租车。我要上车送她回去，她执意不肯，自己一个人走了。”

“出租车的牌照号码你记得吗？”

“我当时没注意看，但车子是辆黑色帕萨特，我是看清楚的，以前我家里也有一辆帕萨特。”

“劳秀艳上车时，你听到她说要到哪里吗？”

“因为开始我也想挤上车，所以听到她说去东河村。她本来就说要回家去的。”

“你刚才说，劳秀艳在你家讲要走时是10点多，上车时是10点几分你记得吗？”

“她说要走时，我看过家里的挂钟，是10点多几分，从家里出来到上车，十分钟左右，她上车应该是10点10分多一点。”

“劳秀艳到你家时，有没有带手机？”

“没有。她到我家时，从包里找手机，没找到。她借我的手机打了一次，没打通，跟我说手机可能没电了，应该是放在家里的床头柜上了，上午一吵架，忘了带出来了。”

“劳秀艳那次走了以后，你与她再联系过吗？”

“开始几天，我给她打过几个电话，都没有打通。后来，我想他们夫妻间的事，我也不便多管，就没再打。她也没打电话给我，也没有再来找我。再后来，我就被申静香骗到这里来了。”

“你怎么这么肯定劳秀艳就是10日到的你家呢？”

“因为那天是她的生日，我知道她的生日是11月10日。当天我要去给她买生日蛋糕，她执意不肯。”

韩帅又问了一些问题，袁珠都一一作了回答。韩帅觉得今晚收获真大，劳秀艳失踪案件中最关键的三个问题，有两个都已经基本明晰了。

之后在回云山的路上，袁珠好奇地反问了一句：“你们问我这么多有关劳秀艳的情况，她怎么啦？”

杨秋露说：“她失踪了。”

“啊？”袁珠显得十分惊讶，接着十分自责地说，“是我不对，我有责任，我不应该把焦滟的情况告诉她。”

“你是实话实说，不必过于自责。”

“劳秀艳是我的好老乡好朋友，你们可要想办法找到她啊！”

“我们正在全力寻找。你提供的情况，对我们查找劳秀艳很有用。如果你还想到有什么新的情况，请及时告诉我们。”

袁珠满口答应。

第二天一早，“11 · 10 案件”专案组的各小组分别对袁珠反映的情况开展了快速高效的调查。

晚上，在合成作战室的会议室，专案组召开了调查情况汇总研究会。

会议上，各组调查到的情况都指向凌同喜很可能杀害了劳秀艳：

——杨秋露、韩帅对袁珠的询问，反映出劳秀艳 10 日外出时没带手机，10 日晚上即有返回，而凌同喜说家里没发现劳秀艳的手机，她外出后就没有返回。

——云山汽车客运中心的数据库以前经常有问题，刚升级改造好，还没有接入公安数据库。张莺专程去查了一次，发现劳秀艳是买了一张 11 月 11 日上午 6 点到海观的汽车票，但是她没有上车，也没有发现她再买车票的信息。通过反复查询与人员活动相关的各类数据库，也没有发现她返家后再外出的任何行踪信息。

——刑侦支队的视频技术员在省厅刑侦总队专家的指导下，对东河村进村道路监控被覆盖的视频，采用先进的技术手段，已经恢复出一部分录像，发现 11 月 10 日晚上 10 点以后，有五辆出租车进出村庄。谢方群等人依据袁珠提供的劳秀艳在其居住小区门口上出租车的时间点，结合进村出租车的车辆特征，开展沿线视频追踪，在云山市区东面出城路口的一个高清探头中提取到了比较清晰的图像。一辆帕萨特出租车经过该路口时，后座上的一个女子正从中间探头好像在与司机说话，经图像处理后将其面貌特征与劳秀艳的照片相比对，该女子基本可以认定是劳秀艳。

——韩帅组织人员对与凌同喜交往较多的人员再次开展调查访问。其中有一个人讲到，上个月 11 日左右，他们几个朋友应邀帮助寻找劳秀艳。晚上一起吃饭时，他发现凌同喜脖子上有好几道伤痕，好像是被手抓伤所形成的，就问他是怎么回事，是不是与老婆吵架时被抓伤的。凌同喜说是自己不小心摔倒碰伤的。经调查参加聚餐的另外几个人，他们虽然没有注意观察凌同喜脖子上伤痕，但是都听到了那个朋友说的话，且经过仔细回忆，都认为聚餐是在 11 日晚上。应法医认为其伤痕不大可能是磕碰所形成。应法医进一步对参与询问凌同喜时看到的损伤特征作了详细的回忆，还画出了草图，分析的结论是，这种损伤，在摔倒过程中，即使碰到墙面、家具、石器等物品的棱角或粗糙面，也不可能形成，应该是被他人用手抓伤的可能性最大。结合各方面的调查情况，凌同喜颈部的损伤，很有可能是他在与劳秀艳的争吵过程中被抓伤的。凌同喜与朋友说是碰伤的，而在被马大询问时一口咬定他与劳秀艳争吵过程中双方从来都没有动过手，显然是在说假话。

——DNA 实验室小胡汇报，应法医提取的凌同喜家卫生间的斑迹，由于浓度淡，数量少，采用多种方法做了多遍，才成功地做出了比较清晰的分型谱带，与从凌同喜烟蒂上检出的分型不同。劳秀艳的母亲已回海观去了，前几天，请海观市公安局 DNA 实验室相助，今天上午，他们传来了劳秀艳父母的 DNA 分型图谱。下午作了仔细比对，可以认定凌同喜家卫生间的斑迹是劳秀艳的血迹。

……

听了大家的汇报，马超十指没扣，说："根据这段时间的调查，劳秀艳外出时没有携带手机，她当晚就返回家中，之后一个多月毫无行踪信息，这些情况现在可以认定是客观存在的。我们可以推理，劳秀艳当晚回家后的情况有三种可能。一是与凌同喜和好，那就不存在失踪问题。二是两人见面后又发生争吵，劳秀艳又负气外出，外出后应该乘坐原已买好的车票到海观，如果错过这班车，应该再买其他车票前往海观，或再去找袁珠，或到其他地方，而至今的调查结果是没有再出现她的任何行踪信息，因而劳秀艳回家后再外出的可能可以排除。排除了上述两种可能，那就是第三种情况——劳秀艳当晚被害了。以前我们是推理劳秀艳被害的可能性很大，现在我认为，可以推定了。

"凌同喜有婚外情，夫妻俩为此多次发生争吵。11 月 10 日早上的争吵，应该是很激烈的，因而他有作案动机。凌同喜在劳秀艳外出后有反常表现，应对我们的调查时有多次、多处说谎话；凌同喜脖子上出现抓伤的疤痕，卫生间出现可能是劳秀艳被害过程中所留的血迹，反映出两人可能有过打斗情况；最关键的是，劳秀艳当晚即返回家中，之后没有任何再外出信息，凌同喜具备作案的时空条件。因此，凌同喜有杀害劳秀艳的重大嫌疑。"

马超说完后问大家，下一步该如何处置凌同喜。众人都说为防止凌同喜逃跑或者毁灭证据，应该尽快刑事拘留他。

"左局长，我的意见也是尽快刑拘凌同喜。请您指示。"马超向坐在自己旁边的左局长请示。

马超觉得这两起失踪案件，左局长的高度重视很重要，也很有效用，特别是当面要求他组织得力力量，查明失踪真相，使得他们很快地找到了袁珠，且通过询问袁珠才发现了劳秀艳当晚有返回的关键情况。

左局长没有坐在长方形会议桌东侧的主持位上，而是坐在北侧长边的居中位置上。他与惯常一样，头发梳理得很齐，眼镜片擦得很亮，胡子刮得很光，身穿藏蓝色夹克衫，黑色鸡心领毛衣内的白衬衫领子很挺括。他已养成一种工作习惯，应该说是一种好作风，即研究具体业务工作，尤其是研究案件侦查工作，由业务部门负责人自己主持，让业务人员敞开谈。他自己则先以旁听为主，有想法时，再作点提示；有必要时，就作出指令。

晚上的会议是马超主持的。左局长觉得大家汇报的案件信息指向都很一致，就一直在仔细听，没有多插话，只是对如何证实劳秀艳已经被害的依据作了一些提问，对马超的分析则是连连点头，说有理有据。

“同意刑拘。”左局长随即下达了指令。接着，他又加上一码：“你们现在马上行动！”

僵　局

这段时间，凌同喜常常在晚上走到四楼北面露台，眼睛直盯着北面的山坡，一边抽烟，一边陷入深深的回忆之中。有时过了午夜，烟抽得嘴巴都发苦了，他仍然一个人静静地站在那里。二十来年与劳秀艳的情感历程，一幕幕反反复复地出现在他的眼前：

刚到南方插班就读时，劳秀艳那热情的目光，开启了一个少男对少女别样的感觉。那是多么甜蜜的情感。

她借给他好看的书，送给他好吃的零食，多次邀请他一起外出游玩，一起看电影。那是多么幸福的时光。

当他把她从水库中救上来时，由于自己体力不支躺在地上，她跪在他旁边，一边用力摇着他的身子，一边放声大哭，高声呼喊着他的名字。她是怕他出意外，责怪自己不慎伤及了他。他没觉得自己救她是什么英雄壮举，而是为她的真情流露大受感动。

他们失联十六年，竟然在微信中邂逅。更让他意想不到的是，她竟然抛夫弃子前来与他相聚！这片痴心，这个决心，这份深情，是多么稀有，多么珍贵啊！

夫妻之间，性格总会有差异，做男人当丈夫，为什么不能让让女人、让让妻子呢？她这么痴情、这么漂亮，又为他生育了一个可爱的儿子，他怎么可以在感情上背叛她呢？她有所察觉后，自己不是已经下决心与焦滟断绝那种关系了吗？事实上他确实也已经没有再与她来往了，为什么他不能与她讲述清楚、表明态度，求得她的原谅，与她重归于好呢？

那天她外出归来，哭着吵着要寻死，他为什么没有极力劝阻她，而是对她发火，与她争吵呢？后悔！后悔！真后悔啊！可是天下没有后悔药啊！父母年纪大了，儿子还这么小，他该怎么办？怎么办呢？

办妥了刑拘手续，马超立即带领韩帅等人赶往东河村。赶到凌同喜家附近时，已近 12 点了。

今天是农历十二，午夜时分，大半个月亮挂在偏西的天空，一片片薄薄的乌云飘浮在空中。月亮一会儿钻出乌云，一会儿又躲进去，使得大地时明时暗。

负责监控凌同喜的李小林来电话报告，凌同喜正在四楼的露台上抽烟。

韩帅在凌同喜房子南面秘密租了一间屋子，安排李小林等人负责监视。李小林很认真负责，晚上常常自己悄然走到凌同喜家北面的山坡上，在隐蔽处用夜视望远镜观察、监视着凌家的一举一动。他发现近段时间，凌同喜经常在晚上到四楼露台抽烟，且长时间呆呆地站在那里。

马超一行人悄悄进入凌同喜家院子，韩帅用特制工具打开一扇窗门，再打开大门，众人立即向四楼拥上去。

凌同喜应该是听到了有人上楼的脚步声，可是他仍然靠在露台的栏杆上，大口大口地抽着烟，眼睛直瞪着北面的山坡，不动，也不言语，束手就擒。

在韩帅等人对凌同喜上铐、搜身时，马超也盯着北面的山坡仔细看了好一会儿。此时，月亮刚好钻出一片乌云，月光下，隐约可见山坡上长满了草木，显得一片墨绿。

他在看什么呢？

在公安局办案区的讯问室里，马超与韩帅对凌同喜进行了审讯。审讯的情况完全出乎他们的意料。

凌同喜直言，他们抓他是认为他杀了劳秀艳，而他深深地爱着她，根本不可能去杀她。

问他脖子上的伤痕是怎么回事，他说是自己走路时不小心摔倒，擦到粗糙的墙角上所形成的。

问劳秀艳外出后有没有返回，他说没有见到她返回家里，如果回来过，他也没碰到。

问劳秀艳的手机呢，他说她的手机在哪里他不知道，反正在家里没有发现她的手机。

关键是问到 11 月 10 日晚上他的活动情况时，他坦然地说，他在焦滟家里。

在焦滟家里，那凌同喜不是没有作案时间了吗？

马超立即派人把焦滟传唤到公安局讯问。

焦滟说，11 月 10 日晚上 10 点不到，凌同喜到了她家里，之后一直与她在一起，至次日快 6 点时才离开她家。时间、地点、经过，与凌同喜讲的一模一样。传唤她的两个刑警反复讯问，她一口咬定就是这样。

问她为什么记得这么清楚，她说11 月 10 日是她的生日，她上午就发微信邀请凌同喜到她家玩。她还拿出手机翻出微信给两个刑警看。

这么巧，凌同喜的两个女人是同月同日生的。

审讯陷入了僵局。

马超一直没有休息，一直在苦苦思考、细细分析。

犯罪嫌疑人到案，突不开口供，取不到更多的证据，对刑警来说，可是一件很棘手的事。何况“11・10 案件”至今还是生不见人，死不见尸。

根据现有的调查情况，凌同喜 11 月 11 日一早就把好多个亲友叫到家里，说劳秀艳外出一天一夜未归，请他们帮助查找。如果10 日晚上10 点以前凌同喜确在焦滟家里，到次日清晨才回家，那他就没有作案时间。

凌同喜没有作案时间，即使找到劳秀艳的尸体，查明是被杀，那他也肯定不是凶手。

或者凌同喜是凶手，他有反侦查意识，他一开始就步步为营，他预计到警察可能会查明劳秀艳当晚返回的情况，就事先与焦滟串通好说假话、作假证，有无这种可能？

应该是有的。

那焦滟为什么会冒险作假证？如何才能撬开她的嘴巴？

凌同喜有无可能雇凶杀人？这个应该可以排除。当晚劳秀艳突然决定返回家里，凌同喜是不知道的，因而他不可能事先雇用杀手潜伏在家。

有些案件的情况十分复杂，案件中的许多情节，分析起来会有很多种可能性，没有侦破前，很多都是谜，不少甚至是难以破解的谜，但是都要分析到，都要去破解，才有可能从中突破案件。

这个案件办到现在这种地步了，分析上、工作上是不能有任何疏漏的。自己在昨天晚上的会议上作了劳秀艳回家后三种情况的分析，还有其他可能性吗？

劳秀艳与凌同喜的感情确实非同一般，她回家后，不见凌同喜，外出寻找，途中意外被害，这种可能性有吗？很小，但也不能绝对排除。不少案件是由于偶然的因素而突发的，如某人原本有犯意，见到他人钱财，突发起意盗窃甚至抢劫；又如酒后男人偶遇漂亮女人，临时起意实施强奸甚至杀人。

还有吗？对了，还有一种可能，劳秀艳在坐出租车途中由于某种原因临时改变主意，没有回家，在其他地方由于其他原因被其他人杀害了。这种可能性应该更小，但是也有必要做调查。

要把各种可能性都考虑进去，再作一次全面的工作安排。

上午10点，“11·10案件”专案组再次集中开会研究。

大家一番讨论后，基本上统一了思想。马超作出工作安排：

——继续开展对凌同喜审讯，争取发现其弱点，进而打开突破口；

——对凌同喜的住宅进行全面勘查，争取从中发现与案件有关的痕迹物证；

——对焦滟再作讯问，必要时作心理测试，视情再作进一步讯问，一定要明确凌同喜到底有无作案时间；

——想方设法尽快查到搭载劳秀艳的那辆出租车，查明劳秀艳上车后的具体情况；

——对东河村居住人员开展排查，先重点排查西面进村路口到凌同喜家沿路两边住户的人员，再全面展开调查，进而研判劳秀艳有无在家外被害的可能性。

……

四楼露台

马超安排好各项工作后，觉得查明劳秀艳有无可能在家外被害至关重要，于是决定自己带队到东河村去做调查。

他安排了另外两个侦查员继续审讯凌同喜。

简单的午餐后，马超带着韩帅等十多人正准备出发，谢方群打来电话。

因角度问题，视频上显示搭载劳秀艳的出租车的车牌号码比较模糊，辨认不清，谢方群等人一直在想方设法作进一步的技术处理。

“马大，我们用多种视频软件作了处理后，搭载劳秀艳返村的出租车牌照号码已经查明……”

“与司机联系了吗？”马超急着问。

“联系了。我们现在正在出租车公司，刚对那位司机作了询问。”

“他怎么说？”

“他说是他搭载了劳秀艳。”

“他能肯定吗？”

“他能肯定。他说自己刚到云山开出租不久，路不大熟悉。那晚通过出城一个十字路口时，他转错了弯，那女人火气比较大，从后座中间伸出头来很不高兴地说了他几句，所以他记得比较清楚。他对女乘客的体貌特征讲不清，我们把劳秀艳的照片给他看，他仔细看了后，肯定地说就是她。另外我们还查询了出租车公司的数据库，这辆车接上劳秀艳的时间与袁珠说的时间也能对得上。”

“他有没有把她送到家?”

“他说把她送到了东河村村北的一栋房子。”

“好！你马上请那司机再相助，开车把他送到东河村村口来，我们在那里会合。”

马超赶到东河村村口时，谢方群带着那司机已经早一步到了。

马超让谢方群、司机坐上自己的车，由司机指引着按当晚的线路进村。车子是沿着东河村西侧外面的一条路北行的，快到村庄北侧时拐进去，经过了五六栋房子，司机说到了，这户人家的房子比周边高、大，所以他记得清楚，女乘客就是在这房子的门口下车的。马超认得这房子就是凌同喜劳秀艳的家。

司机还说，因为在路上发生了一起交通事故，堵车堵了一段时间，到这里已经快 11 点了。

马超对司机表示感谢。接着，他对韩帅说，劳秀艳到家这么晚了，如果要外出找凌同喜，出村的可能性很小。你们抓紧先对凌家周边的住户及凌家的亲友开展调查，然后再拓展调查，有什么情况及时向我报告。我让派出所再派一些警力来协助你们。

应法医正带着技术员在房内勘查，听到外面有说话声，就走了出来。看到是马大，他走上去附着马大的耳朵说了几句。

马超随即跟着他进入房内。

到了四楼北面中间的一个房间，马超见房门紧闭着。开门进去，窗帘也紧拉着，许乐新等几个人正在用多波段现场勘查灯在地面仔细寻找着什么。应法医打开了灯，让人拉开了窗帘，马超见房间的西北面有一个冰柜。

“这个冰柜比较旧，它的长、宽、高分别为 115、60、83 公分，能放得进一个人。”应法医指着冰柜说。

“你的意思是，这冰柜藏过人？”马超急着问。

“这冰柜能够藏得下一个人。当然光凭冰柜大小，是不能认定其藏过人的，关键是我们有了重大发现。”

“什么重大发现？”马超又是急着问。刚才在外面应法医也只说有重大发现。

“马大你看，”应法医指着地板说，“这房间的地板可能铺得时间有点长了，也可能是质量不好，已经出现了一些小缝隙。我们在东北面的地板小缝隙中，找到七小块东西，半粒米到一粒米大小，有的像干结的组织块，有的很硬，我用放大镜仔细看了，硬的颗粒很可能是骨碎片。这些检材，我们已经送到 DNA 实验室，让小胡他们抓紧做检验。”

马超听了很兴奋，说：“我在一份案例材料中看到过，一个案犯杀人后，先把尸体用冰柜冰藏起来，几天后再拿出来分尸、抛尸。老应，这房间就是藏尸、分尸现场，对吗？”

“对！我想应该是。凶手杀人后，先把尸体冰冻在这个冰柜里。后来他想到了抛尸，就把尸体从冰柜里搬出来。为了尽快处理，也为了抛尸隐蔽与方便，他没等解冻就实施了分尸。他应该用的是粗齿的锯子，因而有一些组织碎片飞溅出来。我们已经在一楼厨房的冰箱下面找到了一把弯柄粗齿木工锯。这把锯上面看不出有什么明显可疑的斑迹，可能是已被充分清洗过，但是存放位置可疑。如果用该锯子分解冰冻尸体，可以形成如同现场发现的组织小碎片，所以它很可能是分尸工具，也已经送 DNA 实验室作进一步检验。我们已经派人询问了凌同喜父母，他们说家里原来没有冰柜的。四楼的冰柜什么时候买来的，他们不知道。案犯分尸时，尸体下面应该有衬垫物，分尸后又做了清扫或清洗，所以地面上没有发现有血痕或血水痕迹，也没有发现比较多的组织碎片。”应法医发挥了自己善分析、善表达的特点，长长地作了一段叙述与分析。

应法医戴着现场勘查用的细纱白手套，用右手拇指指背往上推了推眼镜框，镜片后的双目炯炯有神。他在做沉思状。

马超知道他要讲重要的观点了，就问:“老应，你还有何高见?”

应法医很自信地说：“由于某种原因，外面的人进到凌同喜家里行凶杀人，再搬来冰柜，再藏尸、分尸、抛尸，这不可能。虽然找到的碎片要经过 DNA 检验与病理切片检验，才能证实是否是人体组织，是否是劳秀艳的组织，但是我觉得这里就是凌同喜藏尸、分尸现场，这些组织碎片应该就是劳秀艳的。”

马超听了连连点头赞许，让他们再做仔细勘查。

之后他自己又来到四楼北面露台。这个露台南北不宽、东西很长。马超走到东西两侧，看见凌同喜房子的东西南三个方向围绕着较多的房子。站在露台中间，马超再次仔细地观察着北山，山脚离凌同喜家也就几十米，山坡上乔木不多，长满了多种灌木和杂草，一些乔木和灌木的树叶掉落了，而松树、樟树与不少灌木仍是绿叶满枝，使冬天的山坡仍然显得草木茂盛。他还发现，凌同喜家有个后门，从后门出去后，有一条应该是行走人员不多的小路，隐隐约约通往北山坡。

马超想，凌同喜近段时间晚上常常站在这里，他在看什么呢?

在四楼露台上，马超站了很久，看了很久，想了很久。之后他下来，与技术员们一起晚餐。吃完盒饭，他去了村委会。他与韩帅约好在那里碰头汇总情况。

来到村委办公室，韩帅向他汇报，已经对全村做了全面的排查。东河村人多地少，本村的工厂也很少，多数年轻人都在外面打工或经商。对凌家周边的住户及凌家的亲友，逐一做了全面调查，没有发现可疑的人和事；对全村的调查，也没有发现有价值的线索与可疑的情况。

这时，杨秋露打来电话……

借 条

凌同喜身高近一米八，大眼睛，小酒窝，长相俊美，身体健壮，又有钱，还比较大方，焦滟第一次与他约会时，就有点喜欢他了。当时为了借钱，除一起吃饭外，她没有进一步接触的意思。因为她知道，与他关系过于紧密，让他知根知底了，自己是借不到钱的。再者，她那时与一个男的好得正欢。而宾馆约会后，她更喜欢他了；及至多次幽会后，她从心里慢慢地爱上了他。开始阶段，她还幻想着他能离婚，与她结合，但是从交往交谈中，她发现这不可能。他与劳秀艳的感情很深，他深深地爱着劳秀艳，与她相聚仅仅是在方便时寻点婚外刺激而已。她很有失落感，甚至有点怨恨他，可是又时常想念他，何况她还欠他一大笔钱。她不时地主动约他，一方面解解思念之苦，另一方面想让他慢点要，少要些。可能是凌同喜沉醉在她的温柔乡里，也可能是自知欠她情欲债，他不但答应她可以慢慢还，还答应免去她的利息。焦滟觉得这是人财两得，自己占了便宜，就更乐意与他来往。

凌同喜的妻子生下小孩半年多后，他就开始不再找她了。她约他，他总是找各种理由说自己没有空，不过也没有向她催要债款。那段时间，她正好又傍上了一个大款，只偶尔给凌同喜发发短信、微信，而他不回、不来也就算了。

两个月前，新男友因生意事经常到外地去，而且一去常常十天半月，她又不时地给他发约会的短信、微信了。11 月 10 日是她生日，一人在家，她感到很寂寞，就发微信邀请凌同喜来家里玩，还发了好几次，但是他都没回。

哪知晚上 12 点多，他突然找上门，说要在她这里过夜。两人一番热烈相拥后，她在他的怀里问道，大帅哥，这么长时间了，我发你短信、微信都不回，今天这么晚了，怎么突然想起到我这里来了？

他说自己晚上与朋友谈一笔生意，谈晚了，就不回家了，又说主要是想她了，才来了。

她说他是瞎说，并问他，我这么想你，对你这么好，你怎样报答我。

他说一定会好好地报答她，但又说如果有人问她今晚他到她家的时间，只要她讲他 10 点不到就到她家了，而且一个晚上都在她家里，他就会给她大大的好处。

她觉得他肯定做了见不得人的事，就想敲他一笔，说那完全可以，你送我一笔钱吧。

他说你欠的一百万就不要还了，具体什么原因不要问。

一百万？全免了！这完全出乎她的预期。

她还想问问他为什么，可是这一百万的诱惑力实在太大了，她就满口答应下来，发誓对任何人都会按照他讲的去说。

当晚，凌同喜反复叮嘱，要她说话绝对算数，他也会绝对兑现承诺。

睡梦中，焦滟还隐隐约约地听到他恶狠狠地说："你如说话不算数，可别怪我不客气！"

今天凌晨，焦滟被传唤到公安局，问她与凌同喜是什么关系，她说是朋友关系。

接触多吗？

不多。

近一两个月与他有无接触？

有过一次。

当刑警问到具体接触过程，她就按照凌同喜教她的说了。之后刑警怎么问她，她都没改口。

焦滟已经从他人处得知，劳秀艳失踪了好长时间，很有可能是被谋害了。她想，凌同喜对劳秀艳的感情那么深，他绝对不会去谋害她的。她只是感到奇怪，劳秀艳不在家了，可自己多次邀请他到她家玩，他却总是找理由推辞。从今天警察的审问来看，凌同喜与劳秀艳的失踪是有关系的。

她也曾想过如实讲清楚，但是为了一百万，也为了与凌同喜的一段欢喜情感，她必须咬住，绝对不能改口。

焦滟曾因赌博被治安传唤过几次。她知道审讯时限一般是八个小时。午后，她就吵着闹着要回去。民警告诉她，这是刑事传唤，有十二个小时。

凌同喜涉嫌杀人案件，他说自己11月10日晚在焦滟家，焦滟有可能知情，甚至有可能故意包庇，故传唤她时是办了刑事传唤手续的。

十二个小时快到时，民警又进来给她延长了十二个小时。这对她触动很大。她想，凌同喜可能真的是犯大事了。她心里不由得感到一阵阵恐慌。

傍晚时分，她被从候问室再次带进讯问室时，见到里面有两个女警察。

杨秋露与王英英按照马超的安排，对焦滟进行讯问。她们事先做了一些准备工作，有意识先冷落焦滟一段时间，再来讯问她。

杨秋露主问。她先作了自我介绍，常规问话后，问道：“你认识劳秀艳吗？”

“劳秀艳是凌同喜的老婆，这我知道。可是我和她不认识，我与凌同喜有一些交往，他没有带她一起来见过我，我也没到过他家。”这是事实，焦滟实话实说。

“劳秀艳失踪了，你知道吗？”

“开始我不知道，后来听人家说起过。”这也是实话。

见是刑侦大队教导员亲自来讯问她，又是一脸严肃，焦滟不由得少了几分底气。但她觉得无关紧要的事情可以实话实说。她还反问：“她什么时候失踪的？”

“上个月 10 日，也就是凌同喜在你家过夜的那一天。难道你不知道吗？”杨秋露顺势切入关键问题发问。

“哦！这我真的不知道。”焦滟十分吃惊，坐在椅子上的身子不由得扭动了几下。

那已经是一个多月前了，劳秀艳难道真的被人杀害了？难道是凌同喜杀了她？她想探个究竟，就望着杨秋露问：“劳秀艳是否被凌同喜杀了？”

“这个你不必多问。凌同喜正在隔壁房间接受讯问。《刑法》第 310 条规定的‘窝藏、包庇罪’，你知道吗？”

“我没学过法律，我不知道。”

“那我告诉你，为明知是犯罪分子的人作假证明的，构成包庇罪，会受到法律惩罚。听清楚了吗？”

“我又不知道凌同喜有没有犯罪，我也没有作假证明。”

“我明确告诉你，凌同喜涉嫌犯罪。你到底有没有作假证，你自己心里清楚。”杨秋露先礼后兵，不等焦滟答话，就逼进发问：“那天晚上，凌同喜究竟几点钟到你家的？”

“上午警察问过我，我已经如实讲了，真的10点不到就到我家了。”她觉得杨秋露不会相信她的这一说法，可为了一百万，她必须咬住不改口。但是她的眼睛已经不敢直视杨秋露了，脸色红一阵白一阵，鼻尖也已微微出汗。

“你向凌同喜借了多少钱？”杨秋露发现焦滟神色已显紧张，就又抛出一个关键问题。

“这是我们之间的私人问题，我没必要回答吧？”

“法律有规定，与案件有关的事情我们警察都有权利问，你作为一个公民，也有义务回答。”杨秋露又是没等她表态，就紧接着点了她一下，“这笔钱可不是一个小数目吧？”

啊！看来审讯她之前，警察已经做了充分调查。焦滟显得更加紧张，一时不知如何作答。

“你的借条还在凌同喜手里吧？”杨秋露又一次逼进发问，问话中充满着肯定的语气。

在审讯焦滟之前，马超与杨秋露一起作了专题研究。两人都认为焦滟很可能为了某个重大利益而给凌同喜掩盖作案时间。她嗜赌，这个利益很可能就是钱财。马超随即安排张莺查询两人的经济往来情况，并让在凌同喜家勘查的技术人员重点注意发现两人之间经济交往方面的证据，特别是有无借条。审讯前，应法医已经打电话告知杨教，在凌同喜卧室的保险箱里，发现了焦滟写给他的一百万元钱的借条。

对啊！借条还在凌同喜手里。听口气，警察很可能已经把借条找到了。杨秋露的问话，彻底摧毁了焦滟的心理防线。她很后悔那天事后没有向凌同喜要回借条。如果凌同喜真杀了人而被判刑，借条在他手里，凌家人照样可以向她追要，而她为他说谎，还要承担法律责任；还有，说不定凌同喜自己也会如实交代的。焦滟考虑再三，觉得不可能再隐瞒下去了，也没必要再为凌同喜说谎了，就如实交代了11月10日晚上凌同喜到她家的时间和两人的相处情况。

天理难容

当晚，马超与韩帅再次审讯凌同喜。

韩帅向他点明，焦滟已经如实交代了11月10日晚上他到她家的具体时间与交谈内容。但他还是咬住不交代。

马超问他，四楼的冰柜里放过什么？厨房冰箱下面的弯头木工锯锯过什么？

他很惊讶，欲言又止。

韩帅问他，你的所作所为对得起劳秀艳二十来年对你的一片痴心深情吗？

他开始眼圈发红，很快就有大滴大滴的泪水掉了下来。

马超突然又发问，你在四楼北露台上看什么？在北山坡上埋了什么？

凌同喜听了，突然大哭起来。他的心理防线彻底崩溃了，如实交代了杀害劳秀艳的经过。

10日晚上11点许，劳秀艳返回家中。当时只有他一个人在家里，他父母带孙子到他妹妹家去了。

劳秀艳进门后，来到三楼客厅见到他，没问儿子去向，就对着他大发脾气，大声地要他讲清楚他与焦滟到底是什么关系。

他自觉理亏，但见她的态度，心里也有点生气，不想说实话，只语气强硬地争辩着，说自己以前是为了讨债而与焦滟交往多一点，这半年来，想想她没钱，多要也没用，就没有与她来往了。他还翻出微信给她看，说焦滟发给他微信，他回都没回。

但劳秀艳听了根本不相信，对他递到她面前的手机看都不看，怒气冲冲地责问他背叛了她为什么还不承认，还说已经有人看到并告诉她了。

然后她开始大声责骂他是混蛋，是骗子，是良心被狗吃了的魔鬼。她说自己二十来年对他一片痴心真情，抛夫弃子不顾一切来与他相聚，虽然有时是会对他耍点小脾气，但是从来没有动摇过对他的感情。她没想到他会背叛她，她被最心爱的人背叛，活着还有什么意思？

这些话，深深触动了他心灵深处的情感。他想向她说明真相，求她原谅，但是已经来不及了。

劳秀艳歇斯底里地哭着骂着，突然快步跑到一楼厨房里，拿了一把尖刀返回客厅，一会儿把尖刀架在脖子上，一会儿把刀刃压在手腕上，说要死给他看。还把尖刀递到他面前，要他有种就杀了她，不然她晚上开煤气，全家人一起死。

此时，他已顾不得解释，只想把刀夺过来。

争夺中，她越骂越厉害，右手紧紧握着刀不放开，并用左手抓他的手和脖子。

这时，他情绪也失控了，一边与她对骂，一边猛力夺刀，尖刀终于被他夺了过来。

他后退了几步，劳秀艳扑过来，伸出双手抓住他持刀的右手手腕，使劲儿往她胸前拉，他用力往回拉了一点，之后顺势把刀捅进了她的左胸。

刀刺进去后，劳秀艳大叫一声“哎哟”就没声音了。她低头看着插在胸口上的刀，满脸的震惊和难以置信。

他当时也吓傻掉了，停顿了几秒钟，赶紧去抱着她。

她在他的怀里慢慢地下坠倒下。他只听到她丝丝的出气声，一会儿就一动不动了。

他这才想到打120，但是，他发现她已经死了。他想打110自首，又怕自己被判死刑，更担心他走了，年迈的父母、年幼的儿子怎么办。

他一时不知道该做些什么。

他坐在沙发上抽了好几根烟才拿定主意，他把劳秀艳抱到卫生间的浴缸里，锁上卫生间的门，再锁好里外房门，就开车从小路到了焦滟家。

两天后，他从一个收废品的人那里买来一个旧冰柜，放到四楼，再把劳秀艳放进里面。他想把她放在家里，自己陪她一辈子。然后他对客厅与卫生间做了清洗。

可又过了几天，他觉得这样不行，迟早要被人发现，就买来几只蛇皮袋。而当他把劳秀艳从冰柜里搬出来时，发现其一只手撑开，两条腿弯曲，放不进蛇皮袋。他不敢长时间面对劳秀艳的尸体，就拿来家中的木工锯，分尸后再将其分别放入几个袋中，然后在夜间分次运往北面山坡埋葬。

凌同喜是边哭边交代的。交代完了，他似乎也卸下了心中的一大包袱，停止了哭泣，长长地出了一口气。

最后，凌同喜十分痛心地说，他是伤天害理，天理难容，他实在对不起劳秀艳；他是百身莫赎，死有余辜，判他死刑他不怨，不上诉，只求死后能把他与她安葬在一起。他还说，他有不少财产，除了留足给父母的赡养费和给儿子的扶养费外，其他愿意全部赔偿给劳秀艳父母。

次日，凌同喜戴着手铐、脚镣，被带到东河村辨认现场。

在凌家后面的北山坡，凌同喜指认了埋尸位置后即瘫倒在现场。

经法医鉴定，劳秀艳左胸部的创伤贯穿了心脏，从创口的位置与形状、创道的走向与深度分析，推定非自杀所能形成。

在四楼分尸现场提取的碎片、尸体中提取的组织，经检验，DNA 分型一致，与劳秀艳父母符合亲子关系。

云山市公安局向社会公布了侦破劳秀艳被杀害案件的简况。

一位法治报社的年轻女记者非要采访马超不可。她见面就说，马大队长，这个案件被害人失踪了，长时间生不见人，死不见尸，侦查难度很大。你真不愧为全省的破案专家、云山神探啊。

马超连忙摆手说，不对，你说得不对，案件是靠参战民警群策群力破掉的。

女记者接着请他说说这个案件的具体情况。

马超不愿多谈，推托道，案件的侦破过程，刑大重案中队队长韩帅最清楚，你找他吧。

女记者恳求道：“马大队长，你们经常以案说法，以案示警，那请您说一说这个案子给人们的启示吧?”

马超顿了顿，郑重说道：“珍惜感情！敬畏生命！”

“还有吗?”

“善用网络！慎交网友！”

第六章　魂断歧途

没人应答

云山市市区北部，有一个名叫三岩名都的楼盘，是由老房子拆除后建起来的，里面高高低低分布着二十多栋多层、中高层、高层房子。在 8 栋多层的楼房里，其中有六层每个单元每层是两套房子。该楼盘开发得比较早，楼间距比较大。一楼下面是半地下的车库，车进车库后，人要再转到外面才能上楼。楼梯在北面。

从外地到云山经商、40 多岁的文武，租住在 8 栋多层楼房东头一单元西面的 102 室已经快两年了。

文武五官长得很端正，只是个子比较瘦小，皮肤也比较黑。

他心思活络、性格外向。他有个习惯，老婆没在家或在家没注意他时，喜欢趴在房门的猫眼上观看走廊里的动静，尤其是听到单元大门的开门声而没有听到上楼的脚步声前，或者是听到下楼的脚步声而没听到单元大门的开门声时，他都要趴上去看看。

看什么呢？主要是想看看住在楼上202室的那个女人。女人单身，估计40岁左右，虽然五官不是很漂亮，但是前凸很明显，后翘也很明显，魔鬼身材，很是耐看。

文武文化程度不高，但是半老徐娘、风韵犹存这两个词语他会说，也明白其含义。他觉得用在这位邻居身上很合适。

102室的大门朝东开，女人出去时，能够看到其正面；进来时，常常看不到正面，可是他觉得看看背影、侧影也很过瘾。看多了，他还发现了一些秘密。自然，他有时看到的是其他一些人，有同单元的，也有外来的，他觉得其中有几个女人也是挺漂亮的。

他还有个习惯，经常到阳台上去抽烟，因为他老婆不许他在家里抽。

三岩名都小区的绿化搞得很好，他这栋房子的南面有珊瑚树围成的绿篱。绿篱内东侧有一棵很大的香樟树，内侧还种着好几棵合欢树和一些紫薇、石楠等灌木，树木间有草坪。

一周前，因为丈母娘生病住院，文武老婆带着儿子回老家去探望照顾。文武白天在云山百货城照看自己的住宅装修材料商店，晚上回到家里，感到房内很安静，心里很寂寞，就常常站在阳台上，边闻着小区里的草木花香边抽烟。

闻着闻着，他好像闻到了一股臭味。开始他没在意，因为他患有慢性鼻炎，嗅觉不灵敏，严重发作时甚至会香臭不分。可这股臭气一天比一天浓，尤其是刮东南风时，臭味特别重，文武迟钝的嗅觉也明显感觉到了。

8 月 12 日晚上，他在阳台左右反复闻了闻，觉得臭气可能来自于东面的 101 室。

早期城里的住房，多为平房或二三层的房子，有的还带有个院子，住在里面的人，互相认识，也会互相走动、帮助。后来单位造的宿舍，同单位人住在一起，也是互相认识，有的人也会互相串串门。现在的商品房，业主来自各地各行业，邻里之间的人情关系日趋淡漠，再加上人亲不如手机亲、人好不如电脑好，同一栋楼、同一个单元，甚至同一个单元同一个楼面，住了几年，左邻右舍、楼上楼下，连姓啥名谁都不清楚的情况很普遍。

文武比较喜欢交朋友，尤其是在外地经商，多个熟人、多个朋友，有时也许会多条路。

202 室的女人搬进来后，他进出碰到她时，总是主动与她打招呼，但是她要么爱理不理，要么当作没看见没听到。

101 室的男主人就不一样了，他们相遇时，他与他打招呼，他都会笑着回应。文武告诉他自己叫“文武”，他告诉文武自己姓向。文武问候一声“向总好”！他也必定会回应一句“文总好”！有时也会主动先与他打招呼，或者停下来，递给他一支烟，与他聊上几句。他抽过他不少支烟，都是几十元、上百元一包的好烟，比他平时抽的十来元一包的烟好多了。向总高大英俊，与他站在一起，文武觉得他是男人中的精品，而自己可能只配当“次品”了。文武住在这里近两年来，尽管他们的交往不多不深，但他对他还是很有好感。

13 日一早，文武来到向总的门前，敲了好一会儿门，没有应答，他就把鼻子凑到门缝里仔细闻了闻。近几天他的鼻炎没有发作，今天嗅觉不错，他断定这些天来的臭气是从向总的房子里飘出来的。

他又敲了一会儿门，叫了好多声“向总”，还是没人开门，没人应答。

文武突然想起，已经有好多天没看到向总了，路上没碰到，猫眼里也没看到，莫非他出事了？

他顿时感到心里一阵发慌，手也开始有点发抖。他用发抖的手从裤袋里摸出了手机……

专案侦查

刑警们都喜欢参与大案要案的侦查，这样既可以在实战中提升自己的侦查水平，破获了，也可以有较大的成就感。

有的刑警一段时间没遇上大案，就会感到手痒痒的。诚然，大家更希望不发大案，甚至小案也不发，“天下无贼”最好。可是，这又显然不可能。

上午，云山市公安局党委委员、刑侦大队大队长马超组织召开大队与中队领导干部开会，传达云州市公安局刑侦支队转发省公安厅刑侦总队关于开展命案积案侦查攻坚工作的文件。

传达完文件，马超说：“我们云山市历年来未破的命案还有八起。今年1、2月份发的两起命案，一起侦查了三天，一起侦查了近一个月，都成功告破。同历年相比，今年命案发案明显减少，近半年来没有发生命案，近期也没有发生其他特别重大的案件，社会面治安平稳。我们要抓住当前有利时机，按照总队、支队要求，集中精力开展命案积案侦破工作。近期主要是抓好以下三方面……”

马超正要布置工作，刑大女侦查员王英英匆匆走进会议室，不顾马大正在讲话，递给他两份文件。

一份是“云山市公安局 110 接警单”，主要内容有：今天上午 7 时 01 分 19 秒，城北街道三岩名都 8 栋一单元 102 室住户文武电话报警，他发现同单元 101 室的向先生多日不见，房间里有浓重的臭味飘出，要求公安派员查看。局 110 报警服务台指挥长指令城关派出所立即派员前往处置。

另一份是城关派出所的先期处置情况报告：101 室的住户叫向依山，处警民警发现他死在卧室床上，头部有明显的损伤。派出所要求刑侦大队派员侦查。报告上还有云山市委常委、公安局长左力的电话指示：主城区发生凶杀案件，社会影响很大。请刑大立即组织侦技人员赶赴现场开展侦查工作，争取尽快破案。请各位局领导都要抓好各线工作，确保招商大会期间社会治安稳定。

马超知道左局长作为市委常委，常委会决定由他联系云山市的招商引资工作，今天他正在云州市市区参加明天即将开幕的规模空前的招商大会筹备会议。

乌鸦嘴、乌鸦嘴，命案长时间不发，也不能多说的。马超边看边在心里责怪自己。

迅速看完后，马超双手十指交叉一握很快就松开，把接处警情况向大家作了简单通报，说命案积案侦查工作下次我们再研究，现在各中队按照命案侦查工作预案，立即组织人员赶赴现场。

几分钟后，警车闪着警灯，响着警报，呼啸着开出了公安局的大门。

马超的车最先赶到三岩名都小区。8 栋楼一单元周围有许多围观群众，派出所已经在周边拉起了警戒带，几个民警、协警在巡逻，劝阻群众不要往里面挤。单元门口有一个 40 多岁的妇女哭得声嘶力竭，挣扎着要往里面挤，旁边一男一女架着她，并极力劝阻。

守在门口的民警告诉马大，这是死者向依山的姐姐向依云。

马超当即上去安慰了她几句，请她节哀，也请她安静，以便警方开展工作。

马超穿上现场勘查服，带着副大队长崔军凯、法医应良平、痕迹技术员许乐新等人进入现场作初步查看，又到房子四周转了一圈，之后来到房子东面的廊架下，把几十名侦查、技术人员分成现场勘查、死者及相关人员调查、小区内走访调查、视频侦查、信息研判等小组，分头开展调查。

安排好各组工作，马超带着李小林坐到车上，打电话叫来社区民警小刘，先问了一些死者向依山生前情况，又问了一些向依山邻居及小区的治安情况。

之后马超带着李小林、小刘又来到现场。房间内充满着浓重的臭味，六个技术员正有分有合、紧张有序地在进行勘查。

101 室是二室二厅一厨一卫结构。客厅位于南面东侧，主卧室位于南面西侧。装潢档次一般，已经显得比较陈旧。房间内的物品摆放比较紊乱。

马超进入主卧室时，更加浓重的臭气扑鼻而来。首先映入眼帘的，是西面墙上的一张向依山大幅彩色照片。照片是在高尔夫球场拍的，他高高地举着球杆，正要下挥击球。向依山身着一套短袖短裤的名牌运动装，头发又黑又密，大眼睛高鼻梁，喉结明显，身材挺拔，皮肤呈古铜色，前臂、小腿上的一块块肌肉隐约可见。他站在大片碧绿的草坪里，头上是蓝天白云。

照片下方是一张床，床头在西侧。向依山身着背心短裤，头东脚西仰卧在床上。他的面部布满创口，头部明显肿大，眼球突出，嘴唇外翻，舌头伸出，胸隆腹鼓，四肢增粗，全身皮肤呈污绿色，口腔、鼻孔、耳道等处有许多暗红色的血水流出，呈现出明显的可怕的“巨人观”状。

在二十来年的刑侦生涯里，马超见过许多凶杀场面，有些场面惨不忍睹。但是今天，照片上的生者浑身上下充满着活力与动感，而床上的死者面目全非，臭气满屋，一个人的生与死呈现如此巨大的反差，同时强烈地出现在自己的视野里，马超还是第一次遇到。二者对比形成的视觉冲击力实在是太大太大了，他的心灵受到了极大的震撼。

今天是个晴天，窗外的阳光透过茂密的树枝树叶挤了进来。房间里光影交错，显得明暗相间。此时，刮起了一阵风，枝叶摇曳着，照在尸体上的光线也在摇晃着。室外更多的知了在叫，叫得比刚才更响亮。

恍然间，马超觉得死者头部那一个个哆开的创口，犹如一张张张开的嘴巴，向他诉说着自己的冤屈。

他不由得双眉紧蹙，牙齿紧咬，转过头来，不忍再看。

李小林循着马大的目光查看，也感到十分惊讶，浑身不由得一阵战栗。小刘是第一次看到如此惨景，震惊的同时，从心底里涌出了一阵阵恐惧，浑身起了鸡皮疙瘩。

应良平毕竟是久经沙场的法医，他镇静自若，有条不紊地勘查检验着。先期勘查与尸体外表的一般检验已经完成，他正在做尸体外表损伤的初步检查，见马大等人进来，他说：“马大，我向你们介绍一下死者的外表检验与血迹分布情况吧?”马超点头。

应法医介绍道，尸斑主要位于死者背侧面，已经固定；大小关节的尸僵已经完全缓解；尸体腐败情况十分严重。

损伤主要集中在头面部，初步数数有三十来处，都是钝器伤；双手沾有大量的血迹，指背、手背有多处钝器打击伤。

西面、东面墙上，天花板上有许多血滴。这些血滴主要是凶手挥动凶器打击向依山时，其头皮破裂喷溅出来的血液、沾在凶器上的血迹被甩抛所形成，血滴的喷溅方向多而乱。

……

墙上向依山的照片上也有不少血滴，而向依山身体部位只有很少几滴。

马超边听边看边思考着。

应法医边介绍又边做了一些检查。介绍完后，他说，依据尸体现象并结合近期气温较高情况，初步判断向依山死亡已经有五天以上，损伤及行凶过程等分析工作，要等现场勘查与尸体解剖完成后再作推理。

这时运尸车到了，马超等人帮忙把尸体抬上车。

马超告诉应法医，你们在解剖中多注意分析这么多损伤是如何形成的，多注意提取生物检材。我留在现场再查看。

许乐新见应法医走了，即过来向马大汇报已经开展的勘查情况。他有点遗憾地说，现在还没有发现作案凶器、案犯所留明显的痕迹物证，初步勘查认为可能有财物失少。

马超边听边问边提要求。

中午时分，左局长打来电话询问案件情况。他说招商大会为期三天，会后有些老总还要到云山来考察，要马超争取尽快破案。

马超想，局长再次要求尽快破案，虽然没说争取在几天内破案，实际上是要求在招商大会结束前争取破案，各项工作必须抓紧再抓紧。

下午，马超到各调查小组转了一番，提出具体工作要求……

向依山被杀案件，按惯例被命名“8·13抢劫杀人案件”。

按照左局长要求，马超又抽调一批人员成立了“8 · 13 案件”专案组，专案侦查。指挥部设在公安局刑侦大队的合成作战室。

一天工作下来，各个调查组所获取的案件情况主要有：

——死者向依山现年 39 岁，原在云山云宵机械有限公司工作，十多年前辞职经商，先后从事过合伙开饭店、自办皮鞋厂、机械产品销售、海产品批发等生意，有赚有亏。近几年只是偶尔做点生意，基本处于无业状态。向家在三岩名都小区所在地有祖传的老房子，十几年前拆迁后原地安置，分得两套房子，他与他姐各住一套。向依山 28 岁结婚，育有一女，五年前离婚，女儿判归前妻抚养。他说离婚的原因是发现妻子有了外遇，实际上是他妻子先发现他有外遇。向依山曾因赌博、嫖娼，先后被罚款、拘留过三次。

——现场门窗完好，没有发现有撬压痕迹。现场勘查人员分析案犯进门方式，应该是和向依山同时进入，或敲门进入，或向依山留门没锁，或案犯持有钥匙。110 处警人员赶到现场以前，是向依山姐姐开的门。她与 102 室的文武、楼上的几位邻居先后进入房间查看过，现场足迹多而紊乱，有条件鉴定的已经提取，需要作进一步检验、鉴定与甄别。在家具与生活用品中提取到一批指纹，也需要作甄别。案发后进入过现场人员的足迹、指纹都已经提取。

——勘查中，经询问向依山的姐姐向依云，得知她住在三岩名都 17 栋，夫妻俩从事海产品批发生意。她反映向依山一般在家里放有一些现金。今天一早有条渔船老板电话告知她可供应一批紧缺的海鲜，但是要付现金，因为家中现金不够，所以她来弟弟家借钱。向依云知道向依山在卧室衣柜的右下角棉被下面有一个盒子，放着贵重物品。现场勘查人员找到了盒子，里面有几千元钱及一些金器、玉器，拿给她看，她说钱有无失少她不清楚，有几件她先前看到过的金器、玉器好像都在。被子与盒子没有被翻动过的痕迹。经过勘查，套房内其他部位也没有发现明显的翻动痕迹，没有发现另外的大额现金，只是在客厅沙发上的一个黑色提包里发现有近百元小额票面现金，包上有少量的擦拭状血迹，分析包内有钱财被案犯劫走。在向依山卧室席梦思与床头靠背板的缝隙中，找到一部手机，手机已经没电。经充电、开机验证，此手机是向依山的。

——向依山的尸体已呈高度腐败，法医结合近期来的气温情况，分析死亡时间已经有七天左右。死者的损伤主要集中在头面部，有三十多处，为钝器打击所形成的挫裂伤，其中左颞部有两处损伤造成颅骨凹陷性骨折，另有几处形成颅骨骨质表面压迹，其余的损伤未伤及骨质。双手背部有多处损伤，也是钝器打击所致。死者胸骨部皮下组织与肌肉有直径六公分左右的类圆形皮下出血，相应的皮肤上只有一小片轻微表皮剥脱，分析为案犯的膝盖抵压所致。右腿前外侧有三处条形疤痕，为陈旧性损伤所致，没有伤及骨头，分析损伤已有一个多月。现场没有发现行凶工具，分析凶器为带棱角的金属类物品，案犯作案后带离了现场。死因系严重的颅脑损伤。头面部的损伤这么多，案犯要置向依山于死地的目的明显，结合进门方式分析，熟人作案的可能性比较大。

——死者胃内容物一百多克，有形态可辨的若干花生米、芹菜梗、动物软骨、一片螺蛳厣等，分析为末次进餐两小时左右后被杀。现场提取的血迹、胃内容物、尸体中提取的部分组织与液体、死者身上穿的内衣裤等物品，已经分别送检。

——面上排查已经查到一些经常与向依山聚赌的人员。其中有人反映近几个月以来，向依山赌博输赢额比较大，有几次因赌博有无出千、赌债是否两清问题与他人发生过争吵。调查中发现向依山除嫖娼外，还有人反映他与社会上多个女人有来往，有的还是有夫之妇，有可能存在因情致仇问题，具体情况还有待于进一步深入调查。还有人反映向依山有时帮姐姐做海产品批发生意，因同行竞争，也发生过纠纷。因为赌博与水产交易需要现金，向依山在家里应该放有一定量的现金，这与他姐姐反映的情况相符合。

——向依山手机7日早上9点01分开机，19点30分关机，期间有通话记录。8日0点12分开机，7点31分关机，期间没有通话记录。信息组已经对7日19点30分以前的通话人员信息作了初步分析研判，理出了一份与向依山通话较多的人员名单。这些人员的手机，多数是实名购买的，有的可能是借用他人的身份证购买的。

——三岩名都小区有南北两个出口，均装有监控，已经作了视频提取，初步查看了8月5日至10日的视频录像，没有发现可疑的人员与车辆。

……

是女是男

13日晚上10点，专案组在指挥部召开“8·13案件”侦查情况汇总研究会，共有三十多人参加会议。各小组汇报后，马超让大家展开讨论。

讨论很热烈，不少人作了发言，但是对发案时间、作案过程、案犯刻画、侦查方向等关键问题没能形成明确的观点和统一的意见。

马超边听边记边思考。讨论中，他很少说话，眉头越皱越紧，香烟一支接一支。

这个案件不少问题没有厘清，特别是作案动机、案件性质难以确定，需要集中注意力研究。他不由得双手十指交叉紧紧扣在一起。

“小刘，你说向依山近年来基本处于无业状态，可是从调查情况来看，他似乎还是比较有钱的，你知道他有什么赚钱渠道吗?”马超发问。

小刘是三岩名都一带的社区民警，负责调查被害人向依山的基本情况。“据我了解，他做生意期间，盈亏相抵，赚到的钱是有限的。有人反映前几年他一度生活还比较困难。目前他没有什么固定职业与固定收入。他长期以来经常参加赌博，赌博是十赌九输，赌久必输。我听到过有些赌博人员反映，他的手气很差的。上午我跟你查看现场，听许工说钱财被抢的可能性比较大，下午我就在社区里找了几个与他比较熟悉的人调查，但是没有发现他有什么赚钱渠道。马大，明天我再深入查一查，行吗?”小刘是从地方大学毕业后考录到公安局的，从警时间不长。

马超想，这小伙子对社区情况掌握得不错，是个干警察的料。“军凯，你明天安排几个人，让小刘带着，就这个问题做个专题调查。”马超对右侧的崔军凯说。

崔军凯点头。

“你们在面上排查中发现向依山在多方面与他人有过矛盾纠纷，哪些有可能导致报复杀人？有没有发现比较可疑的人?”马超顺着问道。

崔军凯回答：“矛盾纠纷是发现了一些，也理出了一批人员名单，由于调查工作刚展开，现在还没发现有特别激烈的矛盾纠纷，也没有发现有可能作案的可疑人员。”他略作停顿后又说，“现场勘查情况表明，有可能是熟人作案，这个案件就有可能有因果关系，我们明天围绕向依山的交往人员再做深入调查。”

马超点点头：“小矛盾也会引发大案件，有的案犯的思维是常人难以理解的。”

“你说现场除一个包外，其他部位没有明显翻动迹象，结合总体勘查情况，你认为案犯是为抢劫而来，还是为杀人而来？”马超向斜对面的痕迹组组长许乐新发问。

“我觉得案犯是先杀人再劫财，不过单从现场情况难以对他的原始动机作出判断。要准确分析这个问题，应该抓紧设法查明向依山被害前这个包里有多少钱？哪些人知道？家里还有没有什么大笔钱财？”面相憨厚、性格老实的许乐新说话一贯比较慎重。

现场有人被杀，有钱财被抢，案件性质可能是抢劫，作案动机是为了劫取钱财；也可能是抢劫、杀人，作案动机也是为了劫取钱财，但是侦查方向与前者有区别；还可能是杀人、抢劫，作案动机主要是为了杀人，案犯与被害人应该是直接或间接熟悉，案发前有一定的因果关系。

如果能够准确判断作案动机、案件性质，对于刻画案犯与分析侦查方向、侦查范围，很有效用。许乐新对这个问题没想清，马超觉得自己也没想透，现在进一步分析有难度，就换话题问道：“现场没有发现凶器，这个问题你们怎么看？”

“向依山的房子里是有带棱角的棍棒、大理石条形碎块等物品，但是没有发现上面沾有血迹、毛发，也没有发现有被清洗过的痕迹。因此，可以肯定，凶器被案犯带离了现场。至于凶器是案犯带来的，还是就地取材，需要进一步查明向依山家里有无钝性物件失少，还需要结合案件的其他情况再作研究。”许乐新解答道。

“平常进向依山家要换鞋吗?”马超再换话题。

“我问过向依山的姐姐向依云，进房间不换鞋的。房间地面上的灰尘比较多。”

“我记得由于受台风的影响，5 日到 10 日期间经常下雨，前天开始才是晴天，现场有没有湿鞋子留下的痕迹?”

“我们在地面上提取的鞋印中，有一种隐约有水渍迹象，经检验是向依山本人的，其余的都没有水渍的痕迹。”许乐新是痕迹技术高手，涉及痕迹问题，回答得很干脆。

“那床上有干燥鞋子或带水鞋子踩上去的痕迹吗?”马超仍然盯住他发问。

“床上物品我们都查看过，没有发现。”

马超若有所思，但是没有再问下去。

“张莺，你从向依山手机的开机、关机信息，能作点死亡时间的推理吗?”马超转向信息中队队长张莺。

“向依山的手机 7 日开机后，到 19 点 30 分关机，如果此时间段手机已经在案犯手里，我觉得选择在白天或傍晚在小区住宅里行凶抢劫，可能性比较小。况且 7 日白天与向依山通话的有几个是他经常有联系的人，其中一个在傍晚 6 点多还与他本人有通话。8 日 7 点 31 分为没电关机可能性大，之前向依山很可能已经被害；如果没有被害，他睡醒后应该有充电再开机的动作。因此，我认为从手机信息分析，向依山在 7 日 19 点 30 分至 8 日 7 点 31 分之间被害的可能性比较大。”

……

“老应，你分析向依山死亡至今天是七天左右，还能更精确一点吗?”马超最后问应良平法医。研究凶杀案件，他常常对应法医寄予很大的希望。

“死亡时间推断是法医学的一大难题，死亡早期，主要依据尸温、尸斑、尸僵及腐败程度来推断，可以精确到天甚至几个小时，但现在是夏天，气温高，死亡三天后要作准确推断就很难了，所以我依据尸体情况，只能判断是七天左右。”

说到这里，应法医用右手理了理不多的头发，摘下眼镜擦了擦又戴回去，镜片后露出明亮、自信的目光，他接着说：“现在科技、信息这么发达，在刑事侦查中应用得也很多，我们法医不能就尸体论案情，特别是对于死亡时间的分析，要结合各类相关信息作研究推断。我同意刚才张莺的分析意见，向依山在7日晚间被害的可能性最大，也即至今是六天，同时也觉得可以进一步确定死亡时间。

“我在汇报中说过，死者的胃内容物有形态可辨的花生米、芹菜梗、动物软骨、螺蛳厣等，应该是食用多盘菜肴所留；向依山家的餐桌上没有剩菜，冰箱中也几无存菜；我问过向依山姐姐，他在外面吃饭比较多，在家吃饭一般都很简单；向依山的胃内菜肴品种较多，但是没有发现米饭、面条等主食残渣，结合手机开关机时间，因此我分析他的末餐可能是在外面饭店吃的，而且很有可能是夜宵，也很有可能与他人一起吃，喝过酒的可能性也很大，尽管尸体腐败气味很重，胃内容物仍然可以闻到酒精味。

“我们可以到他经常去吃的饭店，或找近期有可能与他一起进餐的人员，特别是一起吃过夜宵的人员做调查，就有可能查到他末次进餐的时间、地点，尤其是如果能够查到与他一起进餐的人员，不但可以明确他的死亡时间，甚至还可以得到其他更为有用的线索。”

可能是由于案件的性质不明朗，应法医没有像以往那样作长篇的、与案件有关联的社会背景分析，而是从专业角度作了讲解。

马超听了连连点头，接着再问："向依山睡觉应该是头西脚东，而尸体的位置是头东脚西，这个问题如何解释？"

"死者的损伤主要集中在左颞部及颞顶部、额顶部、面部，依据损伤位置与方向，结合床上、墙壁上的血迹分布情况，死者应该是先在睡眠状态下受到打击，痛醒后有起身、双手抱头、移动体位的过程，但是很快又被打倒在头东脚西位置。"

"先是在睡眠中受到打击，这点可以肯定吗？"

"基本可以肯定。向依山最重的损伤在左颞部，该部位是颅骨最为薄弱的部位，伤得也不是十分严重，案犯总的打击力度不是很大。在清醒状态下受到力度不是很大、非一两次就能致命的打击，难以形成如此集中、如此多的损伤。至于是自然入睡、酒后入睡、疲劳入睡，还是有其他原因，比如服用了安眠镇静类药物，需做进一步的调查与化验来验证。"

马超听了又是连连点头，说："这观点对我们下步的侦查很有用。还有，老应，根据死者损伤与现场情况，你能对案犯作些刻画吗？"

"依据损伤情况与进门方式分析，我刚才说过是熟人作案的可能性大，现在结合勘查、调查情况，更是觉得这种可能性比较大。另外，死者头部多数损伤的打击力度不大，而现场空间是便于挥动工具的，因此有两种可能，一是工具较轻或较短，挥动时产生的作用力不大；二是案犯本身体力不强，如身子比较瘦弱的人。"

"女性有可能吗？"

"女人也有力大力小，不过这个案件，结合现有的勘查与调查情况，我觉得有可能，起码在排查中要予以注意。"

"说女性有可能，但是也不能排除男性，男性案犯作成这个案件也是完全可以的。"是女、是男作案，应法医似乎一时也拿不准，又慎重地补充了一句。

……

马超对今晚的案情介绍与讨论作了简要的归纳总结，要求各组按原来的分工继续抓紧再抓紧开展调查工作，并提出了一些重点工作要求：

——请军凯重点先调查近期与向依山一起赌博，或接触比较多的人员，争取查明最后一次赌博或相聚是什么时间？有没有一起吃饭？吃了什么菜肴？

——请老应负责继续勘查、研究现场，争取准确推理作案过程，进而刻画案犯特征，为侦查提供分析依据。如果发案时间点准确认定了，要充分注意当时的气象情况。

——请张莺负责对死者交往人员以及排查出来的重点人员作全面的信息分析，重点先分析 7 日有可能与向依山一起赌博或相聚的人员，还有与向依山有可能存在非正常关系的女性人员。

——请谢方群负责先对三岩名都两个大门重点时段的监控视频作重点查看、研究，重点时段是本月 7 日至 8 日上午，7 日晚间为重中之重，注意发现有无可疑的进出车辆与人员。

……

猫　眼

14 日上午 8 点多，马超带着韩帅、李小林由社区另一民警小张领着来到三岩名都找文武。小张昨天参与了文武报案后对他的询问。

马超让崔军凯组织安排面上的调查工作，韩帅跟着他。命案侦查过程中，不时会有一些重要的情况与线索需要得力人员去作及时查证，交给韩帅查证，马超最为放心。

昨晚会议散会时已经是凌晨1点多了。侦查命案初期，工作紧张，即使指挥部设在城区，马超晚间也常常不回家。不过，他都会提早给妻子林丽兰打个电话，说明情况，请个假，道声晚安。近几天，在律师事务所工作的妻子外出受理一个案件，马超不用请假，就睡在刑大值班室。

已经快2点了，马超仍然睡不着。现场两幅场景——充满活力的生者与面目全非的死者又残酷地浮现在他的眼前。他闭上眼睛，数着1、2、3……想让自己睡着，可是脑子里又不由得琢磨起了案情：现场门窗完好、案犯持凶器反复打击死者、室内仅在一个包里发现有少量零钱、包上面沾有少量血迹、向依山有赌博有嫖娼且近期赌博数额比较大、他与他人有多方面的矛盾纠纷、调查中发现他的男女关系复杂……这起案件的作案动机、性质，依据现有信息分析，存在几种可能性。他的经验和灵感告诉他，案犯不大可能单是为财而来，为情、为仇，或者二者，甚至三者都有的可能性比较大，因而案件的发生有一定的因果关系。他还想到了自己所看到的报案记录，那记录太简单了。死者已经不能开口说话，那就应该去问最了解死者的人，还有就是去问现场。明天上午去找向依山的邻居文武，找他的姐姐，然后再去现场。不，是今天……迷迷糊糊中，马超终于睡着了。

四人来到8栋一单元的大门前，小张说这个小区有个安全问题，单元门是靠按号码开门，每个单元的号码基本上都是一样的。走到102室门前，马超发现防盗门上装有一个明显新于门面的古铜色猫眼，右上角似乎还有点黏纸的残痕。

小张刚抬手要敲门，门从里面打开了。

文武对调查工作很配合，已经按照派出所的要求，打电话让店里雇用的伙计管好店面，自己留在家里。

马超一进门就对房间环视了一番，与 101 室一样，102 室也是二室二厅一厨一卫结构，进门左侧就是客厅。房内仅做了简单装修，地面铺了塑胶地板，墙壁应该就是原来的石灰墙面，家具家电不多，档次也不高。

小张向文武介绍了马大和韩帅、李小林。

今年年初，文武所在的商场发生了一起抢劫案件，店主被刀捅伤，十多万元货款被抢。不到两天，案件就告破了，两名案犯被抓获，被抢走的十多万元钱也悉数追回并及时返还给了店主。事后，文武听说此案是云山市公安局刑侦大队长马超亲自带队侦破的，还听到不少人在议论中都说马超是个神探，侦破了许多重大疑难案件，在全省都很有名气。和平年代，神探往往是许多人的崇拜偶像。文武也是一个神探崇拜者。

听了小张的介绍，文武看着身材高大、浓眉如剑、目光犀利、眉宇间透着一股阳刚之气的马超，又惊讶又惊喜：“啊！马大队长，神探，我很佩服你，今天见面，有幸、有幸，三生有幸！有你亲自来，我的好朋友向总被杀案肯定很快就能侦破，这样他在九泉之下也可以安息了。”

文武红着眼眶边说边把马超一行人引到客厅靠东墙的沙发坐下，并赶忙泡了几杯茶端上来，还从口袋里摸香烟。

“我哪里是神探，你过奖了、过奖了，不过我的刑警兄弟确实有许多都是破案高手。”马超边坐下边顺手递给文武一支香烟。

文武连忙接过烟，连声说谢谢，摸出打火机先给马超手中的烟点着，再点自己的烟，然后搬了把椅子坐在马超对面。

“文武、文武，这名字很好。文总，你肯定是能文能武，不寻常、很厉害。”马超难得地开了一句玩笑。

“哪里哪里，我文化程度不高，初中都没毕业，你看我这身子又矮又小又瘦，没什么力气，哪能又文又武。”文武边笑边说。

“文总，你发现了101室的异常情况，及时向110报警，这表明你很有同情心、责任心，我们向你表示感谢。”马超见文武态度很好也很能说，为了创造更好的谈话氛围，先表扬了他一番。

“应该的，应该的，社会治安人人有责嘛，何况向总还是我的好邻居、好朋友。”文武显得很谦虚。

“这房子就你一个人住？”

“我们一家三人住的，前些天我老婆带着小孩回娘家去了。”

“我们有些事情再问问你，请你把知道的情况如实告诉我们，行吗？”

“行、行！你尽管问，我一定如实讲。”

“你是怎么发现101室有臭气传出来的？”

“大约四五天前，我在阳台上抽烟，闻到有从东面飘来的臭味，而且越来越重，好像就是从隔壁传来的。向总是我的好朋友，我担心他出事，所以昨天一早我到向总家的大门口仔细闻了闻，才断定臭气来自于他的房间，觉得向总有可能出了意外，就打电话到110报警。不过我当时根本没想到他会被人杀死了。”文武答话时，表情显得很悲伤。

“向总有没有与什么人产生过矛盾纠纷，你知道吗？”

“这方面情况我不了解。”

“近期有哪些人到过向总家？”

“我开店大多是早出晚归，向总一般是晚出且比我更晚回来，我们碰到不多，有哪些人到过他家，我确实不清楚。”

“向总平时主要与哪些人交往？”

“马大队长，十分抱歉，向总主要与哪些人交往，我也是讲不出来。”文武表现出一脸歉意。

“你不是说与他是好朋友吗？怎么这些情况一点都不知道呢？”三问三不知，马超感到有点意外。

“唉！我是个外地人，在云山虽然开了一间小店，实际上也只是一个打工的，赚点小钱养家糊口；向总是本地人，经济条件又好，每次碰到我都很热情，我就把他当朋友了。实际上我们也只是在进门出门碰到的时候，互相问个好，聊几句天，没有什么深交。向总叫向依山，还是昨天上午给我做报案笔录时这位警官告诉我，我才知道的。”文武说着向小张看去。小张点点头说是这样。

哦！原来文武口口声声说的“好朋友”，仅仅是这么一种关系，看来要从他口中了解到更多情况的可能性是不大了。

马超转眼看了看窗外，又看了看室内。今天是个大晴天，太阳比昨天更火红，透过树干树叶照进来的阳光，使客厅的有些部位显得很明亮。

文武与向依山邻居近两年，或许还是知道一些情况吧？马超开始了循循善诱的问话。“文总，人命关天，你与向总是好邻居，相邻了近两年，你再仔细想想，给我们提供一些有关向总的情况，或许对我们破案会有用的。”

“马大队长，你刚才问的问题，我确实不知道，要是知道，我肯定会与你说的。”文武一脸诚恳诚实。

“杀人一般是由仇、由财、由情所引起的。你与向总接触不多，他与他人有什么矛盾纠纷是不大会知道。财与情方面的情况你有所了解吗？”

“财与情？能够引起杀人？这方面的情况我确实也是不知道

啊。”文武思考了一会儿才说。

“你刚才说向总经济条件好，你有什么依据?”

“他有房有车，我看他穿的衣服都比较高档，他有时递给我香烟，也都是很贵的，所以我觉得他比较富有。还有一次……”文武欲言又止。

“向依山是有一辆别克轿车。我们昨天已经去查过，停在地下车库，车上灰尘较多，看来已有多天没动。”小张插话说。

马超又递了一支烟给文武，说：“文总，为了早日破案，你有话就直说吧。我们办案有严格规定，知情人反映的情况，对外会严格保密的。”

马超的话文武听进去了，他说：“两个多月前的一天晚上，我回来得较晚，看见向总坐在这栋房子东面的廊架下抽烟，就走过去与他打招呼，他递给我一支香烟，让我坐下来聊聊。我们边抽烟边聊天，聊了一会儿，他手机有个电话进来，我就走到一边。他讲话声音很响，我隐约听到了一些，他好像与对方在争论一笔钱的问题，大概的意思是对方向他要二十万，他说只能给十五万，几天后一定给对方。一次性进出这么一大笔钱，我当时就觉得向总的生意肯定是做得比较大的，收入也会很高的。”

“向总经济方面的事，你还有知道的吗?”

“没有了。”文武仰头认真思考了一下说。

“向总是离婚单身，他有没有在谈恋爱，有没有与什么女人来往，你知道吗?”马超双眼盯着文武双眼问道。

文武犹豫着没有接话回答，眼睛却朝自家大门瞥了一眼，脸上略显羞赧。

马超看到了文武眼球的转动。众人一时没有说话，屋内显得很静。马超听到了外面有人开关单元门进来的声音、有人上楼梯的脚步声，刚才他还听到了有两人从楼梯下来的声音。

韩帅进门时也发现了文武家大门上又大又新的猫眼，还发现走廊上的路灯应该是感应灯。他坐在沙发南侧，敏锐地察觉到了文武神色的变化。

他站起身来，走到大门边，对着猫眼朝外看了一看，走到文武旁边说："文总，你家的猫眼视角很大、视野很清楚嘛，客厅又离单元门很近，想必有人从单元进出，你就有可能听到，要看的话，也可以看到，是吗？"

马超为韩帅的灵敏而点头示好，并把欣赏的目光投向了他的双眼。

文武听了一下子张大了嘴巴，好一会儿合不回去。这个年轻警官怎么会问这个问题？难道他能洞悉我的心思言行？名师出高徒，看来马神探手下的这位韩警官也是个侦探高手。文武发现马超的目光仍盯着他，觉得再不接话不行了。

"向总不幸遇难，这方面的事涉及他个人名誉，我又不大清楚……"文武欲言又止。

听话听音，马超觉得文武有所知情，又递给他一支烟，还给他点着，再一次耐心地解释道："文总，我刚才讲过，知情人反映的情况，对外会严格保密，尤其是涉及个人隐私问题，更不会外传的，你尽管放心，有什么情况知道的，应该如实和我们说。"

"文总，马大是我们的领导，说话肯定算数的。他对我们要求很严，这方面我们也一定会对外保密。"韩帅补充道。

坐在马超旁边做笔录的李小林、坐在南面单人沙发上的小张也连连说，绝对保密，绝对保密。

文武为他们的诚恳态度所触动，就说："去年下半年，我们这个单元发生过入室盗窃案件，所以我比较警惕，在客厅这边，听到门外有声音时，我有时会趴到猫眼上看一看。这样，我碰巧看到住在我楼上 202 室的女人，有好多次进到向总的房间。今年年初，我还听到过二人在向总家发生了争吵。”

说到这里，文武突然露出惊恐之色，急急说：“202 室的女主人，我也有多天不见了，也没听到楼上的声响，会不会发生什么意外？你们应该赶快查一查。”

马超、韩帅一听也感到有点惊讶，小张赶忙接话说：“202 室的女主人叫储妙春，昨天我和所里同志在小区调查时，发现她是没有在家里，打她的电话关机，就电话联系她母亲，说是外出旅游了，今天或者明天应该会回来。”

“那文总你可放心。储妙春如果没有回来，我们也一定会想办法找到她的。”马超接着再问文武，“你刚才讲的情况很重要，你再详细讲讲。”

文武此时已经没有什么顾忌，把知道的都说了。

他说，女人下楼的声音很轻，到了 101 室，不用敲门，推门就进去了。白天看到的很少，晚上看到的比较多，进去的时间一般比较晚，在里面的时间比较长，什么时候出来他不清楚，因为他一般晚上 10 点多就睡觉了。后来他俩的关系算是半公开化了。至于他们两人的争吵，是在今年年初的一个晚上，他站在阳台抽烟时偶然听到的，听得不大清楚。两人好像是在他家客厅隔壁的房间里争吵，好像是女的在责怪向总，而向总的声音很轻，好像在认错、讨饶。

马超问除储妙春外，你还发现有其他女人进出 101 室吗？

文武说还看到过好多次、好几个。

近几个月有没有看到？

近期没看到，可能与我外出进货次数较多、时间较长有关。不过，有一次我与老乡一起吃夜宵回来得很晚，进门后听到有隐约的下楼脚步声，凑到门上想看一下，看不到。我没有听到单元大门的开门声，琢磨了一下打开门，发现门上的猫眼被人贴了一张纸。怪事！之后一天早上，我开门也发现猫眼上被贴了一张纸。

谁会来贴纸呢？

具体是谁我不知道，我分析是我这个单元里的人贴的，可能是哪个要到向总家的女人贴的，她不想让我看到。

202 室的储妙春有可能吗？

她刚开始到向总家应该是没有贴的，去多了，怕我看见她去他家，倒也有可能。

你看到过的那些人，能够说出一些日期、时间吗？

多数是晚上来的，这可能与我白天很少在家有关，具体哪月哪日我可说不出。

能说出她们的相貌吗？

好像都比较漂亮，我文化低，具体相貌讲述不出来。

认人或认相片能认得出吗？

有几个可能认得出。

马超又问了一些问题，文武都一一作了回答。最后马超让文武再仔细想想，想到什么可能与向依山遇害有关的情况，请及时再告知。文武满口答应。

出门后，马超随即指令韩帅，一方面马上组织人员调查储妙春本人的各方面情况；另一方面采取侦查措施，立即与张莺联系，让她上网查找储妙春的去向，并组织人员，对小区与储妙春母亲家实施暗中监控。马超让李小林也一起去。

马超说自己会和杨教作个联系，让韩帅安排好工作后，去向杨教作一专题汇报，“如果发现储妙春回来，你与杨教一起去询问；如果储妙春没有回来，一旦发现她的去处，你立即带队去调查。”

作案动机

张莺一早就来到了“8・13 案件”侦查指挥部。她满脸倦容，肯定是昨天晚上专案会议后又接着加班，在电脑上查询各类数据库，分析各种数据了。她把一份 8 月 7 日及之前两天、之后一天有可能与向依山一起赌博的人员名单交给了崔副大队长。

崔军凯拿到名单如获至宝，马上组织几组人员分头对 7 日名单上的赌博人员开展调查，很快查明 7 日晚上与向依山一起赌博的三个人：张正富、林如星、阮尚俊。

经传唤审查，三人交代，7 日晚上 7 点多，他们与向依山一起来到郊区一个地下赌场赌博。按赌场规矩，进入赌场后，他们都关闭了手机。那天晚上赌得比较大，他们看到向依山带去的包里有不少钱，估计有十来刀，每刀是一万元。那晚向依山的手气难得的好，赢了十来万。三人都说自己在旁边看看为主，只是有时押点小注，还说在赌场上向依山没有与他人发生矛盾纠纷。那个赌场管理很严格，大家都不敢作弊，言行都很规矩的。至于以前向依山在赌博中有没有与他人发生过纠纷，三人都说他们很少参加赌博，与向依山一起赌也就是两三次，所以他们不知道。

侦查员知道这三人对自己赌博的问题避重就轻，也没有抓住不放，而是要他们想清楚，到底有没有看到、听到过向依山与他人发生过矛盾纠纷。反复询问，只有林如星说偶尔听到过向依山在赌场上与他人有过纠纷，发生过争吵，但是具体情况不清楚。

侦查员接着问他们赌博后去干吗？

三人都说自己当晚钱带得不多，向依山赢钱了也想早点走，不到12点就离开了赌场，途中在一家路边店吃了夜宵，是向依山请客，吃了半个多小时。大家都喝了很多酒，吃了七八种菜肴。吃好夜宵，四人同坐一辆出租车回家，他们三人同住一个小区，先下车的。他们回家就睡觉了，没有再外出，家人可以证明。

听了侦查人员的汇报后，崔军凯认为向依山当晚携带大笔现金回家，12点多与三个赌友一起吃夜宵，这些情况对于分析作案动机、案件性质及发案时间很有价值。

他当即着手办了三件事：

——安排几名侦查员去调查三个赌博人员当晚回家后的行踪情况；让谢方群调看该小区的监控视频。

——用手机向马大作了汇报。马大要求他再审这三人，可以点明再次询问就是为了侦查凶杀案件的需要，以利于问清楚他们到底有无知晓向依山因赌而发的纠纷情况；还让他把上午的询问情况立即通报给应法医。

——与参与询问的侦查员研究，这三人到底是否知晓一些向依山与他人的纠纷情况。

崔军凯觉得“8·13案件”的作案动机，单纯为财的可能性不大。

侦查员说，从询问过程分析，这三人可能还没有把所知的情况讲清楚，有必要再问。

崔军凯说，马大看了张莺的分析材料，认为这三人很可能是经常与向依山一起赌博的。刚才张莺已经送给我一份进一步的分析材料，我看了也认为这三人肯定不会只是与向依山一起赌过几次，而是经常在一起赌博。昨天的调查反映出向依山因赌与他人发生过多次争吵，既然他们经常与向依山一起参赌，那对因赌纠纷问题还有所知情的可能性就很大，只是由于某种原因，没有与我们讲清楚。“8·13 案件”的作案动机现在还不明确，因赌而起的可能性是存在的，这个问题必须查清楚。

崔军凯先询问张正富。他直接点明再次询问是为了侦查向依山被杀案件的需要。

张正富说他知道向依山经常参加赌博，知道他被人杀害了，也知道他们反复审问他向依山有无因赌博与他人产生纠纷是为了侦查破案的需要，可是他确实不了解其有无与他人产生纠纷。看来张正富一开始就知晓了警察问话的用意，他说的应该是实话。

再询问林如星。林如星说向依山是自己的好朋友，他被人杀害了，自己巴不得公安机关能够早点破案，有什么情况与线索，早就主动讲了。他只是听说过向依山与他人因赌发生过纠纷、争吵，具体在何时何地，与何人争吵，他真的不清楚，绝对没有隐瞒。不过，林如星说，他们今天一起被抓的三人中，阮尚俊与向依山的关系最好，二人一起参加赌博也最多，建议可以去问问他。

侦查工作，有的做到一半，就会获取重要线索或取得重大进展；有的则非要做到底不可，可有时做到底也不会有什么进展。

崔军凯想，要从这三人中查出向依山因赌而发的纠纷问题，看来只有把希望寄托在阮尚俊身上了，但愿能够问出一些有用的线索情况。

此时已经到了晚餐时间，崔军凯顾不上吃饭，让侦查员把阮尚俊带了进来。

阮尚俊是云山云宵机械有限公司的销售经理，大耳朵厚嘴唇，身材又高又壮，看样子是个爽快的人。他进来时，一脸焦急的神色。

“你先吃点饭吧？”崔军凯拿着侦查员买来的盒饭，放在阮尚俊的手上。

“饭我就不吃了，有什么事情你们就抓紧问吧。”阮尚俊接过盒饭，显得有点感动，也显得愿意配合。

“不急不急，你先吃饭。”

他急，我先不急，缓兵之计，也是询问、讯问的一种有效办法。

“我哪里吃得下，我是云宵机械有限公司的销售经理，今天原定是要与一客户商谈一大单销售合同的，讲好晚上要请那客户吃晚饭的。你们也知道，我们做生意，不少事情需要在酒桌上谈才能谈成。我真的就是小赌搞了几次，你们要罚款就罚吧，让我早点出去行吗？求求你们了。”阮尚俊见崔军凯待他很好，就直接讲了理由，提出了要求。

在询问阮尚俊前，崔军凯已经接到派出侦查员的报告，通过调查与对小区中监控视频的查看，这三人当晚回家后没有再外出。侦查案件各有不同点，也常有相同点。阮尚俊此时的焦急心情与急于想出去的愿望，几乎与赵达被害案中询问陆志广时的情况是一样的。他觉得可以如法炮制，因势利导。

“早点让你出去可以，但是你必须把所知的情况讲清楚。”

阮尚俊马上接话说：“我与向依山的交往时间很长了，关系比较要好，我们两人之间确实没有发生过什么矛盾纠纷，我也确实不知道向依山与其他什么人因赌产生过什么纠纷。”

“你的赌博问题以及与向依山的关系就先不谈了。我问你，向依山被人杀害了，你知道吗？”

“这事情昨天晚上有一个朋友打电话告诉了我。难道向依山的死与赌博有关？与我们一起赌博的事情有关吗？”阮尚俊显得很惊讶。

“是否有关，我们正在调查中。我们知道向依山在赌博中与他人有过多次纠纷，你如果知道这方面的情况，无论是作为一个公民，还是作为他的朋友，于法理于人情，都应该与我们讲清楚。”

阮尚俊听得很认真，却犹豫着没有接话。

“我想你应该有所知道吧？为什么不与我们说呢？”

阮尚俊没有像先前那样急于说话，也没有否认知情。

没否认知情，就有可能知情。崔军凯一直在察言观色，此时不知当知，主动进攻一次。

阮尚俊低下了头，仍然没有说话。

“这是你的手机，你可以发个短信，告知手下先把客人接待起来。你自己抓紧把所知情况讲清楚。”崔军凯把手机递给阮尚俊，硬攻以后来一次软攻。

阮尚俊面露感激神色，接过手机发了一条短信，说自己有事晚一点到。发完后，他抬起头来问：“我说的你们对外能保密吗？”

“那当然，绝对保密。”

“我知道一件事，可是我觉得不会与向依山被杀有关系的。”

“这个我们会实事求是调查清楚。”

“我说了，你们能让我早点出去吗？”

“你能如实讲，我们可以考虑。”

阮尚俊得到崔军凯连续的承诺后，不再犹豫，他说大概两个月前，他在一个饭店吃饭时，看到向依山与自己公司老板——云宵机械公司总经理钱昌——为一笔十多万元的赌债发生过激烈的争吵，二人还差点动了手；之后不久，他还听人说，老板为这件事很生气，说向依山这人太不地道了，再不还他钱，要让人教训教训他。

他十分肯定地说，老板很富有，也很讲义气，他这话应该是一时的气话，他不会因这点钱、这件事去作案行凶的。最后他说，你们可真的要为我保密啊！要是让老板知道我在背后说他，那我一定完了。

崔军凯觉得这件事情有调查的价值，看来阮尚俊确有知情，要进一步扩大战果，就紧接着再问：“你还知道有其他什么纠纷吗?”

阮尚俊说赌场中小吵小闹是常有的，他见过几次向依山与他人争吵，不过那些都是小吵吵，应该不会酿成要人性命的深仇大恨。

他接着详细讲了几起向依山与他人产生矛盾纠纷的情况。他还补充说，除赌博以外，向依山是否还与他人有纷争，他真的不知道。

崔军凯边听边观察边分析，觉得阮尚俊应该是实话实说，且知道的都讲了。他抬起手看看表，已经是晚上近 7 点，传唤的八个小时也快到了，便果断地说：“你看一遍询问笔录，再签个字，可以先走。赌博的事下次再来接受处理，我们会依法给你从轻处理的。”

对话向依云

下午，马超打电话叫来王英英，由小张带着一起到了向依云的家。

三岩名都 17 栋也是一栋高层，向依云家住在十楼一单元 1001 室，该房是三室二厅二卫一厨，比向依山的房子要大不少。向依云的丈夫开门请马超一行在客厅坐下。向依云丈夫理着平头，五官端正较粗大，一副老实敦厚的样子，听王英英说是来找向依云了解她弟弟的情况的，给他们倒了茶水后，就进了卧室，关上了门。

向依山长相英俊，坐在客厅三人沙发上的向依云却算不上漂亮，她脸型较小，眼睛不大，鼻梁不高，肤色一般，身高一米六左右，可能是人到中年了，身材已经有点发福。如果把她的五官放大一点，姐弟俩还是很像的。

马超环视了客厅一周，觉得装修得很好，物品摆放得十分整洁。当他的目光略过向依云脸部时，察觉到她满脸悲情，眼角下还隐约可见有泪痕。

“向总，向依山不幸被害，请你节哀顺变。为了侦破案件，我们马大队长亲自来，有些事情想问问你，行吗?”王英英目光温和、语气柔和地说。

向依云抬起靠在沙发背上的身子，右侧身很有礼貌地向王英英点点头说谢谢，再左侧身对坐在单人沙发上的马超说：“大队长，只要能抓住凶手，为我弟弟报仇，你有什么问题尽管问。我那可怜的弟弟啊!”她已经认出马超就是昨天在弟弟家门口十分同情地劝慰她的那位领导，说着，双手捂脸，发出了声声抽泣，泪水顺着指缝流了出来。

马超让她稍微哭了一会儿，才开口说：“向总，那就请你与我们谈谈有关你弟弟的一些情况，比如工作经历、经济状况、婚姻情况、待人性格等，你可要认真回忆、思考后再慢慢回答。”

“好的。”向依云放下捂脸的双手，止住了哭声，接过王英英递过来的纸巾擦了擦双眼。

她回忆道：我爸妈原来都在国营云山机械厂工作，爸爸是厂里的高级工程师。爸妈结婚比较晚，爸爸 36 岁时妈妈生了我，40 岁生了弟弟。中年得子，他们很高兴，但是对弟弟与对我一样，并不宠爱，而是管教严格有余。弟弟从小老实听话，在家里家外，在学校里从不惹是生非，很少惹父母生气，受老师批评。大学毕业后，他听从爸爸的建议，应聘到已经改制的云山云宵机械有限公司工作，立志子承父业，做个优秀工程师。

弟弟进公司工作后，他很刻苦地钻研技术与技术管理工作，公司领导对他也很器重。如果这样一直干下去，他虽然不能大富大贵，但有个稳定工作、较高收入是完全可以的。很可惜，他可能受了一些同学、朋友经商赚大钱的影响，在公司干了几年后就辞职自己干了。他做过不少生意，赚了一些钱。近几年办厂经商，要是没有什么新技术、新产品，赚钱越来越难了，他就没搞什么实业，只是看准了的，去做几笔生意，偶尔也帮我做做海产品批发生意，平时也会炒炒股票。经济上不是很富裕，应该还是能过得去，我看他有时还是蛮有钱的。

弟弟 28 岁结婚，他的妻子也是个大学生，在一家中外合资企业工作，人长得比较漂亮，性格也不错的，对弟弟、对我们家人都很好。我当时很喜欢她，为弟弟找了这么个好老婆而感到高兴。哪知几年后，他们之间感情出了问题，离婚了。弟弟长得很帅，再婚应该是不难的。离婚后，我劝他再找一个，他嘴上答应，可是一直拖着没有找。

我家祖上在云山是比较有名的商人，在这小区拆迁前的三岩街上有一幢比较大的房子，拆迁后，我们分到两套安置房。弟弟心地善良，孝敬父母。那时我爸爸已经因病去世，妈妈喜欢跟我住，我妈和我本想把这套既大、楼层又好的房子给他住，可他一定要给妈妈和我住。弟弟性格脾气应该是比较好的，所以他交往的人员比较多，朋友也比较多。

向依云介绍完有关情况后说，她弟弟为人很好，钱财有限，真想不出哪个人要来杀他，为什么要来杀他。她说她妈妈几年前也因病去世了。妈妈最放心不下的就是弟弟。去世前，妈妈反复嘱咐她一定要照顾好弟弟，她现在怎么对得起死去的爸爸妈妈呢？说着说着，她又抽泣起来，眼泪不断地往下掉。

王英英靠上去，抽出几张纸巾帮她擦泪，并不断劝她不要过度伤心，有什么情况再与他们说说，现在是破案要紧。

马超觉得向依云讲的话应该是基本属实的，只是没有什么对破案有较大价值的情况与线索。一家人总说自家人好，有必要对她作点启发。

“向总，你刚才介绍的情况很全面，有的也很具体。我们分析案犯作案前可能与你弟弟有矛盾纠纷，你如能提供这方面的情况，就会对我们的破案有很大的帮助。请你再仔细想一想。”马超说。

看来向依云很通情达理，她边想边说：“与他人的矛盾纠纷是有一些，我知道他与前妻离婚前，双方有过多次争吵，有几次还吵得很厉害，他的小舅子也参与进来，有一次二人还动手对打了几下，但是后来离婚时，双方都很理性，和平分手。他们离婚后，至今五年多了，我没有发现他们再有往来，更没有争吵。

“还有去年，有一个做水产生意的商人，造谣说我的海产品质量有问题，硬把我一笔较大的生意抢了过去。我弟弟知道后，就带了几个人找上门去与他说理，后来发生了争吵。在旁人的劝说、调解下，那人自知理亏，作了道歉，让回一笔生意给我。这事发生已经一年多了，那人总不会心生反悔，找上门来杀人吧？”

向依云犹豫了一下，接着说：“近几年，我弟弟染上赌博的坏习惯，想必你们公安也是知道的。我老公原来与他很亲近的，就为这事不愿再理睬他。去年年底，他因被人催赌债催得急，不还可能要出事，问我借过钱，我借给了他。不久，他就把钱还给了我，并对我发誓说自己再也不赌了。难道他又去赌，因赌债还不出而惹上杀身之祸？我想不会吧？我们姐弟俩关系很好的，如再有这方面的事情，他应该会和我说的。”

“你弟弟单身多年，男女关系上会出问题吗？”马超再一次点拨。

向依云似乎恍然大悟，马上说道：“他与同单元202室的储妙春好过一段时间，之后二人发生过多次争吵。他俩好，弟弟与我说过，我坚决反对。那女人的家以前与我们家同住在三岩街上，岁数比我弟弟大，我知晓她的本性，水性杨花！他俩吵，我听人家说过，弟弟在我追问下也说过。他说自己去年年底为了做一笔生意，问她借了几万元，但是这笔生意做亏了，一时没钱还她，与她讲稍晚一段时间就还她，她听不进，多次向他催要，与他争吵。我问他借了多少，他说十来万；我再问到底是多少，他说就十万。我当即就给了他十万元，说这个女人你不能交的，这钱我送给你，你还清了，就不要与她再来往了。弟弟满口答应。半年多前，那女人找上门来，说我弟弟赌博输了向她借了许多钱，还欠她十多万元钱没还，要我代他还给她。我不相信，没有给她钱。事后我问弟弟，他一口咬定说没有再欠她钱了。我听说后来她与我弟弟又争吵过，有一次还吵得很厉害。我这个不争气的弟弟，怎么会傍上这么个女人，惹上这么倒霉的事情呢？”

向依云作了一大段叙述后，似乎又醒悟又疑惑：“哦！是不是……难道女人也会杀人？还是那女人找人杀了我弟弟？一个多月前，我听人家说，我弟弟一天晚上在一家餐馆门口被几个不熟悉的人打了一顿，之后我看到他走路右脚一瘸一拐的，就问他怎么回事，是不是被人打伤了，他说没有的，是他自己不小心摔了一跤。我现在想想，可能就是被储妙春叫人给打伤的。听说她有一个很要好的小白脸，这人在社会上很混得开。大队长，你们可要查查清楚。”

“向依山还有接触比较多或发生过矛盾的女人吗？”马超再问。

“还有几个月前的一天傍晚，我到弟弟家给他送点菜，还要与他谈点事，在8栋楼东面的路上，我看到他正与一个女人一起往南走，二人靠得很近。我叫弟弟名字，那女人听到后，没有回头转身马上就独自快步走开了。弟弟见我找他有事，就与我一起返回家里。我问他那女人是谁，弟弟说她也住在这个小区里，刚认识的，碰巧走在一起。我再问，他就不多说了。我经常催他早点找个女人再结婚，催多了，弟弟觉得有点烦，这方面事情不愿意与我多说。”

“这个女人你以前见过或以后又碰到过吗？”

“以前应该是没见到过的，不过我当时只看到背影，天色又较暗，没有看清楚；之后我也没有再见到过。”

“你弟弟说这个女人也住在这个小区里，这话你记得清楚吗？”

“清楚的，他确实是这样说的。”

“还有其他女人吗？”

向依云思考了一下，又说了水产批发市场和原住在三岩山老街上的两个女人。但她说弟弟虽与她们接触比较多，但是没听说过他们之间产生过什么纠纷、争吵。

“还有没有？”

“还有没有，我真的不大清楚了。我弟弟长得帅，又离婚单身，与其他女人交往是有可能的，交往中发生纠纷也是有可能的。大队长，这也只有拜托你们去调查了。”

“你反映的情况，有必要的，我们都会去调查清楚的，你放心。”这次，马超作了明确答复。

告辞前，王英英又劝慰了向依云一番，并请她如果想到什么新的情况，及时与她联系。

出门后，马超即给杨秋露打了个电话，知道她正与韩帅一起在询问储妙春，就简要地向她通报了询问向依云的情况。接着，他让王英英马上把询问文武、向依云的笔录复印，分别送给杨教、军凯、老应、张莺、韩帅等人。

询问储妙春

储妙春在省城已经玩了一周多了。上午，她坐高铁返回云山。她坐的是一等座。车厢里的显示屏显示高铁运行速度达到了每小时三百多公里，储妙春看见放在小桌板上的一杯水一点也没有晃动，她却觉得自己的心脏在激烈地跳动着，大脑里交集、翻滚着各种悲喜情景。车厢里座椅、行李架、卫生设施等都显得很高档，地面上很干净，良好的环境使乘客们都自觉地保持了良好的秩序，有话也是悄悄地说。舒适的环境并没有使储妙春感到舒心，她的心情很郁闷，甚至感到很痛苦，她慢慢地陷入了深深的沉思中。

储妙春家的老房子在三岩街上，与向依山家相距不远。她的父亲也在云山机械厂工作，是一名钳工。她与向依山小时候就相互认识，偶尔也在一起玩。她比他大一岁多一点，他们在同一所小学、初中读书。她读高二时，他也考进了同一所高中就读。储妙春发育得早，也发育得很好，她与男同学接触时落落大方，甚至觉得交几个男同学为朋友也挺有意思的。向依山那里好像是情窦未开，与女同学说句话都要脸红。她发现他越长越帅，她觉得自己越来越被他所吸引。在学校里，在回家、上学的路上，他们碰到时，储妙春都热情主动地与他搭讪。他开始的表现是不冷不热，慢慢地可能是被她的热情所感动，也可能是被她的身材所吸引，也喜欢与她一起走走，一起谈东谈西，后来发展到偷偷相约一起外出游玩。是否有点像姐弟恋了，她也说不清楚。那段时间虽然不能说是她一生中最幸福快乐的时光，但是已经深深地铭刻在她的心中。后来可能是此事被向依山父母发现了，他们对他严加管教，命令他中学期间绝对不许谈恋爱。向依山很快疏远了她，后来就尽量避开她。她很生气，但也没办法，不好就不好算了，可是心里却不时地想起他。

读高三时，储妙春喜欢上了邻班一个颇有几分帅气的男同学。那同学家境很好，对她也很喜欢，二人就谈起了恋爱，经常偷偷约会外出玩耍。中学生谈恋爱大多会耽误功课，后来二人都没有考上大学。高中毕业后，男的跟父亲去经商；储妙春先是在一个小姐妹的服装店里帮工，摸到门路后，自己开了一家服装店。几年后，他们结婚了；再两年后，他们生了一个可爱的胖小子。网购发展起来后，她把实体店与网店有机地结合在一起，生意做得很不错。婚后相当长的一段时间里，他俩很恩爱、很幸福，可以说是物质很富裕，精神很富足。可是好景没长续，两年多前，丈夫认为她与服装店里雇用的一名小伙子关系暧昧，也不管她是否红杏出墙，就坚决与她离了婚，并通过给她一大笔钱，要走了儿子的扶养权。

去年下半年，她在三岩名都买了一套已经装修好的二手房，也即 8 栋一单元 202 室。当她搬进去住时，才发现楼下 101 室住的是向依山。十多年前老房子拆迁时，他们两家一家选择了房屋置换，一家选择了货币补偿，于是一家住城北老区，一家住在城南新区，储妙春结婚后也是住在城南。云山有时很小，云山有时也很大，他们虽然同住一城，但二人分住城北城南后就一直没有碰到过。再次相见，二人都已经是40来岁的人啦。储妙春发现向依山依然很帅，而且中年男人的帅气更具有吸引力。储妙春觉得自己保养得也很好，虽然不能说身材曼妙，但也绝对是凹凸有致。她知道他与自己一样，也离婚了，这是前世有缘，天作之合吧？她再一次主动地接近了他。他也显得很热情，第一次就主动邀请她到他家坐坐。她发现他变得很会说话，说的话都很讨她喜欢。两个离婚的孤男寡女，几次接触后就激情燃烧了。到底是人到中年了，储妙春觉得要互相了解一段时间再正式确定关系，向依山也这样说，因而二人的相会都是悄悄地进行。相会是美妙的。每次相聚，向依山都对她甜言蜜语，体贴入微，激情澎湃。然而好景不长，几个月后储妙春就发现了向依山的不少问题，而且有一个是大问题，不可饶恕的大问题！她十分痛恨他，并狠狠地与他吵了一架，决然与他断绝了情人关系。两个多月前的一个晚上，她在楼道里与喝得醉醺醺的他相遇，他动手拉她去他的房间，她奋力挣开，还狠狠地扇了他一巴掌。

储妙春觉得一个女人单独生活，太寂寞太没意趣。与向依山断情后，她先后又接触过几个男人，但都觉得不理想，没有深交。她向自己的一个小姐妹学习，开始在网上寻找意中人。她先后结交上了几个网友。当她与一个网友会面时，在宾馆的大床上，勇猛的男人一个劲儿说爱她、爱她！可当她问他愿不愿意娶她，他却瞪大了眼睛，说我们是网友，相会就图个快乐，你怎么刚相聚就提嫁娶事，太落伍了吧？他的回答大大出乎她的意料，她也瞪大了眼睛，然后流出了热泪。之后她就再也没有理睬他。与醉酒的向依山相遇后，她又约会了一个男人，男人说很喜欢她，很爱她，愿意为她去做一切事情，甚至为她去死。当她问他能否帮助她去教训一个人时，男人答应了，可是之后他就从网上消失了，她打他的电话也不通。后来有个男人很勇敢，满口答应了她。她给他一笔钱，那男人坚决不要，只要她与他能够多多相聚。那男人去做了，可是事情并没有达到她预期的目的。她想找他再商量时，与前面那个一样，也是再也找不到他了。

这次去省城，储妙春是去会一个在微信里聊得十分投缘的网友。她先前与那男人见过一次面，那男人长得比较帅并且很壮实，有点像向依山，看上去应该是很有钱。她说要托他办一件事，他不但满口答应，而且说一定会给她办好。那男人比她小了十来岁，他不嫌她年纪大，热情地接待了她，当晚他们就在一家高档宾馆开了房。他们如同新婚夫妻一样，充满激情地相处了几天。与男人分别后，她又独自在省城玩了几天。可令她感到奇怪的是，那之后发微信、短信他不回，打电话也不通，难道他去的地方没有网络、没有信号……

下午 3 点多储妙春回到了云山。她先到了她母亲家。明天是母亲的生日，几年前父亲去世后，她每年都去给母亲过生日。到母亲家不久，她就听到敲门声，开门一看，是一男一女站在门前，男的说他们是公安局刑侦大队的，指着女的说这是我们的杨秋露教导员。

储妙春一听，立刻显得十分惊讶，还表现出几分恐慌。她很不情愿地让二人来到客厅坐下。她母亲倒了几杯茶，就到自己的卧室里去了。

储妙春拿出一包细长支的香烟，抽出一支。

当今女人抽烟不足为怪，杨秋露见储妙春已经连抽了几口烟，就开始发问："储妙春，我们今天来是想问问你的邻居向依山的有关情况，行吗？”

“向依山是我的邻居，但是他的情况我一点也不知道，没什么好问我的。”

杨秋露见她一口拒绝，就直接点明：“向依山被人杀害了！”

“啊！向依山死了？”储妙春神情似乎是刚刚知道此事，接着又以先怨恨后不满的口气说，“他死了，那是他该死。我不知道他是怎么死的，这事根本与我无关，更没有什么好问我的。”

杨秋露发现她拿烟的手在发抖，烟灰也掉了下来，可能是烟蒂烫着了她的手，她脸上一阵痛苦，立即揿灭了烟。她已经连续抽掉两支烟了，此时又从自己的烟盒里抽出一支点上，不过没有再吐烟圈。

杨秋露来之前已经仔细阅读了各组的调查笔录，心中有谱，觉得没必要与她兜圈子，听她说真话还是说假话，就用眼睛盯着她的眼睛说：“我们是在侦查办案，依法对你询问。你无论是作为他的邻居，还是作为一个公民，都有义务向我们公安机关如实反映所知道的情况。我们已经做了调查，你与向依山从小就认识，去年下半年以来，你与他有过一段情感纠葛，你必须与我们讲清楚有关情况。”

面对警察直截了当的要求，储妙春一时语塞。

他们已经做了调查？我与向依山的事他们都知道了？102 室那个瘦小的男人不是一有机会就盯着我吗？事关凶杀案件，储妙春觉得一味拒绝答话是不行的、不利的。

她思考了一会儿，说：“我与向依山是从小认识，我搬到三岩名都后，是与他接触了一阵子，可是我们在半年多前就已经彻底断绝往来了。今年以来，我母亲身体不大好，我住在她这边比较多，这段时间我又外出旅游，外出前几天，我看到过他，他人还好好的，他为什么被杀，我能知道吗？我怎么能够讲得清楚？”

杨秋露见她已开口答话，就细细发问：“你们应该是很好地相处了一段时间，后来为什么断绝往来呢？”

储妙春眼眶发红，眼泪似乎要滴下来了，她又点了一支烟，伤心地说：“他骗我的情，还骗了我的钱，他和我相处的同时，还在外面乱搞女人。”

“你怎么知道他外面还有女人？”

“他把性病传给了我。”储妙春面露羞色，犹豫了好一会儿，咬咬牙才说。

“你怎么发现的？到哪里就诊过？”

“我感到不舒服后到市一医院看的，医生告诉我是淋病。”

“向依山有没有去治疗？”

“他说自己去治了，而且治好了，请求我原谅他，但是这样的事情我怎么可能原谅他！”

“他与什么女人交往，你知道吗？”

“什么女人？得性病了，总是一些妓女吧，具体是谁我不知道。”

“他还有其他女人吗？”

“有，肯定还有，我们这个小区里面有，我住的那个单元里也有。”

“你有什么依据？”

“我与他断绝往来后，听人家说的，实际上，我也感觉到、察觉到，他又与多个女人好过。”

“你自己也察觉到过？那你具体说说。”

储妙春这次没犹豫，接着就答：“两个多月前一天晚上我住在自己家里，12 点多了，守店的店员打电话告诉我，店面的玻璃窗被人打碎了，要我赶过去看看。我从楼梯下来时，听到了他家的开门声，接着还隐约地听到他与一个女人悄悄的说话声。”

“这人是谁？”

“我没看到，我不知道。”

“还有吗？”

“亲眼看到过的没有，但我肯定他还有。”

“这个问题请你再仔细回忆。你刚才说向依山骗了你的钱，骗了多少？他还你了吗？”

“骗了多少？他骗了我多次，很多钱，至今还欠我十多万。”储妙春说着猛吸了几口烟，烟雾中，她的眼睛似乎在冒火，脸上滚动着一股怒气。

“你没有及时向他要回来？”

“当然要了，他故意一拖再拖。”

“你有没有叫他人帮你要债？”

“没有，这种债我怎么好意思让他人帮着要。”储妙春回答得很干脆。

“我再问你，你这段时间干什么去了？”

“我到省城旅游去了。”

“什么时候去的？”

“7 号下午去的。”

“怎么去的？”

“搭朋友便车去的？”

“哪个朋友？”

“这涉及我朋友的个人隐私，我不便说。”

“我们是办案需要才问你这个问题，你为什么不说？”

“我们又没犯案，你们如果有什么我们作案的证据，我就说。”

“几点钟到省城?”

“6 点左右吧。”

“在省城住什么宾馆?”

“开始几天住在月湖大酒店，后来住在湖光宾馆。”

“就是去旅游?”

“直说了吧，我是去会网友的，我们是事先约好的。”

“网友叫什么名字?”

“什么名字我不知道，我只知道他的微信名叫‘阿才郎’。”

“你这些天都与网友在一起?”

“没有的，我还自己一人玩了几天，逛了几处服装市场，游了几个风景区。”

“你这几天手机为什么关机?”

“关机？我没有关机。”

“那打你手机为什么打不通?”

“打不通？哦，对啦，我有两部手机，日常与一般朋友、熟人联系比较多的那个手机到省城后没电了，充电器又没带，我就没用它；另一部手机一直开机的，我在回来的路上还和我母亲通了电话。”

“最后我问你，你觉得向依山被杀是什么原因引起的？你考虑一下，可以回答，也可以不回答。”

“什么原因我不知道。我曾经深深地爱过他，哪知他一开始就是在玩弄我、欺骗我，我恨他，我更怪自己有眼无珠，不识好歹。我不会去杀他，我也没有胆量、没有能力去杀他。你们总不会怀疑我吧？总不会冤枉我吧?”

储妙春说完后，突然双手捂脸低声哭了起来。

杨秋露觉得对储妙春晓明利害后，她转变了态度，有问必答，现在没必要与她作过多的深究和对质，下一步先做调查核实，尤其是她去省城的情况，她的话语是真是假，自然能够查明，也应该能够明确她是否有作案嫌疑。她还看到韩帅趁储妙春不注意时，悄然提取了两个烟蒂。灵敏的韩帅在谈话过程中一直一支接一支地陪着储妙春抽烟。

这时储妙春的母亲从卧室中走了出来，问怎么回事。

杨秋露说，阿姨，我们就一起案件的有关情况问问储妙春，她配合得很好，您不必担心。

杨秋露又劝慰了储妙春几句，说为了侦破凶杀案件，与被害人有联系的有关人员，尤其是有过矛盾纠纷的人员，按常规是必须调查的，她的情况他们一定会调查清楚。她请她这段时间不要外出，再想到什么情况，要及时报告；有必要时，他们也还要来找她再问问有关情况。

从储妙春母亲家里出来，坐上汽车，韩帅即给守候在附近的警员打了一个电话：继续严密监控！

钱昌董事长

云山云宵机械有限公司主要生产各种制冷压缩机，是十多年前由原国营云山机械厂转制后成立的，原工厂分管生产的副厂长钱昌成了新公司的董事长兼总经理。十多年来，钱昌经营有方，公司发展很快，成了云山一大重点企业。公司总部是前几年刚造的一栋近二十层的大楼，外立面几乎全是玻璃幕墙，很是洋派。

8 月 15 日上午，崔军凯按照昨晚“8 · 13 案件”碰头会上马大的要求，带了两名侦查员去找钱昌。

云山一百多万人口，说大也大，说小也小。崔军凯一行驱车来到该大楼。崔军凯认识钱昌，他还有一个表弟在云宵公司上班。他先打电话与钱昌作了联系。

大厅门口，钱昌的秘书——一位年轻漂亮的小姐已经在那里等着。她引领着他们来到位于十六层的董事长办公室。一百多平方米的办公室装潢得十分考究，老板桌有三米多长，近两米来宽，好像是一块大木头做成的。会客区摆放着考究的真皮沙发，宽大茶几上方的水晶吊灯很高档很漂亮。靠北墙的橱窗里放了许多奖牌、奖杯，十来张钱昌与领导、大老板、演艺明星的合影照片，还有不少精致的工艺品。

50多岁、头顶半秃发亮、脸型圆圆胖胖、身材中等结实、一身名牌衬衫西裤的钱昌正在看一份文件。

见崔军凯一行进来，钱昌连忙合上文件夹，站起来说："崔大队长、大侦探光临寒舍，欢迎欢迎！"接着让秘书又倒茶又拿烟。

"我知道你们是为了调查向依山被杀案件来的，总不会怀疑是我杀了他吧？"

"哪里哪里，向依山在贵公司工作过，我们只是例行公事做点调查而已。"面对钱昌直白地发问，崔军凯一时不知如何把话说圆。

"向依山被杀总没有半个月吧？这半个多月我在香港谈生意，昨天晚上刚回来。"

好像是排练好的，钱昌的话音刚落，秘书小姐就进门递给崔军凯两沓材料，甜甜地说："崔大队长，这两份材料，一份是原件，一份是复印件，里面有钱董事长的《往来港澳通行证》、去回机票、在港住宿发票、在港工作日程表等，请您过目。董事长说，复印件您可以带回去。"

这一举动更出乎崔军凯的意料，他没想到钱昌消息如此灵通，这么精明，料事在先。他略显尴尬，接过材料翻了一下，面对钱昌说：“我不是来查你行踪的，更没有说怀疑你，钱董，你想多了吧？”

钱昌用手指着橱窗里的奖牌、奖杯及照片，语气高傲、语调渐高地说：“我们云宵机械公司在云山也算是一个大企业吧？我们每年的 GDP 不小吧？每年纳税也不少吧？向依山离开公司已经有十多年了，早与我们无关了。现在他被杀，你们上门来调查，查什么呢？会有什么影响？”他脸上显出明显的不满甚至气愤的神色。

“你是个大企业家，你的公司对社会贡献很大。我讲过，我们是例行公事，来向你做点调查。”

“例行公事？做点调查？我这里有什么好查的？”

“有什么好查？查他的赌博问题！法律规定每个公民都有如实提供证据的义务，向依山的赌博问题你有所知道吧？”与他人对话、争辩，崔军凯可是高手。面对钱昌咄咄逼人的架势，他开始反击了。

“哦！他的被杀与赌博有关？我是听说过他近年来经常参加赌博。”

钱昌在云山可是个有头有脸的人物，还是市里的政协委员。老板参赌的不少，但是如果被公安掌握了，甚至被抓了，那可是件很丢脸的事。钱昌觉得崔军凯这样问了，应该是知道一些他参加赌博的事情了。他自是气泄三分，声音也低了许多。

“不但是听说过，你也一起与他赌过吧？”崔军凯再攻进一步。

“向依山的父亲是我们老厂的工程师，他进公司后，我对他比较关照，我们很熟悉；他离开公司后，我们还是有些往来。我是与他赌过几次，都是一起吃饭喝酒后玩玩的，玩得也不大。

真的，也就两三次，小搞搞的。”

赌博不是当场被抓，公安要处理他很难；可赌博是多人共同参与的，要查也是可以查清楚的，何况是刑警找上门调查。钱昌又气泄三分，知道不能硬顶，态度明显改变，承认了赌博一事。

“你还与他有过赌债纠纷吧？”进攻有效，崔军凯再攻一下。

“几个月前有过一次。那次是酒后在一个宾馆里赌的，他出千被我抓住，争吵了几句。再赌中他输了好多钱，他当场向我借了十万，讲好一周后归还十五万。但是一个多月后，他一分钱也没还我，我打电话催他，他总说手头暂时没钱，过几天就会还我，那全是谎话。后来有一次在一个饭店碰到时，我气不过，与他吵了起来，吵得有点厉害。一周后，不知道他怎么良心发现了，也不知道从哪里弄到了钱，他主动拿了十五万元来还给了我，我只拿了十万，说看在他爸的分上，我不赚他的钱。这事有我的副总等几个人在场，你们可以去调查。他钱还我了，我们也和好了，我好歹也是个老板，总不会为这事再去干杀人劫财这么可怕的勾当吧？”

钱昌答话前认真地注视了崔军凯一番。虽然以前也与他有过接触，这时他才发现这个浓眉毛络腮胡、骨骼粗壮肌肉发达的警察，浑身有着一股威武逼人的虎气，一双大眼睛里射出的目光十分锐利，仿佛在告诉他：“你与向依山的情况我都知道，你如实说吧。”

钱昌觉得赌博被发现是丢脸的，但也不是什么特别丢脸的事，但如果牵涉到凶杀案件，那可是要丢大脸出大丑的。他已经没有多少底气了，说话时的脸色、语气都显得很诚实，也显得很着急，急于撇清自己与案件的关系。

崔军凯分析，钱昌对赌场借钱一事讲得很清楚，应该是实话；案发时段他又不在云山，他作案嫌疑是可以排除了，排除了，按老套路，就可以作为依靠对象，于是他也态度诚恳地说："钱董，你们赌博的事就不谈了。据我们所知，向依山近几年没有什么大的收入，他赌博哪里来的钱，你知道吗？"

不谈赌博的事了，钱昌的心情一下子放松下来，积极主动地说了起来："向依山的爸爸是原机械厂的高级工程师，是我的师父，有恩于我。向依山应聘到公司后，在技术部门工作，我重点培养他，还想提拔他。哪知他正道不走走歧路，说不干就不干了，要自己出去闯荡，一心想赚大钱。那是白日做梦。他哪里是经商办厂那块料，我看他做什么都做不成。不过他人长得确实帅气，玩女人是个高手，不但白玩，而且还骗了不少钱，我估计还我的钱就是从哪个女人那里骗来的。'靠山吃山，靠水吃水'可以，做男人靠人'吃人'，那像话吗？吃软饭吃多了，必然会出问题的……"

谈了半天，这可是个重要线索。

坐在长沙发上的崔军凯想起马大昨晚会议上专门提醒他，赌友酒友之间有时会比较放肆，相互之间可能会透露一些隐私，找钱昌除询问有关向依山赌博的情况外，还要注意询问他的男女关系等方面的问题。

崔军凯心里一阵激动，不由得往左侧挪了挪，靠近坐在单人沙发上的钱昌。钱昌原来是斜靠在沙发左侧的，此时也主动地斜靠到右侧。二人的距离拉近了，感情似乎也靠近了。

"钱董，向依山与哪些女人有关系你知道吗？"

"我们朋友间一起吃饭喝酒时，有的朋友会带女朋友一起来，打牌玩耍中有时也有，向依山带女人一起来的情况比较多一些，我看他们之间常常显得很亲近很亲热，有几个我认识的。"钱昌接着讲了几个女人的名字，并说大队长你可要为我保密。崔军凯马上点头应允。

“他与哪些女人或其家人有矛盾，你知道吗?”

“去年上半年，他在较长的一段时间里，与一个叫符映花的女人打得火热，还问她借了不少钱，自然是有借无还。符映花长得很漂亮，是有夫之妇，后来这事被她的丈夫察觉了。我听说那男人先是与他吵了一次，后来又找人打了他一顿。我还听说符映花知道自己被骗后，十分痛恨向依山，反复向他要钱，要不到，也找人上门恐吓过他……”

“她的丈夫叫什么名字？他们住在哪里?”崔军凯顿感这是一个重大发现。没等钱昌说完，他就急着发问。

“问这个可能没什么用了，他们家开了个大公司，赚了不少钱。符映花与自己的丈夫重归于好，半年多前，两人一起出国定居了。”

崔军凯脸露失望神情。不料钱昌接着说：“我听说符映花前段时间回国了。”

“她什么时候回来的？为什么回来？住在哪里？回来后与向依山有联系吗?”

“这些情况我确实都不知道。”面对崔军凯的连连发问，钱昌一无所知，有点不好意思，接着主动出主意道：“这些，你们警察可以想办法好好查一查嘛。符映花是一人回来的，与向依山又有接触也是有可能的。”

“你反映的这个情况很重要，我们会及时安排调查。”崔军凯觉得钱昌现在已经很配合他的询问，就再问，“你所知道的其他矛盾纠纷还有吗?”

“近一个月前，我与向依山等人一起打牌，期间他有一个电话进来，他的手机放在桌上右侧，我坐在他的右侧，看到屏幕上显示着‘时时思’三个字。他通话时，我听到是一个女人的声音，好像是问他在哪里，他说自己在外面有事，对方再问，他说有事再说，就很不耐烦地关掉了手机。姓时的是有，取名‘时时思’，应该不会吧？我想这个女人应该是他新交的情人，他时常思念她，就给她取了这个名。不过，从他的通话情况分析，我估计他与这个新欢已经产生了矛盾。”

“还有吗？”崔军凯越听越感兴趣，接着再问。

钱昌又讲了几个女人的名字，说这几人自己仅仅是听到他人说起过，具体情况不清楚。他认为向依山玩女人玩得多，肯定还会有的，他再想办法去打听打听。

“你刚才说向依山从女人那里骗了不少钱，具体情况你知道吗？”

“这事我是听人家说与猜测的，我也设法去打听打听。我想应该能够问到，但愿对你们的破案有用。你们可能分析他死在赌博上，我觉得还是死在女人手里的可能性大。当然你们是破案高手，仅供参考、仅供参考。”崔军凯的不断发问，似乎激起了钱昌参与破案的兴趣。

崔军凯连连说好的、好的。

两人又移了移在沙发上的座位，靠得更近了。之后两人一问一答，又谈了好一阵子。

女性嫌疑人

应法医、许乐新、小高法医等人昨天复勘了一天现场。许乐新又仔细地提取了一些足迹拿回到实验室作检验鉴定；小高法医在应法医的指导下，再次提取了多处血迹与床单上的几处斑迹送检，下午二人又到殡仪馆尸体解剖室对向依山的损伤再次作了分析研究。15 日一早，他们又来到了现场，继续进行复勘。

许乐新对现场两种长度较短、宽度较窄的足迹再一次作了重点研究，用勘查灯、放大镜，照了又照，看了又看。他指着从大门口到卧室门口的几个鞋印对应法医等人说，昨天我们对这些鞋印特征作了反复分析、检验，一致认定是向依云所留；他又指着几个卧室内外都有出现的鞋印说，这几个时间比较长，上面有的部位已经被后来的鞋印所覆盖，不具备个体识别条件，但是可以看出一些特征，与13日早上进入过现场人员的鞋印特征有明显不同，我分析可能是案犯所留，而且是女性的可能性大。他补充说，这两种鞋印，都没有水渍反映。

应法医也懂点痕迹，一直跟随着许乐新在仔细查看。他说，许乐新你这个意见很重要。

他们再一次仔细查看了床单、被套、枕头及床上的几件衣服，确认没有发现水渍鞋印痕迹，也没有发现其他的鞋印痕迹。

接着，他们一起又对血迹分布情况作了全面研究。血迹分布在枕头、床单、床头板、西面墙壁上为最多，有些应该是喷溅状血滴，在床头板、墙壁上的血滴方向为由下到上；有些应该是案犯挥动凶器下砸时所形成，血滴方向为由上向下；还有一些血滴，方向比较零乱。东面的床尾板、地面、墙壁上也有不少血滴，方向也比较零乱。南面地面、北面地面与壁柜上只有少量几处零星的血滴，床西北地面上的血滴略多一些。

应法医说，前天、昨天提取的几十处血迹，经检验，都是向依山的血。他分析，整个行凶过程中，死者与案犯应该都在床上，如果案犯站在地上行凶，无论是站在床的南侧，还是站在北侧，地面或壁柜上应该有更多的血迹。

之后他们对整套房子的每个部位再次做了仔细检查，仍然没有发现有被翻动的痕迹，也没有发现可能用作凶器的物件。

应法医召集大家在客厅一起推理作案过程。综合各方面情况，大家对作案过程的推理有了一个统一的意见，还对案犯作了一番刻画。

这时，马超推门进来。他上午先到信息组找了张莺。依据两天来的调查情况，马超认为案犯出在向依山交往人员中的可能性很大。向依山交往人员很多，人力排查甄别是必要的，信息查询分析更有可能首先打开突破口。在昨天晚上的碰头会上，他已经对信息工作提出了明确、详细的要求。但工作作风细之又细的马超还是有点不放心，一早又去与张莺作了一番具体的研究。

“我交给你们的任务完成得如何？案犯行凶作案过程推理出来了吗？”马超问。

“马大，你前天晚上的提问对我们启发很大，昨天下午崔副提供的询问信息作用也很大，我们二次全面复勘了现场，对提取的痕迹物证也作了检验鉴定，现在对作案过程已经有了一个初步的意见。”应法医回答。

“好！那你们说说。”

应法医让许乐新说，许乐新说还是应法医说得清楚。应法医便不再推辞。他先说他们接到崔副的电话后，小高立即用手机上网查了 7 日、8 日的气象信息，发现 7 日晚上 11 点至 8 日凌晨 3 点半多，城区一直在下大雨；又领着马大在室内边指点边介绍了足迹、血迹等情况。

“马大，根据现场各种痕迹反映，结合调查情况，我们对案犯作案过程的推理是：案犯为一名女性，在 7 日晚上 11 点以前已经进入到向依山的房间，或者在向依山回家前就已经潜伏在这个单元的某个地方，或者她本来就住在这个单元里，发现向依山回家后即与他同时进房。

“向依山 8 日 1 点许回家后，二人发生了性关系，之后同床共眠。之前二人可能发生过比较大的矛盾纠纷，或者是案犯看到了向依山包中的大笔现金，临时起意，在向依山睡着后，用凶器袭击了他。

“向依山有个痛醒而挣扎抵抗的过程，最后被打倒在头东脚西位置。而后案犯劫走钱财，带了凶器逃离现场。”

马超似乎早有同感，边听边点头，可听后仍然发问：“老应，你们不但详细地推出了案犯的每个作案情节，而且推出了案犯的性别与范围，这可是事关侦查方向、侦查范围的重大问题，具体依据呢？”

应法医习惯性地先来几个动作：理了理不多的头发，擦了擦原本很亮的眼镜，重新戴上后，透过镜片的目光炯炯有神。

他说：“如果现场的痕迹物证、调查所得的相关信息比较多而准确，推理作案过程一般不会有大的出入，当然具体情节可能会有对有错。这个案件作案过程的推理，我们觉得依据比较充分。主要有：

“一是7日晚上11点以后一直下大雨，根据三名赌博人员的叙述，向依山应该是8日1点许到家，他的鞋印上有水渍反映；而现场发现基本上可以认定是案犯所留的鞋印，上面没发现有水渍反映的痕迹。

“二是向依山胃内容物中的食物种类，在7日深夜四人一起吃夜宵的菜肴品种中都能找到，故其死亡时间是末次进餐后两小时左右，也即8日2点30分左右；向依山身着背心短裤，血迹主要分布在床的西、东二侧，床上没有鞋子踩上去的痕迹，更没有水渍反映；向依山胸骨部位的损伤，应该是他处于仰卧位时，案犯处于他的上位，用膝盖抵压所造成。这些迹象都表明案犯行凶过程中二人均在床上。

“三是向依山当晚赌博赢钱，回家时包中应该一共有二十来万元钱，而现场包中只有不到百元零钱，包上有擦拭状血迹；赌博赢钱是偶然的，只有赌场中的少数人知道，而与他一起去参赌的三个人都已经排除作案嫌疑。

“第四点，也是最重要的一点，刚才 DNA 实验室小胡打来电话告诉我，向依山死亡时所穿的短裤上发现有少量精斑，还检出了少量的女性物质，床单上的两处斑迹也检出了精斑成分。向依山男女关系复杂，有嫖娼史，单独分析，有可能是他与朋友分手后，又去找了女人，发生了性关系而留下的，但是结合现场种种迹象与调查情况分析，应该是当晚在家中与案犯发生性关系而留下的痕迹。深夜、酒后、发生性关系、疲劳，这样的情况容易使人睡得沉，女性行凶比较容易作成。

“至于凶器，案犯肯定把它带离了现场，是携带来的，还是就地取材，结合整个作案过程分析，应该是就地取材的可能性大。我们对损伤形态作了反复、仔细的分析研究，认为凶器有可能是二三十公分长的角铁。如果案犯预谋是为杀人或为劫财而来，我们觉得应该携带便于拿捏、挥动的凶器，带这样的角铁是不理想的，因而很有可能是为仇或为财临时起意杀人抢劫。”

“分析得好，分析得很好！”马超连声说好后，似问又似下结论地说：“老应，那这个案件的侦查方向可以定为女性，与死者熟悉的女性，与死者关系非同一般的女性，对吗？”

“对！”

“案犯可能是为情或因情致仇，也可能是为财而临时起意杀人，但是前者的可能性大，对吗？”

“对！”

“案犯可能有钥匙，在当晚下雨前就进入了向依山家；也可能在向依山回家前就在这个单元里面，对吗？”

“对！”

“好！老应，我看你今天讲的是‘人民日报’，不是‘参考消息’。那我们下一步就先按‘密室案件’开展侦查工作，调查8栋一单元里的所有人员，这个单元只有十多户人家，排查、甄别的工作量不会很大。如果都能予以排除，再调查与向依山有情事关系，特别是有情感纠纷的女性人员，就一定能够从中找出案犯！”

侦查方向明确、侦查范围不大、侦查甄别条件良好，马超少有地显得很激动，话语说得信心满满，说完后还不由得站起来紧紧地握住了应法医的手。

这时，崔军凯打来电话，向马大汇报了询问钱昌的情况。马超让他把与向依山有交往的几个女人情况立即告知张莺，要求她立即开展查询分析；同时组织几组人员，立即开展查找与调查。

后半夜，下大雨，女性，鞋印没有水渍反映，有可能居住在现场这个单元里……

马超又思考了一阵子，拿起手机给张莺打了电话……

事与愿违

韩帅和谢方群、李小林一早就驾车赶往省城。

在昨晚案情汇总、研究会上，马超重点布置了对几个可疑对象的调查工作。韩帅主动要求承担储妙春在省城活动情况的调查、核实工作。

两天工作下来，参侦人员多数认为“8·13案件”是事先有因果关系而引发的可能性大，尤其是因情感纠纷引发的可能性比较大。在排查出来的几个女性人员中，储妙春的嫌疑程度最大。

储妙春的嫌疑点主要有三：

一是储妙春曾经深深地爱着向依山，爱得深也会恨得深。当她发现被他骗情骗财还被传染疾病后，自然会对向依山产生深深的仇恨，具备形成作案动机的条件。

二是储妙春居住在8栋一单元202室，她有可能看到、听到当晚向依山归来，尾随或敲门入室作案，具备时间、空间条件；尽管她说自己7日下午就去了省城，但是云山到省城只有三个小时左右的路程，当晚她再潜回云山也有可能。

三是储妙春外出一周多，丢下店面不管，先会网友尚合情理，之后又独自游玩了好几天，不合一般情理。

重点可疑人员交给韩帅查证，马超自是十分放心。

台风过后天气往往很热。今天太阳不大，但是风很小，湿度很高，使人感到很闷热。这辆经常跑外勤的越野车，空调制冷功能好像已经退化了，三人坐在车上都出了一身汗。到了省城，只见烈日当空，满城高楼、满路汽车空调传出的热气，使城区的马路上翻滚着一波又一波热浪。省城比云山热多了。

昨晚会议开到12点多，韩帅一行又开了三个多小时车，都感到又热又困。但他们顾不上休息，立即联系当地公安分局刑侦大队。当地刑大大力支持，派出几名刑警协助工作，他们顺利调取了月湖大酒店的监控录像。

谢方群带了手提电脑，借用当地刑大的视频工作室，运用重点时段筛选查看法，很快就发现一个身材高大的男子7日傍晚6点多时出现在月湖大酒店，从大堂门口走向电梯，在他身后十多米处，行走着一个女子；当晚近7点，二人又一前一后走出宾馆；在8日上午至9日晚上的视频中，又在大堂、客房走廊里捕捉到了这一男一女多次若即若离的影像；还拍到了这对男女在电梯中的亲密照。视频中该男子的图像比较清晰，他

30岁左右，身高有一米八左右，头发又黑又密，大眼睛高鼻梁，喉结明显，体型壮实，相貌、体型与向依山有点像，只是比向依山鼻翼大、嘴唇厚，有一点点驼背。女子的图像不大清晰。谢方群对截图作了反复处理后，与韩帅、李小林一起辨认，三人一致认为该女子就是储妙春。进一步查找，发现了该男子在7日下午登记住宿时的视频。再查登记数据，发现登记人叫伍仕。经上网查询，伍仕在一个政府机关工作。

查明了与储妙春一起的男子身份，三人都很兴奋，随即一起去了伍仕单位所在地的派出所。

派出所民警把伍仕找到，带到所里。

谢方群见那人一进门，就直摇头，嘴里咕噜着，似乎在说："不对、不对！"韩帅、李小林也马上就察觉此伍仕并非他们要找的彼"伍仕"。

眼前的伍仕身高一米七不到，身材瘦弱，只是脸庞、五官与视频中的男子有点像。

韩帅亮明刑警身份，询问伍仕近期有无住过宾馆。他一口否认，表情还有点傲慢。问他有无代他人开过房间，他也一口否认。再问他有无把身份证借给他人使用，他犹豫着不讲。

韩帅说："我们正在调查一起重大刑事案件，依法对你询问。你是机关干部，应该懂法知理，必须如实回答，否则后果严重，我们要依法追究你的责任。"

韩帅的态度严肃、语气严厉。伍仕被韩帅的刑警身份、严肃话语震住了，他承认了在7日中午与同事袁宏才一起吃饭时，把身份证借给了他。

"袁宏才借去干什么用？"韩帅追问。

"他说用于住宿登记。"

"住宿登记？他自己不是有身份证吗？"

“他说老家来了几个好朋友，要事先给他们开好两个房间。”

“男朋友还是女朋友，他有讲吗？”

“他开始没讲，我问他是女朋友吧，他才说是有女的，让我给他保密。”

“你还有什么情况补充？”

“我们俩平时关系比较好，他说要借用，我没多想就借给他了，至于他借去到底用于什么，我真的不知道。借身份证给他人使用是不对的，我今后会注意改正，这次请你们能够原谅我。”伍仕小声地说。此时他已经没有一点傲慢，而是有点害怕，向警察求情了。

韩帅让他先回去，接着请派出所民警找来袁宏才。

袁宏才一进门，韩帅就认出他就是那个在酒店里与储妙春在一起的男子。谢方群、李小林也连连点头。

询问室里，韩帅发问：“你叫袁宏才对吗？”

“是的。”

“我们是云山市公安局的，来这里调查一起刑事大案，现在依法询问你，请你如实回答。”

“好的。”

“你近期住过宾馆吗？”

“没有。”

“你问同事借过身份证吗？”

“没有。”

“你与云山市的储妙春认识吗？她的微信名叫‘晴雨妙春’。”

“不认识。”

袁宏才刚进所时显得有点紧张，此时已是很镇静，回答中不多吐一个字。

李小林猛拍一下桌子，站起来大声呵斥道：“袁宏才，你说谎话连草稿也不打。你是个机关干部，我们依法询问你，你说话怎么这么不老实！你以为我们对你的情况一无所知？”

袁宏才低着头，没啥反应。

韩帅拉拉小林衣服，让他坐下。然后底气十足，不紧不慢地说：“你说没有、不认识，伍仕你总认识吧？要么我们带你到你单位找伍仕当面对证一下？或者请你看看月湖大酒店的监控录像？或者我们一起到酒店请服务员辨认一次？由你定吧！”

韩帅说完，走到袁宏才面前，把一张照片放到他手里。这是一张在月湖大酒店电梯中袁宏才和储妙春二人的亲密照。

袁宏才这时才体会到了这位年龄与自己差不多的帅气刑警的厉害，也明白了三种方式无论是哪种，都可以揭穿他的谎言。他的神色顿时显得比较紧张，比刚进所时更为紧张，不过他似乎有点底气，不愿服输，转守为攻，说：“我是个单身汉，‘晴雨妙春’，也就是你们讲的储妙春，也是单身。我是借用了伍仕的身份证在月湖大酒店开过房间，与她相处了几天。我们是真心相爱，两情相悦，这不是通奸，更不是嫖娼，不犯法吧？更不会与你们云山的什么案件有关系吧？”

韩帅低头看了一下刚发进来的一个微信，然后抬起头，快速眨了眨又黑又长的睫毛，停住，睁大眼睛，犀利的目光直盯着袁宏才的双眼，神态和语气更加严肃：“怎么，你还说谎！你已经在今年年初与一位大学女教师登记结婚，可能只是婚礼没办吧？不能说你还是单身汉吧？这位教师半年前出国进修，这个月底要回来了吧？要不，我们一起到你单位或到女教师的学校去找找领导、同事或老师，问问他们是否知道你们的婚事？”

袁宏才借用他人身份证开房，询问中不讲实话，韩帅觉得他有点反侦查意识，性格也比较固执，就从他的要害处直接攻他一下。

韩帅心知这招会灵，果然他话音刚落，袁宏才就“扑通”一声跪在地上，眼泪鼻水瞬间涌了出来，边哭边说：“我讲、我讲，我如实交代，请一定为我保密，请一定为我保密……”

袁宏才心里一定清楚，这种事情一旦暴露，他的仕途、他的婚姻，肯定麻烦大了。

李小林满脸不屑，但还是走过去把袁宏才扶了起来：“一个大男人，哭什么哭！你要敢作敢当，如实讲清楚。”

袁宏才这会儿完全老实了。他说自己半个多月前去云山市旅游带会朋友。回省城前一天晚上，朋友设宴送行，有十多个人一起聚餐，其中有几个女的。席间，大家频频举杯，喝了很多酒。临别时，储妙春正好与他走在一起，她主动要求与他加了微信。回省城后，他们经常微聊，很快就喜欢上了对方。这次也是储妙春主动提出来到省城与他相会的。

“她是什么时候到的？”

“7 号傍晚 6 点左右到的。”

“之后呢？”

“我在月湖大酒店接上她后，7 点左右带她到外面吃饭。”

“你们晚上有没有回到酒店？”

“回到酒店的。”

“什么时候？”

“11 点半左右。”

“怎么会这么晚？”

“我们饭后到月湖公园游玩，后来又一起去看了一场电影。”

坐在韩帅右侧的谢方群在手提电脑上快速地查阅着酒店的监控录像，并用左手轻轻拉了拉他的右手。韩帅看到了谢方群调出的酒店大堂两幅截图，一幅是 23 点 30 分的，上面有一女人的图像；一幅是23点31分的，上面有一男人的图像。二人都位于截图的边缘，人像小且不大清晰。谢方群在电脑上打出一行字："就是他们二人。"

"她坐什么车来的？"

"她说是搭朋友车来的。"

"她的朋友叫什么名字？"

"这个她没说，我也没有问。"

"她与你相处了几天？"

"三天，10日早上我们就分手了。"

"之后就没有再见面了？"

"没有，真的没有再见面了。"

"储妙春是昨天才回云山的，她在省城还待了四天，怎么会不与你见面、不联系你呢？"

袁宏才略微犹豫了一下，开口说："9日晚上，储妙春和我讲，她很恨一个叫向依山的男人，那男人骗了她的情，还骗了她许多钱，让我想办法到云山教训他一次。我问怎么教训，她说把他暴打一顿，不要打死，打残可以。我当时听了就感到很害怕，行凶伤人的事我怎么敢去做、能去做。我嘴上答应她，并说明天要出差去一山区调查对口扶贫工作，回来就想办法。离开宾馆，我就拉黑了她的电话，决定不再与她联系了。你们如不信，可以查看我的手机，调查我的话单。"

"她有没有说到向依山与其他女人的关系？"

"有说到过的，她说向依山与她好了不久后，就又与其他女人好上了。"

"储妙春有没有讲出其他女人的名字？"

"她没有说，不过她说过在他们住的小区里就有和他好的女人。"

韩帅一时没有再问。

袁宏才紧接着说："我可都是如实讲了，你们可要为我保密。不然这事让我爱人知道，那我就完了。"

张莺不愧为信息高手，刚才就是她给韩帅发的微信。她在微信中还讲到，袁宏才的家庭条件一般，他夫人本人条件很好，家庭条件也很好，她父亲还是袁宏才单位的领导。韩帅分析袁宏才应该是以说实话的方式来换取他们对这件事的保密。他相信袁宏才刚才是如实讲了。

从袁宏才的陈述及监控录像分析：

——储妙春 7 日傍晚 6 点多到了省城月湖大酒店，虽然有外出，但是 11 点半又回到酒店。按照应法医推断的发案时间，即使之后她立即动身潜回云山作案，时间上也是很紧张，或者就是来不及的。

——储妙春金蝉脱壳，自己到省城与袁宏才约会，雇人行凶；她还再施一计，让袁去教训向。她从未犯过案，有这种反侦查能力的可能性不大。

——派出所民警打电话询问过储妙春母亲她的去向。储妙春回到云山前与她母亲通过电话，她应知公安正在查找她，如果是她雇人作案，她还敢贸然返回云山吗？

袁宏才应该不是"8 · 13 案件"的犯罪嫌疑人，储妙春的嫌疑程度也大大下降了。

好不容易撬开袁宏才的嘴巴，原想从中获取储妙春更多的疑点，哪知事与愿违，好失望啊！不，马超不是常说，重点对象的排除也是一大成绩吗？排除储妙春，那就可以把重点工作放到其他对象上了。韩帅学着马超做法，在一张纸上写了一行字，先后递给谢方群、李小林。二人看了，都在上面打了勾。

在让袁宏才回去之前，韩帅答应为他保密，同时也要求他对询问情况保密，有什么有关储妙春的新情况要及时报告。

袁宏才一步一回头，一回头一句“谢谢”地走了。

韩帅一行三人再到湖光宾馆调查。湖光宾馆的监控系统安装得很好，10 日到 14 日上午，视频中有储妙春一人多次进出宾馆的图像。韩帅向马大作了电话汇报。

马大说，你们调查的情况应该是属实的，分析意见也正确。你们辛苦了，可在省城休息一个晚上，明天返回。

韩帅说他们简单吃点晚饭就返回。

“吃软饭”的人

15 日晚上，“8・13 案件”专案组的案情分析研究会比以往要早一点，8 点钟就在合成作战室的指挥部里召开了。各调查小组介绍了各自一天来的工作情况，每组的工作都有重大收获。

崔军凯先发言，介绍了对钱昌的询问情况和对一些与向依山有交往女性人员的初步调查情况，提出了进一步深入调查的意见。

小刘介绍了两天来进一步调查向依山收入的情况，有几个人向他反映向依山近几年在“吃软饭”，还跟女人发生过争吵。他分析可能有些女人自愿给了向依山一些钱，还有可能他从一些女人那里骗了不少钱；赌博纠纷也有人反映到；还有人反映其他方面的一些矛盾纠纷，都不是很严重的问题。

应法医详细介绍了作案过程的推理情况，提出了侦查方向与范围的建议。

张莺介绍了对各组提供的可疑人员的信息分析情况，重点介绍了下午接到马超电话后对三岩名都 8 栋一单元住户的通信等信息进行查询、分析情况。该单元共住有十二户三十多人，与向依山有电话联系的人员不多，储妙春的电话比较多，但绝大多数是半年以前的；文武的电话有多次；另有两人各有几次，是一老一少的男性；还有一个叫范秀慧的女人，她经常用亡夫的电话与向依山通话、发短信。范秀慧半年多前住进了一单元的301室，一段时间后与向依山的手机通话频繁，且至案发前一直有电话联系。崔副询问钱昌时，他说与向依山在一起时看到向的手机有“时时思”来电，经查向依山手机的通讯录，再进一步查证，这个“时时思”的手机号码就是范秀慧的丈夫时思辉的手机号码。一年多前，时思辉因车祸死亡。范秀慧有多次从自己的银行卡中划款到向依山的卡中。张莺直言范秀慧比较可疑。

杨秋露介绍说，今天下午，储妙春的母亲打来电话，请她到她家，说储妙春有些事情昨天没有说清楚，今天要向她如实交代。储妙春承认自己在一个多月前找了一人帮她讨债。之后那人打电话告诉她，没有要到钱，但是已经把向依山打了一顿。再之后，她想联系那个人，就再也联系不上了。她补充说明了7日下午是搭一小姐妹的车去省城的，并讲了她的名字及上车的时间地点，还说因为那个小姐妹也是赴省城会网友的，所以昨天她没说她的名字。储妙春愿意承担打人责任，但是反复强调自己与向依山的死亡没有任何牵连。

王英英按照李小林从网上发来的询问笔录，向大家介绍了韩帅等人赴省城调查的情况。

与会人员展开讨论后，马超习惯性地双手十指交叉紧扣，这次一会儿就放开了。他先作了一番总结归纳，认为“8·13案件”主要的几个情节现在基本可以确定：

一是向依山于8日凌晨2点30分左右被害可以确定。主要依据有他当晚的活动情况、胃内容物情况、不同鞋印的水渍反映情况、卧室内的血迹分布情况、短裤上生物痕迹的检验情况。

二是单纯为财作案的动机基本可以排除。依据是向依山7日深夜带这么多钱回家，只有三个赌友知道，经视频查看、实地调查，这三人与向依山分手回家后，当晚没有再外出；现场除一个手提包被触动、大额现金不见外，没有发现其他部位有翻动痕迹及财物失少；向依山到家前后均在下大雨，现场除他本人足迹外，其他足迹没有水渍反映。

三是向依山因情致仇而被杀的可能性最大，而且是单一女性作案可能性大。案犯可能是外来的，有向依山家的钥匙，在7日晚上11点，也即下雨以前已经进入到向的房间；也可能是居住或事先潜伏在这个单元里，发现向依山回家后即与他同时进房；作案前二人发生过性行为，作案过程中二人都在床上。综上所述，可以分析二人由于某种原因发生了矛盾纠纷，进而引发了案件。勘查检验、调查询问、信息研判中有许多证据可以印证这一推理。至于抢劫或盗窃钱财，应该是杀人后顺手牵羊的行为。

众人听了都连连点头称是。

马超接着说："向依山接触过的女性比较多，产生过矛盾的也不少，根据调查情况与我们的推理，至今发现了若干个嫌疑对象：

"首先是储妙春。此人住在202室，原来的可疑点最多，可以说是一号重点嫌疑对象。而通过对她的全面调查，特别是今天韩帅他们在省城调查得到的情况，以及杨教再次询问的情况，表明她的嫌疑程度明显下降。DNA实验室小胡从向依山短裤上少量的灰白色斑迹中，经过多点取材，反复检验，做出了向依山与另一女性的DNA混合谱带，可以用于可疑人员的甄别；小胡又从韩帅提取的烟蒂中检出了储妙春的DNA分型。刚才小胡向我报告，经过仔细比对，可以排除斑迹中有储妙春的生物成分。还有，韩帅从玻璃茶杯上提取到的储妙春指纹，与现场床头板上所取到的指纹都没有比对上。许乐新分析这些指纹中有案犯所留的指纹。因此，储妙春的作案嫌疑可以排除。

“其次是符映花。此人与向依山有较长时间的婚外情，向依山从她那里骗了不少钱。她知道自己被玩弄后，很恨向依山，半年前她与丈夫一起出国定居了。经过信息查询与实地调查，半个多月前，她一人回到了国内，现在还在国内，一直在本市护理生病住院的父亲。张莺已经查了她的通信等活动轨迹，没有发现她与向依山有联系、有来往。她的丈夫与向依山有过激烈的冲突，但是已经过去一年多了。符映花突然想起自己一人深夜去行凶，或者她丈夫在国外操纵雇用国内人员杀人，不合情理，也不符合我们对勘查、调查情况的分析、推理，可以排除。

“另外是军凯这一组调查到的其他几个女性，还要做进一步的调查甄别。对向依山的前妻也有必要再做调查，因为他们两人是闹了大矛盾后离婚的，今天还调查到二人仍有离婚后财产分割、女儿扶养费方面的纠纷，女方认为自己明显吃亏了。她还留有 101 室的钥匙，也是有可能的。

“再就是范秀慧。此人在近半年里与向依山电话联系频繁，只不过她经常用的是她亡夫时思辉的手机；她有多笔钱汇给向依山，向没钱汇给她；她住在与向依山同单元的 301 室，具备作案的时间、空间条件；还有文武反映到他家的猫眼有几次晚上莫名其妙地被人贴了纸，储妙春反映到向依山与同单元的另外女性有来往，向依云也看到过向依山在 8 栋楼旁边的路上与一个女人走在一起，这些情况都指向范秀慧有作案的嫌疑。对范秀慧我们还没有开展深入调查，客观、直接的嫌疑依据、证据掌握得不多，必须马上开展进一步的调查。”

听了马超对案情与犯罪嫌疑人的分析，大家觉得这个案件排查范围不大，再做一些工作，有可能很快就能破案了，都感到很兴奋。

此时已经是晚上 11 点多了。马超在分析范秀慧的情况时，韩帅、谢方群、李小林进入了会议室。

马超正要安排工作，思维敏捷的韩帅快速回忆分析了昨天、今天对储妙春、袁宏才的调查和询问情况，突然激动地站起来，说：“马大，我觉得范秀慧十分可疑，让我立即带人去对她实施监控吧？”

“你今天奔波了一整天，不累吗？”

“不累！”

马超十指交叉紧扣，略作思考，没松开就果断地说：“好！兵贵神速。你带王英英、李小林到三岩名都，先暗中察看范秀慧家中情况，如果她在家里，不必暗中监控，直接以调查向依山被杀案件有关情况的名义，对她进行询问；如果有必要，可以直接把她传唤过来。你们到了以后要及时向我报告工作进展情况。”说完，他又特意强调道，“你们还要想办法尽快提取到她的生物检材。”

接着马超又对小胡说：“你叫上小孙，范秀慧的检材取到后，马上检验。但这样你们可能要干通宵了，案情紧急，只有辛苦你们了。”

小胡随即答道：“小孙已经在实验室对‘8·13 案件’所取的检材作复查。我们会连夜接着做，不辛苦的。”小胡是在会议讨论期间进来向马超报告重要情况的，小孙是刚分来不久的检验员。

韩帅等人驾车迅速赶往三岩名都，他们先在 8 栋楼外面作了一番观察，发现一单元 301 室客厅的灯光亮着；再悄悄来到 301 室门口，听到电视机开着。

王英英敲门，没报身份，只问：“范秀慧，你开一下门，我找你有点事。”敲了好一会儿门，却没有人回应。

韩帅想了想就拨打范秀慧的手机，通的，但是拨了几次都没人接。

怎么办？怎么办？韩帅焦急万分。

过了一会儿，李小林好像是突然想起什么，他急急地说：“我有一个中学同学，就住在这栋楼南面一栋的一单元 301 室，今年年初我到过他家，我们可以到他家看看范秀慧家中的情况。”

“你小子，怎么不早说，快带我们去！”韩帅不轻不重地给了小林一拳。

三人急忙回到车上拿来望远镜，来到了李小林同学的家。那同学见老同学深夜来访，先是很惊讶，当听说是借他家协助破案时，显得很热情，说自己家厨房正好对着北面房子的客厅，让他们尽管慢慢看。

对面的客厅仅拉上了一层薄薄的白纱窗帘，韩帅用望远镜仔细看了又看，看到一个人靠在东侧的沙发上，一动也不动……

快一个小时过去了，马超已经对后续工作作了安排，韩帅那边还没有消息传过来。参加会议的人员都在指挥部里着急地等着。

“丁零零……”马超的手机骤然响起。一看是韩帅的电话，他立马接起：“情况怎么样？”

“马大，我们发现范秀慧家的灯亮着，电视开着，敲门没人开，打电话通的也没人接。现在我们到了南面一栋楼的一单元

301 室，发现范秀慧家的客厅里有个人一动也不动地靠在沙发上。有没有可能是范秀慧自杀了？我们怎么办？”韩帅急促地报告着。

“你们马上强行打开门，我们马上赶过来！”

放纵的欲望

范秀慧长得很漂亮，学生时被称作校花，今年 37 岁的她，仍然显得年轻漂亮，但是她的生活却是大起大落，悲喜交加。

她的父亲是市级机关干部，母亲在一家事业单位工作，家庭条件良好，就她一个女儿，视她如掌上明珠。她从小生活无忧无虑，尽享父母的疼爱与年少的幸福。也许是父母过于宠爱了，上初中后，处于青春叛逆期的她不时与父母发生矛盾甚至争吵，有时在学校里与女同学也发生争吵，还打过几次架。范秀慧读书成绩一般，高中毕业后没有考上大学，进入一家国有公司工作。25 岁那年，她嫁给了时思辉。

她的公公是本市一家民营房产公司的老板，时思辉出国留学，拿到硕士学位后回国，即进入自家公司工作。公公年高体弱，几年后，时思辉即全面接管了这家公司。干部女儿嫁老板儿子，可谓是时兴的强强联合。时家生活条件优越，夫妻俩住别墅开豪车，穿名牌戴金玉。二人十分恩爱，两年后生了一个女孩。有了女儿后，范秀慧辞职在家当了全职太太。女人生了小孩，性格常常会起变化，她变得十分温顺柔和，一心想做一个贤妻良母。丈夫生意的兴隆发达，家庭生活的富足和谐，特别是越长越可爱的女儿，使范秀慧感到十分知足，连晚上做的梦都是甜美的。哪知天有不测风云，人有旦夕祸福，一年多前，她丈夫在一次外出谈生意途中遭遇车祸死亡了。

云山市是一个靠海的县级市，虽然经济发达，可是由于房地产开发明显过度，而买房的基本上是本市人，不像一二线城市有大量的外来人口，或买房自住，或买房给子女，或买房炒房，近年来当地商品房出现了大量的积压，房价虽无大跌，可也基本没涨。对于房产商来说，房价不涨，加上销售缓慢，即是亏，而且随着时间的推移，会越亏越大。时家的房产公司曾经开得很顺很风光，但是与当地不少中小型企业一样，他们的资金主要来自于民间融资，财务成本很高。时思辉去世前，已经面临着不断增大的库存压力与资金困难。时思辉去世后，房子销售不见好转，资金链很快就断了，不少单位与个人纷纷上门讨债。经过兜底清算，看似强大富有的时家公司，实际上已经是资不抵债，只有宣告破产。半年多前，范秀慧卖掉别墅豪车，带着女儿搬到了丈夫单身时买来暂时住住的三岩名都 8 栋一单元 301 室，靠着私下留存的一笔不多的财产，十分节俭地过着日子。

范秀慧经历了丧夫、破产等生活巨变后，一段时间情绪十分低落，感情封闭，一心只想把女儿抚养长大。她从小有点骄傲，现在则显得有点孤傲了，很少与外人接触。

“你好！你是刚搬来的吧？我叫向依山，就住在一楼的 101 室，我们是邻居了，今后互相多关照。”

刚搬来时，在单元门门口，她第一次与向依山碰到，他就通姓报名，还要互相关照。范秀慧当时心想你也过于热情了吧？因此简单应答后就走开了。

“你好！我知道了你是时思辉的夫人范秀慧，我和时总多年来总有接触，还一起吃过好多次饭，应该是老朋友了，只是与你不熟悉。时总不幸离世，我也感到十分悲痛。你一人带着小孩过日子，很不容易，有什么困难，请告诉我，我一定会尽力相助的。”多次碰面后，有一次他出她进又碰到，他显得比以往更加热情。

“哦！你和我丈夫熟悉？你太客气啦，谢谢你！”她感到有点惊讶。

与丈夫多年有接触，她怎么一点没印象？是真的，还是他编的？范秀慧已经知道他是单身，也清楚“寡妇门前是非多”，只是多应了几句就走开了。

又一次碰到，男人递给她一张自己的名片，说有事可以打他的手机。

她看到名片上印着他是一家海产品公司的副总经理。

男人接着小心翼翼地问，能告诉他她的手机号码吗？

可能是男人的热情和真诚打动了她，也可能是男人帅气的脸庞、挺拔的身姿撩动了她，她还是第一次正眼注视这个男人，她不由得报出了自己的手机号。

男人听了后，马上翻出自己手机的通讯录，递给她看，说这个电话我有，我存了你丈夫的手机号码。

之后不久的一天深夜，女儿突然发高烧，她觉得必须马上送医院。十岁的女儿长得胖胖的，已经很重，打的要到较远的小区门口，怎么办？她没有多犹豫，立即给向依山打了手机。向依山似乎正在等着接她的电话，两声响后就接通了，十来秒钟后她就听到了他的敲门声。

向依山用车把她们母女俩送到医院，又忙着去挂号、找医生，还陪着她一直到女儿挂好盐水，再用车把她们送回家。

……

今年4月初的一天下午，范秀慧在家搞卫生，搞好时，已经快晚上11点了，她觉得身上出了不少汗，看着整洁的房间，反而感到心情烦躁，甚至有点沮丧。女儿已经睡着了，她去冲了一个澡。洗好澡出了沐浴房，她用毛巾擦掉洗脸盆上面镜子上的水雾，镜子里顿时清晰地显出了她的身影：黑黑的长发、白里透红的皮肤、精致的五官、丰满的胸脯、不算纤细但也明显内收的腰身，只是小腹部多了一点点赘肉。

“啊！我还年轻，我还漂亮。”她边欣赏自己，边喃喃自语。

“哪个少女不怀春”，哪个女人不希望有个爱她的男人陪伴在身边，不想有个疼她的男人的臂膀可以枕靠，漂亮的女人更是如此。女人为男人所欣赏是一种快乐，女人有男人可依靠是一种幸福。范秀慧想起了她的丈夫时思辉，想起了他们曾经拥有的快乐幸福生活。过去了，消失了，这样的快乐幸福再也不会回来了！范秀慧想着想着，不由得泪流满面。突然，她的脑海里跳出一个影子——楼下101室的向依山……

真是天意！此时，范秀慧放在化妆盒里的手机响了，她拿起一看，是向依山打来的。她犹豫了几秒钟，滑动解锁接听了。

“范总，您好！我看你房间灯还亮着，这么晚了还没睡啊？有事需要帮助吗？”

范秀慧觉得向依山是个很热心的人，也是个很细心的人。开始他叫她时夫人，发现她露出悲伤之色，就改称她为范总，而几年前，她确实也在丈夫的公司里当过财务总监。

“没事，没事，我睡不着，看看微信，现在正准备睡了。”他应该是特意跑到外面才能看到她房间的灯光，这么晚了打电话，她明显感到了他的用意，可是她并没有做好接受他的思想准备。

“既然您还没睡，那我上来坐坐吧，行吗?”

“哦，对不起，这么晚了，你来不方便的。”

“我进来就坐一下不行吗?”

“不行、不行，我女儿睡觉很容易惊醒的，改天我邀请你来坐坐。”

“那您下来到我家坐一下，我的门不上锁，我等您!”说完电话就挂了。

去？还是不去？

不去？还是去？

她思考着，犹豫着。

她的眼前浮现出了向依山那帅气的脸庞、挺拔的身姿，她又仔细看了看镜中自己美丽的身影。她忽然觉得春心荡漾、欲望难忍。

她决定去!

她推门进去，他已经在门旁等她。他没有说话，边拉边抱，把她抱到了卧室，抱到了床上。

他动作很急，甚至有点粗鲁；她没有挣扎，甚至有点主动配合。

一年多没碰过男人了，她真的陶醉了。她感到他刚强有力，不但刚强有力，还手法撩人，技法醉人。她好像从来没有感觉到这件事情是这么美好，这么奇妙!

封闭的心灵打开了，压抑的欲望放纵了。她与他有了第一次后，就不断地有了一次又一次。考虑到丈夫才去世一年多，顾忌被已经懂事的女儿发现，更害怕被他人看到而遭可畏人言，她都是深夜悄悄去的。多数时候是他约她，有的时候她也主动约他。她觉得自己青春焕发，又开始了一场幸福的恋爱。

她每次都在房内贴着门，听了又听，看了又看，才悄悄地从楼梯下去。她很讨厌一楼楼道那盏感应灯，她快走到一楼时，它就亮了，而且很亮。她更讨厌住在102室那个瘦小的男人，一碰到她就色迷迷地盯着她不放。每次下楼前，她都要趴在自家的窗子上看看102室的灯光。有几次，她看到102室客厅的灯亮着，下去时，就在那房门上搞点小伎俩。

恋爱中的女人是最容易受骗的。交往不久，他就多次找理由开口向她借钱，要么说是与朋友一起投资一笔很赚钱的生意，要么说是采购水产临时需要垫支一笔钱，等等。有一次，他说网上有一个P2P平台，推出的一个项目很好，投资款半年左右就可以翻一番以上，向她借了一大笔钱。他借到钱后，总是千恩万谢，说很快就会还给她，还说连赚到的钱一并都给她。开始他及时用现金还过几次，连本带利。后来就找各种理由推托，说钱一时还没有收回来，一旦收回来就还给她。再后来就有借无还了。她没有与他多计较，觉得只要他爱她就行。她在浏览微信时，知道了什么叫"资金盘传销"、"庞氏骗局"，再上网作了一些查询，知道他在网上的投资是有去无回了，但是她没有多责怪他，只是叫他今后一定要小心。她不知道自己已经掉进了"爱"的陷阱，只知道诚心诚意对他好，一心一意想换取他对自己好。

相处几个月后，她才发现有点不对头。他又向她借钱，她耐心地向他解释，说你可能以为我丈夫留给我许多钱吧？实际上我们变卖公司和家产的钱都用于还债了，留下的只是我自己存的一点私房钱。我已经借给你不少钱，现在我真的没什么钱可以借给你了。他听了却表现出不相信、不高兴的神情。她对他的态度感到奇怪，更让她感到奇怪的是，他对她的热情很快地、明显地冷淡了下来。他很少主动打电话给她，她打给他，好几次他都说在外有事回不来。她开始怀疑，怀疑他在外面又有了女人。

这段时间，女儿放暑假，住在爷爷家里。她有一个多星期没有看到向依山了。7 日那天晚上，夜深了，她躺在床上怎么也睡不着。她思念着亡故的丈夫，也思考着与向依山的关系。这些天他到哪里去了呢？已经 1 点多了，她似乎突发灵感，从西南面的卧室起床，走到东南面的客厅阳台。外面下着大雨，刮着一阵又一阵大风。阳台是用玻璃窗封着的，她透过窗子往外观望着。

突然，她发现路灯下来了一辆出租车，车上下来的正是向依山。她急忙穿上外套，赶到楼下。

向依山摇摇晃晃地进了单元门，浑身酒味。

他看见她先是一怔，接着兴奋地拉着她进了家门。

“你晚上干什么去啦?”

“干什么去？我为还你钱，赚钱去了。”向依山说着，打开手中的提包，“你看，你看，这么多钱，全都给你。”

她伸手要去拿钱，他却把提包往客厅里的沙发上一扔，猛然抱起她就往卧室走。她拼力挣扎了一番，也就不再动了，任由他折腾。她没有任何快感，而是感到了屈辱乃至厌恶。她的双眼流出了泪水。但是，她对他已经是情植心底，此时看到他对她的身体如此痴迷、如此陶醉，顿时产生了一个愿望。

她坐了起来，对他说：“依山，你多陪陪我吧，过段时间我们结婚吧?”

“结婚，结什么婚？我们这样相处不是挺好吗？偷情才有刺激呢！你说对吗、对吗？你说呀、你说呀！不结婚不结婚……”他也坐了起来，满嘴吐着酒气，反反复复地说着。

她气得猛推了他一把，他顺势抱着她躺倒在床上，说：“宝贝，今天不说了，不说了，睡吧，睡吧，宝贝……”

她挣扎开来，却发现他已经打起了呼噜。

她靠在床背上，痛苦地思考着。一段时间后，她突然听到他在说：“结婚、结婚，与你结婚？你是克夫的，你又没有钱，与你结婚，我不是要完了？”

她不知道，她辨不清，他说的是梦话还是真话？她怒从心头起，恶向胆边生，根本没有多想，也来不及顾及后果，起身走到窗台旁，从地上捡起一根角铁，爬上床，对着他的头部就连续打了下去。她打击的力气用得不是很大。

向依山可能是被痛醒了，也可能是半梦半醒，双手在空中乱抓，当触摸到她的脖子时，他使劲儿地掐住了它。

她感到呼吸有点困难了，她拼尽全力，用右手拿的角铁朝他的头部左侧狠狠地、连连地打了过去。他侧身翻倒了，之后又爬了起来，之后又很快地被她打倒在床上。

她没想到自己会这么狠心、凶猛。她发现他一动也不动了，她迅速穿好衣服，拿起角铁，跑出卧室。路过客厅时，她顺手把提包中的钱拿出来塞进了自己的衣服里。

前天，她看到自己的房子周围来了许多警车警察。她知道警察发现向依山死亡了。

警察在挨家挨户走访，到她家调查的是一男一女两个年轻的警察。他们问她认识向依山吗，与他的关系如何，这些天有没有发现什么可疑的情况与人员。她说与他只是见面熟，没有什么来往，也没有发现什么可疑的人和事。她很镇静，回答得也很得当，可是她觉得两个警察似乎不大相信她的话，尤其是那个女警察，一直用怀疑的目光看着她。

昨天，又有警察登门询问她。

今天早上，她到公公家看望女儿，吃了中饭后，她借故有事，独自回到家里。她发现今天还是有许多警察在小区内转来转去，问这个问那个。她走进自己的单元时，发现有几个警察走出了101室，她认出其中一个是刑侦大队长。她丈夫生前与她讲过，市公安局的刑侦大队长是个很高明的侦探，还指给她看过电视屏幕上的他。

晚上，她没有吃饭。10点多钟，她躺到了床上，想让睡眠赶走她那纷乱的思绪，可她哪里睡得着。她又起来，在客厅里走来走去。不知是怎么想到的，她打开电视，点了一部有关生死恋情、爱有来生的电视剧看了起来。看着看着，她不由得想起了隆重的婚礼上众人对他俩的祝福与羡慕，想起了十分爱她、疼她的丈夫，想起了丈夫遭遇车祸时的惨状，眼泪不由得大滴大滴地流了出来。生死相恋，爱有来生，她如果离开人间，她会与她挚爱的丈夫相遇吧？她又会享受到他那甜蜜入心的疼爱吧？他们从此会永远幸福地生活在一起吧？迷迷糊糊中，她在一片鲜花绿茵中找到了自己的丈夫，她正想上去紧紧地拥抱他，突然警察出现了，她被戴上了手铐，她被警察抓走了，她被押往了刑场……

她猛然警醒。她毅然决定去死。她长期以来睡眠不好，丈夫刚去世时，她悲痛欲绝，积累了一些安眠药，一度想跟着丈夫一起走。可看到年幼的女儿，她逐渐地打消了这个念头。现在，她已经顾不上女儿了，也顾不了女儿了，她拿出几十片安眠药，分几口吞了下去，然后静静地坐靠在沙发上看电视。

电视哪里还看得进去，昏迷前，一生中的一件件往事，像电视剧一样，一幕幕地出现在她的脑海里……

16日上午8点多，范秀慧醒了过来。

她发现自己躺在一间病房里，手上挂着盐水。她感到很奇怪，自己不是在家里服了大量的安眠药吗？怎么会在这里？怎么没有死？

她转眼发现床边站着几个身着警服的警察，她认出了其中一个就是刑侦大队长。她猜想着自己服药后的情景……

这时，一个眼睛大大、身材高挑的女警察态度严肃、语气却温和地对她说："范秀慧，是我们警察发现你昏迷在家，立即把你送到医院来抢救的。我是刑侦大队的杨秋露，这位是我们的大队长马超同志。"她指了指旁边的男警察，又问，"你现在感觉怎么样？"

范秀慧双眼木然地盯着她看，没有言语。

"你如果感到体力不支，可以再休息休息。之后，你必须向我们讲清楚你对向依山所做的事情。"杨秋露仍然是语气温和、态度严肃。

"我不想活，我要死，我要死！你们为什么要救我？为什么要救我？"范秀慧突然坐了起来，歇斯底里地大叫起来。

"范秀慧，你不要叫，请你安静。你想死，可是你没死，你活过来了。活着，你就应该把事情讲清楚。既然敢做，就应该敢当嘛。讲清楚，对你总是有好处的。"杨秋露双手按着范秀慧双肩，边让她躺下，边劝导她。

DNA 分型对上了，指纹也对上了，还在她家里找到了赃款、搜到了凶器……范秀慧是"8·13 案件"的犯罪嫌疑人已可以认定。

"范秀慧，你做的事你自己清楚，我们也清楚。活着总是好的，活着对你自己好，对你家人好，对你女儿更好，我想你应该清楚你的女儿是多么需要你。我们及时抢救你，是应该做的；我们现在耐心劝导你，是为了给你一个从宽的机会。机会难得，你应该仔细想想，要想明白。你只有坦白交代，才可以争取从宽处理，现在就看你的态度如何了。"

这话是刑侦大队长说的。

她没想到一脸刚毅、一身威武的大队长，会说出这么讲道理、动感情的话，特别是说到了她的女儿，触动了她心底最柔软的部位。

她流下了悔恨的泪水，哭着说要见她的女儿。

马超说可以，适当的时候我们会给你安排，但是你必须先交代清楚。

范秀慧不再抵触。她讲了与向依山的交往过程，如实地交代了整个作案过程。

她说说哭哭，哭哭说说。她说得很细很长……

尾声

马超在看一个命案积案材料，看了近一天，下午快下班时，他拿了这个案件中的尸检报告，去应法医的办公室向他请教几个问题。

应法医正在电脑前埋头敲打着键盘。他虽然年近60了，电脑却是用得很溜，打字打得很快，而且是用五笔打的。

“老应，你又在写什么大作？”

“哪里是什么大作，我是以‘8·13案件’为素材，在写一篇案例报告。马大，这个案件死者有‘吃软饭’、骗钱财的过错在先，案犯是激情杀人，杀人后又抢劫，特别又是女性作案，我觉得无论是现场勘查，还是调查访问等工作，都有许多经验与教训值得总结。”

“是啊，这个案件是要好好总结总结，经验要总结，教训更要总结。我在案件分析中就出现了偏差，开始阶段认为储妙春比较可疑，会议上我还列举了她的多个可疑点，实际上根本不是她作的案。”

应法医刚要解释，马超紧接着说：“老应，左局长对这个案件也很关注，要我们专题研究一下女性犯罪问题。近年来，女性犯罪呈上升趋势，女性所作的恶性案件也发生了不少，有些还是重大杀人案件，你能否把文章扩展开来，研究研究女性犯罪的规律特点及预防措施，以警示社会，提醒女性，减少此类案件的发生”。

“行！”应法医响亮地答道。

后 记

和平年代里，刑事犯罪是对国家、社会、公民权益的最大侵害与破坏；与刑事犯罪作斗争，是和平年代的“战争”。战斗在打击刑事犯罪第一线的刑警，需要与犯罪分子斗智斗勇。斗智，比试着道低魔高，能否会水落石出；斗勇，不时有刀光剑影，甚至是阴阳两界。刑事侦查，是一项神圣崇高的事业。刑侦民警，是一个英雄辈出的群体。

文学作品中，侦探小说是犯罪与打击犯罪斗争典型的文学反映。它惩恶扬善以伸张人间正义，它设谜解谜以引发读者兴趣，它还涉及天文地理、鸡毛蒜皮以启迪受众智慧。侦探小说是出版发行量较大、吸引读者较多的文学类型之一，其所塑造的神探级人物，不少是读者津津乐道、极为崇拜的偶像。

我于1983年毕业于上海第一医学院（现复旦大学上海医学院）医疗系。医疗系学生毕业后，大多从事临床医生工作，出乎意外，我被分配到浙江省公安厅刑侦总队任法医。那时候，国家对大学毕业生包分配。说实话，开始阶段，我为没当成医生而深感遗憾。但是，很快我就被法医职业、刑侦事业所深深吸引，积极认真地投入到一个又一个案件的侦查工作中。我觉得，医生诊疗疾病与刑警侦查破案有许多相通之处。十多年后，我担任了总队领导，后期还当了十来年总队的主要领导，组织、参与了许多大要案件的侦查工作。

三十多年的刑侦生涯里，我深感刑侦事业的艰巨与重要，刑事警察的艰辛与光荣。退休后，每每想起刑警，特别是基层刑警，那些爱岗敬业、任劳任怨，甚至舍生忘死的先进人物和事迹；想起案件，尤其是自己亲自参加侦查过的重大命案，以及刚到现场时对案犯残暴行凶的愤怒、侦查过程中的艰难、破案后的欣慰，总觉得应该为刑侦事业、刑警兄弟做点什么记录，写点什么东西。于是，便有了这部侦探小说《逃往何方》。

写侦探小说，我觉得要尽可能发挥自己工作经历的长处，贴近现实写案情，运用专业写侦查，情节要合理、细节要真实，形成个性特色。《逃往何方》中的许多情节、细节都是我自己亲历亲闻的，如抓捕过程中，刑警与案犯几乎同时开枪，案犯打的是哑弹；狗叼断手发现案件；案犯交代几乎是犯罪嫌疑人供述的原文。而对案件双方当事人情感生活、发案原由的描写，不少素材均取之于真实的案例。

当代的刑事侦查是“专家破案、团队破案、科技破案”相结合。当代中国有神探，但在我国的法治社会实践中，他不可能是私家侦探，也不可能是业余探案爱好者，而只能是在刑警队伍的领军人物和专家行家之中。《逃往何方》中的刑侦大队长马超就是神探之一，而他也是通过充分发挥集体的智慧与力量，充分利用现代科技与网络信息，才破获了一起又一起疑难大案。

侦探小说要进行逻辑推理、设谜解谜，我在写作中作了一些努力。如一只断手案的N种发案可能，哪一种推理是正确的？赵达在月圆之夜得到了甜美的爱情，为何又在月圆之夜几乎命丧别墅？凌同喜用微信摇一摇，摇到了美丽的邂逅，结局如何？

侦探小说应具有揭露犯罪以防范犯罪的社会功效。由黄赌毒引发的刑事案件，以大要案较为多见。《逃往何方》的第一、二、三章剖析了因黄赌毒导致的严重社会危害，以引起人们对防范和打击该类犯罪的重视和参与。第四章描写了一个比较复杂与历时较长的案件，阐述了“人不能触犯法律，否则就会丧失最为可贵的人身自由”的道理。第五、六章叙述了因男女情感引发的凶案，直击当前社会上较为突出的婚恋问题，以及女性犯罪问题，警示人们要“珍惜感情，敬畏生命；善用网络，慎交网友”。

《逃往何方》塑造了以马超为首的一批优秀刑警人物，他们对工作充满热情，他们的侦查智慧、吃苦耐劳、流汗流血，可敬可佩、可歌可泣，是刑警敬业、奉献精神的真实写照。

就本书而言，我深知，与其说是一部侦探小说，不如说是一部刑侦纪实小说比较妥帖。感谢中国人民公安出版社文艺分社社长易孟林同志的大力支持，在百忙之中抽出大量时间、精力为书稿做修改与润色；感谢责任编辑张倩同志的细心工作，使之能够付印成书。

期望本书能够引起大家的阅读兴趣，如果读者能够从中获得和增添一点参与打防犯罪的意识，那就意味着我又为刑侦事业做了一点工作。

谨以此为后记。

蒋庆明

二〇一九年二月